D0856358

AUG 0 5 2016

Títulos de la serie Scarpetta

Postmortem

El cuerpo del delito

La jota de corazones

Cruel y extraño

La granja de cuerpos

Una muerte sin nombre

Causa de muerte

Un ambiente extraño

Punto de partida

Identidad desconocida

El último reducto

La mosca de la muerte

La huella

Predator

El libro de los muertos

Scarpetta

El factor Scarpetta

Port Mortuary

Niebla roja

Cama de huesos

Todos ellos, salvo los tres últimos, fueron publicados
por Ediciones B.

POLVO

LA TRAMA

ROUND LAKE AREA
LIBRARY
906 HART ROAD
ROUND LAKE, IL 60073
(847) 546-7060

POLVO

Patricia Cornwell

Traducción de Carlos Abreu

GRUPO ZETA

Barcelona • Madrid • Bogotá • Buenos Aires • Caracas • México D.F. • Miami • Montevideo • Santiago de Chile

Título original: *Dust*
Traducción: Carlos Abreu
1.ª edición: enero de 2016
1.ª reimpresión: enero de 2016
2.ª reimpresión: febrero de 2016

© 2013 by Cornwell Entertainment, Inc.
© Ediciones B, S. A., 2015
    Consell de Cent, 425-427 - 08009 Barcelona (España)
    www.edicionesb.com

Printed in Spain
ISBN: 978-84-666-5833-1
DL B 26232-2015

Impreso por QP PRINT

Todos los derechos reservados. Bajo las sanciones establecidas
en el ordenamiento jurídico, queda rigurosamente prohibida,
sin autorización escrita de los titulares del *copyright*, la reproducción
total o parcial de esta obra por cualquier medio o procedimiento,
comprendidos la reprografía y el tratamiento informático, así como
la distribución de ejemplares mediante alquiler o préstamo públicos.

Para Staci,
como siempre
(eres lo mejor de todo)

Te mostraré el miedo en un puñado de polvo.

T. S. ELIOT,
La tierra baldía, 1922

1

Cambridge, Massachusetts
Miércoles, 19 de diciembre
4.02 h

El estridente sonido del teléfono perturba el redoble incesante de la lluvia que golpetea el tejado como unas baquetas. Me incorporo en la cama, con el corazón brincándome en el pecho como una ardilla asustada, y miro la pantalla iluminada para ver quién llama.

—¿Qué pasa? —digo a Pete Marino con voz inexpresiva—. A esta hora no puede tratarse de nada bueno.

Sock, mi galgo adoptado, se acurruca contra mí y le poso la mano en la cabeza para tranquilizarlo. Tras encender una lámpara, saco de un cajón un bloc de hojas y un bolígrafo mientras Marino comienza a hablarme de un cadáver descubierto a varios kilómetros de aquí, en el MIT, el Instituto Tecnológico de Massachusetts.

—En el barro —dice—, en un extremo de la pista de atletismo, lo que llaman el campo Briggs. La han encontrado hace unos treinta minutos. Me dirijo hacia el lugar en el que seguramente desapareció, y luego iré a la escena del crimen. Están acordonándola en espera de tu llegada. —La voz profunda de Marino suena igual que siempre, como si nada hubiera ocurrido entre nosotros.

Casi no doy crédito a mis oídos.

—No entiendo por qué me has llamado. —No debería haberlo hecho, pero conozco sus motivos—. En sentido estricto, no me he reincorporado al trabajo. En sentido estricto, sigo de baja por enfermedad —añado con tono correcto y sereno, aunque estoy un poco ronca—. Deberías llamar a Luke o a...

—Te conviene encargarte del caso, Doc. Si no, se convertirá en una pesadilla para las relaciones públicas, y lo que menos necesitas es volver a vivir algo así.

No había tardado ni en segundo en aludir al fin de semana que pasé en Connecticut y que había salido en las noticias de todas las cadenas. No pienso discutir el asunto con él. Me ha llamado porque puede, porque me sondeará cuanto quiera y porque hará lo que le plazca para dejarme claro que, después de estar a mis órdenes durante una década, de pronto se han vuelto las tornas. Ahora él está al mando. Yo no. Así funciona el mundo según Pete Marino.

—¿Una pesadilla para las relaciones públicas de quién? Además, yo no trabajo en relaciones públicas —puntualizo.

—Un cadáver en el campus del MIT es una pesadilla para todo el mundo. Esto me da mala espina. Yo habría ido contigo si me lo hubieras pedido. No deberías haber ido sola. —Se refiere de nuevo a lo de Connecticut, pero finjo no oírlo—. En serio, tendrías que habérmelo pedido.

—Ya no trabajas para mí. Por eso no te lo pedí. —No pienso decir nada más al respecto.

—Lamento el mal trago que eso te hizo pasar.

—Yo lamento el mal trago que pasó todo el mundo. —Toso varias veces y extiendo el brazo para coger un poco de agua—. ¿Se ha realizado una identificación? —Acomodo las almohadas sobre las que me recuesto, mientras *Sock* apoya la angosta cabeza en mi muslo.

—Seguramente se trata de una estudiante de posgrado de veintidós años llamada Gail Shipton.

—¿Estudiante de posgrado de dónde?

—Ingeniería informática del MIT. Se denunció su desaparición hacia medianoche. Fue vista por última vez en el bar Psi.

El garito preferido de mi sobrina. Quedo desconcertada al

percatarme de ello. El bar, cercano al MIT, cuenta entre sus clientes habituales con artistas, físicos y genios de la informática como Lucy. Algún que otro domingo, ella y Janet, su compañera, me llevan allí a tomar el *brunch*.

—Conozco el sitio —me limito a decirle a ese hombre que me ha abandonado. Sé que estoy mejor sin él.

Ojalá también me sintiera mejor.

—Por lo visto, Gail Shipton estuvo allí ayer por la tarde con una amiga que afirma que a Gail le sonó el teléfono hacia las cinco y media. Salió para oír mejor y ya no volvió. No deberías haber ido a Connecticut sola. Por lo menos podrías haberme dejado llevarte en coche —dice Marino, que no va a preguntarme cómo me va después de la que montó al renunciar a su puesto para empezar de cero.

Ahora es policía, como antes. Parece contento. Mi opinión sobre la manera en que dejó el trabajo no le importa. Lo único de lo que le interesa enterarse es de lo de Connecticut. Es algo de lo que todo el mundo quiere enterarse, y yo no concedí una sola entrevista ni tengo ganas de hablar de ello. ¿Por qué demonios tenía que tocar Marino ese tema? Es como si hubiera archivado algo espantoso en un cajón del fondo, y ahora volviera a tenerlo delante de las narices.

—¿A la amiga no le pareció raro ni preocupante que la persona con la que estaba saliera a hablar por teléfono y no regresara?

—He puesto el piloto automático, lo que me permite hacer mi trabajo mientras intento que Marino deje de importarme.

—Solo sé que cuando Gail dejó de responder a sus llamadas o mensajes de texto, la amiga empezó a temer que le hubiera ocurrido algo malo. —Ya está llamando por su nombre de pila a esa mujer desaparecida que podría estar muerta. Ha establecido un vínculo con ella. Le ha hincado el diente al caso y no piensa soltarlo—. Más tarde, a medianoche, como seguía sin tener noticias suyas, salió en su busca. —Hace una pausa y añade—: La amiga se llama Haley Swanson.

—¿Qué más sabes de Haley Swanson, y a qué te refieres exactamente con «amiga»?

—Toda la información que tengo procede de una llamada preliminar. —Lo que quiere decir en realidad es que no sabe gran cosa porque seguramente nadie se tomó muy en serio la denuncia de Haley Swanson en un principio.

—¿No te extraña que ella no se preocupara antes? —pregunto—. Si vio a Gail por última vez a las cinco y media, tardó unas seis o siete horas en decidirse a llamar a la policía.

—Ya sabes cómo son los estudiantes de por aquí. Cuando beben, se van con el primero que pasa, no están pendientes de lo que hacen sus amigos ni se enteran de nada.

—¿Gail era el tipo de chica que se va con el primero que pasa?

—Tendré muchas preguntas que hacer si mis sospechas resultan ser ciertas.

—Me da la impresión de que sabemos más bien poco —digo, y de inmediato me arrepiento.

—No hablé mucho rato con Haley Swanson. —Marino empieza a ponerse a la defensiva—. No recogemos oficialmente denuncias sobre personas desaparecidas por teléfono.

—Entonces ¿cómo es que hablaste con ella?

—Primero llamó a la policía, y le dijeron que fuera a comisaría para rellenar el formulario de denuncia. Es el procedimiento estándar. —Alza tanto la voz que le bajo el volumen al teléfono—. Poco después llamó de nuevo y preguntó directamente por mí. Hablé con ella unos minutos, pero no le hice mucho caso. Si tan preocupada estaba, más valía que fuera a presentar la denuncia cuanto antes. La comisaría está abierta las veinticuatro horas.

Marino solo lleva unas semanas en la policía de Cambridge, por lo que me parece muy poco creíble que una desconocida haya preguntado directamente por él. Esto me hace recelar de Haley Swanson al instante, pero no serviría de nada exponerle mis dudas a Marino. No me escuchará si cree que intento decirle cómo debe hacer su trabajo.

—¿Parecía alterada? —pregunto.

—Mucha gente parece alterada cuando llama a la policía, pero eso no significa que lo que dice sea cierto. Noventa y nueve de cada cien estudiantes desaparecidos resultan no estar desaparecidos. Esa clase de llamadas no son precisamente infrecuentes por aquí.

—¿Tenemos la dirección de Gail Shipton?

—Esos apartamentos tan bonitos cerca del hotel Charles. —Me proporciona las señas y yo las anoto.

—Son fincas muy caras. —Me viene a la mente la imagen de unos elegantes edificios de ladrillo que se alzan cerca de la Escuela de Gobierno John F. Kennedy y el río Charles, no muy lejos de mi oficina, de hecho.

—Seguramente su familia paga las facturas, como es habitual por aquí, en el mundillo de las universidades de elite. —Como de costumbre, Marino habla con sarcasmo de la gente de Cambridge, donde, según él, solo te multan si eres tonto.

—¿Ha comprobado alguien si tal vez ella está en casa y simplemente no quiere coger el teléfono? —Tomo notas a toda velocidad, más concentrada, aunque distraída en parte por una tragedia distinta, más reciente.

Allí, sentada en la cama mientras hablo por teléfono, no puedo quitarme de la cabeza lo que vi. Los cuerpos, la sangre. Casquillos de latón, relucientes como monedas, esparcidos por el suelo en el interior de aquella escuela primaria de paredes de ladrillo. El recuerdo resulta tan vívido e indeleble que es como si aún estuviera allí.

Veintisiete autopsias, casi todas a niños, y cuando me despojé de la bata ensangrentada y entré en la ducha, me negué a pensar en lo que acababa de hacer.

Cambié de canal. Si podía separar mi vida privada de la profesional era porque tiempo atrás había aprendido a no visualizar carne humana destrozada después de haberla tenido entre mis manos. Intenté dejar las imágenes en la escena del crimen, en la sala de autopsias y fuera de mi mente. Por supuesto, no lo conseguí. Cuando llegué a casa la noche del sábado pasado, tenía fiebre y me dolía todo el cuerpo, como si hubiera contraído una infección aguda. Mis defensas se habían venido abajo. Le había ofrecido mi ayuda a la Oficina del Jefe de Medicina Forense de Connecticut, y toda buena acción recibe su justo castigo. Intentar hacer lo correcto está penalizado. A las fuerzas oscuras no les gusta, de modo que caes enferma a causa del estrés.

—Ella asegura que se pasó por la casa de Gail para cerciorarse de que no estaba allí —explica Marino—, y que luego le pidió al guardia de seguridad que echara un vistazo dentro del apartamento, pero no había señales de ella ni de que hubiera vuelto a casa desde el bar.

Le comento que Swanson debe de conocer a las personas que trabajan en el edificio, pues los encargados de seguridad no le abren la puerta de un apartamento a cualquiera, y en ese momento mi atención se desvía hacia el ridículo montón de paquetes de FedEx que permanecen sin abrir junto al sofá, en el extremo opuesto de la habitación. Me recuerda por qué no es buena idea permanecer aislada durante días, demasiado indispuesta para cocinar o salir de casa y con miedo a estar sola con mis pensamientos. Me conviene distraerme, y eso es justamente lo que hice.

Hay un chaleco de cuero Harley-Davidson *vintage* y un cinturón con hebilla en forma de calavera para Marino; una colonia Hermès y unas pulseras Jeff Deegan para Lucy y Janet, y para mi esposo, Benton, un reloj Breguet de titanio con esfera de fibra de carbono que ya no se fabrica. Cumple años mañana, cinco días antes de Navidad, y es muy difícil comprarle regalos porque no hay muchas cosas que necesite o que no tenga ya.

Hay una pila de obsequios por envolver para mi madre, mi hermana, nuestra asistenta Rosa y miembros de mi equipo, así como toda clase de cosas para *Sock*, para el bulldog de Lucy y para el gato de mi jefe de personal. No sé muy bien qué demonios me impulsó a hacer compras compulsivas por internet cuando estaba enferma en cama, pero lo achacaré a la fiebre. No me cabe duda de que el arrebato de consumismo sufrido por la, normalmente, sensata y comedida Kay Scarpetta dará mucho que hablar. Lucy en particular no dejará de machacar con el tema.

—Gail no responde a llamadas, mensajes de correo electrónico ni de texto —continúa Marino mientras la lluvia golpea de través las ventanas, repiqueteando con fuerza contra el vidrio—. No publica nada en Facebook, Twitter y demás, y, lo que es más significativo, su descripción física coincide con la de la mujer muerta. Creo que tal vez la secuestraron, la retuvieron en algún sitio, envolvieron su cadáver en una sábana y lo dejaron tirado allí. No te habría molestado, dadas las circunstancias, pero te conozco.

No me conoce, y no pienso ir conduciendo al MIT o a ninguna otra parte, y menos aún después de haber pasado los últimos cinco días en cuarentena. Se lo diré. He de mantener una actitud testaruda y seria con mi ex investigador jefe. «Sí, *ex*», me reafirmo en mi fuero interno.

—¿Cómo te encuentras? Te advertí que no te vacunaras contra la gripe. Seguro que has enfermado por eso.

—No puedes enfermar por culpa de un virus muerto.

—Bueno, las dos únicas veces que me puse una vacuna contra la gripe, pillé la enfermedad y estaba hecho una braga. Me parece que tú no estás tan mal, y me alegro. —Marino finge que le preocupo porque quiere utilizarme.

—Supongo que todo es relativo. Podría estar mejor. Pero también peor.

—En otras palabras, estás cabreada conmigo. Está bien dejar las cosas claras.

—Me refería a mi salud.

Decir que estoy cabreada supondría trivializar lo que siento en estos momentos. Marino no parece haber tenido en cuenta lo que su renuncia dice sobre mí como jefa de medicina forense de Massachusetts y directora del Centro Forense de Cambridge, el CFC. Fue mi jefe de investigaciones durante diez años, y de pronto decidió divorciarse profesionalmente de mí. Ya me imagino lo que la gente estará murmurando sobre mí, en especial los policías.

Preveo que se pondrá en tela de juicio mi criterio en las escenas del crimen, en mi despacho, en la sala de autopsias y en el estrado de los testigos. Imagino que todo el mundo me cuestionará cuando en realidad nada de esto tiene que ver conmigo, sino con Marino y la crisis de la mediana edad que arrastra desde que lo conozco. A decir verdad, si fuera indiscreta, le revelaría al mundo que Pete Marino padece de baja autoestima y confusión de identidad desde el día que nació, hijo de un padre alcohólico y una madre débil y sumisa, en una zona poco recomendable de Nueva Jersey.

Soy una mujer que está fuera de su alcance, el objeto de sus castigos, posiblemente el amor de su vida y, sin duda alguna, su mejor amiga. Sus motivos para llamarme a estas horas no son justos ni racionales, pues sabe que he estado en cama con gripe, tan enferma que en cierto momento creí que me moría y me vino un pensamiento a la cabeza: «Así que es esto lo que se siente.»

2

Durante una revelación provocada por la fiebre, comprendí el significado de todo: la vida era la colisión entre partículas divinas que componen toda la materia del universo, y la muerte, justo lo contrario. Cuando alcancé una temperatura de 39,9 °C, lo vi todo aún más claro, gracias a la explicación sencilla y elocuente de la figura encapuchada que se encontraba a los pies de mi cama.

Ojalá hubiera tomado apuntes de lo que dijo, la fórmula difícil de memorizar que expresa cómo la naturaleza nos confiere masa y la muerte nos la arrebata, el modo en que toda la historia de la creación, desde el Big Bang, se mide en función de los productos de la descomposición. La oxidación, la suciedad, la enfermedad, la demencia, el caos, la corrupción, las mentiras, la podredumbre, la ruina, el desprendimiento de células, células muertas, atrofia, hedores, sudor, residuo, polvo al polvo; todo ello, a una escala subatómica, interacciona para dar lugar a masa nueva en un proceso infinito. Aunque no alcanzaba a verle el rostro, sabía que tenía una expresión cautivadora y afable, mientras me hablaba en términos tan científicos como poéticos, iluminado desde atrás por un fuego que no despedía calor.

En momentos de lucidez asombrosa, comprendía a qué nos referíamos cuando hablábamos del fruto prohibido y del pecado original, de caminar hacia la luz y de calles pavimentadas en oro, de extraterrestres, auras, fantasmas, el paraíso, el infierno y la reencarnación, la sanación o la resurrección de entre los muertos, volver a la vida en el cuerpo de un cuervo, un gato, un jorobado, un ángel. Un reciclado cristalino en su precisión y prismática belleza me había sido revelado. Los designios de Dios, el Físico Supremo, que es misericordioso, justo y gracioso. Que es creativo. Que es todos nosotros.

Vi y entendí. Estaba en posesión de la Verdad perfecta. Pero entonces la vida se reafirmó, me quitó la Verdad de debajo de mis pies y aquí sigo, retenida por la gravedad. Amnésica. No soy capaz de recordar ni de compartir aquello que por fin podía explicar a los allegados desconsolados después de ocuparme de sus seres queridos muertos. En el mejor de los casos, mantengo una actitud aséptica cuando respondo a sus preguntas, que siempre son las mismas.

«¿Por qué? ¿Por qué? ¡¿Por qué?!»

«¿Cómo puede alguien haber hecho una cosa así?»

Nunca he contado con una buena explicación. Pero existe, y por unos instantes fugaces, supe cuál era. Tenía lo que siempre había querido decir en la punta de la lengua, pero entonces volví en mí y lo que sabía quedó eclipsado en mi mente por el trabajo que acababa de realizar. Imágenes impensables que nadie debería ver. Sangre y latón en un pasillo con tablones de anuncios decorados con motivos navideños en las paredes. Y luego, el interior de aquella aula. Los niños que no pude salvar. Los padres que no pude consolar. Las palabras de aliento que no pude pronunciar.

«¿Habrán sufrido?»

«¿Con qué rapidez ocurrió todo?»

«Es por la gripe», me digo. No hay nada que no haya visto antes, nada con lo que no pueda lidiar, y noto que se enciende la rabia, el dragón que dormita en mi interior.

—Créeme, no te conviene que otra persona se ocupe de esto. No hay margen para la más mínima cagada. —Marino insiste y, para ser franca, me alegro de oír su voz.

No quiero echarlo de menos como acabo de hacer. No habría llevado conmigo a nadie más a aquel desenfrenado carnaval mediático de magnitud incomprensible, a aquellas calles atestadas a lo largo de kilómetros de unidades móviles y camiones de producción de las televisiones con parabólicas montadas en postes, en medio del rumor sordo e incesante de los helicópteros, como si estuvieran rodando una película.

«Los disparos ¿se efectuaron a quemarropa?»

Noto la rabia otra vez, pero no puedo permitirme el lujo de despertar a ese dragón interior. Fue mejor que Marino no estuviera conmigo. No tenía ganas. Conozco sus límites y sé que se habría venido abajo, hecho añicos, como un vidrio sacudido por vibraciones ultrasónicas intensas.

—Solo puedo decirte que tengo una corazonada sobre esto, Doc —me dice con su voz de siempre, aunque en un tono diferente que denota más fuerza y seguridad en sí mismo—. Ahí fuera hay un puto enfermo haciendo sus pinitos. Tal vez los sucesos recientes le inspiraron la idea.

—¿Los sucesos de Newtown, Connecticut? —No entiendo cómo ha llegado a semejante conclusión, y me gustaría que dejara de sacar a colación ese asunto.

—Así funcionan estas cosas —afirma—. Un puto enfermo le copia la idea a otro puto enfermo que se lía a tiros en un cine o un colegio para llamar la atención.

Lo imagino conduciendo por las oscuras calles de Cambridge en este tiempo. Seguro que no lleva puesto el cinturón de seguridad, y advertírselo sería una pérdida de tiempo ahora que vuelve a ser poli. Con qué rapidez retoma sus malas costumbres de otra época.

—No la han matado a tiros, ¿verdad? —le pregunto de forma enfática para eludir un tema inapropiado y doloroso—. Ni siquiera estás seguro de que se trate de un homicidio, ¿a que no?

—No, al parecer no recibió disparos —confirma Marino.

—No mezclemos las cosas comparándolo con lo sucedido en Connecticut.

—Estoy harto de que los medios recompensen a los gilipollas.

—Como todos.

—Empeora la situación y aumenta la probabilidad de que ocurra de nuevo. En vez de divulgar sus nombres, deberíamos enterrarlos en una fosa sin lápida.

—Ciñámonos al asunto que nos ocupa. ¿Sabemos si la víctima presenta heridas visibles?

—A primera vista, parece que no —responde—, pero lo que es seguro es que no se envolvió a sí misma en una sábana, salió por su propio pie, descalza, y se tumbó en el barro bajo la lluvia para dejarse morir.

Que Marino está puenteando a Luke Zenner, mi jefe adjunto, y a todos los patólogos forenses del CFC, no tiene que ver con que yo sea la más cualificada, aunque lo soy, sino con su empeño en recuperar la vida que llevaba en la época en que nos conocimos. Ya no trabaja para mí. Ahora tengo que estar a su disposición a todas horas. Es su forma de entender las cosas, y me lo recordará tan a menudo como pueda.

—A ver, si no te sientes con fuerzas... —dice, y no sé si está lanzándome un desafío o si pretende aguijonearme.

No lo veo claro. ¿Cómo voy a emitir un dictamen en este estado? Estoy agotada y muerta de hambre. No dejo de pensar en huevos duros con mantequilla y pimienta molida gruesa, pan caliente y recién horneado y café expreso. Mataría por un vaso de zumo de naranja roja helado y recién exprimido.

—No, no, lo peor ya ha pasado. —Me inclino para coger la botella de agua que tengo en la mesilla de noche—. Deja que me despeje un poco. —Hago el mínimo esfuerzo indispensable para beber un gran trago, hasta que la sed deja de ser insaciable, y ya no tengo los labios y la lengua secos como un estropajo—. Tomé jarabe para la tos antes de irme a dormir. Codeína.

—Qué suerte.

—Estoy un poco atontada, pero bien. No es muy aconsejable que conduzca, y menos con la nochecita que hace. ¿Quién la ha encontrado?

Tal vez ya me lo ha dicho. Me toco la frente con el dorso de la mano. No tengo fiebre. Estoy segura de que ha remitido sola y no por efecto del ibuprofeno.

—Una chica del MIT y un tipo de Harvard que habían quedado para salir y habían decidido buscar un poco de intimidad en la habitación de la residencia donde ella vive. ¿Conoces Simmons Hall? Es ese edificio gigantesco que parece construido con piezas de LEGO, al otro lado de los campos de béisbol y rugby del MIT —explica Marino.

Oigo que lleva el escáner de radio de la policía puesto a todo volumen. Se siente en su elemento, sin duda. Armado y peligroso, con una placa de agente en el cinturón, conduciendo un coche patrulla camuflado y equipado con luces, una sirena y sabe Dios qué más. En sus viejos tiempos en el cuerpo, solía trucar sus vehículos policiales como ahora hace con sus Harley.

—Vieron lo que al principio creyeron que era un maniquí con toga tirado en el lodo, en la orilla más apartada del campo, al otro lado de la valla que lo separa de un aparcamiento —dice el Marino de mi pasado, Marino el agente de policía—. Así que entraron por una puerta abierta para mirar más de cerca y, cuando descubrieron que era una mujer envuelta en una sábana sin nada debajo y que no respiraba, llamaron a emergencias.

—¿El cuerpo está desnudo? —Lo que estoy preguntando, en realidad, es si alguien lo ha movido y, en caso afirmativo, quién.

—Aseguran que no lo tocaron. La sábana está empapada, y creo que es bastante evidente que ella no lleva ropa. Según Machado, que ha hablado con ellos, está bastante seguro de que no tienen nada que ver con la muerte, pero les tomará muestras de ADN, revisará sus antecedentes y toda la pesca —añade que el agente Sil Machado, de Cambridge, sospecha que la mujer falleció por una sobredosis de drogas—. Lo que podría estar relacionado con ese suicidio tan raro del otro día —añade—. Como ya sabes, circula por las calles una sustancia chunga que está causando problemas tremendos por la zona.

—¿Qué suicidio? —Por desgracia, se han registrado varios desde que salí de la ciudad y caí enferma.

—El de la diseñadora de moda que saltó de la azotea de su bloque de pisos en Cambridge y salpicó de sangre la luna del gimnasio de la planta baja cuando aún había gente dentro haciendo ejercicio. Era como si hubiera estallado una bomba de espaguetis. El caso es que ellos piensan que podrían estar conectados.

—No entiendo por qué.

—Creen que podría ser un asunto de drogas, que la chica se metió en algún lío gordo.

—¿Quiénes lo creen? —Yo no me encargué del suicidio, por supuesto. Me agacho para recoger los montones de expedientes de casos que están en el suelo, junto a la cama.

—Machado. Y también su sargento y su teniente —contesta Marino—. La noticia ha subido por la cadena de mando hasta los superintendentes y el comisario.

Dispongo los expedientes sobre la cama. Son por lo menos doce carpetas que contienen informes impresos y fotografías que Bryce Clark, mi jefe de personal, me ha dejado todos los días en el porche, junto con provisiones que ha tenido la amabilidad de comprar para mí.

—Lo que les preocupa es que pueda tratarse de la misma mierda de diseño o de las mismas metanfetaminas adulteradas..., en otras palabras, de la última versión de sales de baño con la que ahora se esté trapicheando en nuestras calles. Quizá la mujer que se suicidó iba colocada con eso —aventura Marino—. Una teoría sostiene que Gail Shipton, si de verdad es ella la muerta, estaba consumiendo alguna droga muy tóxica con alguien y murió de sobredosis, por lo que su acompañante se deshizo de ella.

—¿Compartes esa teoría?

—Ni hablar. Si fueras a deshacerte de un cadáver, ¿elegirías un puñetero campo de deportes universitario como si quisieras asustar a la gente? A eso me refería, esa es la mayor amenaza a la que nos enfrentamos estos días. Si haces algo lo bastante escandaloso, saldrás en las noticias de todos los canales y captarás la atención del presidente de Estados Unidos. Creo que la persona que dejó el cuerpo tirado en el campo Briggs es esa clase de elemento. Lo hace para llamar la atención, para aparecer en titulares.

—Podría ser uno de sus motivos, pero seguramente hay más.

—Voy a enviarte un mensaje con unas fotos que me ha mandado Machado. —El vozarrón de Marino me resuena en el oído, una voz áspera, hosca, prepotente.

—No deberías enviar mensajes de texto mientras conduces. —Alargo el brazo para coger mi iPad.

—Ya, bueno, pues me pondré una multa.

—¿Hay marcas de arrastre o algún otro indicio de cómo llegó el cadáver hasta donde está?

—En las fotos verás lo enlodado que está todo. Además, lamentablemente, es probable que la lluvia haya borrado cualquier marca de arrastre o huella. Pero aún no he echado una ojeada *in situ*.

Abro las imágenes que acaba de mandarme, me fijo en la hierba mojada y el barro rojizo en la parte interior de la cerca del campo Briggs y amplío la zona en que aparece la muerta envuelta en algo blanco. Esbelta, tumbada boca arriba, con una larga cabellera castaña bien arreglada en torno a un rostro joven y bello ligeramente ladeado a la izquierda y reluciente por la lluvia. Lleva la tela enrollada alrededor del torso como una de aquellas toallas de baño grandes que se pone la gente para pasar el rato en el balneario.

Me asalta una sensación de familiaridad, y advierto sobresaltada las semejanzas entre estas imágenes y las que Benton, corriendo un riesgo considerable, me envió hace varias semanas. Sin autorización del FBI, me pidió mi opinión sobre los asesinatos en los que está trabajando en Washington. Pero aquellas mujeres tenían la cabeza tapada con bolsas de plástico, y esta no. Les habían rodeado el cuello con cinta americana decorada y les habían puesto un lazo, un sello distintivo de su asesino que brilla por su ausencia en este caso.

«Ni siquiera sabemos si se trata de un homicidio o no», razono. No me sorprendería que hubiera muerto de golpe y que su acompañante, presa del pánico, la hubiera cubierto con una sábana, tal vez de una residencia de estudiantes, antes de dejarla fuera, donde sabía que no tardarían en encontrarla.

—Sospecho que alguien dejó el coche en el aparcamiento, cerca de la valla, abrió la puerta y entró, llevando a la chica a rastras o en brazos —prosigue Marino mientras contemplo la foto en mi iPad, que me inquieta a un nivel profundo e intuitivo que está fuera de mi alcance, e intento entender racionalmente lo que siento, pero no lo consigo, y no puedo decirle a él una sola palabra sobre ello.

El FBI despediría a Benton si se enterara de que ha compartido información clasificada con su esposa. Tanto da que yo sea una experta con jurisdicción sobre casos federales y que hubiera sido lógico que me consultaran de todos modos. Por lo general lo hacen, pero, en esta ocasión, por algún motivo, no lo hicieron. Ed

Granby, su jefe, no me tiene mucho aprecio, y estaría encantado de despojar a Benton de sus credenciales y mandarlo a freír espárragos.

—Esa puerta en concreto no estaba cerrada con candado —dice Marino—. La pareja que la encontró declaró que cuando llegaron la encontraron cerrada, pero que la abrieron sin problemas. Las demás están aseguradas con cadenas y candados para que nadie pueda entrar fuera de horas. El responsable, sea quien sea, sabía que esa puerta no estaba encadenada, o bien utilizó unas cizallas o una llave para abrirla.

—El cuerpo está colocado en esa postura de forma deliberada. —El dolor fantasma de una jaqueca crónica hace que sienta la cabeza espesa—. Boca arriba, con las piernas juntas y rectas, un brazo descansando elegantemente sobre el vientre, el otro extendido, con la muñeca doblada en un ademán dramático como el de una bailarina o como si se hubiera desmayado en el diván. No hay nada fuera de su sitio, y está cuidadosamente envuelta en la sábana. De hecho, ni siquiera estoy segura de que sea una sábana.

Amplío la imagen lo máximo posible sin que empiece a desdibujarse.

—Es una tela blanca, de eso no hay duda. La pose es ritual, simbólica. —Estoy segura de ello, tanto como de que el revoloteo que noto en el estómago es de miedo.

¿Y si se trata de lo mismo? ¿Y si él está aquí? Me recuerdo a mí misma que tengo los casos de Washington frescos en la memoria porque son la causa de que Benton no esté en casa ahora mismo y porque no hace mucho que analicé las fotografías de la escena del crimen junto con los informes de la autopsia y del laboratorio. Un cuerpo envuelto en una tela blanca y colocado en una posición recatada y más bien lánguida no parece indicar en modo alguno que este caso guarde relación con los otros, repito una y otra vez para mis adentros.

—Está puesta así a propósito —asevera Marino— porque esa postura tiene un significado para el gilipollas enfermo que lo hizo.

—¿Cómo pudo alguien llevar el cadáver hasta allí sin que lo descubrieran? —Centro mi atención en lo que debo—. Aquello es un campo de deportes situado justo en medio de los bloques de pisos y residencias del MIT. Hay que partir de la idea de que la persona que buscamos quizá sea alguien que conoce la zona, posiblemente otro estudiante, un empleado de la universidad, alguien que vive o trabaja por allí.

—El lugar donde la dejaron no está iluminado por las noches —dice—. Detrás de las pistas de tenis cubiertas, ya sabes, la gran burbuja blanca, están las pistas de atletismo. Paso a buscarte dentro de treinta, cuarenta minutos. Ahora estoy delante del bar Psi. Está cerrado, claro. No parece haber nadie; no hay luces encendidas. Echo un vistazo por los alrededores, donde puede que ella utilizara su móvil, y luego voy para tu casa.

—Estás solo. —Doy por sentado.

—Corto y fuera.

—Por favor, ten cuidado.

Sentada en la cama, leo por encima los expedientes en el dormitorio principal de nuestra casa del siglo XIX, construida por un conocido trascendentalista.

Empiezo por el suicidio que ha mencionado Marino. Hace tres días, el domingo, 16 de diciembre, Sakura Yamagata, de veintiséis años, se arrojó desde la azotea del edificio de diecinueve plantas en el que vivía en Cambridge, y la causa de la muerte es la que cabría esperar de un suceso tan violento: politraumatismo, desprendimiento de masa encefálica; el corazón, el hígado, el bazo y los pulmones lacerados; fracturas múltiples en huesos faciales, costillas, brazos, piernas y pelvis.

Reviso las fotografías tamaño 20 × 25 de la escena del crimen, que muestran a mirones boquiabiertos y horrorizados, muchos de ellos en chándal, con los brazos ceñidos al cuerpo para protegerse del frío, y a un hombre de pelo cano y aspecto distinguido con traje y corbata que parece derrotado y aturdido. En una de las fotos aparece junto a Marino, que señala algo mientras habla, y en otra, se le ve agachado junto al cadáver, con la cabeza gacha en un gesto trágico y la misma expresión de abatimiento absoluto en el rostro.

Salta a la vista que tenía algún tipo de relación con Sakura Yamagata, y me imagino la reacción de espanto de quienes se hallaban en el gimnasio de la planta baja y presenciaron el momento exacto en que su cuerpo golpeó el suelo. Impactó con fuerza, como un saco de arena pesado, según la descripción de un testigo que figura en una crónica incluida en el primer expediente del caso. El ventanal del gimnasio quedó salpicado de tejidos y sangre, y varios dientes y trozos de su cuerpo se esparcieron en un radio de quince metros. La cabeza y la cara quedaron desfiguradas hasta hacer imposible cualquier reconocimiento visual.

Relaciono estas muertes por mutilación extrema con la psicosis o los efectos de las drogas, y mientras hojeo el informe policial detallado, me descoloca lo extraño que me resulta ver en él el nombre y el número de identificación de Marino.

«Parte presentado por el agente P. R. Marino (D33).»

No había visto un informe policial escrito por él desde que dejó la comisaría de Richmond hace una década, y leí su descripción de los hechos que tuvieron lugar el pasado domingo por la tarde en una torre de apartamentos de lujo en Memorial Drive, Cambridge.

... acudí al domicilio arriba citado una vez que el incidente se había producido y tomé declaración al doctor Franz Schoenberg. Me informó de que es psiquiatra con consulta en Cambridge y que Sakura Yamagata, diseñadora de moda, era su paciente. El día del incidente a las 15.56 h, ella le envió un mensaje de texto en el que expresaba su intención de «volar a París» desde la azotea de su edificio.

A las 16.18 h aproximadamente, el doctor Schoenberg llegó al domicilio de la fallecida y accedió a la zona de la azotea por una puerta trasera. Según declara, la vio desnuda, de pie en la cornisa, al otro lado de una barandilla baja, con la espalda vuelta hacia él y los brazos extendidos a los lados. Él le gritó: «Suki, estoy aquí. Todo se arreglará.» Afirma que ella no respondió ni dio señales de haberlo oído. Se precipitó de inmediato hacia delante en lo que él describe como un «salto del ángel intencionado»...

Luke Zenner llevó a cabo la autopsia y envió los tejidos y fluidos de rigor al laboratorio de toxicología: corazón, pulmones, hígado, páncreas, sangre...

Acaricio el cuerpo delgado y cubierto de manchas de *Sock*, noto cómo sube y baja suavemente las costillas al respirar, y de pronto vuelvo a estar rendida, como si hablar con Marino me hubiera consumido toda la energía. Luchando por permanecer despierta, busco entre las fotografías aquellas en las que sale el hombre canoso que sospecho que es el doctor Franz Schoenberg. Por eso la policía le permitió acercarse al cadáver. Por eso aparece junto a Marino. No me imagino qué debe de haber sentido al ver a su paciente saltar de una azotea. ¿Cómo se supera una experiencia así? Mientras mi pensamiento consciente va y viene, intento hacer memoria preguntándome si he coincidido con el psiquiatra en algún lugar.

«No se supera —pienso—. Hay cosas que no se superan, nunca, no se puede...»

Recuerdo que Marino ha mencionado una «droga muy tóxica». Una droga de diseño, sales de baño que han causado estragos en Massachusetts en el último año y que han influido en una serie de suicidios y accidentes estrambóticos. Se ha registrado un aumento alarmante de los homicidios y los delitos contra la propiedad, sobre todo en la zona de Boston donde se encuentran las viviendas de alquiler social o lo que la policía llama «casas baratas». Los pequeños traficantes de drogas y miembros de bandas consiguen un techo por muy poco dinero, degradan el barrio y causan grandes daños a su entorno. Repaso mentalmente la lista de cosas por hacer mientras accedo a mi cuenta de correo de la oficina. Escribo a toxicología para pedirles que se den prisa con los análisis del caso Sakura Yamagata y hagan un cribado de estimulantes de diseño.

Mefedrona, metilendioxipirovalerona o MDPV y metilona. A Luke no se le ocurrió incluir alucinógenos, pero también deberíamos realizar pruebas para detectarlos. LSD, metilergometrina, ergotamina...

Mi mente se dispersa y se concentra.

Los alcaloides ergóticos pueden producir ergotismo, enfermedad conocida también como fuego de San Antonio, cuyos síntomas parecen los efectos de un hechizo, por lo que algunos creen que fueron la causa de los juicios por brujería de Salem. Convulsiones, espasmos, manía, psicosis...

La vista se me nubla y se me aclara, doy cabezadas mientras la lluvia martillea el tejado y las ventanas. Debería haberle indicado a Marino que se asegure de que alguien monte una tienda con lona impermeabilizada o sábanas plastificadas para resguardar el cadáver de los elementos y de las miradas de los curiosos. Y para resguardarme a mí también. Lo que menos me conviene ahora es estar a la intemperie, empapándome, pasando frío, expuesta a las cámaras de los medios...

Había unidades móviles y camiones de producción por todas partes, así que nos cercioramos de que todas las persianas estuvieran bajadas. Una alfombra marrón oscuro. Espesas manchas de sangre coagulada negruzca y cuyo olor yo empezaba a notar conforme empezaba a descomponerse. Una sensación pegajosa en la suela de los zapatos, a pesar de que hacía lo posible por no pisarla, por trabajar como es debido en la escena del crimen. Como si sirviera de algo.

Pero no hay nadie a quien castigar, y cualquier castigo sería insuficiente. Me quedo sentada en silencio, recostada contra las almohadas, con la rabia contenida en su lóbrego rincón, inmóvil por completo, mirando por la ventana con ojos cetrinos. Veo su imponente silueta y noto su peso a los pies de la cama.

«Marino se habrá encargado de que el cuerpo esté protegido.»

La rabia se rebulle con brusquedad. El sonido y el ritmo del aguacero pasan de *fortissimo* a *pianissimo*...

«Marino sabe lo que hace.»

La fuga pasa de *adagio* a *furioso*...

3

Diez años antes
Richmond, Virginia

Una lluvia intensa se abate sobre el camino de acceso, anega el embaldosado de granito y azota los árboles, mientras la tormenta de verano castiga el cielo iracundo que se cierne sobre una ciudad de la que voy a marcharme.

Sudando en el garaje, corto una tira de cinta de embalar, ligeramente desinhibida, con una sensación un poco extraña por el alcohol. El agente de la Policía de Richmond Pete Marino intenta emborracharme para aprovecharse de mí cuando baje la guardia.

«Tal vez debería acostarme contigo y acabar con esto de una vez.»

Marco cajas con un rotulador para indicar a qué parte corresponden de mi casa de Richmond, que construí con madera y piedra recicladas, un sueño que se suponía que iba a durar: «sala de estar, baño principal, habitación de invitados, cocina, despensa, cuarto de la lavadora, despacho...». Todo lo posible por facilitarle el trabajo a la otra parte, aunque no tengo idea de cuál será finalmente.

—Dios, cómo odio las mudanzas. —Deslizo el aplicador de cinta sobre una caja y suena como si rasgara una tela.

—Entonces ¿por qué narices te mudas una y otra vez? —Marino flirtea de un modo agresivo, y en estos momentos se lo permito.

—¿Una y otra vez? —Suelto una carcajada ante lo ridículo de su afirmación.

—Y siempre en la misma puñetera ciudad. Vas de barrio en barrio. —Se encoge de hombros, ajeno a lo que está pasando, en realidad, entre nosotros—. Es imposible llevar la cuenta.

—No me mudo sin una buena razón —hablo como una abogada.

Soy una abogada. Una doctora. Una jefa.

—Huye, huye tan deprisa como puedas. —Los ojos enrojecidos de Marino me clavan en su tablón emocional.

Soy una mariposa. Una mariposa almirante. Una mariposa tigre cola de golondrina. Una *Actias luna*.

«Si te dejara, me desteñirías las alas. Sería un trofeo que dejaría de interesarte. Seamos amigos. ¿Por qué no te basta con eso?»

Aseguro las solapas de otra caja, reconfortada por el aguacero que cae frente a la puerta del garaje abierta, levantando una neblina que entra empujada por el aire, cien por cien humedad, vaporosa, goteante. Es como un baño de agua caliente. Como estar en el útero. Como un cuerpo ardiente doblado contra el mío, un intercambio de fluidos cálidos sobre la piel y en lugares profundos, tristes y solitarios. Necesito que el calor y la humedad me envuelvan, que abracen mi cuerpo como lo abraza la ropa empapada mientras Marino me mira fijamente desde su silla plegable, vestido con pantalones de chándal recortados y una camiseta, y con el ancho rostro encendido a causa del deseo, la lascivia y la cerveza.

Me pregunto quién será el siguiente agente de policía autoritario con el que tendré que lidiar, y, sea quien sea, no lo quiero. Es alguien a quien tendré que entrenar, aguantar, respetar, detestar, alguien de quien acabaré por aburrirme, a quien echaré de menos y amaré a mi manera. Me recuerdo a mí misma que podría ser una mujer, una investigadora curtida que dará por sentado que ella y la nueva jefa de medicina forense serán compinches, o sabe Dios qué.

Imagino a una agente lobuna presentándose en todos los lugares de los hechos y todas las autopsias, irrumpiendo en mi despacho o llegando acompañada del rugido de su furgoneta o su moto, como Marino. Una mujerona tatuada, bronceada, con una camisa vaquera sin mangas y un pañuelo en la cabeza, ávida por devorarme hasta la médula.

Estoy siendo irracional e injusta, prejuiciosa e ignorante. Lucy no es competitiva ni controladora con las mujeres que le interesan. No lleva tatuajes ni pañuelo en la cabeza. Ella no es así. No necesita convertirse en una depredadora para conseguir lo que quiere.

«No soporto estos pensamientos obsesivos e inoportunos. ¿Qué ha pasado?»

La angustia me oprime los órganos huecos del vientre y el pecho casi hasta impedirme respirar. Me abruma lo que estoy a punto de abandonar, que en realidad no es esta casa, ni Richmond, ni Virginia. Benton ya no está; lo asesinaron hace cinco años. Pero mientras permanezca aquí percibiré su presencia en estas habitaciones, en las calles por las que conduzco, en los sofocantes días de verano y en los deprimentes y crudos días del invierno, como si él me observara, como si tuviera conciencia de mí y de todos los matices de mi ser.

Lo percibo en los cambios en la dirección del viento, en los olores y en las sombras que configuran mi estado de ánimo, como voces procedentes de algún lugar inaccesible que me aseguran que no está muerto. Una pesadilla que no es real. Un día despertaré y él estará a mi lado, con los ojos color avellana clavados en los míos, acariciándome con sus dedos largos y ahusados. Notaré el calor que desprende, el tacto de su piel, la forma perfecta de sus huesos y músculos, tan reconocibles cuando me abraza, y estaré más viva que nunca.

Entonces no tendré que mudarme a ningún sitio existencialmente muerto donde más partes de mí se marchitarán centímetro a centímetro, célula a célula, y visualizo un bosque tupido en los alrededores de mi terreno y, más allá, el canal y las vías del ferrocarril. En la base del dique, un tramo rocoso del río James, una zona intemporal de la ciudad que se extiende detrás de Lockgreen, un enclave vallado de casas nuevas ocupadas por personas adineradas que conceden mucha importancia a la privacidad y la seguridad.

Vecinos a los que rara vez veo. Personas privilegiadas que nunca me interrogan sobre las tragedias más recientes sentados a una de mis mesas de acero inoxidable. Soy una italiana de Miami, una forastera. La vieja guardia del West End de Richmond no sabe qué pensar de mí. No me saludan. No se paran a charlar. Miran mi casa como si estuviera embrujada.

He caminado sola por esas calles, he atravesado el bosque hasta el canal y las herrumbrosas vías de tren, el lecho poco profundo y pedregoso, imaginando escenas de la guerra de Secesión y, muchos años antes, la colonia establecida río abajo, en Jamestown, el primer asentamiento inglés permanente. He encontrado consuelo en la vigencia del pasado, en los principios sin final, en la creencia de que hay un motivo y un propósito para todo, de que todo ocurre para bien.

«¿Cómo he llegado a esta situación?»

Cierro otra caja con cinta y percibo la muerte de Benton, un aliento frío y pegajoso en la nuca, traído por una corriente de aire húmedo. Me embarga una insoportable sensación de vacío, de que la nada me lo ha arrebatado todo.

—Pareces a punto de echarte a llorar —comenta Marino, con la vista fija en mí—. ¿Por qué lloras?

—Me pican los ojos por el sudor. Hace un calor tremendo aquí dentro.

—Podrías cerrar la condenada puerta y poner el aire acondicionado.

—Quiero oír el sonido de la lluvia.

—¿Por qué?

—Jamás volveré a oírla en este lugar tal como la oigo ahora mismo.

—Madre mía. No es más que lluvia. —Vuelve la mirada hacia la puerta abierta del garaje, como si pudiera tratarse de una lluvia fuera de lo común, un tipo de lluvia que nunca antes hubiera visto. Frunce el entrecejo como cuando está concentrado, arrugando la bronceada frente mientras se muerde el labio inferior y se frota el cuadrado mentón.

Tiene las facciones duras y un físico imponente y corpulento que rezuma agresividad; era casi apuesto antes de que sucumbiera a los malos hábitos en una etapa temprana de su dura existencia. Su cabello negro empieza a encanecer, y lo lleva peinado hacia un lado en una cortinilla que se niega a admitir, como tampoco reconoce que se está quedando calvo prematuramente. Mide más de metro ochenta y dos, de espaldas anchas y huesos grandes, y cuando le veo los brazos y las piernas desnudos, como ahora, me acuerdo de que es un ex boxeador campeón del torneo Golden Gloves que no necesita una pistola para matar.

—No entiendo por qué demonios tenías que presentar la dimisión. —Me mira con descaro, sin pestañear—. Te has pasado casi un año sin hacer nada más que darles tiempo a los muy gilipollas de encontrar un sustituto para ti. Ha sido una estupidez. No deberías haber dado el brazo a torcer. Que les den por el culo.

—Para ser sinceros, me echaron. Poner el cargo a disposición de tus superiores porque has humillado al gobernador viene a ser eso. —Ahora estoy más tranquila, repitiendo las frases de siempre.

—No es la primera vez que el gobernador se cabrea contigo.

—Y seguramente no será la última.

—Porque no sabes cuándo darte por vencida.

—Me parece que acabo de hacerlo.

Vigila todos mis movimientos como si fuera una sospechosa que en cualquier momento podría intentar coger un arma, y yo continúo etiquetando cajas como si fueran pruebas: «Scarpetta», la fecha de hoy y la indicación de que son objetos destinados al «armario principal» de una casa de alquiler en Florida en la que no quiero estar, porque tengo la sensación de que una derrota apocalíptica me devuelve a la tierra en que nací.

Regresar a mi lugar de procedencia es el fracaso supremo, la demostración de que no soy mejor que el entorno en que me crie, no soy mejor que mi egocéntrica madre y mi hermana Dorothy, narcisista adicta a los hombres, declarada culpable del delito de abandono de su hija única Lucy.

—¿Cuál es el sitio en el que has vivido más tiempo? —me interroga Marino, implacable, invadiendo con su atención zonas que nunca le he permitido tocar o entrar.

Se siente envalentonado y es culpa mía, por beber con él, por decirle adiós de una manera que suena a «hola, no me dejes». Intuye lo que me estoy planteando.

«Si te lo permito, tal vez ya no sea tan importante.»

—Miami, supongo —le respondo—. Hasta que, a los dieciséis años, me fui a estudiar a Cornell.

—A los dieciséis. Eres una cerebrito, como Lucy. Estáis cortadas por el mismo patrón. —No me quita de encima los ojos inyectados en sangre, con una expresión en absoluto sutil—. Yo llevo el mismo tiempo en Richmond y es hora de que pase página.

Aplico cinta a otra caja, marcada como «confidencial» y repleta de informes de autopsias, estudios de casos, secretos que debo guardar mientras él me desnuda con la imaginación. O tal vez solo me escudriña con la mirada porque le preocupa que esté un poco loca, que el revés sufrido por mi fulgurante carrera me haya trastornado un poco.

«La doctora Kay Scarpetta, la primera mujer nombrada jefa de medicina forense de Virginia, ahora ostenta también el honor de ser la primera obligada a renunciar al cargo...» Si vuelvo a oír eso una vez más en el noticiario de las narices...

—Dejo el departamento de policía —anuncia.

No muestro sorpresa. No muestro emoción alguna.

—Sabes por qué, Doc —prosigue—. Lo estabas esperando. Es justo lo que quieres. ¿Por qué lloras? No es sudor. Estás llorando. ¿Qué te pasa, eh? Te cabrearías si no dejara mi trabajo para irme a Dodge contigo, reconócelo. Eh, que no pasa nada —dice con amabilidad, con dulzura, malinterpretando mis reacciones como de costumbre, lo que me proporciona un consuelo peligroso—. Tendrás que seguir aguantándome. —Me gustaría que fuera verdad, aunque no en el sentido que él lo dice, y continuamos empleando cada uno un lenguaje distinto.

Agita una cajetilla para sacar dos cigarrillos y se levanta de la silla para ofrecerme uno. Me toca con el brazo mientras me acerca el encendedor. Cuando brota la llama, aparta el brazo y me roza con el dorso de la mano. Me quedo quieta y doy una calada profunda.

—A la porra las intenciones de dejarlo. —Me refiero al tabaco.

No estaba expresando mi escepticismo respecto a su voluntad de dejar el Departamento de Policía de Richmond. Lo dejará, tal como yo deseo, aunque sé que no debería, pues no hace falta ser adivina para predecir el resultado, las consecuencias últimas. Solo es cuestión de tiempo que se sienta enfadado, deprimido, castrado. Estará cada vez más frustrado, celoso y fuera de control. Un día, me ajustará las cuentas. Me hará daño. Todo tiene un precio.

Se oye otro sonido de desgarro cuando pego las solapas de otra caja, construyendo mis muros de cartón blanco que huelen a aire viciado y polvo.

—Vivir en Florida. Pescar, montar en mi Harley, olvidarme de la nieve. Ya sabes cómo me pongo cuando hace frío y un día de mierda. —Exhala una bocanada de humo, vuelve a su silla, se reclina hacia atrás y su fuerte olor se aleja—. No echaré nada de menos de este pueblucho de mala muerte. —Da unos golpecitos al cigarrillo para tirar la ceniza al suelo de hormigón, al tiempo que se guarda el paquete de cigarrillos y el encendedor en el bolsillo de su camiseta con manchas de sudor.

—Si dejas de patrullar las calles, no serás feliz —le digo la verdad. Pero no pienso impedir que lo deje—. Ser policía no es tu profesión: es tu identidad —añado. Estoy siendo sincera—. Necesitas detener a sospechosos, derribar puertas a patadas, cumplir tus amenazas, fulminar a los malnacidos con la mirada durante los juicios y enviarlos a la cárcel. Es tu *raison d'être*, Marino. Tu razón de ser.

—Sé lo que significa *raison d'être*. No hace falta que me lo traduzcas.

—Necesitas el poder de castigar a la gente. Vives para eso.

—Y una *merde*. ¿Los casos importantísimos en los que he trabajado? —Se encoge de hombros en su asiento mientras el sonido de la lluvia pasa de un goteo a un repiqueteo y luego a un martilleo. La fantasmagórica luz gris de la inestable tarde ilumina por detrás su fornida figura—. Puedo escribir mi propio destino.

—¿Y cuál sería, exactamente? —Me siento en una caja y sacudo la ceniza del pitillo.

—Tú.

—Una persona no puede ser tu destino. Además, jamás me casaré contigo. —Soy así de franca, pero es una verdad a medias.

—No te lo he pedido. ¿Alguien me ha oído pedírtelo? —Pasea la vista por el garaje como si hubiera otras personas aquí con nosotros—. Ni siquiera te he pedido que salgas conmigo.

—No funcionaría.

—No me digas. ¿Quién soportaría vivir contigo? —espeta mientras tiro el cigarrillo en una botella de cerveza vacía y se apaga con un siseo—. Solo hablo de trabajar juntos. —Se resiste a mirarme—. De ser tu investigador jefe, de formar un buen equipo, desarrollar un programa de entrenamiento. El mejor del mundo.

—Perderías el respeto por ti mismo. —Tengo razón, pero se niega a comprenderlo.

Fuma y bebe mientras la lluvia aporrea las baldosas de granito al otro lado de la abertura ancha y rectangular, a lo lejos se agitan los árboles, se arremolinan los nubarrones y, más allá de las vías de tren y del canal, el río que discurre por la ciudad de la que voy a marcharme.

—Y entonces me perderás el respeto a mí, Marino. Eso es lo que ocurrirá.

—La decisión está tomada. —Sin dejar de rehuirme la mirada, bebe otro trago de cerveza de la botella cubierta de gotas de condensación que resbalan y caen al suelo—. Lo tengo todo pensado. Lucy también.

—Grábate en la memoria lo que acabo de decirte. Hasta la última palabra —replico, sentada sobre la caja cerrada con cinta y que lleva escrita la advertencia NO TOCAR.

4

Cambridge, Massachusetts
Miércoles, 19 de diciembre
4.48 h

Un motor ruge delante de la casa, y abro los ojos, esperando ver cajas marcadas con rotulador y a Marino sudando en la silla plegable. Lo que veo son los muebles de cerezo que pertenecen a la familia de Benton de Nueva Inglaterra desde hace más de cien años.

Reconozco las cortinas color champaña cerradas, el sofá de rayas y la mesa de centro, frente a ellas, y el parqué castaño de madera noble que más allá se convierte en moqueta marrón. Percibo el olor dulzón y repugnante de la sangre. Regueros y manchas de un rojo oscuro sobre mesas y sillas. Dibujos coloreados con lápices de cera y rotulador fluorescente, y un tablero de clavijas en el que hay colgadas varias mochilas de niño en una abigarrada aula de primero de primaria en la que todos están muertos.

El aire está impregnado de las volátiles moléculas de sangre que se disgregan, de glóbulos rojos que se separan del suero. Coagulación y descomposición. Lo huelo. Y acto seguido dejo de olerlo. Ha sido una alucinación olfativa; el recuerdo de algo que no está aquí ha estimulado los receptores de mi primer par craneal. Cuando me masajeo la parte posterior del agarrotado cuello y respiro hondo, el hedor imaginado cede el paso al aroma de la madera antigua y la fragancia a cítricos y jengibre del ambientador de palos de bambú que está sobre la repisa de la chimenea. Detecto un toque de humo y leños quemados de la última vez que encendí el fuego, antes de que Benton se marchara de la ciudad, antes de lo de Connecticut. Antes de caer enferma. Consulto el reloj.

—Mierda —mascullo.

Son casi las cinco de la mañana. Debo de haberme quedado dormida otra vez después de la llamada de Marino, y ahora está en mi camino de acceso. Le envío un mensaje para decirle que me espere quince minutos mientras me viene a la memoria el Marino con el que estaba charlando y bebiendo cerveza en el calor húmedo. Cada imagen del sueño, cada palabra, me resultan tan vívidos como en una película, pues algunos detalles coinciden con lo que sucedió realmente el verano que me fui de Virginia para siempre, hace una década, y otros son recuerdos creados por mis desilusiones y miedos más profundos.

Todo es real en cuanto a lo que representa: lo que sabía y sentía entonces, en mi época más oscura, que Benton había sido asesinado, que me estaba viendo obligada a dimitir, empujada por la política, por varones blancos trajeados a quienes les importaba una mierda la verdad y lo que yo había perdido, que para mí lo era todo.

Bajo los pies al suelo y encuentro las zapatillas. Tengo que ir a una escena del crimen y Marino ha venido a buscarme como en los viejos tiempos en Richmond. Ha augurado que será un caso difícil, y no me cabe duda de que es lo que quiere. Desea que un homicidio sonado haga renacer su identidad perdida, lo ayude a surgir de las cenizas de lo que cree que ha malgastado por culpa mía.

—Lo siento —le digo a *Sock* mientras lo cambio de sitio de nuevo y me levanto, débil, mareada, pero en mucha mejor forma.

Me encuentro bien. Llena de una extraña euforia, de hecho. La presencia de Benton me rodea. No está muerto, por fortuna, gracias a Dios. Su asesinato fue un montaje, una ingeniosa artimaña urdida por el ingenioso FBI para protegerlo del crimen organizado, de un cártel francés al que había perjudicado. No le permitieron revelarme que estaba sano y salvo en un programa de protección de testigos. No podía establecer ningún tipo de contacto conmigo ni dar señales de vida mientras me vigilaba desde lejos sin que me enterase, para asegurarse de que estuviera bien. Yo lo notaba. Ahora lo sé. Aquello con lo que soñé es cierto, y había una manera mejor de hacer las cosas, y nunca perdonaré al FBI los años de mi vida que arruinó. Fueron años inconexos y crueles que pasé hundida en el abatimiento a causa de las mentiras de la agencia. Mi corazón, mi alma, mi destino estaban siendo controlados desde un tosco y feo edificio de hormigón prefabricado bautizado en honor de J. Edgar Hoover. En la actualidad, ni Benton ni yo toleraríamos una cosa así, por nada del mundo. Ahora nos profesamos la máxima lealtad el uno al otro, y él me cuenta cosas. Encuentra el modo de comunicarme lo que necesita que yo sepa para que no tengamos que volver a pasar por una experiencia tan terrible. Está vivito, coleando y fuera de la ciudad. Eso es todo. Marco el número de su móvil para decirle que lo echo de menos y desearle un feliz casi-cumpleaños. Me contesta el buzón de voz.

A continuación, llamo a su hotel en el norte de Virginia, el Marriott donde se aloja siempre que tiene que tratar algún asunto con sus colegas del FBI en la Unidad de Análisis de Conducta, la UAC.

—El señor Wesley ha dejado el hotel —me informa el recepcionista cuando le pido que me ponga con la habitación de Benton.

—¿Cuándo? —pregunto, desconcertada.

—Ha sido justo cuando yo empezaba mi turno, hacia medianoche. —Reconozco la voz del recepcionista, suave y con un deje virginiano. Lleva años trabajando en el mismo Marriott y he hablado muchas veces con él, sobre todo en las últimas semanas, después de que se produjeran un segundo y un tercer asesinatos.

—Soy Kay Scarpetta...

—Sí, señora, lo sé. ¿Qué tal está? Soy Carl. Suena un poco acatarrada. Espero que no haya pillado ese virus que circula por ahí. Dicen que es bastante fuerte.

—Estoy bien, pero gracias por preguntar. ¿Por casualidad ha comentado por qué se marchaba del hotel antes de tiempo? Yo creía que estaría allí hasta el fin de semana.

—Sí, señora. Lo estoy consultando. Estaba previsto que dejara la habitación el sábado.

—Sí, tres días más. Vaya, qué raro. ¿No sabe por qué se fue de repente a medianoche? —Estoy divagando un poco, intentando encontrarle un sentido a lo que no lo tiene.

—El señor Wesley no ha dicho por qué. He estado leyendo acerca de los casos en los que su unidad está trabajando aquí, lo poco que se publica, como el FBI lo lleva todo en secreto..., lo que solo empeora las cosas, en mi opinión, porque yo al menos preferiría saber a qué nos enfrentamos. Ya sabe que algunos no llevamos pistola ni placa ni vamos a todas partes en manada, y nos da miedo ir incluso al centro comercial o al cine. Estaría bien saber lo que está pasando aquí, y déjeme que le diga, doctora Scarpetta, que muchos están nerviosos, muchos están asustados, incluido yo. Si de mí dependiera, mi mujer no saldría más de casa.

Le doy las gracias y me zafo lo más cortésmente posible de la conversación, contemplando la posibilidad de que haya surgido otro caso espantoso en algún sitio. Tal vez han destinado a Benton a otra localidad. Pero no es normal que no me haya avisado. Compruebo si me ha enviado un correo electrónico. No tengo nada de él.

—Probablemente no ha querido despertarme —le digo a mi viejo perro holgazán—. Es una de las ventajas de estar enferma. Por si no te sintieras ya bastante mal, la gente te hace sentir aún peor porque no quiere molestarte.

Cuando paso por delante del espejo, vislumbro mi reflejo por unos instantes. Estoy pálida, tengo el pijama de seda negro arrugado, la cabellera rubia apelmazada y pegada a la cabeza, los ojos azules vidriosos. He perdido un par de kilos, y tengo el aspecto de una persona acosada por sueños que parecen una recreación de un pasado que añoro, aunque no es verdad que lo añore. Necesito una ducha, pero tendrá que esperar.

Abro varios cajones de la cómoda y saco ropa interior, calcetines, unos pantalones estilo cargo negros y una camisa de manga larga del mismo color con el distintivo del CFC bordado en dorado. Cojo mi Sig de nueve milímetros, que está en la mesilla de noche, y la guardo en una funda riñonera de extracción rápida mientras me pregunto por qué me tomo esa molestia. A nadie le importará lo que lleve puesto a una escena del crimen enfangada. No necesito un arma oculta si Marino viene a recogerme.

Hasta la decisión más insignificante me resulta agobiante, quizá porque no he tenido que tomar ninguna importante en los últimos días. Calentar caldo de pollo, cambiarle el agua al plato de *Sock*, darle de comer, sin olvidarme de su sulfato de glucosamina y condroitina. Beber mucho líquido, todo el que aguante. No tocar las carpetas que están en el suelo, junto a la cama, los informes de autopsias y de laboratorio que aguardan a que los estudie y los firme; no mientras tenga fiebre. Y, por supuesto, he realizado un montón de compras por internet en todo el tiempo libre que he tenido para dejarme llevar por pensamientos y sueños, y gastar dinero con la intención de hacer felices a todas la personas hacia quienes me siento agradecida, aunque me decepcionen, como mi madre, mi hermana Dorothy, y quizá también Marino.

Encerrada en la habitación, con Benton unos 700 kilómetros al sur de aquí, me alegro de habérmelo repetido una y otra vez casi hasta creérmelo. La mayoría de los médicos son malos pacientes, y tal vez yo sea la peor. Cuando regresé de Connecticut, él quería marcharse de Washington de inmediato y yo sabía que no era lo que debía hacer. Intentaba comportarse como un buen marido. Insistió en que tomaría el primer vuelo, pero me negué en redondo. Cuando está intentando cazar a un depredador, no debe dejar que nada lo distraiga, ni siquiera yo, por muy mal trago que esté pasando. Le dije que no.

—No me estoy muriendo, pero hay personas que sí —declaré con firmeza por teléfono—. Ya he visto bastantes muertes. Más de las que nadie debería ver en su vida. No sé qué diablos le pasa a la gente.

—Voy para allá. No importará que me marche unos pocos días antes de lo previsto. Créeme. Las cosas no van bien por aquí, Kay.

—Una mujer que tiene un hijo con graves problemas de desarrollo ha decidido enseñarle a usar un puto fusil de asalto Bushmaster, ¿no te jode?

—Me necesitas a tu lado, y yo necesito volver a casa.

—Entonces tal vez podrá masacrar una escuela primaria entera para sentirse poderoso unos instantes antes de suicidarse.

—Entiendo que estés enfadada.

—El enfado no sirve para un carajo.

—Cogeré un avión, o le pediré a Lucy que venga a buscarme.

Le dije que su prioridad y la de sus colegas de la UAC era atrapar a un homicida al que los medios habían apodado el Asesino Capital.

—Detened a ese *infame bastardo* antes de que vuelva a matar —le dije—. Estoy bien. Me las apañaré. Tengo la gripe, Benton —añadí, restando importancia a mi malestar—. No sería una compañía agradable, y no quiero contagiarte a ti ni a nadie. No vengas a casa.

—Aquí las cosas van de mal en peor —aseguró—. Me preocupa que se haya ido a otro lado y que esté matando de nuevo o a punto de hacerlo, y en la UAC nadie está de acuerdo conmigo en nada.

—Sigues convencido de que no vive en el área de Washington.

—Creo que va y viene, lo que explicaría por qué no se registraron asesinatos entre abril y Acción de Gracias. Siete meses de silencio, y luego dos crímenes seguidos. El tipo conoce muy bien ciertas zonas geográficas porque tiene un trabajo que lo obliga a viajar.

Lo que explica me parece lógico, pero no entiendo que los demás no le hagan caso. Siempre lo habían tratado con el respeto que se merece, pero ahora, con los casos de Washington, no es así, y sé que está molesto y hasta las narices, pero no puede permitirse preocuparse por mí. Sé que se ha hartado de pasarse el día sentado con analistas de investigación penal, que la gente aún llama «expertos en perfiles criminológicos», escuchando las teorías e interpretaciones psicológicas formuladas desde Boston y no en la propia UAC. El mayor problema es que Ed Granby tiene mucho protagonismo en este caso. Benton debe lidiar con todo eso, no con la enfermedad de su esposa.

Sock me sigue hasta el baño, donde entorno los ojos, deslumbrada por la luz del techo, intensa y brillante como los azulejos antiguos del metro. Las toallas blancas plegadas encima del cesto cerca de la bañera me recuerdan el cadáver envuelto en una tela en el MIT.

Entonces me vienen de nuevo a la mente las víctimas de Washington y el estudio que realicé de sus casos el mes pasado después de que dos mujeres más fueran asesinadas con una semana de diferencia. Me planteo la posibilidad de enviarle la fotografía a Benton por correo electrónico, pero es algo que no me corresponde a mí, sino a Marino, y aún no ha llegado el momento. Además, tampoco me corresponde revelarle a él detalles sobre los casos de Benton. De hecho, no puedo, bajo ningún concepto.

Me lavo la cara y me adecento un poco mientras recuerdo lo que dijo sobre comportamientos repetitivos más allá del asesinato: las bolsas, la cinta americana, el hecho de que cada víctima llevara la ropa interior de la víctima anterior salvo en el primer caso, el de Klara Hembree. Era originaria de Cambridge, lo que me inquieta también.

Cuando se hallaba en pleno divorcio de un promotor inmobiliario adinerado, se mudó a Washington la primavera pasada para estar cerca de su familia, y solo un mes después la habían secuestrado y asesinado. En las bragas se encontró ADN de una mujer no identificada de ascendencia europea, lo que según Benton indica que probablemente hay otras víctimas.

Pero no hay posibilidad de cotejar los casos o establecer correlaciones entre ellos, porque el FBI ha escatimado mucho la información. En las noticias no han dicho una palabra sobre las bolsas o la cinta americana. Ni siquiera han mencionado las telas o sábanas blancas, menos aún las bolsas de plástico transparente con un holograma de un pulpo de cabeza oblonga e iridiscente y tentáculos que emiten brillos de colores distintos según el ángulo de la luz.

A Klara Hembree la mataron en abril, y el mes pasado, antes de Acción de Gracias, hubo dos víctimas más: Sally Carson, profesora universitaria, y Julianne Goulet, concertista de piano. Se cree que ambas, al igual que la primera, fueron asfixiadas con una bolsa de plástico del *spa* de Washington llamado Octopus en el que alguien entró a robar hace un año y se llevó de la zona de carga cajas llenas de bolsas con el logotipo de la empresa, entre otras existencias. Benton tiene la certeza de que el asesino está perdiendo el control, pero el FBI no atiende a su reiterada recomendación de permitir que ciertos detalles de los crímenes salgan a la luz pública.

Tal vez el departamento de policía de algún sitio esté investigando un crimen similar, pero Ed Granby, el jefe de Benton, continúa desautorizando su dictamen. Ha prohibido de forma terminante divulgar cualquier dato de la investigación sobre Klara Hembree, ex residente en Cambridge, lo que significa que tampoco se puede difundir información sobre los dos casos más recientes. La opinión inamovible de Granby es que si se filtran detalles, quizás aparezca un imitador. Aunque no le falta razón, ha dejado la investigación en punto muerto, según Benton.

Desde que Granby se hizo cargo de la división de Boston el verano pasado, Benton se ha sentido cada vez más aislado y marginado, y yo no he dejado de recordarle que algunas personas son envidiosas, controladoras y competitivas. Es una fea realidad de la vida. Con el tiempo, los dos han aprendido a despreciarse cordialmente, y sospecho que esa es una razón oculta por la que mi esposo quería regresar a casa. No era solo por mi enfermedad o porque mañana es su cumpleaños o porque es temporada de vacaciones navideñas. La última vez que hablé con él estaba sumamente descontento, por lo que abrigaba la tenue esperanza de que apareciera en cualquier momento, o quizás eran ilusiones infundadas. Hace casi un mes que se fue a Washington y lo echo de menos una barbaridad.

Regreso al dormitorio, seguida por *Sock*. Marino tendrá que esperar un par de minutos más. Cojo el iPad de encima de la cama, me conecto a la base de datos de mi oficina, encuentro lo que Benton escaneó para mí el mes pasado y exploro rápidamente los archivos. Reconstruyo los tres homicidios en la mente, como si estuvieran produciéndose ante mis ojos, y los detalles me dejan tan perpleja como la primera vez que los examiné. Visualizo lo mismo que antes, basándome en mis conocimientos sobre cómo funciona y cómo no funciona la biología, y las observo morir, igual que antes. Lo veo.

Una mujer con una bolsa de plástico transparente en la cabeza y cinta americana en torno al cuello, una cinta decorada con unos motivos negros, como de encaje. El plástico transparente se infla y se desinfla rápidamente, y el pánico le asoma a los ojos mientras su rostro se torna de un intenso rojo azulado. El aumento de la presión provoca hemorragias petequiales dispersas en mejillas y párpados, puntos diminutos de un color rojo vivo que aparecen conforme los vasos sanguíneos se revientan. Ella lucha por seguir viva, aunque conteniéndose en cierto modo, hasta que todo queda inmóvil y en silencio, y el último acto, le colocan un lazo confeccionado con la misma cinta americana decorada bajo el mentón: el asesino envolviendo su regalo para la inhumanidad.

Sin embargo, las pruebas físicas no apuntan a las conclusiones que yo habría esperado. Relatan una verdad que parece mentira. Las víctimas deberían haber forcejeado de forma violenta. Deberían haber pugnado desesperadamente por respirar cuando estaban asfixiándolas, pero no hay indicios de que lo hicieran. En palabras de Benton, da la impresión de que se doblegaron, como si quisieran morir, aunque sé de sobra que no querían.

No se trata de suicidios, sino de crímenes llenos de sadismo, y creo que el asesino las inmoviliza de alguna manera, quizá con ataduras que no dejan marcas. Pero no se me ocurre cuáles. Hasta el material más suave produce hematomas o abrasiones a quien está atado con él, si entra en pánico y forcejea. No logro dilucidar por qué la cinta adhesiva no ocasionó lesión alguna. ¿Cómo se puede asfixiar a alguien prácticamente sin que queden señales de ello?

Todos los cuerpos fueron encontrados en un parque público, en el norte de Virginia o en el sur de Maryland. Continúo revisando por encima lo que Benton me mandó a finales de noviembre, consciente de que tengo que darme prisa y no puedo revelarle a Marino lo que pienso. Tres parques distintos, dos con un lago y uno con un campo de golf, todos muy cercanos a vías de ferrocarril y situados a menos de treinta kilómetros de Washington. En las fotografías del lugar de los hechos, las víctimas iban desnudas salvo por unas bragas que, según se descubrió, pertenecían a una víctima anterior, excepto Klara Hembree, ex vecina de Cambridge. El perfil de ADN obtenido a partir de la ropa interior que llevaba corresponde a la mujer no identificada de ascendencia europea, es decir, blanca.

Hago clic para pasar de una foto a otra; imágenes de rostros inertes que miran a través de bolsas de plástico de la tienda de productos para el baño y el cuidado corporal de un *spa* llamado Octopus, cerca de Lafayette Square, a unas pocas manzanas de la Casa Blanca. No hay señales de agresión sexual, ninguna prueba significativa encontrada en los cadáveres salvo dos tipos de fibras de licra, una teñida de azul, la otra de blanco. La morfología de dichas fibras presenta ligeras diferencias en los tres casos. Se cree que podrían proceder de la ropa deportiva que lleva el asesino o de la tapicería de los muebles de su domicilio.

Me siento en el sofá para vestirme, economizando energías antes de emprender el trayecto hacia los terrenos deportivos del MIT, donde examinaré a un ser humano muerto al que tendré que arrancarle la verdad con cuentagotas y a fuerza de bisturí, tal como he hecho miles de veces a lo largo de mi carrera. *Sock* sube de un salto y me apoya el hocico grisáceo en el regazo. Le acaricio la cabeza y el largo y aterciopelado morro, con cuidado de no hacerle daño en las orejas, maltrechas y cubiertas de cicatrices por los malos tratos que sufrió en su vida anterior en el canódromo.

—Levántate —le digo—. Tengo que pasearte y luego ir a trabajar. No quiero que te pongas nervioso por eso. ¿Me prometes que estarás bien? —Para tranquilizarlo, le aseguro que Rosa, nuestra asistenta, llegará pronto y le hará compañía—. Vamos. Luego desayunarás y te echarás una siesta. Antes de que te des cuenta, habré regresado a casa.

Espero que los perros no detecten cuando les mentimos. Rosa no vendrá pronto y yo no volveré antes de que *Sock* se dé cuenta. Es muy temprano y me espera un día muy largo. En el móvil suena el tintineo que me avisa que he recibido un mensaje de texto.

«¿Vienes o qué?», pregunta Marino.

«Voy», le contesto.

Me abrocho la correa de nailon de la pistolera y me la ajusto a la cintura mientras descorro una cortina.

5

Velos de lluvia se agitan y ondulan ante las farolas que se alzan frente a nuestra casa, un antiguo edificio de estilo federal situado en el centro de Cambridge, cerca de Divinity School, el seminario de la Universidad de Harvard, y la Academia de Artes y Ciencias.

Observo a Marino bajar de un cuatro por cuatro que no es de su propiedad. El Ford Explorer, negro o azul oscuro, está aparcado en el encharcado camino de acceso a mi casa mientras las gotas que caen a raudales revientan sobre las viejas baldosas. Marino abre la puerta del acompañante, sin percatarse de que lo miro desde una ventana del primer piso, ajeno a lo que siento cuando lo veo, indiferente a cuanto pueda afectarme.

Nunca me comunicó la noticia, y naturalmente no hacía falta, pues yo ya lo sabía. Al Departamento de Policía de Cambridge le habría dado igual su petición de excedencia, y ni siquiera un aluvión de elogiosas cartas de recomendación habría servido de nada si yo no hubiera intervenido personalmente para que lo trasladaran a la unidad de investigación. Yo le conseguí su puto nuevo empleo. Es la irónica realidad.

Intercedí por él ante el comisario de policía de Cambridge y el fiscal de distrito local, asegurándoles como autoridad en la materia que Marino era el candidato perfecto. Dadas su vasta experiencia y su formación, era innecesario que lo obligaran a estudiar en la academia con novatos. Y a la porra los límites de edad. Él es una joya, un tesoro. Expuse estos argumentos a su favor porque quiero que sea feliz. Que ya no esté molesto conmigo. Que deje de culparme.

Noto una punzada de tristeza y rabia cuando abre la jaula colocada sobre el asiento posterior para dejar salir a su pastor alemán adoptado, al que le puso el nombre de *Quincy*. Engancha una correa al arnés y oigo el golpe sordo de la puerta al cerrarse bajo la impetuosa lluvia. A través de las ramas desnudas del gran roble, al otro lado de la ventana, miro a ese hombre al que he conocido durante buena parte de mi vida profesional mientras guía a su perro, aún un cachorro, hasta los arbustos. Caminan a lo largo de la pared de ladrillo, y las luces del detector de movimiento se encienden y parpadean como para saludar al agente Pete Marino, de la policía de Cambridge, que se acerca. Su gran estatura parece incluso mayor en la sombra que proyectan sobre los escalones del porche las viejas farolas de gas de hierro. Las uñas de *Sock* repiquetean sobre el parqué mientras me sigue hasta las escaleras.

—En mi opinión, las cosas no saldrán como él cree —continúo hablándole al perro, que permanece callado como un mimo—. Lo está haciendo por el motivo equivocado.

Marino no lo ve así, por supuesto. Está convencido de que dejó las calles hace diez años a instancias mías y completamente en contra de su voluntad. Si le preguntaran «¿Son todas sus desilusiones culpa de Kay Scarpetta?», diría que sí y pasaría la prueba del polígrafo.

Enciendo las luces que inundan de colores vivos e intensos los vitrales franceses de los ventanales situados sobre el rellano.

Una vez en el recibidor, desactivo el sistema de alarma y abro la puerta principal. Marino se alza cuan alto es sobre el felpudo, y su perro, todo patas, tira desesperado de su correa para brindarnos a *Sock* y a mí un saludo juguetón y baboso.

—Pasa. Tengo que pasear a *Sock* y darle de comer. —Empiezo a sacar mi equipo del armario del recibidor.

—Tienes muy mala cara. —Marino se quita la capucha del impermeable, que no para de gotear. Su perro lleva un arnés de trabajo con las palabras EN PROCESO DE ADIESTRAMIENTO en un costado y NO ACARICIAR en el otro, escritas con grandes letras blancas.

Extraigo mi maletín de campo, una voluminosa caja de plástico resistente que compré a precio de saldo, al igual que buena parte de mi instrumental médico-legal, que consigo en grandes tiendas como Walmart o Home Depot siempre que puedo. No tiene sentido pagar cientos de dólares por un cincel quirúrgico o un costótomo cuando puedo adquirir por una bicoca utensilios que funcionan igual de bien.

—No quiero mojarte el suelo. —Marino me contempla desde el porche, sin pestañear y con la misma mirada fija que en mi sueño.

—No te preocupes por eso. Rosa vendrá. Esto está hecho un desastre. Ni siquiera he comprado un árbol todavía.

—Por lo que dices, es como si Scrooge viviera aquí.

—Tal vez sí. Entra, que hace un día horrible.

—Se supone que escampará pronto. —Se limpia los pies en el felpudo, dando taconazos y restregando las suelas de sus botas de piel.

Me siento en la alfombra mientras él cruza el umbral y cierra la puerta. *Quincy* se me acerca, meneando con ímpetu el rabo de forma que golpetea el paragüero. Marino, el adiestrador de perros, o como Lucy lo llama, «el chófer canino», tensa la correa para estrangularlo ligeramente y le ordena que se siente. *Quincy* no obedece.

—Siéntate —repite Marino con firmeza—. Al suelo —añade sin muchas esperanzas.

—¿Qué más sabes acerca de este caso, aparte de lo que me has explicado por teléfono? —Tengo a *Sock* en el regazo, temblando porque sabe que me marcho—. ¿Algún otro dato sobre Gail Shipton, si es que en realidad se trata de ella?

—Detrás del bar hay un callejón con una pequeña zona de aparcamiento solitaria en la que algunas de las farolas están fundidas —describe—. Obviamente, fue allí donde utilizó su teléfono. Lo he encontrado, y también uno de sus zapatos.

—¿Estás seguro de que esos objetos son suyos? —Empiezo

por ponerme botas de caña baja, de nailon negro, impermeables y con aislamiento térmico.

—El teléfono sí, sin duda. —Se saca una galletita del bolsillo, parte un trozo, y *Quincy* se sienta en lo que yo llamo su posición previa a la embestida. Listo para abalanzarse sobre su presa.

—¿Y los premios que te di para él? Eran de boniato, una caja entera.

—Se me han acabado.

—Eso significa que le das demasiados.

—Aún está creciendo.

—Pues si sigues así, crecerá, pero no en el sentido que tú quieres.

—Además, le limpian los dientes.

—¿Y el dentífrico para perros que te preparé?

—No le gusta.

—¿No tenía el móvil protegido con contraseña? —pregunto mientras me ato los cordones con doble nudo.

—Tengo un truquillo para eso.

Pienso en Lucy. Marino ya está poniendo en práctica las viejas habilidades de mi sobrina en su nueva profesión, y todos sabemos que no son necesariamente legales.

—Yo tendría cuidado con las cosas que tal vez no quieras explicar ante un tribunal —le advierto.

—No podrán hacerme preguntas sobre lo que no saben. —Su actitud deja claro que no le interesan mis consejos.

—Imagino que antes lo habrás hecho analizar en busca de huellas y ADN. —No puedo evitar hablarle como si todavía estuviera bajo mi supervisión. Hace menos de un mes lo estaba.

—Sí, el móvil y también la funda.

Me levanto del suelo y él me muestra la fotografía de un teléfono inteligente en una funda negra rígida, encima del asfalto mojado y agrietado, cerca de un contenedor de escombros. No se trata de las típicas tapas finas para móvil, sino de una cubierta dura, a prueba de golpes y sumergible con pantallas retráctiles, lo que Lucy califica de «tecnología militar». Tanto ella como yo tenemos la misma funda, y este detalle podría revelarme algo importante acerca de Gail Shipton. La gente de a pie no suele usar cubiertas de teléfono como esa.

—Tengo su historial de llamadas. —Marino me explica cómo ha obtenido la contraseña y otros datos por medio de un analizador físico manual que en teoría no debería tener.

Es un invento de Lucy. Un escáner móvil que modificó para que sirviera a su propósito, en su caso la piratería informática. A mi sobrina le bastan cinco minutos con un ordenador o teléfono inteligente para hacerse con el control de la vida de su propietario.

—Gail realizó la última llamada ayer por la tarde a las cinco cincuenta y tres. —Marino clava los ojos en la pistolera que llevo en la cintura—. A Carin Hegel, que acababa de pedirle por mensaje de texto que la llamara. ¿Desde cuándo vas armada?

—¿Carin Hegel? ¿La abogada?

—¿La conoces?

—Por suerte no me he visto implicada en grandes pleitos, así que no. Pero he coincidido con ella varias veces. —La más reciente, en el juzgado federal de Boston. Intento recordar cuándo.

Este mismo mes, hace unas dos semanas. Topé con ella en la cafetería de la primera planta y me comentó que había asistido a la vista previa de un caso relacionado con una empresa de gestión financiera que ella describió como «una banda de matones».

—Todo apunta a que Gail se marchó del bar y se dirigió hacia el aparcamiento de la parte de atrás, lo que coincide bastante con lo que me contó su amiga Haley Swanson —prosigue—. Gail recibió la llamada de alguien con el número oculto y debió de salir del establecimiento para oír mejor. En el historial solo constan las palabras «desconocido» y «móvil». Si accedes a la pantalla de información correspondiente, puedes ver la fecha, la hora y la duración de la llamada, que fue de diecisiete minutos. —Le da a *Quincy* otro trozo de galleta—. Gail puso fin a esa conversación cuando le llegó el mensaje de texto de Carin Hegel. Intentó telefonearla, y esa llamada solo duró veinticuatro segundos, lo que resulta interesante. O no consiguió localizarla y le dejó un mensaje de voz, o alguien la interrumpió.

—Tenemos que contactar con Carin Hegel. —La inquietud palpita en mi interior.

Dijo algo más cuando nos encontramos en la cafetería del juzgado hace unas semanas. Me reveló que no estaba alojándose en su casa. Supuse que se había trasladado a algún lugar secreto donde permanecería hasta que terminara el proceso.

Me confió que seguir su rutina habitual no habría sido seguro. Qué casualidad que sufriera un accidente de coche justo en ese momento, añadió con ironía, aunque saltaba a la vista que no consideraba el asunto cosa de risa. Me estaba avisando por si se presentaba en mi oficina sin cita previa y en posición horizontal, bromeó, pero no me pareció gracioso. Nada de todo aquello me lo parecía.

—Ya le he dejado el recado de que me llame lo antes posible —me informa Marino.

—¿Has mencionado que su clienta podría estar desaparecida?

—Sí. No me conoce, claro, así que ignoro si me devolverá la llamada o le pedirá a su secretaria que lo haga. Ya sabes cómo son esos abogados de altos vuelos —dice Marino mientras me pongo la chaqueta—. El zapato estaba cerca del teléfono, algo mojado, pero da la impresión de que no llevaba mucho tiempo allí. Horas, más que días. Creo que alguien agarró a Gail y ella forcejeó, de modo que se le cayeron el teléfono y el zapato. ¿Por qué diantres llevas una pistola?

—¿Cómo es el zapato? —pregunto.

Abre otra fotografía en su teléfono y me enseña un zapato de imitación de piel de cocodrilo verde, tirado con la suela hacia arriba sobre el asfalto sucio y empapado.

—Es de los que se salen con facilidad, a diferencia de las botas o zapatos con cordones o cremallera —observo.

—Exacto. Lo que nos indica que se resistió mientras alguien la hacía subir a un coche por la fuerza.

—Yo aún no sé lo que nos indica. ¿Qué hay de sus otros efectos personales?

—Es posible que llevara consigo un bolso marrón. Tenía uno, y no está en su piso. Es lo que dice su amiga Haley.

—Con quien no has vuelto a hablar desde la una de la madrugada.

—No doy abasto. —Marino le ofrece a *Quincy* otro pedazo de galleta. Ya lleva tres en quince minutos—. Quien secuestró a Gail debió de quedarse con su bolso.

—¿Y nadie la oyó gritar? Alguien la agarra o la obliga a subir a un coche en una zona muy concurrida de Cambridge durante la hora feliz, ¿y nadie oye nada?

—Había mucho ruido en el bar. También depende de cuánto bebiera ella.

—Si estaba ebria, se hallaba en una posición más vulnerable, desde luego. —Llevo años predicándolo.

Los violadores, atracadores y asesinos tienden a preferir a víctimas borrachas o drogadas. Una mujer que sale tambaleándose de un bar, sola, es un blanco seguro.

—La zona de detrás del bar queda bastante desierta después del anochecer —dice Marino—. Solo se usa como atajo para llegar a la avenida Massachusetts. En otras palabras, es muy fácil para un maleante entrar y salir del callejón al que da la parte posterior del bar. Ir allí a hablar por teléfono a las cinco y media o seis de la tarde, hora en que ya estaba totalmente oscuro, fue una estupidez.

—No culpemos a la víctima de entrada. —Atravieso el recibidor con *Sock*, me detengo un momento para enderezar los grabados victorianos colgados en la pared revestida de paneles.

Percibo la humedad y el polvo que lo impregnan todo; mi mundo privado está patas arriba y descuidado, o al menos así me lo parece, sin una sola luz navideña y con un olor a casa cerrada y vacía, una cocina sin usar, la ausencia de sonidos de la vida cotidiana. Desde que volví de Connecticut, nada es como debería.

—Fue un error salir a ese callejón. —La voz de Marino me sigue—. Y también concentrarse en su teléfono, ajena a lo que la rodeaba —agrega, subiendo la voz.

6

El patio trasero está cubierto de agua estancada. El viento racheado agita los árboles de forma intermitente, y la lluvia cae con un fragor antinatural, bullendo sobre las baldosas como si hiciera calor. Una niebla húmeda flota en el aire.

Las casas vecinas están a oscuras, pues los adornos navideños van conectados a unos temporizadores que apagan las velas eléctricas y las ristras de luces de colores desde la medianoche hasta el atardecer. Me he familiarizado bien con la rutina. Todos los días que he pasado sola y enferma he hecho exactamente lo mismo: monto guardia frente a la puerta abierta, con la mano izquierda apoyada en la funda riñonera. Noto el peso de la pistola que contiene mientras mi galgo traumatizado va trotando hasta su zona favorita, olisquea detrás de los setos y se mete en agujeros negros donde no alcanzo a verlo. Se ha vuelto un experto en evitar las luces detectoras de movimiento.

Escruto las densas sombras y el viejo muro de ladrillo que separa nuestra finca de la colindante, y se me ocurre que tal vez lo que Benton insinuó el otro día es verdad. Estoy más vigilante que de costumbre. Comentó que, teniendo en cuenta todo lo que está pasando, no es de extrañar que esté intranquila y con los nervios a flor de piel, y yo no repliqué ni entré en explicaciones. Ya tiene demasiadas cosas en la cabeza y no quiero preocuparlo, pero me asalta esa sensación cuando escudriño la oscuridad y la lluvia que me rodean. La sensación de que alguien me observa. La tengo desde que llegué de Connecticut.

He percibido sonidos muy sutiles: el crujido de una ramita, el susurro de hojas secas que se mueven. Ha empezado a darme miedo salir con *Sock* después del anochecer, y parece que a él también. Detesta el invierno y el mal tiempo, y he racionalizado que es una reacción a mi propia inquietud. Se me encoge el corazón al verlo olfatear el viento en este momento, como rastreando. De pronto, se pone rígido y regresa dando saltos a mi puesto frente a la puerta, con el rabo entre las patas, y se apretuja contra mí, pugnando por entrar en casa, como ha hecho varias veces últimamente.

—Ve a hacer caca —le ordeno con firmeza—. No pasa nada. Estoy aquí mismo. —Intento localizar la causa de su miedo, por si resulta que no soy yo—. ¿De qué se trata? ¿De un mapache, un búho, una ardilla?

Escucho con atención, pero no oigo más que el estruendo del aguacero, mirando alrededor desde la seguridad de mi base. Por el vano de la puerta escapa un tenue brillo que ilumina una alfombra apelmazada de hierba empapada y marrón y el murete circular de piedra que rodea la magnolia en el centro del patio. El resplandor de la vidriera que tengo encima resalta contra la fachada posterior de la casa, y sus coloridos destellos como de piedras preciosas me delatan cuando llego a casa o me dispongo a salir con el perro.

Es como proclamar mis movimientos a cualquiera con malas intenciones, por lo que tendría sentido dejar apagada la luz de las escaleras. Pero me niego. Los colores vibrantes y los animales mitológicos me proporcionan alivio y placer. No permitiré que el miedo irracional me domine, ni que personas perversas, ya sean reales o imaginarias, vuelvan a arrebatarme nada.

—¿Qué ocurre? Oh, por el amor de Dios, vamos. —Me aparto de la puerta y atravieso el patio, seguido por *Sock*, que me toca la corva con el morro—. Vamos —repito, en un tono tranquilo y despreocupado que no se aviene con lo que siento.

Mi mente consciente me asegura que todo está en orden, pero otra parte de mi cerebro me indica que hay algo que no va bien. La sensación que tenía antes se aviva. Ráfagas de lluvia azotan las pesadas ramas y las hojas gomosas de la magnolia, y el pulso se me acelera. Mientras la tormenta ulula en torno al tejado y agita los arbustos, reacciono físicamente a algo que no logro identificar.

Cuando se oye el ligero clic de una piedra o ladrillo al otro lado del muro posterior, se me ponen los pelos de punta y siento que me pesan las piernas, pero los días en que estaba demasiado aterrorizada para moverme o respirar quedaron atrás en mi infancia. He vivido muchas experiencias que han endurecido una parte primaria de mí que ya no se deja llevar por el pánico. Abro la solapa de la riñonera y extraigo con sigilo la pistola mientras me pongo la capucha y guío a *Sock* hasta el banco de piedra que circunda el árbol. Cerca hay unos arbustos.

—Anda, ve. No me moveré de aquí —le digo, y él se escabulle tras un frondoso seto de boj, con las orejas hacia atrás y los ojos fijos en mí.

Unas gotas gruesas y frías golpetean la tela impermeable que me cubre la cabeza mientras permanezco de pie, totalmente inmóvil, atenta. Observo el muro. Aguzo el oído y espero. Consternada, caigo en la cuenta de que no he introducido una bala en la recámara y me resultará difícil tirar de la corredera hacia atrás. El arma está mojada. Ha sido una estupidez no amartillarla antes de salir de casa. De repente, *Sock* arranca a correr hacia la puerta abierta. Lo sigo sin volver la espalda hacia el muro que separa el patio de la finca que está al otro lado.

Lo noto como una fuerza magnética, una presencia maligna que acecha detrás de la pared, tan cerca que casi puedo olerla, un hedor acre, sucio, eléctrico, como de un cortocircuito en una instalación antigua. El olor que percibe la gente que está a punto de sufrir una crisis convulsiva, pero solo son imaginaciones mías. No hay hedor alguno, solo el aroma almizcleño de las hojas secas mojadas y el ozono de la lluvia. El agua continúa cayendo a un ritmo constante, el viento gélido y húmedo no cesa, y lo que se ha movido, sea lo que sea, está quieto y en silencio. Las leyes de la física ocasionan que los objetos se muevan, me digo, como cuando una encuentra una moneda sobre la alfombra y no tiene la menor idea de cómo llegó hasta allí desde lo alto del tocador en que la vio por última vez.

Miro en derredor y, al no ver nada fuera de lo normal, entro en casa, cierro la puerta y corro el cerrojo. Tras inspeccionar a través de la mirilla el patio desierto y lluvioso, froto a *Sock* con una toalla y lo felicito por haberse portado tan bien mientras seco la pistola y la guardo de nuevo en la funda. Echo otra ojeada por la mirilla y, en un acto reflejo, poso la mano en el pomo antes de tomar conciencia de lo que estoy viendo.

La persona que está al otro lado del muro es un varón joven, menudo, probablemente un niño. Lleva la cabeza descubierta, tiene la tez clara y, por un instante, clava la vista en la puerta de atrás, directamente en mí, que lo espío por la mirilla. Vislumbro su pálida piel, las oscuras cuencas de sus ojos y, cuando abro la puerta de golpe, él echa a correr.

—¡Oye! —grito.

Se esfuma tan súbitamente como ha aparecido.

Entro en mi cocina de electrodomésticos de acero inoxidable, madera vieja y antiguas arañas de alabastro color ámbar.

—¿Qué ha sido todo eso? —Marino se sirve un vaso de agua mineral con gas, y noto que cree que yo estaba gritándole a *Sock*, que se acerca a la alfombrilla sobre la que están sus platos y se sienta, expectante.

—Teníamos visita —respondo—. Posiblemente un varón joven, blanco, de pelo oscuro, quizá, puede que un crío. Estaba detrás del muro, tal vez desde antes de que yo saliera al patio. Luego se ha ido corriendo.

—¿En tu propiedad? —Marino deja el vaso y la botella como preparándose para salir disparado hacia la parte trasera de la casa.

—No —contesto, sorprendentemente tranquila. Aliviada, de hecho.

No estaba imaginando cosas, después de todo.

—Estaba al otro lado del muro, en el patio del vecino. —Extiendo la toalla húmeda en una barra de un armario.

—Entonces no se trata de un allanamiento. Al menos de tu vivienda.

—No sé qué estaba haciendo.

—¿Estás segura de que no era el vecino que vive allí atrás?

—A esta hora y con este tiempo, ¿por qué habría de esconderse mi vecino detrás del muro para luego huir? Su aspecto no me resultaba familiar, pero obviamente no he podido verlo bien.

Abro mi bolso, que está en la encimera, cerca del teléfono, y saco mi cartera, los carnés que me acreditan como médica forense y mis llaves.

—Un varón joven que al parecer no es de por aquí. ¿Estás segura? —Marino guarda la botella en un frigorífico que no es el mismo que aquel del que la sacó.

—No estoy segura de nada salvo de lo que he dicho. —Encuentro mi placa del CFC, que tiene incrustado un chip de identificación por radiofrecuencia, está sujeta por un cordón y lleva una funda de plástico—. Pero lo que es innegable es que en los últimos días he tenido una sensación extraña cuando estoy en casa, la sensación de que alguien me observa. Y *Sock* ha estado nervioso.

Marino se queda pensativo, sopesando sus opciones. Podría salir a la lluviosa oscuridad y buscar al sospechoso, aunque no se ha cometido delito alguno, al menos que nosotros sepamos. Pero también estoy bastante convencida de que el acechador se encuentra ya lejos y así se lo digo a Marino. Le explico que la persona que he visto se ha alejado a la carrera en dirección a la Academia de Artes y Ciencias, situada en un terreno muy boscoso, y que, justo al norte, al otro lado de la calle Beacon y las vías del ferrocarril, está Somerville. Ya no pertenece a la jurisdicción de Cambridge. Esa persona podría estar en cualquier parte.

—A lo mejor era un chaval que pretendía cometer un «robo exprés» —aventura Marino mientras yo saco de un cajón una linterna LED pequeña, pero potente y compruebo que la pila funcione—. En esta época del año se disparan los casos de vandalismo, roturas de parabrisas y ventanas para robar ordenadores portátiles, iPads, iPhones. Te sorprendería la cantidad de gente de dinero que hay en Cambridge sin un sistema de alarma instalado en casa —comenta, como si yo no tuviera la menor idea de lo que ocurre en la ciudad donde vivo y trabajo—. Los chicos vigilan la casa para averiguar dónde están los aparatos electrónicos, luego revientan una ventana, cogen lo que quieren y corren como alma que lleva el diablo.

—No somos buenos candidatos para un robo exprés. Salta a la vista que tenemos sistema de alarma. —Dentro de la despensa, colgada de un gancho, está mi bolsa bandolera de nailon, que llevo cuando viajo ligera de equipaje—. Hay letreros en el patio, y si esa persona ha mirado por la ventana, habrá visto los teclados en las paredes con luces rojas que indican que la vivienda está protegida.

—¿Siempre la tienes encendida cuando estás en casa?

—Sobre todo cuando estoy sola. —Eso ya lo sabe, por Dios santo.

—¿Y comenzaste a notar esa sensación extraña cuando Benton se marchó a Washington?

—Más tarde. Se marchó hace cerca de un mes, justo después del segundo y tercer asesinatos. Creo que no noté nada fuera de lo normal en un principio. —Está tanteándome para determinar si estoy asustada por los casos de Benton, secuestros y asesinatos de los que Marino no sabe nada salvo lo poco que ha salido en los noticiarios.

—Vale. ¿Cuándo empezaste a sentirte rara exactamente?

—Desde que regresé de Connecticut. La sensación me asaltó por primera vez el sábado por la noche. —La cartera, las llaves, los carnés, la placa y la linterna van a parar a la bolsa, que me abraza la cintura cuando me cuelgo la correa del hombro.

Marino me observa, y sé a qué conclusión ha llegado. El fin de semana viví una experiencia traumática, por lo que estoy paranoica y, lo que es más importante, me siento menos segura que cuando él trabajaba para mí. Quiere creer que su ausencia me afecta en lo más hondo, que no llevo una vida tan ordenada como antes, y en realidad así es. Abro un armario que está encima del fregadero.

—Bueno, es comprensible —declara.

—La sensación no tiene nada que ver con eso, te lo aseguro. —Deposito sobre la encimera una lata de comida para *Sock* y un par de guantes de reconocimiento de nitrilo gris.

—¿De verdad? ¿Quieres explicarme por qué de repente consideras necesario ir armada a una escena del crimen, a pesar de que yo voy a acompañarte?

Continúa presionándome porque quiere creer que tengo miedo.

Por encima de todo, quiere creer que lo necesito.

—Ni siquiera te gustan las pistolas —agrega.

—No es cuestión de lo que me guste —hablo al ritmo del ruido que hace el abrelatas eléctrico al cortar el metal—. Resulta que tampoco creo que haya que albergar sentimientos hacia las armas. El amor, el odio, el agrado o el desagrado deben tener como objeto las personas, las mascotas o la comida, no las armas de fuego.

—¿Desde cuándo llevas una encima o te tomas siquiera la molestia de quitarle el seguro?

—¿Cómo sabes si me he tomado la molestia o no? No estás conmigo gran parte del tiempo, y, últimamente, nunca. —Vacío la lata en el plato de *Sock*, que aguarda frente a su alfombrilla, mirándome con su cara aguzada.

—Pues no creo que sea casualidad que, en cuanto dejo de estar a tus órdenes, de pronto vas armada a todas partes.

—No voy armada a todas partes, pero sí, desde luego, cuando entro o salgo sola de casa por la noche —replico.

Marino apura de un trago lo que le queda de agua con gas y emite un eructo silencioso.

—Esperar a que la víctima desactive la alarma y salga con el perro es la táctica más vieja del mundo. —Con la mano enguantada, le doy de comer a *Sock*: albóndigas de pescado blanco y arenque sin grano, procurando que no las engulla y se atragante.

Mi amigo adoptado es propenso a la pulmonía. La tendencia a comer con voracidad le viene de sus años en el hipódromo, donde no lo alimentaban a diario.

—No creerás en serio que hago eso desarmada —razono, dirigiéndome de nuevo hacia el recibidor.

Marino deja el vaso en el fregadero y me sigue. Las chaquetas de ambos gotean despacio sobre el suelo.

—¿Cuántos casos conocemos en los que el acosador se entera de que su víctima elegida tiene perro y comienza a tomar nota de su rutina? —le recuerdo, quizá con la intención de hacerlo sentir culpable.

Dejó el trabajo de buenas a primeras, sin siquiera dignarse comunicarme la noticia. Desde que caí enferma, no ha llamado una sola vez para preguntarme cómo me encuentro. Pongo la alarma y apremio a Marino para que salgamos lo antes posible de casa, aprovechando que *Sock* está distraído con un premio de boniato. Llevo otro en el bolsillo, y, como siempre, *Quincy* lo sabe. Cuando bajo las escaleras y avanzo por el sendero, me sigue, dándome tirones leves.

La lluvia empieza a amainar, y hace una temperatura excesivamente alta, de poco más de diez grados, por lo que nadie creería que falta menos de una semana para Navidad, de no ser por las elegantes coronas en las puertas y las cintas con lazos rojos en las farolas. Aún no ha habido heladas extremas y hemos tenido un diciembre templado y nublado, pero no durará. Se supone que el próximo fin de semana nevará.

—Al menos no tengo que preocuparme de que no sepas manejar correctamente un arma. —Marino sube a *Quincy* a su jaula, cierra la puerta y echa el pestillo—. Puesto que fui yo quien te enseñó a disparar.

El pastor alemán se sienta sobre su camita de felpa y fija en mí sus brillantes ojos castaños.

—No quiero interferir en su entrenamiento —digo con ironía, sacando el premio de boniato.

—Ya es algo tarde —asevera él, como si la falta absoluta de disciplina de su perro fuera culpa mía, como todo lo demás.

La trufa de *Quincy* asoma entre las varillas de la jaula. Lo oigo masticar mientras me acomodo en el asiento delantero.

Marino arranca el motor y se inclina para coger su transmisor de radio portátil. Contacta con el operador de radio y pide que todas las unidades de la zona estén alerta por si ven a un joven varón blanco merodeando por alguna vivienda en la zona norte de Harvard, y que corría hacia la Academia de Artes y Ciencias la última vez que fue avistado. El coche número trece contesta de inmediato que se encuentra unas pocas manzanas al sur, cerca de Divinity School.

—¿Algún detalle más? —pregunta el agente.

—Lleva la cabeza descubierta, es de complexión más bien delgada, posiblemente menor de edad —le recuerdo a Marino en voz baja—. Seguramente va a pie.

—No lleva gorra —informa por la radio—. Se le ha visto por última vez corriendo hacia el bosque, en dirección a Beacon.

7

El cuatro por cuatro camuflado de Marino está totalmente equipado con escáner, radio, sirena y luces para la rejilla. Todo este material permanece ordenado y oculto en cajas y compartimentos, por lo que la tapicería y la moqueta oscuras están impecables. Se nota que está orgulloso de su «buga», como solía referirse a su Crown Victoria durante su época en Richmond.

—Parece casi nuevo y va como la seda. Además, es híbrido. Te has vuelto ecologista, me tienes impresionada. —Deslizo el dedo sobre el salpicadero, abrillantado con Armor All—. Liso como el cristal. Se podría patinar sobre él.

—Cuatro cilindros en V, EcoBoost de dos litros, figúrate —refunfuña—. El cuerpo acaba de recibir unos V seis biturbo nuevecitos, pero los han asignado a los mandamases. ¿Qué pasará cuando tenga que perseguir a un sospechoso?

—Ganarás el premio por la huella de carbono más pequeña. —Miro por la ventanilla, en busca del acechador que estaba al otro lado del muro posterior de mi casa.

—Sería más fácil intentar arrear a una tortuga. Es como si nos dieran pistolas de agua para ahorrar en munición.

—No es una analogía muy precisa. —Se me escapa una sonrisa ante lo ridículo de su actitud. Marino despotricando en estado puro.

—El último coche que tuve antes de dejar Richmond era un Interceptor V ocho. Podía ponerlo a doscientos cuarenta puñeteros kilómetros por hora.

—Por fortuna no se me ocurre ningún caso en que tengas que alcanzar esa velocidad en Cambridge, a menos que vayas en un avión. —No veo un alma en la calle.

Transcurren varios minutos sin que nos crucemos con vehículo alguno, mientras me pregunto por qué alguien podría estar espiándome, tal vez desde que regresé de Connecticut. No creo un robo exprés. «¿Quién es? ¿Qué quiere?»

—Benton debería haber vuelto a casa. —Marino conduce por el campus de Harvard al límite de velocidad, cincuenta y cinco kilómetros por hora, más deprisa de lo que la inmensa mayoría de la gente necesita ir por aquí—. Estabas hecha una mierda y él te dejó sola. Por no hablar del mal trago que acababas de pasar. —Tenía que sacar eso a colación de nuevo. Y volverá a hacerlo.

—No habría servido de nada que Benton regresara a casa —replico, pero no es verdad.

Si alguien está vigilando nuestro hogar o acosándome, me resultaría muy útil tenerlo a mi lado, y no me gusta cuando no está. Las últimas semanas se me han hecho largas y duras. Quizá no debería haberle dicho que me encontraba bien y que no lo necesitaba, porque eso era totalmente falso. A lo mejor debería haber sido más egoísta.

—No está bien que te quedaras sola. Ojalá me hubiera enterado de lo que te estaba ocurriendo.

Marino se habría enterado si se hubiera tomado la molestia de preguntar. Veo pasar al otro lado de la ventana el museo de arte de Harvard, un edificio de obra vista y cristal. El Harvard Faculty Club está engalanado por las fiestas, y las bibliotecas Houghton y Lamont se alzan como monumentales bloques de ladrillo tras los viejos árboles de Harvard Yard. Oigo el zumbido de los neumáticos sobre el asfalto mojado. En el asiento trasero, *Quincy* ronca con suavidad en su jaula, y la radio de la policía bulle de actividad.

Una llamada a la policía en la que la persona cuelga antes de hablar. Un altercado doméstico. Individuos sospechosos en un cuatro por cuatro rojo con parachoques reflectante que huyen del aparcamiento de un complejo de pisos de alquiler social en la calle Windsor. Marino escucha con atención mientras conduce.

Ahora que ha vuelto al lugar donde pertenece, está satisfecho y lleno de energía, y yo no he tenido ocasión de echarle en cara lo que ha hecho, pero ahora no es el mejor momento.

—Ya que tienes tantas ganas, a lo mejor podrías explicarme qué te pasa a ti. —Toco el tema de todos modos.

No responde y, unos minutos más tarde, enfilamos Memorial Drive. A nuestra derecha, el río Charles, de superficie oscura pero brillante, se curva hacia Boston en un meandro elegante. El perfil tenuemente iluminado de los edificios del centro se vislumbra a través de las nubes. La antena en lo alto del Prudential Building emite un intermitente resplandor rojo sangre.

—Hablamos de ello en una vida anterior —dice al fin—. Lo predije aquel día, en Richmond, cuando estaba a punto de mudarme. Diez años después, aquí estamos. Habría sido un detalle de tu parte que me hubieras comentado lo de tu cambio de profesión.

Ladea la cabeza hacia la radio, atento a una llamada sobre posibles robos en el complejo de viviendas de la calle Windsor antes mencionado.

—Aunque solo sea por cortesía —añado.

—Control a coche trece —repite el operador.

El coche trece no responde.

—Mierda. —Marino levanta la radio portátil del cargador y sube el volumen.

Concluyo que lo hace para eludir una discusión que le incomoda, pero al mismo tiempo, me siento desconcertada. Hace menos de quince minutos, el coche trece ha comunicado que estaba cerca de mi barrio, buscando al acechador. Tal vez lo ha dejado para acudir a esta nueva llamada.

—Control a coche trece, ¿me recibe? —dice otra vez el operador de radio.

—Coche trece, recibido —contesta finalmente el agente, que tiene la señal débil.

—¿Se ha marchado ya de la zona?

—Negativo. Me acerco a pie al edificio tres, donde al parecer han forzado varios vehículos. Un cuatro por cuatro rojo con parachoques reflectante en el que viajan varios individuos ha sido visto alejándose a gran velocidad —jadea—. La descripción coincide con la de un vehículo que ya ha causado problemas aquí antes. Robos de coches y vandalismo posiblemente relacionados con bandas. Solicito refuerzos.

—Ese lugar es la hostia de peligroso, por mucho que lo hayan limpiado. —Marino está entusiasmado—. Ahí pasan un montón de cosas chungas; camellos que van a visitar a su madre y aprovechan para hacer algún trapicheo. Cristal de metanfetamina, heroína, sales de baño. Y, por si fuera poco, robos de coches, vandalismo y, hace un par de semanas, un tiroteo desde un vehículo. Cometen sus fechorías y salen por piernas, y a veces regresan en cuanto se larga la policía. Para ellos es un puto juego. —Hacía mucho tiempo que no lo veía ponerse así—. Por eso lo que está pasando aquí es una locura —agrega, alterado—. Hay viviendas de alquiler social junto a casas de un millón de dólares o en medio de Technology Square, con sus empresas de miles de millones de dólares. Así que nos cuesta Dios y ayuda poner un poco de orden.

—Respondo a trece. Estoy en Main —responde otra unidad que circula por la zona—. Voy para allá.

—Recibido —contesta el operador.

—¿Te acuerdas de ese día en Richmond del que te hablo? —pregunto, llamando de nuevo su atención sobre el tema.

—¿Qué predicción? —Deja la radio sobre sus rodillas.

Describo la tarde lluviosa con la que he soñado, rememorando al Marino de entonces mientras miro al Marino que tengo al lado, que es mayor, tiene arrugas profundas en el rostro, y la incipiente calva rapada al cero.

Sigue teniendo un aspecto fuerte e imponente, con sus vaqueros y el chubasquero negro de Harley-Davidson, y por el modo en que reacciona a mis palabras, me doy cuenta de que finge tener mala memoria. Lo noto en la manera en que mantiene la vista al frente y luego se vuelve para comprobar que *Quincy* está bien antes de cambiar de posición al volante, sujetándolo con ambas manos descomunales. Todo menos mirarme. No se atreve, porque ni él ni yo somos capaces de hablar abiertamente de lo que estuvo a punto de pasar.

Ese día, antes de marcharse de mi casa de Richmond, pasó un momento al interior para ir al baño. Cuando salió, yo estaba esperándolo en la cocina. Le dije que necesitaba comer algo y que lo que menos le convenía era conducir. Había bebido mucho, y yo también.

—¿Qué me ofreces? —No se refería a comida—. La cosa podría salir bien. —No se refería a la cena—. Tú eres una pieza, y yo otra, y encajamos a la perfección. —No estaba pensando en cocinar ni estaba hablando del trabajo.

Siempre ha creído que seríamos la pareja ideal. El sexo sería la alquimia que nos transformaría en lo que él quiere, y esa lluviosa tarde en Richmond casi lo intentamos. Nunca lo he querido de ese modo. Nunca lo he deseado de ese modo. Tenía miedo de lo que él haría si yo no daba el brazo a torcer, y también de lo que sucedería si cedía. Marino se habría llevado la peor parte, y yo no quería que me siguiera a ningún sitio, si eso era lo que creía que le estaba ofreciendo.

Por eso me contuve. Ya no se trataba solo de sexo. Estaba enamorado de mí, y así lo manifestó. Lo dijo más de una vez mientras cenábamos. Y ya nunca volvió a decirlo.

—Te lo advertí. Predije que querrías hacer justo lo que has hecho —afirmo con vaguedad deliberada—. Simplemente no entiendo por qué no podías hablar conmigo de tus planes profesionales en vez de llamarme de repente para pedirme cartas de recomendación y referencias. Tu forma de llevar la situación no estuvo bien.

—Tal vez lo que no estuvo bien fue tu forma de llevar la situación ese día en Richmond. —Lo sabe. Se acuerda.

—No te lo discuto.

—Esta vez no quería que me convencieras de que no lo hiciera, ¿vale? —dice.

—Lo habría intentado. —Desbloqueo mi iPhone para conectarme a internet—. Habría intentado quitarte de la cabeza la idea de dejar el CFC. Tienes toda la razón.

—Por una vez lo reconoces. —Parece complacido.

—Sí, lo reconozco, y también que disuadirte de que tomaras una decisión vital como esa habría sido injusto. —Introduzco el nombre de Gail Shipton en la pantalla del buscador—. Fui injusta en las otras ocasiones en que lo hice, y lo siento. Lo digo sinceramente. Pero, desde un punto de vista egoísta, no quería perderte. Espero no haberte perdido.

Pese a la penumbra, leo en su rostro que lo que acabo de decir lo ha conmovido, y me pregunto por qué me cuesta tanto expresar lo que siento. Pero es así. Siempre me ha costado.

—Ahora tenemos que ocuparnos de un caso —dice—. Como antes.

—Mejor que antes. Tenemos que ser mejores. El mundo no se ha convertido precisamente en un lugar más agradable en los últimos diez años.

—Esa es una de las razones por las que hago esto —asevera—. La ley necesita personas con perspectiva, que tengan claro cómo eran las cosas y hacia dónde van. Cuando tú y yo empezábamos, todo giraba en torno a los asesinos en serie. Llegó el 11-S y tuvimos que empezar a preocuparnos por los terroristas, lo que no significa que no tengamos que preocuparnos también por los asesinos en serie, que han proliferado como nunca.

Encuentro un portal de noticias de Fox actualizado hace treinta y cinco minutos que informa de la desaparición de la estudiante de posgrado del MIT Gail Shipton, vista por última vez ayer a última hora de la tarde en Cambridge, en el bar Psi.

Se maneja la hipótesis de que se trate de la mujer muerta descubierta hace unas horas en el campo Briggs del MIT, y el texto va acompañado de un vídeo que muestra a la policía de Cambridge y del MIT instalando luces auxiliares en la tierra del cuadro interior de un campo de béisbol. La escena da paso a un plano de Sil Machado haciendo una declaración. El agua de la lluvia golpea ruidosamente el micrófono y le chorrea de la gorra.

—Por el momento no tenemos comentario formal sobre la situación. —El apodo de Machado es «el Guerrero Portugués», pero no presenta un aspecto fiero cuando mira a la cámara. Un ligero temblor de nerviosismo recorre su semblante sombrío, y mantiene la espalda tensa y encorvada contra el aguacero y el viento. Su expresión rígida parece denotar que se siente incómodo pero intenta disimularlo—. Tenemos una persona fallecida, en efecto —continúa—, pero no confirmación de los hechos ni de que se trate de la mujer presuntamente desaparecida.

—No me lo puedo creer. —Marino echa una ojeada a mi teléfono mientras escucha—. Machado y sus quince minutos de fama.

—¿Se han puesto en contacto con la doctora Scarpetta? —pregunta la enviada especial.

—En cuanto despejemos la escena, el cuerpo será trasladado a la oficina de la jefa de medicina forense —asegura Machado.

Continúo navegando por internet para ver qué más encuentro mientras los limpiaparabrisas chirrían contra el cristal, y de pronto comienza a sonar el móvil de Marino. El tono parece el rugido de una Harley-Davidson con tubos de escape Screamin' Eagle. Pulsa un botón en el auricular, y la voz de Sil Machado se oye a través del altavoz del manos libres.

—Hablando del rey de Roma, mira quién llama —comenta Marino.

—En el Canal Cinco han estado mostrando una foto de ella —comienza a explicar Machado—. Al menos estamos recibiendo un montón de llamadas de personas que creen haberla visto en el bar Psi. Nada útil, por el momento.

—¿Cómo consiguieron su foto los del Canal Cinco? —Una luz azul brillante parpadea en el pinganillo de Marino.

—Resulta que la chica que denunció su desaparición la colgó en su página web hacia medianoche —responde Machado—. Haley Swanson.

—Eso es un poco raro.

—No necesariamente. Todo el mundo es periodista hoy en día. Llamó a la policía y luego publicó la foto junto con un aviso de que Gail había desaparecido. Supongo que intentaba ayudarnos a hacer nuestro trabajo, ¿no? La persona de la foto es igual que la mujer muerta. Clavada.

—Gail Shipton —confirma Marino mientras yo encuentro un artículo en internet que capta mi atención.

—A menos que tenga una gemela idéntica.

Gail Shipton está en medio de un litigio por una cuantía considerable por el que estaba a punto de celebrarse un juicio, y me viene a la memoria lo que me dijo Carin Hegel en el juzgado federal hace unas semanas. Aludió a una banda de matones y a que no estaba alojándose en su casa. Echo un vistazo al texto sobre una demanda que entabló Gail, sorprendentemente poco detallada para un caso de semejante envergadura. Busco un poco más.

—¿Ha ido ya Haley Swanson a la comisaría para presentar la denuncia?

—Que yo sepa, no.

—Eso me da mala espina.

—A lo mejor piensa que no servirá de nada, que Gail ya no está desaparecida, que la situación es mucho peor. ¿Estás muy lejos? —La voz de Machado inunda el coche.

—Llego en unos cinco minutos.

—¿Doc va contigo?

—Afirmativo. —Marino finaliza la llamada.

—Gail Shipton estaba en plena batalla legal contra Dominic Lombardi, su ex gestor financiero. —Salto de un párrafo a otro en el artículo en la pantalla de mi móvil—. Él trabaja para una multinacional, Double S, que tiene la sede aquí, un poco al oeste de Concord.

—No me suena de nada. —Marino, irritado, le hace luces a un coche que se aproxima con las largas puestas—. Tampoco es que me importen un carajo las empresas financieras, pues nunca he necesitado los servicios de una y creo que la mayoría de los tipos de Wall Street son unos ladrones.

Busco «Double S» y encuentro numerosos enlaces relacionados, casi todos a publirreportajes, probablemente publicados por su maquinaria de relaciones públicas.

—Al parecer está especializada en clientes de rentas muy elevadas. —Varias páginas más abajo, hago clic en una noticia que indica que no todo ha sido un camino de rosas para Double S—. Han tenido problemas con la Securities and Exchange Commission, la SEC, la agencia reguladora del mercado, por unas inversiones que supuestamente habían incumplido la norma que exige la identificación formal del cliente. También han tenido complicaciones con Hacienda. Y fíjate, qué interesante; han sido objeto de al menos seis querellas en los últimos ocho años. Por algún motivo, ninguno de los casos ha llegado a los tribunales.

—Habrán alcanzado un acuerdo. Es lo que hace todo el mundo. Los litigios son la nueva industria nacional. Lo único que aún se fabrica en Estados Unidos —dice Marino con ironía—. La extorsión legalizada. Lanzo una acusación falsa contra ti y tú me das dinero para que me calle. Y si no puedes permitirte un abogado de primera fila, te jodes. Es como lo que me pasó a mí: presentamos una demanda colectiva a través de un despacho de abogaduchos de mierda, y he tenido que pagar dos mil pavos en reparaciones de la camioneta porque la concesionaria contrató al bufete más importante de Boston, una empresa de relaciones públicas y toda la pesca. La base estaba desalineada por un puñetero problema de diseño, pero ellos alegaron que la culpa era nuestra, los mindundis, por conducir demasiado deprisa por calles llenas de baches.

Marino, que no es precisamente un niño pequeño, echa pestes por una camioneta que compró en otoño. Me ha contado tantas veces esta historia, siempre lleno de indignación, que casi me la sé de memoria. No llevaba ni una semana conduciendo el vehículo nuevo cuando se percató de que la parte de atrás estaba «achaparrada», según sus palabras. En cuanto llega a la parte en que el tope de suspensión impacta contra el eje trasero y la base resulta demasiado endeble, lo interrumpo.

—No puedo saber si hubo acuerdos extrajudiciales. —Devuelvo su atención al pleito de Gail Shipton contra Double S y lo sospechoso que resulta que ella haya muerto convenientemente dos semanas antes del inicio del juicio—. Pero por el momento no he leído nada sobre acuerdos, solo que los casos se desestimaron. Es la palabra que usan en un artículo del *Financial Times* de hace años. «Double S es una gran multinacional dirigida por una empresa pequeña establecida en la zona hípica de Massachusetts.» —Paso directamente a la parte más relevante—. Los cargos presentados por antiguos clientes eran frívolos y fueron desestimados, según el director ejecutivo Dominic Lombardi. En una entrevista reciente concedida al *Wall Street Journal*, explica que «tristemente, algunos clientes esperan milagros y se enfadan cuando estos no se producen». Añade que Double S sigue siendo «una reputada empresa de gestión financiera con clientes de todo el mundo».

—Es un nombre extraño para una gestoría financiera. Me parece más adecuado para un rancho —observa Marino mientras la silueta en forma de silo del Centro Forense de Cambridge, el CFC, aparece ante nosotros.

Pero no es allí adonde nos dirigimos. Esto me recuerda lo cerca que está el lugar de los hechos de mi oficina central.

—Bien podría ser alguna de esas granjas de caballos de allí.

Caigo en la cuenta de otra extraña casualidad. Double S está a solo unos tres kilómetros de la finca de veinte hectáreas de Lucy, con cercas y verjas, cámaras por todas partes, un helipuerto, un campo de tiro cubierto y múltiples garajes. Cuenta con varios edificios rústicos que contrastan con la decoración espartana y la tecnología punta del interior de la casa principal, que tiene un costado de cristal unidireccional con una vista impresionante del río Sudbury. Me pregunto si conocerá a su vecino Dominic Lombardi. Desde luego, espero que no sea clienta suya, aunque me parece improbable. Mi sobrina ha salido escaldada más de una vez y es muy cuidadosa con su dinero.

—A lo mejor dirige su empresa financiera desde casa —aventuro mientras sigo navegando por internet a la caza de información sobre la demanda de Gail Shipton, pero encuentro muy poca.

Las noticias sobre su caso son casi inexistentes, sospecho que por obra y gracia de Double S.

—Por lo visto, interpuso una querella por cien millones de dólares hace unos dieciocho meses. Dudo mucho que un jurado de por aquí exigiera una cifra como esa. Incumplimiento de la obligación fiduciaria, incumplimiento de contrato. —Continúo leyendo mientras hablo—. La conclusión parece ser que, debido al *software* de gestión financiera que utiliza Double S, la contabilidad resulta poco fiable, y es posible que falte dinero.

—O, en otras palabras, que lo hayan robado —dice Marino.

—Evidentemente, no hay pruebas de eso, o se trataría de un asunto penal, no civil. —De nuevo me viene a la memoria el caso que Carin Hegel mencionó cuando me topé con ella hace unas semanas. Me pregunto si se tratará del mismo.

Tengo la inquietante sensación de que sí.

—¿De dónde diablos habrá sacado tanta pasta una estudiante de posgrado? —Marino enciende el dispositivo antihielo.

—Del sector tecnológico. Aplicaciones para teléfonos móviles. —Mientras leo, vuelvo a pensar en Lucy, que amasó una fortuna siendo aún muy joven a través del desarrollo y la venta de motores de búsqueda y sistemas de *software*.

Le envío un mensaje de texto.

—Ah. —Marino se inclina hacia mí y abre la guantera con un chasquido—. Se hizo asquerosamente rica gracias a la alta tecnología. La historia resulta familiar, ¿no? —Agarra una toallita limpiacristales—. Espero de verdad que no se conozcan entre sí.

8

En el río, los barcos amarrados durante el invierno están re-
tractilados con plástico blanco, y el distintivo triangular de Cit-
go aún brilla sobre Fenway Park, en el lado de Boston del puente de Harvard.

Echo una nueva ojeada a mi teléfono, pero Lucy sigue sin responder. Vislumbro la neblina que flota sobre la superficie oscura
y rizada del agua desde el cuatro por cuatro de Marino, mientras
noto una sensación sombría y cada vez más opresiva. No estoy
segura de si esa intranquilidad es un remanente del fin de semana
o si está relacionada con el acechador. No estoy segura de si percibo algo más o simplemente estoy agotada.

Marino está muy satisfecho de sí mismo, de su filosofía y sus
planes policiales. Sus análisis sobre la evolución de la delincuencia no podrían ser más deprimentes o pesimistas. No ha dejado
de hablar y yo apenas lo escucho, pues me asaltan pensamientos
desagradables y espeluznantes que preferiría no tener.

«¡Levantad las manos!»

«¡No dispare!»

Las palabras oídas por el intercomunicador de un colegio invaden mi mente cuando menos me lo espero. Sigue asombrándo-
me que se produjera un diálogo tan banal entre un asesino múlti-
ple y sus víctimas.

—Mimetismo. —Fue la explicación poco convincente que aven-
turó Benton—. La gente imita lo que ve en las series de televisión,

películas, juegos. Cuando se ven reducidas a sus impulsos más primarios, las personas hablan como en los dibujos animados.

—Llaman a gritos a sus madres. Imploran. Sí, lo sé, pero no sé nada. No sabemos nada, Benton —le dije por teléfono el sábado pasado, cuando llegué a casa—. Se trata de un enemigo nuevo.

—Asesinatos espectáculo.

—Eso es frivolizar el tema.

—Una exhibición pública teatral, Kay. El dique empezó a desmoronarse cuando pasó lo de Columbine. No es nada nuevo; solo la clasificación lo es. La gente se ha vuelto adicta a la atención, a la fama. Individuos profundamente trastornados están dispuestos a matar y morir por ella.

Sigo sin noticias de Benton. Empiezo a estar preocupada por él también. Mi visión del mundo cambió radicalmente cuando creí que había muerto. Ya lo he perdido una vez; podría perderlo de nuevo. A la mayoría de la gente no le ocurre un solo milagro, y a mí me han ocurrido varios. Temo haber agotado los míos y que no se me concedan más.

Marino gira por la calle Fowler, una vía muy corta que comunica Memorial Drive con un callejón estrecho sin iluminación. Limpia de nuevo el parabrisas por dentro con su toallita de papel azul. Me acuerdo de que necesito comer algo. Me acuerdo de que mañana es el cumpleaños de Benton y no sé dónde está. Tengo tanta hambre que noto acidez en el estómago. Todo mejorará en cuanto desayune, y, por unos instantes, fantaseo con lo que prepararé en cuanto llegue a casa.

Cocinaré mi estofado especial. Ternera, carne magra de buey, espárragos, champiñones, patatas, cebolla, pimientos y puré de tomate, condimentado con abundante albahaca fresca, orégano, ajo machacado y vino tinto, con pimienta de cayena. Hirviendo a fuego lento durante todo el día. Inundando la casa entera con su apetitoso aroma. Estaremos todos juntos y colgaremos adornos navideños, comiendo y bebiendo.

Le mando un segundo mensaje a mi sobrina: «¿Dónde estás?»

Espero diez segundos y le escribo a Janet, su compañera. «Estoy intentando localizar a Lucy.»

Me contesta enseguida: «Ya la avisaré.»

Me parece una respuesta extraña, como si no vivieran juntas.

—Tenemos unidades apostadas en todas las zonas por las que se puede acceder al cadáver —dice Marino, y vuelvo a prestarle atención—. Es imposible que alguien entre o salga sin que lo veamos.

Un coche patrulla de Cambridge nos hace una señal con el puente de luces, que lanza una rápida serie de destellos rojos y azules. Bajo la ventanilla para desempañar el cristal y vuelvo a subirla.

—Es lo que llamo un perímetro invisible. —Marino repite lo que ya me ha dicho—. Agentes uniformados a pie y ocultos en coches patrulla, efectuando una labor de vigilancia.

—Es una muy buena idea.

—Ya lo creo que es buena. Como que se me ocurrió a mí.

Seguirá así un rato, jactándose con una arrogancia apenas soportable, sin tener la menor idea de lo odiosa que resulta. Pero le sigo el juego.

—¿Han observado alguna actividad sospechosa? —Consulto otra vez la pantalla de mi móvil.

En el primer mensaje que le envié a Lucy, le preguntaba si los nombres de Gail Shipton y Double S le decían algo. Me extraña que aún no me haya respondido. Tengo la sensación de que su silencio es señal de que algo no va bien.

—No, nada fuera de lo normal —dice Marino—, pero el tipo podría estar en cualquier parte. Podría estar mirándonos desde una de las miles de ventanas que nos rodean —añade en el momento en que su teléfono rompe a sonar de nuevo.

La voz de Carin Hegel suena tensa y titubeante a través del manos libres del cuatro por cuatro. Para empezar, le cuenta a Marino que se pasó casi todo el día de ayer con Gail Shipton, preparando su testimonio para el juicio.

—La acusación expone sus argumentos primero, y ella es mi primera testigo. Obviamente, es la más importante, así que intentábamos dar un buen empujón al asunto antes de las fiestas —dice la abogada de Boston con su característica voz de contralto y un marcado acento de Massachusetts que me recuerda a la familia Kennedy.

—¿A qué hora terminaron ayer? —pregunta Marino.

—Ella salió de mi despacho hacia las cuatro de la tarde, y poco después surgió algo importante que tenía que comentar con ella. Le mandé un mensaje de texto pidiéndole que me llamara, y así lo hizo, pero la llamada se cortó. ¿Ella está bien?

—¿Cuándo se cortó la llamada?

—Espere un momento. Echaré un vistazo a mi móvil para decirles la hora exacta. ¿Sabemos si se encuentra bien?

Nos adentramos en una zona del campus del MIT donde las residencias de estudiantes y las casas de las hermandades son de ladrillo con molduras de piedra caliza. Están arracimados en la callejuela que tenemos a la izquierda, mientras que a la derecha se extiende la enorme zona descubierta de pistas de tenis y campos deportivos tras una alta valla metálica. A lo lejos, el fulgor de las luces de la policía forma un halo escalofriante.

—Me llamó a las cinco cincuenta y siete de la tarde. —La voz de Carin Hegel se oyó de nuevo al cabo de unos instantes—. Me dijo que estaba en el bar Psi y que había salido un momento porque había mucho ruido. Le planteé el asunto que quería discutir con ella...

—¿De qué se trataba? —inquiere Marino.

—No me está permitido... Es información confidencial. Tengo que respetar el secreto de comunicación entre abogado y cliente.

—Tal vez no sea un buen momento para escudarse tras la confidencialidad, señorita Hegel. Si sabe algo que pueda sernos útil...

—Lo único que puedo decirles —lo interrumpe— es que estaba hablando con Gail y tardé cerca de un minuto en darme cuenta de que ella ya no estaba.

—¿Cómo que ya no estaba? —Marino conduce despacio por el angosto y oscuro callejón mientras el asfalto mojado refleja la luz de los faros.

—La llamada se cortó.

—¿Y no oyó usted nada? ¿No la oyó hablar con nadie, a lo mejor alguien que se le había acercado?

Se produce una pausa tensa.

—La llamada había finalizado, así que no oí nada.

—Y justo antes de que finalizara, ¿no oyó usted nada?

—Antes de eso, ella estaba hablando. ¿Gail está bien? —El tono de Carin Hegel se torna imperioso y duro como el hormigón—. ¿Qué es todo esto de que se ha denunciado su desaparición? En el mensaje que me dejó usted decía que la habían dado por desaparecida, y también lo he visto en internet. Al parecer, fue vista por última vez en el mismo bar desde el que me llamó, al que va a menudo. Un garito del MIT que no está lejos del lugar donde se ha descubierto el cadáver del que hablan en las noticias. ¿Es cierto?

—Es cierto que se ha descubierto un cadáver.

—¿Le ha ocurrido algo a Gail? ¿Estamos seguros de eso? —Carin Hegel, que tiene fama de litigante implacable, parece aterrorizada ahora.

—¿Hay algún motivo por el que la demanda que será objeto de juicio podría suponer una amenaza para su seguridad física? —pregunta Marino.

—Ay, Dios mío. Es ella.

—Aún no está confirmado.

—¿Está la doctora Scarpetta implicada en esto? Necesito hablar con ella. Hay unas cuestiones que tenemos que tratar. Por favor, dígale que es imprescindible que se comunique conmigo.

—¿Qué le hace pensar que voy a hablar con ella?

—Antes era un empleado suyo.

Marino, vacilante, se vuelve hacia mí.

Sacudo la cabeza. No le he comentado nada a Carin Hegel. No entiendo cómo puede saber que Marino trabajaba para mí. Los medios no se han hecho eco de su marcha de la CFC. Es un dato poco conocido y seguramente de escaso interés para el público.

—¿Ha recibido Gail amenazas de alguien relacionado con el caso? —pregunta Marino—. ¿Hay alguien en concreto a quien deberíamos investigar?

—El proceso se iniciará dentro de menos de dos semanas. Ate cabos, agente Marino. No puede tratarse de una casualidad. ¿Cree que es suyo el cuerpo encontrado en el MIT? Da la impresión de que eso es lo que piensa.

—Para serle sincero, la cosa no tiene buena pinta.

—Oh, Dios. Dios santo.

—Si se cumplieran nuestros peores augurios, ¿bastaría eso para suspender el juicio? —quiere saber Marino—. Intento encontrar un móvil por si confirmamos su identidad, cosa que en modo alguno hemos hecho aún.

—Al contrario, con más razón habría que seguir adelante. Malditos hijos de puta. —Le tiembla la voz—. Respecto al móvil, la respuesta es sí. —Se esfuerza por tranquilizarse y carraspea—. No se imagina cómo son esas personas ni los contactos que tienen, sospecho que en las más altas esferas. Eso es todo cuanto puedo decir por teléfono, pues seguramente lo tengo intervenido, y hace poco algún pirata intentó acceder al ordenador del bufete. No pienso decir nada más, pero con eso bastará.

—Si se le ocurre algo que debamos saber de inmediato, tiene mi número. —Marino no quiere oír más, no a través del teléfono, y menos aún habiendo señales de que puede tratarse de un caso de crimen organizado, corrupción política o posiblemente ambas cosas.

9

La torre de iluminación portátil que vi en las noticias alumbra el rojo y lodoso cuadro interior de un campo de béisbol sobre el que se extiende una lona amarilla clavada al suelo con banderines de color naranja subido que ondean al viento. El cadáver está protegido de los elementos y los curiosos, y la escena del crimen, custodiada por Sil Machado y dos agentes de uniforme. Caminan nerviosos de un lado a otro, esperándome.

—¿Tienes idea de por qué quiere hablar contigo? —me pregunta Marino, en referencia a lo que Carin Hegel acaba de decir.

—Seguramente por la misma razón por la que otros lo quieren —respondo—. ¿Se me ocurre algún motivo que no sea plantearme las preguntas obvias que me hace todo el mundo? No, salvo que el mes pasado me encontré con ella en el juzgado federal y mencionó que estaba trabajando en un caso relacionado con gente muy poco recomendable. «Matones», los llamó, y me dio la impresión de que temía por su seguridad. Así que supongo que se refería a eso. Es posible que, después de muchas indagaciones, haya descubierto que Double S está implicada en una serie de asuntos turbios.

—¿Y qué espera que hagas tú al respecto?

—A la gente le gusta desahogarse. Saben que pueden contarme lo que sea.

—Sinvergüenzas. Cada vez aguanto menos a los ricos.

—Lucy es buena gente. Benton también. No todas las personas adineradas son malas.

—Por lo menos Lucy se ha currado lo que tiene. —No puede evitar lanzar una indirecta sobre la fortuna familiar de Benton.

—No tengo idea de cómo se habrá enterado de que ya no trabajas para mí.

—Obviamente, alguien se lo dijo.

—Me cuesta imaginar que ese tema surja en medio de una conversación.

—A lo mejor se lo contó alguien del Departamento de Policía de Cambridge —aventura Marino—. O alguien de la CFC.

—Me cuesta imaginar por qué —repito.

Al otro lado de los campos vallados y de la calle Vassar, se alza la residencia de estudiantes Simmons Hall, una colosal construcción revestida de aluminio en la que se alternan cubos sólidos y huecos, y que brilla como una estación espacial plateada. Diviso a otros dos agentes uniformados que están en la acera, delante del edificio, y a un corredor que no afloja el paso mientras un ciclista con ropa reflectante desaparece en dirección al estadio de fútbol americano.

—Me da la impresión de que tiene un buen motivo para temer que Gail haya sido asesinada —dice Marino.

—Es muy posible que tema precisamente eso. Y puede que tenga un buen motivo, considerando lo que debe de saber acerca de Double S.

—En otras palabras, lo que de verdad preocupa a Carin Hegel es ella misma, el caso que lleva entre manos. Un caso con el que está ganando una fortuna —asevera Marino con cinismo—. ¿Te he dicho ya cuánto odio a los abogados?

—Amanecerá dentro de una hora más o menos. —No me interesa oír otra diatriba sobre los picapleitos o «carroñeros», como los llama Marino—. Tenemos que sacar el cadáver de aquí cuanto antes.

Observo al corredor, una figura lejana vestida de negro, apenas visible. Por alguna razón ha captado mi atención, grácil, esbelto y ágil con sus mallas de deporte, de baja estatura, posiblemente un estudiante joven. El MIT recibe varios alumnos que aún no tienen edad para irse de casa, de catorce o quince años, excepcionalmente dotados. Cruza corriendo un aparcamiento y se aleja hacia la calle Albany hasta que lo engullen las sombras.

—Dejar un cuerpo tirado en un espacio abierto para que todo el mundo lo vea, en circunstancias normales... Claro que este no es precisamente el sitio más normal del mundo. —Marino mira alrededor mientras conduce—. El tipo seguramente llegó por este mismo callejón, a menos que accediera a la zona desde el otro lado, por la calle Vassar, lo que lo habría obligado a pasar muy cerca del Departamento de Policía del MIT para venir hasta aquí. Son las dos únicas maneras de llegar en coche. Y tiene que haberla traído en un vehículo, a no ser que saliera de una residencia o bloque de pisos con ella en brazos. Al margen de cómo la trajo, la abandonó en un sitio que está a la vista de todos. Qué puta locura.

—No ha sido una locura, sino un acto deliberado —replico—. Estaba rodeado por un público que no se fija en lo que pasa.

—En eso tienes razón. Y en ese sentido el MIT es peor que Harvard, cien veces peor —afirma Marino, como si fuera un experto en ambientes universitarios—. Reparten desodorante y pasta de dientes en la biblioteca, porque los chavales viven allí como en un albergue para los sin techo, sobre todo en esta época del año. Es la semana de los exámenes finales. Si sacas un nueve, te pegas un tiro.

—A tus colegas se les da muy bien pasar inadvertidos —señalo, sabiendo que también se atribuirá el mérito de eso—. Lo que está sucediendo no es evidente para nadie que no haya leído las últimas noticias en internet.

—Nada es evidente para los Einsteins que rondan por aquí. De verdad que no viven en el mismo mundo que tú y que yo.

—No sé si quiero que vivan en el mismo mundo que tú y yo.

Llegamos a una urbanización de casas de ladrillo rojo desparramadas llamada Next House, con jardines muertos y ramas peladas que se extienden por encima de la estrecha calzada y tiemblan con el viento. Más adelante, el callejón tuerce a la derecha en un ángulo cerrado, pasamos junto a una escultura tetraédrica roja de acero y nos dirigimos hacia el aparcamiento, cercado y bordeado de árboles. La barrera de seguridad está levantada, paralizada en posición abierta.

Dentro, los únicos vehículos son coches de policía y una furgoneta sin ventanas de la CFC, blanca y con nuestro símbolo en las puertas: el caduceo y las balanzas de la justicia en azul. Mi equipo de transporte ha llegado. En cuanto Rusty y Harold nos ven, se apean de los asientos delanteros de la furgoneta.

—Yo en el lugar del tipo hubiera entrado por aquí —resume Marino mientras entramos con el coche.

—Suponiendo que tuvieras forma de acceder a este aparcamiento. No está abierto al público.

—Sí si se entra por ahí.

Señala el lado más alejado del aparcamiento, que da a la calle Vassar, donde hay una valla metálica con las puertas abiertas de par en par, mecidas por el viento. Un coche pasaría con facilidad, aunque para ello tendría que subir al bordillo de enfrente de la comisaría de ladrillo rojo y baldosines azules del MIT.

—Si eso fue lo que hizo, le echó mucho morro. —Mire donde mire veo verjas, vallas y plazas de aparcamiento que no están al alcance de quien no tenga llave o tarjeta magnética.

El sitio no resulta en absoluto acogedor para quien no forma parte de ese mundo. Al igual que Harvard, el MIT es un club tan privado y exclusivo como el que más.

—A las tres de la madrugada, bajo una lluvia torrencial, tal vez no le hizo falta echarle tanto morro —dice Marino—. No hay otra manera de entrar sin una tarjeta para abrir la barrera.

—¿Estaba levantada como ahora cuando llegó la policía?

—No. El aparcamiento estaba desierto, y todos los accesos cerrados, salvo esa puerta para peatones, que estaba igual que ahora.

—¿Cabe la posibilidad de que la abriera la pareja que encontró el cuerpo?

—Se lo he preguntado a Machado. Dice que ya estaba abierta antes. —Detiene el cuatro por cuatro y pone la palanca de cambio automático en «aparcar»—. Al parecer, nunca la cierran con candado. No entiendo por qué, pues de ese modo nada impide que cualquier persona no autorizada aparque aquí.

—Tal vez no —observo—, pero la mayoría de la gente no está dispuesta a subirse a la acera a plena vista de la comisaría de policía del campus. Supongo también que los vehículos con permiso para aparcar aquí llevan adhesivos. Aunque consigas entrar sin tarjeta magnética, es posible que la grúa se lleve tu coche.

Marino apaga el motor y pone las luces altas para molestar a Rusty y Harold mientras abren la puerta de atrás de la furgoneta. Ellos hacen gestos exagerados, protegiéndose los ojos con las manos y gritando.

—¡Joder!

—¿Es que quieres dejarnos ciegos?

—¡Apaga esa mierda!

—¡Brutalidad policial!

—Debajo de uno de esos árboles, bajo la lluvia y en la oscuridad, nadie que no estuviera fijándose vería nada. —Marino continúa explicándome cómo razonaría si fuera un asesino perturbado.

Está claro que ha decidido que es a eso a lo que nos enfrentamos, y tengo mis propios motivos para sospechar que está en lo cierto. Pienso en los casos de Benton y me pregunto dónde andará y qué estará haciendo.

Marino baja las ventanillas varios centímetros.

—¿No le pasará nada si lo dejamos aquí? —inquiero, refiriéndome a su perro. *Quincy* está despierto, sentado en su jaula y emitiendo los gemidos que suele soltar cuando Marino se va—. No entiendo qué sentido tiene llevarlo a todas partes si no lo sacas del coche.

—Está en período de adiestramiento. —Marino abre la portezuela de su lado—. Tiene que acostumbrarse a visitar escenas del crimen y a ir de un lado a otro en un coche de policía.

—Creo que está acostumbrándose justo a eso, a ir de un lado a otro en coche. —Bajo mientras Rusty y Harold despliegan con un chasquido las patas de aluminio de una camilla, lo que me recuerda una vez más que he perdido a mi investigador jefe.

La camilla no servirá de mucho en estas condiciones. Pero no será Marino quien dé esa orden. La lluvia se ha vuelto intermitente, casi reducida a un chispeo, y el cielo empieza a despejarse. No me tomo la molestia de ponerme la capucha o abrocharme la chaqueta mientras estudio la valla que separa el aparcamiento del campo Briggs. Hay una puerta abierta tapada con tiras amarillas entrecruzadas de precinto policial reflectante.

Imagino que la persona dejó el coche en este aparcamiento y abrió la valla de alguna manera, tal vez cortando el candado. A continuación, entró en el recinto con el cuerpo y lo transportó unos cincuenta metros sobre la hierba y el barro hasta dejarlo en medio de un cuadro interior rojo donde quizá se encuentre el montículo del lanzador durante la temporada de béisbol. Reflexiono sobre las palabras de Marino: «Ahí fuera hay un puto enfermo haciendo sus pinitos.» De entrada, no estoy de acuerdo con lo de los pinitos.

La intuición me dice que detrás de esto hay una inteligencia calculadora, un individuo con un propósito claro. No se trata de un novato. Su acto no fue la reacción a un suceso inesperado. Traer aquí a la mujer muerta y la manera en que la dejó poseen un significado. Es la impresión que tengo. Podría estar equivocada, y de hecho espero estarlo mientras repaso en mi mente los casos de Washington que he analizado. Pero hay algo en lo que no me equivoco: el responsable dejó rastros. Todos lo hacen. De acuerdo con el principio de intercambio de Locard, dejan algo en la escena del crimen y se llevan algo.

—El césped está empapado, y la zona donde se encuentra el cadáver está cubierta de un lodo espeso, así que ya podéis olvidaros de la camilla —aviso a Rusty y Harold, o Cheech y Chong, como Marino los llama ofensivamente a sus espaldas—. Utilizad una tabla espinal. Tendréis que llevarla en andas. Y coged sábanas y cinta de sobra.

—¿Y una bolsa para cadáveres? —me pregunta Rusty.

—Hay que transportar el cuerpo con mucho cuidado, tal como está, sin cambiar la posición ni mover de sitio la tela que lo envuelve. No quiero meterla en una bolsa. Tendremos que ser creativos.

—Entendido, jefa.

Rusty parece una reliquia de los sesenta con su pelo largo y entrecano, y su gusto por los pantalones anchos y las boinas de lana, que Marino califica de «ropa de surfista». Hoy lleva un atuendo apropiado para el tiempo: un impermeable con un dibujo de un rayo en la parte delantera, vaqueros desteñidos, unas botas altas de goma y un pañuelo de estampado *tie-dye* en la cabeza.

—Supongo que de ahora en adelante ya no tendremos que obedecerte. —Le lanza una pulla a Marino, su antiguo supervisor.

—Y yo no tendré que molestarme en dirigiros la palabra o fingir que me caéis bien —contesta Marino, como si hablara en serio.

—¿Llevas una pistola bajo la chaqueta, o es que te alegras de vernos? —lo chincha Harold, cuyo aspecto delata su condición de ex director de pompas fúnebres, con su traje, corbata y gabardina cruzada, y las perneras de los arrugados pantalones remangadas por encima de las botas—. Veo que has traído al chucho por si no conseguimos encontrar el cuerpo que está allí, a la vista de todos.

—Lo único que *Quincy* es capaz de encontrar es su plato de comida.

—Cuidado, no vayas a cabrear al agente Marino, o te pondrá una multa.

Rusty y Harold continúan con las bromas y los puyazos. Guardan de nuevo la camilla en la furgoneta y cogen sábanas, la tabla espinal y otros utensilios, mientras yo retiro mi maletín del asiento posterior y *Quincy* lloriquea.

—No iremos muy lejos. Échate una siesta, como un buen chico. —Me sorprendo hablándole otra vez a un perro, aunque este hace oír su voz más que el mío—. Estaremos allí mismo, a tiro de piedra.

Alzo la vista a las ventanas iluminadas de los bloques de apartamentos que nos rodean y cuento por lo menos a veinte mirones. Casi todos parecen jóvenes y llevan ropa para dormir, o quizá pretenden pasar la noche en vela estudiando. No veo a nadie curioseando a pie por los alrededores, solo a los agentes del otro lado de los campos de deportes, que hacen la ronda por la calle, cerca de la valla.

Imagino que me asomo a la ventana de una residencia o un piso justo en el momento en que alguien acarrea un cadáver bajo la lluvia y sobre el lodo del campo Briggs, prácticamente delante de las narices de todo el mundo. Pero los estudiantes de por aquí no prestan la menor atención. Marino tiene razón en este sentido. Ni siquiera se fijan antes de cruzar una calle con mucho tráfico. Su conciencia situacional es casi inexistente, sobre todo en esta temporada del año.

Dentro de unos días, los estudiantes de grado, aturdidos por el agotamiento, se marcharán a casa para pasar las fiestas allí. El campus quedará en gran parte desierto, y yo no dejo de pensar en el momento elegido, en plena época de exámenes finales, menos de una semana antes de Navidad. El sitio elegido también me inquieta. Al otro lado de la calle donde está la comisaría del MIT y a un kilómetro escaso del CFC.

10

Rebusco en la bolsa hasta encontrar la linterna y recorro la malla metálica con el haz, que brilla como un diamante.

Hasta donde me alcanza la vista, las otras puertas están cerradas con candado. La única explicación que se me ocurre para que esta estuviera abierta es la que ha propuesto Marino. Alguien utilizó unas cizallas o una llave. Pinto de luz los postes de acero galvanizado y reparo en numerosos arañazos en el sitio que ocuparía la abrazadera del pasador si la puerta estuviera cerrada.

—Tal vez sean marcas de la cadena y el candado —le señalo a Marino—. Pero ¿y esta hendidura? —Acerco la linterna, y una raja profunda se ilumina como si fuera de platino bruñido—. Parece reciente, hecha quizá por el objeto que emplearon para abrir el candado, si es que eso fue lo que sucedió.

—Es fresca. —Marino ha encendido su propia linterna—. A los del MIT no les hará mucha gracia, pero me aseguraré de que arranquen el poste de la valla y lo lleven al laboratorio para cotejar las marcas con la herramienta, si es que aparece alguna.

—Yo haría lo mismo —convengo.

—Cuando hayamos terminado lo que hemos venido a hacer. —Sus ojos no han dejado de moverse, captando los detalles de cuanto nos rodea, y se lleva la radio portátil a la boca.

—Delta Trece —llama a Machado y pide refuerzos para vigilar la puerta y el aparcamiento—. Necesitamos que venga alguien de inmediato para que nadie entre en la escena del crimen ni toque nada. —Marino recalca sus palabras subiendo la voz—. Y no necesitamos polis pululando por todas partes. ¿Por qué hay tantos uniformados allí donde estás?

—Solo dos. —La radio de Machado le tapa la parte inferior de la cara.

—Sé contar. ¿Son los únicos? Lo dudo mucho. Necesitamos un registro de las personas que acceden al recinto o lo intentan. ¿Hay alguien tomando nota?

—Afirmativo.

—¿Cuántos periodistas, por el momento?

—Un equipo de televisión hace más o menos una hora, del Canal Cinco, y siguen merodeando por aquí, esperando a que llegue Doc. —Machado nos mira fijamente desde el enfangado cuadro interior, con la surrealista lona amarilla sujeta por alegres banderines anaranjados—. Luego está el Canal Siete, que ha venido hace unos veinte minutos. En cuanto emitan alguna de las imágenes que han grabado, seguro que empezarán a llegar más curiosos.

—Ya está colgado en internet —le recuerdo a Marino.

—Demasiado tarde, gracias a la escenita que protagonizaste en la Fox —dice a través de la radio a quien lo esté escuchando—. ¿Querías hacer una prueba para un *reality*? —Repite que hay que mantener un registro de todo aquel que entre y salga, así como inspeccionar la zona en busca de «personas accesorias», es decir, mirones, posiblemente la persona que dejó el cuerpo aquí. Me viene a la memoria una imagen del Marino de hace años, fumando un cigarrillo detrás de otro, siempre de mal humor y portándose como un idiota machista. Pero sabía qué hacer. Casi se me había olvidado lo buen agente que era.

Se pone en cuclillas cerca de la abertura en la valla y enfoca la linterna a través de ella, bañando la cinta entrecruzada en un fulgor amarillo neón. Los intensos rayos alumbran el límite entre la calzada y una extensión de hierba marrón mojada, aplastada y hundida, como si alguien hubiera arrastrado un objeto duro y pesado sobre ella. El surco se aleja hacia el campo de béisbol, reduciéndose a un rastro apenas perceptible, una huella que parece más imaginaria que real, como si la hubiera dejado un caracol fantasma.

—La trajeron a rastras. —Marino se pone de pie.

—Eso parece —conviene Harold.

—Pasó por esta entrada —añade Marino— y para ello tuvo que encontrar una forma de abrirla, a menos que no estuviera encadenada o que alguien hubiera cortado casualmente la cadena y el candado.

—Es poco probable —afirma Harold—. La policía del campus del MIT vigila toda esta zona como si de la Ciudad del Vaticano se tratara.

—Si alguien hubiera forzado una de estas puertas o si faltara un candado, se habrían dado cuenta —tercia Rusty.

—¿Hay eco por aquí? —comenta Marino como si Rusty y Harold fueran invisibles—. Ah, no, perdón. Es el público del gallinero. Lo que intento decir —agrega, dirigiéndose a mí— es que la persona responsable tenía un plan para deshacerse del cuerpo. —Contempla el cuadrado de papel plastificado de color amarillo chillón que se recorta contra un mar rojizo a unos cincuenta metros de donde estamos.

El viento agita y tironea la lona como si lo que se oculta debajo pugnara por salir.

—Alguien que sabía que no necesitaba una tarjeta magnética para acceder a este aparcamiento —prosigue Marino—. Alguien que sabía que podía pasar por encima de la acera con el coche y entrar por esa puerta para peatones, que resulta ser lo bastante ancha para un vehículo. Alguien que sabía que todas las entradas a los campos de deportes estarían cerradas y que tendría que atravesar la valla por otro lado.

—A menos que estemos hablando de un individuo que sí tiene una tarjeta, una llave, o algún medio de acceso. Como un estudiante, o alguien que trabaje aquí —señala Rusty.

Sin hacerle el menor caso, Marino alza la vista hacia las ventanas iluminadas de los pisos, con gotas relucientes de llovizna en el rostro, que parece bañado en sudor, severo y enfadado como si lo que le ha ocurrido a la mujer muerta fuera una cuestión personal y estuviera dispuesto a agredir al culpable. Durante un buen rato, observa con mirada asesina a la furgoneta del Canal Cinco que lleva una parabólica en el techo y una antena de microondas en la parte posterior, mientras entra en el aparcamiento y se detiene. Las portezuelas delanteras se abren de golpe.

—¡Ni se les ocurra traspasar la valla! —brama Marino a la corresponsal de noticias que se apea del vehículo, una mujer despampanante que me resulta conocida—. Quédense al otro lado del precinto. Aquí no entra ni Dios.

—Si espero aquí mismo y me porto bien, ¿me concederá una declaración, porfa? —La corresponsal se llama Barbara Fairbanks y he tenido mis roces con ella, bastante desagradables, por cierto.

—No tengo nada que decir —replica Marino.

—Se lo decía a la doctora Scarpetta —puntualiza Barbara Fairbanks, dedicándome una sonrisa y acercándose con el micrófono, seguida de cerca por un operador de cámara—. ¿Sabe algo ya? ¿Puede confirmar que se trata de la mujer desaparecida?

El foco de la cámara se enciende y sigue a Barbara Fairbanks como una luna llena. Sé por experiencia que no me conviene darle una respuesta sencilla. Si contesto que acabo de llegar, que no sé nada o que aún no he examinado el cuerpo, sacarán una frase sacada de contexto, la tergiversarán y se volverá viral en internet, como siempre.

—¿Alguna declaración sobre Newtown? ¿Cree que servirá de algo estudiar el cerebro del asesino...?

—Vamos allá —les digo a Rusty y Harold.

—No os acerquéis al rastro en la hierba. Manteneos a un lado —nos indica Marino—. Tengo que fotografiarlo, si es que no lo han hecho ya. Seguramente también recogeré muestras de tierra. Hay que buscar fibras de la sábana con que está tapada, a ver si logramos reconstruir los puñeteros hechos.

Nos abrimos paso por el césped empapado y el barro que nos succiona los pies en dirección a Machado y los dos agentes, el de Cambridge y el del MIT.

Tras montar guardia junto al cadáver durante más de una hora, se les ve calados hasta los huesos, con grumos de arcilla roja pegados a las botas. El rostro juvenil de Machado, cubierto por una sombra de barba, denota tensión y cansancio, y leo en él sus preocupaciones. No le faltan motivos para tenerlas.

Cambridge es un centro neurálgico, con Harvard, el MIT y empresas tecnológicas multimillonarias, por no hablar de la afluencia constante de visitas entre las que figuran famosos, miembros de la realeza y jefes de Estado en el poder. La unidad de investigación tendrá encima al fiscal del distrito y al alcalde si el caso no se resuelve de forma rápida y discreta.

—No veo a nadie custodiando la verja —dice Marino sin más preámbulos—. Hay un equipo informativo rondando como buitres. Barbara *Fisgona*banks nada menos. ¿Dónde están los refuerzos que he pedido?

—Ya viene un coche de camino. —Machado dirige su atención al aparcamiento donde la furgoneta de la televisión aguarda con los faros encendidos y el motor runruneando.

Le sostengo la mirada a Barbara Fairbanks por unos instantes. Alta, grácil, de insondables ojos negros y cabello corto color azabache, irradia una belleza llamativa y dura como una piedra preciosa, una figura de formas perfectas esculpida en espinela de Tailandia o turmalina. Me vuelve la espalda y sube a la furgoneta. No es el tipo de periodista que renuncia fácilmente a una primicia.

—Quizá colocaron el cuerpo encima de algo y lo arrastraron —le dice Marino a Machado—. Cerca de la valla, hay partes en que la hierba parece removida y aplastada, y también algunos terrones arrancados del suelo.

—Hay un montón de terrones y zonas removidas —repone Machado, sin dar muestras de que le moleste que Marino se comporte como si estuviera al mando—. El problema reside en determinar cuándo se originaron. Dadas las condiciones, no es fácil.

Tras depositar los maletines de instrumental sobre el lodo, Harold y Rusty apoyan encima la tabla espinal y las sábanas, y esperan mis instrucciones mientras Marino se saca del bolsillo unos guantes de examen y pide una cámara. Yo cavilo en silencio, calculando cómo lidiaré con la situación que supongo que está a punto de producirse, cuando advierto que la furgoneta de televisión sale del aparcamiento. No me cabe la menor duda de que Barbara Fairbanks no se ha dado por vencida. Supongo que rodeará el recinto hasta el otro lado, el más próximo a nosotros, e intentará obtener imágenes a través de la valla. No pienso examinar el cadáver mientras no sepa exactamente qué pretende.

—Voy a dar una vuelta por aquí, a sacar algunas fotos. —Marino enciende la linterna y camina con cuidado, recorriendo los charcos y el barro rojizo con el haz de luz.

—Estoy casi seguro de que el tipo no le hizo nada a la chica aquí fuera, sino que solo la dejó para que la encontráramos enseguida —me informa el agente del MIT.

Dejo mi maletín en el suelo mientras él continúa exponiéndome sus hipótesis. Con su mandíbula cuadrada y su constitución perfecta, debe de estar acostumbrado a que le presten atención. Lo recuerdo bien de un caso en el que trabajé hace varias semanas. Un estudiante de primer año del MIT murió de forma repentina e inesperada durante un entrenamiento de lucha.

—Drogas —añade—. Creo que esa es la causa.

Aunque no me acuerdo de su nombre, tengo grabada en la mente la imagen de Bryce siguiéndolo boquiabierta cuando él apareció en la sala de radiología mientras yo utilizaba una máquina de embalsamamiento para inyectar contraste en la arteria femoral del luchador fallecido, un procedimiento que se le antojaría estrambótico a cualquier persona poco familiarizada con la angiografía *post mortem*. Las imágenes tridimensionales generadas a partir de tomografías computarizadas revelaron la causa de la muerte antes de que tocara el cuerpo con un bisturí.

—Nos hemos visto antes —le digo, agachándome frente a mi maletín—. A principios de este mes.

—Sí, aquello fue demencial. Por un momento pensé que eras una científica loca que estaba inflando el cuerpo con fluidos como si intentara resucitarlo. Andy Hunter —se presenta de nuevo, clavando en mí sus ojos grises—. Resulta que el padre del chico es un premio Nobel. Cualquiera habría pensado que alguien tan inteligente debería haber evitado la muerte de su hijo con análisis rutinarios.

—No por nada llaman al aneurisma aórtico abdominal «el asesino silencioso». Suele presentarse sin avisos ni síntomas previos.

—Levanto los pesados cierres de plástico, que se abren con sendos chasquidos.

—Mi abuelo murió porque se le reventó un aneurisma. —Me mira con fijeza. En la CFC, hace varias semanas, flirteó conmigo descaradamente—. Era un currante sin seguro que nunca iba al médico. En un momento le dio un dolor de cabeza fuerte, y al momento siguiente había muerto. Pensé en hacerme un chequeo, pero tengo fobia a la radiación.

—Una resonancia con contraste no te expondría a radiación. —Me acomodo cerca de la lona amarilla con el siniestro bulto en el medio—. No te pasará nada a menos que tengas problemas de riñón.

—Que yo sepa, no.

—Consulta a tu médico —bromea Machado—. Ya sabes, ese al que le pagas.

—Gail Shipton fue vista por última vez entre las cinco y media y las seis de la tarde de ayer, en el bar Psi. ¿Seguimos manejando esa versión de los hechos? —le pregunto.

—Exacto, y tenemos una identificación preliminar —asevera Machado—. La fotografía que muestran en las noticias se le parece mucho, de todos modos. Sé que necesitamos una confirmación oficial, pero se trata de Gail Shipton. Se marchó del bar para hablar por teléfono hacia las cinco y media o seis. En teoría. Eso es lo que sabemos.

—Dudo que estuviera lloviendo cuando salió. —Arranco la tapa perforada de una caja de guantes desechables de los que me gustan, sin látex y con las puntas de los dedos texturizadas—. Estuvo un rato ahí fuera, por lo menos diecisiete minutos, a juzgar por la duración de la primera llamada que le hizo alguien desde un número oculto.

—No llovía en el momento de su desaparición. —Los ojos hundidos de Machado reflejan curiosidad, como si se preguntara adónde quiero llegar con mis comentarios sobre el tiempo—. Empezó a llover más tarde.

—¿Sabemos exactamente en qué momento ocurrió? ¿A qué te refieres con «más tarde»? Cuando me fui a dormir, alrededor de las once, aún no llovía, aunque parecía a punto.

Me percato de que el equipo de Barbara Fairbanks está ahora enfrente de Simmons Hall, en la calle Vassar, tal como me esperaba.

—Cuando la destape, tendréis que ocultarla a la vista con algo —les digo a Rusty y Harold—. No nos interesa que salga por la tele.

—Tenemos un montón de sábanas.

—Si vienen hacia aquí, estaremos preparados.

—La tormenta hacia medianoche —dice Machado, en respuesta a mi pregunta—. Primero una mezcla de lluvia engelante y lluvia normal, luego solo normal. Pero un auténtico monzón.

—Si consideramos la posibilidad de que la raptaran hacia las seis de la tarde, la persona responsable debía de saber o intuir cuáles serían las condiciones meteorológicas cuando viniera aquí a desembarazarse del cuerpo. —Encuentro dos termómetros y un escalpelo de bolsillo esterilizado—. Al parecer, a esa persona no le molestaba que hiciera una noche de perros; más bien se sentía cómoda con el temporal.

—Hay gente para todo —comenta Andy Hunter—. Los que llevan muchos años viviendo aquí están acostumbrados al mal tiempo.

Observo a Barbara Fairbanks, que avanza junto a la valla, seguida por su equipo de grabación. Pretenden captar imágenes a través de la malla metálica, pero ni siquiera voy a permitirles eso. Tampoco Marino. Vuelve hacia nosotros a toda prisa, caminando con dificultad por el lodo, mientras Rusty y Harold preparan las sábanas para improvisar una cortina.

—Tírame una —grita Marino, y Rusty le lanza una sábana desechable plegada como si fuera un Frisbee.

Marino la atrapa con una mano. Rasga el envoltorio de celofán mientras arrastra los pies por el barro y los charcos hacia los empleados de la emisora. Sacude la sábana para abrirla y la sujeta contra la valla, frente al objetivo de la cámara.

—¡Oh, venga ya, tío! —protesta un miembro del equipo.

—Estoy segura de que ya lo sabes —le digo a Machado—, pero Gail Shipton estaba implicada en una demanda por la que estaba previsto que se celebrara un juicio dentro de menos de dos semanas.

Me siento tentada de echar otro vistazo a mi teléfono, pero me contengo. Continúa inquietándome que Lucy pueda tener algún tipo de relación con Gail Shipton, ingeniera en informática con una funda de tecnología militar para el móvil. Que ella no se comunique conmigo acrecienta mis sospechas, y, de hecho, casi he llegado a la conclusión de que, en efecto, se conocen. Janet me ha asegurado que avisaría a Lucy que yo estaba intentando contactar con ella. Cuando mi sobrina no responde a mis mensajes, es porque sucede algo. Por lo general, nada bueno.

—No sabía nada de ninguna demanda —declara Machado.

—¿Te suena una empresa financiera llamada Double S? —le pregunto mientras Marino, sosteniendo la sábana extendida, se mueve a lo largo de la verja al mismo tiempo que el equipo de grabación, tapándoles la vista.

—La verdad es que no, ni estaba enterado de lo del juicio —contesta Machado, y, a juzgar por su expresión, le he dado algo nuevo en qué pensar.

Quizá deje de empeñarse en creer que la joven ha muerto a causa de una sobredosis accidental. Tal vez deje de preocuparse por las relaciones públicas y la posible mala prensa.

—Harold, si Rusty y tú os ponéis justo allí —señalo—, creo que estaremos listos para seguir con esto.

La barricada de sábanas desechables se alza con un restallido, como la vela de un barco al hincharse con el viento. El aire hace susurrar el plástico mientras yo retiro la lona amarilla.

11

Me altero de nuevo al verla. Me asalta la misma sensación que cuando vi las fotografías que Marino me envió por correo electrónico. El cuerpo está colocado en una postura elegante, envuelto en una tela blanca sobre un mar de barro rojo.

Tiene los ojos apenas abiertos, reducidos a estrechas rendijas, como si estuviera quedándose dormida, y los pálidos labios entornados dejan al descubierto los blancos bordes de sus dientes superiores. Estudio la posición de los brazos, la muñeca doblada en un ademán teatral, la otra mano ligeramente curvada y apoyada sobre el vientre. Se oye otra vez el susurro del plástico cuando pliego la lona y se la entrego a Harold, indicándole que la guarde como prueba. No quiero perder los restos microscópicos que pueda contener.

—Qué cosa más rara —observa Rusty—. A lo mejor se supone que debe parecer una virgen.

—¿Qué sabrás tú cómo es una virgen? —Harold no se resiste a hacer otro chiste malo.

—Dadme un minuto. —Quiero que guarden silencio.

No estoy de humor para ocurrencias adolescentes, ni me interesa oír su opinión en estos momentos. Continúo estudiando el cadáver, me levanto y retrocedo un poco, y, conforme la rodeo, buscando una perspectiva más general, mis recelos aumentan. Veo una piel impecable, demasiado limpia, unas manos intactas y un rostro demasiado apacible e indemne.

No hay nada obsceno, ni siquiera sexual, en la disposición del cuerpo. Tiene las piernas juntas, los senos y genitales tapados con la tela que lleva cuidadosamente enrollada desde el pecho hasta la parte baja de las piernas. El cuello, de una tersura inmaculada, no presenta marcas de ataduras ni moretones, solo una mancha rojiza amoratada en la zona posterior, debida al *livor mortis*, la acumulación de la sangre que se produce cuando el corazón deja de latir y la circulación se detiene. No veo lesiones en tobillos o en muñecas. No hay señales superficiales de forcejeo. A primera vista, nada indica que se resistió a morir, lo que me parece una anomalía de lo más extraña.

Cuando me agacho para examinarla más de cerca, percibo el olor a tierra mojada. La descomposición aún no resulta apreciable, pero se acelerará cuando la transporten a mi oficina, donde la temperatura es considerablemente más alta. Detecto perfume, una fragancia floral afrutada con un toque de sándalo y vainilla, más perceptible cuando me acerco a su cara y a su largo cabello castaño. El tejido de color marfil, al parecer de fibra artificial, está curiosamente limpio. Toco el dobladillo de la tela dispuesta sobre el cuerpo de una manera tan meticulosa como deliberada, en línea recta en torno a la parte superior del tórax y por debajo de los brazos, como una toalla de baño.

—No es una sábana —concluyo—. Está hecha con una mezcla sintética ligeramente elástica, y doblada en dos de forma que queda bastante larga, pero no muy ancha.

—¿Una cortina, tal vez? —sugiere Machado, desconcertado.

—No lo creo. No tiene forro ni trabillas para la barra, y tampoco veo señales de que tuviera ojales o ganchos cosidos. —Palpo la tela sin desarreglarla—. Es lisa por un lado y texturizada por el otro, un tipo de tejido similar al de la malla tricot de baja elasticidad.

—No tengo idea de qué es eso —dice.

—El tejido tricot se usa para guantes, leotardos y jerséis muy livianos, por ejemplo.

Estudio la posición de la fallecida y la caída de la tela, que la tapa pudorosamente desde las clavículas hasta unos centímetros por encima de los tobillos.

—Recuerda la Roma o el Jerusalén de la antigüedad, o un balneario —aventuro, sin dejar de dar vueltas en la cabeza a los casos de los que se ocupa Benton en Washington—. Al menos es lo primero que me viene a la mente.

—Bueno, para eso ponen en pose a sus víctimas los psicópatas. —Marino ha regresado con paso tranquilo y se acuclilla cerca de mí, tan agachado que parece a punto de caer de espaldas—. Para hacernos creer cosas.

—La experiencia me ha enseñado que no lo hacen por nosotros, sino por ellos mismos. —Tengo ganas de hablarle de los casos de Washington y la manera en que estaban cubiertos los cadáveres, pero no me atrevo—. Entran en juego sus fantasías, las emociones que experimentan en ese momento.

—La tela me recuerda una mortaja —señala Harold, que sabe bastante del tema—. Se están poniendo de moda en los entierros, sobre todo las mortajas hechas a mano en las que se envuelve el cadáver como en un sudario. El año pasado o así, cuando trabajaba en el negocio funerario, celebramos un par de entierros de los que llaman «verdes». Todo natural y biodegradable.

—Esta tela no es natural, así que dudo que sea biodegradable. —Me siento sobre los talones y contemplo el cuerpo, fijándome en todos los detalles antes de tocarlo.

Hay hebras pálidas, quizá procedentes de la tela, adheridas a las zonas de piel húmeda y blanquecina. Reparo en unas fibras azuladas que tiene debajo de las uñas cortas y sin pintar, y me pregunto de dónde habrán salido. De alguna prenda que llevaba cuando aún estaba viva, supongo. Por lo general, las personas que ya no se mueven no se introducen fibras u otras pruebas físicas bajo las uñas. Saco del maletín una lupa y una pequeña linterna ultravioleta.

—¿Hay alguna funeraria cerca de aquí que venda telas como esta? —Machado toma más fotografías.

—Artículos biodegradables como urnas, sí. —Harold estira el cuello para comprobar la posición del equipo de televisión mientras Rusty y él sujetan en alto la sábana, impidiéndoles grabar lo que sucede—. No estoy seguro de dónde pueden conseguirse mortajas hechas a mano por aquí. Las pocas que he visto provenían de algún lugar del oeste. Oregón, tal vez. Las venden por internet.

—Una mezcla sintética no sería biodegradable —repito—. No sabemos qué es esto.

Cuando enciendo la linterna ultravioleta, la lente adquiere un brillo violáceo mientras el artilugio irradia luz negra no visible. Un examen preliminar del cuerpo me revelará si hay indicios físicos, entre ellos fluidos biológicos como semen. Quiero asegurarme de reunir todas las pruebas que podrían perderse a lo largo del trayecto hacia el CFC, así que enfoco el cadáver con la linterna y de pronto aparecen unos centelleos de colores eléctricos fluorescentes. Rojo sangre, verde esmeralda y un morado azulado intenso.

—¿Qué narices...? —Andy Hunter se inclina más para ver mejor—. ¿Es algún tipo de purpurina? ¿La que se usa en los adornos navideños?

—Eso es mucho más grueso. Además, dudo que la luz ultravioleta produzca una fluorescencia como esta en la purpurina. —Desplazo el haz, que resalta los tres mismos colores en todas las zonas—. Es como un polvo fluorescente muy fino esparcido por toda la tela y el cuerpo, con una concentración más alta alrededor de la nariz y los labios, en los dientes y el interior de los orificios nasales.

—¿Habías visto algo así antes? —Machado se sitúa a mi lado, hundiendo las botas en el fango rojo.

—No exactamente, pero, sea lo que sea, es lo bastante persistente para resistir la lluvia. O eso o ella llevaba mucho más encima antes de que la dejaran aquí. —Dirijo la luz hacia el barro que la rodea.

Surge algún destello aquí y allá, siempre en uno de los tres colores vivos. Me inclino para coger un paquete de hisopos.

—Recogeré un poco ahora para analizarlo. —Mientras lo hago, añado—: Luego le tomaré la temperatura y la llevaremos a la morgue.

Guardo los hisopos en una bolsa hermética para pruebas, la marco con un rotulador y toco el brazo izquierdo estirado de la mujer, el que tiene la muñeca doblada en un gesto dramático. Está frío y rígido, en pleno *rigor mortis*.

Aflojo la tela en torno al cuello y la abro. Está desnuda salvo por unas bragas que le vienen bastante grandes. La prenda, de corte alto, es de color melocotón con ribete de encaje en la cintura, y echo un vistazo a la etiqueta en la parte de atrás, en la que están impresos el nombre de una marca de lencería cara, Hanro, y la M de mediana, que correspondería a alguien que llevara normalmente una talla entre treinta y ocho y cuarenta. Advierto una pálida mancha amarillenta en la entrepierna que me trae a la memoria la turbadora descripción de Benton.

Las tres mujeres asesinadas en Washington llevaban cada una la ropa interior de la otra o bien la de alguna persona no identificada. Las bragas estaban manchadas de orina. Benton supone que perdieron el control sobre su vejiga mientras las asfixiaban, y que las hebras azules y las blancas de licra encontradas proceden de la tapicería de algún mueble o de la ropa deportiva que llevaba el asesino.

Practico una pequeña incisión con el escalpelo en el abdomen superior derecho. La sangre que mana es de un rojo apagado y antinatural porque ya no está oxigenada. La sangre de los muertos. Fría y oscura como agua estancada.

Introduzco un termómetro alargado en el hígado y dejo otro encima de mi maletín de campo para medir la temperatura ambiente.

—Lleva muerta un buen rato —anuncio—. Seis horas, por lo menos, pero apostaría a que más, según las condiciones.

—¿Tal vez desde primera hora de la noche, cuando desapareció? —Machado me mira con fijeza y una expresión de espanto en los ojos.

Con toda seguridad nunca había topado con un caso igual. Yo tampoco, al menos no exactamente. Pero he visto fotografías que no puedo compartir con él ni con Marino. Eso tendrá que hacerlo Benton.

—Si la secuestraron hacia las seis de la tarde, ya han pasado casi doce horas —agrego.

Le palpo el cuero cabelludo en busca de otras lesiones, pero no encuentro ninguna.

—Dudo mucho que lleve tanto tiempo muerta. Estuvo viva en algún sitio durante un rato —explico.

—¿Estás diciendo que la retuvieron como rehén? —pregunta Machado.

—No lo sé. —Levanto los agarrotados brazos y los examino con cuidado por delante y por detrás—. Por el momento, no veo señales de ataduras o forcejeos. —Noto la frialdad de su piel a través de los guantes, casi una temperatura de frigorífico, aunque más templada que el aire—. No encuentro lesiones indicativas de defensa o lucha.

A continuación me concentro en sus pies descalzos. Al apuntarla con la linterna ultravioleta, las mismas luces residuales relumbran como polvo de hadas. Rojo sangre, verde esmeralda y un morado azulado intenso. La combinación de colores parece indicar un solo origen, un material frío compuesto por tres sustancias que emiten un brillo fluorescente bajo una luz de baja longitud de onda como la ultravioleta. Recojo un poco más con discos adhesivos que despiden destellos eléctricos cuando los meto en bolsas para pruebas.

—Otra posibilidad es que llevara un maquillaje de esos modernos, ¿no? —sugiere Andy Hunter—. A las chicas les gusta ponerse cosas brillantes últimamente.

—¿Por toda la ropa? —replico con escepticismo mientras me pongo unos guantes nuevos para asegurarme de no ser yo quien transfiera los residuos a otras partes del cadáver—. Voy a manejar la hipótesis de que ella se encontraba en algún lugar donde abundaba este material, que se transfirió a su cuerpo y a la tela que lo envuelve.

Le levanto la parte inferior de las rígidas piernas y descubro que la tela está relativamente limpia debajo.

—Algún tipo de tierra que reluce con la luz ultravioleta —reflexiona Machado.

—No creo que sea tierra. Yo diría que un residuo tan fino con una fluorescencia tan uniforme es un producto artificial, de uso comercial —respondo—. Haremos un primer análisis con el microscopio electrónico de barrido. Espero que Ernie trabaje hoy.

Las plantas de los pies están limpias salvo por unas gotas de lodo que las salpicaron durante el aguacero de hace un rato. El residuo centelleante está por todas partes, de la cabeza a los pies, como si hubieran usado un aerógrafo para rociarla con una sustancia que se ilumina al recibir radiación invisible ultravioleta. Valiéndome de la lupa y de unas pinzas, extraigo fibras azuladas de debajo de las uñas y las tiro con unos golpecitos en el interior de una pequeña bolsa para muestras.

—No la trajeron a rastras, al menos no sin acostarla encima de algo. —La vuelvo de costado.

—Tal vez alguien la trajo en brazos —dice Andy Hunter—. Alguien muy fuerte, o más de una persona.

Tiene la espalda de un rojo vivo, con zonas pálidas en los puntos en que los omóplatos han estado apoyados sobre una superficie firme mientras la sangre que había dejado de circular se asentaba. La lividez cadavérica ha alcanzado su máxima intensidad. La joven permaneció tumbada boca arriba durante horas después de la muerte, posiblemente sobre un suelo duro en un lugar caldeado, en la posición en que se ha quedado rígida, que no es la misma en que murió. La colocaron así *post mortem*, con las piernas rectas y juntas, y los brazos tal como los tiene ahora, hasta que se pusieron duros como la goma.

El flash de la cámara relampaguea de forma intermitente cuando Machado toma múltiples fotografías mientras Marino sostiene una regla de plástico de quince centímetros para ayudar con la escala y el etiquetado. Al otro lado de la valla que linda con la calle Vassar empiezan a aglomerarse los curiosos, y destellos fugaces brotan de las cámaras de sus móviles. Varios policías uniformados rondan por allí.

—Tal vez deberías ir a echarles una mano a tus colegas —le dice Marino a Hunter, y yo sé por qué. Está harto del atractivo extremo de Andy Hunter y de su tendencia a clavar la vista en mí y revolotear alrededor—. Hay que identificar a los que están mirando y haciendo fotos —añade en tono autoritario.

Hunter reprime la rabia y sonríe.

—Claro. Pero no trabajo para tu departamento, que yo sepa. De hecho, tú tampoco es que trabajes mucho para el tuyo. Que yo sepa. Espero que estés pasándolo bien con tu nuevo empleo.

Se aleja por el barro, buscando el camino más transitable para cruzar el aparcamiento. Cojo los termómetros y les echo un vistazo.

—La temperatura corporal es de catorce grados; la temperatura ambiente, de diez. Lleva ocho horas muerta, tal vez más —calculo—. Ha pasado buena parte de ese tiempo en un lugar mucho más cálido, pues de lo contrario el *rigor* y el *livor* no estarían tan avanzados. Se han desarrollado más despacio a causa del frío y la lluvia. Aquí fuera las condiciones son próximas a las de la refrigeración, por lo que todos los procesos se han ralentizado considerablemente.

—Lo que significa que murió varias horas después de desaparecer del bar —observa Machado—. Se fue a algún sitio con alguien, tal vez algún conocido, y acabó muerta.

—No puedo decirte con certeza si se fue con alguien por su propia voluntad o por la fuerza —comento—. Es demasiado pronto.

—Pero no presenta signos de defensa. —Machado repite lo que he dicho antes—. O sea que no parece que se haya resistido, ¿verdad?

—No hay señales evidentes, pero no la he examinado a fondo bajo una iluminación adecuada —explico—. Es posible que tenga lesiones internas. Veremos qué información arrojan los escáneres.

Me cambio los guantes de nuevo y meto los usados en el bolsillo de la chaqueta.

12

Mis dedos, cubiertos con los guantes morados, abren con delicadeza los párpados de la mujer fallecida. Se aprecian hemorragias puntiformes en la conjuntiva. El blanco de los ojos ha adquirido una coloración rojiza casi uniforme.

—La muerte no fue accidental. —Le enfoco los ojos con la linterna ultravioleta, y el mismo residuo desprende centelleos intensos, como de neón.

Rojo sangre, verde esmeralda, morado azulado.

—Sea lo que sea, lo tiene por todas partes —declaro—. Es posible que la asfixiaran, aunque las hemorragias petequiales no siempre están relacionadas con eso. No veo marcas ni contusiones en el cuello que indiquen estrangulación. Pero algo ocasionó la rotura vascular.

—¿Qué otra causa podría haber, aparte de la estrangulación? —Marino se agacha junto a la cabeza de la chica para ver por sí mismo aquello de lo que le hablo.

—Un aumento de la presión intratorácica que produjera el efecto Valsalva. —Me quito los guantes. Ya tengo los bolsillos llenos—. En otras palabras, una elevación significativa de la presión sanguínea que resultara en hemorragias diminutas.

—¿Y qué podría causar eso? —quiere saber Machado.

—Un forcejeo, un ataque de pánico, tal vez mientras la asfixiaban. Quizás otra cosa le provocó afectación cardíaca. No puedo estar segura aún, pero mi dictamen preliminar es que se trata de un homicidio y debemos proceder en consecuencia. Subámosla a la furgoneta. Nos vemos en la oficina —les digo a Rusty y Harold mientras me enderezo—. Dejad la tela que la cubre tal como está y envolved el cuerpo en sábanas para mantenerlo en la misma posición.

—¿Cómo va Anne a hacerle un escáner con el brazo así?

—No sé si el tubo es lo bastante ancho.

—Cabrá —les aseguro—. No quiero romper el *rigor mortis*. —Acto seguido, les indico que quiero que envuelvan por separado el brazo estirado con la muñeca doblada y lo aseguren con cinta. Deben enrollar otra sábana en torno al resto del cuerpo excepto la cabeza. De cuello para arriba, quiero que la protejan con una bolsa de papel grande para pruebas, y que le cubran las manos y los pies con bolsas más pequeñas. Pasará por el escáner totalmente envuelta—. Poned la tabla espinal sobre una sábana limpia para protegerla del barro. Quiero que la transportéis exactamente como os he explicado —recalco, porque la postura en que la han dejado es una prueba que quiero conservar.

Una prueba que se asemeja a las de los otros tres casos, pero no puedo decirle una palabra sobre ello a Machado, pese a la sensación acuciante que me embarga. No quiero ni pensar en meter a Benton en líos por haber hecho lo mejor, lo correcto. Él quería mi ayuda porque sospechaba justo lo mismo que yo temo ahora. El FBI ha ordenado un apagón informativo sobre los casos de Washington, y es posible que el asesino ya no se encuentre en esa zona. Es posible que esté matando gente en otro sitio y los departamentos de policía locales no reconozcan el patrón. Es posible que esté aquí, en Cambridge, de donde procedía Klara Hembree, una de sus primeras víctimas, y que Benton no lo sepa aún y yo tenga que encontrar una manera de comunicárselo.

—Llevadla directamente a radiología —continúo detallando lo que quiero que hagan—. Me aseguraré de que Anne la esté esperando. Ya lo hemos fotografiado todo *in situ*, ¿no?

Machado me asegura que él sí, y dirige la mirada hacia Andy Hunter, que está al otro lado del campo con otros agentes, en la acera adyacente a la verja frente a la que se arremolina una multitud cada vez más grande. Barbara Fairbanks, delante de Simmons

Hall, entrevista a todo aquel que accede a hablar con ella, y percibo algo que no alcanzo a oír bien.

Una franja de color azul de Prusia sobre el horizonte es el primer atisbo del amanecer. Le pido a Machado que me mande las fotografías lo antes posible, y en ese momento lo que percibo se vuelve audible. Nos volvemos bruscamente hacia el río. Alzamos la vista a la vez. El rápido tableteo cobra intensidad; es un helicóptero que vuela bajo sobre el río Charles en dirección sudeste, acercándose veloz.

—Espero que no sea de otra dichosa cadena de televisión —gruñe Marino.

—No lo creo. —Levanto la mirada hacia el cielo oscuro—. Es demasiado grande.

—Será militar o de la guardia costera —conjetura Machado.

—No, no lo es. —Reconozco el rugido agudo y estridente de los motores turboeje y el golpeteo sordo de la hélice de materiales compuestos que gira casi a la velocidad del sonido.

—Tapémosla hasta que se haya ido —exclama Harold—. No podemos mantener la sábana extendida con este viento.

—Quietos ahí. —Les indico que permanezcan donde están, manteniendo la cortina improvisada en su sitio, ocultando el cuerpo a los ojos del equipo de televisión y a los espectadores. Elevo la voz hasta gritar—. Mantened la posición por el momento. Todo irá bien.

El helicóptero aparece en un estallido ensordecedor de luces parpadeantes sobre los bloques de apartamentos, atajando a través del terreno deportivo. Se cierne en el aire directamente sobre nosotros, a unos trescientos metros, lo bastante alto para que apenas nos llegue la turbulencia de las aspas. Lucy sabe cómo moverse por una escena del crimen y por eso la sobrevuela a gran altura, iluminando con el Nightsun de cincuenta millones de candelas de intensidad la arcilla rojiza y emblanqueciendo el cadáver antes de proseguir su camino.

Nos protegemos los ojos con la mano al mismo tiempo y nos volvemos a la vez en la misma dirección, siguiendo con la vista el EC145 de aspecto amenazador mientras rodea el campo. Gira y se aproxima de nuevo, a menor altura y más despacio, lo que Lucy llama vuelos de reconocimiento a alta y baja altitud para cerciorarse de que no haya obstáculos como antenas, cables del tendido eléctrico o postes de luz que puedan representar un peligro. Reconozco la forma de su casco de piloto en el asiento derecho, con una visera ámbar que le tapa el rostro. No distingo a la persona que está sentada a su lado con unos auriculares puestos, pero sé quién es. Lo que no sé muy bien es qué hace aquí. Pero no podría sentirme más aliviada.

—¡Quedaos donde estáis! —les grito a Rusty y a Harold para hacerme oír por encima del estruendo—. ¡No os mováis todavía!

Camino a paso veloz por el lodo y la hierba mojada hacia el aparcamiento vacío, mientras el helicóptero de morro chato y fuselaje ancho desciende hasta quedar estático a pocos metros del suelo. Los árboles se agitan al borde de la pista, bajo un resplandor deslumbrante. Acto seguido, se posa con suavidad. Lucy deja los motores al ralentí, sin apagarlos. No piensa quedarse mucho rato.

Se abre la portezuela delantera izquierda, y Benton apoya un pie sobre el patín de aterrizaje, luego otro para bajar del aparato.

Con el abrigo aleteando al viento, abre la puerta de atrás y se inclina hacia el interior para recoger su equipaje mientras mi sobrina, sin quitarse el casco, se vuelve hacia mí desde el asiento derecho y asiente con la cabeza. Alzo la mano, no muy segura de qué la habrá impulsado a hacer esto, pero feliz de que lo haya hecho. Es casi un milagro, una respuesta a mis plegarias, si en algún momento se me hubiera ocurrido rezar.

Benton se acerca trotando por la pista y yo cojo una de sus bolsas mientras él me abraza por la cintura, me atrae hacia sí y me frota la parte superior de la cabeza con la barbilla. El helicóptero se eleva de forma vertiginosa, apunta el morro en dirección al río y lo vemos acelerar sobre edificios y árboles, ladeándose para girar hacia Boston. El zumbido y las luces parpadeantes se alejan tan velozmente como aparecieron.

—Gracias a Dios que estás aquí, pero no entiendo —le digo a Benton cuando el ruido cesa por fin.

—Se suponía que sería mi sorpresa de cumpleaños.

—Por algún motivo no creo que sea la única razón.

—No lo es, y no tenía previsto llegar aquí tan pronto.

—El sábado, creía yo.

—Me refiero a llegar a estas horas hoy. —Me da un beso y centra su atención en la escena iluminada en medio del barro, donde Rusty y Harold continúan sujetando en alto una sábana plastificada como un macabro adorno festivo—. Un regalo para mí y una sorpresa para ti. Además necesitaba largarme de Washington cuanto antes.

—Lucy recibió mi mensaje. —Todo empieza a cobrar sentido, creo.

—Sí. —Benton escruta la hierba húmeda y el lodo rojo y espeso. Contempla durante un momento largo el cadáver envuelto en tela blanca—. Pero ya sabía desde medianoche más o menos que Gail Shipton había desaparecido. Sus motores de búsqueda encontraron la noticia en la web del Canal Cinco. —Me explica que Lucy voló a Washington ayer y aterrizó en Dulles a última hora de la tarde, con la intención de cenar con Benton y traerlo hoy a Boston en el helicóptero. Como parte de la sorpresa, pensaba llevarlo directamente a casa, donde suponía que estaría yo, recuperándome de la gripe. Pero cuando recibió el aviso de que Gail había desaparecido, decidió que ambos debían partir de inmediato—. Su primera reacción fue pensar que le había pasado algo y que seguramente estaba muerta —añade—. ¿Es tuya la tela blanca con que está tapada?

—Así la han encontrado.

Observa en silencio la escena desde lejos y sé que está recopilando datos, asimilando los detalles. Su cerebro ya está en marcha.

—La primera víctima era de Cambridge. Klara Hembree —le hablo de lo que me preocupa—. La tela es poco habitual, y el modo en que está colocada en torno al cuerpo me parece idéntico a lo que vi en el caso de Klara y en los dos más recientes. Ceñida bajo los brazos como una gran toalla de baño.

A continuación, comento que mi examen preliminar del cadáver no ha revelado señales de que ella forcejeara o intentara defenderse. Describo la postura y el residuo fluorescente esparcido sobre ella y la tela, que sospecho que es un tejido sintético similar a la licra, material del que estaban hechas las fibras recogidas en los casos de los que se ocupaba Benton. También señalo que las braguitas manchadas de orina le vienen grandes.

Él escucha atentamente, absorbiendo la información, analizándola, y aunque toma buena nota de todas mis palabras, tendrá cuidado de no sacar conclusiones precipitadas.

—¿Sabes de qué tipo de braguitas se trata? —pregunta.

—¿Por la etiqueta?

—Sí.

—Braguitas caras —contesto.

Le explico que son de algodón de alta calidad, color melocotón pálido, de un diseñador suizo, y en un principio él guarda silencio. Pero lo veo en su rostro. Los datos que le he proporcionado le resultan relevantes.

—La tercera víctima de Washington —dice de pronto—. A Julianne Goulet le gustaba la lencería suiza cara, una marca llamada Hanro.

—Eso es. Y recuerdo que, según su expediente, medía cerca de metro setenta, pesaba alrededor de sesenta y cuatro kilos y vestía una talla mediana.

—Podrían ser suyas. El tipo tiene alguna conexión con este lugar, y creo que acosó a Klara mientras aún vivía aquí y la siguió hasta Washington cuando se mudó. —Benton expresa en voz alta los pensamientos que se agolpan en su mente—. Ella era un objetivo, las dos más recientes una oportunidad, ¿y ahora esto? Si es así, lleva tres asesinatos en un mes. Se siente cómodo aquí, en esta zona concreta de Cambridge, pero está fuera de control y por eso ha intensificado su actividad. Echaré un vistazo por aquí, y no elaboraré ninguna teoría hasta que esté seguro. —No facilitará esta información a Marino, Machado o los demás policías que trabajan en el caso. No les dirá que están buscando a un asesino en serie hasta que no le quepa la menor duda de ello—. Y, si se trata del mismo homicida, tendremos un problema. El FBI lo negará —añade, para mi asombro—. Tendré que quedarme un buen rato aquí.

—Imagino que no llevarás un par de botas en la bolsa. —Bajo

la vista hacia sus zapatos, unos mocasines de piel marrones con doble hebilla—. Claro que no. Vaya pregunta.

Benton jamás incluiría botas de goma en su equipaje. De hecho, ni siquiera tiene unas. Incluso cuando arregla el jardín, va perfectamente conjuntado. No puede evitarlo. Alto, delgado y de facciones cinceladas, presenta un aspecto acomodado y distinguido incluso en una escena del crimen cubierta de fango.

—¿Se ha confirmado la identificación? —Vuelve el anguloso y apuesto rostro hacia mí, con la mandíbula y el cabello plateado alborotado por el viento.

—Oficialmente, no. —Lo guío por la callejuela para que dejemos sus bolsas de viaje junto al cuatro por cuatro de Marino—. Pero albergamos pocas dudas. Damos por sentado que es Gail Shipton, la mujer que desapareció anoche.

—Lucy opina que se le parece. La ha captado de lejos, claro, pero ha ampliado la imagen. —Se abrocha el largo abrigo de cachemira con una mano—. Lo ha fotografiado: la posición del cuerpo y la manera en que está envuelto, que también es muy significativa. Si quieres una foto aérea, la tendrás. Sé que hay mucho que explicar, pero no entraremos en detalles aquí. No podemos.

—Por lo menos dime por qué no.

—Marino ha cogido el teléfono de Gail Shipton en el bar y, por lo visto, aún lo tiene.

—No entiendo cómo puedes saber... —empiezo a decir mientras nos acercamos al cuatro por cuatro y *Quincy* se pone a gimotear.

—Ahora no, Kay —dice Benton con serenidad—. No podemos mencionar delante de Marino lo del teléfono, ni que él lo encontró, ni que Lucy lo sabe. Vio literalmente cómo lo cogía porque ha estado monitorizando el móvil a distancia desde que se enteró de la desaparición de Gail. Sabía desde medianoche que el teléfono seguía en el bar Psi, frente al cual ella lo había usado por última vez.

—Lucy estaba trabajando con ella. —Ahora estoy convencida—. El teléfono con la funda de diseño militar, semejante a la que tenemos Lucy y yo.

—Es un problema.

Se refiere a que Lucy es un problema o está a punto de convertirse en uno. Si mi sobrina tiene un interés patrimonial sobre el teléfono inteligente de Gail Shipton es porque guarda relación con algún proyecto que trae entre manos. Interferirá con la investigación policial. A lo mejor ya ha interferido.

—Supongo que estarás enterado de que el suceso coincide con que Gail Shipton tenía un juicio dentro de menos de dos semanas. —No me cabe duda de que también lo sabe, por lo que me invade un desasosiego aún mayor.

«¿En qué lío se ha metido ahora Lucy?»

—Tenemos mucho de qué hablar, Kay. —Benton me acaricia la parte de atrás del cuello, pero eso no me tranquiliza.

—¿Está implicada en la demanda? —Tengo que saber eso, por lo menos—. ¿Está implicada en la guerra de cien millones de dólares de Gail Shipton contra Double S, una empresa de gestión de finanzas cuya sede está muy cerca de su casa de Concord?

Nos detenemos detrás del vehículo de Marino y dejamos el equipaje en el suelo mientras *Quincy* comienza a gemir más fuerte y a ladrar.

—Lucy es una testigo —declara Benton—. La abogada de la defensa la hizo testificar el verano pasado.

—¿Y no nos dijo nada? —Me pregunto si es de eso de lo que Carin Hegel quiere hablar conmigo.

—Creo que ya sabes que se encarga de esas cosas a su manera.

—Eso de lo que se ha encargado a su manera tiene que ver con un homicidio que podría estar relacionado con los que estás investigando —replico—. Que la fecha de inicio del juicio esté próxima tal vez sea pura casualidad, pero me inquieta, me inquieta mucho. Y sé que Carin Hegel, su abogada, está lo bastante preocupada por su seguridad para no vivir ahora mismo en su casa. Teme que la gente de Double S sea peligrosa, y me insinuó que podrían tener aliados en las altas esferas.

—Que yo sepa, no se ha filtrado la información sobre la posición de los cuerpos y las telas —dice Benton mientras los ladridos y gimoteos de *Quincy* van *in crescendo*.

—Entonces es improbable que nos encontremos ante un imitador.

—Seguramente no es el auténtico motivo por el que Granby se niegue a dar a conocer hasta el más mínimo detalle sobre las investigaciones, pero en este caso es una cosa positiva —afirma Benton en el tono que adopta cuando habla de su jefe.

Le pido a Harold por mensaje de texto que venga a abrir la furgoneta del CFC.

—Los zapatos se te quedarán atascados en el barro. Con un poco de suerte, en la furgoneta habrá un par de botas de más que podrás ponerte. Tranquilo. —Hago lo posible por calmar a *Quincy*, dando unas palmaditas en el parabrisas trasero del coche de Marino—. Todo va bien —le aseguro.

Benton mira con fijeza el cachorro de Marino, que ladra y golpea con las patas las paredes de su jaula, descontento.

—Pobre chucho de mierda —comenta.

13

La escena del crimen es un descampado lodoso y removido en medio de un imperio académico que empieza a despertar. Pasan unos minutos de las ocho, y han transportado el cuerpo a mi oficina hace un rato, cuando clareaba.

El sol asoma tras los edificios de ladrillo que se alzan allí donde el Charles discurre lánguido por la cuenca hasta verter sus aguas en el puerto de Boston. Se vislumbran claros azules entre los cúmulos a medida que cambian de forma y se desplazan, y el viento ha amainado. No amenaza lluvia mientras aguardo a Benton en el aparcamiento junto a la verja abierta. No pienso marcharme mientras él esté aquí haciendo lo suyo, solo y en el lugar que le corresponde, un lugar doloroso, apenas soportable.

Camino de un lado a otro por el asfalto mojado, echando un vistazo que otro al móvil mientras contemplo la soledad en que trabaja, y recuerdo por qué siempre me he sentido atraída por él, incluso cuando no había caído en la cuenta de ello. Al observarlo, cobro conciencia de cuánto lo quiero. Ya no recuerdo cómo era mi vida cuando no lo quería, cuando las cosas eran muy distintas. Al principio, en la época en que acababan de nombrarme jefa de medicina forense en Virginia y él era el Raro de Oz, como lo llamaba maliciosamente Marino. La gallardía y la perspicacia de Benton Wesley me parecían un poco excesivas, y enseguida me convencí de que era tan austero como sus trajes caros pero discretos, y su porte, tan almidonado como sus camisas.

En aquella etapa de mi vida, me iban los hombres desechables que no requerían mantenimiento ni dejaban huella. Quería hombres cuyos estropicios fueran fáciles de limpiar, hombres baratos, hombres simples con los que acostarme, para utilizarlos y ser utilizada, y así olvidar lo que sé durante un rato. No tenía el menor interés por un reconocido experto en perfiles criminológicos del FBI, y menos aún por uno que estuviera casado y cuya reputación lo precedía como la terrosa fragancia de su loción para después del afeitado.

Yo llevaba muy poco tiempo viviendo en Richmond y me enfrentaba a obstáculos que no habría podido prever cuando acepté el puesto en una mancomunidad dominada en gran parte por hombres. Estaba mentalizada para sentir antipatía y rechazo hacia Benton Wesley. Me habían contado que se había criado en un entorno privilegiado de Nueva Inglaterra. Tenía fama de talentoso y despreocupado, un agente especial armado que parecía poseer una bola de cristal y que, según la revista *Time*, aseguraba que los psicópatas sexuales violentos eran los Rembrandt de los asesinos.

La analogía me resultaba ofensiva. Recuerdo que pensé: «Menudo narcisista pedante», y en retrospectiva me sorprende que no nos hiciéramos amantes antes. Para ello hizo falta que trabajáramos juntos por primera vez fuera de la ciudad, cientos de kilómetros al suroeste, en la zona rural situada en las estribaciones de los montes Blue Ridge, en un motel barato al que volvería con él mil veces si aún estuviera allí y siguiera siendo tal como lo guardo en la memoria.

Nuestras mentiras y escapadas furtivas eran propias de drogadictos y borrachos. Aprovechábamos cualquier ocasión que se nos presentaba y nos volvimos desvergonzados y audaces, extremadamente hábiles para salirnos con la nuestra. Nos veíamos en aparcamientos. Nos llamábamos desde cabinas telefónicas. Nunca nos dejábamos mensajes de voz ni nos escribíamos. Nos consultábamos el uno al otro sobre casos que no nos incumbían, nos invitábamos mutuamente a dar charlas en las academias que dirigíamos y nos registrábamos en hoteles con nombres falsos. No dejábamos rastros ni escenas del crimen, y, cuando Benton se divorció y sus hijas dejaron de dirigirle la palabra, continuamos con nuestra relación adictiva como si fuera ilegal.

Ahora, en la calle Vassar, él entra en Simmons Hall, una colmena de ventanas cúbicas que recuerda una esponja metálica. No tengo idea de qué hace o por qué, aunque sospecho que quiere obtener una lectura emocional del monolito de aspecto galáctico. Quiere que le revele si está implicado en lo que no me cabe duda que es un homicidio, y, pese a que puede inducir fácilmente a error, sé que no murió de forma plácida ni tranquila. Lo veo en sus ojos inyectados en sangre, y me imagino el rugido en su cabeza y el aumento de la presión.

Bajo la vista hacia mi teléfono cuando recibo un mensaje de Anne, mi técnica, una experta en radiología sensata y agradable que ha conseguido formarse en muchas disciplinas distintas. El cuerpo está en el escáner de TC, y Anne ha hecho un descubrimiento curioso.

—Un pequeño neumotórax en el pulmón derecho —me explica de inmediato cuando responde a mi llamada—. El escáner muestra aire atrapado en el espacio pleural del lóbulo superior, lo que parece indicar algún tipo de traumatismo.

—Aquí, en la escena del crimen, no he detectado nada, ninguna lesión en el pecho —contesto—, pero las condiciones no eran óptimas. En esencia, no contaba más que con una linterna.

—Algo ocasionó el colapso del pulmón.

—¿Alguna idea de qué puede haber sido?

—No puedo realizarle un reconocimiento externo a menos que me autorice para desenvolverla, doctora Scarpetta.

—No hasta que llegue yo. —Observo los torpes intentos de Marino y Machado por recoger como prueba un poste de la valla—. ¿Hay daños en los tejidos blandos? ¿Alguna hemorragia interna?

—Hay un poco de sangre en la parte superior derecha del pecho —me informa mientras yo camino despacio por el aparcamiento, inquieta y con muchas cosas en la cabeza—. Ligeramente por encima y a la izquierda de la mama.

—No ves fracturas en las costillas —deduzco.

—Ni en ningún otro lado. Me imagino que no tenemos su ropa.

—Tenemos un zapato que tal vez era suyo. Por el momento, nada más.

—Es una lástima. Una verdadera lástima. Cómo desearía que tuviéramos su ropa.

—Ya somos dos. ¿Alguna otra anomalía radiológica? —Advierto que las nubes se disipan por el modo en que se ilumina la burbuja de la pista de tenis, a varios campos deportivos de distancia.

Hace una temperatura de poco más de diez grados, casi templada.

—Hay zonas de densidad alta de algún material en el interior de la nariz y la boca —responde Anne.

—¿Y en los senos nasales, las vías respiratorias, los pulmones? ¿Se produjo una inhalación de ese material?

—Hasta donde he podido ver, no.

—Bueno, eso es revelador. Si la hubieran asfixiado con algún objeto cubierto de ese residuo fluorescente, cabría esperar que ella aspirara al menos un poco. —Los descubrimientos resultan desconcertantes y parecen contradictorios.

—Sea lo que sea, tiene una media de trescientas unidades Hounsfield..., o la radiodensidad típica de los cálculos renales pequeños, por ejemplo —dice Anne—. No tengo la menor idea de qué puede ser.

—He encontrado concentraciones elevadas en torno a la nariz y la boca, y también en los ojos. —Veo que Marino saca un par de cizallas grandes de su caja de herramientas—. Pero me extraña mucho que ella no inhalara ni una mota. Lo que me lleva a preguntarme de nuevo si ese material entró en contacto con ella *post mortem*.

—Creo que es posible. Veo que tiene un poco en la nariz y en la boca, pero no muy adentro, por lo que tal vez se lo introdujeron cuando ya no respiraba. También hay una cantidad considerable entre los labios y los dientes, formando una especie de coágulos —dice Anne—. Se aprecia con claridad en el tac.

—¿Coágulos?

—No se me ocurre otra forma de describirlo. Formas irregulares más densas que la sangre, pero no tanto como el hueso.

—Yo no he visto ninguno de esos «coágulos», como los llamas. No presentaba nada parecido externamente. El residuo fluorescente es un material muy fino, como polvo, que dudo que alcance a verse sin un instrumento de aumento. Es posible que se trate de restos del material más denso que has descubierto en la nariz y la boca.

—Como si la hubieran forzado a permanecer boca abajo sobre ello —aventura Anne.

—No presenta abrasiones o contusiones en la cara o el cuello. Por lo general, cuando se sujeta a alguien boca abajo sobre polvo, barro o agua poco profunda, los labios, nariz y mejillas sufren daños visibles. Y cuando la persona pugna por respirar, acaba por inhalar partículas. Normalmente, encontramos polvo o agua en los senos nasales, las vías respiratorias y a veces en el estómago y los pulmones.

—Lo único que puedo decirle con certeza a partir de lo que veo en el escáner, doctora Scarpetta, es que el colapso del pulmón no fue la causa de la muerte.

—Desde luego —convengo—, pero si ya tenía la respiración afectada, era más vulnerable a la asfixia. —Esto refuerza mis sospechas de que el material fluorescente se depositó sobre el cuerpo de Gail Shipton después de su muerte. ¿Por qué? Y ¿dónde se encontraba en ese momento? ¿El residuo se adhirió al cadáver por accidente, o por un acto deliberado del asesino, que quería que lo encontráramos? La sustancia centelleante no tiene su origen en el lodoso campo de béisbol. Procede de algún otro sitio—. Es improbable que un pulmón colapsado por sí solo ocasionara la muerte —continúo—. Ahora mismo ignoro qué la ocasionó, pero no fueron causas naturales. Trato el caso como un homicidio y provisionalmente lo considero una posible asfixia agravada por complicaciones. Te agradecería que transmitieras esa información a Bryce para ponerlo al corriente, pero, por favor, recuérdale que no hay que divulgar nada a la prensa todavía. Antes necesitamos una identificación positiva.

—Lo que me recuerda que, según Lucy, su dentista es Barney Moore, con quien ya hemos tratado antes. El cadáver que encontraron flotando el verano pasado, me dijo él. Como si solo hubiera habido uno.

—¿El dentista de Gail Shipton? —pregunto, confundida.

—El mismo. Va a enviarnos su ficha dental. Lo recibiremos en cualquier momento.

—Será probablemente la forma más rápida de confirmar su identidad —afirmo, preguntándome cómo sabe Lucy un detalle tan personal sobre Gail Shipton como el nombre de su dentista—. ¿Puedes pedirle a Bryce que se ponga en contacto con el doctor Adams lo antes posible?

Ned Adams es nuestro dentista de guardia, un odontólogo titulado y excéntrico obsesionado con todos los pormenores acerca de los dientes. Nada le gusta más que una boca que no puede replicarle, me dice en broma cada vez que lo veo.

Busco a Benton con la mirada mientras hablo con Anne. Sigue dentro de Simmons Hall, algunos de cuyos residentes empiezan a salir con mochilas al hombro y se marchan en bicicleta o a pie.

Al parecer, el hecho de que el cadáver ya no está les pasa inadvertido o les despierta solo una ligera curiosidad. No queda nada más que dos policías de paisano batallando con un poste de la verja, un cachorro de pastor alemán que ladra intermitentemente desde el interior de un coche, y una patóloga forense que habla por teléfono en el aparcamiento.

—¿Quiere que la deje en el escáner hasta que llegue usted? —me pregunta Anne.

—No. Trasladadla a mi mesa. Tengo que prepararla para la angiografía —explico—. Quiero ver si podemos determinar la causa del colapso de pulmón y los vasos sanguíneos del corazón, pues es evidente que sufrió un aumento importante de la presión que resultó en hemorragias puntiformes. Vayamos preparando el contraste. Cuatrocientos ochenta mililitros de líquido de embalsamar.

—¿Plasmol veinticinco arterial? ¿Inyección manual o a través de la máquina?

—Manual. Usaremos los angiocatéteres 16 G estándar y un trocar para embalsamar, además de los treinta milímetros habituales de Optiray trescientos veinte.

—¿Cuándo llegará?

—En menos de una hora, espero. —Observo a Marino cortar la cadena con las cizallas, entre chasquidos y tintineos del metal—. Si no terminan pronto lo que están haciendo aquí, Benton y yo no tardaremos en marcharnos. Regresaremos andando a la oficina —decido en el momento en que un tramo de valla cae al suelo con gran estrépito en una catarata de metal—. Parecen arqueólogos a punto de acceder a la tumba de Tutankamón, por la parsimonia con que deliberan.

El poste de la verja en torno al que han excavado un agujero se resiste más de lo esperado, pues está plantado en hormigón a bastante profundidad. Hace una hora que oigo a Marino y Machado discutir la posibilidad de serrar el tubo por la parte que no es de acero galvanizado en vez de arrancar el poste entero, y de paso quizá llevarse también la verja con el pasador de abrazadera. A lo largo de la conversación, Marino ha dejado salir varias veces a *Quincy* para pasearlo y realizar minisesiones de adiestramiento que resultan cómicas o penosas, según el punto de vista.

Hace semanas que lo somete a estos ejercicios, desde que decidió que sería un perro policía. Esconde un trapo impregnado de fluidos procedentes de cuerpos humanos en descomposición que, sin duda, ha sacado de un frigorífico del CFC, y *Quincy* lo rastrea mediante el olfato y se orina o se revuelca sobre él, una conducta poco apropiada para un perro detector de cadáveres. Ya van tres veces esta mañana que lo veo salir disparado, olisquear, escarbar, rodar en el suelo y mear, mientras Marino el adiestrador lo recompensa con toques de silbato.

He contemplado el absurdo espectáculo que ofrece al inclinarse frente a un poste de la valla para esconder trozos del trapo hediondo, pero, sobre todo, he observado las idas, venidas y merodeos de Benton. Es poco común que estemos juntos en una escena del crimen, y me invaden una emoción y un asombro espeluznantes. Parece guiarse por cosas que los demás no vemos, como una vara de zahorí humana, y camina con determinación de aquí a allá con el pantalón del traje remetido en unas botas de goma de color naranja que le vienen bastante grandes. Primero, se ha acercado a la muerta arrastrando los pies por el barro antes de que la envolvieran como una estatua y se la llevaran en la tabla espinal.

Sin decir una palabra a nadie, ni siquiera a mí, ha caminado despacio en torno al cadáver como un felino grande estudiando a su presa.

No ha emitido opiniones sobre el residuo fluorescente ni sobre qué podría ser. No ha hecho comentarios ni preguntas mientras escuchaba en silencio y con semblante inescrutable mis explicaciones sobre las alteraciones *post mortem*, la hora de la muerte, que, según mis cálculos, se produjo a lo sumo tres horas después de su desaparición, posiblemente a las ocho o nueve de la tarde de ayer. Apenas dirige la mirada a la multitud de curiosos que se congregan frente a Simmons Hall, al otro lado de la valla: estudiantes jóvenes y perplejos, unos más vestidos que otros. Es como si ya hubiera llegado a una conclusión sobre ellos, como si ya conociera al demonio que participa en la danza con él.

Con una mezcla de asombro e intranquilidad, yo miraba fascinada la representación macabra de Benton, un comportamiento tan ritualizado como el de la gente mala a la que persigue. Siguió el cadáver con aire resuelto mientras lo transportaban a través del campo, pasaban por la puerta de la verja y lo cargaban en la parte de atrás de la furgoneta, tras la que caminó con sus pies calzados en botas de goma hasta Memorial Drive. Desde allí, volvió sobre sus pasos y, solo, bajo la primera luz de este día gris, entró de nuevo en el campus, donde permaneció un rato totalmente inmóvil, contemplando el panorama desde la perspectiva del «sujeto», que es como llama a quienes persigue.

14

Ahora veo a Benton salir de Simmons Hall. Se encamina hacia nosotros con grandes zancadas.

No les dice nada a Marino ni a Machado. No me dice nada a mí, pero vuelve a atravesar la valla y se acerca pisando de nuevo la hierba y el barro. Se dirige hacia el lugar que ocupaba el cadáver, como si hubiera averiguado o intuido información que lo ha llevado a regresar una vez más al sitio en el que alguien dejó el cuerpo sin vida de una joven brillante cuyo error fatídico puede haber sido algo tan fortuito como haber salido de un bar después del atardecer para oír mejor el teléfono. Sin embargo, no es lo que cree Benton. No es lo que le dice su voz interior. Es lo que me revela su actitud, que, en estos momentos, es parecida a la de un misil termodirigido.

Me recuerda de forma muy gráfica la naturaleza del impulso que lo guía: una programación necesaria pero peligrosa, derivada de haber probado el fruto prohibido del pecado original. El abuso de poder, tal como lo expresa él. Ahí está el origen de todo. Queremos ser dioses. Si no podemos crear, destruimos, y, después de hacerlo, no nos basta con una vez. Benton sostiene que las cosas funcionan así, de manera simple y previsible. Tiene que comprender las ansias sin sucumbir a ellas. Tiene que convertirlas en parte de sí mismo sin dejar que se adueñen de él, y aunque conozco esta faceta de Benton desde el principio de nuestra relación, encontrarme frente a frente con ella me provoca sentimientos encontrados. Me preocupa que el veneno corroa el recipiente que lo contiene.

Benton se coloca justo donde la lona amarilla estaba clavada al suelo con banderines. Se acuclilla en el fango rojizo y mira alrededor, con los antebrazos apoyados en los muslos. Se endereza. Se aleja unos pasos, hasta el borde del cuadro interior, donde ha visto algo, y se agacha. Observa con atención. Se pone un par de guantes de nitrilo.

Toca lo que ha descubierto, sea lo que sea, y se lleva un dedo enguantado a la nariz. Se yergue y me mira a los ojos desde el otro lado del campo. Me dedica una inclinación de cabeza para indicarme que me acerque y, por el modo en que se resiste a volver la vista hacia Marino y Machado, sé que quiere que vaya yo sola.

Llevo otra vez mi voluminoso maletín al campo y lo dejo en el suelo cuando llego junto a Benton. Me enseña algo que parece vaselina, un pegote irregular y traslúcido del tamaño de un centavo.

Reluce sobre briznas de hierba gruesa y terrosa que crecen a la orilla de la arcilla roja, y él me muestra una gota en el guante de lo que supongo que es la misma sustancia. Me la acerca para que pueda percibir el olor intenso y penetrante a mentol.

—Vicks —sugiere.

—O algo por el estilo. —Abro mi maletín de plástico negro.

—No es soluble en agua. Por eso ha sobrevivido a las condiciones húmedas. —Escudriña el empapado campo de deportes—. Aun así, el aguacero debería haberlo hundido en la hierba. Seguramente no lo habríamos encontrado.

Saco una referencia métrica y mi cámara.

—Deduces que se depositó aquí cuando la lluvia ya había cesado.

—O cuando había amainado bastante. ¿Cómo estaba el tiempo hacia las dos o tres de la madrugada?

—Diluviaba, al menos en casa. —No tengo idea de adónde quiere ir a parar.

—¿Alguno de los polis se mete Vicks por la nariz? —Benton

me contempla mientras tomo fotografías—. ¿Mantiene alguno de ellos esa costumbre tan estúpida? —Lanza una mirada a Marino y Machado.

El cadáver no estaba en descomposición. Le recuerdo que aún no despedía hedor y señalo que no he notado olor a Vicks ni a ninguna otra pomada mentolada. Lo habría percibido a un kilómetro de distancia, añado. Marino no se untaba Vicks en los orificios nasales, desde luego. Ya sabe que no es muy conveniente. Le quité la idea de la cabeza la primera vez que lo vi hacerlo en la morgue. «Acabas de atrapar las moléculas de putrefacción dentro de tu nariz, como insectos en papel matamoscas», recuerdo que le dije, y abandonó el mal hábito para siempre.

—He estado con Marino desde el momento en que llegó —le explico a Benton—. He permanecido cerca de él todo el rato, y hace veinte años que no lo veo llevar Vicks consigo. —Me enfundo unos guantes desechables nuevos—. Y Machado tampoco lo usa. Es imposible. Con raras excepciones, esta generación de polis está mejor instruida respecto a cosas como estas. Les han enseñado que los malos olores proporcionan información y que cualquier sustancia en una escena del crimen, ya sea vaselina o humo de tabaco, puede contaminarla.

—Y no has detectado nada parecido en el cuerpo. —Benton quiere asegurarse.

—Olía ligeramente a perfume, eso es todo. Si hubiera habido rastros de Vicks, por supuesto que me habría dado cuenta.

—No se lo puso a ella —decide Benton, como si fuera razonable preguntarse si un asesino embadurnó a su víctima con VapoRub.

—No he notado olor a mentol, y créeme que lo habría notado.

—Entonces ¿cómo diablos llegó esto aquí? —formula una pregunta inquietantemente retórica.

—La policía llegó a la escena hacia las cuatro de la madrugada —le recuerdo—. Si algún sospechoso hubiera venido aquí, habría estado muy cerca del cadáver y, por descontado, ellos lo habrían visto.

—¿Cómo estaba el tiempo a esa hora? —Benton desvía la vista, absorto en sus pensamientos.

Llamo a Marino. Mientras lo veo coger su móvil y volverse hacia mí, le pregunto a qué hora ha acudido la policía a la escena esta mañana. Habla con Machado antes de ponerse de nuevo al teléfono.

—Eran cerca de las cuatro —dice—, tal vez las cuatro menos diez cuando llegó el primer coche.

—¿Con qué intensidad llovía en este preciso lugar? Sé que al otro lado de Cambridge, a la hora aproximada en que viniste a casa, la lluvia era muy fuerte. Cuando saqué a *Sock*, diluviaba —evoco, y él consulta a Machado otra vez.

—En esta parte de la ciudad caía de forma intermitente, no muy intensa —me informa Marino—. Pero hacía un tiempo bastante feo. Ya ves cuánto barro hay.

Le doy las gracias y cuelgo. Comunico a Benton lo que acabo de averiguar.

—Deben de haber dejado eso aquí no mucho antes de que llegara la policía, tal vez solo unos minutos antes —infiere—, cuando la lluvia era leve y no tenía efectos significativos.

—¿Qué hay de la pareja, los dos estudiantes que encontraron el cuerpo y llamaron a la policía? —señalo—. Si hubiera habido alguien merodeando, lo habrían visto, ¿no?

—Buena pregunta. Pero, aunque lo hubieran visto, no habrían tenido motivo para preocuparse.

Benton me está dando a entender que conoce al asesino y que es alguien capaz de pasar inadvertido o de perderse de vista. Insinúa que dicha persona dejó pomada mentolada en la hierba, cerca de donde se encontró el cadáver.

—¿Crees que lo puso allí a propósito? —Guardo la cámara y la referencia métrica en el maletín de campo.

—No estoy seguro —responde.

—¿Esa persona metió la mano en un tarro de ungüento mentolado o apretó un tubo de pomada y se le cayó una gota del dedo? ¿O tal vez se limpió la mano con la hierba? —Soy consciente del trasfondo de intranquilidad y duda.

—No lo sé. Lo importante es que tal vez usarlo forma parte de su *modus operandi*.

—¿Esto se te ha ocurrido por lo que has observado en este

caso en concreto, en esta escena en concreto? —inquiero, porque es imposible sacar esa conclusión basándose en tan pocos datos—. ¿O es por los otros casos?

—No he encontrado esta sustancia en los otros. Pero puede que él lo haya dejado esta vez sin darse cuenta. Creo que está perdiendo el control —repite una vez más—. Le está sucediendo algo bastante catastrófico —afirma, como si conociera la identidad del asesino, lo que acrecienta mis recelos.

Temo que Benton se haya metido demasiado en la piel del homicida, un temor que ya me ha asaltado antes. Espero que sus colegas de la UAC no tengan un buen motivo para no hacerle caso.

—Tal vez le copió a alguien la idea de utilizar un ungüento descongestionante. No es algo nunca visto —asevera Benton.

Introduzco su guante manchado en una bolsa de pruebas y la etiqueto. Guardo por separado el gel mentolado y las briznas de hierba a las que está adherido mientras él comenta que los adiestradores les untan Vicks bajo los ollares de los caballos de carreras para mantenerlos concentrados.

—Se usa sobre todo para los sementales —agrega con la misma naturalidad.

Es como si estuviera hablando de una película que acabamos de ver o de lo que vamos a cenar. Lo anormal tiene que parecerle normal, pues de lo contrario nunca conseguirá desentrañarlo. No puede sentir rechazo o repulsión hacia los demonios, pues de lo contrario ellos no le revelarán sus secretos. Tiene que aceptarlos para conjurarlos, y al presenciar el estado en que se sume, vuelve a invadirme la desazón. Una desazón más profunda que nunca.

—El olor los distrae de las distracciones —explica—. No pueden concentrarse más que en correr, porque no huelen otra cosa que el mentol.

—En otras palabras, no huelen a las yeguas. —Bajo los pesados cierres del maletín de campo, que se ajustan con un chasquido.

—No huelen nada que pueda tentarlos. Pero sí, me refiero principalmente a las yeguas —responde—. Además, el mentol tiene la ventaja adicional de que ayuda al animal a respirar. Lo mires por donde lo mires, estamos hablando de lo mismo.

—¿Y de qué estamos hablando exactamente?

—De desempeño —dice—. De ganar. De demostrar que es más listo que todo el mundo y de la emoción que esto trae consigo.

Mientras camino de vuelta hacia el aparcamiento, medito sobre ello, dando vueltas a sus palabras, intentando descifrarlas. Caballos de carreras y Vicks.

Un detalle tan banal y abstruso en el contexto de un homicidio se me antojaría fuera de lugar en boca de cualquier otra persona, pero si Benton lo sabe es por una buena razón. No era un comentario venido de la nada; venía de un lugar oscuro y siniestro.

—¿Qué habéis descubierto? —me pregunta Machado, entre palada y palada de tierra dura y pedregosa, el sonido de cuando se excava una tumba.

—¿Alguien está usando Vicks aquí? —Deposito el maletín sobre el asfalto, cerca del cuatro por cuatro de Marino—. Supongo que no, pero quiero asegurarme.

—Joder, no. —Marino se frota la zona lumbar, frunciendo el ceño como si lo hubiera acusado de un pecado que no ha vuelto a cometer desde nuestros primeros años.

—Alguien lo ha usado, y seguramente hace poco rato —le informo—. O Vicks, o alguna pomada por el estilo.

—Que yo sepa, no. —Machado dirige la mirada hacia Benton, que camina por el lodo, al otro lado del campo, con sus botas de goma grandes y chillonas, acercándose—. ¿Dices que ha encontrado Vicks? ¿Estaba en la hierba?

—Algo parecido —contesto.

—A lo mejor es un gel analgésico, una crema muscular. Después de todo, esto es un campo de deportes. —Machado ha dejado de cavar.

Fija la vista en Benton como si no fuera el de siempre, como si hubiera perdido un poco los papeles. Ya han trabajado juntos antes, pero al ver al joven agente observar a mi esposo, se me hiela la sangre. Me pongo nerviosa.

—¿Tienes idea de qué le pasa por la cabeza? —me pregunta

Machado con escepticismo, como si sospechara de verdad que Benton es un tablero Ouija humano y no es de fiar.

—Se está poniendo en el lugar del que lo hizo —dice Marino antes de que yo alcance a abrir la boca, aunque no pensaba responder a la pregunta, y menos aun así.

No revelo lo que imagino que está pensando Benton. Si lo supiera, tampoco lo diría. No me corresponde a mí. A menudo no tengo la más remota idea, y no me sorprende que él no pertenezca a una hermandad masculina de amigos: compañeros del FBI, polis, otros agentes federales o abogados. No se junta con sus colegas de profesión en bares de mala muerte como Tommy Doyle's, Grafton Street o Paddy's, el favorito de Marino.

Benton es un enigma. Quizá ya era así desde que nació, la mezcla contradictoria de un interior blando y una superficie dura con el envoltorio perfecto de un cuerpo alto y esbelto, un cabello impecablemente cortado, encanecido desde que lo conozco, y trajes a medida con calcetines a juego y zapatos que siempre parecen nuevos. Su rostro apuesto y bien perfilado es como una metáfora de la precisión de sus percepciones, y su actitud distante, como una cámara de descompresión que controla su vulnerabilidad ante quienes entran y salen de su espacio personal.

—Sabes que tiene que meterse en su cabeza. —Marino echa a un lado una palada de tierra y piedras que por poco le cae encima a Benton cuando atraviesa la puerta de la verja sin decirnos una palabra.

Va muy callado. En momentos como este semeja un erudito excéntrico, antisocial y arisco. No es inusual que se pasee por una escena del delito durante horas sin hablar con nadie. Aunque siempre ha sido un hombre respetado, no necesariamente cae bien. A menudo lo malinterpretan. La mayoría de la gente se equivoca con él de medio a medio. Lo tachan de frío y raro. Suponen que alguien tan contenido y controlado no reacciona emocionalmente ante la maldad que ve. Dan por sentado que no satisface ninguna de mis necesidades.

Lo veo alejarse por la parte de atrás del aparcamiento en dirección a la calle Vassar y su residencia plateada.

—Tiene que mirar a través de los ojos del asesino e imaginar que es él. —Con una sonrisita desdeñosa y un tono burlón, Marino continúa describiendo algo de lo que en realidad sabe muy poco.

Benton no se limita a introducirse en la mente del criminal violento. Hace algo mucho peor. Se pone en contacto con las tinieblas de su alma, una oscuridad aterradora que le permite conectar con su presa y vencerlo en la espantosa partida. Con frecuencia, cuando llega a casa tras pasarse semanas trabajando en algún caso de pesadilla, está tan agotado que enferma físicamente. Se ducha varias veces al día. Apenas come o bebe. No me toca.

Después de varias noches de sueños agitados, el encantamiento remite como una fiebre, y yo le preparo un plato sustancioso, quizás algo siciliano como *campanelle pasta con salsiccia e fagioli*, uno de sus favoritos, regado con un Barolo o un tinto de Borgoña, todo ello en abundancia, y luego nos vamos a la cama. Expulsa a sus demonios de forma desesperada, agresiva, exorcizando lo que se había visto obligado a invitar a su mente, a su cuerpo, y yo le devuelvo la fuerza vital, que lucha denodadamente. Esto continúa hasta que terminamos, y así funcionan las cosas entre nosotros. No somos reservados y recatados, como la gente piensa, y nunca nos cansamos el uno del otro.

Observo a mi marido caminar por la acera que discurre frente a Simmons Hall. Entra en el aparcamiento, donde se pone a deambular entre los pocos coches de estudiantes que hay, tomando fotografías con el teléfono. Detrás de la residencia, dirige la vista a un lado y otro de las vías de tren antes de cruzarlas hacia un espacio abierto de tierra y asfalto agrietado repleto de semirremolques, excavadoras y refugios temporales de tela.

Se encamina hacia una camioneta descubierta negra aparcada cerca de un volquete lleno de escombros. Echa un vistazo por las ventanillas de la camioneta y a la plataforma, como si hubiera recibido información, y en realidad, así es. Lo guía su mente, el flujo de pensamientos subconscientes que, como subrutinas informáticas, impulsan sus actos sin esfuerzo.

Se acerca a un *bulldozer* de color amarillo vivo, con la pala en alto como un cangrejo pugilista. Se agacha junto a la pinza trasera, el *ripper*, mira en mi dirección, y en ese instante mi teléfono empieza a sonar.

15

—Necesito que venga uno de ellos —dice la voz de Benton a través del auricular—. Pero antes, quiero que me escuches con mucha atención, Kay. —Veo que se levanta y echa a andar de un lado a otro por la obra sin dejar de mirarme. Yo, desde el aparcamiento, vigilo a Marino y a Machado para cerciorarme de que no escuchen nuestra conversación—. Lo que voy a decirte debe quedar entre tú y yo. Puedo darles instrucciones, pero sin entrar en detalle. Tenemos que estar seguros al cien por cien. —Aunque me doy cuenta de que él lo está—. Y no sabemos en quién podemos confiar. Ese es el principal problema. El más mínimo desliz le proporcionará a Granby la excusa que busca para echarme a patadas del caso.

—¿De este caso o de los otros? —pregunto.

—De todos. No puedo decirte a ciencia cierta cuántos, pero ahora mismo se están investigando por lo menos cuatro.

—Hay un elemento ausente en este caso, uno muy importante. —Me refiero a las bolsas de plástico que las tres víctimas de Washington tenían sobre la cabeza.

—Algo lo despistó esta vez. Es lo único que se me ocurre, a menos que esté intentando disimular la conexión entre este asesinato y los otros. Pero no creo que esa sea la razón. Cambridge es un territorio de caza que conoce bien. Ya ha cazado aquí antes, y no me sorprende que haya vuelto a hacerlo, pero no ha elegido a esta víctima al azar. Tampoco a la primera, Klara Hembree. A la segunda y a la tercera, tal vez sí.

No se le oye entusiasmado ni rendido, porque él no es así. Pero lo conozco. Soy muy sensible a los matices de su estado de ánimo, y, cuando se aproxima a su presa, se le pone la voz tensa, como si un pez grande se hubiera tragado su anzuelo y se resistiera con todas sus fuerzas. Al escucharlo, comprendo lo que vendrá a continuación, pero hay algo más, la misma escalofriante amenaza. La percibo con intensidad creciente mientras hablamos por teléfono, separados por un campo enfangado.

A lo largo de la última semana, Benton me ha mencionado en varias ocasiones este problema de confianza. Es un tema recurrente desde que se marchó a Washington, y hace varias noches, después de beberse algún que otro whisky de más, afirmó de forma bastante categórica que el caso del Asesino Capital jamás se resolvería. Alguien no quiere que se resuelva, dijo, y yo no le creí.

¿Cómo iba a creer algo así? Tres mujeres habían sido brutalmente asesinadas, y Benton insinuaba que el FBI, organización para la que trabaja, no quería que atraparan al asesino. Y ahora que parece que ha vuelto a matar, Benton abriga la misma preocupación. De nuevo se me ocurre que quizá mi esposo se haya identificado demasiado con el asesino. Esto sería una muy mala noticia, pero lo que está insinuando no podría ser peor. Su trabajo ha acabado por amargarlo. Siempre temí que llegara este momento.

—Han forzado el compartimento trasero de una camioneta —me dice por el móvil—. Hay una herramienta en el suelo. Está mojada por la lluvia, pero no parece que lleve aquí mucho tiempo. Ha escampado hace varias horas, lo que significa que la dejaron aquí antes.

—¿Qué clase de herramienta? —inquiero.

—Un cortador de trinquete, posiblemente para tubos o cañerías de metal. Lo han dejado aquí deliberadamente, con una piedra encima.

—¿Una piedra?

—Una piedra de tamaño considerable que alguien ha recogido y colocado encima del cortatubos.

—¿Con qué fin?

—Piedra, papel, tijeras.

Espero a que aclare que lo ha dicho en broma. Pero no es así.

—El producto de una mente enferma y pueril que se atrofió y enfermó aún más. Ahora está totalmente trastornado y sufre un proceso acelerado de descompensación, cosa que me parece prematura, aunque no puedo explicarte por qué. Pero el caso es que algo le está pasando —declara Benton—. La piedra y la herramienta son una regresión atávica a un juego de su infancia. Es una sensación que tengo desde que vi por primera vez lo que había dejado a cierta distancia del cadáver. Hay que mentalizarse para buscar lo que no es evidente, y la policía, por lo general, no lo hace.

—Pero tú sí.

—Soy el único que lo ha encontrado en cada homicidio, hasta dos días después de los hechos. Piedra gana a tijeras, y tijeras gana a papel, y los policías no son más que papel..., funcionarios que hacen papeleo, adultos que se inventan las normas y que le parecen ridículos. No son un público digno de él, así que pone un pedrusco encima de una herramienta que ha utilizado para cometer su crimen, como una piedra sobre tijeras, para recordar a la policía lo despreciables que son en comparación con él. Eso le provoca una descarga de adrenalina. Le resulta excitante y divertido.

—Los policías son despreciables, pero tú no.

—A mí no me consideraría despreciable. Sabría que comprendo sus actos en la medida de lo posible, mucho mejor que él, pues su comprensión de sí mismo es limitada. Siempre ocurre lo mismo con esa clase de criminales. Están moralmente enfermos, por lo que tienen muy poca lucidez, si es que la tienen.

Vuelvo los ojos hacia Marino, que sigue cavando en torno al poste, que presenta un aspecto descarnado y solitario desprovisto de la valla metálica. Ya me imagino la actitud defensiva que adoptará ante Benton. Salta a la mínima con él, y se enzarzarán en una auténtica guerra ahora que vuelve a ocupar una posición de poder. Las cosas se pondrán feas antes de ponerse más fáciles, y en este momento, aquí fuera, me cuesta concebir que la situación pueda mejorar.

No dejo de pensar en las coincidencias. Benton toma un vuelo de vuelta tres días antes de lo previsto, y el Asesino Capital ataca de nuevo, justo aquí, donde vivimos, como si un tornado se hubiera desviado de su rumbo para embestir nuestro hogar. No dejo de pensar en la persona del otro lado del muro, con la cabeza descubierta bajo la lluvia y la vista fija en mi puerta trasera, y me he pasado toda la mañana mirando atrás, como si alguien me observara.

—¿Crees que el asesino sabía de alguna manera que estarías aquí? —pregunto, expresando en voz alta la posibilidad que preferiría no contemplar.

—Para serte sincero, es algo que me preocupa.

Desde luego, no sería la primera vez. Delincuentes violentos le han dejado notas, cartas, partes del cuerpo, fotografías, grabaciones de vídeo y audio de la tortura y el asesinato de sus víctimas. Recordatorios siniestros, truculentos, carne humana cocida, el osito de peluche de un niño asesinado. He visto las amenazas sobrecogedoras, los escarnios descorazonadores, y ya nada me sorprendería, excepto esto. No quiero creer lo que Benton plantea por una sencilla razón que no puedo dejar de lado, tal vez porque me niego.

Se suponía que debía permanecer en Washington hasta el sábado. Si no hubiera decidido volver a casa antes, no estaría aquí, diciendo estas cosas, ni habría encontrado la herramienta y la piedra.

—¿Cómo demonios podría saber que estarías aquí, Benton?

—Seguramente me ha visto, nos ha visto a todos —dice y yo miro alrededor, fijándome en los edificios bajo el sol, los estudiantes que van a pie o en bicicleta, los coches que relucen en los aparcamientos—. Era inevitable que yo viniera. Tal vez no en este preciso instante, pero sí en cuanto me enterase. Unas horas después, o unos días, pero estaría aquí, haciendo lo que estoy haciendo ahora mismo.

—Observarte es una cosa; saber que vendrías a casa hoy es otra.

—Tal vez no sabía que vendría hoy, pero se figuraba que no tardaría en aparecer. No tengo una respuesta, pero debo considerar la posibilidad, cualquier posibilidad. Lo que sé sin asomo de duda es que esta escena es como las otras tres. La herramienta y la piedra son un toque de atención evidente, y la UAC supone que es un montaje, una farsa. Dicen que es como el caso del Francotirador de Beltway y la carta del tarot que se encontraron junto a una cartuchera donde dispararon a un adolescente de trece años. Murieron diez personas, varias de las víctimas de tiroteos en Virginia en la época aproximada en que te mudaste aquí.

«En la época aproximada en que creí que habías muerto.» Este recuerdo me asalta y, pienso fugazmente en mi sueño. Enseguida lo destierro de mi mente. Benton comienza a recorrer la obra con aire decidido. Habla con una velocidad y fluidez poco comunes en él.

—Alguien había escrito «Llamadme Dios, no lo divulguéis a la prensa» en la carta del tarot —me informa—. Una artimaña para jugar con la policía, para desorientarlos con una pista falsa y hacerles creer que el asesino tenía algo que ver con las tiendas de artículos mágicos o esotéricos. Gilipolleces, según el FBI, y en esos casos tal vez tienen razón. Llevo semanas oyendo eso acerca de las herramientas, las piedras y las telas blancas, las bolsas de Octopus y demás: que son gilipolleces. Pero no lo son. Te lo aseguro. Significan algo para él. Un juego. Temo que esté dejándose llevar por delirios.

—¿Incluidos delirios sobre ti?

—Puede engañarse a sí mismo para convencerse de que me impresiona —lo dice con naturalidad, como un guardián del zoo cuando habla de los animales más peligrosos—. No puedo saberlo con certeza, pero creo que está familiarizado con mi trabajo. Es lo bastante narcisista para concebir la fantasía de que lo admiro.

—Tal vez ha vuelto a las andadas por otra razón —razono con tranquilidad—. Tal vez no tenga nada que ver con el hecho de que estés aquí. Nada que ver contigo.

—Me preocupa —repite—. Es posible que haya oído algo. No lo sé, pero tiene un vínculo muy fuerte con esta zona. Dejó el cadáver aquí porque el sitio significa algo para él, pero es demasiado pronto para mencionarle esto a alguien, y menos aún de forma específica y directa —recalca—. Ya lo haré, pero aún no. Primero tengo que realizar algunas llamadas. La decisión no depende de mí, a pesar de lo que creen. No tiene que ver con el caso, sino con motivaciones ocultas extremadamente perturbadoras. Tengo que notificar a Granby. Lo exige el protocolo, y eso supondrá un problema.

Informará a su jefe Ed Granby, el agente especial al mando, que es un obstruccionista que no lo soporta, y sé cómo acabará esto. De la peor manera posible.

—Supongo que Granby se hará cargo de esta investigación —murmuro.

—No podemos permitírselo, Kay.

—¿Cómo puede haber oído el asesino algo que lo llevara a deducir que ibas a volver a Cambridge ahora?

—Exacto. Si se enteró de ello, ¿cómo lo hizo? Es posible que tenga contacto con alguien estrechamente relacionado con la investigación.

Recuerdo las palabras de Carin Hegel acerca de la corrupción que salpica las más altas esferas, y me vienen a la mente el Departamento de Justicia y el FBI, pese a que no quiero pensar en nada de eso. En vez de ello, me refugio en pensamientos menos amenazadores, como lo que Benton me ha dicho después de bajar del helicóptero de Lucy hace unas horas. Según él, la idea de adelantar unos días su regreso para celebrar su cumpleaños se la había sugerido ella.

—¿Cuándo exactamente mantuvisteis la primera conversación sobre la posibilidad de que volvieras hoy a casa? —Cojo de nuevo mi maletín de campo.

Me aparto aún más de Marino y Machado para que no me oigan.

—Hace tres días —responde Benton—. Tocamos el tema por primera vez el domingo por la mañana. Lucy sabía por lo que habías pasado el fin de semana en Connecticut. Le preocupaba que hubieras enfermado por eso.

—Enfermé por culpa de un virus.

—Quería que yo regresara. Yo también quería y prácticamente había amenazado con volver, pero tú dijiste que la cosa no saldría bien. Estaba seguro de que, si te enterabas, te negarías, como ya habías hecho, al menos conmigo.

Al oírlo expresado de forma tan cruda, me acuerdo con pesadumbre de otras revelaciones recientes. No siempre exteriorizo lo que siento ni digo lo que quiero, y eso no me parece justo. Me resulta hiriente.

—Convinimos en que sería una sorpresa —agrega.

—¿Quién más lo sabía?

—Era algo que se sabía dentro de la organización.

Me explica que el domingo el FBI estaba al corriente de que él se marcharía de Washington antes de lo previsto. De hecho, su división de Boston tuvo que aprobar su retorno a Cambridge, y Ed Granby estuvo encantado de autorizarlo para que se fuera de Washington. Lo animó a hacerlo, asegura Benton, y entonces pienso en el hotel donde se alojaba.

Los empleados, sin duda, también conocían los planes de Benton. Imagino que cambió su reserva por adelantado, tal vez el mismo domingo, en cuanto decidió regresar. Lucy estaba al tanto, por supuesto, y mi mente no deja de desviarse hacia ella. Me pregunto si mencionó por casualidad la sorpresa de cumpleaños a Gail Shipton y, en caso afirmativo, por qué y qué implicaciones podría tener.

Lucy tuvo que presentar un plan de vuelo antes de despegar de Massachusetts con destino al aeropuerto internacional Dulles. Por motivos de seguridad, las aeronaves privadas tienen prohibido aterrizar en la zona de Washington sin permiso y un plan de vuelo aprobado por la Administración Federal de Aviación. Cavilo sobre el personal del hotel, del FBI y de la compañía aérea, los controladores de tráfico, todas aquellas personas con posibles motivos para saber detalles como las horas, los emplazamientos, el tipo de aeronave e incluso el número de matrícula del helicóptero de Lucy y el equipo que lleva a bordo. ¿Quién tenía acceso a información sobre los movimientos de ella y Benton, dónde y por qué?

Tal vez alguien conoce alguna particularidad sin importancia sobre nuestra vida personal y quizá comunicó este dato a la persona equivocada. No descarto que un criminal trastornado y astuto obsesionado con Benton esté cometiendo actos violentos y aberrantes para llamar su atención o demostrarle su superioridad. Esto ocurre muy rara vez. No estoy segura de si ha habido algún caso en que un asesino en serie haya manifestado una fijación erotomaníaca hacia un psicólogo forense o experto en perfiles. Pero eso no significa que no haya ocurrido en algún lugar. Seguramente ha pasado.

En el ámbito de la conducta humana todo es posible, y he sido testigo de actos de violencia y sadismo que jamás habría imaginado por mí misma. No puedo concebir un crimen atroz que sea original, que nadie haya perpetrado jamás, y Benton no es un cualquiera. Ha publicado libros y artículos, aparece a menudo en las noticias y se le ha relacionado públicamente con los casos del Asesino Capital, y con mucha mayor frecuencia después de los dos últimos homicidios. Si el criminal ha estado pendiente de los medios, sabrá que Benton ha estado en Washington, que se ha llevado a cabo una ardua búsqueda pese a que los detalles de los asesinatos no han salido a la luz, ya que el FBI los mantiene celosamente bajo un velo de secretismo.

Habría sido un buen momento para que el homicida hiciera lo que Benton había insinuado, pasar página, e incluso es posible que ese individuo artero y cruel sea capaz de anticipar lo que mi esposo deducirá o intuirá a continuación. Este ha creído desde el principio que el Asesino Capital está vinculado a Cambridge y conoce bien la localidad, que constituye un refugio seguro para él.

Es lo que Benton ha dicho, y lo que ha seguido diciendo desde abril, tras el asesinato de Klara Hembree, que no hacía un mes que se había mudado desde aquí. Sostiene que alguien la había acosado en Cambridge durante un tiempo y que su acosador la había seguido a Washington, cosa que no habría hecho si no se sintiera cómodo en Cambridge ni estuviera familiarizado con Washington y sus alrededores. Benton aún cree que el tipo conoce su territorio. Ha emprendido una gira relámpago de asesinatos, haciendo escalas en los sitios donde tiene el control, atacando en lugares de los que quizá no sepamos nada. Eso es lo que llevo oyendo desde que mi marido se marchó, antes de Acción de Gracias.

Entendería que a Benton le preocupara estar en el punto de mira de este o cualquier otro asesino al que persigue, aunque no fuera cierto. ¿Cuánto podrá soportar antes de que sus defensas empiecen a desmoronarse, antes de que lo que hace para ganarse la vida se le introduzca bajo la piel como un parásito, como una infección?

—Obviamente, yo echaría un vistazo por aquí —dice Benton por teléfono, separado de mí por un campo embarrado—. Tal vez la policía habría acabado por registrarlo. Probablemente lo habrían hecho, aunque está lejos de donde se ha encontrado el cuerpo.

—¿Por qué echarías un vistazo? —pregunto.

—Por la camioneta.

—La que han forzado. —Fijo la vista en el vehículo negro que él rodea despacio mientras habla.

—Está fuera de lugar aquí —afirma—. No tiene que ver con las obras. Es la camioneta privada de alguien que la ha dejado aparcada aquí, en mal sitio, lo que, por supuesto, ha captado mi atención de inmediato.

Se queda inmóvil y tiende la mirada hacia mí.

—Eso suponiendo que la herramienta se utilizara para cortar el candado y la cadena de la valla. —Veo que Marino y Machado desisten de seguir cavando y optan por echar mano de la sierra.

—Él usó esta herramienta —asevera Benton—. Y confiaba en que la encontráramos, como comprobarás cuando la examinen en el laboratorio. Somos su público, y quiere que sepamos todas las molestias que se ha tomado. Forma parte de la emoción...

—¿Las molestias que se ha tomado? —lo interrumpo, enfadándome porque empieza a asustarme y, por un instante, noto que se aviva la llama de la furia que tanto me esfuerzo por extinguir.

Acto seguido, me obligo a prescindir de todo sentimiento. No es útil reaccionar como lo haría una persona normal. Destierro lo que puede interferir con mi disciplina y raciocinio clínicos, lo expulso y ahuyento lejos de mí. Después de tantos años, se me da bien vaciarme emocionalmente.

Contemplo a Marino mientras hurga en su gran maletín de campo, más bien un cajón de herramientas portátil. Respiro hondo. Ahora que estoy más serena, Gail Shipton me viene a la mente de nuevo. Tendría sentido que ella fuera el enlace. Esto significaría que tenía alguna conexión con el asesino, aunque no lo conociera, aunque nunca lo hubiera visto, como indica Benton.

16

La herramienta tiene empuñadura de fibra de vidrio y cuchilla de metal. Su aspecto es similar al de una llave inglesa, y puede cortar materiales duros como el latón, el cobre y el acero.

A Marino le ha bastado echar una ojeada para proporcionarnos esa información. Fotografía el cortatubos con la piedra encima, un trozo de roca autóctona del tamaño de una pelota de softball. A continuación, retira la piedra y recoge la herramienta.

—Bueno, ¿dónde están el candado y la cadena? —El cortatubos prácticamente desaparece entre sus grandes manos enguantadas. Le da la vuelta, estudiándolo, con cuidado de no destruir indicios como huellas dactilares, aunque supongo que allí no hay—. Si quería que encontráramos la herramienta, sería lógico pensar que también dejaría el candado y la cadena, ¿verdad? —La guarda en una bolsa para pruebas—. ¿Sabes qué? Si va a mangonearnos, cuantos más seamos, mejor, ¿no? —Su estado de ánimo ha pasado del desánimo a la amargura y luego al sarcasmo. Es el primer escenario de un asesinato en el que trabaja desde hace una década, y se siente perdido y avasallado. Benton lo eclipsa, así que anda buscando pelea—. Lo que quiero decir es que no deberíamos dar por sentado que el asesino lo utilizó. —Arranca ruidosamente una tira de cinta adhesiva para huellas—. Tal vez no fue así. Tal vez te desviaste del camino trillado y encontraste algo que no tenía nada que ver —añade, dirigiéndose a Benton, que lo mira con una clara actitud desafiante mezclada con algo más. Duda.

Marino se vuelve hacia mí como si esperara que me ponga de su parte. O quizás intenta descifrar mi expresión y también la de Benton, porque no sabe qué pensar. Estamos los tres solos, cerca de un *bulldozer* en una obra, y me pregunto cómo le comunicará mi esposo a Marino lo que necesita saber. No puede hablar abiertamente de la cuestión, y Marino no le pondrá las cosas fáciles aunque le crea. Además, preveo que no le creerá, al menos al principio.

—A lo mejor alguien forzó la camioneta, lo que no tendría nada de extraordinario —prosigue Marino con la misma mordacidad—. La gente fuerza vehículos a todas horas. Tal vez eso sea la explicación, simple y llanamente.

—Te aconsejo que recojas la piedra también —dice Benton—. Él la tocó. Seguramente llevaba guantes, pero quizá no, según el estado mental en que se hallara en ese momento.

—¿De quién narices hablas?

—De la persona que buscáis. Es indudable que tocó la piedra. La recogió y la colocó donde estaba. Deberíamos analizarla, por si presenta rastros de ADN.

—Madre del amor hermoso. Tienes que estar de coña.

—Trajo el cuerpo hasta aquí en un vehículo —asegura Benton como si este fuera un dato indiscutible—. Primero se detuvo allí. —Señala el aparcamiento situado junto a la residencia—. Se apeó del vehículo, caminó hasta esta obra, forzó el compartimento de atrás de la camioneta y sacó el cortatubos. Después, condujo hasta allí. —Señala de nuevo, esta vez al aparcamiento en el que yo he estado hablando por teléfono cerca de una hora.

La entrada para peatones sigue abierta de par en par, y le recuerdo a Benton el riesgo que eso supone. El aparcamiento está al otro lado de la calle de la comisaría del MIT. El asesino (no tengo reparo en llamarlo así) tendría que haber pasado por encima de la acera con el vehículo.

—Se exponía a que la policía lo viera —concluyo.

—No se exponía a eso —replica Benton con rotundidad—. Se trata de un individuo calculador que se fija en todo. Espía a la gente. Lo estimula el peligro, la emoción del riesgo, y se las ingenia para dar la impresión de que está en el sitio que le corresponde, vaya a donde vaya, suponiendo que se deje ver. Dejó el vehículo en el aparcamiento, y cortó el candado y la cadena de la valla. Tendió el cadáver sobre una especie de trineo que aplastó la hierba y arrancó algunos terrones mientras lo arrastraba hasta el cuadro interior para colocarlo allí en la pose en que lo encontraron.

—¿Por qué? —Marino clava la vista en él con dureza y luego me mira, casi con cara de exasperación.

—Porque eso lo excitaba y tiene un valor simbólico para él. No conocemos la razón exacta. Nunca la conocemos, pero lo que ves son los jeroglíficos en el muro de su psique trastornada.

—Eso me parece una auténtica chorrada. —Marino pone los brazos en jarras, en actitud retadora—. Lo que le ocurrió a la chica, sea lo que sea, no es el puto *Código Da Vinci*. Está muerta como una hamburguesa, y me importa una mierda la psique del tío.

—Debes prestar atención —le indica Benton—. Dedicó un rato a disponer el cuerpo, caminando alrededor, contemplándolo desde ángulos diferentes. Eso es lo que lo pone a cien, un juego cada vez más audaz, pero es como una peonza que gira sin parar hacia el borde de la mesa, a punto de caer al vacío, invitando al desastre.

—¿Cómo diantres puedes saber eso basándote en lo que hay aquí?

—Conozco a las personas como él, y lo que veo me dice que ya ha matado antes y que volverá a hacerlo.

Mientras Benton habla, pienso en la pomada tipo Vicks que hemos recogido de la hierba no muy lejos de donde fue encontrado el cadáver. Me imagino al asesino estudiando la pose del cuerpo desde distintos puntos de vista, admirando su obra, tal como Benton acaba de describir. Da comienzo al último acto, un triunfo homicida en un lodoso campo de béisbol, a oscuras, aplica un poco más de ungüento, aspirando sus vapores intensos y penetrantes para no olvidarse de su propósito o para no cometer errores, aunque quizá ya los esté cometiendo. Como un caballo de carreras, corre impetuoso, decidido, pero siempre a punto de tropezar, de derribar una valla o despeñarse por un barranco.

—Una vez que terminó, regresó a este lugar, limpió la herramienta y la dejó aquí —concluye Benton—. Para nosotros.

—Aquí habríamos podido pasarla por alto —continúa alegando Marino—. No es tan cómodo llegar a esta obra desde el sitio donde se hallaba el cuerpo.

—Sabía que tarde o temprano la encontraríamos.

—¿Por qué iba a importarle un carajo? —Marino se quita los guantes con rabia—. Además, ¿cómo demonios iba a saber qué había en el compartimento de atrás de la camioneta? ¿Se supone que debemos creer que el cortatubos salió de allí? ¿Tiene eso algún sentido? No sería muy inteligente. Eso para empezar. ¿Y si el cortatubos no estaba ahí dentro? ¿Y si el tipo, después de aparcar aquí con un fiambre en el coche, se hubiera dado cuenta de que no tenía una herramienta para cortar la cadena de la verja?

—Reúne información —dice Benton pacientemente—. No ha sido un crimen impulsivo, Pete, sino un acto bien premeditado, con un móvil imaginario que no es la razón auténtica por la que la mató. Lo hizo porque quería, por una compulsión irrefrenable. Él no lo ve así, pero es la realidad a la que nos enfrentamos.

—Hablas como si lo conocieras.

—Conozco a ese tipo de asesino —sentencia Benton, y no añadirá nada más. No dará más explicaciones. Por el momento.

—Me juego el cuello a que sabes algo que no quieres decirnos —lo acusa Marino, enfadado y nervioso.

—Es el tipo de asesino que elige cuidadosamente a sus víctimas, que indaga todos los detalles posibles sobre ellas —declara Benton—. El tipo que accede a sus domicilios, se pasea por sus espacios privados, navega por internet en busca de datos, investiga todo lo que puede. Eso forma parte de su pauta de excitación.

—Hemos comprobado el historial de Gail Shipton —contraataca Marino—. No ha presentado denuncias a la policía. Nadie le ha entrado en casa, no hay nada que parezca indicar un posible caso de allanamiento.

—Deberías hablar con la gente para averiguar si en algún momento, sobre todo últimamente, le comentó a alguien que se sentía observada.

—Menos mal que me lo has dicho. No se me habría ocurrido

a mí solo. —El cuello de Marino empieza a enrojecer—. Y nada demuestra que no se trate de un zumbado local ni que la muerte de la señorita no sea un caso aislado. ¿Cómo es que ni siquiera te has planteado esa posibilidad? —Aparta la vista hacia Simmons Hall, con sus miles de ventanas cúbicas y su revestimiento plateado—. Tal vez conozca ciertos detalles porque actúa en su propio barrio. Tal vez tendremos suerte y resultará que esta puta camioneta es suya. Tal vez se dejara la herramienta sin querer. Tal vez su intención era guardarla de nuevo en la camioneta y se le olvidó.

—Se fija en todo —dice de nuevo Benton, como si Marino no hubiera soltado su exabrupto—. Él sabía que la camioneta estaría aquí. Seguramente el propietario os confirmará que la ha dejado aparcada aquí por la noche en más de una ocasión. Es posible que la deje aquí a menudo porque le gusta ir de copas después de trabajar.

—Son puras especulaciones —protesta Marino como un abogado defensor en medio de un juicio— sin el menor fundamento.

—Probablemente, os enteraréis de que lo han detenido alguna vez por conducir en estado de ebriedad y no quiere arriesgarse a que le vuelva a pasar —prosigue Benton, tajante, imperturbable—. Con toda seguridad descubriréis que tiene algún vínculo especial con el MIT; tal vez trabaja aquí y le permiten aparcar su camioneta sin decirle nada. Utiliza sus propias herramientas para el trabajo que realiza, y cualquiera que se haya interesado en él sabe lo que guarda en el interior del vehículo.

—¿Y qué? —replica Marino mirándome repetidamente.

—Lo que puedo decirte es que tiene una que significa algo para él. Sigue un comportamiento calculado, y todo empieza con aquello que ve y sobre lo que fantasea —predice y proyecta, ofreciendo pormenores que sonarían ridículos en boca de otra persona.

Pero Benton tiene razón casi siempre, por más que yo desee lo contrario. No es porque tenga suerte, ni porque sea clarividente. Sus conclusiones proceden de una base de datos insondable desarrollada a lo largo de décadas a partir de todas las atrocidades concebibles que ha visto. Ha pagado un precio muy alto por ser bueno en su trabajo.

—Ten presente lo que te he dicho mientras examinas esta escena e investigas este caso. De lo contrario, te pillarás los dedos. —Benton señala la camioneta con un movimiento de cabeza—. Yo en tu lugar echaría un vistazo al compartimento de atrás. Es probable que encuentres algo más que herramientas.

Marino le comunica por radio a Machado que deben investigar un vehículo aparcado aquí, con la cerradura del compartimento exterior reventada.

—¿Habéis examinado el interior? —La voz de Machado suena con fuerza mientras él y Marino se observan desde extremos opuestos del campo Briggs.

—Aún no.

—¿Crees que está relacionada con el caso?

—Tenemos que proceder como si lo estuviera —dice Marino con un retintín de aburrimiento dirigido a Benton—. Contactaré con control, a ver qué averiguan.

Machado deja de manipular el poste de la valla, que ya está arrancado y parcialmente envuelto en un grueso papel marrón. Echa a andar hacia nosotros mientras Marino le pide por radio al operador que realice una comprobación de la matrícula de la camioneta.

—En cuanto localicemos al propietario —nos informa—, podré averiguar cuánto tiempo lleva la camioneta aparcada en este lugar y hacerme una idea de cuándo la forzaron.

—Creo que ya nos hemos hecho una idea. —Benton tiene la atención puesta en las vías de tren que discurren entre la obra y la parte de atrás de Simmons Hall—. Descubrieron el cuerpo hacia las tres y media de la madrugada.

—Recibimos la llamada a las tres y treinta y nueve, para ser precisos. —Marino no resiste la tentación de corregirlo.

El corredor Grand Junction atraviesa el campus del MIT en línea recta desde el este de Cambridge y pasa muy cerca del CFC antes de cruzar el río Mystic hasta Boston. Me viene a la memoria que cada vez que un circo llega a una de las localidades vecinas, el tren se estaciona en el ramal de Grand Junction, muy cerca de donde estamos ahora.

Aparte de este uso tan notorio y publicitado de la vía férrea casi abandonada, solo algún que otro tren de carga circula traqueteando por ella, normalmente en fin de semana. Más de una vez, al salir del trabajo, he tenido que quedarme parada en el coche, esperando a que pase un convoy que transporta fruta y verdura fresca al mercado agrícola de Chelsea. Hace unas semanas, me detuve al paso de un tren circense de kilómetro y medio, pintado en rojo con letras doradas. Era el Cirque d'Orleans, del sur de Florida, donde me crie.

—Quería que el cuerpo fuera descubierto enseguida, y seguramente presenció el momento en que lo encontraron así como el reconocimiento de la escena del crimen, tal vez aquí mismo, desde esta obra. —Benton continúa describiendo los pasos que cree que siguió el asesino—. Cuando amaneció, ya hacía un buen rato que se había ido.

Machado llega a nuestro lado y contempla con curiosidad la camioneta negra. Luego, se vuelve hacia Benton.

—¿Estás diciendo que el tipo andaba cerca mientras estábamos aquí? —inquiere con aire dudoso.

—No durante todo el rato, pero lo bastante para observar a Kay mientras trabajaba y a Lucy cuando aterrizó.

—¿Y a ti también?

—Es posible —responde Benton—. Se marchó a pie cuando aún estaba oscuro. Lo más probable es que siguiera las vías hasta salir del campus, lo que le habría permitido eludir el tránsito, la seguridad del campus y a los estudiantes. Por aquí por donde pasan las vías no lo habría visto nadie. No están iluminadas, y no hay un paso de peatones al lado. Son un camino de entrada y salida muy práctico y eficaz —añade—. Sin duda, él sabía de su existencia, estaba familiarizado con ellas y se sentía cómodo al recorrerlas.

—Sospechas que se trata de un estudiante que conoce la zona como la palma de su mano —aventura Machado.

—No, en absoluto.

—Entonces ¿por qué estabas fotografiando coches en el aparcamiento de la residencia? —Marino embute sus manazas en un par de guantes nuevos, separando los gruesos dedos, doblándolos y estirándolos.

—Porque estaban aquí y convenía que alguien lo hiciera con el fin de descartarlos, más que nada. Aparte de eso, no tendrán ninguna utilidad para nosotros.

—Ya entiendo. Has bajado del cielo para decirnos cómo hacer nuestro trabajo. —Marino saca de su maletín de campo un kit para recoger huellas dactilares.

—He bajado del cielo porque Lucy me ha traído desde Washington —repone Benton sin ponerse a la defensiva, y de nuevo sé que no dirá nada más.

Marino se inclina sobre el costado de la camioneta descubierta negra, y advierto que está sucia y rayada. Es una Toyota que tiene varios años y no ha visto una capa de cera en épocas recientes.

—Para que lo sepas —dice—, hemos anotado la matrícula de los vehículos aparcados en todos los lugares de los alrededores donde uno puede pararse para deshacerse de un cadáver.

—Genial —dice Benton sin asomo de entusiasmo.

Marino inspecciona la zona dañada de la tapa del compartimento, de chapa de acero con enrejado de diamante en relieve, una abolladura pronunciada cerca del agujero de la cerradura. Abre la tapa y la deja apoyada contra el parabrisas trasero de la camioneta.

—Coño —masculla.

17

Marino introduce la mano y saca un bolso de piel marrón con doble asa, un artículo discreto y moderadamente caro. Abre la cremallera.

—Bingo —dice con sarcasmo—. Otro regalo para cabrearnos.

—No lo dejó aquí por eso —afirma Benton con naturalidad.

No se muestra sorprendido ni especialmente interesado cuando Marino extrae una cartera. La abre y saca el permiso de conducir de Gail Shipton.

—Si la llevó a algún sitio antes, lo que explicaría por qué estaba desnuda, ¿por qué dejaría esto aquí? —Marino estudia el carné, tensando los músculos de la mandíbula—. ¿Por qué no lo tiró en algún contenedor?

En la fotografía, ella apenas aparenta más de veinte años, con el cabello mucho más corto y flequillo. Lleva unas gafas de montura gruesa que encubren su belleza, y su expresión denota timidez, con la sonrisa congelada y la mirada oblicua. No tiene el semblante franco y amigable de una persona accesible o afectuosa, pero tal vez estaba cohibida frente a la cámara.

—Su motivación no es cabrearnos —agrega Benton mientras Marino revisa los compartimentos de la cartera—, sino lucirse, y sus actos son de una naturaleza profundamente personal. Se trata de lo que él siente, no de nosotros.

—¿Y cómo se ha lucido exactamente al dejar el bolso de la chica? —pregunta Marino.

—Es un acto descarado. Nos echa una mano con la identificación. Nos ayuda porque eso le provoca un subidón —asevera Benton, revelándome que también ha encontrado la identificación de las otras víctimas.

—No lo veo claro —dice Marino.

—Me da la impresión de que estás hablando de una especie de psicópata, de asesino en serie —señala Machado, tan impresionado como escéptico—. Desde luego, no les comunicaré eso a mis superiores hasta que estemos seguros.

—No te recomendaría que se lo comunicaras a tus superiores ni a nadie más en estos momentos —contesta Benton.

—Si queréis saber mi opinión, deberíamos concentrarnos en el juicio que está a punto de empezar —dice Marino en un tono con el que pretende recordarnos que su departamento de policía es el que se ocupa del caso—. A lo mejor a alguien le convenía borrarla del mapa, ¿sabéis? No sé por qué estáis tan seguros de que se trata de algún tipo de psicópata perturbado. Solo faltaría que se propagara un rumor así. Si vamos a meter al FBI en esto, más vale establecer unas normas de base.

Clava los ojos en Benton, y me imagino qué le pasa por la cabeza a Machado. El FBI no ha sido invitado formalmente a tomar parte en esta investigación. A Benton le dan carta blanca por cortesía, simplemente porque se ha presentado aquí. Es mi marido y lo conocen, pero de nuevo intuyo sus dudas. Tengo la sensación de que Marino ha estado indisponiendo a Machado con Benton, menospreciándolo para darse aires.

—Tarjetas de crédito. —Marino las deja en sus ranuras—. American Express, Visa, ATM... Tal vez tenía otras. Nada de efectivo. Lo analizaremos en busca de ADN y huellas.

—O sea que, si llevaba efectivo, el asesino se quedó con él, lo que parece descartar que el crimen esté relacionado con el juicio inminente —reflexiona Machado—. No soy un experto en sicarios, pero tengo entendido que no se llevan el dinero de las personas que matan. Por lo general, interesa que no guarden ningún tipo de relación con la víctima, ¿me equivoco? —Dirige la pregunta a Benton—. Solo planteo esa posibilidad porque Gail Shipton estaba envuelta en un pleito por cien millones de dólares.

—Los asesinos profesionales no suelen robar. —Benton no quita ojo a Marino mientras este registra el bolso, rozando las puntas y los bordes de los objetos con los dedos enguantados, procurando que el área de contacto sea lo más pequeña posible.

Una polvera. Pintalabios. Rímel. Bolígrafos negros. Un paquete de pañuelos desechables. Pastillas para la garganta. Un cepillo redondo para el pelo.

—Solo es una idea —prosigue Machado—. Desde luego, resultaría de lo más conveniente para los demandados que ella muriera de repente.

—Normalmente, los asesinos a sueldo procuran tocar lo menos posible a sus objetivos —replica Benton—. No dejan pruebas como una herramienta o un bolso en lugares bien visibles para que la policía las encuentre. No les interesa fanfarronear ni impresionar a quienes trabajan en el caso. Todo lo contrario: habitualmente prefieren pasar inadvertidos y no sufren delirios.

—¿Este tipo sufre delirios?

—Solo digo que los asesinos auténticamente profesionales no los sufren.

Marino sujeta en alto una libreta negra de bolsillo, ceñida por una goma elástica verde que él le quita enseguida.

—Lo que nos lleva a la posibilidad de que se trate de un crimen fortuito —dice Machado—, cuyo móvil podría ser el robo, entre otros.

Marino pasa rápidamente las páginas blancas de cuadrícula fina, como para gráficos o diagramas matemáticos. El cuaderno está repleto de renglones escritos con una letra pequeña y pulcra, y unas columnas ordenadas de fechas y números que parecen cifrados y misteriosos. El texto se acaba hacia la mitad de la libreta con una anotación en tinta negra:

61: ENT 18/12 1733-1752 (<18m) REC 1-13-5-14-1-26-1

—¿Te importa? —Le tomo una foto con mi teléfono, metido en la funda de diseño militar, similar a la de Gail Shipton y a la de Lucy.

—Parece una especie de registro. Tal vez algo que los abogados le habían pedido que fuera anotando. —Marino devuelve la libreta al interior del bolso y a continuación saca una pequeña hoja de calcomanías rojas con una *X* blanca en el centro—. Ni idea. —Las guarda de nuevo.

Pienso en la última llamada recibida por Gail Shipton, realizada desde un número oculto.

Deduzco que la nota se refiere a una llamada ENT, o «entrante», establecida a las 17.33 horas y finalizada poco menos de dieciocho minutos después, cuando Gail debía de estar detrás del bar Psi, cerca de un contenedor, en la oscuridad.

Aunque no estoy segura de cómo interpretar el resto de la entrada, REC podría indicar que la llamada fue grabada, y es posible que la serie de números sea algún dato codificado. Imagino a Gail Shipton colgando el teléfono y entreteniéndose lo suficiente para apuntar esta información en la libreta. Pienso que quizás utilizó una aplicación de linterna en su móvil para ver mejor, y continúo formándome una imagen sobre ella. Tal vez era introvertida e insegura. Minuciosa, reflexiva, posiblemente rígida y obsesivo-compulsiva.

Me la imagino absorta en sus anotaciones frenéticas y cifradas, quizás ajena a cuanto ocurría alrededor. ¿Había un coche aparcado allí detrás? ¿Se acercó alguien sin que ella se diera cuenta? Lo que sé con certeza es que llamó a continuación a Carin Hegel y la comunicación se cortó enseguida. Hacia las seis de la tarde, Gail debió de toparse con su asesino.

—Cuando examinaste el teléfono de Gail —le digo a Marino—, ¿te fijaste en si contenía grabaciones de vídeo o audio?

—No había nada de eso. Solo el registro de llamadas entrantes y salientes, correos electrónicos, mensajes de texto —responde con aire distraído mientras escucha a Machado y a Benton intercambiar pullas de forma cortés pero implacable.

—Le tocó estar en el lugar y el momento equivocados —asegura Machado—. Se escabulló del bar para efectuar una llamada, y allí estaba él, sentado en su coche.

—Esa parte no la acepto —replica Benton.

—Y él la vio como una presa fácil, una víctima de las circunstancias.

—Ella estaba justo donde él sabía que estaría.

—¿Cómo sabes que el móvil no fue el robo? —Machado empieza a irritarse.

—No digo que no se haya llevado dinero o recuerdos. —Benton repite algo que ya ha dicho varias veces—. El comportamiento humano no se reduce a una sola faceta. Suele darse una combinación de rasgos y contradicciones.

—Puede haberse llevado sus joyas —señalo—, a menos que no llevara ninguna, ni siquiera pendientes. Por supuesto, no sabemos qué se había puesto para salir esa tarde, antes de que la secuestraran. —Ahora empleo esta palabra sin vacilar.

—Así que él se quedó con su dinero y tal vez con sus joyas. Seguramente también con la ropa —especula Marino, y en ese momento vuelve a sonar la voz del operador—. A lo mejor tendremos la suerte de que el tipo haya dejado su ADN en la cartera, tal vez en el bolso. Y en el cortatubos —añade con sarcasmo—. Treinta y tres —responde a la radio.

El operador le comunica que el propietario de la camioneta es un varón de cincuenta y un años llamado Enrique Sánchez. Es empleado de mantenimiento en el MIT. No tiene antecedentes penales destacables con la salvedad de un arresto por conducción temeraria bajo los efectos del alcohol en 2008. Ya se han puesto en contacto con él y viene hacia aquí. Benton no nos recuerda que ya lo había dicho. Se queda callado.

—Tengo que irme a la oficina —anuncio a todos mientras me acerco a mi maletín de campo. Lo abro y reúno las bolsas con las muestras de la sustancia fluorescente que recogí con los discos adhesivos, las fibras y el ungüento tipo Vicks. Meto las pruebas en sobres que etiqueto y guardo en mi bolsa, mientras se oye el motor de un vehículo que se aproxima. Cuando alzo la vista, un coche de la policía de Cambridge enfila la calle, detrás de nosotros—. Llevaré los indicios a los laboratorios de inmediato, pero dejaré el maletín aquí, si no te importa —le digo a Marino—. Iremos andando, y preferiría no cargar con él. Supongo que podrás llevármelo cuando te pases por la oficina durante la autopsia. Los zapatos y el equipaje de Benton están en tu cuatro por cuatro. Necesito que me los lleves también, por favor. —Procuro que no parezca que estoy dándole órdenes.

El coche de policía se detiene detrás de la camioneta negra, y un agente uniformado se apea de él. Lleva un bloc de notas en la mano, y el nombre que figura en su brillante placa de acero es G. B. Rooney.

—No quería hablar de esto por radio —les dice a Marino y Machado—. ¿Os acordáis de la llamada a la que he acudido antes? ¿La de la calle Windsor?

—Tío, tendrás que concretar un poco más —dice Machado.

G. B. Rooney titubea por unos instantes, posando los ojos en Benton y en mí.

—Son de confianza. Benton Wesley, del FBI, y la doctora Scarpetta, jefa de medicina forense —nos presenta Marino con displicencia mientras yo caigo en la cuenta de que G. B. Rooney es el coche número trece.

Esta mañana respondió a la llamada sobre mi acechador y luego estuvo un rato sin decir nada por la radio.

18

Alto y delgado, de cuarenta y pocos años, sonaba un poco sofocado cuando por fin retomó el contacto con el operador, hacia las seis menos cuarto de la mañana.

Recuerdo que me sorprendió que el coche trece estuviera en Technology Square cuando, solo unos momentos antes, se hallaba a varios kilómetros de allí, en el campus de Harvard, en mi barrio. Supuse que el agente había dejado de buscar al acechador a causa de las denuncias por robos en vehículos, pero G. B. Rooney nos narra una historia distinta.

—Apenas había recorrido dos manzanas cuando he visto a un individuo en el interior de un vehículo aparcado detrás de la Academia de Artes y Ciencias en la calle Beacon —explica—. Es la zona donde habían visto correr al acechador y me pareció que el sujeto encajaba lo suficiente con la descripción para pedirle que se identificara.

La forma en que lo expresa despierta mi curiosidad. Está claro que Rooney percibió algo fuera de lo común en esa persona, y Benton lo escucha con atención. La zona descrita por el agente está muy cerca de nuestra casa.

—Alto, esbelto, joven, blanco. Pantalón oscuro, deportivas, una sudadera negra con capucha y la imagen de Marilyn Monroe —recita Rooney como si estuviera presentando un parte—. He esperado a que arrancara y lo he seguido sin llamar la atención. Se ha ido directo a las casas baratas de Windsor, y por eso ha dado la casualidad de que yo estuviera allí cuando se han producido los robos en los vehículos. Suele haber muchos en esa zona; son chavales que van de un aparcamiento a otro llevándose lo que pueden y cometiendo también actos de vandalismo. Yo estoy en un aparcamiento, y ellos en otro, reventando parabrisas o volviendo a por más. Tiene bemoles la cosa.

—Imagino que habrás comprobado la matrícula del tipo —dice Marino.

—Un Audi cuatro por cuatro del 2012, azul, registrado a nombre de un varón de veintiocho años con residencia en Somerville, cerca de la pista de hockey de Conway Park: Haley Davis Swanson —dice G. B. Rooney.

—¿Cómo? —Marino reacciona como si hubiera recibido un golpe bajo—. ¿Haley Swanson?

—Tiene un tío que vive en el edificio dos de los bloques de viviendas sociales de Windsor.

—¿Haley Swanson es un hombre? —pregunta Marino con los ojos desorbitados.

—A mí también me parece un nombre poco común para un varón. Es un apellido, según me ha dicho. Se hace llamar Swan.

—Esto no tiene pies ni cabeza —murmura Marino con evidente frustración. Se le ve tan enfadado que parece a punto de sufrir una apoplejía.

—¿Has hablado con él? —inquiere Machado—. ¿Has averiguado qué hacía aparcado detrás de la Academia de Artes y Ciencias, al fondo del bosque que hay allí?

—Me ha dicho que había ido a comprar unos cafés al Dunkin' Donuts de la avenida Somerville y que uno se le había derramado, así que había parado el coche un momento para limpiarlo. Había dos cafés en el asiento delantero y uno de ellos se había vaciado sobre la tapicería, así que no se lo estaba inventando.

—¿Le has preguntado qué hacía en los bloques de viviendas sociales justo en el momento en que nosotros examinábamos una escena del crimen por aquí?

Rooney parece confundido.

—No le he mencionado la escena del crimen.

Machado no hace más preguntas, y sospecho que sé por qué.

Está esperando a ver si el agente comenta por propia iniciativa que Haley Swanson era amigo de Gail Shipton. Quiere averiguar si Rooney sabe que Haley Davis Swanson es la persona que denunció su desaparición y publicó la noticia y la fotografía de la chica en la web del Canal Cinco.

—¿Qué más sabes sobre él? —inquiere Machado al cabo de un rato.

—Trabaja para una empresa local de relaciones públicas. —Rooney pasa una página de su bloc.

Por lo visto, no está enterado de esta conexión. Al parecer, Haley Swanson no nombró a Gail Shipton delante del agente Rooney, lo que resulta bastante sospechoso. Swanson había denunciado su desaparición, ¿y ahora hay indicios de que tal vez ha estado escondiéndose detrás de mi muro, vigilando mi casa? No parece muy lógico. ¿Por qué había comprado unos cafés? No encaja que, después de ir a buscarlos, decidiera dejar el coche en la calle Beacon y recorrer un trecho a pie en la lluvia y la oscuridad para espiarme.

—¿Estaba mojado cuando habló con él? ¿Tenía pinta de haber estado a la intemperie cuando llovía? —le pregunto a Rooney, mientras Benton nos observa inexpresivo, pero escuchando con atención.

—No me ha parecido que estuviera mojado —responde Rooney—. He conseguido el nombre del lugar donde trabaja. —Echa varias páginas hacia atrás—. Lambant y Asociados, en Boston.

—Están especializados en gestión de crisis. —Benton navega por los mensajes de correo electrónico en su móvil—. Lo que en el mundillo legal se conoce como vendedores de humo ante el tribunal de la opinión pública.

—Me pregunto si Gail Shipton contrató sus servicios —aventuro—. Tal vez fue así como conoció a Haley Swanson.

—Nuestra oficina en Boston está familiarizada con la empresa. —Benton no me contesta directamente—. Representan a acusados adinerados y de renombre, sobre todo de la órbita financiera y las grandes corporaciones, pero también a algún que otro deportista famoso envuelto en un escándalo. —Clava la mirada en Marino y añade—: Lambant y Asociados se ocupó de la demanda colectiva relacionada con la camioneta con la que tuviste problemas, Pete. El caso se resolvió fuera de los tribunales. La concesionaria no recibió mala prensa ni salió mal parada. Es más: los demandantes quedaron como los malos de la película por conducir campo a través en condiciones extremas, tunear el eje trasero, el chasis y demás.

—Qué sarta de gilipolleces. —A Marino se le enciende el rostro—. Como si una persona de a pie pudiera permitirse contratar a una empresa de relaciones públicas. Como de costumbre, a la gente de la calle le toca joderse.

Temo que se embarque en una de sus diatribas sobre la camioneta, pero consigue controlarse.

—Simplemente planteo la posibilidad de que Swanson sepa quién eres —aclara Benton—. Si hubiera trabajado en ese caso para su empresa, habría topado con tu nombre, ya que figurabas entre los demandantes.

—Por lo visto tenemos que averiguar muchas cosas —afirma Machado, tomando notas—, empezando por la naturaleza exacta de la relación entre Swanson y Gail Shipton. Y dónde estaba a la hora en que ella realizó su última llamada anoche, antes de desaparecer. Y por qué denunció su desaparición pero no se ha molestado en acudir a comisaría para facilitarnos la información de la que dispone. Yo diría que tenemos un sospechoso.

Benton guarda silencio. Dirige de nuevo la vista a las vías de tren.

—Haremos una visita al bar Psi para investigar si alguien recuerda con quién estaba ella, si se trataba de Swanson y si lo conocen.

—¿Quieren saber mi opinión personal? —Rooney se reclina sobre el capó de su coche de policía y se lleva las manos a los bolsillos de la chaqueta—. No es políticamente correcto, pero creo que debo decirlo. No estoy seguro de que sea un varón. No sé hasta qué punto es así, pero al oírlo hablar, da la impresión de que es mujer. O al menos podría pasar por mujer. Obviamente, no era un tema sobre el que pudiera interrogarlo. No podía preguntarle si se había sometido a una operación de reasignación de sexo o si tomaba hormonas. De todos modos, supongo que no es información relevante para el caso.

—¿Utiliza el género femenino cuando habla de sí mismo? —inquiere Machado.

—Lo único que puedo decirles es que, en un principio, yo lo tomé por mujer. Cuando lo interrogué en los bloques de pisos, dije: «¿Qué hace una joven agradable como usted por aquí a estas horas?» Él no me corrigió, y estoy casi seguro de que llevaba sujetador. De lo que no me cabe duda es de que tenía pechos. Declaró que tiene un tío, un veterano de Vietnam discapacitado, que vive justo allí, donde sabemos que se cometen todos esos delitos relacionados con drogas. Y eso despertó en mí otra sospecha. A lo mejor Swanson se gana un sobresueldo que le ha permitido comprarse un cuatro por cuatro nuevo y muy caro. Cuando lo presioné bastante para que me dijera por qué estaba allí, me explicó que a veces se pasa a visitar a su tío antes de irse a Boston a trabajar, y que le lleva café. La historia cuadraba. Es verdad que tiene un tío discapacitado que vive allí. Tengo su nombre y lo incluiré todo en mi informe.

—Envíamelo lo antes posible —espeta Marino. Se siente ridículo; pese a haber hablado con Haley Swanson hacia la una de la madrugada, no tenía la menor idea de todo esto.

—¿Eso es todo? —pregunta Machado a Rooney—. ¿Ninguna pista sobre qué hacía conduciendo por Cambridge, o por qué había aparcado cerca de Harvard, en la calle Beacon? ¿Estás seguro de que es porque se le cayó el café, y no porque estaba reconociendo el barrio con la intención de robar? ¿Ha mencionado la casa de la doctora Scarpetta, o te ha comentado si sabe dónde está?

—¿Por qué iba a importarle dónde vivimos? —salta Benton.

Rooney nos mira a los dos, desconcertado, y cambia de posición contra el capó del coche, con cuidado de no rayar la pintura con el cinturón de servicio.

—Porque alguien andaba merodeando cerca de vuestra casa esta mañana y he enviado a varias unidades en busca del sujeto. Por eso —responde Marino antes de que yo pueda abrir la boca. Benton posa los ojos en mí y luego otra vez en las vías—. O sea que es posible que el tío estuviera espiando a la doctora —agrega, satisfecho porque quizá sabe algo acerca de mí que Benton ignora.

—No es de un relaciones públicas que tal vez trapichea con drogas de quien deberíais preocuparos —asevera Benton como si no hubiera lugar a discusión—. El tipo de persona que buscáis no mata a la gente para luego denunciar su desaparición, ni revela su maldito nombre al primer agente que se lo pide.

—Es imposible que sepas eso —replica Marino—. Encontraremos a Swanson. Tiene muchas cosas que contarnos.

—Me ha dicho que había pasado una mala noche, que estaba alterado y había decidido dar una vuelta en coche, después había vuelto a casa a ducharse y cambiarse de ropa, y luego había ido a comprar unos cafés antes de irse a Boston —resume Rooney.

—¿Estaba alterado? —repite Machado—. ¿Se le veía alterado?

—A mí me pareció nervioso y molesto. Asustado. Por otro lado, mucha gente se pone así cuando la interroga la policía. —Rooney se vuelve cuando una vieja furgoneta Chevy blanca con escaleras de mano en el techo dobla la esquina de la calle Vassar y avanza hacia nosotros—. No hay órdenes de detención contra él. No tenía motivos para retenerlo.

—Ya, pues aquí llega —señala Marino.

El rostro tenso de un hombre corpulento nos mira desde el asiento del pasajero de la furgoneta, y la puerta se abre de golpe antes de que el vehículo se haya detenido por completo. Se acerca a paso veloz a la camioneta descubierta negra, y salta a la vista que es Enrique Sánchez, el propietario, y que tiene miedo. Lleva vaqueros, un anorak y unas botas de trabajo gastadas, y tiene la nariz roja, el abotagamiento y la tripa abultada de un bebedor empedernido.

—La dejo aquí cuando salgo con amigos, si me bebo una cerveza —dice en voz muy alta con un marcado acento hispano, fijando en cada uno de nosotros unos ojos abiertos como platos.

Benton me hace una seña y echamos a andar hacia las vías de ferrocarril.

—¿La dejó aquí cuándo y se bebió una cerveza dónde? —le pregunta Marino a Enrique Sánchez, aproximándose a él.

—Ayer, a las cinco de la tarde. Fuimos al Plough. Estuve allí menos de dos horas, y luego mi amigo me llevó a casa, y ha pasado a recogerme esta mañana.

—¿El Plough de la avenida Massachusetts? —dice Marino—. Preparan unos bocadillos cubanos bastante decentes. ¿Con qué frecuencia deja aquí su camioneta durante toda la noche, amigo?

19

Al avanzar por las vías, pasamos de largo la caseta de un generador y luego un centro de física de plasma y fusión. Más adelante se encuentra la construcción extensa e irregular de un laboratorio de magnetismo. Caminamos entre mallas metálicas, aparcamientos de varios pisos, sobre el asfalto resquebrajado y hierbajos secos. Vamos sin ninguna prisa, buscando algún rastro de él.

Benton está convencido de que el asesino se marchó por aquí antes del amanecer. No percibo la menor vacilación o duda en él, pero me cuesta imaginar que alguien siguiera esta ruta en la oscuridad, pisando el barro, la madera y el acero mojados y resbaladizos, haciendo eses por la parte posterior de edificios que debían de estar desiertos y con las luces apagadas. Alguien que huyera de una escena del crimen podía hacerse daño. ¿Cómo iba a ver por dónde iba?

—Deberías habérmelo dicho —murmura Benton, no en un tono de reproche, sino de preocupación—. Si te sentías observada, ¿por qué no me avisaste?

—Creía que eran imaginaciones mías hasta que esta mañana vi a alguien que se alejó corriendo. Al principio, Marino supuso que era un chaval que planeaba entrar a robar.

—No lo era.

—Ahora piensa que era Haley Swanson.

—Tampoco se trata de él, y creo que tienes claro qué es lo que más me preocupa. Pero estoy en casa, y si él no lo sabía ya, ahora lo sabe —afirma, como si se refiriera a un viejo y malévolo amigo.

—Porque me vigila.

—Eso es lo que hace. Vigilar y fantasear, y últimamente has salido mucho en las noticias. Se trata de alguien que sigue otros casos.

—Estás diciendo que tenía la intención de hacerme algo.

—Jamás le daré esa oportunidad —asegura Benton.

Llegamos a unos climatizadores industriales, generadores y tanques de nitrógeno líquido conectados a conductos de acero inoxidable cubiertos por gruesas capas de hielo. Las altas farolas que se alzan sobre agrietadas bases de hormigón parecen molinos, y varias columnas de humo se elevan por encima de las azoteas planas, altas y cónicas como silos de misiles y tubos de órgano. Mientras damos un amplio rodeo para evitar un camión de helio, noto que la tristeza se apodera de mí, aunque no sé de dónde procede.

Benton no ha pasado ni siquiera un mes fuera de casa, pero se me ha hecho eterno. No es el mismo, o tal vez soy yo quien ha cambiado y ahora lo veo con otros ojos. Estoy estremecida. Me aterra fiarme de sus intuiciones. Me preocupa que se tome las cosas demasiado a pecho y se deje llevar por la paranoia. Pienso en todas las veces que le he advertido que no se identifique demasiado con su presa. También le he soltado repetidamente el sermón de que si juega con fuego, al menos procure no quemarse.

Me vuelvo hacia él y no consigo dilucidar qué es lo que no va bien mientras se abre camino con cuidado con sus sucias botas de goma anaranjadas y el abrigo de cachemira pulcramente doblado sobre el brazo. Lleva un traje gris oscuro, camisa de color azul subido y una corbata en sarga de seda morada con un estampado de interruptores de ordenador, un regalo divertido que le hizo Lucy.

Los rayos de sol que inciden de forma oblicua en su rostro le resaltan las patas de gallo y las arrugas a los lados de su nariz recta y orgullosa. Esta mañana tan luminosa pone de relieve las marcas finamente cinceladas por el tiempo, y su alto cuerpo parece más delgado que la última vez que lo vi. Nunca come bien cuando no está conmigo.

—¿Hiciste lo mismo en los otros casos? —Se lo sonsacaré, cueste lo que cueste.

Esta mañana he sido testigo de un proceso que no suelo presenciar, y estoy empeñada en enterarme de todos los detalles. ¿Reconstruyó los movimientos del asesino en los casos de Washington? ¿Siguió exactamente los mismos pasos que está siguiendo ahora?

—Estamos hablando de circunstancias muy diferentes —dice con una voz más contenida—. Con la primera víctima, Klara Hembree, se salió de una vía principal y cortó una cadena de seguridad. —Benton no aparta la vista de su móvil. Una parte de él está en algún otro lugar que no lo hace muy feliz.

—Y dejó una herramienta con una piedra encima.

—Sí.

—¿Robada?

—Forzó la puerta de un cobertizo en un campo de golf. —Escribe una respuesta a alguien mientras camina, con expresión vagamente enfadada—. Una pequeña caseta de metal donde se guarda material de mantenimiento y jardinería. De allí sacó la herramienta, unos alicates para cortar cables, lo que indica que sabía qué contenía el cobertizo.

—¿Qué te ocurre? —Sé que algo va mal.

—No pienso dejarlo todo para volver al trabajo ahora mismo. Como si lo que estoy haciendo ahora no fuera trabajo. —Ed Granby, o alguien en su nombre, debe de estar enviándole mensajes de correo electrónico—. El asesino conocía bien la zona. —Echa un vistazo a su teléfono, primero irritado, luego inexpresivo—. Después de cortar la cadena de seguridad, entró con el coche por un camino de tierra hasta el borde del área boscosa de picnic donde dejó el cadáver. Cuando visité la escena, varios días después, encontré la herramienta debajo de la piedra detrás del área de picnic, cerca de unas vías de tren.

—¿Atravesó un campo de golf en su vehículo? Más que arriesgado, me parece temerario.

—Hay cámaras de seguridad en los aparcamientos de todos los lugares que eligió, y, sin duda, era consciente de ello. —Se agacha para estirarse los calcetines por dentro de las botas—. Piensa como un policía. Sabe qué buscar y qué evitar. Hace justo lo que la policía da por sentado que no hará, como forzar un cobertizo de herramientas y conducir por un campo de golf después del anochecer porque, como bien dices, lo interpretarían como una temeridad. Son cosas que ellos no prevén, lugares donde no se les ocurriría mirar.

—Pero a ti sí. —Lo observo batallar con el dobladillo del pantalón, intentando remeterlo en las botas.

—Estoy describiendo exactamente lo que creo que él hizo. —Se endereza, mira de nuevo su teléfono, y un brillo de rabia fugaz le asoma a los ojos—. Vi las huellas que habían dejado sus neumáticos en el camino y la hierba. Unos Goodyear para barro, como los que suelen llevar las camionetas y vehículos todoterreno, lo que me reveló algo sobre él.

—¿A saber?

—Tiene alrededor de treinta años. Es blanco —dice Benton—. Practica actividades de alto riesgo, posiblemente deportes extremos. Su trabajo no tiene horarios rígidos, lo que le permite ir y venir a horas inusuales sin llamar la atención. Vive solo, tiene un cociente intelectual tirando a alto pero no completó sus estudios. Es encantador, atractivo y divertido, pero se ofende con facilidad cuando cree que alguien le ha hecho un desaire. En resumen, es un psicópata sexual violento con rasgos narcisistas y de trastorno límite de la personalidad. La forma ritual en que atrapa, controla y mata a sus víctimas sustituye las relaciones sexuales con ellas. Pero asesinó a las dos anteriores con solo una semana de diferencia, ¿y ahora esta? Está perdiendo el control, Kay.

—Y tus colegas no están de acuerdo contigo.

—Por decirlo suavemente.

—Encontraste las huellas de neumáticos porque buscabas lo inesperado, porque no eres la policía.

—No pienso como ellos —asevera, y se le empiezan a fruncir de nuevo las perneras—. Cielo santo, no puedo creer que tenga que andar de un lado a otro con esto. —Se inclina y vuelve a remeter los dobladillos.

—No piensas como la policía, ni como tus colegas. Pero posees la facultad de pensar como el asesino.

—Alguien tiene que hacerlo. —Reanuda la marcha—. De verdad, alguien tiene que hacerlo.

—Pareces estar absolutamente seguro.

—Lo estoy.

—¿Hace lo que tú das por sentado que no hará?

—Ya no.

—Ahora sabes de antemano lo que hará. Como usar Vicks.

—Eso es una hipótesis. No hemos encontrado ungüento en las otras escenas, pero me imagino la utilidad que le da, y sé de dónde puede haber sacado la idea. —Benton está muy incómodo con las botas, o tal vez su exasperación tiene que ver conmigo y con las preguntas incesantes que le planteo, en mi afán implacable de profundizar.

—¿Eres capaz de imaginarte por qué? —Tengo que saber cuánto ha descendido por ese agujero oscuro y sórdido.

—Has leído los artículos que he escrito sobre Albert Fish y, antes de eso, mi tesis de posgrado. El dolor es éxtasis. Un perfume que escuece. Se frotaba una pomada mentolada en los genitales para no violar a nadie. Se enorgullecía de su autocontrol. Se limitó a estrangularla y preparar con ella un guiso con verduras y patatas, pero no abusó de ella sexualmente y se preocupó de dejarle eso claro a la madre de la víctima. Las nalgas eran la parte más suculenta, pero por lo menos no la violó.

—Contemplas la posibilidad de que el asesino se untara ungüento descongestionante en los genitales.

—Es una referencia que hice a *Les Fleurs du Mal* (*Las flores del mal*), de Baudelaire, concretamente al salicilato de metilo que se usa en los perfumes, una fragancia del dolor, que es lo que Albert Fish anhelaba. El dolor era su perfume maligno. Le producía placer sexual clavarse agujas en la entrepierna y tallos de rosa en el pene. Le encantaba que le propinaran zurras con una paleta tachonada de clavos. ¿Por qué? Porque a los cinco años lo internaron en un orfanato en Washington, donde lo desnudaban y lo azotaban delante de los otros chicos, que lo maltrataban y se metían con él porque los azotes le provocaban erecciones. Se reprogramó para disfrutar el dolor. Era una experiencia erótica para él.

—Washington. —Recalco el elemento en común—. ¿Estás

considerando la posibilidad de que el Asesino Capital esté imitando a uno de los asesinos más famosos de la historia?

—No sabemos quién ha leído lo que he publicado acerca de un fenómeno psiquiátrico sin precedentes. Sus crímenes quedaron impunes durante décadas, en las que vivió como un hombre casado con seis hijos. Sospecho que disfrutó su propia ejecución —dice Benton con voz monótona, como si lo que cuenta fuera normal.

—Y les has explicado todo esto a tus colegas.

—Creen que debería dejarlo correr ahora que estoy a tiempo. Soy lo bastante rico para hacer lo que me dé la gana. Eso me dicen. «Disfruta el dinero que tanto le costó ganar a tu familia. Pasa más tiempo en Aspen. Cómprate una casa en Hawái.»

—Saben que te preocupa que el asesino pueda estar leyendo tus escritos y extrayendo ideas de ellos. —No me imagino la reacción que habrá suscitado Benton al expresar esta sospecha.

—Al principio, no me preocupaba. Fue Granby quien lo insinuó primero, lo que empeora aún más las cosas —replica él, para mi sorpresa.

—Es una acusación terrible contra ti.

—Encaja a la perfección con lo que él pregona: que el FBI debería dejar atrás lo que él llama los «perfiles criminológicos de los ochenta y noventa» y que la UAC debería disolverse en las Fuerzas Especiales Conjuntas contra el Terrorismo —dice Benton—. Según él, todo tendría que girar en torno a la lucha antiterrorista y las masacres sin sentido que se producen hoy en día en vez de en los individuos que cometen asesinatos en serie. La gente se baja mis publicaciones de internet.

—No es más que un burócrata de medio pelo. —Intento consolarlo mientras caminamos en este tiempo soleado y ventoso—. Te tiene manía por tu forma de vestir, por la casa y el coche que tienes, y porque no me aprecia demasiado, por más que intente disimularlo. Te tiene manía porque, aunque empezaste como especialista en perfiles, te has convertido en un pionero y una autoridad en la materia, mientras que él acabará su carrera profesional sin dejar un legado. Nadie se acordará de Granby excepto las personas como nosotros, que solo hablaremos de él para criticarlo.

—Al final conseguirá forzarme a dimitir, y Marino no ha me ha ayudado mucho al informar a mi oficina de que estoy colaborando en una investigación de la que no saben nada. —Contempla sus grandes pies anaranjados que chapotean en el fango—. Obviamente, no he hablado con Granby. He estado un poco ocupado.

—¿Qué ha dicho Marino? —Noto una punzada de irritación.

—Ha propuesto que busquemos un momento para celebrar una reunión sobre el caso. No se ha parado a pensar.

—Mierda. Qué inoportuno. Ha sido una estupidez. Se estaba pavoneando, y siempre que se pone así toma muy malas decisiones. Además, no puede resistirse a meterse contigo, Benton, sobre todo ahora que se siente bastante inseguro.

—El porqué no importa. Pero ojalá no lo hubiera hecho.

—Por otro lado, ya te han exigido que te jubiles antes. Siempre cambian de idea porque la gente sensata sabe valorarte.

—Tal vez este caso acabe, finalmente, con mi carrera —se guarda el teléfono en el bolsillo del pantalón—, sobre todo si se generaliza la impresión de que he ayudado a alguien a ser un mejor asesino.

—Eso es absurdo, y tal vez no sea cierto que él haya leído alguno de tus escritos.

—Es posible que le hayan dado ideas, pero no lo han impulsado a matar. Estas cosas no funcionan así. Granby ha cambiado mi imagen ante los demás, y no puedo hacer nada por remediarlo.

—Lo que describes es muy inquietante. —Opto por no andarme más por las ramas—. Te seré sincera: estoy preocupada por ti y por tu estado mental.

Me toma del codo con suavidad mientras intentamos esquivar un charco de barro espeso. Me toca la parte inferior de la espalda como suele hacer cuando quiere recordarme que está allí, a mi lado. Luego se separa de mí para mirar por dónde pisa, y noto la distancia entre nosotros, un vacío glacial. Estoy alterada y nerviosa. Nada me parece seguro, y no puedo evitar volver la vista alrededor, preguntándome si nos observan o nos siguen.

—Cuéntame cómo te va todo, Kay. —Posa los ojos en mí antes de desplazarlos hacia los lados y luego al frente, ofreciéndome el perfil de rasgos afilados.

—Me va bien. ¿Y a ti, aparte de que no comes ni duermes lo suficiente? ¿Quién persigue a quién? —me atrevo a preguntar.

—Seguramente no estás bien. De hecho, sé que no lo estás. Cuando lo que creemos haber dominado deja de ser predecible, no estamos bien. El mundo se transforma de pronto en un sitio pavoroso. Pierde su encanto.

—Su encanto —repito con ironía—. El mundo perdió su encanto para mí tras mi primer encuentro con la muerte. Tuve el disgusto de conocerla a los doce años, y desde entonces hemos estado siempre juntas.

—Y ahora te has encontrado con algo que no eres capaz de diseccionar. Por más que lo analizas, no sacas nada en claro.

No se refiere a los casos de Washington o Cambridge, sino al de Connecticut. No respondo de inmediato mientras seguimos andando. Me detengo unos instantes para ponerme de nuevo la chaqueta, pues el viento comienza a soplar con más fuerza. Meto las manos en los bolsillos, que están llenos de guantes sucios. Busco una papelera, pero no veo ninguna.

—Seamos francos: el mundo siempre ha sido un sitio aterrador con muy poco encanto. —Trato de restar hierro al asunto como he hecho con la gripe, con la muerte de mi padre cuando era niña o con muchas otras cosas desde que conozco a Benton.

—Has estado bebiendo de un pozo que creías que tenía fondo, y acabas de descubrir la profundidad insondable de la inhumanidad —afirma—. Un tipo de matanza irracional que no puedes impedir porque cuando llegas allí ya ha finalizado: una carnicería en un centro comercial, una iglesia, un colegio. Y mi experiencia no me sirve para determinar quién será el siguiente, qué persona demente y vacía atacará sin avisar. Al menos en eso Granby está en lo cierto.

—No le des la razón.

—Solo puedo predecir el resultado, pues estas personas lo hacen solo una vez. Luego mueren, y pasamos a buscar al siguiente.

—¿Cuántos más habrá? —La ira asoma la cabeza otra vez. Siento su cálido aliento en el cuello, y no quiero tener nada que ver con ella.

—Cuanto más ocurra, más surgirán —contesta Benton—. Antes el mínimo común denominador era el instinto primario, por muy pervertido que estuviera. Asesinatos, violaciones, torturas, canibalismo, incluso las ejecuciones públicas orquestadas por los romanos para entretener a las muchedumbres en el Coliseo. Pero en toda la historia no había sucedido algo parecido a esto. Un asesinato en masa perpetrado como en un videojuego. Niños y bebés acribillados, cargadores de alta capacidad vaciados contra multitudes de desconocidos, un espectáculo dantesco montado para cosechar la fama. No, no estás bien, Kay. Ni tú ni yo lo estamos.

—Muchos de los primeros intervinientes tirarán la toalla. —Bajo la mirada hacia el camino—. Aquello fue demasiado, incluso para los más experimentados. Los que habían llegado primero parecían zombis. Cumplían con su obligación, pero su mente estaba en otra parte. Era como si una luz se hubiera apagado en su interior para siempre.

—Tú no tirarás la toalla.

—Yo no figuraba entre quienes llegaron primero, Benton. —Me hago a un lado para no pisar unas varillas de hierro torcidas y un clavo de ferrocarril medio enterrado entre las piedras.

—Viste lo mismo que ellos. —Lo rodeo con el brazo y noto la delgadez de su cintura cuando apoyo la cabeza en su hombro y aspiro el olor sutil de su piel, su colonia, la lana de su americana calentada por el sol—. Estás proyectando en mí tus temores sobre ti misma. Todos lo hacemos cuando algo nos produce una impresión muy honda. Da igual lo que presenciemos: nunca estamos preparados para asumir el siguiente horror inconcebible.

—Vaya, eso es deprimente. Después de todos los esfuerzos y sacrificios que hemos hecho, el mundo está más jodido que nunca. A veces me pregunto por qué nos tomamos tantas molestias.

—No, no es verdad.

—Tienes razón —admito—. No me lo pregunto. Lo hago sin pensar, lo que tal vez es peor.

—¿Llevas encima la linterna pequeña? —inquiere.

Hemos llegado frente a un centro de investigaciones neurológicas, un edificio atravesado por las vías de tren, que pasan literalmente por en medio, en un túnel de media manzana de largo. En el interior reina la penumbra y la temperatura es de por lo menos cinco grados menos. Saco la linterna y la enciendo. Ilumino el camino mientras los guijarros que movemos al caminar chocan entre sí y contra los raíles de hierro, lo que me recuerda los sonidos procedentes del otro lado del muro, en la parte de atrás de nuestro jardín. El susurro de hojas y ramitas, el crujido de una piedra o un trozo de ladrillo, y el varón joven que arrancó a correr.

Cuando salimos de nuevo a la mañana radiante y nítida gracias a la lluvia, me guardo la linterna en el bolso y pasamos por encima de charcos en la grava hasta una extensión de lodo que ha cubierto las vías de una fina capa gris y resbaladiza. Los dos reparamos al mismo tiempo en lo que parece la huella de un pie desnudo.

20

El primer pensamiento que me viene a la cabeza es «Gail Shipton». Estaba descalza, pero esto es ridículo. No se envolvió en una tela blanca ni caminó por estas vías bajo la lluvia torrencial para caer muerta por su propia voluntad en medio del campo Briggs. Y, lo que es más importante: la huella apunta en la dirección contraria, hacia el límite del campus, no hacia el interior.

Nos detenemos cerca de la salida del túnel, en una zona donde faltan traviesas entre los raíles oxidados, un tramo de vías desdentadas de poco más de dos metros. Más allá, vuelve a haber traviesas, y en la primera de ellas está la pisada, sobre una pátina sucia que recubre la madera tratada con creosota. Me agacho para examinar la inconfundible forma de una planta del pie y cinco dedos con unos cortes extraños en el tercio anterior y la parte posterior del talón. La huella es anatómicamente perfecta. Demasiado simétrica y bien perfilada, hasta tal punto que parece falsa.

Tres traviesas más adelante, encuentro una marca idéntica, y luego otras más, y en la tierra, al otro lado de las vías, hay varias pisadas parciales y desdibujadas por la lluvia que curiosamente están orientadas en sentido contrario, hacia el campus, como si la persona se hubiera dirigido hacia allí. Las han dejado en momentos distintos; las parciales primero, cuando aún lloviznaba, y las otras, más tarde, después de que escampara. Todas están ligeramente emborronadas, como si su autor saltara de una traviesa a otra o avanzara a trompicones en unas condiciones en las que la mayoría de la gente no podría avanzar a paso ligero.

Las huellas parecen sobrehumanas, el rastro de un superhéroe en un traje de goma que desapareció por las vías tan repentinamente como llegó; un Batman, un Superman que se posó en el suelo unos instantes antes de echar a volar de nuevo. Con la salvedad de que este personaje no se dedica a combatir las amenazas contra la humanidad. Me viene a la memoria la imagen de la persona que vi corriendo con mallas negras cuando llegué a la escena del crimen antes del amanecer. Ágil y rápido, me llamó la atención por algún motivo mientras trotaba nada menos que en dirección a la zona del campus donde las vías férreas discurren por detrás de Simmons Hall.

—Calzado minimalista. —Eso, por lo menos, me parece obvio—. Lucy lo lleva a veces: zapatillas con dedos para hacer *jogging* o correr distancias cortas.

—Minimalistas como una tela blanca. Como sencillas bolsas de plástico transparente adornadas con sencillos lazos de cinta adhesiva decorativa. Lesiones mínimas. Un forcejeo mínimo, si es que hubo alguno —dice Benton como si calculara en voz alta—. Asesinatos mínimos, pero llevados a cabo con gran ostentación y mofa. Sabe cómo atraer la atención.

—¿Habías visto antes pisadas como estas?

Niega con la cabeza, apretando los dientes. Sea quien sea, Benton lo detesta.

—No se han encontrado huellas con dibujos identificables en las otras escenas —asevera—. El tipo llegó en coche y luego siguió a pie por el bosque. No significa que no llevara puesto algo parecido a esto. No lo sé.

—Se supone que el calzado minimalista es lo más parecido que hay a ir descalzo, lo que Lucy llama «correr desnuda» —comento—. Desde luego, no es lo que cabría esperar que alguien se pusiera para andar por este terreno, y menos aún ahora que está tan mojado y fangoso. Esas zapatillas tienen suelas protectoras, pero se perciben todas las irregularidades del suelo a través de ellas: cada piedra, ramita o grieta en la acera. Al menos, eso he oído. Lucy suele llevarlas en la calle o en la playa, pero no campo a través.

A lo largo de unas diez traviesas, los márgenes de las vías vuelven a ser de grava. La madera dura y oscura está húmeda, pero relativamente limpia, por lo que pienso que quizá las huellas forman parte de otra sorpresa premeditada. Me pregunto si las han dejado allí a propósito para que las encontremos, como la herramienta, como el bolso y la cartera de Gail Shipton. O tal vez su asesino minimalista y ávido de atención por fin ha metido la pata, y la gota de ungüento mentolado adherida a la hierba también era un error. Puedo obtener muestras de ADN del Vicks. Me bastará con unas pocas células de la piel.

Me saco el móvil del bolsillo de la chaqueta y lo uso para tomar varias fotos de una huella. Cuando me enderezo, se me nubla la vista. Por un instante, siento que desfallezco. Tengo bajo el nivel de azúcar en la sangre. Alzo la vista hacia las copas peladas de los árboles recortadas contra el cielo luminoso, hacia las ramas semejantes a garras que se mueven agitadas por un viento cambiante, y noto el frescor del aire en la piel. Miro alrededor, buscando a esa persona que acecha a las mujeres y las mata y probablemente está acechándome a mí. Tengo que ir a la oficina.

Necesito que el cadáver me hable, porque me revelará la verdad en un lenguaje inteligible y fiable. Los muertos no se muestran volubles conmigo. No mienten. No montan espectáculos ni agreden a nadie. No quiero introducirme en la mente del asesino. No quiero ser testigo de lo que hace Benton. Me viene a la memoria lo que se siente al observarlo establecer vínculos con una persona que trae a los muertos hasta mi puerta.

—Voy a escribirle a Marino —decido—. Tiene que venir ahora mismo para que yo pueda ir a la oficina e iniciar la autopsia.

—Le envío las fotos en un mensaje, en el que le explico que hemos encontrado unas pisadas poco corrientes en las vías de tren al otro lado del túnel que atraviesa un centro de investigaciones neurológicas, a medio kilómetro de la burbuja de tenis.

Pulso *Enviar* y, menos de un minuto después, Marino me llama.

—¿Tenéis una buena razón para creer que las huellas son suyas? —pregunta sin preámbulos.

—Unas son de hace unas horas, de cuando lloviznaba, y otras posteriores, de cuando ha dejado de llover —contesto—. Algunas están medio borradas y se dirigen hacia el interior del campo, mientras que otras están intactas y apuntan hacia fuera. Por lo tanto, creo que no es arriesgado concluir que las ha dejado hace poco rato alguien que ha pasado por aquí corriendo, o quizá caminando, primero en dirección al interior del campus y luego hacia la salida, cuando todavía estaba oscuro y nosotros estábamos examinando la escena del crimen.

—No se habría dirigido hacia la escena del crimen a pie si hubiera llevado el cadáver consigo —dice Marino con evidente escepticismo.

—No, en efecto.

—Entonces ¿qué narices hacía entrando y saliendo?

—No lo sé, pero deberías buscar más huellas que yo haya podido pasar por alto.

—No sé por qué habría de entrar y salir a pie. Tal vez esas huellas las dejaron personas diferentes.

—¿Conoces las zapatillas minimalistas? —pregunto.

—Son esas deportivas tan raras que lleva Lucy. Me regaló un par por Navidad hace un par de años, ¿no te acuerdas? No ofrecen ningún tipo de amortiguación. Cuando me las ponía, parecía una rana y no paraba de darme golpes en los malditos dedos de los pies.

—Calculo a ojo que miden unos veintiséis o veintisiete centímetros de largo.

—¿Por qué no me lo dices en pulgadas? Vivo en Estados Unidos.

—Unas diez pulgadas, aproximadamente, lo que equivale a una talla cuarenta y uno.

—¿Talla cuarenta y uno? —La voz de Marino me atruena el oído—. Eso es bastante pequeño para un hombre. Podrían ser huellas de un crío que andaba jugando por allí entre las vías. Por no hablar de las cosas raras en las que están metidos los estudiantes del MIT. Algunos de esos cerebritos empollones tienen como catorce años, ¿no? No me sorprendería que alguno de ellos llevara zapatillas con dedos.

—Necesitamos fotografías a escala de esas huellas. —Me sorprendo a mí misma dando órdenes a Marino como si aún trabajara para mí. Al parecer, por más que me lo proponga, no puedo resistir el impulso de comportarme como su superior. Oigo como se crispa al otro lado de la línea. O por lo menos me lo imagino—. A lo mejor resultan no ser relevantes —añado diplomáticamente, y percibo entre otros sonidos de fondo un tintineo metálico y el golpe de una puerta de coche al cerrarse. Es Marino, que está dejando salir a *Quincy* del cuatro por cuatro y le pone la correa—. Pero vayamos a lo seguro —continúo—. No creo que puedas hacer un molde de las huellas, pero quizá te interese tomar muestras de tierra, por si contiene rastros. Le pediremos a Ernie que les eche un vistazo también. —Ernie Koppel es mi microscopista jefe y examinador de pruebas—. Es muy improbable que eso nos revele algo, lo sé, pero si no es necesario o posible mantener las huellas intactas, más vale que consigas lo que te interese mientras puedas.

—Ya voy —dice Marino—. Estoy caminando hacia allí mientras hablo. Espera unos minutos, y me ocuparé de las fotos y de lo que haga falta. No tiene sentido que el tipo se haya puesto unas zapatillas minimalistas, pero supongo que si son de goma se lavan tan fácilmente como unas chanclas. Menudo tarado. Deberíamos consultar a los hospitales psiquiátricos de la zona para averiguar a quién han dado el alta recientemente.

—Yo no pondría eso en el primer lugar de tu lista de tareas. —Caigo en la cuenta de que vuelvo a decirle lo que debe hacer.

—¿Qué tal si me dejas cumplir con mi trabajo?

—Es lo que pretendo.

—¿Lo tienes cerca? —pregunta bajando la voz.

Miro a Benton, que aguarda inquieto, yendo y viniendo a lo largo de la valla, agachándose otra vez para remeter las perneras en las botas.

—Afirmativo —respondo.

No estoy segura de si Benton me escucha o no, pero me da igual. No le costará mucho deducir lo que piensa Marino. No necesita hacer cábalas para imaginar lo que está diciendo o lo que desearía.

—¿Te ha comentado algo sobre Lucy? —inquiere Marino—. ¿Sobre si ella la conocía o no?

Quiere que le refiera los pormenores de la relación de Lucy con Gail Shipton, pero no puedo hablar de ello.

—En realidad, no —contesto mientras observo a Benton ir de un lado a otro sin mirarme, aunque noto que de pronto está pendiente de mí.

—¿En realidad ella no la conocía, o en realidad no estás enterada de los detalles?

—No lo estoy.

—Ah —dice—. Pero se conocían.

—Eso parece. —No pienso mentirle—. No sé hasta qué punto.

—Algo le ocurre al teléfono de Gail. Cuando accedí a él esta mañana, contenía mensajes de texto. Por eso sé que Carin Hegel le pidió que la llamara. También contenía mensajes de correo electrónico. Han desaparecido todos.

—¿Seguro que estaban allí? —pregunto, y Benton presta atención.

Me mira.

—Pues claro —dice Marino—. Y ahora no queda ni un solo mensaje de texto o correo electrónico. Antes de eso, no encontré ni una imagen en la memoria. Dudo que no hubiera ninguna. ¿Quién no guarda una sola fotografía en su móvil? Creo que cuando lo recogí del suelo, alguien ya había empezado a borrar cosas.

—¿Estás mirando el teléfono ahora mismo? —Estoy desconcertada, y por la reacción de Benton advierto que la conversación ha despertado vivamente su interés.

—¿Por qué narices iba a contarte todo esto si no? —pregunta Marino.

—Hay que enviarlo al laboratorio.

—No es tan sencillo. Estaba enseñándoselo a Machado para decidir qué hacer con él. De pronto, no contiene más información que el registro de llamadas entrantes y salientes. Ni mensajes de voz, ni aplicaciones, ni correos electrónicos, ni una puta mierda.

—Tenéis que llevarlo al laboratorio —repito.

—¿Cómo coño quieres que lo lleve, sabiendo quién sería la encargada de examinarlo? De eso hablábamos Machado y yo. Es un conflicto gordo.

Lucy sería la encargada de examinarlo. Es la experta en informática y tecnología forense del CFC, y analiza todos los indicios relacionados con ciberdelitos. Entiendo por dónde va Marino y por qué mantenía una discusión con Machado. Me la imagino borrando información del móvil cuando descubrió que estaba tirado en el asfalto, cerca del bar Psi, hacia la medianoche.

Después, fue a buscar a Benton en su helicóptero, mientras monitorizaba a distancia lo que sucedía con el teléfono de Gail. Sospecho que cuando se enteró de que Marino lo había encontrado en el aparcamiento, detrás del bar, se apresuró a borrar más datos, y él la ha calado. Está convencido de que ella ha eliminado toda la información que no quiere que vea la policía ni nadie.

—Entonces te sugiero que lo remitas al FBI —le contesto, y Benton comienza a sacudir la cabeza, sosteniéndome la mirada—. Que sus laboratorios se encarguen de ello —añado, y me sorprende ver que Benton sacude la cabeza con aún más vehemencia.

—Si hago eso, perderé toda jurisdicción sobre el caso —alega Marino.

—Me parece que tienes la sensación de haberla perdido ya. —La expresión de Benton me dice que no quiere que vuelva a mencionar al FBI. No lo haré, pero no lo entiendo y estoy un poco confundida.

—Además, nunca me enteraré de lo que descubran —prosigue Marino—. No mantienen precisamente una sintonía ni una colaboración ideal unos con otros.

—Perderás la jurisdicción. —Refuerzo sus temores, intentando desdecirme de lo que ha suscitado la rotunda oposición de Benton.

—Para ser justos, tengo que hablar con ella primero —decide Marino.

«No antes que yo», pienso, acercándome a mi marido. Cuando nos miramos, noto que está enfadado y a punto de hacer algo al respecto.

—Tal vez todo esto tenga una explicación, ¿verdad? —dice Marino en tono de complicidad—. Si lo supieras, me lo dirías, ¿no?

—Ten cuidado cuando llegues aquí. Hay barro resbaladizo y metal oxidado por todas partes. Estamos justo al otro lado del túnel.

—De acuerdo, no puedes hablar. Pero lo que menos necesito en este momento es tener problemas con ella. Los dos sabemos de sobra cómo es. Ahora mismo, esto es una auténtica putada para mí —declara—. Cuando no llevo ni un mes en el trabajo.

—No animes a Marino a entregarle el móvil al FBI —me dice Benton, tajante, como si él no tuviera relación alguna con la agencia.

—Ya lo he animado, y me has oído. Me parecía lógico.

—No lo es.

—¿De qué diantres va todo esto?

—No vuelvas a sugerírselo.

—Si tú lo dices, no lo haré.

—Hablo en serio, Kay. Joder, no quiero que Granby sepa lo del teléfono. Espero de verdad que Marino no siga yéndose de la lengua. No tiene idea de dónde se está metiendo.

Clavamos los ojos el uno en el otro mientras esperamos, cerca del tramo de las lodosas vías en el que están las pisadas, y delante del reactor nuclear del MIT, que semeja un gran depósito de combustible blanco con una elevada chimenea de ladrillo pintada de rojo. Benton lleva semanas aludiendo a un problema de confianza, y por fin está saliendo a la luz. No solo tiene conflictos personales; algo terrible está pasando, y su reacción me perturba.

—¿Corre Lucy algún peligro? —pregunto—. ¿Qué sucede, Benton?

—No quiero que surjan acusaciones de obstrucción a la justicia. Ella podría acabar en la cárcel por culpa suya.

—¿Por culpa de Marino? ¿De verdad haría algo así? —inquiero con incredulidad.

—Él no, no de forma intencionada. Créeme, no conviene involucrar a mi división en esto. La policía de Cambridge puede analizar el móvil. —Las suelas de goma de sus botas hacen crujir la grava mientras camina de aquí para allá, con el cabello alborotado por el viento—. Tienen a un agente asignado al Servicio Secreto, y pueden realizar el análisis forense en su oficina de Boston.

—¿Por qué es preferible eso a que lo haga la gente de tu oficina, que nos conoce?

—Es peor que nos conozcan. Y yo no trabajo para el Servicio Secreto. —Benton pisa una traviesa de la vía para comprobar hasta qué punto resbala—. Por eso es preferible.

—¿Qué insinúas?

—No puedes fiarte de ellos, Kay. Eso es lo que insinúo. ¿Tienes idea de lo encantado que estará Granby si se entera de lo del teléfono? Marino tiene que cerrar la puta bocaza.

Me alarma pensar que al jefe de Benton pueda entusiasmarle la idea de incriminar a mi sobrina. Siempre me ha parecido un tipo aburrido y un don nadie, un ejemplo del tipo de persona que suele llegar a lo más alto, pero cada vez me resulta más claro que Benton quiere darme a entender que su superior es algo más que un obstáculo engorroso, y no solo para él, sino tal vez para todos nosotros.

—De todos modos, el teléfono no tiene nada que ver con el asesinato de Gail Shipton —asegura Benton, impasible—. Lucy te contará lo que ha hecho y lo que intenta evitar. Es algo que debe salir de ella misma. Tengo que ser más discreto; ya he dicho más de la cuenta.

—Pues yo creo que apenas has dicho nada, y no es buen momento para la discreción —replico—. Ya hemos pasado por esto; cuando te has empeñado en mantener la lealtad hacia el puto FBI y en ser tan discreto, ¿qué ha pasado? Hemos acabado hechos trizas. —Estoy alterada y no quiero sentirme así—. Perdona. Estoy cansada, no he comido nada y esto me saca de quicio.

Guarda silencio y veo que se debate en una lucha, o más bien una guerra interior.

—No permitiré que eso vuelva a ocurrir —declara.

—Ya lo habías prometido antes.

—Sabes lo que el FBI espera de mí. No solo tengo que anteponer sus intereses a todo lo demás, sino que le pertenezco, y cuando ya no me necesite me relegará al olvido, o algo peor.

—Ni tú ni yo les pertenecemos —repongo—. Antes sí, pero eso se ha terminado. Y tu gente no le tocará un pelo a Lucy.

—No son mi gente. —Otro destello de ira brilla en sus ojos.

—Eres dueño de ti mismo, Benton.

—Lo sé, Kay. Te lo aseguro. No estaría aquí ahora mismo si no lo fuera.

—¿De qué no puedo fiarme exactamente? —Fijo la vista en él—. Creo que es hora de que me lo expliques con lujo de detalles.

—No estoy seguro de que pueda. Pero sí puedo decirte qué me preocupa y que estoy solo en esto. —Quiebra algunas ramitas al alejarse de las vías—. No quiero que os hagan daño, ni a ti ni a Lucy. Y Granby os hará daño si se le presenta la ocasión. Nos hará daño a todos, y desde luego espero que Marino no le diga nada sobre el teléfono ni a él ni a nadie de mi trabajo. Mierda. ¿Por qué ha tenido que meter las narices en esto? No debería haber llamado a mi oficina, y si les entrega el teléfono, se armará un lío colosal.

—No se lo entregará. Marino detesta al FBI.

—Tal vez debería.

—Necesito saber en qué estás solo. —Se lo sacaré con pinzas si hace falta—. Y si te enfrentas a alguna dificultad, yo también me enfrentaré a ella.

—Ahora que él ha matado aquí, no te quepa la menor duda de que tendrás que enfrentarte al problema.

—No puede haber secretos entre nosotros, Benton. A la porra el FBI. Se trata de ti y de mí; se trata de personas que están muriendo. Que le den al FBI. —No puedo creer que lo haya dicho.

—Seguramente Marino acaba de conseguir que me despidan, pero me importa un carajo. No podemos permitir que Granby se salga con la suya.

—No lo permitiremos, pero, sea lo que sea, tienes que contármelo.

Se pone en cuclillas, con la espalda apoyada contra la valla, a punto de revelarme algo, pese a que piensa que no debería.

—Creen que saben quién es, y voy a proporcionarte esa información porque no puedes fiarte de nada de lo que ellos digan. Seguramente es mentira. —Sigue refiriéndose al FBI como si no formara parte de él—. Ahora estás implicada directamente en esos casos, y no dejaré que el FBI te haga esto. Tienes razón. Prometí que eso no volvería a suceder, y así será.

—¿No dejarás que me hagan qué?

—Lo que ya nos han hecho demasiadas veces, a ti y a mí.

—¿Qué ha pasado, Benton?

Me explica que sus colegas de la UAC están convencidos de que conocen la identidad del Asesino Capital, y Benton está igual de convencido de que están equivocados. O, como él dice, están «fatalmente» equivocados, porque su teoría, más que inexacta, es errónea, y lleva semanas aludiendo a las implicaciones de todo esto. Es una cuestión de confianza. Una posibilidad que no podría ser más escalofriante o descorazonadora.

—Parece demasiado evidente, demasiado bueno para ser cierto —dice—. Una persona tan calculadora no dejaría su ADN en un lugar tan a la vista. No han hecho falta luces especiales ni pruebas de orientación para descubrirlo enseguida. Esto me huele mal, y la experiencia me dice que, cuando algo me huele mal, rara vez me equivoco.

—¿Quién cree el FBI que es?

—Martin Lagos —responde, y oír el nombre me produce una sensación extraña al principio—. Desapareció hace diecisiete años, después de matar a su madre, debería añadir «presuntamente». En ese entonces, tenía quince años. El FBI tiene su nombre pero no a él, porque nadie es capaz de encontrarlo. Soy el único que no está convencido en lo más mínimo. Warren, Stewart, Butler, Weir, todos creen que estoy chiflado —dice, refiriéndose a sus colegas de la UAC.

Siento perplejidad y algo más. Caigo en la cuenta de que el apellido Lagos me resulta familiar, aunque no sé por qué. No consigo hacer memoria.

—¿Cómo puede el FBI conocer su identidad y no divulgarla? —pregunto—. Si el público estuviera informado sobre la persona a quien buscáis, podría aparecer alguien que os dijera dónde está.

—No podemos difundir que está relacionado con los asesinatos de Washington. Ese es el razonamiento, no el mío, sino el de Granby. Martin Lagos no tiene la menor idea de que el FBI lo considera el culpable; esa es la teoría operativa. Cuando sea el momento oportuno, Granby convocará una conferencia de prensa multitudinaria.

—¿Por qué Ed Granby, y cuándo considerará que el momento es oportuno? —Recorro con la mirada el largo trecho de vías vacías, buscando a Marino.

—Él argumenta que, como la primera víctima era de Cambridge, hay un gran interés local en el caso, y nuestra división ha estado involucrada desde el principio. Cuando haya pasado un tiempo suficiente sin que detengan a nadie más ni él asesine de nuevo, se hará pública la información.

—Por lo visto, ha asesinado de nuevo.

—Ese es el problema al que se enfrenta Granby. Si yo estoy en lo cierto, los indicios no apuntarán a Martin Lagos como responsable, porque es imposible —asevera Benton—. Ni en este caso ni en ningún otro, si es que hay más.

—No tengo la más remota idea de a qué te refieres.

—No surgirá nada que desvíe nuestra atención de Martin, ningún suceso actual o del futuro próximo, ni siquiera del pasado. Su ADN no volverá a aparecer en una escena del crimen, pero tampoco el de otra persona. Eso es lo que temo. Los tres casos de Washington quedarán resueltos y cerrados de forma excepcional, y ciertas partes implicadas podrán pasar página, porque creo que es lo que quiere Granby por motivos que no alcanzo a entender. Pero lo intuyo. He estado investigando por mi cuenta durante estas tres últimas semanas que he pasado fuera.

—¿Y qué has descubierto? —pregunto.

—Martin Lagos no figura en los registros, no hay el menor rastro de él. —Recoge un palo y comienza a romperlo en pedazos—. Cuando desapareció, la Interpol emitió una alerta roja que aún pesa sobre él. La organización ha hecho circular información sobre él durante diecisiete años, y ni un avistamiento o pista sobre él han resultado ser legítimos.

—Entonces la posibilidad de que viva en otro país se ha contemplado desde un principio. —No se me ocurre otra razón para que la Interpol esté envuelta en esto.

—Se supone que poseía recursos suficientes para salir adelante en Europa o América del Sur —responde Benton—. Faltaba una cantidad considerable de dinero de su casa, y Martin hablaba francés, español e italiano, además de inglés.

—¿Con solo quince años? —Lagos. Me suena el nombre, pero tengo la mente en blanco.

—Así lo educó su madre. Hablaban varios idiomas en casa, y él era un viajero experimentado. Un chico de lo más brillante, pero con problemas. Marginado y víctima de acoso escolar, no participaba en deportes de grupo ni en actividades sociales. Sacaba sobresaliente en todas las asignaturas y era un genio de los ordenadores hasta que, en su primer año de bachillerato, sus notas empezaron a empeorar. Se volvió más retraído, cayó en una depresión, se dio al alcohol, y luego su madre fue asesinada.

—¿Cuándo y dónde se cree que él la mató?

—En Fairfax, Virginia, en julio de 1996. —Benton lanza trocitos de madera golpeándolos con el dedo como si fueran balones de fútbol diminutos.

—Su madre está relacionada con el arte raro y la Casa Blanca. —Entonces lo recuerdo, y de pronto me asaltan imágenes vívidas de ella.

Abotagada y blanquecina por la descomposición, con la piel y el cabello desprendiéndose de su cuerpo, y los dientes al descubierto en un rostro enrojecido, negruzco e hinchado hasta un extremo grotesco. Desnuda y parcialmente sumergida en agua legamosa.

—Tú te encargaste del caso de Gabriela Lagos —señala Benton.

21

En ese entonces, yo era la jefa de medicina forense en Virginia, pero no le practiqué la autopsia. Mi oficina del distrito norte se ocupó de Gabriela Lagos, y no me enteré de que había surgido un problema importante hasta que se le realizó el examen *post mortem* y se entregó el cuerpo.

Recuerdo que conduje hasta una funeraria de Fairfax, Virginia, y el descontento que mostraron los empleados cuando aparecí con mi maletín de campo. El cadáver no estaba presentable, pero eso no me daba derecho a mutilarlo aún más haciendo incisiones en las zonas rojizas que yo había tomado por contusiones.

Pasé muchas horas con Gabriela Lagos, examinando su cuerpo después de estudiar los informes y las fotografías de lo que había sido una muerte muy sonada e increíblemente perturbadora, y me sentí como Benton se siente ahora. Era el bicho raro. Estaba convencida de que se trataba de un asesinato maquillado para que pareciera que ella había muerto por causas naturales o se había suicidado.

—Conocedora de los entresijos de Washington, se había divorciado de un ex ministro de Cultura destinado a la embajada argentina, y era una historiadora del arte dinámica y bastante hermosa —dice Benton—. Trabajaba como conservadora de la National Gallery, supervisaba exposiciones en la Casa Blanca y comprobaba la autenticidad de las nuevas adquisiciones de la familia presidencial, que en aquel entonces eran los Clinton.

—Recuerdo un amago de escándalo que no llegó a salir a la luz. —Tenía la impresión de que alguien intentaba manipular a mi oficina desde el momento en que informé a la policía de que Gabriela Lagos era víctima de una sumersión homicida y la atención mediática se centró en el hijo único al que estaba criando ella sola.

El chico de quince años se había esfumado. Cuando se dictó una orden de detención contra él, empecé a recibir llamadas agresivas de la alcaldía, y mi viejo amigo, el senador Frank Lord, me advirtió que vigilara mi espalda.

—Era evidente que llevaba tres o cuatro días muerta, en pleno verano, con el aire acondicionado apagado, tal vez a propósito, para acelerar la descomposición —le comento a Benton—. Huelga decir que su estado era escalofriante. Aunque no se apreciaban contusiones recientes a primera vista, estaban allí, al igual que el típico patrón de marcas de dedos que suelo encontrar en las personas a quienes su asesino ha ahogado en la bañera sujetándolas por los tobillos para hundirles la cabeza. Casi siempre presentan abundantes cardenales en la parte inferior de las piernas y también en manos y brazos, por haber golpeado con violencia los lados de la bañera al agitarlos desesperadamente.

—Dios santo, recuérdame que no muera así —dice Benton, reclinado contra la valla y sentado sobre los talones, con los antebrazos sobre las rodillas, mientras esperamos a Marino.

—El patrón era más difícil de ver debido al avanzado estado de descomposición. —Los detalles se agolpan en mi memoria como recuerdos de pesadillas—. Y mi jefe adjunto se había descuidado de practicar incisiones en las zonas decoloradas para buscar hemorragias y había tomado esas contusiones por alteraciones *post mortem*.

—Estoy enterado de las negligencias que cometió. —Benton lanza más trocitos del palo golpeándolos con el dedo.

—Jerry Geist —murmuro sin poder evitar un tono desdeñoso.

—Cuesta olvidar a un tipo tan pesado y pomposo como él.

—Por varias razones, la muerte habría podido interpretarse fácilmente como un accidente.

—De no ser por ti, es lo que habría pasado. —Benton me recuerda la batalla que tuve que librar.

El abogado de la acusación estaba convencido de que un jurado jamás condenaría a Martin Lagos, menor de edad, suponiendo que lograran encontrarlo y detenerlo. Aseguraba que los indicios físicos no eran muy sólidos, pero yo no estaba de acuerdo. Me parecían sumamente sólidos. Era inverosímil que una mujer joven y fuerte que no estaba intoxicada con drogas o alcohol se hubiera ahogado por accidente en una bañera llena de agua tan caliente que le había escaldado todo el cuerpo. No había señales de que hubiera sufrido un ataque, derrame cerebral, aneurisma o infarto de miocardio, y no era lógico que presentara moratones recientes. La habían asesinado, y yo creía que el responsable había intentado encubrir el crimen.

—El doctor Geist quería declarar que la causa de la muerte había sido ahogamiento fortuito, pero no se lo permití. —Hacía años que no pensaba en él.

Era un patólogo de la vieja escuela, por aquel entonces en la sesentena, misógino como él solo, por lo que se alegró bastante cuando dimití y dejó de estar a mis órdenes. Recuerdo haber tenido la sensación de que se dejaba influir por cualquiera con contactos poderosos, y albergaba fuertes sospechas de que maniobraba entre bastidores para forzarme a dejar mi puesto.

—Insistía en que el desprendimiento y las ampollas de la piel se debían únicamente al mal estado en que se hallaba, cuando en realidad tenía el cuerpo entero cubierto de quemaduras de espesor total —explico—. Me pareció evidente que, cuando ella ya estaba muerta, alguien había llenado de nuevo la bañera con agua del grifo muy caliente, probablemente para activar la descomposición y disimular las lesiones. Eso y el hecho de que el aire acondicionado estuviera apagado en pleno julio eran argumentos contundentes que el doctor Geist me discutía de forma irrespetuosa e inapropiada.

—Era un cabrón prepotente. —Benton desliza los dedos por su cabello rebelde mientras el viento arrecia.

La tormenta ha cedido el paso a un frente de altas presiones y ráfagas intensas soplan a lo largo de kilómetros de vías que surcan el paisaje como suturas. Distingo a lo lejos la figura de Marino, que se acerca caminando con su perro.

—¿Por qué habría de salir ahora a colación el nombre de Martin Lagos? —pregunto.

—Se supone que encontraron rastros de ADN suyo en las braguitas que el asesino le puso a la tercera víctima, Julianne Goulet, y que identificaron como pertenecientes a Sally Carson, la víctima de la semana anterior. —Se levanta y sacude las piernas como suele hacer cuando tiene molestias en las rodillas.

—¿Cómo las identificaron?

—Visualmente. Su marido las reconoció. Era una prenda de lencería que él le había comprado y que recordaba que ella se había puesto antes de salir de casa, el día que la vio por última vez. No obtuvimos ADN suyo de esas bragas.

—Eso no es normal si las llevaba puestas cuando la secuestraron y asesinaron.

—Creo que empiezas a verlo desde mi perspectiva. No obtuvimos ADN de Sally Carson, pero sí de Martin Lagos. Se supone.

—Sí, es la segunda vez que dices «se supone».

—El asesino le pone a su víctima más reciente las bragas de la anterior —dice Benton—. Es de manual. Yo he escrito sobre eso.

—Y por algún motivo, en el tercer caso, el de Julianne Goulet, dejó rastros de ADN.

—Es la conclusión que se supone que debemos sacar.

—¿Crees que lo dejó allí de forma deliberada?

—Creo que alguien lo dejó allí de forma deliberada.

Benton se pone el abrigo mirando en dirección a Marino, que avanza a trancas y barrancas. *Quincy* tira de él como un perro de trineo, siguiendo el olor de Dios sabe qué y marcando matas de hierbajos.

—No conseguimos localizar a Martin Lagos —continúa Benton—. Se maneja la hipótesis de que se forjó una nueva identidad, tal vez desde el momento mismo de su desaparición. Tenía un amigo íntimo que, según creo, lo ayudó a borrarse del mapa o participó en el asesinato de Gabriela, y tampoco sabemos dónde está. Pero nadie me hace caso.

—¿Y las técnicas de envejecimiento virtual forense para determinar el aspecto que Martin tendría en la actualidad?

—Créeme, lo he probado.

—¿En serio? ¿Por tu cuenta? —Vuelve a resultarme desalentadora la forma en que habla de sí mismo como si estuviera totalmente solo en esta investigación.

—Hemos buscado entre las fotos de identificación de comisarías, cárceles, el archivo de imágenes de seguridad del FBI, pasaportes, permisos de conducir y demás; también entre el material adicional en poder de la Interpol, como el registro de cadáveres no identificados —dice—. No encontramos nada. Absolutamente nada.

—¿Tú y quién más? —Benton no me responde, y Marino ya está cerca del otro extremo del túnel—. No crees que siga vivo —afirmo en voz más baja porque no quiero que Marino oiga una palabra.

—Así es —contesta Benton—. Por más que Martin Lagos se cambiara el nombre o intentara modificar su apariencia, sus características faciales serían las mismas: la distancia entre la boca y la nariz, el ancho de los ojos y otras medidas por el estilo. —Me suena a algo que diría Lucy—. Todo me lleva a sospechar que está lejos de aquí desde hace diecisiete años, y por eso no damos con él. Es posible que esté muerto. Tal vez se suicidó o alguien lo asesinó.

—Quizá Lucy pueda echarte una mano. —Le sugiero lo que empiezo a sospechar que ya ha hecho—. Los programas informáticos que ha creado utilizando redes neuronales reconocen objetos e imágenes de manera muy parecida a como lo hace el cerebro. Sé que ha estado realizando investigaciones relacionadas con el reconocimiento de iris, facciones y otros rasgos biométricos. Por supuesto, no me cabe duda de que sabes a qué se ha estado dedicando: tal vez lo sepas mejor que yo —añado, lanzándole una indirecta.

—Una aplicación forense —dirige la vista a las vías y observa a Marino acercarse— con el potencial de ser utilizada en vehículos tripulados o no tripulados. En otras palabras, drones capaces de localizar a personas buscadas por las autoridades, una forma de encontrar casi cualquier cosa que se te ocurra, suponiendo que tengas acceso a las bases de datos que están fuera del alcance de la mayoría.

—Podrías facilitarle a Lucy la fotografía más reciente de él. O un vídeo o grabación, lo que tengas. —Tal vez el teléfono de Gail Shipton tenía instalada la aplicación forense.

Quizás era un proyecto en el que ambas estaban trabajando, y Benton puede estar insinuando que Lucy lo ayuda explorando bases de datos a las que accede sin autorización legal. Bases de datos del gobierno, por ejemplo.

—La foto más reciente es de cuando contaba quince años, del día que los cumplió —dice Benton—. Cuatro días después, murió su madre. Ni el envejecimiento virtual ni el reconocimiento facial arrojaron resultados. No hay coincidencias porque él está muerto. Es lo que creo, pero todavía no puedo demostrarlo.

Si Lucy ha estado echándole una mano, no solo estaría contraviniendo de forma directa el reglamento del FBI, sino cometiendo una infracción mucho más grave. En teoría no debería saber lo que está haciendo Benton, y mucho menos asistirlo, sin contar con la aprobación de su división, concretamente de Granby. Por otro lado, se supone que yo tampoco debería saber lo de los casos del Asesino Capital.

Que Lucy realice búsquedas de datos clandestinas para Benton pone aún más de manifiesto lo poco que se fía él de quienes lo rodean. Esto explicaría por qué ella borró la memoria del móvil de Gail Shipton. Si alguien hubiera descubierto la aplicación forense que él acaba de mencionar, tal vez se habría preguntado con qué fin la utilizaba. Cualquier sospecha de que el programa permitía acceder a archivos clasificados de los cuerpos de seguridad habría metido a Lucy y también a Benton en un lío monumental. Ambos podrían enfrentarse a un juicio penal. Él jamás la animaría a correr ese riesgo salvo como último recurso.

—¿Tenemos alguna teoría de por qué Martin Lagos pudo matar a su madre? —Por lo que recuerdo, nadie me habló de un posible móvil en aquel entonces, y no quiero pedirle más detalles sobre su colaboración con Lucy.

—Tenemos una teoría oficiosa. Se supone que ella empezó a

abusar de él cuando tenía seis años. —El sol le da de lleno en la cara cuando se vuelve hacia el río, que no se alcanza a divisar desde aquí, y posa de nuevo los ojos en Marino, que está entrando en el túnel.

—¿De dónde sacasteis ese dato si ella está muerta, y él desaparecido?

—De un disco informático. Poco después del asesinato de la madre, obtuvimos información de un disquete que la policía descubrió oculto en la habitación de Martin. A su ordenador le faltaba el disco duro. Seguramente él se lo había quitado —dice Benton—. Es posible que también se llevara una videocámara espía con la que había grabado a su madre bañándose, según escribió él en su diario.

—¿No estaba Granby en Washington en esa época? —Tengo la desagradable intuición de que todo esto da vueltas en círculos.

Granby nunca resiste la tentación de recordarle a quien esté dispuesto a escucharlo que fue asistente del agente especial al mando en Washington y que su trabajo era muy emocionante cuando no todo giraba en torno al 11-S y la guerra en Oriente Medio. Durante una cena, poco después de que se mudara aquí, me preguntó qué recuerdos guardaba de él de cuando yo era jefa forense en Virginia y le contesté que lo sentía, pero que si nos habíamos conocido en ese entonces, lo había olvidado. Advertí que esto le sentó mal. Luego pareció aliviado.

—Era inspector en funciones y formaba parte del Consejo de Seguridad Nacional de la Casa Blanca —me aclara Benton—. Los detalles sobre los malos tratos sufridos por Martin Lagos nunca figuraron en los expedientes de tu oficina. —Vuelve al tema de antes—. El parte policial no decía nada. La jefa forense no tenía por qué saberlo, y no habría tenido utilidad alguna que dicha acusación llegara a conocimiento de los medios. Esa fue la decisión. —No la de Benton, sino la de otra persona.

—¿Tú crees que los malos tratos se produjeron?

—Por lo que leí en el diario, sí.

Marino va por la mitad del oscuro túnel. *Quincy* tira ansioso de la correa hacia nosotros, con la lengua colgando. Da la impresión de que sonríe.

—Me gustaría repasar el caso de Gabriela Lagos para refrescar la memoria —le anuncio a Benton—. Todo lo que tengas sobre él. Preferiría no tener que pedir esa información a Virginia. A nadie le gusta que una ex jefa forense se meta donde no la llaman. Mis opiniones no serían bien recibidas. —Tengo más de un motivo para querer evitarlo.

Si surge algún problema con al ADN de Martin Lagos, desde luego no pienso revelar mis intenciones telefoneando a la oficina que llevó a cabo los análisis originales, pese a que yo la dirigía en 1996. Si ha ocurrido algo, ha tenido lugar después de que yo dejara el puesto, quizá muy recientemente, tanto como el asesinato de la tercera víctima, cometido hace menos de un mes.

—Puedo conseguirte mucha más información que tu antigua oficina siempre y cuando no le pida autorización a Granby —asegura Benton—. No se negará. Simplemente, no la conseguiré y entonces empezarán a pasar otras cosas.

—Necesito cualquier cosa relacionada con lo que está sucediendo cuanto antes —respondo—. Crees que existe una conexión entre el caso en el que estoy trabajando aquí y los de Washington, así que me dejarás echar un vistazo a los indicios. Tengo ese derecho y esa prerrogativa. Comparemos el ADN y las fibras con las que he recogido esta mañana. Dame todo lo que tengas lo antes posible.

—¡Déjalo! —le ordena Marino a su perro.

—Lo del ADN será más complicado —dice Benton.

—¡Junto a mí! —La voz de Marino resuena en el túnel, donde *Quincy* lo arrastra de un lado a otro—. ¡Mierda!

—Puedo enviarte por correo electrónico las imágenes microscópicas de las fibras —dice Benton—, pero los perfiles de ADN están en el Sistema de Indexación, y no puedo acceder a él directamente. Tengo que presentar una solicitud formal.

—¿Quién realizó el análisis original en el caso de Julianne Goulet?

—La oficina forense de Maryland, en Baltimore.

—Lo conozco bien.

—¿Confías en él sin reservas?

—Totalmente.

Quincy chapotea en un charco y bebe de él.

—¡No! —brama Marino—. ¡Que lo dejes, joder!

—Más o menos a la misma hora en que se cree que murió Gabriela Lagos, una persona anónima llamó para informar de que había visto a un varón joven saltar del puente de la calle Catorce al río Potomac, de noche. El cuerpo nunca fue hallado.

—¿Nunca? —pongo en duda—. Me extraña mucho.

—¡No bebas de los charcos! —Es Marino quien ladra.

—¿Trazaste tú el perfil criminológico en su caso? —No recuerdo que Benton me contara en aquella época que estuviera trabajando en el homicidio de Gabriela Lagos.

—Me pidieron asesoramiento, sí. No sobre ella, sino sobre Martin y lo que había escrito en su diario. —Es lo único que alcanza a decir antes de que Marino llegue a nuestro lado. Tiende la mano para animar a *Quincy* a acercarse—. ¡Buen chico! —Le alborota el pelo del cuello—. Veo que estás muy bien adiestrado —añade con un sarcasmo discreto.

—No se está portando como un buen chico ni de coña. —Marino está enfurruñado y sin aliento—. No seas un chico malo. —Le da unas palmaditas en los costados—. Ya sabes lo que debes hacer. Y ahora, siéntate.

Quincy no obedece.

22

Más adelante, no muy lejos, aunque no se vislumbra desde donde estamos, hay un cajero automático del Bank of America.

—En el cruce de la avenida Massachusetts con Albany. Para el asesino, sería un lugar ideal donde dejar el coche. —Benton describe justo la intersección en la que me veo obligada a detenerme en ocasiones, para dejar pasar el lento y pesado tren del circo.

La última vez fue hace no mucho, el 1 de diciembre, y el largo convoy, rojo como una manzana caramelizada, tardó una eternidad en alejarse en dirección al campus del MIT para estacionarse en el ramal de Grand Junction. Me quedé sentada, imaginando a los animales exóticos que viajaban en esos vagones, evocando la época en que ese mismo circo con sede en Florida realizó varias representaciones en Miami cuando yo era niña. El Cirque d'Orleans me sume en la melancolía cada vez que se instala en un estadio de por aquí, pues me trae recuerdos de mi pasado, de cuando mi padre me llevaba a ver a los elefantes que caminaban por el bulevar Biscayne en fila, sujetando con la trompa la cola del de delante.

—Podría haber dejado el coche allí, en el aparcamiento público. —Benton sigue hablando de dónde puede haber aparcado el asesino mientras cojo la correa de *Quincy* y lo acaricio—. Nadie se habría fijado. Los vehículos entran y salen del aparcamiento a todas horas, a causa del cajero. Él dejó el coche y regresó a pie, seguramente por estas vías. En ese momento llovía. Las pisadas que dejó cuando volvió al lugar de los hechos se han borrado casi por completo, salvo las parciales que hemos encontrado. Las que están intactas son de cuando se marchó por segunda vez, seguramente justo antes del amanecer, cuando la lluvia había cesado.

—Si son suyas, debe de ser un alfeñique —comenta Marino—. ¿Zapatillas de talla cuarenta y uno? Cuánto debe de medir, ¿metro y medio? Apuesto a que son huellas de un chaval que estaba haciendo el tonto por aquí.

—No podemos determinar la estatura con un mínimo grado de certeza —replico—. No existe una correlación biunívoca entre el tamaño del pie y la altura. Podemos calcularla basándonos en datos estadísticos, pero con poca precisión.

Marino cambia de posición la regla de plástico amarilla de quince centímetros que ha usado antes, pero que ahora lleva una etiqueta diferente.

—¿Qué tal si por una vez dejas de hablar como un cerebrito de la serie *Big Bang* y me das una estimación a ojo? —me pide, metiéndose conmigo.

—En promedio, un varón que calza un cuarenta y uno mide cerca de metro sesenta y cinco. Pero eso no significa que el autor de estas huellas tenga esa estatura. Hay personas bajas con pies grandes y personas altas con pies pequeños. —Hago caso omiso de su comentario impertinente, que sospecho que iba dirigido más a Benton que a mí.

No puede abandonar su actitud de superioridad porque, entre otras cosas, le escuece lo que Benton ha predicho hasta ahora. Enrique Sánchez, empleado de mantenimiento del MIT, suele dejar su camioneta en la obra por la noche. El cortatubos le pertenece, y utiliza sus herramientas en su trabajo. Tiene antecedentes por conducir bajo los efectos del alcohol. Una segunda infracción podría acarrearle la pérdida del carné, así que nunca bebe cuando va a ponerse al volante. Por ahora, ninguna de las suposiciones de Benton ha resultado ser falsa, y Marino le ha demostrado su gratitud causándole problemas con su oficina en Boston, con lo que, sin saberlo, ha echado más leña al fuego traicionero de Granby.

—Bueno, pongamos que mide metro sesenta y cinco —dice Marino—. Un crío, un tipo bajito, lo que sea. Tendría que ser bastante idiota para hacer lo que tú crees —arremete contra Benton—. Habría sido mucho más inteligente dejar el cadáver y largarse cagando leches. Si regresas al lugar de los hechos, pueden pillarte.

—Tal vez no ha resistido la tentación de mirar. —Benton vuelve a comprobar los mensajes de correo electrónico de su teléfono—. Tiene que asistir al espectáculo que ha creado. —Otra vez esa palabra. «Espectáculo.»—. Ya ha estado aquí antes. Sabía adónde ir y lo que tenía que hacer. Se sentía cómodo. —Continúa viendo las cosas a través de los ojos del monstruo al que persigue.

«A través de los ojos de Martin Lagos —pienso—. O de alguien que ha conseguido su ADN.»

Más concretamente, alguien que ha accedido a su perfil en el sistema combinado de indexación de ADN conocido como CODIS. Me concedo el capricho de imaginar las peores posibilidades. Reflexiono detenidamente sobre qué haría si fuera una mala persona experta en ordenadores o, lo que sería aún más perturbador, si trabajara en un laboratorio de ADN y albergara intenciones malignas o estuviera al servicio de un poderoso corrupto.

Un perfil de ADN no se parece a una muestra biológica en un portaobjetos ni a un código de barras en una autorradiografía. No es información visual como un patrón de manchas de sangre o los rizos y espirales de una huella dactilar. En una base de datos, un perfil consiste en una serie de números introducidos manualmente y asignados a un identificador generado por el laboratorio forense encargado de realizar el análisis. Son estos números los que se cotejan con el perfil de una persona no identificada a través de una base de datos como el CODIS, y cuando se produce una coincidencia, el enlace lleva al nombre y los datos personales del sujeto.

La cantidad cada vez mayor de información que se almacena en los bancos de datos de ADN ha sido polémica desde que se introdujeron las pruebas a finales de los ochenta. A la gente le preocupa la privacidad. Les preocupa la discriminación genética y la vulneración de los derechos consagrados en la Cuarta Enmienda, que los protege contra registros o incautaciones sin una causa probable. Aumenta la preocupación de que se organicen redadas basadas en el ADN o cribas de sospechosos a partir de la obtención de muestras de personas situadas en las proximidades del lugar de los hechos.

Hace años que oigo a la gente que expresa sus objeciones y temores, y estoy de acuerdo con algunos de ellos. Hasta los procedimientos científicos más perfectos son susceptibles de un uso indebido o un abuso por parte de seres humanos imperfectos, y no resulta del todo imposible modificar un perfil de ADN. Los números introducidos en un ordenador por un técnico de laboratorio estresado pueden corromperse accidentalmente. Pueden ser manipulados. Aunque no me consta que esto haya ocurrido, no significa que no pueda pasar. No hay ninguna garantía de que las autoridades informarían al público de un error o delito como estos, y menos aún de forma voluntaria.

Si el número de identificación de Martin Lagos se sustituyera en todas las bases de datos por el de otra persona, no tendríamos manera de saber que el perfil de ADN no es en realidad el suyo. Sería el robo de identidad definitivo, y no puedo hablarle de ello a Marino ahora mismo.

Lo observo mientras guarda la cámara y la regla en su maletín de campo. *Quincy* está sentado sobre mi pie, lamiéndome la mano.

—Vamos —le ordena Marino a su perro, que no muestra el menor interés por ir a ningún lado—. Nos vemos en tu oficina dentro de un rato —me dice, ignorando a Benton—. Machado y yo tenemos algunos asuntos de los que ocuparnos como localizar a Haley Swanson, que por el momento nos esquiva. Más tarde me pasaré por el piso de Gail Shipton, por si quieres acompañarme.

—Ya sabes lo que tienes que hacer —es mi respuesta—. Asegúrate de sacar todo lo que guarda en el botiquín. Quiero saber qué fármacos podía estar tomando. Infórmame de lo que encuentres en la nevera y en la basura.

—Madre mía —protesta—. ¿Es que llevo una camiseta que dice «soy imbécil»?

Espero a que *Quincy* y él atraviesen el túnel, de vuelta hacia el campo Briggs. Entonces le sugiero a Benton que se plantee las posibles causas de la presencia del ADN en las braguitas que llevaba Julianne Goulet cuando encontraron su cadáver.

—Si el FBI quería estar seguro al cien por cien de que el ADN era de Martin Lagos —preciso mientras echamos a andar de nuevo—, tendría que haberlo cotejado con el análisis original efectuado por los laboratorios de Virginia en 1996. También deberían haberlo comparado con el de su madre. La tarjeta con muestras de sangre de la autopsia que le practicó mi oficina del distrito norte aún debe de estar en su expediente.

—Tengo entendido que se han dado todos los pasos necesarios —dice Benton sin inflexiones en la voz, como si se limitara a repetir como un loro algo que le han contado—. Se ha confirmado que el ADN pertenece a Martin Lagos. En la base de datos del CODIS no se han introducido datos erróneos ni se ha alterado información. Así me lo han asegurado.

—¿De verdad lo has preguntado?

—Le he planteado la posibilidad a Granby. Haría falta alguien de su rango para preguntárselo discretamente al director de laboratorio en Quantico.

—Si nadie te la tenía jurada, ahora, sin duda, habrá unos cuantos.

—Todo está en orden. El ADN recogido de las bragas muestra una relación materna con Gabriela Lagos.

—¿Se realizó un nuevo análisis de las muestras de su tarjeta? —Lo presiono para que me aclare este punto.

—Te transmito lo que me comunicaron a mí —dice en un tono que no me tranquiliza.

—Si de verdad se trata del ADN de Martin Lagos, es un argumento en contra de que esté muerto —señalo—. Los resultados de la prueba parecen reforzar la teoría de que asesinó a Julianne Goulet, a menos que la presencia de su ADN en las bragas se deba a otro motivo.

—Creo que es la única otra explicación posible.

—Lo que insinúas sería poco común o imposible. No tendría ningún sentido que se produjera una contaminación en el laboratorio después de diecisiete años.

—No es eso lo que creo.

—¿Semen, células de la piel? —Supongo que el análisis se realizó a partir de una de las dos cosas.

—Sangre —dice Benton.

—Sangre visible. Tienes razón. Parece demasiado obvio. ¿Por qué iba a dejar el asesino su sangre en unas braguitas? ¿Cómo pudo ocurrir sin que él se diera cuenta ni pensara en las consecuencias que eso tendría cuando analizaran la prenda?

—¿Y si alguien ha guardado una muestra de la sangre de Martin durante todos estos años? —aventura Benton.

—Tendría que haberla conservado de forma adecuada. Es decir, congelada —digo con escepticismo—. Estás hablando de un plan concebido con mucha antelación por alguien que sabía lo que hacía. Y tendrías que preguntarte por qué había una muestra de sangre suya guardada. ¿Quién lo hizo, y con qué objeto?

—¿Personas que intercambian joyas hechas con viales de sangre, tal vez? Los llevan como colgantes. —Intenta formular todas las hipótesis posibles porque alberga dudas siniestras que se niega a expresar con palabras. No quiere lanzar acusaciones abiertamente, sino que yo saque conclusiones por mí misma—. ¿Y si intercambió algo así con alguien?

—¿Y diecisiete años después esa persona lo utiliza para incriminarlo por múltiples homicidios?

—Solo sé que el ADN de una muestra de sangre se ha identificado como perteneciente a Martin Lagos, y estoy estudiando todas las explicaciones que se me ocurren, Kay. Aparte de la más obvia.

—La más obvia es que haya habido un problema con el CODIS, y tienes miedo de que personas como Granby te estén mintiendo.

—Ojalá nunca le hubiera mencionado el asunto.

—¿A quién se lo habrías mencionado si no?

—A ti, a alguien a quien le confiaría mi vida. —No nombra a Lucy porque se resiste a hablar de ella—. Evito tratar con él siempre que puedo.

Frente a nosotros se alza un almacén de ladrillo oscuro, con sus cientos de ventanas difuminadas por el sol.

—Supongamos que alguien llevaba la sangre de Martin Lagos

en un vial colgado del cuello y luego decidió usarlo para incriminarlo —le sigo el juego—. Unos días, por no decir años, sin secarla al aire o sin guardarla en el sitio adecuado, y olvídate del asunto. La sangre se habría descompuesto, y el ADN habría quedado destruido por bacterias, o por la luz ultravioleta, en caso de que lo expusieran al sol.

—¿Y si, por algún motivo, la conservaban en un laboratorio?

—En nuestros laboratorios de Virginia o Washington, no —le recuerdo—. No hubo extracción de sangre, evidentemente, pues no hubo caso ni autopsia si Martin Lagos saltó del puente de la calle Catorce y su cuerpo nunca se encontró. Cuando la policía investigó el asesinato de su madre y descubrió que él había desaparecido, supongo que obtuvieron su perfil de ADN a partir de un cepillo de dientes, de pelo, o algo por el estilo.

—En efecto —responde Benton—. No estoy diciendo que la sangre no sea suya, sino que no entiendo cómo llegó allí y que no me fío en absoluto de las apariencias. Es lo que alguien quiere que creamos.

—¿Qué opina la UAC sobre tu teoría? —No quiero ni imaginarme su reacción.

—Opinan que llevo demasiado tiempo dedicándome a esto.

—No vas a jubilarte. Eso no va contigo.

No se irá a algún sitio a dar clases ni se convertirá en uno de aquellos ex expertos en perfiles del FBI que trabajan como asesores externos o que aparecen en televisión cada vez se comete un crimen escandaloso o se celebra un juicio de gran impacto mediático.

—Estoy cabreando a todo el mundo e informándote sobre el tema sin autorización. He hablado con Lucy y tú lo sabes, aunque no te lo he dicho —admite Benton—. Si se enterasen... Bueno, ¿qué más daría a estas alturas? Teniendo en cuenta que el asunto se ha salido de madre y lo que esto probablemente significa... Por mí, Granby y los demás se pueden ir al carajo.

23

Son casi las once de la mañana cuando llegamos al aparcamiento situado en la parte de atrás de mi edificio de siete plantas, revestido de titanio, que tiene forma de bala y una cúpula geodésica de cristal.

La valla inescalable es alta y está recubierta de una capa negra de PVC, y, por encima, descuella un mar blanco plateado de antenas parabólicas y terrestres instaladas sobre los tejados de los laboratorios del MIT que flanquean el CFC por tres lados. Las señales invisibles se desplazan casi a la velocidad de la luz; muchas de ellas transmiten información clasificada, de naturaleza militar o relacionada con proyectos secretos del gobierno.

Suena mi teléfono y alzo la vista hacia la ventana de Bryce, inundada de luz, como si no fuera imposible divisarlo desde aquí. Pero las viejas costumbres no se pierden fácilmente. Los vidrios de mi edificio son espejos unidireccionales. Podemos mirar hacia fuera, pero nadie puede ver el interior. Es posible que mi jefe de personal esté observándonos, pero no tengo manera de comprobarlo.

—El Hombre que Susurra a los Dientes se ha ido hace veinte minutos —dice, refiriéndose al doctor Adams—. Confirmado: es Gail Shipton. ¿Sabes esas personas con tantos problemas dentales que se les agranda la boca? Te garantizo que en el cole se metían tanto con ella como conmigo.

Introduzco mi número clave en el teclado de control de la

puerta eléctrica. Se oye un pitido y, por unos instantes, no sucede nada. Llevo cinco días sin venir, Marino ya no trabaja aquí, y de pronto recuerdo que hacíamos falta los dos para la buena marcha de este sitio. Vuelvo a teclear el código.

—Posiblemente la exposición a la tetraciclina cuando era niña ocasionó una decoloración dental. Para que me entiendas: son esos dientes tan feos, picados y con manchas que te hacen odiar el colegio porque los otros chicos son muy crueles —prosigue Bryce mientras la puerta de la verja cobra vida con una sacudida.

Se desliza sobre su guía, lenta y temblorosa. Sigue sin funcionar bien desde que la arreglaron hace unas semanas. Nadie supervisa al ingeniero de seguridad ahora que Marino no está. No le quitaba ojo a la persona enviada por el servicio técnico, pero esos días han pasado. Me cuesta bastante hacerme a la idea.

—A mí la fiebre me dejó un diente. Como no podía ser de otra manera, era un incisivo, así que me apodaron «Pala de tiza». «Bryce puede escribir en la pizarra con el diente.» No sonreí durante toda la infancia y adolescencia.

Al otro lado de la puerta que se abre a trompicones, veo nuestras furgonetas blancas y camionetas forenses aparcadas de cualquier manera, y advierto que están sucias. La unidad móvil para víctimas múltiples también está cochambrosa. A Marino le daría un síncope si no hubiera renunciado, y supongo que tendremos que encontrar una empresa de limpieza económica que sea de fiar y esté dispuesta a prestar servicio a nuestros vehículos a domicilio. Solo es uno más de los asuntos de organización que debo abordar con Bryce, a quien le gusta más hablar que respirar.

—Se hizo un montón de arreglos que le costaron una pasta. Por otro lado, era lo bastante rica para una querella por cien millones, según las noticias —comenta—. Lo digo con todo respeto.

—Benton y yo estamos aquí —le recuerdo a Bryce, que se las ingenia para encontrar un rasgo en común con casi todos los cadáveres que pasan por la oficina—. ¿Por qué no reanudamos esta conversación cuando estemos dentro, y un poco más tarde, a poder ser? Tengo que analizar varios indicios antes de empezar a trabajar en ella y atender a todos los demás.

Me desabrocho la chaqueta y me acuerdo de que llevo una pistola. Solo los agentes de la ley están autorizados para portar armas en el interior del edificio. Se supone que todo el personal del CFC, incluida yo, debemos dejar las armas de fuego en el mostrador de seguridad, para que las guarden en un armario de acero con un grosor de dos centímetros. No todo el mundo cumple la norma. Marino nunca lo hacía. Estoy segura de que Lucy tampoco. Abro el cierre de la riñonera.

—Ya sé que estáis aquí. Puedo veros por el monitor del circuito cerrado o por la ventana, lo que prefieras. La puerta está caaaaaasi abieeeeerta. —Exagera su lentitud—. Y Benton y tú sois la feliz pareja que está entrando, y ahora pulsas el botón para cerrar la puerta, que tardará una hora. Vaya, fíjate en esas botazas color naranja fosforito. Deja que adivine. No tiene otra cosa que ponerse porque su equipaje está en el coche de Marino, ¿a que sí? Lucy ha traído a Benton en helicóptero, ha aterrizado en la escena del crimen y tú le has pedido a Marino que se encargue de sus pertenencias, que ahora están decomisadas. Lo que significa que llevará esas horrendas botas todo el día. Dile que suba a verme.

Activo el altavoz de mi móvil para que Benton pueda oírlo.

—Tengo unas zapatillas de repuesto que puedo prestarle. Son de piel negra, así que no quedarán tan mal. —La voz de Bryce suena en el aparcamiento, y me pregunto quién más estaba al tanto del vuelo de regreso de Benton. No me sorprende que Bryce lo supiera. La cuestión es cuándo se enteró y a través de quién—. Creo que calzamos más o menos el mismo número —añade.

—¿Sabías que iba a volver hoy? —Miro a Benton, que está ocupado escribiendo mensajes de correo electrónico en su móvil.

Le preocupa que sus colegas muestren desaprobación o indiferencia ante la información que les envía, por lo que obra con más cautela que nunca. Los agentes, en su mayoría jóvenes, que al principio lo consideraban una leyenda viva y ahora ambicionan su puesto, quieren demostrar que tienen más aptitudes que él para realizar su trabajo. Esto era de esperar, pero hay cosas que no. Benton abriga sospechas sobre conspiraciones y sabotajes, y es muy posible que no sean un mero producto de su imaginación.

—Bueno, algo intuía, claro está. Tenía algunos recados que hacer —responde Bryce misteriosamente—. Mañana es su cumpleaños, y, como has estado enferma, no sabía si te acordarías. Por no hablar de los adornos navideños, para que él se encuentre con una casa alegre y festiva cuando llegue.

—¿Cuándo te enteraste, y a quién se lo has dicho?

—Lucy y yo mantuvimos algunas conversaciones. Entiéndeme: no tienes árbol, ni una sola lucecita, ni una vela en la ventana —me sermonea—. Esto me resultaba dolorosamente claro cada vez que pasaba a llevarte cosas. ¡Qué casa tan oscura e inhóspita, sin fuego en la chimenea, cuando falta menos de una semana para Navidad! ¿Puede haber algo más deprimente? Me imaginaba qué sentiría el pobre de Benton cuando entrara en casa. No me oye, ¿verdad? Y sí, hay que arreglar la puerta de nuevo. Veo que no se cierra y tiembla como si estuviera sufriendo un ataque o tratara de decir algo. Intentaré cerrarla desde aquí.

—El problema es que no la dejaron bien la última vez que supuestamente la arreglaron. —Me pongo la riñonera bajo el brazo, y noto el peso y la forma de lo que contiene.

—¿Me lo dices o me lo cuentas? Esta mañana había una cola de coches frente a la verja, y la condenada puerta tardaba tanto en abrirse que por poco me da un Honda Element por detrás. ¿Adivina quién habría tenido que pagar los daños aunque no fue culpa mía? Un cacharro de hojalata como ese chocando contra mi pedazo de X6, ¿te imaginas? Bueno, mío no, de Ethan. No es que pueda permitirme un BMW con mi sueldo. A propósito, ¿qué demonios conduce Lucy y qué es eso que acabas de quitarte? ¿Llevas pistola? ¿Desde cuándo?

—No quiero que se haga pública la información sobre la identificación ni sobre lo demás todavía —le digo mientras pasamos por delante de la plaza vacía de Marino donde ya no volverá a aparcar su camioneta con problemas de diseño—. ¿Quién más sabía que Benton iba a regresar?

—O mucho me equivoco, o vas armada. Muy *sexy*, pero ¿por qué? ¿Y ese accesorio tan feo, esa cosa abultada y negra? ¿No las hacen en piel o de colores alegres? Podría pedir al departamento de policía de Cambridge que divulgue la información. Entonces ya decidirán ellos cuándo hacerlo y dejará de ser problema nuestro.

—Creo que será lo mejor, siempre y cuando estemos totalmente seguros de que...

—Le ha llevado media hora al doctor Adams —me interrumpe de nuevo Bryce—. Al parecer, además de todo lo demás le habían realizado una extracción de la número veinte...

—Bryce, ¿a quién le has comentado que Benton volvía a casa y cuándo?

—El alvéolo estaba cicatrizando tras la colocación de un pilar de titanio para un implante que aún no le habían «instalado». Sé que no es el término correcto.

—¿Bryce...?

—Ya sé que las coronas no se instalan como una moldura de corona, valga el juego de palabras. —Baja la voz para enfatizar sus palabras—. Bueno, no es exactamente un juego de palabras salvo por lo de la corona.

Levanto la tapa de la caja del control del eje auxiliar situada junto al almacén y apoyo el pulgar contra el sensor biométrico.

—No te creas que tengo mucha idea de qué es una número veinte —Bryce continúa con su parloteo incesante—, pero me parece que es una muela.

—¿Te avisó Lucy que Benton vendría hoy? —Pulso un botón, y el motor de par se pone en marcha. La pesada persiana metálica da una sacudida y empieza a elevarse con gran estrépito.

—Por supuesto. Yo la animé a pilotar su pajarito hasta Washington para traerlo. ¿Te ha estropeado alguien la sorpresa? Te juro que yo no he sido.

Si Bryce lo sabía, cualquiera podía saberlo, aunque no estoy segura de que eso explique algo. De hecho, lo dudo mucho. Por más indiscreto que haya sido, ¿cómo puede el asesino haber averiguado tantos detalles, suponiendo que las sospechas de Benton sean válidas? ¿Por qué habría de importarle el dato de cuándo iba a volar de regreso a casa? Tal vez el asesino no resiste la tentación de contemplar el espectáculo que ha montado, pero eso no significa que su elección de la víctima o del momento tenga algo que ver con Benton. Es más probable que Granby esté explotando sus temores más profundos para extenuarlo y alterarlo, plenamente consciente de cómo le afectaría la idea de que algo que ha publicado ha influido en un depredador violento. Ahora es muy posible que Benton esté paranoico, y, después de lo que acaba de contarme, no me extraña.

—¿Ha venido Ernie hoy? —pregunto—. Tengo que pasarle algunas pruebas indiciarias, y pronto traerán un poste de verja con marcas de herramienta y unas cizallas, para comparar. También muestras de ADN. Así que avisa a Gloria, por favor, y, de paso, pregunta a los del laboratorio de toxicología cómo llevan los análisis adicionales que pedí que realizaran a Sakura Yamagata, el caso de suicidio de la semana pasada. Quiero que se encarguen de todo tan deprisa como sea humanamente posible.

—Vaya novedad.

—Esto es nuevo. Me preocupa mucho la posible gravedad de la situación a la que nos enfrentamos.

—¿No piensas darme alguna pista?

—No —contesto—. También necesito que averigües cuándo dispondrá de un momento para hablar conmigo el doctor Venter, el jefe forense de Baltimore.

—Ahora mismo me pongo a ello —dice Bryce—. Y Ernie está en el área de inspección de vehículos, trabajando en el coche destrozado de ese conductor borracho que Anne está pasando por el escáner en este mismo instante. Además, viene de camino un posible caso de sobredosis, probablemente un suicidio; una mujer cuyo marido se mató en un accidente de moto hoy hace un año. Una media de diez suicidios por semana desde Acción de Gracias. ¿Han aumentado?

—En más de un veinticinco por ciento.

—Vaya, me has chafado el día por completo.

A través de la abertura cada vez más grande de la puerta, veo el enorme cuatro por cuatro de Lucy en el interior, aunque en realidad no debería estar allí. Pero ella aparca donde le viene en gana, tanto si conduce uno de sus supercoches o una moto de gran cilindrada; las normas no significan nada para ella. Reparo en las dos camillas apoyadas de cualquier modo contra la pared, con una bolsa para cadáveres arrebujada encima de una de ellas. Hay una manguera chapuceramente enrollada cerca de un desagüe en el suelo, goteando por la boquilla de aspersión.

—¿Por qué estamos examinando un coche involucrado en un accidente mortal? —le pregunto a Bryce.

—Porque han llamado los abogados.

—Los abogados siempre llaman. Esa no es una razón.

—No ha sido un abogado cualquiera, sino Carin Hegel.

—¿Y qué es lo que quiere exactamente? —inquiero.

—No lo ha dicho.

Benton y yo nos agachamos para pasar por debajo de la persiana que continúa subiendo mientras él se comunica con alguien, tecleando con los pulgares. Justo al otro lado, aprieto el botón para detener la puerta y luego otro para cerrarla. Enciendo las luces. Todos los armarios están cerrados con llave, al menos, y el suelo está limpio. No percibo malos olores.

—Creo que es algo relacionado con el nivel de alcoholemia, así que quizá deberías hablar con Luke. Pleitos y más pleitos —se queja Bryce mientras la pesada persiana empieza a desenrollarse hacia abajo entre traqueteos y zumbidos—. ¿Te parece bien si llamo a Armando's para pedir unas pizzas? A primera hora de la tarde esto estará a tope, y no precisamente de cadáveres. Algo tendrás que comer, por una vez, y ya te he preparado una muda de ropa. El traje azul marino de siempre, recién salido de la tintorería, zapatos de tacón razonablemente bajo y unas medias nuevecitas sin agujeros ni carreras.

—¿Adónde tengo que ir? Se suponía que ni siquiera iba a venir hoy. —Me detengo junto a la manguera y abro el grifo al máximo.

—Voy a entrevistar a la sustituta de Marino, ¿lo habías olvidado? —explica Bryce—. Jennifer Garate, se pronuncia igual que «karate». La que ha trabajado en Nueva York como investigadora médico-legal durante los últimos cinco años, y antes era asistenta médica, ¿te acuerdas? Revisamos su solicitud hace unas semanas, aunque hemos revisado unas cuantas, claro. Por teléfono parecía una persona muy agradable, y por lo visto Luke se ha quedado prendado de su fotografía. Reconozco que me extrañó un poco que hubiera decidido hacérsela con una prenda de playa que yo llamaría «marcaculos», unos minishorts para yoga o lo que sean, con el fin de lucir palmito, que supongo que no está mal. Ahora que has llegado, gracias a Dios, podrás dar tu opinión. Ya que Benton anda por aquí también, ¿podría darnos la suya?

—No —respondo—. No puede. —Desactivo el modo manos libres ya que él no está escuchando.

Me imagino que está lidiando con su oficina local o con la UAC, y la política ha dado una vuelta de tuerca más. Me pregunto si el FBI comenzará a buscar por aquí a Martin Lagos, que, según Benton, está muerto. Me pongo a pensar qué haremos con los posibles resultados del análisis del ADN obtenido de las bragas que llevaba Gail Shipton o del ungüento mentolado recogido de la hierba. Por primera vez en mi carrera profesional, no me fío de lo que pueda ocurrirles a los perfiles que mi laboratorio de ADN introduzca en el sistema CODIS.

—Bueno, solo es el puesto más importante en el sentido de que afecta absolutamente todo lo demás. —Vuelvo a oír a Bryce por el auricular—. Como acabemos contratando a un investigador jefe de mierda, ya sabes lo que dicen: si siembras basura, cosecharás basura.

Atravesamos la nave, espaciosa como un hangar. Aparcado a un lado está el cuatro por cuatro negro de acero blindado que pertenece a mi sobrina y pesa dos toneladas, equipado según ella con un sistema de protección contra explosivos, cámaras de vigilancia, reflectores, un kit de supervivencia, sirena y luces estroboscópicas. Cuenta con una caja negra, como los aviones, y un sistema de megafonía, entre otras cosas. No he tenido oportunidad de preguntarle cuánto cuesta un vehículo de aspecto tan siniestro ni por qué de pronto le ha dado por comprarse uno.

—¿Quién querría pasarse el resto de su vida con un abusón que se tumba en una cama hinchable cuando está borracho, liga con mujeres por Twitter y vive en una casa que es parada obligada en la ruta de la chabacanería? —exclama Bryce—. Jamás le perdonaré a Marino que avisara por correo electrónico que dejaba el trabajo. Ni siquiera tuvo la decencia de decírmelo a la cara. En fin, ¿qué me dices de las pizzas? Ah, sí, ¿me dejas un poco de suelto?

En lo alto de una rampa, se abre la puerta que comunica con

la planta baja. Lucy va vestida con un mono de piloto negro que acentúa su figura esbelta y fuerte, sus ojos color esmeralda y su cabello dorado rojizo, que lleva muy corto, como un chico.

—¿Doctora Scarpetta? Creo que te estás quedando sin cobertura en el almacén. ¿Hola? ¿Hola? —dice Bryce, y cuelgo, percatándome de lo poco que aguanto la cháchara después de pasar varios días sola y en silencio.

Lucy sujeta la puerta para dejarnos pasar, se reclina contra ella para evitar un abrazo, y noto que su estado de ánimo es como una ráfaga de aire caliente. La estrecho entre mis brazos, le guste o no.

—No me digas nada que no deba saber —murmuro.

—Me da igual lo que sepas. Estoy segura de que Benton ya te habrá contado lo más importante, de todos modos.

Por lo general, reservo las muestras de afecto hacia mi sobrina para cuando no estamos en el trabajo, y una sombra de irritación cruza su bonito rostro mientras se aparta de mí. Noto que se pone tensa y un brillo de agresividad le asoma a los ojos.

—Perdona —le digo, y ella reacciona con frío estoicismo, como si lo que le ha sucedido a Gail Shipton le resultara indiferente.

Percibo en ella una determinación enfocada en una sola dirección, hacia un fin tan previsible como preocupante. Mi sobrina lleva muy bien la rabia vengativa, y muy mal la tristeza.

—Voy a aceptar la oferta de Bryce y tomaré prestadas esas zapatillas. —Benton se apoya en el marco de la puerta para forcejear con las botas y consigue quitarse una y después la otra, tirando de ellas con fuerza.

Las deja en lo alto de la rampa, donde caen de costado como conos de señalización, y pasa junto a nosotros en calcetines. Una vez dentro del edificio, tuerce a la izquierda, hacia el ascensor, concentrado otra vez en su móvil, con la expresión inescrutable que adopta siempre que topa con resistencia, ignorancia o tal vez algo peor.

—Tenemos que hablar. —Tomo a Lucy del brazo y la aparto de la puerta que continúa sujetando.

24

Una vez solas en el interior de la nave, nos dirigimos hacia el conjunto formado por una mesita de plástico redonda y dos sillas que Rusty y Harold han bautizado como La Morte Café. En días templados, beben café y fuman puros con la persiana levantada, esperando a que lleguen muertos o alguien se los lleve.

Deposito mi riñonera sobre la mesa, y Lucy la coge y abre la cremallera para ver qué contiene. Acto seguido la cierra y la deja donde estaba.

—¿Por qué? —pregunta.

—Seguramente por la fiebre y por haber tenido demasiado tiempo libre para pensar.

—Seguramente no.

—Algo me dio mala espina cuando saqué a pasear a *Sock*. Supuse que era por mi malestar físico. —No quiero desviarme del tema hablando de la persona que tal vez me espiaba, porque sé que eso pondría a Lucy en pie de guerra.

No quiero que vaya a buscar a Haley Swanson o a nadie más. Bastantes problemas tiene ya con Marino.

—Por lo menos hazme una visita para que vayamos juntas al campo de tiro. —Me observa con detenimiento—. ¿Cuándo fue la última vez que practicaste?

—Ya practicaré contigo, te lo prometo.

Inserto una cápsula en la cafetera Keurig que descansa sobre un carro quirúrgico con las patas dobladas hacia fuera, las junturas oxidadas y las ruedas torcidas. Dado su decrépito estado, lo han tapado con un mantel de vinilo estilo campestre francés, rojo y amarillo, y encima han puesto un ramo de girasoles de plástico y un cenicero de los Boston Bruins.

—Debes de estar agobiada de trabajo. No has venido a la oficina desde el viernes, y ahora te encuentras con todo esto. —Lucy está de pie detrás de una silla, con los brazos cruzados—. Se te ve pálida y cansada. Deberías haber dejado que viniera a verte.

—¿Y contagiarte la gripe? —Abro un paquete de pañuelos desechables baratos, como los que hay en los baños públicos.

—Podría contagiarme en cualquier lugar, y jamás te abandonaría por miedo a lo que pueda pasarme. Janet y yo te habríamos llevado a casa y habríamos cuidado de ti. Debería haber venido a buscarte.

—No le desearía eso a nadie.

—No sería un engorro como con mi madre.

—«Engorro» no es la palabra que me viene a la mente cuando pienso en Dorothy.

—Era una forma de hablar.

—Lo sé, y si te he dado la impresión de no estar agradecida, lo siento.

No hace un esfuerzo hipócrita por consolarme. Se me da fatal aparentar, y las dos lo sabemos, lo que me recuerda una vez más lo que no me gusta de mí misma.

—No es cuestión de gratitud —replica Lucy—. Si la situación fuera la inversa, y yo hubiera caído enferma después de pasar por lo que tú has pasado, no me dejarías sola, y menos aún si yo estuviera lo bastante asustada para ir a todas partes con una pistola.

—Tú nunca estás asustada, pero llevas pistola a todas partes.

—Acamparías en mi jardín y te presentarías cada dos segundos con el termómetro.

—Reconozco que mi forma de hacer las cosas incomoda a los demás.

El café ya preparado sale a borbotones y cae en un vaso de papel marrón con el símbolo de un pez, material de la Armada que Bryce compra a palés enteros.

—¿Lo quieres con leche o azúcar? ¿O solo, como siempre? —pregunto.

—Como siempre. Nada ha cambiado. —Me mira con esa cara que adoro, angulosa y con carácter, más llamativa que bonita.

Me acuerdo de cuando era una niña regordeta y sabelotodo, demasiado lista para el gusto de nadie, y desprovista de los genes que predisponen a la obediencia de las normas y límites. En cuanto aprendió a caminar, me seguía de una habitación a otra, y cuando me sentaba se me subía al regazo. Eso ponía furiosa a su madre, mi egoísta y desdichada hermana que escribe libros infantiles y desprecia a sus propios parientes, a todo el mundo, en realidad, salvo a los personajes que inventa y puede controlar o matar cuando le apetece. Hace bastante tiempo que no me comunico con mi familia de Miami, y durante un segundo, me siento culpable por eso también.

—Bryce va a pedir unas pizzas. Me comería una entera. —Le pongo delante un café y una servilleta de papel.

—Vaya mierda de vasos.

—Son biodegradables.

—Sí, se deshacen cuando aún estás bebiendo de ellos.

—No dañan la fauna y flora marinas, y son invisibles para los satélites espía. —Le sonrío.

—No necesitas comerte una pizza entera, sino unas cuantas. —Lucy me escudriña con la mirada, manteniendo los brazos tercamente cruzados—. Bryce le dice a todo el mundo que estás en los huesos.

—No me había visto hasta hace cinco minutos, en un monitor de seguridad. Por favor, siéntate, Lucy. Vamos a hablar. —Me sirvo un segundo vaso, y el aroma me aturde. Siento como si el estómago se me hubiera vuelto del revés, por lo vacío que está, y tengo la sensación de que ha transcurrido un año desde que Marino me llamó a las cuatro de la mañana; de que eso no ocurrió en realidad—. Las pizzas no han llegado, y ella puede esperar. —Me refiero a Gail Shipton—. Y a mí sí me importa lo que sé, aunque a ti te dé igual. No quiero que ninguna de las dos se ponga en peligro. Ni nadie más.

—¿En peligro? —Arrastra una silla de plástico.

—Si has hecho algo ilegal, no quiero que me lo cuentes —digo sin andarme por las ramas.

—No hay nada que contar.

—¿Según el criterio de quién? —Llevo mi café a la mesa y me siento frente a ella—. Tengo cierta idea de lo que has estado haciendo. Marino sabe que la información que contenía el móvil de Gail Shipton se ha borrado. Me lo ha dicho a mí, y quizá también a otras personas.

—No es suyo. —Lucy apoya el codo sobre la mesa y el mentón sobre la mano, de modo que la mesa baila por tener las patas desiguales—. O, mejor dicho, no era suyo. Y lo que le pasó a Gail no guarda ninguna relación con lo que de hecho es un aparato verdaderamente especial, y Marino no tiene derecho a quedarse con él porque no era suyo —repite.

—Entonces ¿de quién?

—La tecnología es mía, pero llegó un momento en que me daba igual. —Rodea el vaso con las manos.

—No hablas como alguien a quien le dé igual.

—Me daba igual lo que valiera la tecnología porque yo quería poner fin a nuestra colaboración. Fue uno de los temas que traté con Gail ayer, aunque no era la primera vez que hablábamos de ello ni fue una conversación muy amigable. Ella iba a comprarme mi parte después de ganar el pleito.

—Nunca hay garantía de que alguien vaya a ganar un pleito. —Me sorprende que Lucy haya sido tan ingenua—. Los jurados pueden ser impredecibles. El proceso puede declararse nulo. Hay muchas cosas que pueden salir mal.

—Ella estaba segura de que llegarían a un acuerdo de último momento.

—Me cuesta creer que Carin Hegel la convenciera de algo así.

—No lo hizo. Estaba preparada para ir a los tribunales, y aún lo está. Pero no habrá juicio.

—No resultaría fácil, estando la demandante muerta.

—La demanda no tiene fundamento desde hace un tiempo. Por eso no habrá juicio.

—¿Sabe Carin Hegel que trabaja en una causa perdida? —pregunto, frustrada y desconcertada por las palabras de Lucy.

—Pensaba decírselo cuando pudiera demostrarlo. No me faltaba mucho. Gail estaba segura de que le sacaría dinero a Double S, y cometió el error de decírmelo y de prometerme que me compraría mi parte. Yo no le pedía mucho, pero algo tenía que pedirle para no levantar sospechas —arguye Lucy en un tono desapasionado y frío—. Era importante que cortara nuestros lazos con precisión quirúrgica y sin llamar la atención. Estaba casi a punto, pero ahora ella ha muerto.

—Menos mal que estabas fuera de la ciudad cuando desapareció.

—No me cabe duda de que me acusarían de estar implicada.

—Con las cosas que dices, no me extrañaría.

Lucy tiene una reputación, y Marino lo sabe bien. Conoce sus antecedentes y aptitudes con lujo de detalles. Aunque, que yo sepa, ella nunca ha hecho daño a nadie sin motivo o por rencor, es capaz de traspasar límites que otros consideran infranqueables.

—El caso es que no estaba aquí cuando ella desapareció. No estaba aquí cuando la mataron —asevera Lucy—. Acababa de aterrizar en Dulles y luego me fui a un hotel. Puedo demostrarlo.

—A mí no tienes que demostrarme nada, te lo aseguro.

—Te preocupas demasiado —dice Lucy—. Aunque Gail no me caía bien y acabé por perderle todo el respeto, desde luego no hice nada para perjudicarla. Pero a la larga lo habría hecho.

—Estás hablando como una testigo de la defensa, como mínimo.

—No quería ser testigo de nadie, pero en un caso como este todo es manipulación y grandes sumas de dinero. En cuanto descubrieron que habíamos empezado a colaborar en un proyecto, recibí una citación para declarar.

—Qué curioso. Tus ocupaciones no son precisamente del dominio público. Ni siquiera yo estaba enterada de tu relación con Gail, profesional o de otro tipo. ¿Cómo se enteraron los abogados de Double S?

—A eso se dedican los abogados. A averiguar cosas.

—Alguien debe de haberles facilitado la información —contesto—. ¿Es posible que se le escapara a Gail?

—No se le escapó. Se lo dijo deliberadamente —afirma Lucy.

—¿Qué quería Double S de ti?

—Mi amistad.

—Lo digo en serio.

—Yo también. —La ira la endurece. No tiene el menor reparo en odiar una vez que llega a la conclusión de que el odio es merecido.

Cuando confía en una persona, es capaz de todo por ella, pero cuando alguien la traiciona, no descansa hasta aniquilarlo. No le queda otro remedio porque no puede vengarse de quien peor la ha tratado en la vida, su madre, que goza de inmunidad soberana. Lucy jamás se volverá contra la persona que más la ha perjudicado, mi despegada e ingrata hermana, que muerde la mano que la alimenta sin previo aviso o provocación. He observado los efectos de este síndrome durante años, y aún es algo que me saca de mis casillas. Las mezquinas crueldades de Dorothy le proporcionan placer.

—Cuando presté declaración, me hicieron un montón de preguntas personales sobre mi trabajo como informática y mi pasado como agente de la ley, sobre por qué dejé el FBI y la ATF, sobre mis aspiraciones en la vida —relata Lucy—. Sus abogados bromeaban y estaban simpáticos conmigo. Les seguí el juego porque intuía lo que estaba pasando en realidad.

—¿Tuvo Carin la misma intuición?

—A ella le parecieron unos capullos manipuladores.

—A lo mejor confiaban en que te pusieras de su parte y en contra de Gail.

—Es lo mismo que ha dicho Carin.

Le pregunto si alguna vez se fio de Gil Shipton.

—Porque me da la impresión de que esa confianza no duró mucho —añado.

—Al principio, la tomé por una de esas personas inteligentes a las que se les dan fatal los negocios y que había fracasado por no elegir bien a sus socios, cosa que no dejaba de extrañarme —explica—. Pero supuse que era una experta en tecnología con poco sentido común, ingenua como ella sola en su relación con el mundo real. Si escarbabas un poco, las historias que circulan sobre Double S dan que pensar, aunque seguramente tienen a alguien trabajando a tiempo completo en las relaciones públicas, asegurándose de que toda información negativa quede enterrada, y sospecho que pagan a colaboradores externos para que escriban artículos que los pongan por las nubes y los hagan quedar bien.

—¿Lo sospechas o lo sabes?

—Es obvio que lo hacen. Pero no me consta.

Me vienen a la memoria Lambant y Asociados y Haley Swanson.

—Ella no se informó bien sobre ellos antes de entregárselo todo, unos cincuenta millones, y supuestamente perdieron hasta el último centavo en malas inversiones —dice Lucy—. A diferencia de otros ex clientes, Gail decidió plantar cara. No era una persona valiente y menos aún batalladora, pero no se echó atrás como todos los que la habían precedido. Cabría preguntarse por qué.

Se ha ido animando conforme habla, gesticulando mientras relumbra el oro rosado del anillo de sello que lleva en el índice de la mano izquierda. La reliquia, de tamaño descomunal, lleva grabadas un águila con las alas desplegadas y escenas de la naturaleza, y forma parte del patrimonio de la familia de Janet, su compañera, desde hace más de un siglo, según tengo entendido.

—¿Cuánto tiempo estuvo Gail en Double S? —inquiero.

—Más o menos hasta que empezó el posgrado. Trabajaba desde muy joven, no solo en investigación y desarrollo, sino en programación básica, ingeniería y diseño de bases de datos. Double S la contrató hace dos años y medio con el fin de que desarrollara un nuevo sistema de gestión de bases de datos, y fue así como comenzó todo. Mientras trabajaba para ellos la convencieron de que los dejara ocuparse de su dinero, y muy poco tiempo después... —agita la mesa para ver de qué pata cojea— los despidió y contrató a Carin Hegel.

—¿Perdieron cincuenta millones de dólares tan rápidamente?

—Sí, casi en su totalidad, y Carin no aceptó vincular los honorarios al resultado. Por eso cabría preguntarse también cómo alguien que se quedó prácticamente sin nada podía permitirse pagar a una abogada. Tal vez al principio era factible, pero ya no. A estas alturas, las minutas ascienden a varios millones. —Dobla su servilleta de papel hasta formar un cuadrado pequeño, se agacha y calza con él la pata culpable del desequilibrio de la mesa—. ¿Alguna vez te has parado a pensar que en el mundo del delito de guante blanco la tecnología es un activo valioso? Los drones, por ejemplo. Imagínate lo que sucedería si unos dispositivos de vigilancia sofisticados cayeran en malas manos.

—Aún no puedo confirmarlo, pero creo que Gail fue asesinada. Supongo que ya te lo figurabas, pero quiero que tengas claro que, probablemente, la seleccionaron como objetivo y la secuestraron.

Lucy zarandea la mesa y comprueba que está más estable.

—Ojalá hubiera activado la cámara de vídeo cuando hubiera servido de algo —dice, como si esto fuera lo que más le preocupa de lo que acabo de comunicarle.

Detrás de esa fachada de indiferencia y tranquilidad, está nerviosa, alterada. Lo noto.

—Tenías la manera de controlar su teléfono a distancia. —Al recordar que llevo la chaqueta puesta, me la quito y me la coloco sobre las rodillas.

—¿Su teléfono? —Sus ojos verdes centellean—. El apilamiento de chips, las funciones de cámara, la conectividad, la gama de bandas operativas, todo eso es mío, y poseo las especificaciones técnicas, las facturas y el certificado de propiedad intelectual, así que puedo probarlo.

—Entonces ¿qué podía ofrecerte Gail a cambio? —Caigo en la cuenta de la falta que me hacía el café. Me calienta la garganta y me activa la circulación.

—Subsistemas multimedia, paquetes de datos, fibra óptica con velocidades de subida unas diez veces superiores a las que se consiguen hoy en día y motores de búsqueda basados en la intención del usuario y no solo en palabras clave. Son justo la clase de cosas que me interesan y en las que he estado trabajando últimamente. Después de un par de copas, sus promesas me parecieron muy convincentes.

—Entiendo. Por lo que dices, da la impresión de que al final resultó ser una inútil total.

—Más bien débil, pero luego se volvió inútil. Aunque me había percatado de ello, opté por disimular. Yo estaba trabajando en una aplicación específica y, en honor a la verdad, he de decir que aportó ideas bastante ingeniosas. Y luego se le ocurrieron otras que me hicieron cagarme de miedo —dice, y pienso en el comentario de Benton sobre el *software* biométrico y su uso potencial en drones.

—La conociste de manera informal. ¿Desde cuándo te fías de los desconocidos?

—Hace unos ocho meses. —Bebe un sorbo de café y hace una mueca—. Un Kenia genérico que sabe como si lo hubieran comprado en un súper de descuento. ¿Por qué narices es Bryce tan tacaño? Janet y yo la conocimos en el bar Psi y nos pusimos a hablar. Nos topamos con mucha gente del MIT y hablamos con ellos. Son el tipo de persona con el que me siento más a gusto.

—Y decidisteis colaborar en un proyecto así como así. —La cafeína alivia ligeramente el dolor de cabeza que tengo desde que Marino me despertó. Consciente de que necesito cantidades industriales de café, echo la silla hacia atrás.

—No sé por qué. —Juguetea con el vaso barato, haciéndolo girar despacio sobre la mesa—. En ocasiones me vuelvo estúpida, tía Kay.

—No te vuelves estúpida, pero todos hemos confiado alguna vez en quien no debíamos.

—Al principio me dio pena por la historia tan tremenda que nos contó: creció en la pobreza, en California, y su padre alcohólico se suicidó cuando ella tenía diez años. Su madre sufría alzhéimer prematuro, y una hermana con discapacidad psíquica tenía que cuidar de ella. Luego Gail puso todos sus ahorros en manos de unas personas que la dejaron en la ruina.

Me levanto para servirme otro vaso de esa sustancia genérica que ahora mismo me sabe a gloria.

—Me pareció que sus conocimientos técnicos podrían serme útiles —prosigue Lucy—. Por desgracia esta valoración se basaba en que ella había ganado una fortuna con unas aplicaciones móviles alucinantes cuando era adolescente.

—Te sentiste identificada. Tú también fuiste una niña prodigio que se hizo inmensamente rica de la noche a la mañana y de quien todo el mundo intentaba aprovecharse, incluida tu madre, que nunca había estado a tu lado cuando no tenías un centavo. La apoyas, y cuanto más lo haces, peor se porta.

—¿Quién? ¿Mi madre? —dice Lucy con sarcasmo.

—Eso la condena a estar muy sola.

—Está saliendo con un venezolano rico que le dobla la edad. ¿Te lo había comentado ya? Un tal Lucio, creo, con un montón de propiedades en Miami: South Beach, Golden Beach, Bal Harbour. De joven fue presentador de televisión y hace poco se puso una banda gástrica para estar guapo para su nueva *mujer fatal** Resulta algo confuso. Nos llama «Luce» a las dos.

—La desgracia de tener por madre a mi hermana. —Le ha conferido una vulnerabilidad que temo que nunca superará. Confía por completo en las personas, y cuando le hacen daño se lanza a por el enemigo con una energía asombrosa.

—Ya no se gana tan bien la vida desde que incluyó a un vampiro en el penúltimo libro infantil, y en el último a un chaval con poderes mágicos que recita unos conjuros en verso muy ridículos —dice Lucy.

—No los he leído.

—Yo los leo en defensa propia. Debería escribir su autobiografía. *Cincuenta sombras de Dorothy*. Eso se vendería bien.

—Uno de estos días te cansarás de odiarla.

—Creo que la abuela está envejeciendo mucho.

—Mi madre envejeció hace ya unos años.

—Lo digo en serio. No debería conducir. Va al supermercado con ese bolso blanco de Chanel que antes era de mi madre y luego no encuentra el coche, así se pone a caminar de un lado a otro con el carrito de la compra, apretando el botón de la llave hasta que se encienden los faros. Es un milagro que no la hayan atracado.

—Tengo que llamarla.

—Eso de «tengo que» no suena bien. Espero que nunca lo digas refiriéndote a mí —declara Lucy.

* En castellano en el original. *(N. del T.)*

25

—La telefonearé para que me hable de lo mal que se encuentra y lo mala hija que soy. —Lleno de agua la jarra con filtro en el fregadero de acero inoxidable—. Eso fue lo que pasó cuando la llamé el fin de semana, en cuanto llegué a casa.

—¿Sabía lo que habías estado haciendo en Connecticut?

—Lo vio en las noticias. —No entraré en detalles sobre esa conversación con mi madre, que prácticamente me culpó del suceso y se lamentó de que nunca le salvaba la vida a nadie. Añadió que debería trabajar en una funeraria. No dijo nada que no hubiera dicho antes.

—Cuéntame más de tu colaboración con Gail. —Vierto agua en el depósito de la Keurig.

—En esta fase del proyecto se suponía que ella solo tenía que realizar pruebas, pero se retrasó mucho —explica Lucy—. Dedicó meses y meses a la resolución de problemas mientras trabajaba en secreto copiando mis aplicaciones, añadiendo funciones y modificaciones que yo jamás habría permitido. Supuso que no me enteraría. —Bebe un trago de café y se reclina en la silla—. Lo que programó ya no existe. Nadie debería tener algo así.

—Lo tendrán de todos modos. Si te refieres a la tecnología biométrica, concretamente al *software* de reconocimiento facial que utilizan los drones domésticos, no serás tú quien frene ese progreso aterrador.

—Tampoco seré yo quien ponga ojos digitales en el cielo para que espíen a nuestros ciudadanos, agentes de la ley o políticos. El problema es que no solo los utilizaría nuestro gobierno. Imagínate que unos criminales tuvieran acceso a la tecnología de vigilancia por drones. —Vuelve a tocar ese tema—. Aparatos lo bastante pequeños para entrar por ventanas abiertas, seguir coches, orquestar un gran golpe, invadir una casa o asesinar a alguien. Preferiría idear maneras de luchar contra pesadillas como esa. Por cierto, ¿te acuerdas del tipo desaparecido del que te habló Benton? ¿El que se esfumó del mapa hace diecisiete años?

No le doy una respuesta afirmativa ni negativa.

—No hace falta que contestes —continúa—. Sé que Benton te lo ha dicho, porque necesitaba contárselo a alguien en quien pudiera confiar, aparte de mí. Las cosas no le van bien en el FBI.

—Sí, lo sé.

—Envejecimiento virtual, reconocimiento facial... Piensa una cosa: Martin Lagos no figura en una sola base de datos de todo el puto mundo. Así que la idea de que de pronto se haya convertido en un asesino en serie que va dejando por ahí su ADN... Olvídalo. Puedo realizar una búsqueda así desde mi móvil.

—¿Es idéntico al que llevaba Gail, el que ahora tiene Marino?

Lucy desprende el suyo del cinturón de su mono de piloto y lo deposita sobre la mesa. Parece un teléfono común y corriente salvo por la funda militar de goma negra.

—Totalmente normal —afirma—. No es más que un móvil con las aplicaciones habituales en la pantalla de inicio.

—Es la impresión que da. —Retiro mi segundo vaso de café cuando la Keurig deja de borbollar.

—No se ve lo que se está ejecutando en segundo plano. Los programas que molan de verdad.

—¿Programas peligrosos?

—Como ocurre con cualquier cosa, todo depende del uso que se le dé. Tengo la IP del teléfono que obraba en poder de Gail y podía burlar sus torpes intentos de protegerlo contra intrusiones. Todo lo que contenía acabó en la memoria de mi teléfono, mi tableta y mi ordenador, de modo que cada vez que alteraba alguno de los programas que estaba desarrollando conmigo, yo detectaba hasta la última pulsación de una tecla.

—No te fiabas de ella para nada. —Vuelvo a mi silla.

—Ni de coña. Le perdí la confianza más o menos por la misma época en que me citaron a declarar.

Desde donde estoy sentada, tengo justo delante de la vista el monstruoso cuatro por cuatro color negro mate de Lucy, un bombardero con ruedas y el lujo asiático de un jet privado.

—¿Y ella se fiaba de ti? —Hay tantas cosas que quiero preguntarle...

—Nunca le di motivos para lo contrario.

—Dejaste de confiar en ella el verano pasado, y obviamente la relación siguió adelante porque decidiste no romperla.

—Iba a romperla muy pronto.

—¿Tus problemas con ella son la razón por la que, últimamente, conduces un vehículo blindado?

Contempla su cuatro por cuatro con afecto, como si fuera su hijo o su mascota.

—No lo compré por una razón en especial.

—¿A quién más has cabreado además de a los criadores de cerdos, Lucy?

—Los de Al Qaeda no me tienen mucho aprecio. Tampoco los supremacistas arios, los homófobos, los machistas, los partidarios de la Ley de Defensa del Matrimonio, los yihadistas, y pronto los de Double S tampoco querrán ser mis amigos —comenta como si esta posibilidad la complaciera—. Y, sí, he tenido rifirrafes con una larga lista de criadores de cerdos y, más recientemente, con una granja de *foie gras* en el estado de Nueva York. Ese lugar infernal tendría que arder hasta los cimientos, siempre y cuando las ocas pudieran huir a tiempo. Y, ya que hablamos de mis detractores, seguramente Marino tampoco debe de estar muy contento conmigo. Tiene envidia de mi cuatro por cuatro. Su nuevo vehículo policial es un V seis, casi todo de plástico —dice con una mezcla de cinismo y rabia.

—¿Cuánto sabe exactamente?

—Exactamente nada, y no pienso explicarle una mierda. Ni se imagina que yo lo estaba vigilando en tiempo real cuando recogió el móvil de Gail detrás del bar Psi. No tiene idea de nada ni jamás la tendrá, ¿verdad? —Lucy fija los ojos en mí.

—Yo no le diré una palabra. Deberías decírselo tú.

—Nadie tiene que decirle nada —espeta—. Simplemente está jugando a policías y ladrones después de sentirse como un lacayo durante años.

—Espero que nunca se lo digas con esas palabras.

—Cuando me enteré de que Gail había desaparecido...

—¿Cuándo te enteraste? No te envié el mensaje hasta las cinco y media, más o menos, cuando Marino me llevaba en coche al campo Briggs. ¿Cuándo se te ocurrió acceder a su teléfono? —Es como si estuviera interrogándola. No intento disimularlo.

—A medianoche —responde, confirmando lo que me había dicho Benton—, cuando mis motores de búsqueda recibieron la alerta de una publicación en la web del Canal Cinco. Localicé su teléfono por GPS, vi que estaba en el Psi, llamé allí y me dijeron que se había marchado hacía por lo menos seis horas. Supe de inmediato que no era una buena noticia, así que activé la videocámara y la dejé en modo automático. El objetivo tiene zoom y detector de movimiento, un domo con rotación de alta velocidad que podía registrar todo lo que sucediera hasta que yo llegara aquí.

—Pensabas recuperar el teléfono en cuanto llegaras.

—Así es.

—Pero Marino llegó antes que tú.

—Lo vi llegar. —Parece más enfadada consigo misma que otra cosa—. Ojalá se me hubiera ocurrido encender la cámara de vídeo ayer por la tarde, cuando hablé con ella, pero no me olía que algo anduviera mal. —Se levanta y tira su café en el fregadero—. Si hubiera tenido el menor motivo de preocupación, habría echado un vistazo. —Apoya la espalda contra la pila—. Entonces la habría visto y habría sido testigo de lo que sucedió cuando estaba fuera del bar. Ocurrió en un abrir y cerrar de ojos, de eso estoy segura. Si hubiera tenido un par de segundos de ventaja, habría podido activar la cámara ella misma, lo que habría transmitido la escena en directo a mi móvil. Le habría bastado con ejecutar la aplicación En Caso de Urgencia o ECU, que se abre con un solo toque, pero no lo hizo. La tenía allí, en la pantalla de inicio, y ni siquiera se le pasó por la cabeza.

—Después de tu conversación con ella, telefoneó a Carin

Hegel y la llamada se cortó. —La incito a contarme qué sabe al respecto.

—Menos de veinticuatro segundos después. —Tira su vaso a la basura y se sienta de nuevo.

—Eso es lo que no entiendo —declaro—. Habría sido lógico que Gail dijera algo, que diera alguna señal que alguien se le acercaba, la interrumpía o la sobresaltaba. Según Carin, la comunicación se cortó y ella siguió hablando sin percatarse de que Gail ya no la oía.

—No se cortó. —Lucy coge su móvil de encima de la mesa—. La llamada no finalizó hasta que Carin colgó, y para entonces, el teléfono ya no estaba en manos de Gail. —Introduce una clave en la pantalla táctil.

—¿Cómo pudo ocurrir sin que Carin oyera nada, una queja, un grito, un diálogo o una discusión?

Lucy reproduce un archivo de audio.

—Carin Hegel —contesta la voz familiar de la abogada en una grabación que, sin duda, Lucy realizó en secreto.

—Hola. ¿Alguna novedad desde la última vez que nos vimos? Deja que lo adivine. Han presentado veinte peticiones más para hacernos perder el tiempo e inflar las facturas. —Es la voz de Gail Shipton, suavemente modulada, aguda, juvenil.

No percibo en ella la ira profunda que esperaba. Debería despreciar a Double S y destilar un resentimiento y un estrés crónicos, sobre todo al mencionar los gastos en que ellos la hacían incurrir deliberadamente.

—Vuelve a poner eso, por favor —le pido a Lucy, que así lo hace.

Gail Shipton suena demasiado tranquila. Detecto un deje de artificiosidad, como cuando un actor mediocre recita sus frases sin la menor expresividad. Me doy cuenta porque he aguzado el oído para tomar nota de cualquier cosa que esté fuera de lugar. Lucy reproduce la grabación de nuevo.

—Carin Hegel.

—Hola. ¿Alguna novedad desde la última vez que nos vimos?

Deja que lo adivine. Han presentado veinte peticiones más para hacernos perder el tiempo e inflar las facturas.

—Por desgracia, no vas muy desencaminada —admite Hegel.

—Estoy en el bar Psi y he salido un momento, pero sigue habiendo bastante ruido —dice Gail Shipton—. Perdona, ¿querías algo?

—Quería ponerte sobre aviso acerca de tu última factura, que acaba de pasar por mi mesa —prosigue la voz grabada de Hegel. Se produce un silencio—. Es considerable, como cabía esperar faltando tan poco para el juicio. —Otro silencio—. ¿Gail? ¿Estás ahí? Mierda. —Hegel se impacienta—. Cuelgo y te vuelvo a llamar.

—Y eso hizo —me informa Lucy—. Pero Gail no contestó.

Vuelve a reproducir la primera parte del audio.

—Perdona —dice la voz de Gail—, ¿querías algo?

—No se lo dice a Carin. —Lucy repite el mismo fragmento después de subir el volumen.

«Perdona, ¿querías algo?»

Me fijo en el ruido de fondo y percibo el ritmo lejano de la música que procede del interior del bar. No alcanzo a oír si Gail habla con alguien en el aparcamiento. No oigo nada más que una melodía apagada, estilo New Age, como las que he escuchado en el bar Psi las veces que he ido.

—¿Cuándo empezaste a grabar las conversaciones telefónicas de Gail?

—Es fácil cuando utiliza mi dispositivo para ello. Y ahora, presta atención —dice Lucy—. He aplicado filtros para separar el ruido de fondo de la música del bar y he realzado los otros sonidos, marcando el orden y el momento exacto en que se grabaron. Es de antes de que llamara a Carin.

Reproduce el audio procesado, y oigo el inconfundible rumor de un motor al ralentí. Entonces oigo otra cosa. La voz de mi sobrina.

—... ya escribiremos un borrador cuando regrese de Washington —dice en la grabación—. No es un buen momento para crear otro problema, en vista del juicio, aunque no creas que vaya a celebrarse. Lo que menos te conviene es dar la menor impresión de que tienes un problema conmigo.

—¿Por qué habría de celebrarse? Llegarán a un acuerdo. No te preocupes, todo saldrá bien —asegura Gail con una dulzura que se me antoja poco sincera, y entonces percibo otro sonido.

El runrún de un vehículo. Hay un coche parado detrás del bar, con el motor en marcha, a oscuras, y si Gail ha reparado en él, no parece intranquila, ni siquiera un poco nerviosa.

26

—Un V ocho —me dice Lucy— de potencia aceptable, unos cuatrocientos caballos. Un sedán de tamaño considerable o un cuatro por cuatro.

Recuerdo que Benton mencionó unos neumáticos de cuatro por cuatro para barro. Un aficionado a actividades y deportes de alto riesgo que no lo piensa dos veces antes de forzar una camioneta o conducir por un campo de golf.

—Claramente no es un coche de alta potencia. No suena tan revolucionado —continúa—. Estaba allí todo el rato mientras Gail hablaba conmigo, lo que significa que ya se encontraba detrás del bar cuando ella salió para responder a mi llamada. No muestra ningún interés. Tal vez ni siquiera se ha fijado en él, hasta que llega este momento.

Hace clic en un archivo y se reproduce el mismo fragmento que he oído antes.

—Perdona, ¿querías algo?

—No se lo dice a Carin, sino a otra persona —explica Lucy con contundencia—. Se nota. Le cambia el tono. Es algo muy sutil, como si alguien se le acercara con la intención de abordarla, manteniendo una actitud serena, desenfadada.

—Esa persona se dirige a ella a pesar de que está hablando por teléfono y no duda en interrumpirla —reflexiono—. Ella no reacciona con inquietud o recelo.

—Pero tampoco de forma amigable —replica Lucy—. No

creo que conociera a la persona, pero tampoco le tenía miedo. Su tono es cortés, no temeroso. Y aquí tengo otra cosa. Si realzo el ruido de fondo del principio del diálogo con Carin y aíslo el sonido del coche, este es el resultado.

Reproduce un archivo y oigo el rumor de un motor. No percibo nada más que ese sonido grave y constante de un motor de gasolina grande al ralentí.

—Entonces ella habla con alguien —dice Lucy.

—Perdona, ¿querías algo?

—Pero lo que no se oye es el golpe de una puerta de coche al cerrarse —observa Lucy—. La persona que aguardaba allí detrás debió de bajar del vehículo y aproximarse a ella, dejando la puerta abierta o sin cerrarla del todo, pues de lo contrario el portazo habría quedado grabado. No se produce la menor fluctuación en los niveles de sonido. El tipo, sea quien sea, permanece callado como una tumba y ella no se sobresalta en absoluto, solo le habla con una curiosidad amable, pero fría.

Lucy me pone la grabación de nuevo.

—Perdona, ¿querías algo?

—El tipo se hace pasar por algo que no despierta sospechas al principio —concluyo.

Va vestido de cierta manera, y se acerca con una actitud impecable y muy ensayada que le ha funcionado en por lo menos tres ocasiones anteriores, y muchas veces más, en las que la persona acechada no llegó a imaginar el peligro que corría. Los delincuentes de esa clase son muy dados a los simulacros. Abordan a víctimas potenciales y se excitan con sus fantasías hasta que, por fin, consuman el acto secuestrando y matando a alguien.

—Estás pensando que su muerte no fue un suceso aislado. —Lucy clava en mí una mirada intensa—. ¿Es lo que cree Benton después de rondar por el campo Briggs? Tú examinaste el cadáver en la escena del crimen. ¿Tienes la certeza de que la asesinaron, o es solo una hipótesis? ¿Recuerdas haberte encontrado con algo parecido? ¿Lo recuerda Benton?

—¿Quién más podía estar enterado de las posibles aplicaciones de la tecnología en que habíais trabajado Gail y tú?

—Quien la atacó, fuera quien fuese, no tenía la más remota idea

—asevera Lucy sin apartar los ojos de mí—. No tiene nada que ver con lo que le ha pasado, y te lo repito rotundamente. ¿Secuestrarías tú a alguien que llevara un aparato como este, si lo supieras? —Señala el teléfono sobre la mesa.

—Si lo supiera, me andaría con cuidado —admito—. Me preocuparía que me grabaran.

—Y si el objetivo fuera robar la tecnología, el teléfono no habría quedado tirado en la calle —dice Lucy—. El secuestrador no tenía el menor interés en él ni tenía la menor noción de lo que es un teléfono con control de drones.

—Yo tampoco tengo la menor noción de lo que es.

—En esencia, es un dispositivo robótico manual que no constituye una prueba de este caso.

—Marino opina lo contrario.

—Ese no dice más que gilipolleces.

—Por lo visto realizaste unas grabaciones a escondidas...

—Porque no podía confiar en Gail e intentaba llegar al fondo del asunto. Estuve a punto de conseguirlo.

—Y ahora Marino no se fía de ti, ni tú de él. No quiero que te metas en líos con él —digo de nuevo.

—No puede demostrar un carajo. Vi todo lo que hizo. Cuando descubrió astutamente la contraseña por medio del analizador que yo programé y le enseñé a usar, yo ya iba diez pasos por delante. Estaba espiándolo y él no veía una mierda salvo lo que yo le permitía ver.

—Dice que las aplicaciones, los mensajes de correo electrónico y de voz que contenía el teléfono han desaparecido.

—Una vez que lo recogió, tuve que tomar ciertas precauciones.

—Dudo que haga la vista gorda, Lucy. De hecho, quizá se incline por lo contrario. Querrá demostrarle a todo el mundo que no tiene favoritismos y que lo pasado, pasado está.

—Por mí, como si le entrega el teléfono a la CIA. Me da igual. Nadie puede probar nada. Y no tengo que preocuparme de que esa mierda peligrosa que programó, entre otras cosas, acabe en malas manos. Me he asegurado de que eso no pase.

—¿Esa mierda peligrosa podría ser el móvil de un asesinato? —pregunto.

—Qué va. El que la mató no era consciente de la importancia del dispositivo por el que hablaba cuando se le acercó. Para él no era más que un teléfono. —Me mira, y tras su indignación detecto desencanto y rencor—. No era una buena persona, tía Kay. Intentó joderme. Intentó joder a Carin. Al final, resultó que a Gail no le importaba nadie más que sí misma, y tenía aún menos que antes. No me refiero al dinero.

—¿Qué es exactamente un teléfono con control de drones?

Suena el timbre del almacén, una interrupción estridente y molesta.

—Mi idea era darle un uso doméstico que le resultara realmente útil a la gente —declara Lucy—. Podría salvar vidas. Imagínate que fuera posible controlar drones con el móvil, no aviones militares no tripulados, sino aparatos más pequeños. Podría utilizarse para la filmación aérea de fincas y competiciones deportivas, la monitorización del tráfico y del tiempo, la investigación de la fauna salvaje, actividades que entrañen riesgos para los pilotos. —Se anima conforme habla de lo que siempre la ha entusiasmado: inventos y máquinas que la estimulan más que una puesta de sol o una tormenta—. Esa era la intención, pero ella se fue por el mal camino, o tal vez era lo que había planeado desde el principio. —Su estado de ánimo vuelve a ensombrecerse—. Fotos de *paparazzi*, las peores violaciones de la intimidad imaginables. Cacerías de animales y de personas. Espionaje. Agresiones contra civiles por los motivos más ruines.

Veo que la persiana del almacén se eleva, y que la franja de sol que penetra por la abertura de abajo ya no es tan brillante como hace un rato.

—Algo le sucedió —prosigue Lucy, severa y resentida—. Tal vez ya le había sucedido antes de que nos conociéramos, pero acabó por adueñarse de ella. De eso no me cabe la menor duda. La habría ayudado si me lo hubiera pedido, pero en vez de ello intentó hacerme daño.

Noto que el frescor húmedo del mediodía se cuela en la nave cuando de pronto mi teléfono empieza a sonar, y echo una ojeada para ver quién llama. El doctor Henri Venter, de la Oficina del Jefe de Medicina Forense de Maryland. Contesto.

—No tengo mucha cobertura aquí —le digo sin saludar—. Ahora mismo te llamo desde un fijo. —Me levanto y me acerco a un teléfono de pared, junto al carrito de la cafetera.

Marco su número.

—¿Cómo estás, Henri?

—Batallando por el dinero de las subvenciones, con la mitad de los empleados de baja, al parecer por la gripe y las fiestas, y una gran remesa de filtros HEPA que acaban de llegar y que resulta que no son los que necesito. ¿Qué se te ofrece, Kay?

Para empezar, le explico que tenemos una situación delicada con el ADN de los tres casos de Washington y lo que parece un homicidio relacionado en Cambridge. El Asesino Capital podría estar en Massachusetts en estos momentos.

—Se trata de un asunto extremadamente confidencial en varios niveles. Y podría ocasionarnos problemas a escala federal —añado en un tono que da a entender lo que quiero decir.

—He visto en las noticias que ha aparecido un cadáver en el MIT —dice el doctor Venter—. No conozco más detalles. Supongo que llevaba una bolsa de ese balneario en la cabeza, ¿me equivoco? Y cinta americana de colorines, ¿a que sí?

—Ni bolsa ni cinta, pero estaba envuelta en una tela blanca extraña, y la asfixia figura en mi diferencial.

—Es un dato interesante —responde—, porque creo que la víctima de aquí, Julianne Goulet, murió asfixiada, pero no necesariamente con la bolsa de plástico que tenía ceñida al cuello con cinta. Sus alteraciones *post mortem* eran desconcertantes, y encontré unas fibras azulosas en las vías respiratorias y los pulmones. Imagino que él le puso algún tipo de tela encima.

—Licra.

—Sí.

—Y, mientras pugnaba desesperadamente por respirar, ella inhaló fibras y arañó la tela, de modo que acabó con filamentos debajo de las uñas —aventuro.

—Exacto. Creo que añadió la bolsa y la cinta de colorines como una especie de adornos macabros después de matarla. Opino lo mismo sobre la tela blanca y la postura en que se hallaba el cuerpo. No es más que una apreciación mía, por supuesto.

—Henri, cuando hayamos realizado el análisis de ADN, me gustaría cotejarlo con tus resultados iniciales del caso Goulet, no con los datos contenidos en CODIS. —Llego a la cuestión más importante—. O tal vez sería más preciso decir que no quiero comparar ningún perfil de ADN que obtengamos ahora con la información que CODIS contiene ahora.

—¿Ahora?

—No pongo en duda la validez del sistema en su totalidad, solo de la muestra analizada en el caso del que se encargó tu oficina, el de Julianne Goulet, y el perfil de ADN que vuestros laboratorios obtuvieron a partir de las braguitas que ella llevaba. Me pregunto si tal vez alguien cometió un error al introducir los datos del perfil en CODIS. —Me percato de que Lucy tiene la vista clavada en mí.

—Dios mío. —Entiende lo que estoy insinuando—. Esto resulta de lo más inquietante.

La persiana continúa abriéndose con gran estrépito, y a través del hueco cada vez más grande veo el coche fúnebre que runrunea al otro lado, un Cadillac con una corona navideña sujeta a la parrilla delantera.

—Tengo entendido que este perfil de ADN procedente de la ropa interior que llevaba el cadáver de Goulet coincide con el de un sospechoso que lleva diecisiete años desaparecido y, según creen algunos, muerto. —Doy unas pinceladas más para acabar de pintar este feo cuadro de manipulación.

—No sé nada sobre un sospechoso —dice el doctor Venter.

—El FBI tiene uno.

—Nadie me lo ha dicho ni ha intentado verificarlo consultando nuestros archivos. Es el procedimiento de rigor cuando se encuentra una coincidencia en CODIS. El laboratorio que llevó a cabo el análisis original tiene que confirmar que todo cuadra, y lo que estás insinuando sería escandaloso.

—La mancha en cuestión era de sangre, ¿verdad?

—No exactamente. Analizamos la mezcla de fluidos de la que se componía la mancha en las braguitas que llevaba Julianne

Goulet —rememora—. Se cree que la prenda era de la víctima anterior, una mujer cuyo cadáver había sido encontrado en Virginia una semana antes. No me acuerdo de cómo se llamaba.

—Sally Carson.

—En efecto.

—Pero el perfil en las braguitas resultó no ser suyo —le informo—, cosa rara teniendo en cuenta que se ha comprobado que las llevaba cuando salió de casa por última vez antes de su desaparición. Al parecer, no se encontró su ADN en ellas.

—No sé nada sobre el caso Carson. Competía a Virginia, y nadie dice ni media palabra.

—Por una razón no muy buena, me temo.

—Echaré un vistazo al informe del caso Goulet, pero estoy bastante seguro de que el ADN tampoco era suyo, porque, como es lógico, tenemos su tarjeta con muestras de sangre y su perfil, así que, si el ADN transferido a las braguitas que llevaba, probablemente después de su muerte, fuera suyo, lo sabríamos. Como ya te imaginarás, empleamos de forma rutinaria métodos bioespectroscópicos para analizar los diferentes fluidos corporales, en busca sobre todo de marcadores de ácido ribonucleico, las mismas técnicas que utilizáis vosotros. Por eso podré decirte con toda precisión qué eran esos fluidos y si había más de un perfil en la mezcla, aunque estoy bastante convencido de que no. Lo que recuerdo es que todo procedía de la misma fuente, la misma persona.

Espero a que él encuentre lo que necesita en su base de datos, y en ese momento el motor de la persiana del almacén se detiene por completo. A través del gran vano cuadrado vislumbro nubes que se deshilachan y otras más lejanas que empiezan a formarse. El largo y negro coche mortuorio avanza despacio, propulsado por su silencioso motor, reluciente y de líneas elegantes, lo que los empleados funerarios suelen llamar un carruaje.

—Tengo el informe delante —dice el doctor Venter al cabo de un rato—. Fluido vaginal, orina y sangre menstrual, todo de la misma persona. Solo tenemos el identificador que asignamos cuando introdujimos el perfil en CODIS. Como era de esperar, no sabemos quién es.

Esta información me sorprende, aunque en el fondo, por desgracia, no me sorprende tanto. Le comunico que en el informe de la autopsia de Sally Carson consta que tenía la regla cuando la secuestraron y asesinaron. Es posible, incluso probable, que la mancha en la ropa interior que llevaba el cadáver de Julianne Goulet coincidiera con el ADN de Carson. Pero no coincidía, seguramente porque alguien había manipulado un perfil en la base de datos CODIS del FBI. Aunque no las expreso en voz alta, albergo sospechas de que el perfil de Carson fue reemplazado por el de Martin Lagos, lo que explicaría por qué todo parece indicar que dejó «sangre» (el término empleado por Benton) en las braguitas que tenía puestas el cuerpo sin vida de Julianne Goulet.

—Estoy revisando lo que tenemos, y queda claro que no nos notificaron de ninguna coincidencia de ADN —afirma el doctor Venter de forma enigmática—. Deberían habernos enviado el perfil del sospechoso para cotejarlo con nuestros archivos, pero no lo hicieron.

—El perfil de un sospechoso obtenido a partir de un análisis de ADN que tengo motivos para sospechar que se realizó en Virginia hace diecisiete años —señalo—. Un varón del que no ha vuelto a saberse nada, según me dicen.

—¿Un varón? —exclama—. Un varón no pudo dejar fluido vaginal ni sangre menstrual.

—Exacto. Ahora entiendes el problema.

—Virginia debería haber recibido también el aviso de que era necesaria una corroboración —observa el doctor Venter.

—No pienso consultar a los de Virginia. El verano pasado, su ex directora de laboratorio fue contratada como nueva directora de los laboratorios nacionales del FBI. Fue todo un ascenso. No la conozco en persona.

—Esto resulta verdaderamente inquietante —dice el doctor Venter—. Yo mismo le practiqué la autopsia a Goulet y, para serte sincero, tenía ciertas reservas respecto a cómo se estaba manejando el asunto incluso antes de enterarme de nada de esto. El que era director de la división de Washington cuando tú trabajabas en Virginia ahora está en Boston... Bueno, es posible que no coincidieras con él en ese entonces.

—Ed Granby.

Lucy no despega los ojos de mí.

—Me amenazó en términos inequívocos —declara el doctor Venter—. Me advirtió que si no quería ganarme la enemistad del Departamento de Justicia, cosa que no me convenía en absoluto, debía abstenerme de filtrar una sola palabra sobre el caso Goulet, pues estaba tomando medidas extremas para evitar que surgieran imitadores.

—Sigue diciendo lo mismo. —Le menciono el residuo fluorescente que se encontró en el caso de Gail Shipton, pero aparentemente no en el de las otras víctimas—. Solo quiero cerciorarme de que no viste nada parecido.

—Encontré una sustancia viscosa grisácea en la boca y la nariz. —Acaba de abrir ese informe—. Una huella mineral en el microscopio electrónico de barrido: halita, calcita y aragonito que, bajo la luz ultravioleta, se tiñen de un espectacular resplandor rojo, morado azulado y verde esmeralda.

—Recuerdo una alusión a esa sustancia viscosa en los expedientes que he revisado. Algo grisáceo en los dientes y la lengua de Goulet. —No entro en más detalles.

Pero él sabe con quién estoy casada y, sin duda, se imagina de dónde he sacado la información. Lucy se levanta de su asiento y se me acerca, mirándome fijamente, sin el menor intento de disimular que está escuchando la conversación.

—No se menciona que esos minerales emiten fluorescencia bajo la luz ultravioleta. Aunque no es un dato que tenga que incluirse necesariamente en el informe básico —añado.

—No, no tiene por qué.

—Esta mañana he encontrado un residuo que se iluminaba así y que cubría todo el cuerpo en el caso que estoy investigando. —Observo a dos empleados de la funeraria con traje formal mientras abren la puerta trasera del coche mortuorio.

Sonríen y me saludan agitando la mano, como si su trabajo los llenara de alegría.

—La tomografía computarizada reveló una densidad considerable —dice el doctor Venter—, pero no había indicios de que ella hubiese aspirado la sustancia. No encontré ni una gota de ella en sus senos nasales, vías respiratorias o pulmones.

—En el expediente de la víctima de Virginia, Sally Carson, no hay referencias a un material semejante. Pero allí no tienen escáner.

—Pocos centros lo tienen. Así que no lo habrían detectado de inmediato y es muy posible que les pasara inadvertido durante la autopsia —asegura el doctor Venter.

—Envíame lo que puedas por correo electrónico. Cuanto antes, mejor.

—Te lo estoy enviando ahora mismo.

Le doy las gracias y cuelgo.

—¿Va todo bien? —Si Lucy ha escuchado con atención, sabe perfectamente que no.

—Recibiremos unos informes del jefe en Maryland, el doctor Venter —le digo—. Si quieres echarme una mano, revisa mi correo y reenvíalos a los laboratorios correspondientes lo más rápidamente posible. Estoy esperando un caso de Benton. —No nombro a Gabriela Lagos delante de los dos empleados de la funeraria. No pienso decir una palabra más, y Lucy sigue mi ejemplo.

Ya está comprobando el buzón de entrada en su móvil para ver si llegan los informes mientras subimos por una rampa hacia el interior del edificio. Coloco el pulgar sobre el sensor de la puerta, al tiempo que los auxiliares empujan la camilla hacia nosotros entre el repiqueteo de las ruedecillas.

—¿Qué tal todo, jefa? Me han comentado que pasó usted un fin de semana infernal.

—Todo bien. —Les sujeto la puerta.

—El mundo se está yendo al garete.

—Tal vez tengas razón. —Una vez que hemos entrado todos, cierro la puerta.

—Menuda tormenta se nos vino encima. Mañana o pasado podría nevar.

Llevan la camilla a la zona de recepción, donde unas cámaras frigoríficas y de congelación ocupan la pared del fondo.

—La temperatura ha bajado más de cinco grados en la última hora. En la costa sur soplaba un viento gélido desde el mar, aunque aquí no se está tan mal; no sabe uno si ponerse abrigo de invierno o no. Qué caso más triste, el que traemos. Parece ser que mucha gente se suicida en esta época del año.

—Es lo que parece porque nadie debería. —Echo una ojeada a la etiqueta sujeta a la bolsa exterior, de imitación piel azul, que lleva bordado el nombre de la empresa de pompas fúnebres—. Podéis quedaros con esto. —Abro la cremallera, dejando al descubierto el delgado saco blanco que hay debajo, tensado por la presión que ejercen los brazos de la muerta, alzados y doblados por el codo como los de un boxeador en guardia.

—Solo tenía treinta y dos años —me informa un auxiliar mientras retiramos la bolsa exterior, de un material que me recuerda el escay—. Vestida como para ir a la iglesia, maquillada, y muerta en su cama. Frascos de pastillas vacíos en la mesilla. Lorazepam y sertralina. No dejó nota.

—Es bastante habitual que no la dejen —contesto—. Sus actos lo dicen todo.

27

Ron está sentado frente al mostrador de seguridad, entre monitores de vigilancia de pantalla plana, protegido tras una mampara de cristal antibalas. Abre la ventanilla mientras me dispongo a inscribir el último caso en el pesado y negro registro. Copio lo que está escrito en la etiqueta de la bolsa.

«Heather Woodworth, M 32, Scituate, MA. Inconsciente en la cama. Posible suicidio por sobredosis.»

Un viejo apellido de la costa sur garabateado con bolígrafo, una joven que decidió quitarse la vida en su pintoresca población litoral. Echo un vistazo al registro para ver qué más ha ingresado. Cinco cuerpos más, en el escáner y sobre mesas de metal, unos con más ropa que otros y en diferentes grados de disección. Un abuso de múltiples sustancias, una muerte por disparo accidental, alguien que se tiró desde el puente de Zakim, una anciana con síndrome de Diógenes que falleció sola en casa, y la víctima de un accidente de tráfico del que me han hablado. El nombre me resulta conocido.

«Franz Schoenberg, H 63, Cambridge MA, AT.»

De pronto lo recuerdo, algo sorprendida: es el psiquiatra que he visto en las fotografías que he revisado esta mañana. Su paciente se suicidó hace unos días, arrojándose desde lo alto de un edificio, delante de él. Tal vez por eso conducía bajo los efectos del alcohol. Otra tragedia sin sentido. La mayoría de la gente muere tal como vivió.

—¿Y su medicación? —pregunto a los auxiliares.

—En una bolsa, dentro del saco para cadáveres —contesta uno de ellos—. Los frascos vacíos que estaban junto a la mesita de noche. Sus hijos habían pasado la noche en casa de su abuela, gracias a Dios. Son pequeños, el mayor tiene solo cinco años, y el padre se mató hace justo un año en la moto. La encontró una vecina que iba a darle clases de música. Como nadie respondía al timbre, abrió la puerta, que no estaba cerrada con llave, y entró. Fue exactamente a las diez de la mañana.

—Ella lo planeó todo cuidadosamente. —Deslizo el registro por la ventanilla para que Ron pueda transcribir la información en el ordenador y programar la pulsera de identificación por radiofrecuencia que le pondremos a la mujer en la muñeca.

—Quería estar sola en casa, para no ocasionar un trauma a nadie —aventura un auxiliar.

—Yo no estaría tan segura —replico—. Los niños se han quedado huérfanos y seguramente odiarán la Navidad el resto de sus vidas.

—Por lo visto, había estado deprimida.

—Estoy segura de que lo estaba, y ahora lo estarán muchas personas más. ¿Me guardas esto, por favor? —Le entrego a Ron mi riñonera.

—A sus órdenes, jefa. —Se agacha para introducir la combinación de la caja fuerte y me ofrece un informe de la situación sin que yo se lo haya pedido—: Todo está bastante tranquilo. Una furgoneta de las noticias ha pasado varias veces por delante del edificio, muy despacio.

—Dejadla allí, en la báscula de suelo —les indico a los auxiliares—. Ron, ¿podrías avisar a Harold o a Rusty que acaba de llegar otro cuerpo? Hay que pesarla, medirla y guardarla en la nevera hasta que Anne pueda escanearla. No estoy segura de cuál será el médico más adecuado. El que esté menos ocupado.

—A sus órdenes, jefa. —Ron mete la riñonera en la caja fuerte y cierra de golpe la pesada puerta de acero—. Esa presentadora de televisión que no le cae bien ha estado aquí.

—Barbara Fairbanks —dice Lucy—. Su equipo estaba enfocando la fachada del edificio con la cámara cuando he llegado. Tal vez grabó imágenes de mi cuatro por cuatro mientras esperaba a que se abriera la puerta.

—Y después ha estado un rato merodeando por la parte de atrás, seguramente con la intención de colarse otra vez antes de que la verja se cerrara del todo —dice Ron—. Entró así hace unas semanas y la amenacé con denunciarla por acceder a una propiedad privada sin permiso.

Ex policía militar, es alto y fuerte como un muro de granito, y tiene unos ojos negros que nunca están quietos. Sale de su puesto y aguarda a que los auxiliares se marchen.

—Tenemos que llevarnos la camilla... —titubea uno de ellos.

—Sí, señor, cuando vengáis a recoger el cuerpo.

—Dentro de unas horas —les prometo.

Tras cruzar otra puerta y bajar una rampa, llegamos a la sala de pruebas, un espacio amplio sin ventanas donde hay varios científicos cubiertos de pies a cabeza en trajes de protección Tyvek.

Están colocando su equipo de revelado de huellas mediante vapores de cianocrilato alrededor de un Jaguar clásico verde bajo un toldo azul. El coche, retorcido y con la chapa hundida, tiene el techo arrancado, el largo capó combado, la ventana del conductor hecha añicos y manchada con regueros y salpicaduras de sangre seca, y las abolladas puertas y el maletero abiertos de par en par. Ernie Koppel, examinador de pruebas físicas, está agachado del lado del conductor.

Me mira a través de unas gafas de protección anaranjadas, junto a una fuente de luz adicional instalada en un carrito. Sujeta la pistola de cianocrilato con la mano enguantada, examinando el coche como si estuviera relacionado con un homicidio.

—Buenos días. Me alegra que hayas vuelto. Un virus muy malo. Mi mujer lo pilló también. —Tiene las mejillas sonrosadas y redondas encuadradas por el polietileno termosellado blanco, el mismo material que se emplea para envolver edificios, barcos y coches.

—No lo pilles tú.

—Por ahora me he salvado, gracias a Dios. He visto lo que

está aparcado en el almacén. Menudo tanque tienes —le comenta a Lucy—. Solo le falta la torreta.

—No viene de serie —dice ella.

—¿Tienes un momento? —Cojo una bata y unos cubrezapatos desechables de un carrito—. Ya veo que no se trata de un accidente de tráfico habitual. Estáis realizando un examen de lo más exhaustivo.

—Una pasada más por el asiento del conductor y podéis exponerlo a los vapores para revelar las huellas —les indica a los otros científicos mientras atenúa las luces.

—¿Llevaba puesto el cinturón? —Me abrocho la bata por detrás.

—Impacto lateral. El cinturón no lo habría salvado. Echa una ojeada al neumático posterior izquierdo —señala Ernie.

Me pongo las fundas en los zapatos, que crujen como el papel cuando me acerco al coche para comprobar lo que él dice. El neumático está reventado. Es lo único que saco en claro.

—Lo pincharon con alguna herramienta puntiaguda —explica.

—¿Estás seguro de que no ocurrió durante el accidente? A lo mejor pasó por encima de un trozo de metal con punta, por ejemplo. Las ruedas suelen reventarse en los choques aparatosos.

—El pinchazo es demasiado limpio. Además, está en el flanco, no en la banda de rodamiento —aclara Ernie—. Creo que algo parecido a un picahielo ocasionó una fuga de aire lenta que ocasionó la pérdida de control del coche. Hay una marca de pintura en el parachoques trasero que también me parece interesante. Podría haber estado allí antes, pero lo dudo, teniendo en cuenta lo bien cuidado que estaba este coche.

Veo a qué se refiere: una pequeña abolladura con una mancha de lo que parece pintura reflectante roja.

—Puede que alguien le diera un golpe por detrás después de que pinchara —aventuro.

—No lo creo, este coche está demasiado bajo. —Lucy se enfunda unos cubrezapatos—. Si algo colisionó contra él, fue otro coche con la suspensión baja, o tal vez un vehículo más grande con un protector en el parachoques. Algunos son reflectantes. —Lo inspecciona más de cerca—. Sobre todo los de bandas aficionadas a tunear sus coches, que suelen ser cuatro por cuatro.

—Dadme un segundo. —Ernie se inclina de nuevo hacia el interior del Jaguar y agita la pistola, mientras yo sigo hablando con Lucy sobre Gail Shipton.

Es un tema que no he dado aún por cerrado.

—Había una libreta dentro de su bolso —digo para empezar.

—¿Y el bolso dónde estaba?

—El asesino lo dejó cerca de la escena del crimen. Es evidente que quería que lo encontráramos. No había dinero en la cartera, pero es difícil saber si faltaba alguna cosa más. Por lo visto, el tipo no estaba interesado en su libreta.

Abro la fotografía que tomé de una página en la obra y le muestro la extraña nota codificada.

61: ENT 18/12 1733-1752 (<18m) REC 1-13-5-14-1-26-1

—Es lo último que anotó en ella —explico—, al parecer justo después de hablar contigo por teléfono, tal vez unos momentos antes de que la secuestraran. Es una libretita negra cuadriculada y contenía unas pegatinas rojas con una X en el centro. ¿Se te ocurre algo?

—Claro. —Lucy introduce los brazos en las mangas de la bata, entre leves sonidos de rozamiento de la tela sintética y resbaladiza—. Es una nota escrita en una clave tan rudimentaria que hasta un estudiante de primero podría descifrarla.

—¿Sesenta y uno? —Empiezo por el principio de la serie encriptada, hombro con hombro junto a Lucy, mientras ambas contemplamos la imagen en mi móvil.

—Es la clave con que se refiere a mí —asevera, como si el hecho de que Gail le hubiera asignado una clave fuera lo más razonable del mundo—. A cada letra de mi nombre le corresponde un número. Los de L-U-C-Y son doce, veintiuno, tres y veinticinco. La suma da sesenta y uno.

—¿Te comentó que te había puesto un nombre cifrado?

—Qué va.

—ENT significa «llamada entrante» —supongo—, y dieciocho doce es la fecha, que corresponde al día de ayer, y diecisiete treinta y tres indica una hora.

—Correcto —responde Lucy—. Estuvimos hablando menos de dieciocho minutos. REC significa «recibida», y en este caso los otros números forman en clave la palabra «amenaza». Es lo mismo: cada cifra corresponde a una letra del alfabeto. En resumen, yo la llamé y ella registró la llamada como una amenaza. La amenacé. A eso se reduce el meollo del mensaje que, por supuesto, es mentira.

—¿Y a quién iba dirigido ese mensaje?

—A quien quisiera poner en mi contra en un momento dado. Esta encriptación no está concebida para ser segura —dice Lucy con despreocupación, como si Gail Shipton fuera una bobalicona—. Todo lo contrario, de hecho. Ella quería que alguien lo encontrara y lo descifrara. Quería que pudiera esgrimirse como prueba, llegado el caso. Recortaba páginas de la libreta por si algún día caía en mis manos. De ese modo, no encontraría las entradas incriminatorias y por tanto no me enteraría de que escribía notas falsas sobre mí en el registro que llevaba.

—¿Pretendía que las entradas en la libreta se convirtieran en pruebas de su juicio o de otro distinto? —pregunto, desconcertada.

—Seguramente pretendía intimidarme en el futuro, mientras yo me quedaba cruzada de brazos sin hacer nada. Llegaría a un acuerdo con Double S y luego pasaría a la siguiente fase del plan. Alegaría que ella desarrolló todos los aspectos del teléfono para drones. Así, sin necesidad de pagar un centavo, se quedaría con todo. —Lucy habla con calma y absoluta naturalidad—. Se atribuiría el mérito de un trabajo que habría sido incapaz de llevar a cabo por sí misma. Eso habría sido casi tan valioso como el dinero. No tenía precisamente una gran autoestima. Todo el asunto resulta bastante patético.

—Si recortaba las anotaciones negativas sobre ti —replico—, ¿con qué pruebas intentaba intimidarte?

—Para empezar, se trata de una broma.

—No le encuentro la gracia, la verdad.

—No es de extrañar que la gente se aprovechara de ella, joder

—espeta Lucy—. Las hojas están cuadriculadas porque en realidad es una libreta inteligente. Ella fotografiaba cada página y digitalizaba las entradas, incluidas las fraudulentas, de manera que pudieran realizarse búsquedas en ellas por palabra clave o etiquetas como la calcomanía con la *X*. Luego eliminaba las anotaciones falsas sobre mí hechas con tinta y papel recortando las hojas que ya había fotografiado, de manera que el único registro que quedara fuera el electrónico.

—Y tú lo sabías. —Soy consciente de lo que esto implica.

Es justo lo que sospechaba. Por muy elaborado que fuera el plan que Gail se traía entre manos, y por muy astuta que se creyera, Lucy estaba al cabo de la calle. No se lo pensaría dos veces antes de registrar el bolso, el coche o incluso el apartamento de Gail. Para ella sería pan comido piratear cualquier dispositivo, y de pronto me acuerdo de que Marino me comentó que el móvil de Gail no contenía una sola foto. Mi sobrina las había borrado, incluidas las que Gail había hecho de las mentiras anotadas en la libreta.

—Llevaba meses armándose de argumentos para demandarme. Le faltaba poco para obtener lo que quería, y más me valía apartarme de su camino, o al menos eso creía ella, víctima del autoengaño —afirma Lucy con una ponderación con la que trata de disimular el rencor que aún anida en algún rincón de su ser—. Ya sabes lo que dijo Nietzsche: ten cuidado al elegir a tus enemigos, porque acabarás pareciéndote a ellos.

—Lamento que ella se convirtiera en tu enemiga.

—No me refiero a mí, sino a Gail y Double S. Iba camino de volverse tan perversa como ellos.

Observo a un examinador de huellas dactilares que hace girar los botones de una caja de distribución conectada a los cables eléctricos de color rojo vivo que serpentean sobre el suelo recubierto de una capa de pintura epoxi. Los humidificadores de cianocrilato y los evaporadores y los ventiladores empiezan a emitir un zumbido, y Ernie se nos aproxima, quitándose los guantes y tirándolos a la basura. Le entrego los indicios empaquetados y un bolígrafo.

—Ya veo que hoy estás hasta las orejas de trabajo —comento

mientras él escribe sus iniciales en el material que quiero que envíe a su laboratorio—. Perdona por darte aún más.

—Otra historia desgraciada que podría empeorar. —Ernie señala el Jaguar destrozado y se quita las gafas de protección—. Un psiquiatra discute con su esposa y se va al pub, que está a punto de recibir una demanda por servirle alcohol cuando ya no estaba en condiciones de conducir. Supuestamente. Según Luke, su nivel de alcoholemia estaba por debajo del límite legal. El hombre murió porque se le pinchó la rueda, él perdió el control, dio un viraje brusco y se estrelló contra la barrera de seguridad, y eso es algo que no va a revelar la autopsia. Nos lo revelan las marcas de neumáticos y el agujero en la goma. La pregunta es si el desperfecto se produjo cuando el coche estaba aparcado frente al pub o frente a su casa. ¿Quién tenía acceso al vehículo? ¿O fue alguien que le pinchó la rueda y luego lo siguió para darle un empujoncito extra, lo que explicaría la marca de pintura?

—Delincuentes juveniles, seguramente miembros de una banda —dice Lucy—. Ha habido varias denuncias por pinchazos de neumáticos en la zona de Cambridge últimamente. Los chavales rajan las ruedas de media docena de coches en un aparcamiento y se esconden para divertirse con el espectáculo. Luego siguen en su vehículo a una de las víctimas para regodearse aún más viendo cómo la rueda se deshincha del todo, y atracan a la persona cuando finalmente se detiene. Un coche como este cuesta más de cien de los grandes si está en buen estado. Cabe suponer que si ocasionaron que se estrellara, es porque valía la pena atracarlo.

—Pues ahora es posible que hayan matado a alguien con su bromita. —Ernie se enjuga la frente con la manga de Tyvek.

—¿Por qué crees que llevo neumáticos reforzados? —Lucy camina alrededor de los restos del coche, echando un vistazo a lo que parece la tapicería de cuero, la palanca de cambios y el volante de palo de rosa, con sangre y cabellos grises por todas partes—. Lo que convendría saber es si otros coches aparcados fuera del pub sufrieron daños parecidos anoche.

—Me parece una observación muy pertinente. Se la transmitiré a los demás —dice Ernie—. ¿Qué más puedo hacer por ti? —me pregunta.

Le hablo de las fibras, del residuo fluorescente y de la pomada que huele a ungüento mentolado descongestionante.

—Me gustaría que examinaras el residuo a través del microscopio electrónico de barrido, porque tengo una corazonada sobre la composición elemental. Tal vez se trate del mismo material que se detectó en un caso anterior, en Maryland. Además, hay un poste de una valla con daños que podrían estar causados por una herramienta que traerán también —agrego.

—¿Quién se encargará de qué? —Quiere saber el orden en que se realizará cada análisis.

—Todo pasará primero por tus manos excepto el ADN. Espero tener suerte con el ungüento, y luego te lo pasaré —respondo—. Quizá la composición química nos revele qué es exactamente.

—Tal vez la marca no —reflexiona, dubitativo—, pero, sin duda, se trata de mentol, un alcohol que se encuentra de forma natural en los aceites de menta, eucalipto y hoja de cedro, además de en el alcanfor y la trementina, entre otras sustancias. Un remedio casero empleado desde tiempos inmemoriales al que se le dan usos de lo más creativos.

—¿Te había aparecido en algún caso? —pregunto.

—Deja que piense. Una muestra anal dio positivo para la sustancia en un caso de posible delito sexual, hace varios años. Resultó que la víctima utilizaba ungüento descongestionante para tratarse las hemorroides. Encontramos un poco en el cuero cabelludo de alguien, y la policía supuso que formaba parte de algún ritual fetichista, o que tal vez la persona difunta padecía demencia. Luego descubrimos que era un tratamiento contra la caspa. En otra ocasión trabajé en un caso sobre un vaporizador casero que funcionaba con una llama al descubierto. Por desgracia, explotó y un niño pequeño murió. Y luego hay quienes se aplican la sustancia sobre heridas abiertas y labios agrietados, aunque el alcanfor puede ser tóxico.

Le explico que encontramos el ungüento con base de petróleo en la hierba de un campo deportivo y que se ha propuesto la teoría de que podría tratarse de crema muscular sin relación alguna con la muerte de Gail Shipton.

—La composición sería parecida, desde luego —reflexiona

Ernie—, aunque las pomadas para aliviar el dolor tienden a ser más eficaces cuanto mayor sea la concentración de ciertos aceites que contienen. No estoy seguro de que pudiéramos distinguirlo.

—Tal vez no importe. A lo mejor nos basta con el ADN —contesto—. De todos modos, no acierto a imaginar qué hacía alguien hurgando en un tarro de ungüento bajo la lluvia.

—Depende de para qué pensara usarlo —asevera Ernie—. Tal vez no pensaba untárselo en la piel.

—¿Dónde, entonces?

—Hay personas que embadurnan las tiras nasales con Vicks para respirar mejor, evitar los ronquidos o la apnea del sueño.

—Sería un poco raro ponerse a hacer eso a la intemperie, en plena noche —comenta Lucy mientras me vienen a la mente las crípticas divagaciones de Benton, una reflexión sobre el asesino depravado Albert Fish que me pareció que no venía al caso.

Aspirar un olor penetrante para bloquear las distracciones, para concentrarse. Placer matizado de dolor, una fragancia que contiene salicilato de metilo. A Benton le preocupa la influencia que haya podido ejercer. Teme que el Asesino Capital haya leído artículos suyos que hacen referencia a *Les Fleurs du Mal* (*Las flores del mal*). Lo que recuerdo de la poesía de Baudelaire que leí en la universidad es su sensualidad cruel y su convicción de que los seres humanos son esclavos que luchan por sacar adelante sus vidas inciertas y efímeras. Me pareció tan deprimente como Edgar Allan Poe en una época en que aún creía en la bondad intrínseca de las personas.

Me quito los guantes y pido a Ernie que me diga algo en cuanto tenga resultados, y en ese momento suena mi teléfono.

—No tienes que hacer nada ahora mismo —me dice Bryce mientras Lucy y yo salimos de la sala de pruebas—. Solo quería avisarte. Marino ha escuchado una llamada por ese canal que monitoriza a todas horas en su radio. Cuando escanea otras frecuencias, ya sabes, como ha hecho siempre. Lo que yo llamo fisgonear.

—¿Qué clase de llamada? —pregunto.

—Al parecer, un operador de radio de la policía de Concord ha mencionado el NEMLEC. Parecía un asunto muy confidencial; sea lo que sea, no ha salido en las noticias. Lo compruebo cada dos segundos. Marino me ha preguntado si sabía «de alguien que hubiese muerto» y le he respondido «no, aparte de todas las personas en este lugar». No ha querido darme más información más allá de eso, pero supongo que debe de ser algo gordo si han llamado a las tropas locales.

—¿Va a acudir?

—Bueno, ahora que es Sherlock, ya sabes que sí. Tal vez necesiten un perro policía que se pasa el día dando vueltas en un coche.

Marino debe de haber ofrecido sus servicios al Consejo de Cuerpos de Seguridad del Noreste de Massachusetts, integrado por más de cincuenta departamentos de policía que comparten material y conocimientos especializados: unidades motorizadas, equipos SWAT, artificieros y la policía científica. Si el NEMLEC se moviliza, es que la situación es grave.

—Asegúrate de que uno de los vehículos forenses tenga el depósito lleno y esté preparado para salir, por si acaso —le indico a Bryce.

—No te ofendas, pero ¿quién quieres que se encargue de eso? Harold y Rusty están ocupados con las autopsias, no puedo pedírselo a los científicos o médicos, y ni se me ocurriría intentarlo con Lucy. ¿Está allí, junto a ti? Espero que me oiga. Mientras no contratemos a la sustituta de Marino, y tal vez ni siquiera entonces, no habrá garantías de que... Un momento. ¿Me estás pidiendo que haga las veces de empleado de gasolinera?

—Tranquilo. Ya me ocupo yo. —No necesito que me recuerden otra vez que la renuncia de Marino lo ha cambiado todo para mí—. Me voy a buscar a Anne. Dile a Gloria que se pase por radiología para que pueda entregarle unas muestras de ADN.

28

Avanzamos a través de un halo de iluminación suave, a lo largo de paredes grises y baldosas de vidrio reciclado de un color marrón grisáceo denominado «trufa». El techo acústico oculta los dispositivos de seguimiento del sistema de identificación por radiofrecuencia y kilómetros de cables, además de silenciar nuestros pasos mientras caminamos por un pasillo que acabará por desembocar en sí mismo. Cada corredor de mi edificio forma un círculo.

La vida finaliza allí donde comienza, lo recto se vuelve curvo, y yo defino mis oficinas como un puerto, no como una terminal. Caracterizo el trabajo en este lugar como parte de un viaje que me redefine y me regenera, no como el punto de llegada o el destino final. Los muertos ayudan a los vivos, los vivos a los muertos, y considero los siete pasillos circulares en mi edificio circular una metáfora de la esperanza, o por lo menos un pretexto para entablar una conversación menos morbosa.

Han quedado muy atrás los días en que me refería al Centro Forense como una morgue o un hospital de difuntos. Procurar que todo lo que hacemos y decimos sea apropiado y profesional es un punto en mi manual de empleada y una prioridad en nuestra formación. Nunca se sabe quién está escuchando, y aquellos con quienes trabajamos no son «fiambres», «occisos», «despojos», «tiesos» o «carroña». Son «pacientes» o «casos». Son familiares, amantes o amigos de alguien, y promuevo la idea de que el

CFC no es una casa de muertos sino un laboratorio donde se llevan a cabo exámenes médicos y análisis científicos de pruebas, y donde se invita a los seres queridos a enterarse de todo cuanto sean capaces de soportar.

He fomentado un espíritu de transparencia que permite que las visitas nos miren a través de ventanas de observación. Lucy y yo pasamos por delante de la del cuarto de pruebas donde unas prendas sanguinolentas se secan al aire tendidas en barras dentro de unos armarios con filtros HEPA. Sobre una mesa cubierta con un mantel de papel blanco hay unas gafas rotas, un audífono, zapatos, una cartera, dinero, tarjetas de crédito y un reloj de pulsera con el cristal hecho añicos. Sospecho que son los efectos personales del hombre cuyo coche destrozado acabamos de ver. Al lado está la sala de identificación. Saludo con una inclinación de cabeza a los técnicos forenses que procesan huellas dactilares en una pistola colocada en una estación de trabajo con corriente de aire descendente, y otras armas en aparatos similares: una barra para pesas, un palo de fregona y una escultura de latón, todos ellos ensangrentados y expuestos a vapores de Super Glue.

—Un helicóptero de emergencias médicas acaba de comunicarse por radio con el aeropuerto de Logan solicitando autorización para dirigirse al sureste, a mil pies. —Lucy está utilizando una aplicación de su móvil—. El BK117 despegó desde algún lugar de Concord en dirección a Plymouth.

—Si no se dirige a un hospital, hay dos explicaciones posibles: o no pasa nada, o alguien ha muerto. —Abro la puerta de la sala de radiología.

Lucy se desplaza por la pantalla de su teléfono, consultando información sobre el tráfico aéreo actualizada en tiempo real.

—Ha aterrizado en Concord hace exactamente cincuenta y cinco minutos. Obviamente, ha ido a atender alguna urgencia, que podría no tener nada que ver. Seguiré a la escucha.

Me siento frente a la consola de Anne. Al otro lado de una ventana de vidrio plomado se encuentra el gran escáner, y ella está introduciendo la mesa.

Desde donde me encuentro, alcanzo a ver una cabeza deformada y pelo cano apelmazado a causa del tejido cerebral y la sangre. Una oreja lacerada y sangrienta. El psiquiatra de sesenta y tres años que chocó contra una barrera, o un posible homicidio cometido por unos jóvenes que creían que sería divertido pinchar los neumáticos de un desconocido y tal vez atracarlo. O tal vez el auténtico culpable era el alcohol. No hace falta sobrepasar el límite permitido de alcohol en la sangre para dormirse al volante o perder el control del vehículo.

Pulso el botón del intercomunicador para hablar con Anne a través del vidrio.

—¿Quién le hará la autopsia? —pregunto.

—Luke, cuando acabe con la víctima del incendio. —Su voz sale del altavoz que tiene encima de su escritorio—. Ya ha extraído sangre para un análisis rápido de alcoholemia.

—Eso he oído.

—Cero coma cero cuatro. Apenas iba achispado, desde luego no como para matarse. —Anne continúa hablando mientras abre la puerta que comunica su zona de trabajo con la sala del escáner—. De todos modos, ya han llamado a su superabogado.

—También me lo habían comentado —respondo.

—¿Cómo se encuentra hoy Lucy? —me pregunta como si Lucy no estuviera presente.

Lucy llama «Timidanne» a mi eficiente técnica de radiología, que es sumamente agradable pero habla de la gente de forma distante y a menudo no la mira a los ojos. Me imagino que en el instituto era la típica cerebrito que solo obtenía la atención de animadoras y jugadores de fútbol cuando necesitaban su ayuda para hacer los deberes.

—La vida es una mierda —le dice Lucy a Anne—. ¿Y a ti cómo te va?

—Por cierto —tercio—, no hablaremos con abogados que llamen para preguntar por los casos, a menos que representen a una de las partes en un juicio, y preferiblemente si disponen de una citación.

—Bryce no le ha dicho nada importante, pero ha pasado suficiente rato al teléfono para recibir una reprimenda y luego soltarme una a mí —dice Anne y entonces avisto a Benton a través de la ventana de observación, acercándose a paso veloz por el pasillo con unas deportivas de cuero negro prestadas.

—Carin Hegel —conjeturo. Lucy está junto a mí, contemplando en la pantalla plana imágenes *post mortem* del hombre del Jaguar.

Es el doctor Franz Schoenberg, con residencia y consulta en Cambridge, cerca de Longfellow Park, y yo continúo viéndolo como en las fotografías que examiné hace horas. Un hombre de cabello gris y rostro amable y bondadoso, contemplando con expresión de aturdimiento o angustia extremos a su paciente muerta, que le había escrito en un mensaje de móvil que pensaba volar a París desde la azotea. Tal vez había sufrido un ataque de locura o estaba bajo los efectos de alguna droga. Pero da la impresión de que su acto estaba dedicado a él, de que su intención era llevarse a otro consigo, por así decirlo. Muchos suicidios obedecen a la rabia y el afán de venganza, no solo a la tristeza.

—Su paciente pasó por aquí hace unos días —comento—. La joven diseñadora de modas que se suicidó. Se tiró desde la azotea de su edificio delante de él.

—A lo mejor por eso discutió él con su esposa y salió a tomar unas copas. —Anne se sienta junto a mí y reparo en que lleva una bata morada con ribetes, bolsillos y jaretas de encaje, lo que yo llamo su indumentaria tipo *Anatomía de Grey*.

—No contribuyó a mejorar las cosas, eso seguro. —Estudio los tacs del doctor Franz Schoenberg. Fracturas conminutas abiertas en los huesos temporal y parietal izquierdo, axones y vasos sanguíneos seccionados debido a fuerzas rotacionales extremas. Su cabeza aceleró y desaceleró violentamente con el impacto y seguramente se golpeó contra la ventanilla, no contra el parabrisas. Me pregunto a qué velocidad iba. Las marcas de neumáticos en el asfalto deberían revelárnoslo. El edema cerebral es muy leve. Permaneció muy poco tiempo con vida tras el accidente—. Carin Hegel ha intentado comunicarse conmigo antes —informo a Anne—. Hacia las cinco y media de la mañana, cuando me dirigía a la escena del crimen en el MIT, le ha dicho a Marino que quería contactarme. Supuse que quería hablar de Gail Shipton.

—Los picapleitos que viven de las demandas por accidentes están haciendo su agosto —dice Anne.

—No se dedica exactamente a eso —replico, divertida pero extrañada.

Hegel y yo no solemos trabajar en los mismos casos por la sencilla razón de que la mayoría de mis pacientes y sus familiares no pueden permitirse una abogada como ella. Casi todo lo que hago pertenece al terreno del derecho penal, y los superabogados de los superricos rara vez aparecen en mi radar, pero ella ya ha aparecido dos veces hoy.

Anne coge una hoja de llamadas y otros papeles de un archivador que tiene sobre la mesa, y en ese momento entra Benton. Lo sigue a pocos pasos Bryce, con unas grandes gafas de sol en la frente, vaqueros de corte pitillo, un grueso jersey de punto trenzado y mocasines de ante rojos. Lleva una caja de pizza, servilletas y platos de cartón, y Lucy le sale al paso para asegurarse de que no se vaya sin antes darnos de comer.

—¿Te has enterado de si está pasando algo en Concord? —le pregunto a Benton y, por la mirada que me lanza, deduzco que sí.

—Hace aproximadamente una hora. —Se sitúa detrás de mi silla—. Una alerta por un tiroteo masivo que resultó ser falsa.

—Lo que explica por qué el helicóptero de urgencias fue enviado allí y luego regresó —sugiero.

—Eso creo.

La forma en que lo dice me lleva a pensar que hay algo más.

—¿Qué más sabemos de este caso? —le pido a Anne más detalles sobre el paciente en el escáner, el doctor Schoenberg.

—Fue declarado muerto en cuanto llegó al hospital de Cambridge hacia las cuatro de la madrugada. —Revuelve las hojas que tiene entre las manos—. Al parecer, salió del pub cerca de las dos, pero tardaron un rato en sacarlo de su coche. Si le echáis un vistazo en la sala de pruebas, entenderéis por qué. Es un Jaguar clásico, una auténtica belleza antes de que lo abrieran como una lata de sopa con herramientas hidráulicas.

—Un Jaguar E-Type de principios de los sesenta. —Lucy está apartada de nosotros, bloqueando la puerta—. Probablemente, el coche que despertó su envidia cuando ya había alcanzado la edad para conducir pero no tenía dinero para comprárselo. El problema de estas antigüedades es que no vienen equipadas con airbag.

—¿Qué pub? —le pregunto a Anne.

—Uno irlandés que le gusta mucho a Marino. Me ha llevado allí varias veces fingiendo que no se trataba de una cita. Reconozco que sus macarrones con queso y cerveza están de muerte... Lo siento, Fado's, no he dicho nada. Tienen una panceta de cerdo asada a fuego lento con salsa de reducción de sidra que te mueres... Mejor me callo, porque el síndrome de Tourette me está dejando en evidencia.

—Fado's no se encuentra en la zona más recomendable de la ciudad —observa Benton—. Está cerca de los bloques de viviendas sociales en el oeste de Cambridge.

—De acuerdo, salió del pub, pero ¿sabemos adónde iba? —inquiero, acordándome de la llamada a la policía que he oído hace rato acerca de unos jóvenes sospechosos en un cuatro por cuatro rojo que tal vez habían forzado varios vehículos en los aparcamientos de los edificios de pisos subvencionados de la calle Windsor.

—Según su expediente, iba por Memorial Drive, cerca del puente de la avenida Massachusetts. Tal vez se dirigía a su casa —dice Anne.

Me imagino a unos miembros de una banda siguiendo al Jaguar en un cuatro por cuatro rojo, esperando a que la rueda se deshinchara, tal vez con la intención de atracar al conductor, lo que acabó en algo mucho peor. Quizá le dieron un empujón al vehículo, que perdió el control y chocó contra la barrera.

—Si pillan a los chicos que fueron vistos huyendo del complejo de la calle Windsor, tenemos que comparar la pintura de su cuatro por cuatro rojo con la marca en el parachoques del Jaguar —decido—. Debemos asegurarnos de que la policía de Cambridge esté avisada.

—Pues si Carin Hegel ya estaba intentando localizarla a las cinco y media, desde luego no ha perdido ni un condenado segundo. —Anne deja de hacer chistes malos y de hablar de comida—. Ha llamado aquí hace cerca de una hora, casi a las once. Ya sabemos que las culpas acabarán recayendo sobre el pub, por no haber parado de ponerle copas. Y, por supuesto, no podemos revelar su nivel de alcohol en sangre, ni el hecho de que no estaba ebrio, pues no podemos divulgar información sobre él antes de que la investigación concluya, etcétera, etcétera. Lo habitual, según deduzco de las palabras de Bryce, que me ha contado la misma historia de cincuenta maneras distintas, claro.

—He oído pronunciar mi nombre. Más vale que no haya sido en vano —dice él.

—Por lo visto Hegel no sabe que alguien rajó un neumático ni que puede tratarse de un homicidio —le explico a Anne mientras Lucy tiende las manos, animando a Bryce a entregarle lo que promete ser una pizza grande con ternera, salchichas, pepperoni, pimientos, tomate fresco, cebolla, ajo, extra de mozzarella y Asiago. Es la que suelo pedir.

Se me hace la boca agua, y el estómago vacío se me retuerce de hambre. Lo noto constreñido, más tubular que de costumbre, y si los aromas pudieran oírse, el volumen estaría más o menos al máximo. Sería ensordecedor.

—No tan deprisa. —Bryce aparta la caja de Lucy—. Ni aunque me amenaces con disparar si no levanto las manos.

—No me tientes.

—Huy, qué miedo. Ni siquiera vas armada.

—¿Cómo lo sabes?

—Hasta cuando te pones cariñosa eres un monstruo.

—Busca a alguien a quien demandar —me dice Anne—. Deje que adivine. La esposa quiere dinero por la muerte de su marido, aunque al pobre ni siquiera le hemos hecho la autopsia todavía.

—Supongo que Carin Hegel no habla de sus otros clientes. —Miro a Lucy.

—Tiene muchos clientes ricos, pero ¿cómo sabemos que él figuraba entre ellos? —Le plantea la duda a Bryce.

—Bueno, lo he dado por sentado —contesta—. Hegel me ha preguntado si él estaba muy borracho y si se había estrellado por eso. Parecía demasiado afectada y afligida para ser abogada, y no dejaba de repetir que había sido un día terrible. Tal vez lo conocía. —Escribe algo en su móvil.

—¿Tuvo una pelea con su esposa? —Le repito la pregunta a Bryce—. ¿De dónde ha salido ese dato?

—Consta en la hoja de llamada —dice—. Como no volvía a casa, la mujer llamó a la policía y describió su coche, toda llorosa. Dijo que habían tenido una desavenencia y que él se había ido enfadado. Bueno, y no te lo pierdas: en los últimos años, el doctor Schoenberg había intervenido como perito en varios pleitos importantes que se habían resuelto con indemnizaciones sustanciosas, y ¿a que no sabes quién era la abogada litigante? Así que a lo mejor Carin Hegel ha llamado porque es un asunto personal para ella. Acaba de perder a un amigo y asesor que la ayudaba a ganar mucha pasta.

—No atendemos llamadas personales de abogados —asevero—. No facilitaremos información sobre este o ningún otro caso a ella ni a nadie. No hacemos esa clase de favores.

—Granby quiere celebrar una reunión a las tres. —Benton, que sigue de pie detrás de mí, me posa las manos sobre los hombros.

—Menuda sorpresa.

—¿Qué le digo?

—Tal como pinta mi día, tendrá que ser aquí. —Me vuelvo para responderle—. Reservaré la sala de crisis o la SIP, según lo que vayamos a ver.

La SIP es nuestra Sala de Inmersión Progresiva, donde visualizamos los casos en tres dimensiones o realidad virtual. Es una de las innovaciones más recientes de Lucy en su empeño por librar al mundo del papel, y cuenta con tecnología háptica y un túnel de datos LiDAR, entre otros artilugios futuristas.

—Necesito cambiar uno de los proyectores de la mesa multitáctil —me comunica en el instante en que entra Gloria, analista de ADN.

Le entrego los indicios.

—Cuando acabes, mándaselos a Ernie —le indico mientras ella escribe sus iniciales en el paquete—. Lo antes posible.

De treinta y tantos años, con cabello negro de punta y un *piercing* en la ventana izquierda de la nariz, está especializada en perfiles de ADN obtenidos a partir de pocas copias, y está habituada a que yo se lo pida todo para ayer.

—Lo pondré en primer lugar en mi lista de tareas pendientes —me promete.

—Puede que recibas unos informes de laboratorio de la oficina del doctor Venter en Baltimore —añado.

—Ya los he reenviado —me informa Lucy.

Gloria me dedica una prolongada mirada de curiosidad mientras se encamina hacia la puerta. Se trata de un perfil de ADN de uno de los casos del Asesino Capital, y mi bióloga molecular más destacada no es una ignorante ni está en la inopia. Está sucediendo algo importante y grave, y ella lo sabe.

—No hace falta que te repita que... —La miro a los ojos.

—Ya lo sé, y tendré algo listo mañana a primera hora, aunque intentaré que esté antes. —Dicho esto, sale por la puerta, pasa por el otro lado de la ventana y se aleja a toda prisa por el pasillo hacia el ascensor, con la vista fija en su móvil, como todos los demás.

—¿Cuándo regresó Benton de Washington? —me pregunta Anne—. ¿Se encuentra bien? Lo digo porque parece que no le vendría mal un poco más de carne en los huesos. ¿Ha visto ese tanque en el que ha venido Lucy? Cuando ha aparcado en el almacén se oía un ruido infernal, como si hubiera entrado con el helicóptero.

—Eh, que estoy aquí. —Lucy deposita la caja de pizza sobre una mesa—. Más vale que sea vegana o te juro que te mato, Bryce.

—Dale a Anne los buenos días de parte de Benton, que está justo detrás de ti —me dice Bryce—. O sea, por favor —reprende a Anne—. Salsa, champiñones, brócoli, espinaca, berenjena. —Enumera con los dedos, dirigiéndose a Lucy—. Y, vamos a ver... ¡Listo! —Abre la tapa—. Dos sosas rebanadas para ti solita. —Le pasa un plato de cartón, cuidándose de hacer ostentación de sus pulseras de cuero—. ¿Te gustan? —Alza la muñeca—. Cien por cien fabricadas a mano, con cierre en forma de dragón. Una marrón y otra azul porque, ¿qué te voy a contar? Ethan es supergeneroso. Y otra cosa, Anne: Lucy te da los buenos días a través de mí, y yo te los doy a través de ella. ¿Lo has pillado?

Anne no puede evitar hablar de los demás como si no estuvieran presentes, pero cuesta ofenderse por ello. Es una de las personas menos provocadoras que conozco, con su semblante y actitud afables, su franqueza y su espíritu práctico. Marino nunca ha conseguido alterarla con sus rabietas, y ni siquiera el parloteo compulsivo y bobo de Bryce le crispa en absoluto los nervios.

Abre los tacs de Gail Shipton para que yo los vea: imágenes tridimensionales de la cabeza y el tórax aparecen en la pantalla plana.

—J. Crew. —Bryce sigue presumiendo de su oropel—. Y esta es casi una exageración, pero a caballo regalado... —Da un tirón suave a una pulsera de piel negra con cadena de acero inoxidable—. Combina con... —Se saca un collar de debajo del jersey: cuero negro con unos adornos de metal que llevan grabados motivos tribales de algún tipo. Acto seguido, pone una rebanada de pizza en un plato y me lo ofrece.

El primer bocado es un estallido de placer. Dios santo, me muero de hambre. Devoro la mitad de la rebanada antes de hablar.

—Esto es lo significativo. —Me limpio los dedos con una servilleta—. Para empezar, un material bastante denso que brilla bajo la luz ultravioleta. Una especie de polvo que ella tenía por todo el cuerpo.

Señalo las zonas de un blanco intenso en los tacs de Gail Shipton, el residuo en sus orificios nasales y su boca. El espacio impreciso, oscuro y lleno de aire en la cavidad pleural es el pequeño neumotórax que tiene en el lóbulo superior del pulmón izquierdo, señalo a continuación. Hago clic en otras imágenes, una sección transversal del tórax y una sección coronal, y entonces veo el problema con mayor claridad.

—La acumulación de aire en el hueco debió de ejercer presión sobre el pulmón, impidiéndole dilatarse —explico a Benton y a Lucy.

—Y dificultando la respiración —dice ella.

—Hasta yo habría podido deducir eso —exclama Bryce.

—Ya tenía problemas para respirar —me informa Lucy—. A veces le faltaba el aire. Suspiraba a menudo, como si le costara contener el aliento.

—No veo bien eso a lo que os referís. —Benton se pone las gafas de leer—. ¿Puede un neumotórax matar a alguien?

—Si no recibía tratamiento, es posible que le ocasionara una dificultad respiratoria grave —respondo—. Esto habría aumentado la presión sobre el corazón y algunos vasos sanguíneos importantes.

—No acabo de verlo. —Benton se inclina sobre mí, contemplando la pantalla plana, y noto su aliento en el pelo.

—Esta zona negra de aquí. —Lo ayuda Anne—. Indica la densidad de aire. ¿Lo ve? Es la misma dentro y fuera del pecho. Y no debería.

—No tendría que haber ninguna zona negra en el espacio pleural —añado—. Esta zona más clara en el tejido blando del pecho es una hemorragia. Ella sufrió algún tipo de traumatismo que le colapsó el pulmón. La primera tarea en el orden del día es averiguar cómo ocurrió esto.

29

Cuando entramos en la antesala, cojo prendas protectoras de unos estantes. Pasa del mediodía.

Me pongo botines, visera y guantes. Lucy y Benton también, pero sé que él no piensa quedarse mucho tiempo. Averiguará lo que pueda del cuerpo de Gail Shipton y después tendrá que lidiar con el FBI, y tal vez con algo más. Cuando un frente oscuro le ensombrece la mente, me doy cuenta, porque noto el aire cargado, como cuando se avecina una tormenta. Reflexiono sobre el ADN y lo que me ha dicho el doctor Venter.

—¿Dicen algo en las noticias? —le pregunto a Lucy.

—Solo lo que él ha mencionado. —Mira a Benton, por si tiene algo que añadir—. Hace cerca de hora y media, alguien llamó a la policía para informar sobre un tirador activo en Concord. La policía acudió, declaró que no había ningún tirador y nada más.

—¿En qué parte de Concord?

—Minute Man Park, donde había un puñado de críos.

—¿Y el helicóptero de urgencias también acudió?

—El asunto se reduce más o menos a lo siguiente —interviene Benton—. Un sospechoso vestido de negro fue visto corriendo por el parque. Supuestamente alguien confundió con disparos el petardeo de un coche en la calle Liberty. Los niños se pusieron a chillar y los maestros entraron en pánico, creyendo que se trataba de otro Newtown.

—¿Han atrapado al tío? —pregunto.

—No.

—Y ya está. Fin de la historia. —Fijo la vista en él.

—Lo dudo. Las comunicaciones radiofónicas entre los departamentos de toda la zona me revelan que el NEMLEC se ha movilizado, pero el FBI no. No sé qué ocurre. Tal vez ellos tampoco, por el momento. Granby insiste mucho en reunirse contigo.

—¿Por qué me lo pide a través de ti? —Noto que empiezo a cerrarme en banda—. Debería llamar a mi oficina.

—Ha decidido que yo no debo estar presente —dice Benton—. Esa es la novedad.

—Organizas una reunión y te excluye de ella —comento—. Qué considerado.

—Debería aprender a no ser tan sutil —opina Lucy—. Menudo pardillo.

Cuando pulso un botón con el codo, unas puertas de acero se abren automáticamente, y llegan hasta mis oídos el borboteo de agua y el entrechocar de instrumental contra tablas de corte. El zumbido de una sierra oscilante se convierte en un chirrido cuando empieza a seccionar hueso. Las voces de médicos y técnicos de autopsias se funden en un murmullo bajo, y detecto fermentación y sangre en descomposición. Percibo el olor a carne quemada.

La luz natural se filtra a través de los espejos unidireccionales de las ventanas, y grupos de lámparas de alta intensidad resplandecen desde los techos de diez metros de alto mientras mis empleados trabajan frente a pilas de acero inoxidable y mesas portátiles colocadas a lo largo de la pared. Luke Zemmer está terminando una autopsia en su mesa, la número dos, contigua a la mía, donde el cuerpo de Gail Shipton mantiene su postura rígida, aún envuelto en sábanas plastificadas. Alguien le ha quitado la bolsa de la cabeza, seguramente el doctor Adams, antes de realizar su odontograma.

No presenta un aspecto tan impecable ahora que se encuentra en un ambiente más cálido y la ha manipulado un dentista forense que ha tenido que romper la rigidez de la mandíbula, abriéndole la boca por la fuerza. Se le están resecando los labios, que empiezan a retraerse poco a poco, dejando al descubierto los dientes, como si ella quisiera soltar un gruñido ante aquella profanación, que no podría ser más innecesaria o degradante.

—Me alegra verte aún en el mundo de los vivos. —Los brillantes ojos azules de Luke se posan en mí a través de unas grandes gafas de protección. Lleva el cabello rubio cubierto con un colorido gorro de quirófano.

—Esto no es precisamente el mundo de los vivos —replica Lucy—. Es esa época tan bonita del año. —Contempla el cadáver chamuscado que yace sobre la mesa de Luke, con la cavidad torácica vacía, de un rojo cereza subido, y las costillas que asoman, blancas y curvas.

—¿Y el nivel de CO_2? —le pregunto.

—Sesenta por ciento. *Ja, in der Tat, meine Freundin* —dice Luke, cuya lengua materna es el alemán—. Aún respiraba cuando se incendió su casa. Estaba fumando y bebiendo. El análisis de alcoholemia da cero coma veintinueve.

—Es suficiente.

—La hipótesis es que perdió el conocimiento y el cigarrillo prendió fuego al sofá. —Se limpia la sangre de las manos enguantadas con una toalla ensangrentada y le grita a Rusty, que está al otro lado de la sala, para pedirle que cosa al difunto—. Esto está lleno de borrachos. Es lo que yo habría esperado justo después de las fiestas. —Luke se quita el delantal sanguinolento y lo tira en un recipiente para residuos biosanitarios—. Ahora le toca al doctor Schoenberg. Qué ironía del destino, ¿no? Un loquero con poca habilidad para afrontar sus problemas.

Le indico a Harold por señas que necesito ayuda.

—No estoy segura de que no tenga que ver con su trabajo. —Acerco una camilla quirúrgica, cojo unas tijeras y comienzo a cortar la cinta—. La semana pasada te ocupaste de una paciente suya, Sakura Yamagata, la mujer que saltó de la azotea de su bloque de apartamentos.

—Madre mía —murmura Luke con los ojos desorbitados—. ¿La chica de veintidós años, supuesta diseñadora de modas gracias a que su papaíto, un biólogo molecular ricachón, le montó un negocio? Hace poco le pagó medio millón de dólares a una estrella de un programa de telerrealidad para que apareciera en un desfile de modas promocionando la marca de su hija, que es un espanto. Tal como lo ha expresado Bryce con su inimitable estilo, mucho drama de alta tecnología y muy poca historia, o una mezcla entre los Supersónicos y Snooki.

—¿Cómo es que sabemos todo esto? —inquiero.

—La he buscado en Google —contesta Luke—. Es increíble lo que se cuenta por ahí sobre nuestros pacientes.

—He pedido a toxicología que busquen alucinógenos como mefedrona, metilona, MDPV en su caso.

—Buena idea. Y quiero hablar contigo cuando tengas un momento. Me temo que el doctor Schoenberg nos va a dar mucho que hacer.

—Hay que examinar el vítreo, la sangre, la orina, el hígado, no dejar piedra sin mover. —Pliego las sábanas y se las entrego a Harold—. Por no hablar del estómago. ¿Había comido recientemente? ¿Pidió comida en el pub? Tal vez no fue allí a beber, sino a cenar solo y tranquilizarse antes de volver a casa para arreglar las cosas con su esposa. A lo mejor quería convencerse de que no era culpa suya que una paciente se hubiera suicidado delante de sus ojos.

Retiro la tela blanca terrosa que cubre el cuerpo de Gail Shipton, desnudo salvo por las braguitas color melocotón claro que lleva, de un algodón caro con una alta densidad de hilos, fabricadas en Suiza. La herida en la parte superior derecha del pecho es tan pequeña que podría haber pasado inadvertida fácilmente.

La zona decolorada en la piel es circular, de un rosa muy tenue y no más grande que una moneda de diez centavos. Con la ayuda de una lupa, vislumbro la punción en el centro, practicada con una punta dentada que penetró en el pulmón derecho, provocando que colapsara.

—¿Habías visto algo parecido? —le digo a Benton como si la pregunta fuera hipotética, un ejercicio académico, nada más que una prueba.

Lo que no puedo mencionar son los asesinatos de Washington. No quiero que ninguno de los miembros de mi equipo descubra que Gail Shipton es probablemente víctima de un asesino en serie que ha aterrorizado la capital del país durante los últimos ocho meses. Le corresponde a Benton abrir esa puerta.

—Parece una picadura de insecto. —Estudia la herida a través de la lupa, y su bata desechable se roza con la mía. Noto su calor. Percibo su ímpetu.

Entonces sus ojos color avellana me miran por encima de la mascarilla y lo leo en su expresión: nunca había visto algo semejante. Se trata de un tipo de herida nuevo para él.

—A primera vista, no sé qué es —reconoce—. Obviamente, un insecto no podría atravesarle el pulmón. ¿Crees que tal vez sea una marca de inyección? —pregunta, pero no lo creo.

Quizás hayamos descubierto cómo el asesino controla a sus víctimas. Es posible que ese psicópata ávido de atención haya dejado sin querer una pista sobre su *modus operandi*. Ya entiendo lo que ha hecho el hijo de puta. Acabo de formarme una idea más clara de la clase de bestia cobarde que es.

—No es una marca de inyección. —Le sostengo la mirada a Benton, mi manera de comunicarle que no voy a decirle qué causó la herida. No delante de otros.

A Gail Shipton le dispararon con un arma eléctrica, una pistola paralizante, y no de las que una persona normal puede comprar por internet para proteger su hogar. Es posible que recibiera más de un disparo, pero esta herida en el torso indica el punto en que uno de los electrodos impactó en la piel desnuda y el dardo le traspasó la pared del pecho y el pulmón. Si los otros electrodos alcanzaron partes cubiertas de su cuerpo, quizá no encontremos más heridas. Como no disponemos de la ropa que llevaba anoche en el bar, no podemos buscar desgarrones.

Las pistolas paralizantes son silenciosas. La víctima queda totalmente impedida mientras los dardos unidos a unos cables le administran una descarga de cincuenta mil voltios. Es como sufrir un espasmo cadavérico o *rigor mortis* en vida, suponiendo que algo tan horrible fuera posible. La persona no puede hablar ni levantarse. Puede hacerse mucho daño si cae fulminada como un árbol y se golpea la cabeza.

—¿Te importaría prestarme tu despacho? —Benton no desvía la vista cuando clavo los ojos en él—. Tengo que hacer unas llamadas, y luego tal vez Bryce podría llevarme a casa para que coja mi coche.

—Harold. —Levanto mi visera—. ¿Podrías decirle a Anne que venga? Vuelvo enseguida, y entonces podremos empezar.

—Claro, jefa.

30

Acompaño a Benton de regreso a la antesala como si no conociera el camino, o tal vez la gente supone que quiero pasar un momento a solas con mi marido. Tira del cordón de su bata blanca y la apretuja en un cubo de color rojo chillón para residuos biosanitarios.

Le desvelo lo que he descubierto, una realidad cruel con implicaciones aún peores.

—Si la mató el Asesino Capital, este usa con sus víctimas un arma eléctrica, un tipo de pistola paralizante. Por lo menos la usó con ella, la más reciente —explico—. Y no es cualquier modelo, sino de los que disparan cápsulas con cables y electrodos con pesos que se clavan en la piel como anzuelos. En otras palabras, tiene una clase de arma que asocio con los cuerpos de seguridad.

—Podría haberla comprado en la calle. —Benton se sienta en un banco y se arranca los cubrezapatos—. No sería muy difícil. Por otro lado, tampoco hay muchas cosas que no puedan conseguirse en internet.

—Es una posibilidad, por supuesto. Pero sabía bien lo que quería y para qué sirve.

Tras quitarse los guantes y la mascarilla, se inclina hacia el cubo de basura.

—Sadismo y control —dice mientras dobla las gafas de protección y me las pasa—. El mero hecho de esperar el momento de recibir una descarga sería aterrador.

—En efecto. —Guardo las gafas en un estante donde hay muchas otras de diversos tamaños y una botella de desinfectante con atomizador.

—Por eso no oponen resistencia. —Se queda con la mirada perdida, como si lo hubiera asaltado una visión dantesca.

—La parálisis solo dura mientras se mantiene el gatillo apretado, a menos que uno tenga muy mala suerte, como sospecho que le ocurrió a ella. O tal vez lo que le pasó fue un accidente afortunado. Tal vez él utilizó un arma de electrochoques, y la muerte prematura de la víctima la salvó de la tortura. Tal vez por eso no había bolsa, cinta adhesiva decorada ni lazo.

—Él no llegó a la mejor parte, así que suspendió el ritual. —Benton apoya las manos en sus rodillas y se mira las manos desnudas, ahusadas y elegantes como las de un músico, y pálidas por el lugar donde vivimos. Juguetea con su sencilla alianza de platino, haciéndola girar entre los dedos.

—Ya veremos qué revela la autopsia, pero si él le disparó con una pistola paralizante mientras ella estaba en el aparcamiento a oscuras, tal vez esa fue la razón por la que se quedó callada de pronto mientras hablaba con Carin Hegel —agrego y le describo la grabación del diálogo telefónico que Lucy me ha puesto.

Le cuento que se oye el sonido de un motor de coche detrás del bar Psi, la voz de Gail Shipton diciendo «perdona, ¿querías algo?» y luego nada. Me siento junto a Benton, hombro con hombro, rodilla con rodilla, con mis pies embutidos en forros finos como el papel junto a sus zapatillas negras prestadas.

—Eso explicaría que Gail no dijera ya nada más —aventuro—. Habría dejado caer el móvil y habría sido incapaz de articular palabra. Pero no se desplomó, pues de lo contrario tendría rozaduras, contusiones, quizás heridas de consideración si se hubiera golpeado la cabeza. Algo impidió que se cayera cuando se le agarrotaron los músculos.

—Tal vez él la cogió en brazos y la llevó hasta su coche. —Benton recrea la escena en su mente, contemplando sus manos con solemnidad, como si acabara de descubrir que había pasado algo importante por alto desde el principio—. Ella debía de estar aturdida y seguramente no forcejeó por temor a recibir otra descarga. Obviamente no gritó, pues no se oye grito alguno en la grabación que se supone que Lucy no debería tener y que no ha entregado a la policía.

—No todo el mundo grita. Algunos se desmayan. Si ella padecía alguna enfermedad subyacente, seguramente se le paró el corazón. —No pienso ponerme a discutir sobre lo que Lucy ha hecho o dejado de hacer.

En estos momentos, no me interesan sus transgresiones habituales de los protocolos ni su violación flagrante de las normas. Me preocupa más que el jefe de Benton en el FBI haga lo mismo a una escala mucho mayor.

—Si murió por un ataque al corazón, el asesino debió de llevarse un gran chasco —dice Benton mientras nos ponemos de pie, y sé cuáles son sus sentimientos.

Los leo en la tensión de su rostro, en las sombras que oscurecen sus ojos atormentados, los fantasmas de todas las víctimas de la violencia en cuyos casos ha trabajado. Tiene que traerlos de vuelta de entre los muertos para convertirse en su defensor. Tiene que saber cómo eran antes de que un depredador les arrancara el alma del cuerpo. No puede desprenderse de ellos. Forman una multitud en su interior, una población incorpórea que ahora es legión.

—No seas tan duro contigo mismo. Por favor, inténtalo. —Lo miro y le toco la mano—. No puedes saber algo que aún no se ha manifestado. No puedes hacerlo aparecer de la nada.

—Debe de haber algún rastro de lo que ha estado haciéndoles, algo que se me escapa.

—Si se le ha escapado a alguien, ha sido a los médicos legistas. Tal vez no utilizó una pistola paralizante con las otras víctimas.

—Tampoco presentan heridas, lo que me lleva a pensar que las redujo de un modo parecido. —Coge su *blazer* y su abrigo de una percha en la pared.

—Si les administraron electrochoques a través de la ropa, sobre todo si llevaban varias capas, es muy posible que los dardos no dejaran marcas, al menos ninguna muy notoria.

—Observar la muerte por asfixia de una víctima presa del pánico contribuye a la excitación —asegura—. Que ella muriese a causa de un paro cardíaco le habría cortado el rollo de mala manera. Es como un *coitus interruptus* que lo llena de frustración y de rabia. La muerte inesperada deja insatisfecha su compulsión. Tantos preparativos para nada, y él se siente estafado. Pese a haberla estudiado, ella va y reacciona de un modo que él no se esperaba. Atacará de nuevo. Y lo hará pronto. No había considerado esa posibilidad.

—¿Por qué habrías de considerarla?

—Es muy importante. —Introduce los brazos en las mangas del *blazer*—. Explicaría muchas cosas. Solo llevó a cabo una parte del ritual porque la fantasía no estaba allí. Ella se la había estropeado al comportarse de manera insospechada y había tenido la osadía de morirse de repente.

—Haré lo posible por averiguarlo.

—Tal vez por eso metió los dedos en el tarro de Vicks estando allí fuera, junto al cadáver. Lo estaba pasando peor que de costumbre, pues un suceso imprevisto lo había descolocado. Estaba enfadado y distraído, intentando recuperar la concentración. Ella no lo dejó culminar su acto. Lo timó. Así lo ve él. La flor del mal nunca se abrió, y él quedó enfurecido como un toro.

—Habrá que ver qué nos dice el cadáver.

—Está perdiendo el rumbo y el control —prosigue, como si el apocalipsis fuera inminente—. Siempre acaba por suceder. Creía que a él tardaría más en pasarle, cuando en realidad el proceso ya estaba en marcha, y por eso volvió aquí. Cielo santo. Ha venido porque está traspasando todos los límites y, carente de introspección, se guía por una fuerza que no entiende, una parte maligna de sí mismo que lo domina, y este es su hogar. Fue aquí donde comenzó y donde llegará a su fin. Sea lo que sea. —Benton no se percata de que no es capaz de dejar de dar vueltas al asunto. Tiene todo el cuerpo rígido, como si le hubieran administrado la descarga a él—. Está sufriendo una descompensación, cada vez más atrapado por sus aberrantes fantasías violentas, que ni siquiera sabe que son enfermizas e injustificadas. No se considera cruel. La culpa es de los demás. —Desvía la mirada, sin parpadear—. Se cree tan normal como tú y como yo. Sus actos le parecen razonables —concluye mientras Anne entra en la antesala para ponerse la ropa de protección—. Voy a buscar mi coche. Le diré a Granby que si quiere reunirse contigo a las tres, tendrá que venir al CFC.

—Sí, conmigo —repito porque Benton no ha sido invitado—. ¿A qué hora entrevista Bryce a la candidata para el puesto de Marino? —le pregunto a Anne.

—A las tres, por supuesto. —Escudriña a Benton con curiosidad—. Puedo pedirle que lo pase a las cinco.

—A la mínima ocasión que tenga, me acercaré un momento —respondo—. ¿Será una discusión necesaria sobre el caso, o un asunto político? —le pregunto a Benton, que abre la puerta—. Quizá no me apetezca asistir ya que no quiere que tú vayas —añado, y me invade una sensación gélida. «A la mierda Ed Granby.»—. No me interesan sus politiqueos de mierda ni sus intenciones ocultas —añado, cada vez más indignada—. La jurisdicción del FBI, con todo lo que conlleva, no tiene nada que ver con el CFC.

No soporto la idea de que Granby me haga perder el tiempo, y no podré mirarlo a la cara sin pensar en los fluidos vaginales y la sangre menstrual que es imposible que pertenezcan a Martin Lagos. Nunca le he tenido aprecio al jefe de Benton, y ahora no quiero saber nada de él hasta que descubra la verdad sobre lo que ocurrió con CODIS. Si Granby ordenó a alguien que alterara el perfil de ADN, quiero saber por qué y quiero que se le caiga el pelo.

—Bueno, ese es el problema, por lo que entiendo. —Benton me contempla desde el vano de la puerta—. Marino les dio a entender en esencia que yo estaba examinando la escena del crimen en el MIT, pese a no contar con una invitación oficial de Cambridge. Luego el comisario de Cambridge llamó, echando humo. Así que Granby intenta arreglar la situación. Al menos, eso dice. Y yo no puedo estar presente, porque soy el origen del problema.

—Pero eso no es el motivo real —repongo.

—Veo que las habilidades sociales de Marino no han mejorado mucho —comenta Anne—. ¿Por qué tiene que ser tan cazurro?

—Siempre es una cuestión delicada —agrega Benton porque no cuesta mucho conseguir que la policía local se cabree con el todopoderoso FBI—. Granby quiere saber qué sabes tú —me dice, y entiendo que ese es el auténtico propósito de la reunión.

—¿Quiere saber lo que yo sé? —Me resultaría divertido si se tratara de otra persona—. ¿En general? Eso nos llevaría un buen rato.

—El resto de su vida, más o menos, si quiere saber lo mismo que usted —señala Anne.

—Según él, es para aclarar por qué estaba yo contigo en el campo Briggs cuando nadie nos había pedido ayuda oficialmente. —Benton me cuenta más pretextos inverosímiles de Granby.

—¿Por casualidad le expusiste tu teoría sobre nuestro caso de esta mañana, el que ocasionó que el comisario echara humo?

—Cumplo con mi trabajo y doy parte a mi superior —asevera Benton con una cara de póquer que no disimula lo que opina en el fondo.

A Granby le han alertado de que el asesinato de Gail Shipton podría estar relacionado con los de Washington, y, si ha manipulado pruebas, debe de estar paranoico y sabe que tiene un problema. No es de extrañar que quiera reunirse conmigo y enterarse de todos los detalles, y tampoco es de extrañar que no quiera que Benton esté presente.

—Tengo la sensación de que estaré ocupada a las tres —decido—. Acabo de caer en la cuenta. ¿Sabes qué? Me será del todo imposible reunirme con él hoy o mañana. Le pediré a Bryce que eche un vistazo a mi agenda para saber cuándo tendré un hueco.

Benton me mira a los ojos, sonríe y se marcha.

—Vaya, veo que ha vuelto en plena forma. —Anne coge unas prendas de protección de los estantes.

—No es culpa mía —replico—. Esta fiesta no la han organizado en mi honor. Yo solo pasaba por aquí.

—¿He oído algo sobre una pistola paralizante?

—No has oído nada de nada.

—Harold me ha dicho que usted me necesitaba. ¿Qué quiere que haga exactamente?

—Que me eches una mano. Él puede ayudar a Luke mientras tú me ayudas a mí. Tenemos que realizar una angiografía y escanearla de nuevo para comprobar si mis sospechas son acertadas y ella padecía un problema cardíaco subyacente que la hacía propensa a una muerte súbita. Quiero que todo lo que se ha dicho sobre este caso quede entre nosotras, por ahora. Que nada de lo que hayas oído salga de esta habitación, por favor.

—Seré una tumba. —Hace el gesto de cerrarse los labios con una cremallera—. No diré una palabra. ¿Por quién me ha tomado?

—Es posible que nos enfrentemos a un asesino que tiene vínculos con las fuerzas de seguridad, o bien contactos y un interés velado.

—¿Un poli asesino?

—No lo sé. No necesariamente. Pero no cualquiera puede adquirir el tipo de pistola eléctrica que se utilizó contra la víctima. O bien la compró ilegalmente, o bien se la consiguió alguno de sus conocidos en los cuerpos de seguridad o alguien muy próximo a él.

—¿Eso fue lo que provocó el neumotórax? He estado a punto de decir que es un *shock* para mí. Creo que nunca habíamos investigado un caso de daños provocados por una pistola paralizante.

—Eso es porque la mayoría de la gente no muere a causa de ellos.

—Estuve saliendo una temporada con un poli novato. Como parte de su entrenamiento, los obligan a recibir una descarga de esas. —Se pone una bata por encima de su ropa quirúrgica morada—. Según él, más que doler, hace que te cagues de miedo.

—¿Te has dado alguna vez un golpe en el hueso de la risa? Imagínate esa sensación, mil veces más fuerte, en todo el cuerpo, durante cinco segundos. Es más o menos igual de indoloro que sufrir una crisis tónico-clónica generalizada.

—En ese caso, me imagino que si le haces eso a alguien una vez, no querrá oponer resistencia y arriesgarse a recibir una segunda dosis.

—A menos que esa persona vaya colocada de coca o polvo de ángel. ¿Tú sabías que Lucy iba a ir a Washington a recoger a Benton para traerlo a casa unos días antes de lo previsto y darme una sorpresa? —Sé que puedo preguntarle a Anne cualquier cosa sin que me delate o me juzgue.

—Bryce me lo dijo. Creo que muchas personas lo sabían y se alegraban mucho de ello —contesta—. Nos sabía mal que, después de haber pasado por aquello en Connecticut, usted hubiera enfermado de gripe. Falta poco para Navidad, Benton no estaba y mañana es su cumpleaños. Tal vez le sorprenda, pero aquí todos piensan que no hace usted otra cosa que trabajar y queremos que se tome las cosas con un poco más de calma y esté contenta.

Me doy cuenta de la falta que me hace hablar. No dejo de pensar en la intolerable insinuación de Granby de que el Asesino Capital se inspira en lo que Benton ha publicado y que por tanto estos asesinatos sádicos son en parte responsabilidad suya, por lo que debería jubilarse y el FBI debería dejar de trazar perfiles criminológicos, una práctica obsoleta y peligrosa. Granby intenta envenenar su mente y sabe cómo hacerlo, y, aunque intento mantener la objetividad y la calma, me hierve la sangre.

—Todo el personal de aquí sabía que Lucy iba a traer a Benton en helicóptero hoy —le digo a Anne—. Sus colegas del FBI lo sabían, su jefe de los cojones lo sabía, su hotel en el norte de Virginia lo sabía y quienquiera que viera el plan de vuelo presentado por Lucy también lo sabía.

Trato de sacar algo en limpio, barajando todas las posibles maneras en que el asesino pudo enterarse de que Benton regresaría hoy, pero sigo tan poco convencida como cuando él me sugirió la idea. Está contrariado y herido. Se culpa a sí mismo. Me esfuerzo por comprenderlo, pero me niego a aceptarlo. Además, da igual. Lo que el asesino supiera no convierte a Benton en culpable. ¿Cómo se atreve Granby a dejar traslucir lo contrario? ¿Cómo se atreve a despreciar los logros y sacrificios de Benton?

—¿Por qué? —pregunta Anne.

—Lucy conocía a Gail Shipton.

—Eso ya lo había deducido.

—A Benton le preocupa que quien la mató supiera de alguna manera que él estaría aquí cuando encontraran su cuerpo, y que hubiera elegido el momento con eso en mente.

—Qué yuyu —comenta con evidente escepticismo.

—Me pregunto si Lucy le habrá contado algo a Gail.

—¿Y luego fue y se lo dijo a la persona que pretendía matarla? «Oye, Benton va volver a casa, ¿por qué no lo haces ya?» ¿Seguro que esta hipótesis se le ocurrió a Benton?

—Expresado así resulta bastante ridículo, sí. —Pulso el botón de la pared con el codo, y las puertas de acero se abren de par en par—. Podría ser una de esas preguntas que quedan sin respuesta para siempre, pero no soporto el daño que le está haciendo.

—¿Sabe qué tengo claro? —Anne me sigue al interior—. Se le ve estresado. Se le ve cansado, nervioso y un poco deprimido. A veces, cuando estoy así, pienso que todo es culpa mía. Temo que haya algo escondido en mi armario, bajo mi cama. Me pongo rara, a decir verdad.

—Ya, bueno, no hay duda de que Granby está haciendo todo lo posible por conseguir que Benton se sienta así.

—Tiene que esclarecer esto por él, doctora Scarpetta, o no dejará de torturarse.

—Estoy intentando encontrar la manera.

—Pregúnteselo a Lucy —propone—. Pregúntele a quién se lo contó, y entonces lo sabrá con certeza.

—No quiero que piense que la estoy acusando.

—No la acusa a ella ni a nadie, y tiene que dejar de creerse responsable de los sentimientos de todo el mundo.

—Eso nunca ocurrirá —replico.

Realizo la escisión de la herida por punción y espero a que Lucy responda a una pregunta que la incomoda. No se la había planteado antes porque tenía muchas cosas que preguntarle, pero las prioridades han cambiado y además sé cómo reaccionará. Titubea antes de decidirse a contestar.

—Creo que sí, de pasada. Supuse que no tenía importancia.

Mi brillante y astuta sobrina no sabe disimular cuando intuye que creo que la ha cagado. Actúa como si de pronto tuviera que andar con zuecos. Cojo un fórceps del carro quirúrgico.

—Recuerdo vagamente haber dicho algo —agrega, no a la defensiva sino con indiferencia. No le gusta lo que le he preguntado. Yo ya sabía que no le gustaría. Alega que no tendría sentido que hubiera hecho referencia a la sorpresa de cumpleaños de Benton durante le conversación telefónica con Gail cuando esta se encontraba detrás del bar Psi. Lucy acababa de volar a Dulles cuando la telefoneó. Había ido a buscar a Benton y llevarlo a casa al día siguiente—. Le expliqué dónde estaba y por qué —añade desde el otro lado de la mesa de acero, sin apartar la vista de su ex amiga muerta, una persona en quien había depositado su confianza, pero que le mentía y le robaba; una persona a la que no echará de menos.

—Estás segura de que el asunto no salió a relucir antes. —Dejo caer la herida seccionada en un frasco de formol.

—Seguramente salió a relucir en algún momento —admite sin ambages, aunque la pregunta la ofende.

El vuelo en helicóptero para transportar a Benton es un tema que quizás había mencionado anteriormente. De hecho, está casi convencida de ello. Se esfuerza por ocultar cómo se siente: furiosa, avergonzada, señalada y resentida porque no me fío de ella. Si me fiara, no le formularía preguntas como esa. Este es su razonamiento, así piensa y reacciona, como si yo fuera su madre y estuviera denigrándola, cosa que desde luego no estoy haciendo. Vive presa en un círculo de emociones tan antiguas como su historia y que se originan una a otra, en cadena. Un círculo que conozco como los pasillos de mi edificio, que arrancan donde terminan en este templo de vida y muerte.

Pero no se siente responsable. Ella no es la causante de lo que estoy insinuando ni está dispuesta a fingir que le importa que esta mujer que pretendía joderla ya no esté entre nosotros. Le da totalmente igual lo que haya podido contarle, y aunque yo preferiría que Lucy fuera sincera siempre, ver cómo funciona su programación básica me da que pensar. Resulta casi insoportable. La describo como un poco sociópata, y Benton nunca se abstiene de recordarme que es imposible serlo solo un poco. Sería como estar un poco embarazada, un poco violada o un poco muerta.

A continuación me comenta que Gail la visitó el pasado domingo, el día que se tomó la decisión sobre la sorpresa de cumpleaños. Gail, Lucy y Carin Hegel se reunieron ese día a última hora de la mañana en la casa de Lucy en Concord para hablar del juicio inminente y repasar las declaraciones y otros documentos. Es posible que durante esa visita aludiera al cumpleaños de Benton y a su inquietud porque yo me encontraba sola en casa después de haber vuelto de Connecticut.

—Simplemente me parece significativo que la mataran poco después de eso. —Lucy expone con sagacidad la que considera que es la cuestión más importante y que yo he pasado totalmente por alto—. Todos los medios se hicieron eco de que habías echado una mano a la oficina forense de Connecticut.

—Bryce y su maldita bocaza —murmura Anne.

Sin duda, él le habló de ello al jefe forense de las Fuerzas Armadas, mi jefe máximo, y luego el oficial de información pública decidió que sería buena publicidad. El CFC está financiado por la Mancomunidad de Massachusetts y el Departamento de Defensa, y de vez en cuando me dan un toque para recordarme que no soy la responsable última, salvo cuando las cosas salen mal.

—El viernes se corrió la voz por internet de que habías acudido al colegio y colaborado en las autopsias. —Lucy no despega la mirada del rostro pálido e inerte, los labios cada vez más secos, los ojos cada vez más apagados.

La rigidez de Gail Shipton empieza a remitir. Pronto desaparecerá del todo, como la de un puño demasiado débil para seguir apretado.

—Dudo que esto guarde relación conmigo —repongo.

—Y yo dudo que debamos dar por sentado que guarda relación con Benton —dice Lucy—. Y, aunque así fuera, tal vez solo constituye una parte de todo esto. A lo mejor el papel que desempeñaste en Connecticut es la otra parte.

—Entiendo adónde quiere llegar. —Anne está de acuerdo con una teoría nueva que me ha pillado por sorpresa—. A Benton le preocupa que el momento elegido por el asesino tenga que ver con él, cuando en realidad es muy posible que tenga que ver con usted.

«Está montando un espectáculo», repite Benton una y otra vez. Un drama violento que no quiero ni imaginar que podría incluirme a mí.

—Cualquiera que estuviera pendiente de los medios habría sabido cuándo fuiste a Connecticut y cuándo volviste —señala Lucy—. El segundo peor tiroteo en un centro educativo en la historia de Estados Unidos, después del de Virginia Tech. No sería raro que eso captara el interés de un psicópata hambriento de atención.

«Un narcisista con rasgos de trastorno límite de la personalidad», dijo Benton. El asesino siente la necesidad de presenciar el drama que ha creado.

—Tal vez toda esa publicidad prendió fuego a su polvorín —tercia Lucy.

—A Gail Shipton no la asesinaron porque yo presté ayuda en Connecticut —digo de forma tajante—. Eso no tiene ningún sentido.

—¿Prefieres culpar a Benton? —Me observa con frialdad.

—Prefiero culpar a quien la asesinó.

—No he dicho que esa sea la razón. —A Lucy se le ilumina el semblante, como si se le hubiera ocurrido una respuesta—. He dicho que el asesinato en masa y la función que representaste en él...

—¿La función que represente?

—No te pongas a la defensiva, por favor —me pide con tranquilidad—. Digo que eso puede haber precipitado lo que de todas maneras iba a ocurrir. A eso me refiero. Creo que había elegido a Gail como objetivo, pero tal vez decidió matarla ahora porque lo que salía en las noticias lo excitó y exacerbó esa mierda de obsesión enfermiza que tenía.

—Vi en la CNN que usted estaba allí, y luego mencionaron que había regresado a Cambridge —conviene Anne, y yo preferiría no haberlo oído—. El asesino podría estar interesado en usted. No es culpa suya que lo sucedido influyera en su decisión.

—¿Podemos empezar de una vez? —le pregunto mientras me viene a la mente la imagen del joven detrás de mi muro bajo la lluvia y en la oscuridad—. Tenemos que darnos prisa.

31

Dedicamos la siguiente media hora a tomar fotografías.

Rellenamos esquemas anatómicos, recogemos rastros de materiales de las superficies y orificios del cuerpo, y descubro más fibras azuladas en el interior de nariz y boca, y en el cabello. Las tiene en la lengua, entre los dientes y dentro de las fosas nasales, hasta donde alcanzo a explorar. No me explico cómo llegaron hasta allí.

No proceden de la tela blanca elástica en la que estaba envuelta, y no tendría sentido que fueran de la ropa que llevaba cuando la secuestraron y la asesinaron. Los comentarios del doctor Venter me vienen a la memoria mientras trabajo. Sospecha que Julianne Goulet inhaló fibras de un tejido de licra que podría ser azul, y es muy posible que lo que estoy viendo sea algo similar.

—Durante la autopsia tenemos que buscar esto en las vías respiratorias y los pulmones —le digo a Anne, levantando con el fórceps una hebra tan delicada como una telaraña. La deposito sobre un portaobjetos y le pongo un cubreobjetos encima.

—¿Cree que ha aspirado fibras? Sería muy raro, a menos que fueran de una prenda que soltaba mucha pelusa. —Anne abre un PERK, un kit de recogida de pruebas físicas.

—Lo dudo —respondo—. Si fuera así, habría pelusas por todas partes. Pero una posible explicación sería que le taparon la cara con una tela azul mientras ella pugnaba desesperadamente por respirar.

—Es lo que ocurre a veces con personas a quienes han asfixiado con una almohada —reflexiona—. He encontrado partículas de plumas y fibras en sus vías respiratorias y pulmones.

—Pero por lo general no presentan lesiones importantes, porque las almohadas son blandas.

—Siempre he pensado que ese es el verdadero motivo detrás de algunos casos de síndrome de muerte infantil súbita. La madre, sumida en la depresión posparto, usa una mantita o una almohada de bebé.

—Madre mía, qué deprimentes sois las dos —suspira Lucy.

Llevo el portaobjetos hasta una encimera de trabajo sobre la que hay un microscopio de luz polarizada y, tras colocar el objetivo de cien aumentos, ajusto el foco y echo un vistazo por los oculares. La fibra es en realidad un conjunto de hebras pegadas entre sí como un haz de cables eléctricos, de varios colores, como el verde pálido y el melocotón, entre los que predomina el azul.

—Sintética. —Regreso a la mesa—. Ya se encargará Ernie de averiguar más detalles —añado sin dejar de pensar en las fibras azuladas de licra del caso del doctor Venter—. En el cabello, en los dientes, muy adentro de los senos nasales. —Saco un espéculo de plástico de su envoltorio estéril—. Eso me infunde fuertes sospechas de que la asfixiaron con una tela elástica, y un tejido sintético multifilamento, sin duda, tiene cierta flexibilidad.

—Como el pantalón de poliéster que llevaba cuando era una cría. —Anne recorta unas uñas que guarda en un sobre—. Era lo bastante elástico para marcar todos los pliegues de grasa. Sí, aunque les cueste creerlo, era una bola de sebo y no fui al baile de graduación. O sea que las fibras no corresponden a la tela que la envolvía, porque es blanca.

—No, está claro que no corresponden —contesto—. La tela blanca fue el toque final, cuando ya estaba muerta. El tipo la llevó a algún sitio donde podía colocar el cuerpo en la posición en que está ahora y dejarlo allí hasta que se presentara el *rigor mortis*.

—¿Y eso cómo lo sabes? —Lucy se aparta de la mesa, observándonos.

—Por las alteraciones *post mortem* —aclaro—. La pose en la

que se encuentra es la misma que tenía cuando se enfrió y empezó a ponerse rígida conforme la lividez y el *rigor* se apoderaban del cuerpo.

—Él le extendió el brazo así a propósito. —Lucy estira el suyo y deja caer la muñeca.

—Exacto.

—Y esperó a que se endureciera como una escultura de arcilla —señala Anne.

—Qué extraño. —Lucy cavila sobre este detalle—. ¿Por qué?

—¿Por qué hacen esos sujetos las cosas que hacen? —replica Anne.

—Debe de tener algún significado.

—Creo que esa gente no sabe ni qué significa. —Anne me pasa un sobre para que le ponga mis iniciales—. Hacen cosas espantosas, pero si les preguntaras por qué, no tendrían la menor idea.

—Seguramente tienes razón —convengo.

—Tal vez sea algo que les viene de cuando eran bebés, o demasiado pequeños para acordarse —opina Anne—. Ya sabes, como cuando di un portazo sin saber que había un gato allí y le rompí la cola. Nunca lo superé, pero a lo mejor esa sería mi marca distintiva si fuera una asesina. Como me quedé traumatizada a los diez años, les hago cosas a los gatos. Les rompo la cola.

—¿Sabes qué? —dice Lucy—. Estás enferma.

—Dígale que eso no es cierto —me pide Anne.

Comenzamos a frotar con hisopos el interior de los orificios; de todos.

—La cubrió con otra cosa cuando estaba viva. —Lucy dirige su atención hacia lo que tengo en mi mesa.

—Eso explicaría la presencia de fibras bajo las uñas, en el pelo y en la boca —declaro, repasando mentalmente las posibilidades.

«Una forma de inmovilizar a sus víctimas sin dejar marcas», recuerdo haber pensado al estudiar los informes de los casos de Washington.

Evoco el momento en que, sentada en la cama, visualicé cada muerte atroz: una bolsa de plástico de la tienda de un *spa* llamado Octopus ceñida al cuello con cinta adhesiva, el rostro tornándose de un color rojo azulado oscuro, los ojos desorbitados de terror mientras el corazón bombea la sangre arterial y la cinta adhesiva obstruye las venas, provocando la aparición de hemorragias puntiformes en los párpados y la conjuntiva. Es como sujetar un globo a la boca de un grifo. El agua entra a borbotones y, como no tiene adónde ir, la presión aumenta hasta que el globo estalla, y me imagino el rugido de la sangre en la cabeza de la víctima, su desesperación por respirar. Pero Gail Shipton no tenía una bolsa sobre la cabeza, y tal vez él no las ha usado para matar a ninguna de sus víctimas.

Quizá la hipótesis del doctor Venter sea correcta. Las bolsas son un adorno morboso que el asesino añade a la pose simbólica en que coloca los cuerpos cuando los deja expuestos, pero no se molestó en dar ese último toque a Gail Shipton porque ella había interrumpido el ritual y la fantasía al morirse antes de lo previsto. Tal vez él asfixia a las víctimas con una tela suave y elástica, posiblemente de licra, lo que explicaría la ausencia de heridas defensivas. También explicaría que hubiera fibras en lo más profundo de las cavidades nasales de Gail Shipton, así como en las vías respiratorias y los pulmones de Julianne Goulet.

Las víctimas de estrangulación suelen resistirse como jabatos, pero no hay indicio alguno de que estas mujeres lo hicieran. Como dice Benton, es como si hubieran muerto plácidamente, lo que resulta del todo imposible. La gente no actúa así. En los casos de suicidio por asfixia, la biología toma el control una vez que esas personas deciden acabar con su vida y ponen en práctica su plan. Intentan agarrarse de la soga que les rodea el cuello mientras se balancean y se retuercen tras volcar de una patada el objeto que los sostenía. Tratan de arrancarse la bolsa que les cubre la cabeza y luchan hasta el momento en que se ahogan. El dolor y el pánico los llevan a arrepentirse, pues cada célula proclama a gritos que quiere permanecer con vida, y me imagino qué ocurriría al envolver a alguien de pies a cabeza en una tela sintética que da un poco de sí. Un tejido elástico.

El examen pélvico no revela indicios de agresión sexual: ni semen, ni contusiones ni inflamación, así que paso rápidamente a lo siguiente. Tengo una misión, una tarea científica adicional antes de empezar con la autopsia, así que, tras acoplar una cuchilla nueva al escalpelo, practico una incisión en Y a lo largo del torso que se desvía en torno al ombligo. Retiro tejido pero no aparto aún la placa pectoral formada por las costillas. Encuentro la bifurcación de la aorta frente a las articulaciones sacroilíacas, en la zona superior de la pelvis. Introduzco unos angiocatéteres en la arteria ilíaca externa izquierda y, con una jeringa grande, bombeo a través de ellas líquido rosa de embalsamar con un poco de agente no iónico que aparecerá de color blanco neón en el tac.

Inunda las venas y las arterias, que se dilatan visiblemente bajo la superficie de la piel como si la sangre de Gail Shipton volviera a circular. Casi parece viva, y, sin embargo, mi mesa en la sala de autopsias huele como una funeraria.

—Pongámosla de nuevo en el escáner. —Me quito los guantes y la visera—. Veamos si tenía algún problema con las estructuras vasculares, y si sufrió un paro cardíaco antes de que él pudiera asesinarla.

—¿Cuál crees que fue exactamente la causa de la muerte? —pregunta Lucy.

—Seguramente habrá que realizar un diagnóstico por exclusión —contesto—. Determinar cuáles no fueron las causas quizá nos ayude a averiguar qué sucedió. Sé, por ejemplo, que en cierto momento se le disparó la presión sanguínea, ocasionando hemorragias petequiales en la conjuntiva.

Desengancho la mesa de autopsias del fregadero y suelto los frenos de las ruedecillas giratorias.

—Contemplo la posibilidad de que ella muriese de un paro cardíaco mientras él le administraba una descarga con una pistola eléctrica —explico—, o quizá mientras intentaba asfixiarla con algo que le dejó fibras en la nariz y boca. Quizá pugnaba por respirar, pero creo que por poco rato, menos del que se tarda habitualmente en asfixiar a alguien, sobre todo si el asesino se toma su tiempo, alargando la agonía para obtener un placer sádico.

—A lo mejor espera a que pierdan el conocimiento, luego afloja la tela para que puedan respirar y vuelve a hacerlo una y otra vez —aventura Anne.

—Es posible, pero no en el caso de Gail, no habiendo un neumotórax. ¿Alguna vez se quejó delante de ti de dolor en el pecho o problemas cardíacos? —le pregunto a Lucy.

—No explícitamente. Se quejaba de que estaba muy estresada. Como ya te había comentado, a veces decía que le faltaba el aire. Suspiraba a menudo, se cansaba a menudo, pero podía ser por la ansiedad, y no hacía ejercicio. Como máximo, caminaba de vez en cuando en una cinta. —Mira con fijeza el rostro de Gail Shipton, con el suyo propio convertido en una máscara que se torna más rígida con cada minuto que pasa.

—¿Cómo lo llevas? —inquiero.

—¿Tú qué crees?

—No tienes por qué estar aquí.

—Eso no es verdad. Y no me afecta de la manera que crees. —Empujamos la mesa en la que yace Gail Shipton a través de la sala de autopsias—. Se hizo esto a sí misma. Eso es lo que me da rabia.

—No fue ella —replico—. Se lo hizo otra persona.

—No la culpo por lo que hizo, sino por lo que puso en marcha.

—No la culpes —le digo a mi sobrina—. Nadie merece que lo asesinen. Me importa una mierda lo que haya hecho.

Tras entrar de nuevo en la sala de radiología, cubrimos la mesa del escáner con sábanas limpias y tendemos el cuerpo boca arriba. Inyecto más líquido de embalsamar por la arteria ilíaca, Anne aprieta un botón, y la mesa se desliza al interior de la máquina con un zumbido suave. Inclina el pórtico y pulsa un botón rojo para fijar el punto de referencia en que se intersecan las líneas de láser en la cabeza.

—Iniciaremos el escáner por la carina, el cartílago traqueal inferior, y subiremos hasta la parte superior de la órbita —indico.

Nos situamos detrás del cristal, ante la consola de Anne, encendemos la señal luminosa de «Atención: rayos X» y cerramos la puerta. El nivel de radiación en la sala solo es seguro para un muerto.

—Modelado de volumen virtual en 3D, de dentro hacia fuera —decido—. Cortes muy, muy finos, de un milímetro, con un incremento entre ellos. ¿Qué opinas?

—Cero coma setenta y cinco por cero coma cinco. —Anne enciende el escáner desde su ordenador.

Comienza a emitir unos sonidos rítmicos. Zum, zum, bip, bip. Está calentándose. Oímos girar el tubo de rayos X, y ella selecciona «tórax» en el menú y abre una ventana centrada en la zona de interés, las estructuras cardíacas. Es allí donde comenzaremos. Quiero saber si Gail Shipton padecía algún defecto vascular que pudiera ocasionarle la muerte súbita que, como sugiere Benton, quizá malogró los planes del Asesino Capital.

Cuando le disparó con la pistola paralizante, ¿sufrió una arritmia y falleció antes de que él pudiera asfixiarla? ¿Le falló el corazón mientras luchaba violentamente por respirar, impidiendo al asesino completar su tortura? Albergo la sospecha de que las hemorragias puntiformes en las conjuntivas podrían obedecer a una constricción del flujo sanguíneo, posiblemente a un problema con una o varias válvulas. Las víctimas de Washington presentaban petequias dispersas en mejillas y párpados, mientras que las roturas de los vasos capilares de Gail Shipton son de un color rojo intenso.

«¿Qué te ocurrió?»

—Si sigues el contraste a través de los vasos —le explico a Lucy—, verás las estructuras con todo detalle, nítidas y brillantes como carreteras bien iluminadas. Y aquí está el problema. Justo aquí. —Señalo el monitor—. Estamos viendo en tiempo real un defecto del que ella seguramente no sabía nada.

—Vaya, qué lástima. —Anne desplaza el cursor, abre una ventana nueva y captura la imagen—. Da miedo pensar en lo que puede estar creciendo en nuestro interior, listo para fastidiarnos el día.

Le muestro a Lucy el estrechamiento de una arteria coronaria que causaba que el flujo de sangre al corazón fuera insuficiente.

—Una estenosis aórtica valvular que provocó el engrosamiento de la pared muscular del ventrículo izquierdo —declaro—. Tal vez se trate de una afección congénita, o tal vez sufrió de niña una infección bacteriana que ocasionó inflamación y fibrosis. Una inflamación de garganta, por ejemplo, que degeneró en fiebre reumática. —Recuerdo lo que dijo Bryce sobre los dientes de Gail

Shipton—. Tal vez por eso tenía malformación del esmalte, si le administraron antibióticos como la tetraciclina.

—¿Qué efectos tendría sobre ella ese problema valvular? —pregunta Lucy.

—Con el tiempo, el corazón habría seguido perdiendo la capacidad de bombear la sangre, hasta el punto en que el músculo dejaría de dilatarse.

—Lo que significa que tenía muchos números de que le fallara el corazón. En otras palabras, no tenía una vida larga y saludable por delante —dice Lucy, como intentando convencerse a sí misma.

—Nunca sabe uno qué le depara el destino —asevera Anne—. ¿Se acuerdan de Jim Fixx, el gurú del *footing*? En una ocasión salió a correr como todos los días y cayó muerto a causa de un ataque al corazón. Más de un millonario ha sido fulminado por un rayo en un campo de golf. Patsy Cline se fue al otro barrio en un accidente de avión. Elvis murió sentado en el retrete, lo que seguramente no entraba en sus planes cuando se levantó aquella mañana en Graceland.

—Ella habría notado fatiga, dificultad para respirar, palpitaciones. Quizás habría sentido debilidad después de hacer esfuerzos, lo que cuadra con lo que me has descrito —le digo a Lucy mientras estudio el tac—. Tal vez habría experimentado hinchazón en pies y tobillos.

—A veces se quejaba de que le apretaban los zapatos. —Lucy parece más fascinada que taciturna o triste—. Le gustaba llevar calzado sin cordones o sandalias.

Me viene a la mente la imagen del zapato plano imitación piel de cocodrilo que Marino encontró detrás del bar Psi.

—Por lo que dices, parece que ya empezaba a manifestarse una descompensación. ¿Se hacía chequeos frecuentes? —pregunto.

—Solo sé que odiaba a los médicos.

—Su corazón tenía que latir con más fuerza de lo normal —continúo explicando.

—Odiaba a la gente, de hecho —dice Lucy—. Era introvertida y antisocial, y yo tendría que haberme percatado de eso cuando intentó ligar con nosotras.

—¿Ligar con vosotras? —Anne se vuelve en su silla, boquiabierta—. ¿Intentó ligar con Janet y contigo en un bar? Vaya, eso sí que es vivir peligrosamente.

—En el bar Psi, una noche, la primavera pasada —aclara, y caigo en la cuenta de que por ese entonces yo aún no sabía que Janet y Lucy volvían a estar juntas.

No me gusta que me recuerden las cosas que mi sobrina no me cuenta. A estas alturas ya debería ser indiferente a sus secretos y engaños, o por lo menos no obsesionarme con ese rasgo de su personalidad. ¿Por qué habría de importarme, cuando vivo más tranquila sin saber gran parte de lo que me oculta? Llevo casi treinta años preguntándomelo, desde que Lucy era una *enfant terrible* que fisgoneaba en mi ordenador, mi mesa, mi vida personal, todos los aspectos de mi ser. Conocía a Gail Shipton y no la altera verla muerta, ver sus órganos internos, oler la muerte y percibir su frialdad.

—Nos envió unas copas con el camarero. Luego arrimó una silla a nuestra mesa y nos pusimos a charlar. Al principio me pareció que había algo raro en ella, pero estábamos cerca del MIT. —Lucy se encoge de hombros—. La gente es un poco distinta. Nunca volví a verla tan simpática como esa noche, y con razón. Era puro teatro.

—Teatro interpretado por una persona que era un infarto con patas —dice Anne—. Si te imaginas que las válvulas son puertas, las suyas no se abrían ni se cerraban bien. Cuesta creer que no sintiera palpitaciones en el pecho, quizás una angina.

—Debió de creer que eran síntomas del estrés —dice Lucy—. Era uno de los argumentos de Carin contra Double S. La tensión que Gail padecía por lo que ellos estaban haciéndole afectaba a su salud, causándole sensación de ahogo, opresión en el pecho y una ansiedad aguda que reducía su productividad.

—Si querían esgrimir eso como argumento, ¿por qué no se hizo Gail un examen físico? —pregunta Anne.

—No quería que un certificado de buena salud lo desmintiera todo.

—Lo irónico es que no se lo habrían dado. ¿Ves ese estrechamiento en la válvula mitral? —señalo en el tac—. También podría haberle causado problemas.

—Cuando seleccionas a tu víctima, te toca lo que te toca —comenta Anne—. En cuanto el muy hijo de puta le provocó un sufrimiento físico agudo, ella probablemente murió.

—Sabemos que se le murió de una manera u otra. —Lucy escudriña la imagen en 3D del corazón dañado de Gail Shipton como si fuera una metáfora de cómo era en realidad—. Defectuosa —añade—. Menos mal que no podemos verlo en todo el mundo —dice con un dejo de frialdad.

—La causa de la muerte será paro cardíaco por estenosis valvular al que contribuyeron un neumotórax izquierdo y un sufrimiento físico agudo por haber recibido una descarga con una pistola paralizante —concluyo.

—Homicidio por enfermedad cardíaca —dice Anne, cínicamente—. Los abogados lo pasarán bomba con eso. Dirán que se le partió el corazón porque Double S la estafó —agrega en el instante en que la puerta se abre de golpe.

Bryce irrumpe en la habitación en tromba sujetando en la mano una hoja de llamadas rellenada con su letra pulcra y apretada.

—¡Hostia puta, hostia puta, hostia puta! —exclama, tendiéndome el papel. Me basta con una ojeada para ver que se trata de un caso sobre el que Marino acaba de informar por teléfono—. ¡Ha habido una masacre terrible en Concord!

32

El motor V diez del cuatro por cuatro de Lucy suena como una mezcla entre un Humvee y un Ferrari, un resoplido, un gruñido y, de fondo, un ritmo de dos tiempos de caucho grueso de la banda de rodamiento al girar sobre el asfalto, una combinación de rasgueo y repiqueteo. Los gigantescos neumáticos parecen flotar por encima del pavimento más irregular, como si mi asiento de piel color coñac fuera una nube.

Mi sobrina llama a su última adquisición «machacadora con ruedas y suspensión neumática», por lo que acepté su oferta de transporte, pues no tenía la menor intención de viajar con Rusty y Harold en el vehículo de gran capacidad al que nos referimos como «camión de reparto». No tenía ganas de estar con ellos, y tampoco quería parar en algún sitio para llenar el depósito de lo que Bryce encontrara para mí en el aparcamiento. Hay más cadáveres en camino y mis médicos ya no dan abasto con las autopsias, así que he preferido no pedirle a uno de ellos o a Anne que me acompañe a la escena del crimen. Lucy puede ayudarme, y Marino estará allí.

Me siento mejor dentro de un vehículo blindado que me recuerda a Darth Vader o a los potentados de Oriente Medio cuyas preocupaciones giran en torno a guerras galácticas, bombas y balas. Me alivia estar en el cuatro por cuatro de Lucy. Me alivia su compañía. La información que me ha comunicado Marino por teléfono mientras salíamos del almacén es escasa. Y también espeluznante, casi hasta un extremo irreal. La llamada que alguien ha hecho a la policía esta mañana para denunciar a un tirador activo no iba desencaminada en el sentido de que un demente estaba perpetrando una matanza en Concord.

Sin embargo, el sospechoso que había sido visto corriendo por Minute Man Park esta mañana no estaba allí para acribillar a unos niños que habían ido de paseo. Probablemente, ignoraba que ellos estarían allí cuando huyó a través de las hectáreas de bosque que separan el campo de batalla de la guerra de Independencia de los ondulantes prados, los edificios anexos y las oficinas principales de la sede de Double S, una granja de caballos y una empresa financiera donde por lo menos tres personas han muerto en lo que Marino me ha descrito como «una carnicería tipo Jack el Destripador».

Dice que las víctimas no lo vieron venir y murieron degolladas mientras comían o estaban sentadas en sus sillas. El sospechoso, que según los testigos es un varón joven con vaqueros y una sudadera oscura con capucha y una imagen estilo Andy Warhol de Marilyn Monroe estampada en ella, salió de golpe de entre los árboles y cruzó con paso veloz un puente peatonal de madera. Se abalanzó contra una panda de críos de cuarto de primaria que iban por un sendero y «los mandó volando en todas direcciones como bolos», en palabras de Marino. Después, atravesó a la carrera la calle Liberty hasta un aparcamiento público repleto de coches.

Se desató el caos y la confusión, hasta tal punto que nadie parecía saber qué le ocurrió después de que se oyeran unos petardazos que sonaban como disparos, y niños y maestros se aferraran unos a otros para echar a correr o arrojarse al suelo. Cuando se presentaron unidades de la policía y los SWAT, el hombre se había esfumado sin dejar rastro. Nadie recordaba haber visto un vehículo alejarse a toda velocidad poco después del incidente. El helicóptero de urgencias dio media vuelta, y la policía seguramente habría concluido que todo había sido una falsa alarma de no ser por un detalle importante.

Los agentes de Concord que registraron el parque en la zona donde el hombre había sido avistado descubrieron un sobre grueso con manchas de sangre en el que constaba Double S Gestión

Financiera como remitente. Contenía diez mil dólares en billetes de cien. Se hallaba debajo del puente peatonal que el hombre había cruzado corriendo, y al parecer se sobresaltó ante la multitud de niños y maestros que se interponían en su camino y, presa de la turbación y la alarma, dejó caer lo que Marino llama «pasta de fuga».

«Hasta ahora, han muerto tres personas por diez mil míseros pavos, un poco más de tres mil cada uno, un precio irrisorio para una vida, aunque las he visto más baratas —me dijo Marino por teléfono—. Una sudadera con una imagen de Marilyn Monroe, y bingo: Haley Swanson, que llevaba tiempo en paradero desconocido, reaparece y sabemos qué ha hecho. Joder, menos mal que yo estaba en tu casa cuando él fue a espiarte desde detrás de tu muro. ¿Te lo imaginas? Mata a Gail Shipton y luego vuelve a por más, te acecha y está a punto de secuestrarte en tu propio patio. Debe de haberme visto bajar del coche con *Quincy*. —Marino quiere creer que me salvó, y yo no se lo discuto. Da igual—. No podía saber que yo pasaría a recogerte y que tú no irías en coche sola hasta la escena del crimen, por lo que sus planes se fueron al carajo.»

No le he dicho que esta explicación no me convence. Ha sacado sus conclusiones, y no escuchará a nadie. Pero no creo que la persona que vi esta mañana albergara la intención de hacerme daño mientras estaba fuera con mi perro. No sé qué quería, pero había tenido ocasiones de sobra para atacarme durante los días y noches que pasé a solas en casa, enferma de gripe. Al pensar en mis sueños febriles y el hombre de la sudadera que aparecía en ellos, me pregunto si se trataba de destellos de clarividencia. Me encontraba bajo vigilancia estrecha. Estaba presente en los pensamientos obsesivos de un desconocido, y una parte de mí lo sabía.

Estoy segura de que me sentí observada cuando saqué a *Sock* al patio trasero, después del anochecer. Y si es verdad que Haley Swanson me acosaba o vigilaba mi hogar porque pretendía robarme o algo peor, ¿por qué no lo hizo? Quizá porque vio que tenía un arma, supongo. Pero tampoco creo que esa sea la razón. Tal vez Lucy está en lo cierto al insinuar que el Asesino Capital se interesó en mí porque había salido en las noticias; sí, una cosa podía llevar a la otra. La violencia sexual se origina como una fantasía, y lo que un asesino demente se imagina puede ser avivado por lo que ve.

Recuerdo las pisadas de una persona que se adentró en el campus del MIT a lo largo de las vías de tren mientras llovía y recorrió el camino inverso más tarde. Nuestra casa está a solo tres kilómetros del lugar donde se encontró el cuerpo de Gail Shipton, y si su asesino estaba mínimamente bien informado, habría sabido que había muchas posibilidades de que yo acudiese a la escena. Tal vez estaba espiando. Tal vez, escondido detrás del muro, había visto que las luces de mi casa se apagaban, Marino llegaba en su coche, y, poco después, yo salía con *Sock*.

Percibí la presencia de quien bien podría ser el asesino. Lo oí ahí detrás, luego lo vislumbré y él huyó. Con pies ligeros enfundados en zapatillas minimalistas, regresó al MIT para presenciar el resto de la escena. Mi llegada, el aterrizaje del helicóptero; el espectáculo que él había montado seguía su curso. Quizá Benton tenía razón, y el asesino se marchó definitivamente antes del amanecer para ir a recoger su coche.

«El móvil más simple, el más antiguo del mundo —me ha comentado Marino hace un rato—. Sabemos quién ha sido y dudo que haya llegado muy lejos. Tal vez se oculta en una granja, cobertizo o granero. Hemos llamado a la policía de los departamentos de la zona, y organizaremos una búsqueda puerta a puerta hasta que demos con él. —Se refiere al NEMLEC—. Haley Swanson robó el dinero en Double S, la situación se le fue de las manos y mató a todo el mundo.» Sé que esa no es toda la historia, ni tan solo una parte. Quizá ni siquiera sea verdad.

No se trata de un robo que ha salido terriblemente mal. Estoy convencida de que las sospechas de la policía no van bien encaminadas en esta etapa tan temprana de una investigación de la que se hará cargo el FBI, si es que no lo ha hecho ya. Minute Man es un parque nacional y, por tanto, jurisdicción de los federales, que, sin duda, se aprovecharán de ello para justificar su intervención. Me extrañaría que Benton no se hubiera puesto en acción. No aguardará a que lo invite la policía de Concord, Marino, el NEMLEC o nadie más, incluido su jefe, que no querrá tenerlo cerca, pero eso no lo disuadirá. Gail Shipton, que se había querellado contra Double S, está muerta, y ahora también han muerto unas personas en Double S. Benton estará pensando en el Asesino Capital, mientras que yo no dejo de ver el holograma de un pulpo en las bolsas de plástico con que les habían cubierto la cabeza a esas mujeres de Washington.

Visualizo unos tentáculos poderosos que brillan en tonos irisados, un ser marino que habita en el fondo, dotado de una gran flexibilidad y elegancia, un maestro del camuflaje que se apretuja en huecos increíblemente reducidos, cuatro pares de brazos unidos a una cabeza inteligente con una boca en forma de pico. El invertebrado ha sido utilizado como símbolo por parte de imperios malignos que abusan de su poder y someten a pueblos enteros. Gobiernos fascistas, conspiradores, imperialistas, Wall Street. El escritor y dibujante Dr. Seuss retrató a los nazis como un pulpo.

Tal vez la metáfora sea una coincidencia, y tal vez no. Tal vez el asesino se considere un superhombre poderoso con un dominio absoluto sobre aquello de lo que decide adueñarse, pero yo lo considero algo mucho más banal y chapucero, como conectar varios aparatos a una sola fuente de electricidad y ocasionar una sobrecarga con chispas, fuego y una explosión.

Una conexión tipo pulpo, una forma peligrosa de enchufar demasiados cables a una sola toma de corriente y hacer estallar el circuito, eso es lo que creo que ocurrió. Intuyo la rabia y la arrogancia de alguien silencioso y rápido, me vienen a la memoria las vías de tren y el asesino que huyó por ellas, calzado con zapatillas con dedos, saltando de una traviesa resbaladiza a otra en la oscuridad, un Nijinsky infernal que es un divo, pero no necesariamente tan equilibrado como él cree, ni emocional ni mentalmente.

—Se supone que el sospechoso se presentó en las oficinas —continúo repitiéndole a Lucy el resumen que me ha hecho Marino—. Creen que la puerta no estaba cerrada con llave, de modo que él se coló en el edificio y mató a las tres primeras personas que vio.

—¿Quiénes eran? —me pregunta Lucy mientras avanzamos por la avenida Massachusetts, entre una iglesia de Ciencia Cristiana y los edificios de ladrillo oscuro de la Facultad de Derecho de Harvard.

Advierto que hay muchos coches de policía.

—No los han identificado aún. —Consulto mi correo electrónico por si me han mandado un aviso del sistema de respuesta para casos de emergencia.

—Si son empleados de Double S, ¿cómo es posible que no sepamos sus nombres?

—Según Marino, los cadáveres no llevan identificación, pues aparentemente el asesino les robó la cartera. La policía podría tener alguna idea, pero no se ha confirmado nada.

—Pero allí trabajan más personas —dice Lucy como si lo supiera de buena tinta, y es lógico.

Es testigo en el pleito contra Double S. Prestó declaración en una fecha tan reciente como el domingo pasado y repasó el caso durante horas con Gail Shipton y Carin Hegel. Conoce bien los detalles. Seguramente sabe más acerca de Double S que la mayoría de la gente. Habrá procurado informarse lo mejor posible.

—Tres personas es lo que me han dicho, pero podría haber otros cadáveres que aún no han encontrado —contesto—. Y Seguridad Pública está alertando a los departamentos de policía y colegios de la zona de que se está llevando a cabo una búsqueda.

—Genial —murmura Lucy—. Todos creerán que se trata de un puto atentado terrorista.

—«Al menos tres muertos en lo que parece una ejecución planeada» —leo lo que se ha publicado por el momento.

—¿De dónde narices ha salido eso? ¿Quién se encarga de los comunicados de prensa? Deja que adivine.

—Han cerrado Harvard, el MIT, la Universidad de Boston y todas las escuelas de posgrado. En el hospital McLean solo queda el personal mínimo indispensable. —Reviso los avisos que llegan a mi buzón de correo electrónico—. «El FBI...»

—Ya estamos —me interrumpe Lucy, indignada—. No han perdido ni un segundo. Muy pronto tendrán las narices metidas en todas partes.

—«El agente especial al mando de la división de Boston, Ed Granby...»

—Más propaganda —me corta Lucy.

—«... pide a la ciudadanía información sobre el joven varón

que ha sido visto huyendo de Minute Man Park y que faciliten cualquier foto o vídeo en el que aparezca.»

—Buena suerte. A la gente de Concord no le va mucho colaborar con la policía a menos que vea a alguien conduciendo su cuatrimoto por un humedal o pisando plantaciones protegidas.

—Es uno de sus típicos comentarios ácidos sobre el lugar donde vive.

—Las víctimas son un hombre y dos mujeres. Eso es todo lo que Marino ha podido decirme —añadió—. Tendremos que recurrir a la información de la que disponga Carin Hegel. Asesinaron a su clienta, Gail Shipton, y ahora también a personas de la empresa contra la que se había querellado.

—Carin no tendrá nada que nos sirva —afirma Lucy. Atravesamos a toda velocidad Porter Square, dejando atrás su centro comercial, a la derecha, luego la oficina de correos, iglesias y una funeraria—. Estaba trabajando en un caso sencillo que, en realidad, no lo era en absoluto —agrega. Nos adelantan más coches de policía sin luces parpadeantes ni sirenas. Cambridge, Somerville, Quincy. «NEMLEC», me digo—. Si no estaba asustada ya, ahora seguro que lo está —añade.

Le comento que me topé con Hegel en un juzgado federal de Boston el mes pasado. Me dijo que estaba aislada en un lugar que no podía revelar hasta que finalizara el juicio, y tildó a Double S de «banda de matones».

—¿Sabes dónde está? —Capto un asomo de sonrisa en los labios de Lucy, como si lo que le he explicado le pareciera divertido.

Tal vez solo sea un efecto de la luz de la tarde, que se ha vuelto volátil, debido a los nubarrones grises, agitados y achatados por arriba, como yunques, que vislumbro a lo lejos, encima del océano y el puerto exterior. La lluvia ha cesado en esta parte de la costa y en el sur de Boston, y cuando alzo la vista hacia las nubes más cercanas, el viento cambia de dirección enloquecido, como una brújula en una tienda de imanes. Empiezan a formarse células de tormenta, deshilachadas por debajo como gasa desgarrada, anunciando más precipitaciones. Por fortuna, la escena del crimen a la que nos dirigimos se encuentra bajo techo.

—¿Es posible que ella esté en peligro? —insisto.

—Su caso corre peligro, pero ella no —responde Lucy, y entonces se me ocurre dónde debe de alojarse Carin Hegel.

—Está en tu casa.

—Está a salvo —asegura de nuevo con la misma sonrisa sombría danzándole en los labios. Observo su rostro de perfil, de rasgos angulosos y pronunciados, con el cabello colocado detrás de las orejas—. Está en casa, con Janet. Si se presenta alguien sin haber sido invitado, tendrás aún más trabajo del que ya tienes.

Lucy asume abiertamente la parte de sí misma que es capaz de matar, y ya lo ha hecho antes. Ni siquiera se trata de una faceta profunda, desagradable o difícil de encarar para ella, y en ocasiones envidio lo cómoda que se siente consigo misma. Sigo con la vista el contorno firme de su pierna hasta la bota apoyada en el acelerador, buscando una funda tobillera, pero no la encuentro. Lleva una chaqueta negra de piloto por encima del mono, con un montón de bolsillos donde puede guardar todo aquello que necesite. Estoy convencida de que va armada.

En el norte de Cambridge, hay mucho tráfico a esta hora: camiones de dieciocho ruedas y autobuses que circulan por el carril contrario en dirección a Boston, donde el cielo está brumoso y encapotado, pero no presenta un aspecto amenazador, como hacia el oeste. Justo por encima de nosotros, unas nubes blancas se ven desplazadas por otras grises e irregulares, y en los claros en los que asoma el azul, se entrevé una luz cegadora y extraña, como la que lo inunda todo cuando se avecinan tempestades violentas y huracanes, según recuerdo de cuando me crie en Miami.

Nadie dedica al cuatro por cuatro hecho a mano y de apariencia militar un gesto de aprobación ni de desprecio. La gente se queda mirándolo con una mezcla de fascinación y extrañeza, pasmo y desconcierto. Ningún vehículo se nos pega por detrás ni se nos atraviesa por delante. Solo los conductores distraídos que escriben mensajes o hablan por el móvil se acercan a la enorme máquina negra que gruñe como un felino de la jungla con patas tan descomunales como las de un dinosaurio. Lucy procura no correr demasiado. Si les proporcionara esa excusa, los policías la pararían por pura curiosidad.

—La puerta no podía estar abierta —asevera Lucy como exponiendo un hecho indiscutible—. Todas las puertas de la verja tienen cerraduras de seguridad, y en la entrada principal del edificio hay un lector biométrico de huellas dactilares como el del CFC. Es imposible que un desconocido entrara sin más y matara gente sentada frente a su escritorio.

Me debato en la duda de si debo preguntarle cómo sabe qué cerraduras tienen instaladas en Double S. Como de costumbre, tengo que ponderar mis opciones. Siempre son las mismas. ¿Pesa más mi necesidad de saber que el conflicto que se generaría si Lucy ha hecho algo que no debía?

—Bueno, ya veremos cuando lleguemos —me limito a decir.

—Alguien lo dejó entrar. Seguramente alguien le abrió la puerta, lo que significaría que a nadie de Double S lo inquietó verlo allí.

—A lo mejor él trabajaba allí —sugiero.

—Eso no encaja con un tipo joven que corre por el parque con una sudadera y un sobre de dinero. No es un empleado de plantilla, y la descripción no cuadra. En Double S no trabaja nadie de menos de cuarenta años. ¿No te ha mencionado Marino ese detalle? ¿Hay alguien a quien no hayan podido localizar?

—Dice que los socios se han ido a pasar las fiestas fuera de la ciudad.

—Son cuatro. Contables, inversores, abogados y ladrones, todo en uno —dice Lucy—. No están sujetos a un horario regular, y rara vez se presentan en la oficina. No me extrañaría que se hubieran ido a Gran Caimán o a las islas Vírgenes, embadurnados de crema y asándose como cerdos al sol, gastando el dinero que tanto les ha costado ganar —añade con un desdén evidente.

—Marino no me ha comentado que haya desaparecidos. Y correr por un parque público con un sobre de dinero me parece un acto desesperado, fruto del pánico y la imprevisión.

—Diez de los grandes en billetes de cien huelen a un pago de algún tipo. —Lucy intenta dilucidar la procedencia y la finalidad del dinero—. Una suma restringida con algún propósito.

Tomamos las curvas de la autovía de Alewife Brook, entre árboles que están pelados en esta época del año. Un carril para bicicletas desierto ataja entre ellos, como una cicatriz.

—Tienen un sistema de alarma y cámaras por todas partes —dice entonces Lucy—. Habrían visto a cualquiera que entrase en el recinto de la empresa a través de monitores, tabletas, teléfonos inteligentes o cualquier cosa que tuvieran a mano. Está claro que su presencia no alarmó a nadie, y por eso se salió con la suya. Pero no habrá grabaciones de lo que captaron las cámaras.

—¿Por qué lo dices?

—Si se grabaron imágenes y siguen guardadas, aunque apuesto a que no, ya habrán identificado al sujeto. Un sistema de cámaras múltiples de videovigilancia IP no sirve para nada si no hay grabaciones. La persona de la que hablamos tal vez esté desesperada o trastornada ahora mismo, pero desde luego no es idiota.

—¿Has estado allí? —me atrevo a preguntar.

—Nunca me han invitado.

—Si has hecho algo que pueda incriminarte —le digo—, es un buen momento para pensar en ello. No te interesa convertirte en objeto de atención si hay grabaciones de cámaras de seguridad en las que aparezcas. Sobre todo si el FBI se implica en la investigación. —Pienso en Granby y me pregunto qué más nos depara el día.

¿Qué fuerza se ha desatado aquí, y qué parte de responsabilidad, aunque sea indirecta, tiene él? En algún momento se presentará, y más vale que decida cuanto antes qué indicios me corresponden y debo mantener fuera de su alcance a toda costa.

—No aparezco en ninguna grabación —asegura Lucy—. Y si no han eliminado las imágenes de vídeo, seré yo quien las examine a menos que los fedememos lleguen antes. —El mote despectivo con el que se refiere al FBI fue la causa de que perdiera el trabajo cuando tenía veintitantos años, o más bien, a efectos prácticos, de que la echaran.

—Dios santo, Lucy. No se trata de un teléfono que puedas piratear.

—El teléfono me pertenece. La situación es distinta.

«Otra vez su sentido de la ética», pienso.

—No tienes por qué preocuparte —afirma—, pero la forma de funcionar de Double S revela mucho sobre ellos: una conciencia de la deshonestidad, de crimen organizado, de grandes empresas en las que casi nadie trabaja a horas preestablecidas, si es que trabajan, porque no hacen sus negocios a la luz del día. Los rumores no son nuevos, pero nunca han sido demostrados. El FBI ha metido la pata varias veces a lo largo de los años, y me pregunto por qué. Ahora que ha muerto gente, habrá que ver qué sale a la luz. Y no solo en relación con las víctimas.

—¿En relación con quién, entonces?

—Me sabe mal por Carin —dice Lucy—. No es culpa suya, pero tendrá que dar explicaciones.

—Espero que no estés involucrada en nada de esto. —La miro.

—No soy yo quien está involucrada, y lo único que he hecho es un par de misiones de reconocimiento. Lo mismo que habría hecho desde el aire. —No parece preocupada en absoluto, sino resuelta.

—¿Sobrevolaste la zona?

—Habría sido demasiado descarado y no muy útil. Mi helicóptero no es precisamente silencioso —contesta—. Lo que sí puedo decirte es que si te presentas sin invitación, no llegarás más allá de la cuadra principal, con su perímetro de cámaras, que supuestamente protegen a unos purasangres de Churchill sumamente valiosos. El asesino no se coló en el recinto. ¿Y los empleados de Double S que sí tienen horario laboral? ¿La señora de la limpieza, los peones de rancho, un encargado, un cocinero a jornada completa? Alguien sabe muy bien quién es pero calla como un bellaco.

—Marino cree que es Haley Swanson, el amigo de Gail. Un amigo íntimo, al parecer.

—La persona que publicó información sobre ella en la web del Canal Cinco. Recibí un aviso y vi el nombre, pero no había oído hablar de Haley Swanson, ni sabía que Gail tuviera amigos íntimos. —Mira los retrovisores, entrando y saliendo de los carriles con habilidad, sin esfuerzo, como cuando camina por una acera, siempre en cabeza y muy consciente de cuanto la rodea.

—Me da la impresión de que Gail no te lo contaba todo. —Le lanzo una indirecta.

—No tenía por qué. Además, aunque no lo sé todo, sé muchas cosas.

—Haley Swanson trabaja para la empresa de relaciones públicas Lambant y Asociados. A lo mejor Gail había solicitado sus servicios como gestor de crisis.

—¿Por qué habría de necesitarlo? Ella no era una figura pública y no realizaba actividades de cara al público, ni tenía siquiera una reputación que perder. Aunque estaba a punto —agrega Lucy.

—Anoche estuvo en el bar Psi —le informo—. ¿Con quién crees que podía estar?

—No me lo dijo cuando hablé con ella. No se lo pregunté porque me daba igual. Si hubiera estado con ese experto en relaciones públicas, tampoco me lo hubiera mencionado si creía que le convenía ocultarlo, como casi todos los aspectos de su maquinadora y deshonesta vida. Algunas personas cometen la estupidez de dar por sentado que nunca te enterarás. No tengo ni puta idea de por qué la gente es tan estúpida —espeta, y no alcanzo a distinguir si está enfadada, herida o avergonzada por haber caído en algún engaño de Gail.

—Hablo de Swanson como si fuera un hombre porque eso es lo que consta en su permiso de conducir, aunque parece haber ciertas dudas respecto a su sexo. Un agente que lo ha parado esta mañana afirma que tiene pechos.

—Si Gail lo conocía, debía de tener un buen motivo para no mencionármelo. Tal vez un conocido común le presentó al tal Swanson —añade Lucy, y me da la impresión de que está aludiendo a otra cosa, a algo desagradable y siniestro.

—También llamó a la policía para avisar que Gail había desaparecido, y cuando le dijeron que tenía que ir a comisaría a presentar la denuncia, optó por publicar la noticia en la web del Canal Cinco en vez de ello. Luego telefoneó otra vez a la policía y pidió que lo pasaran con Marino —le comunico mientras empiezan a caer las primeras gotas—. Todo esto tendría sentido si Haley Swanson se encontraba con Gail en el bar cuando ella salió para atender tu llamada y ya nunca volvió.

—Quizá Lambant y Asociados se encargaba de las relaciones

públicas de otra persona y fue así como se conocieron —elucubra Lucy, pensando en voz alta más que hablando conmigo.

No deja de chocarme lo muerta que parece la relación para ella. Tan muerta como la propia Gail Shipton, y en eso estriba el oscuro arte de la prestidigitación emocional que practica mi sobrina. Es capaz de amar y al momento siguiente no sentir nada en absoluto, ni siquiera rabia o dolor, ya que estas emociones también se le pasan al poco tiempo, dejándola sin nada más que lo que yo llamaba el «sombrero de magia de la amistad», cuando era una niña que se pasaba casi todo el día sola. «¿Dónde está fulano de tal?», le preguntaba yo, y ella se encogía de hombros, metía la mano en el sombrero imaginario y la sacaba vacía. «Puf», exclamaba y se ponía a llorar, y al poco rato la tristeza se iba lejos, tan lejos como la madre que nunca la ha amado.

33

Truenos lejanos retumban en oleadas de martilleos sordos, y una lluvia pausada comienza a golpetear el parabrisas con unas gotas grandes como monedas de veinticinco centavos. Le cuento a Lucy que es posible que alguien haya estado espiándome desde que regresé de Connecticut.

—Esta mañana, hacia las cinco y media, cuando he sacado a *Sock*, estaba detrás de la casa —le explico—. Creen que podría tratarse de Haley Swanson.

—¿Quién lo cree?

—La policía. Marino está convencido, desde luego.

—¿Por qué?

—El lugar donde fue visto el cuatro por cuatro de Swanson y la hora temprana refuerzan esa teoría —contesto—. El agente que habló con él también lo cree.

—¿Lo admitió Swanson cuando fue interrogado? ¿Reconoció que sabía quiénes sois Benton o tú y que se hallaba cerca de tu domicilio hoy a las cinco y media de la mañana?

—No. Pero dudo que se lo hayan preguntado directamente. Además, era lógico que no admitiera que estaba acechándome o vigilando nuestra casa con la intención de entrar a robar. Sobre todo si es alguien que tiene mucho que ocultar.

—Te refieres a si es el Asesino Capital.

—No poseo datos suficientes para llegar a una conclusión semejante, pero no lo creo.

—¿Y la descripción de la sudadera con capucha y una cara que supuestamente se parece a la Marilyn Monroe de Warhol? —pregunta Lucy.

—No me fijé en si esa persona llevaba algo así. Además, iba con la cabeza descubierta, pero tal vez no era porque no tenía capucha, sino simplemente porque no se la había puesto.

—¿Llovía?

—Me dio la impresión de que no iba lo bastante abrigado para este tiempo, o por lo menos para protegerse de la lluvia.

—Estaba revolucionado, acalorado, excitado y el corazón le latía a mil por hora. A lo mejor le daba igual que lloviera, y seguramente no era Haley Swanson —razona Lucy.

—Cuando el policía lo interrogó, no le pareció que llevara la ropa mojada. Lo más seguro es que el que andaba detrás del muro no fuera él, pero tampoco creo que tuviera la intención de hacerme daño.

—Aún no, pero siempre cometes ese error —señala Lucy—. Te niegas a aceptar que tu trabajo puede atraer a personas peligrosas hacia ti.

—Tuvo oportunidades de sobra, si eso era lo que pretendía.

—Es más probable que no estuviera preparado y que supiera que tú tenías la Sig. ¿A que sí?

—Le habría bastado con un disparo de su pistola paralizante, si hablamos de la misma persona. No me hubiera servido de nada disponer de un arma. Habría caído redonda.

—No sabes quién era —asevera Lucy, tajante—. Solo porque Haley Swanson rondara por tu barrio no significa que fuera él, y seguramente no lo era. Por otro lado, el mero hecho de que Marino haya decidido que Swanson es el hombre a quien han visto correr por Minute Man Park tampoco significa nada. No quiero sacar conclusiones precipitadas.

—Ninguno de nosotros debería sacarlas.

—Marino ha dictaminado que Swanson es el asesino. Por una simple sudadera con capucha.

—No es la única razón, pero debemos ser cuidadosos —replico.

—¿Tienes idea de dónde vive Swanson?

—Cerca de Conway Park. Al parecer se pasó antes por el Dunkin' Donuts de la avenida Somerville —le repito lo que ha dicho el agente Rooney.

—Si después de salir del Dunkin' Donuts se dirigió hacia los bloques de pisos de Windsor, tendría sentido que pasara por detrás de la Academia de Artes y Ciencias, a cuatro calles de tu casa. Seguramente pensaba ir a Beacon por Park.

—Me imagino que su nombre no ha salido a colación en las conversaciones con Carin Hegel.

—No, pero no me sorprende. Si yo no había oído hablar de él, probablemente ella tampoco.

—Cuando llamó a emergencias preguntó por Marino. He pensado que tal vez Gail lo había nombrado porque tú se lo habías nombrado a ella —agrego, aunque sé que no le gustará.

—Nunca hablé de Marino con ella. —Es su respuesta enérgica, que me trae a la memoria los comentarios que Benton le ha hecho a él esta mañana, en el MIT.

Lo puso furioso al recordarle que su camioneta con un fallo de diseño le había costado un ojo de la cara después de interponer una demanda colectiva. Lambant y Asociados, que representaban a la concesionaria, inventaron cuentos para culpar a los propietarios de haber ocasionado los daños por ser malos conductores. Todo esto era muy reciente, y quizá por este motivo Haley Swanson sabía quién era Marino. Le planteo esta posibilidad a Lucy.

—Lo que esto no explicaría —prosigo— es por qué Haley Swanson llamó a la policía y pidió hablar con él concretamente.

—Si estaba desesperado, sería comprensible —dice Lucy—. El tío habla con una operadora del teléfono de emergencias y no consigue nada, así que vuelve a marcar y pregunta por un agente cuyo nombre conoce.

—¿Alguna vez le comentaste a Carin Hegel algo sobre Marino?

—Ni sobre Marino ni sobre ninguno de nosotros, pero no guardo en secreto el lugar donde trabajo ni los amigos y familiares que tengo —alega Lucy—. Todos somos o hemos sido miembros de los cuerpos de seguridad o del sistema judicial penal, y

Gail tenía razones de sobra para ser consciente de que vivo rodeada de personas que podrían causarle problemas. Se había adentrado en un espacio aéreo bastante peligroso, y seguramente está mejor muerta. Ya no le quedaba más ilusión en la vida que lo que yo me vería obligada a hacer al respecto, y es una pena que me pusiera en esa tesitura, pero lo hizo.

Le escudriño el rostro, y me parece despreocupada, segura de sí misma y de sus convicciones, mientras conduce con una mano en el volante, la otra apoyada en la palanca que activa la tracción a las cuatro ruedas, con los dedos curvados en torno al pomo de fibra de carbono, en su cabina de mando del mismo material, repleta de instrumentos y *joysticks* dignos de una aeronave.

—¿Qué creías que te verías obligada a hacer, exactamente? —inquiero.

—Estaba a punto de revelarle la verdad a Carin. —Los limpiaparabrisas se deslizan sobre el vidrio, y más truenos resuenan con un rugido gutural que termina con un estridente restallido—. Ella habría dejado de representar a Gail, pero no me habría bastado con eso.

—Después de lo que me has contado, no te culpo por estar enfadada.

—Estaba reuniendo pruebas que pudiera esgrimir contra ella, así que no hacía más que esperar, porque nada me parecía suficiente. Fui una estúpida. Por eso no puedo albergar odio hacia nadie. Por eso incluso cuando lo noto en mi interior, lo destierro. Me esfuerzo mucho por desterrarlo, pero con ella no lo hice, y eso fue un error. El odio te vuelve estúpida.

El viento sopla por encima de la superficie de una gran masa de agua, al otro lado de la ventana de Lucy. De mi lado hay hileras de casas pequeñas que me recuerdan la avenida Baltic del Monopoly o las urbanizaciones ordenadas en filas que asocio con las bases militares.

—Las dos la conocisteis en el Psi, tomasteis unas copas y, cuando te diste cuenta, estabas colaborando con ella en un proyecto —recapitulo—. Puede que hace unos ocho meses no hubieras oído hablar de Gail Shipton, pero ella sí hubiera oído hablar de ti. Tal vez sabía que el bar Psi es un lugar que frecuentas.

—Seguramente no debería frecuentar ningún lugar. No es muy aconsejable.

—Tal vez no fue casualidad que enviara bebidas a vuestra mesa la primavera pasada.

—No fue casualidad, pero no se transformó en otra cosa hasta bastante más tarde —argumenta Lucy—. Se le estaba acabando el dinero, y en verano Double S hacía todo lo posible por disparar sus gastos legales. Estaba arruinándose y era demasiado orgullosa para decírselo a nadie. Pero los de Double S lo sabían. Sabían exactamente cuántos fondos le quedaban y cuánto tardarían en agotarse. Entonces la tendrían a su merced.

Percibo el rumor de los truenos y el olor de la lluvia en el aire fresco y húmedo que entra por las rejillas abiertas. A Lucy no le gusta recircular el aire ni pasar calor, así que huelo la piel cara de la tapicería nueva y el aroma a pomelo y a limpio de la colonia que lleva, la misma que le he comprado como regalo de Navidad y que aún no he podido envolver.

—¿Quién estaba presente cuando declaraste? —pregunto—. ¿Conociste a alguien de Double S?

—Solo a la escoria de sus abogados.

La luz se filtra a través de las sinuosas nubes y se refleja en el asfalto mojado, la inquietante claridad de las tormentas, y no hago más preguntas.

Llueve con menos intensidad conforme avanzamos hacia el oeste, y ante nosotras se abre una vasta extensión de agua poco profunda, bancos de arena y zonas protegidas.

—¿Y qué hay de Gail? —inquiero—. ¿Dónde estaba mientras prestabas declaración?

—Sentada a la misma mesa durante todo el rato.

—¿Qué actitud tenía? —Mis sospechas empiezan a cobrar forma.

—Una que no me inspiraba mucha confianza —responde Lucy. Debería haber desconfiado de ella antes, pero me abstengo de comentárselo—. No se le daba bien fingir. Ya nada se le daba bien.

A medida que nos acercamos a Concord, el bosque va cediendo el paso a claros, pastizales y campos recién arados que parecen de pana desteñida. Veo casas y graneros apartados de la autopista en esta parte del mundo poblada por familias tradicionalmente ricas y que crían gallinas o cabras y declaran algunas de sus tierras reservas naturales para conseguir desgravaciones fiscales. Abundan las fundaciones para la paz y el medioambiente, así como los cementerios famosos, y talar un árbol se considera casi un delito grave. Han prohibido las botellas de agua de un solo uso porque el plástico es pecado, y el vehículo de Lucy, que consume cantidades industriales de gasolina, debe de parecerles escandalosamente ofensivo a sus vecinos. Conociéndola, esa debe de ser la razón por la que lo compró.

Al cabo de unos minutos, atravesamos la calle principal en el centro de una población en la que pueden visitarse las casas de Ralph Waldo Emerson y Louisa May Alcott, al igual que sus tumbas y las de Thoreau y Hawthorne. Los restaurantes y tiendas son pequeños y pintorescos, y en cada esquina hay monumentos, placas conmemorativas y campos de batalla.

Tras cruzar unos prados y un río, enfilamos Lowell Road, doblamos a la derecha por la calle Liberty y pasamos junto al parque nacional de Minute Man. Veo a turistas y empleados vestidos con ropa de la época colonial, como si nada hubiera sucedido hace unas horas. Parecen no reparar en los coches camuflados ni los agentes de paisano que merodean por la zona. No prestan la menor atención a un equipo de televisión. Otra vez el Canal Cinco. Reconozco a Barbara Fairbanks, que habla a través de un micrófono sobre un puente peatonal de madera, tal vez el mismo que el asesino cruzó corriendo antes de asustar y dispersar a un grupo de niños.

La carretera tuerce hacia la izquierda, y la espesura se vuelve impenetrable; el típico bosque de Nueva Inglaterra, con densas frondas y nada de sotobosque. Un kilómetro y medio más adelante, al otro lado de un campo despejado, hay unas vallas electrificadas que han quedado inmovilizadas en posición abierta, y un cartel con las letras «SS» fijado en una columna de piedra, sin dirección. Lucy reduce la velocidad y entra en el recinto.

Baja la ventanilla cuando nos detenemos junto a un coche de la policía de Concord que está aparcado justo al otro lado de la valla.

Saco mis identificaciones del bolso y le entrego la fina cartera negra a ella, que se lleva la mano al bolsillo y extrae su placa del CFC.

—Centro Forense de Cambridge. Lucy Farinelli. Me acompaña la doctora Scarpetta. —Muestra nuestros documentos de identidad y placas al agente, que aparenta unos veinte años—. ¿Qué tal?

—¿Puedo preguntarte qué clase de vehículo llevas? —Se agacha y su rostro lleno de admiración aparece en la ventana.

—No es más que un cuatro por cuatro. —Me devuelve mis identificaciones.

—Sí, claro. Y el mío es un transbordador espacial. ¿Me permites echarle un vistazo?

—Sígueme.

—Imposible. —El hombre parece igual de embelesado con la conductora del cuatro por cuatro—. Tengo que asegurarme de que ninguna persona no autorizada acceda al recinto y ya he ahuyentado a media docena de periodistas. Menos mal que hace un día de mierda, o también habría helicópteros revoloteando. Me llamo Ryan.

—¿Has estado dentro?

—Es bastante alucinante. Yo creo que ha sido algún loco fugado de MCI. —Se refiere a la prisión masculina de media seguridad—. ¿Qué velocidad alcanza este trasto?

—Te propongo una cosa, Ryan: ven a verme cuando no tengas tanto trabajo y te dejaré darle una vuelta de prueba —asegura Lucy mientras yo intento telefonear a Marino.

Ella mete la marcha en su bestia mecánica y comenzamos a seguir un camino asfaltado que más bien parece una carretera. Más adelante se extienden hectáreas de prados bien cuidados, cobertizos de herramientas, graneros pequeños y el grande y rojo que ha mencionado Lucy. Avanzamos entre dos filas rectas de abedules de los que se está desprendiendo la corteza, cuyas hojas secas dispersas se aferran a las ramas y se adhieren al asfalto mojado.

Marino responde a mi llamada y le aviso que llegamos dentro de dos minutos.

—Aparcad delante. Nos vemos en la puerta —me indica—. Tengo tu maletín de campo. Procura taparte bien, Doc. Esto está como si alguien hubiera derramado un caldero de sopa de remolacha.

34

Más allá de las dependencias anexas y de una laguna natural, la sede central, un edificio de madera de dos plantas, se alza en el punto más alto de los inmaculados terrenos. Situada frente a prados y pastizales, se conecta a través de senderos techados con el resto del complejo, que no resulta visible desde el largo camino asfaltado salvo en su parte final, donde gira en redondo. Lucy me explica la distribución del lugar. Ya no le pregunto cómo lo sabe.

El tejado, de pendiente muy pronunciada, es de cobre ennegrecido como un centavo antiguo, y unas gruesas columnas de piedra se elevan a cada lado del porche. Sobre la puerta maciza hay unos montantes emplomados de borde biselado, y grandes ventanales en ambas plantas que supongo que ofrecerían una vista de campos ondulados, cobertizos, graneros y personas, si las persianas no estuvieran cerradas. Pienso en las cámaras de seguridad que detectarían a cualquiera que entrara sin haber sido invitado.

Ya no llueve, como si el poderío económico de Double S le permitiera controlar el tiempo, y, al echar la cabeza hacia atrás, noto el aire frío y húmedo en las mejillas y en el cabello. Mi aliento resulta levemente visible. El cielo está entoldado y oscuro como si faltaran unos minutos para el anochecer y no para las dos del mediodía. Me imagino lo que Benton está haciendo y lo que habrá averiguado. No tardará en llegar. Sería impensable que no viniera, y, de hecho, lo busco con la mirada.

Camino a lo largo de las filas de abedules plateados que en meses más calurosos se unen formando un toldo por encima del largo y negro camino de acceso, desplazo la vista por la laguna de color verde turbio hasta los pastizales pardos y vacíos cercados por empalizadas de palos grises. Los caballos deben de estar en la cuadra principal, por el mal tiempo, un encontronazo entre un frente cálido y uno frío que podría ocasionar que cayera aguanieve o granizo. Más allá de la cerca y de un prado bordeado de pasto azulado se encuentra un tupido bosque que conduce hasta el parque donde un fugitivo con sudadera ha asustado a niños y a maestros hace un rato. Calculo que debe de estar a kilómetro y medio en línea recta. Cada vez estoy más segura de que el intruso en Double S en realidad no era tal.

Hay media docena de coches de la policía de Concord y vehículos camuflados aparcados en una amplia superficie asfaltada, y diviso un lujoso Lincoln Navigator blanco y un Land Rover del mismo color que sospecho que son propiedad de Double S. El cuatro por cuatro de Marino tiene las ventanas ligeramente abiertas, y, en cuanto nos reconoce, su escandaloso pastor alemán, en el asiento de atrás, gimotea y golpea con las patas la puerta de la jaula, como si estuviera desesperado por escapar.

—Marino lo deja dormir en su cama —dice Lucy—. Ese chucho es una nulidad total.

—Supongo que para él no —replico—. Además, mira quién fue a hablar. Janet y tú le preparáis pescado fresco a *Jet Ranger* y deshidratáis verduras para dárselas como si fueran chuches. Debe de ser el bulldog más mimado del mundo.

—Mejor no toquemos el tema de quién mima a su perro.

Rodeamos el cuatro por cuatro de Lucy, aparcado cerca de un solario de piedra y cristal separado del edificio principal, aislado en medio de varios árboles de hoja perenne como una cabaña selvática. A través de las ventanas, que tienen las cortinas abiertas, vislumbro unos muebles de piel modernos, un sofá y dos sillones, y una mesa de pizarra sobre la que hay algunas revistas amontonadas de cualquier manera, además de dos tazas de café y un platito con tres o cuatro envoltorios marrones de magdalenas y una servilleta de papel azul. Veo lo que parecen unas virutas de chocolate cerca del plato, y me da la impresión de que la otra persona que ha tomado café no ha comido nada. La mujer de la limpieza no ha recogido la mesa.

Lucy continúa describiéndome el rancho y puntualiza que el solario no formaba parte de la finca originalmente.

—El edificio de oficinas es de roble rojo —explica—, y esto es de madera nueva de pino, pintada del mismo color. Lo construyeron la primavera pasada, casualmente en la misma época en que se produjeron los primeros asesinatos en Washington. Hay cámaras por todas partes excepto aquí.

—¿Casualmente? —repito.

Estudio el tejado, la entrada, la puerta de una sola hoja que da al interior de la pequeña construcción anexa, y no veo el menor rastro de un sistema de seguridad. No hay un teclado de alarma a la vista en aquel espacio reducido que consta de una sala de estar y lo que parece un aseo.

—Simplemente quería señalarte el momento. —Lucy abre la puerta trasera del coche y sacamos monos, gafas, mangas protectoras y guantes de nitrilo largos.

Echa otro vistazo a su móvil mientras yo cojo los kits de protección personal que incluyen máscaras con filtros HEPA, toallitas antimicrobianas y bolsas para residuos biosanitarios, porque no tengo la menor idea de con qué nos vamos a encontrar.

—Hablan de ello en Twitter. —Se desplaza por la pantalla con el pulgar—. «Masacre en Concord.»

—Espero que esa palabra no haya salido de labios de Bryce, por Dios santo. —Me preocupa que lo hayan llamado los periodistas y él les haya soltado la misma frase que a mí.

—Sospecho que te dijo esa palabra porque la sacó de internet. Veamos, rumores e información errónea publicados en canales de noticias. —Sigue desplazándose por la pantalla—. Hablan de ello en todas partes desde hace casi una hora: *USA Today*, *Piers Morgans*, Reuters y todo quisqui retuiteando. Múltiples víctimas mortales en una multinacional financiera, al menos tres homicidios. El robo, posible móvil. Me pregunto quién habrá filtrado eso. Vaya, la cosa se pone peor. El FBI niega que exista una conexión con el hallazgo de un cadáver en el MIT hace unas horas, el de

Gail Shipton, que había interpuesto una querella contra Double S. No hay pruebas de que ambos sucesos guarden relación entre sí, según ha declarado Ed Granby, jefe de la división de Boston. ¿Ah, sí? ¿Quién ha insinuado que exista una relación? «Por el momento se desconoce la causa de la muerte. No se ha confirmado que se trate de un homicidio», dice Granby.

—No sé qué cree que puede negar, si no sabe nada sobre el caso —repongo, y el mal presentimiento me atenaza de nuevo como un espasmo muscular—. Benton no habría revelado algo que no debía, y menos aún sabiendo que no he hecho ningún anuncio oficial sobre Gail Shipton ni lo haré hasta disponer de los resultados definitivos de los análisis.

—No ha sido Benton —asevera Lucy—. Es el capullo de su jefe quien está dictando el guion de lo que quiere que la gente crea.

Alguien ha alterado el CODIS, y Granby, tras amenazar al jefe de medicina forense de Maryland, está manipulando a los medios respecto a los casos en los que estoy trabajando. Experimento una punzada de rabia y una inquietud creciente.

—En esencia, sus palabras van dirigidas a ti y a tu oficina. ¿Por qué crees que lo hace? —Me mira, y sé que me ha oído hablar con el doctor Venter en el almacén y que Benton también le ha proporcionado información.

Nos apoyamos en el parachoques para ponernos los cubrezapatos de látex con la suela reforzada, que son los que prefiero llevar cuando voy a una escena del crimen especialmente sangrienta.

—Para manipular —prosigue Lucy—. Tiene que ver con la cagada del ADN, ¿verdad?

—Temo que se trate de algo más que de una cagada.

—Granby tiene un interés oculto en ello. Quizás esté protegiendo a personas de dinero para asegurarse de contar con algo más que la pensión del gobierno cuando se jubile.

—Ten mucho cuidado con lo que dices, Lucy.

—Ha mezclado a Martin Lagos en esto por alguna razón —alega—. Si vas a dar el cambiazo de un perfil de ADN por otro, ¿por qué elegir a un chico que desapareció hace diecisiete años? ¿Por qué habrá pensado Granby en él?

—No sabemos con certeza quién pensó en él.

—Suponiendo que fuera Granby, ¿qué lo impulsó a ello? Yo te lo diré: seguramente sabe que Lagos está muerto y por eso nunca ha aparecido ni lo encuentro en las bases de datos. Si vas a robarle la identidad a alguien, es útil saber que esa persona nunca se presentará para quejarse.

—Granby trabajaba en la sede de Washington en esa época —observo—. Es posible que se acuerde de Gabriela Lagos. Fue un caso muy sonado.

—Claro que se acuerda. La pregunta es si estuvo implicado de alguna manera, y si hay algún motivo por el que le convenía hacer creer a la gente que su hijo desaparecido es el Asesino Capital.

—Lo único de lo que estoy segura es de que hay un problema muy grave con el análisis de ADN del caso de Julianne Goulet, del que se encargó el doctor Venter. Es imposible que la mancha en las braguitas que llevaba la dejara un hombre. Martin Lagos no evacuaba fluido vaginal ni sangre menstrual, lo que parece indicar que alguien falseó los datos del ADN del CODIS sin molestarse en averiguar la composición de la mancha, pues de lo contrario le habría resultado evidente que el perfil no serviría para un varón.

—Parece el típico error estúpido que cometería un gilipollas machista del FBI como Granby. Si se presenta aquí, sabremos sin sombra de duda que tiene un interés velado en este asunto. A los jefes de división no les gusta ir a las escenas del crimen ni ensuciarse las manos —afirma Lucy—. Y vendrá, ya lo verás. Estoy segura de que considera que esto es su territorio y necesita controlarlo porque tiene planes oscuros y mezquinos.

—Por el momento, es mi territorio.

Lucy contempla el edificio independiente en cuyo interior están las tazas del café y donde alguien mantenía una conversación privada antes de que murieran tres personas.

—Un rinconcito apropiado para charlar. —Echa un vistazo por una ventana—. Sobre todo si quieres venir a hablar de actividades comprometedoras, de actividades delictivas. —Se desplaza hasta otra ventana y ahueca las manos en torno a los ojos para mirar—. No hay teléfono en el que esconder un micro. Y por lo visto cuenta con una amortiguación de sonido de uso comercial. ¿Ves los altavoces pequeños en el techo? Seguramente también hay algunos en los conductos de ventilación. Desde hace poco se instalan sistemas similares en los juzgados para que, cuando los abogados se acercan al estrado, nadie pueda oír lo que dicen. —Empieza a señalar cámaras en el tejado, sobre la puerta principal de caoba del edificio de oficinas y en las farolas de cobre que bordean la acera y el camino de acceso—. Resistentes a la intemperie, con infrarrojos y de alta resolución, cambian automáticamente del modo color a blanco y negro cuando hay poca luz, como ahora. Pero no son inalámbricas. ¿Ves los cables? ¿Sabes qué problema tienen? Que se pueden cortar. Pero lo interesante es que no parece que los hayan cortado.

—Para cortarlos, haría falta saber dónde están —replico—. Tendrías que tenerlo pensado desde el instante en que decides poner un pie en la finca.

—No es el caso —dice ella mientras se abre la puerta principal—. Un punto a favor de la teoría de que no fue premeditado.

Marino ocupa el vano entero con su corpulencia y mantiene abierta la contrapuerta con el pie. Luce en el rostro una barba de varios días y una expresión de ansiedad, y lleva en sus grandes manos unos guantes de látex que dejan traslucir el vello oscuro de sus muñecas.

Detrás de él, a través del hueco de la puerta que está sujetando, vislumbro a unos agentes de la policía científica con uniformes; una toma fotografías mientras el otro maneja un escáner láser.

Una mujer y un hombre, sospecho que del NEMLEC. A primera vista no los reconozco. Varias de las pequeñas poblaciones colindantes cuentan con expertos y material especial. El entrenamiento y el equipo están financiados con dinero público, aunque se cometen pocos crímenes violentos. Algunos policías de la zona nunca han estado en nuestra oficina central.

—Todos listos y esperándote, Doc. —Marino se saca un paquete de cigarrillos del bolsillo y lo agita para extraer uno—. Dos agentes de Concord, un criminalista de campo de Watertown y yo. He echado a todos los demás. Esto no es un circo.

—Lo será —afirma Lucy—. El FBI viene hacia aquí.

—Me he negado a llamarlos, al menos hasta que llegara Doc. —Levanta la tapa de un encendedor de gasolina, del que brota una llama—. Ahora mismo solo empeorarán las cosas, y mi principal preocupación ha sido proteger la escena del crimen.

—No necesitan que los llames ni necesitan tu permiso. Granby ya está haciendo declaraciones a la prensa, y me ha parecido ver a un par de fedememos en Minute Man Park cuando hemos pasado por allí. Los tendremos encima aunque no los hayas invitado. —Lucy comprueba que su cuatro por cuatro esté bien cerrado—. Calculo que dentro de un par de horas ya estarán aquí y habrán tomado el control de todo.

—Las sumas de dinero y todas las movidas sospechosas que estamos viendo acabarían por ponerles el caso en bandeja, de todos modos. —Aspira el máximo de humo posible de un golpe—. Los asesinatos serán lo de menos para ellos. —La punta del cigarrillo emite un brillo anaranjado mientras él lo sostiene como siempre, por en medio, con el extremo encendido orientado hacia la palma. Como el humo viene hacia mí, percibo el olor ácido y tostado del tabaco quemado. Me resulta duro presenciar este ritual—. Creo que estamos hablando de un delito de cuello blanco muy gordo. —Da unos golpecitos con el pulgar al filtro para desprender la ceniza—. Y eso que aún no hemos visto casi nada. Hay zonas protegidas tras puertas de acero, como una condenada cámara acorazada.

—O sea que aún no habéis entrado allí —dice Lucy.

—Hay cosas que he preferido dejar tal como estaban hasta que llegara Doc. No hemos tocado nada relacionado con los cuerpos. —La irritación que ya albergaba hacia ella comienza a aflorar rápidamente—. Pero ya lo veréis cuando entréis. El sitio parece la tapadera de otra cosa.

—¿Cuándo has vuelto a fumar? —le pregunto—. Creía que lo habías dejado para siempre después de la última vez que lo habías dejado para siempre.

—No empieces.

—Lo mismo debería decirte yo.

—Un par de caladas y lo apago. —Le sale humo de los lados de la boca mientras habla.

«Como en los viejos tiempos», pienso sin poder evitarlo. Por aquel entonces no tenía el menor reparo en fumar en una escena del crimen, sujetando el cigarrillo con los guantes puestos, guantes ensangrentados. Lo que daría yo por una bocanada de mi veneno favorito, y si supiera que solo me queda una hora de vida, me encendería un pitillo. Me sentaría en los escalones con Marino a beber cerveza y fumar como hacíamos en los momentos difíciles y durante las tragedias.

—¿Cuántos? —le pregunto—. Me has dicho tres. ¿Has encontrado más?

Lucy y yo subimos al porche de piedra, donde hay unas mesitas rústicas y mecedoras. Un espacio relajante donde no parece haber nadie que se relaje. Al ver los muebles ordenadamente dispuestos y cubiertos de una reluciente película de agua de lluvia, me da la sensación de que en Double S no se entablan conversaciones privadas salvo detrás de puertas cerradas y vidrios gruesos, y con un sistema de amortiguación de sonido. No consigo desterrar de mi mente lo que me ha contado Lucy acerca del solario que se construyó apenas la primavera pasada, en la misma época en que se cometieron los primeros homicidios en Washington, asesinatos en serie que se han complicado con la manipulación de ADN y un jefe de división del FBI que tal vez la ordenó y que ha amenazado a por lo menos un colega mío.

—Nos quedaremos un rato para que pueda ponerte al corriente. Un varón, dos mujeres. —El cigarrillo se mueve de un lado a otro mientras Marino me lo explica. Se lo saca de la boca y exhala una vaharada con los ojos entornados—. Al principio temíamos que hubiera más víctimas en otras partes del edificio o del terreno, ya que no hemos podido registrar algunos espacios cerrados. Además, es una finca enorme, con caminitos que se alejan en todas direcciones como los rayos de una rueda. Es acojonante. Si los unieras uno detrás de otro, seguramente medirían un kilómetro y medio de largo. Y hay carritos de golf para que una bola de sebo como Dominic Lombardi no tuviera que caminar —añade, y me fijo en que usa el tiempo verbal pasado.

—¿Nadie tiene llaves? —pregunta Lucy.

—Sí, y yo no pensaba tocarlas hasta que tú terminaras con lo tuyo, pues están en un charco de sangre, debajo de un cadáver.

—Me lo dice a mí, no a ella—. Pero, por lo que nos han contado unos peones del rancho, hay tres muertos en total. Todos los demás han sido localizados, excepto el gilipollas que los mató.

—Y nadie vio nada —supongo.

—Eso dicen. Mienten como cabrones, claro.

—¿Identificación? —Caigo en la cuenta de que Marino lleva la misma ropa que esta madrugada, cuando se presentó en mi casa bajo la lluvia torrencial.

Olfateo su entusiasmo y su estrés, un olor almizcleño y viril que se vuelve desagradable cuando pasa muchas horas seguidas trabajando, sin dormir ni ducharse. Dentro de ocho o doce horas más, despedirá tal hedor a sudor agrio y cigarrillos rancios, que se percibirá a diez pasos de distancia.

—Dominic Lombardi. O Dom, como lo llaman, igual que el champán. Creo que será un mal año para Dom —comenta Marino—. Y no te pierdas a la siguiente. —Se hurga en el bolsillo, restregando el guante de látex contra la tela, con el cigarrillo en la comisura de los labios y un párpado cerrado y torcido. Pasa varias páginas de una libreta y la sujeta a cierta distancia de sus ojos porque no lleva las gafas de leer—. No tengo ni puta de idea de cómo se pronuncia esto. «Jadwiga Caminska.» La llaman Ika. Era su auxiliar administrativa. El cuatro por cuatro caro y blanco que está aquí en el aparcamiento es suyo. Los investigadores de la policía de Concord han efectuado una identificación visual preliminar. Ahora los conocerás. Ya habían estado aquí, el viernes a las tantas de la noche, cuando Lombardi denunció una posible intrusión.

—¿Y la hubo? —inquiere Lucy.

—Tal vez. —Marino la mira—. Examinaron hasta el último recoveco, vieron una sombra en una videograbación de una cámara de seguridad situada en la cuadra principal. Como si el intruso hubiera tenido cuidado con las cámaras porque sabía dónde buscarlas y luego hubiera cortado los cables. Las pantallas de vídeo correspondientes a esos cuadrantes quedaron en negro cuando Lombardi estaba sentado a su mesa, hacia la medianoche.

—No aparta la vista de ella—. Estaba tan agradecido que prometió donar diez de los grandes al fondo navideño del departamento de policía de Concord. Hace dos días retiró esa suma de su banco, y el resguardo de reintegro está en el cajón de su escritorio, pero no hay ni rastro del dinero, y la comisaría de Concord nunca lo recibió.

—Es la misma cantidad hallada en el sobre, debajo del puente peatonal —dice Lucy.

—Serías una buena policía.

—Cuando tú vas, yo vuelvo. —Lucy le sostiene la mirada como si se hubieran retado a un duelo.

—O sea que el asesino seguramente lo robó, junto con todo el dinero que pudo llevarse.

—Parece una deducción razonable. —Lucy cruza los brazos, con los ojos clavados en él, incitándolo a plantearle la misma pregunta que yo me hago sobre ella.

Marino aplasta el cigarrillo contra una columna de piedra y saltan chispas mientras cae la ceniza. Se guarda la colilla en el bolsillo y exhala una última bocanada de humo hacia un lado, para no echárnoslo a la cara. Tal vez Double S nunca invitó a Lucy a venir, pero eso no significa que no haya estado aquí antes.

—Supongo que no pillaron al intruso —dice Lucy, y Marino la fulmina con la mirada.

—Si hiciste lo que yo creo, explícame por qué —exige en voz muy alta.

—Puedo darte alguna pista sobre por qué alguien querría hacerlo —contesta ella—. Si tu intención es pasearte un poco por aquí para ver qué se cuece, tienes que desactivar esas cámaras. Las del camino de acceso se pueden eludir, pero no antes de dejar atrás la cuadra, a menos que estés dispuesto a cruzar la laguna a nado.

—¿Cuando se presentaron los dos agentes, el intruso seguía merodeando por aquí? —Marino habla cada vez más fuerte; prácticamente le está gritando.

—Debían de estar inspeccionando la cuadra en la que guardan los caballos más caros. Luego seguramente echaron una ojeada a todas las cerraduras para cerciorarse de que estuvieran enteras. Y después se marcharon a casa.

—¿Por qué iba a querer alguien ver qué hay en este sitio? —La petulancia y la ira de Marino han cedido el paso al escepticismo.

—Tal vez no era para ver qué hay sino para ver a alguien. La persona con la que se acostaba.

—¿Hay alguna prueba de eso? —El semblante de Marino refleja incredulidad.

—Podrías preguntárselo a los dos agentes que acudieron. —Lucy hace un gesto en dirección a la casa—. Pero cuando llegaron, veintitrés minutos después de que Lombardi llamara a la policía, hacía un buen rato que Gail se había largado.

—¡Hostia puta, habría sido todo un detalle que me hubieras contado eso antes, joder! —La frustración de Marino estalla—. ¿Gail Shipton estuvo aquí el viernes por la noche, y ahora que la han asesinado solo mencionas esto como de pasada?

—Ya hace un tiempo que sé que se había aliado con el enemigo y seguramente estaba implicada en un fraude de seguros y Dios sabe en qué más —dice Lucy—. He estado intentando encontrar una respuesta demostrable.

—Se acostaba con el tipo al que había demandado —exclama Marino, asqueado.

—No lo hacía por gusto —asevera Lucy—. Necesitaba dinero.

35

—Has dicho que eran tres —apremio a Marino a continuar porque tengo un trabajo que hacer.

No hay tiempo para seguir interrogando a Lucy, y tal vez no quiero oír una palabra más sobre las intrigas en que estaba metida Gail Shipton ni sobre lo que hará Carin Hegel cuando, finalmente, se entere. De todas maneras, su caso no prosperará. Lucy tiene razón. La acusación carece de fundamento. Ha resultado ser una mentira, una estratagema. Double S puso a Gail en una situación económica desesperada, y no hay mejor manera de influir sobre una persona que hacerle daño y después ofrecerle la oportunidad de recuperarse. Ella era débil, con deficiencias incurables que tal vez no se limitaban a la válvula cardíaca defectuosa, sino que afectaban a todo su ser.

—No sé nada sobre la tercera víctima —admite Marino—. Cuando el tipo la atacó, ella estaba en la cocina, tal vez abriendo el frigorífico o cogiendo algo de la despensa. Ya la verás cuando llegues.

—¿Los empleados no la han identificado? —Me cuesta creerlo.

—Dicen que esta mañana Lombardi fue a recoger a alguien a la estación del tren suburbano en el centro de Concord. No saben a quién, solo que Lombardi se marchó en su Navigator blanco y más tarde regresó con alguien que evidentemente acabó estando en el lugar y el momento equivocados. Aseguran no saber más, pero lo más probable es que mientan.

—¿Por qué iban a mentir? —pregunta Lucy.

—Porque deben de estar acostumbrados a mentir respecto a todo lo que ocurre aquí —responde Marino—. A diferencia de los otros dos, ella no cayó muerta en el acto. Creo que el primer tajo no alcanzó a cortarle la garganta porque ella volvió la cabeza, tal vez al oír que el asesino se le acercaba por detrás. Entonces él la remató. —Hace ademán de asestar un tajo con un cuchillo imaginario—. La víctima dio un par de pasos hacia delante y se desplomó detrás de una encimera, donde su cuerpo está ahora.

—¿Habéis encontrado algún arma? —Lucy camina a lo largo del porche, alzando la vista hacia las cámaras y los árboles.

—Qué va. —La mira con una expresión distinta.

—Y, según los testigos, el individuo de la sudadera no empuñaba un arma cuando corría por el parque —dice ella.

—No. Al parecer, Haley Swanson no iba armado. Es de quien estamos hablando.

—¿Tienes la certeza de que se trata de él solo porque llevaba una sudadera con una imagen de Marilyn Monroe? —inquiere Lucy.

—No es una prenda muy común, y es igual que la que llevaba Swanson esta mañana cuando lo paró un agente después de que fuera visto cerca de la casa de tu tía. Basta con sumar dos y dos, ¿no?

—Siempre y cuando no sumen veintidós —repone Lucy.

—A lo mejor Swanson se encargaba de sus relaciones públicas.

—¿Y parte de su encargo consistía en matar a Gail y espiar a mi tía? —dice Lucy—. Supongo que consideras a Swanson culpable de todo.

Marino se queda callado. Por la mirada que le dirige, advierto que, a su pesar, siente respeto hacia ella y que ha pasado de querer quitársela de en medio a intentar encontrar alguna manera de utilizarla.

—¿Ha tocado alguien el cadáver en la cocina o los otros dos? —pregunto.

—Solo les han hecho vídeos y fotografías. Les he dejado claro a todos que deben mantenerse alejados de ellos. Pero no podremos impedir la entrada a los federales durante mucho rato.

—No podréis impedirles la entrada, punto —lo corrige Lucy.

—Más vale que te des prisa antes de que lleguen —me dice Marino.

—Y nadie tiene la menor idea de quién puede ser la señora muerta en la cocina. —Sigue pareciéndome difícil de creer.

—No hemos dejado entrar a nadie para echar un vistazo, salvo al personal esencial. O sea, polis. —Marino apoya el hombro en el marco de la puerta.

Contempla con aire ausente su mano enguantada. Tiene una mancha amarillenta de nicotina que él frota con el pulgar. Ha estado fumando como una chimenea, y me pregunto cuántas colillas llevará en el bolsillo. Por lo menos ha tenido la consideración de no tirarlas al suelo en la escena del crimen.

—No podemos dejar las puertas abiertas de par en par —dice—. Si entrara un peón de rancho o la mujer de la limpieza, dejarían ADN por todas partes o se pondrían a tocarlo todo o a potar.

—Seguro que aquí ya hay rastros de su ADN de todos modos —alega Lucy.

—Tampoco tengo la menor intención de ir de un lado a otro mostrando a los empleados fotos de gente muerta con el cuello rebanado —replica Marino.

—Pero has hablado con ellos para averiguar quién se suponía que debía estar en el edificio —dice Lucy.

—Cielo santo. Ahora os tengo a las dos dándome por saco.

—Sé quién trabaja aquí —afirma Lucy en un tono que denota que no pretende ponerle las cosas difíciles ni llevar el asunto al plano personal—. Nombres, edades, direcciones. Sé mucho más de lo que querría saber sobre estos hijos de puta. Describe a la víctima no identificada.

—Más o menos de tu misma estatura y edad —contesta él—. Treinta y pocos años, calculo, aunque cuesta determinarlo porque no presenta un aspecto muy lozano con la cabeza prácticamente separada del cuerpo. Pelo negro corto. Blanca. Flaca y huesuda. Da la impresión de que hacía mucho ejercicio, debía de tener mucho carácter y no le iban los hombres.

Lucy hace caso omiso del comentario.

—Ninguno de los empleados encaja con esa descripción ni es tan joven. Los tres peones del rancho y el encargado tienen cuarenta y cuatro años, cincuenta y dos, y uno acaba de cumplir los sesenta, y proceden respectivamente de Texas, Arizona y Nevada. El chef es francés. Tiene cuarenta y nueve. La mujer de la limpieza es sudamericana, tiene cuarenta y tres años y asegura que habla muy poco inglés. Los socios de la empresa son dos estadounidenses y dos británicos, hombres de más de cuarenta, y luego estaban Lombardi y Carminska, de los que se rumoreaba que mantenían algo más que una relación profesional. Y, sí, la llamaban Ika, no «Iké» —añade, mofándose de cómo lo pronuncia Marino.

—El agresor entró en la casa justo por aquí, pasando entre las columnas de piedra de este porche, y abrió esta puerta —explica Marino, que ya no se muestra tan convencido de que Haley Swanson es la persona que buscamos.

—¿Y la cerradura? —Lucy señala el lector biométrico de níquel satinado mientras se pone unos guantes.

—El cielo estaba azul hasta hace un par de horas, y es posible que cuando hacía buen tiempo dejaran la puerta principal abierta y solo cerraran esta. —Abre la contrapuerta interior, cuya cerradura con teclado era lo único que separaba al personal de Double S de la persona que los degolló.

—¿Quién dice que dejaban abierta la puerta principal? —Lucy no lo cree así, y al observarla me acuerdo de la época en que se ganaba la vida con esto.

Cuando estaba con el FBI, y más tarde con la ATF, era tan buena que se la quitaron de encima. Tal vez los Scarpetta tenemos un gen que nos impide trabajar a las órdenes de nadie. Somos llaneros solitarios, necesitamos controlarlo todo y meternos en líos.

—Me han dicho que era una explicación posible —declara Marino—. Según un peón con el que he hablado, ha visto que la dejan así cuando no hace demasiado frío y hay mucha gente entrando y saliendo.

—Mienten —dice Lucy—. Saben quién es.

—Menos mal que estás aquí. Ahora puedo irme a casa y olvidarme del asunto.

—Los cuatro están fuera de la ciudad. ¿Quién más quedaba para entrar y salir? —pregunta Lucy—. Además, hoy no hacía una mañana precisamente calentita, aunque ha salido el sol.

—Hay una puerta trasera y una que da al sótano. Ambas están cerradas con llave y con cerrojos de seguridad. Él ha entrado por el mismo lugar que vosotras —asegura Marino—. Tal vez el tipo tenía acceso porque su huella dactilar estaba almacenada en la memoria de la cerradura. En otras palabras, es alguien a quien ellos conocían.

—Eso sería genial si dispusiéramos de sus huellas dactilares. Tienes razón —dice Lucy—. Puedes irte a casa y olvidarte del asunto.

Marino intenta no sonreír. Se esfuerza tanto por adoptar una expresión severa que ofrece un aspecto ridículo.

—Parecen tan preocupados por la seguridad que me cuesta imaginar que dejaran las puertas delanteras abiertas —convengo con Lucy.

—Ni de coña —dice—. ¿Has revisado las grabaciones de las cámaras?

—Ostras, no. Qué tonto soy —dice Marino.

La sala diáfana contiene una hilera de cuatro cubículos en forma de herradura con mesas y cómodas empotradas.

Cada zona de trabajo cuenta con teléfono multilínea y varias pantallas de vídeo, lo que me hace pensar en financieros pendientes en todo momento del estado de las bolsas y las cuentas de inversión. No veo una sola hoja de papel, un solo lápiz, bolígrafo o cualquier objeto que indique que quienes trabajan aquí tienen familia o aficiones. Sugiere la imagen de una empresa transparente, cuyos socios practican la comunicación abierta en un clima de camaradería, pero a la vez me infunde una sensación de falsedad y de vacío, como si caminara por una exposición de diseño o el decorado de una película. Es como si no hubiera habido personas vivas aquí, ni siquiera antes de que las mataran.

Al fondo a la derecha hay una escalera flotante con cables y peldaños de chapa de acero junto a una pared de ladrillo viejo decorada con grabados de arte moderno, y, al otro lado, unos armarios de madera de fresno clara. Es un espacio masculino, carente de calidez o creatividad, y de unos trescientos cincuenta metros cuadrados, por lo menos. Aunque no alcanzo a ver el interior de la habitación contigua, me llegan unas voces a través de la puerta abierta, una hoja de acero sin ventana que se mantiene abierta con un tope magnético. Los dos agentes de Concord están en lo que debe de ser otro despacho, la *suite* privada del director ejecutivo en el ala izquierda del edificio, donde Lombardi y su ayudante yacen muertos.

Al fondo del despacho principal, hay una cocina americana con armarios de una madera exótica de color rojo intenso, semejante al palo de rosa que se utiliza para fabricar instrumentos musicales. Desde donde me encuentro diviso los pantalones oscuros manchados de sangre, los bolsillos blancos vueltos del revés y las zapatillas ensangrentadas de la víctima no identificada. Un charco de su sangre coagulada se extiende sobre el parqué de tabla ancha, tras una dramática escultura de madera de zebrano que se tuerce en torno a la esquina de una pared blanqueada, a la izquierda de la encimera de granito que me impide ver buena parte del interior de la habitación. Le señalo a Marino los bolsillos de la víctima.

—¿Se los ha registrado la policía en busca de una identificación? —quiero saber.

—Ya los tenía así. No olvides que el asesino se llevó las carteras, los carnés y el dinero.

—Arrambló con el dinero y con todo lo que le interesaba y seguramente tiró las carteras en la laguna en cuanto salió de aquí. —Lucy empieza a pasearse por la sala—. Un sitio perfecto donde deshacerte de cosas, al otro lado de la cuadra, pues pasarías por delante si fueras a pie hacia el bosque, huyendo de aquí a toda leche.

Examino los cubículos con sus sillas ergonómicas, todas cuidadosamente colocadas, sin el menor signo de violencia, y la sensación de vacío me invade de nuevo. Un miércoles por la mañana, en horario laboral, solo había tres personas, además del asesino.

—La grabadora de vídeo digital ha desaparecido —informa Marino a Lucy, de mala gana, como si detestara darle la razón en algo.

—Segundo punto a favor de la teoría de que no fue un crimen premeditado —contesta ella.

—Habría que saber qué buscar y dónde. —Marino encorva un hombro y se quita el sudor de la cara con la camisa. Ya de por sí es propenso a acalorarse, y ahora tiene la tensión alta por haber vuelto a ser policía y fumador.

—¿Tan difícil sería? —pregunta Lucy.

Mantenemos esta conversación en la entrada, cerca del agente situado frente al escáner láser, junto a unos estuches duros y negros abiertos en el suelo. El cable eléctrico amarillo de un cargador está enchufado a una toma de corriente, y tanto el policía como el dispositivo están en modo de espera. No nos mira. No quiere dar la impresión de que escucha lo que dicen unas personas que no están hablando con él.

—En la otra habitación hay un armario con todos los componentes de un sistema de sonido envolvente, el servidor y redes inalámbricas, la centralita telefónica y aparatos de seguridad. —Marino se acerca a mi maletín de campo, que está al lado de las escaleras, y lo recoge.

—El servidor. —Lucy semeja una serpiente que acecha a una lagartija, justo antes de atacar—. El servidor de Double S. ¡Eso ya es otra cosa!

Camina hacia los cuatro escritorios dispuestos en fila, contra una pared. Empuja una silla con ruedas con las rodillas para apartarla, y descuelga el teléfono.

—Pero no todo el mundo sabe lo que es una grabadora de vídeo digital. —Marino me pasa el maletín—. A la mayoría de las personas ni se le ocurriría, a menos que estuvieran familiarizadas con las cámaras de videovigilancia.

—No hace falta ser una lumbrera, y tal vez el tipo había estado aquí antes. Tenemos que llevar el servidor a mi laboratorio. —Lucy observa la pantalla del teléfono fijo y pulsa un botón—. El departamento de policía de Concord puede firmar el resguardo para que me lo lleve. —Se acerca a cada una de las mesas y repite la operación de comprobar el teléfono. Acto seguido, regresa a la primera y descuelga el auricular de nuevo—. Tal vez deberías tomar nota de esto —le dice a Marino—. Desde el viernes pasado, no se han realizado llamadas desde ninguno de estos teléfonos, como si nadie hubiera trabajado en el despacho principal. Con la excepción de este —señala el auricular que sujeta y dice un número en voz alta—. Lambant y Asociados —añade, leyendo de la pantalla.

—¿Qué? —Marino se aproxima y echa una ojeada—. Vaya, menuda sorpresa. Así que yo tenía razón. Haley Swanson ha estado aquí y ha telefoneado a su empresa.

—Alguien lo ha hecho —puntualiza Lucy—. Alguien ha llamado desde aquí a ese número a las nueve cincuenta y cinco de la mañana y ha estado veintisiete minutos al teléfono. Si el sujeto que corría por el parque ha sido visto hacia las once, la persona que estaba hablando seguramente ha colgado justo en el momento en que han matado a todos.

—Sabemos quién es ese sujeto, el de la sudadera con la imagen de Marilyn Monroe, y ahora sabemos que ha utilizado el teléfono. —Marino vuelve a tenerlo todo clarísimo—. Haley Swanson. —Se aferra una vez más a esa convicción—. Lambant es la empresa de gestión de crisis donde trabaja el amigo travesti de Gail Shipton —asevera Marino, y Lucy se limita a posar la mirada en él.

—Podríamos concluir que han estado ocupándose de las relaciones públicas de Double S —sugiero—. Tal vez Swanson sea la persona a quien Lombardi ha ido a recoger a la estación esta mañana.

—Exacto —asiente Marino.

—Supongo que al menos ya sabemos cómo se conocieron Gail y él, puesto que ambos tenían una relación tan estrecha con Double S —dice Lucy, inexpresiva—. ¿Has confirmado ya la identidad de la persona con la que estaba anoche en el Psi?

—Estuvo hablando con alguien que no era un cliente asiduo. Podría haber sido Swanson, lo que tendría sentido, ya que fue quien denunció su desaparición. El garito estaba hasta los topes, y Gail estaba apretujada ahí dentro con mucha gente. Es lo que han dicho los testigos, y es la mejor información que vamos a conseguir.

—¿Por qué iba alguien a venir aquí en el tren suburbano, en vez de en coche, y menos aún un experto en relaciones públicas? —señalo.

—Haley Swanson —murmura Lucy con aire dudoso—. Y supongo que pretendes que concluyamos que, una hora o una hora y media después, mató a todo el mundo y huyó.

—No te corresponde a ti concluir nada —espeta Marino con brusquedad.

—Hace un rato nos han dicho que conducía un Audi todoterreno —le recuerdo.

—Lo estamos buscando. No está en su piso de Somerville, ni en su oficina de Boston —dice Marino—. Sus compañeros de la empresa de relaciones públicas no lo han visto a él ni a su todoterreno hoy, pero él los ha llamado.

—La llamada realizada desde aquí —tercia Lucy—. Alguien ha tenido que hacerla.

—¿Por qué no querría Swanson conducir él mismo? —pregunto.

—Cuando lo localicemos, tendrá un montón de explicaciones que darnos, pero mi hipótesis es que no quería que su vehículo fuera visto en Double S porque planeaba cometer un asesinato —dice él—. Es un buen motivo para no querer conducir tu puto coche.

—Intuyo que esa no es en absoluto la razón —discrepa Lucy—. Estos asesinatos no parecen haber sido planeados.

—Nadie te ha pedido que intuyas nada —dice Marino con la misma brusquedad de antes.

Su actitud no arredra a Lucy, que ni siquiera parece reparar en ella.

—¿Se ha puesto alguien en contacto con su tío, el que vive en un piso de alquiler social? —inquiero.

—Se lo he encargado a Machado, pero aún no he recibido noticias suyas.

Lucy se baja la cremallera del mono blanco hasta la mitad y se quita los guantes como si tuviera calor y una opinión propia sobre lo que hay que hacer.

—Tengo que llevarme el servidor —le comunica— antes de que me lo impidan.

—Ya te entiendo. —Marino sabe qué está pensando Lucy, lo que le provoca un conflicto interior, como con el móvil de Gail Shipton.

Quiere la ayuda de Lucy, pero también la teme. Sabe que si el FBI se apodera del servidor antes que nosotros, ya nunca volveremos a saber de él. Granby convocará una conferencia de prensa y pronunciará un discurso contundente sobre la necesidad de colaborar con las agencias locales en un esfuerzo conjunto, pero la dura realidad es que, cuando envíen las pruebas a los laboratorios nacionales en Quantico y el abogado de la acusación sea el fiscal general de Estados Unidos, no habrá ningún tipo de colaboración.

Y eso, en el mejor de los casos. Marino no está al tanto de la manipulación de pruebas. No ha oído hablar de Gabriela Lagos o de su hijo desaparecido Martin, que supuestamente dejó una mancha en unas bragas en el caso más reciente de Washington. No tiene idea de lo complicado que nos resultará investigar los asesinatos de aquí a menos que actuemos de forma proactiva ahora mismo, sin contemplaciones. Decido culpar a los medios, algo que Marino aceptará como un obstáculo inevitable que debemos esquivar.

—Depende de la resonancia que llegue a tener esto. Si el caso causa mucha sensación, nos encontraremos en una situación similar a la que viví recientemente en Connecticut: furgonetas de televisión por todas partes, los periodistas pisoteando a quienes intentábamos trabajar... —Lo miro y me percato de que me ha entendido.

—No jodas —refunfuña.

—¿Has hablado con Benton?

—Brevemente.

—Entonces ya sabrás lo que va a pasar —digo, cargando las tintas—. Tenía que transmitirle cierta información a Granby, que ya está enviando comunicados a la prensa.

—Comunicados falsos —interviene Lucy—. Los fedememos han tomado el control y vienen hacia aquí.

—Ya. Papá Noel viene a la ciudad —farfulla Marino, enfadado—. Oigo como se acerca su trineo. En cualquier momento aterrizará en el tejado, joder. Esto es una puta mierda. ¿Qué ha sido de tradiciones como la de ocuparse de los casos y proteger a los ciudadanos, que es para lo que se supone que nos pagan?

—Eso ya lo decías hace veinte años —replico.

—La gente sigue siendo escoria.

—No nos queda mucho tiempo antes de que nos arrebaten el control por completo —recalco de nuevo.

—La grabadora de vídeo es lo primero que buscarías después de los asesinatos a menos que no seas muy listo. —Lucy vuelve sobre el mismo tema—. Te presentas aquí y las cámaras te graban, pero te da igual porque en ese momento el motivo de tu visita es normal. No has venido a cometer un crimen. Entonces algo sale mal, y tienes que arreglar el estropicio después de los hechos. Así que buscas el armario porque es demasiado tarde para cortar los malditos cables de las cámaras.

—Puede que sucediera así —dice Marino, molesto—, pero para buscar una grabadora de vídeo digital primero hace falta saber lo que es —repite.

—Debe de haberse deshecho de ella. Dudo que corriera por el parque con un aparato así bajo el brazo. Tampoco creo que lo haya tirado en el bosque o en ningún otro sitio donde alguien pudiera encontrarlo. A lo mejor deberías mandar a unos buzos buscarlo en la laguna.

—Si ha estado en el agua, no funcionará. —Marino quiere dar la impresión de que está discutiendo con ella, pero no es así.

Estamos los tres solos en esto, como hemos estado siempre, en cierto modo.

—A lo mejor aún podrías recuperar alguna grabación —dice ella—. Depende de la marca y el modelo, de lo bien protegidos que estén los datos en el dispositivo de almacenamiento digital. Pero me parece aún más importante saber si el vídeo y el audio se transmitieron a través de una red de monitorización remota hasta un ordenador, tal vez en otra zona de la finca. Si había otras personas vigilando, tal vez fueron testigos de al menos una parte de lo ocurrido.

—No he tenido la oportunidad de inspeccionarlo todo —reconoce Marino, rehuyendo la mirada de Lucy.

Detesta lo que siente por ella y cree que puede disimularlo. No puede, ni con Lucy ni conmigo.

—La cuadra y los edificios anexos, los dormitorios —dice

Lucy—. Allí donde pueda haber estaciones de trabajo o incluso ordenadores portátiles y iPads, tal vez alguien haya visto algo que no se le ha ocurrido comentarte. —Está siendo muy diplomática—. ¿Te importa si echo un vistazo?

—No toques nada —le ordena Marino.

—Y tengo que recoger el servidor.

—No te acerques al armario de la otra habitación y procura tener las manos quietecitas.

—Entonces ¿quién va a asegurarse de que nadie borre datos a distancia, tal vez desde Nueva York, Gran Caimán o algún otro lugar, quizás incluso mientras hablamos? —le pregunta ella.

—Lo de borrar datos a distancia es un tema que dominas, ¿no?

—¿Quién atravesará las múltiples capas de seguridad? Supongo que podrías preguntar a todo el mundo si saben cuál es la contraseña de administrador del sistema. A lo mejor alguien te la dice.

—No te he pedido ayuda.

—Pues feliz Navidad, Marino. Antes de que te des cuenta, los del FBI estarán aterrizando en el tejado —dice Lucy—. Supongo que podrás entregarles el servidor. Tal vez te revelarán qué contiene antes de que te jubiles. Aunque lo más seguro es que no.

Sale por la puerta principal, y sus pasos livianos se alejan por el porche y los escalones hasta que dejo de oírlos.

—Deberías sacarlo de aquí, y lo sabes —le digo a Marino en voz baja—. Tengo la intuición de que incluso Benton te lo aconsejaría. —Mido mis palabras porque hay otras personas presentes, pero, por mi expresión, Marino entiende que hay un problema mucho más gordo de lo que imagina.

—Madre mía. —Con el rostro encendido, mira al policía del escáner láser que está en el otro extremo de la sala.

No muestra la menor señal de habernos oído. De todos modos, ningún poli del NEMLEC que se precie se chivaría al FBI.

—Ella sabe lo que hace. Y yo también. Y estás a punto de enterarte de muchas cosas. —Le sostengo la mirada a Marino, que aunque no sabe de qué hablo comprende que nos enfrentamos a una dificultad seria.

—Qué coño. —Marca un número en su móvil—. Hazlo —le dice a Lucy cuando ella responde—. No cambies nada de sitio ni hables con nadie. Empaquétalo y llévalo al CFC, sácalo de aquí cagando leches. Más vale que no metas la pata. Confío en ti. —Después de colgar, me devuelve su atención—. Te guiaré por el lugar. Te explicaré exactamente lo que creo que él hizo.

—Después. —Me calzo más a fondo las botas de látex—. Antes dejaré que sean sus víctimas quienes me cuenten lo que hizo.

36

Quiero quedarme a solas con los muertos y con mis pensamientos.

Me acerco al agente encargado del escáner láser que descansa sobre un trípode robusto de color amarillo chillón. Está guardando un ordenador portátil y un cable de red, con el sistema en pausa, y el espejo oscilante y la fuente de pulsos láser inmóviles y silenciosos.

—¿Ya ha acabado lo que tenía que hacer allí dentro? —Señalo la cocina hacia la que me dirijo, dando por sentado que ya ha obtenido las imágenes y mediciones que necesitaba.

—¿Qué tal, doctora Scarpetta? Randall Taylor, de Watertown.

Tiene un rostro amplio y cansado, y el cabello ralo y salpicado de gris peinado hacia atrás, con unas gafas para leer apoyadas en la parte más baja de la nariz. Uniformado con los pantalones estilo cargo azul claro y camisa a juego arremangada, parece un viejo guerrero que ha aprendido formas nuevas de hacer su trabajo pero ha perdido el entusiasmo. Hasta los polis más enérgicos acaban desgastándose como un guijarro, y Randall Taylor tiene un talante tranquilo y amable, a diferencia de Marino, que es un producto de los mecanismos de autoprotección de la naturaleza, como un erizo de mar o un brezal.

—Nos conocimos el año pasado en la cena de jubilación del jefe —me dice—. Ya me imaginaba que no se acordaría.

—Espero que su ex jefe esté disfrutando de un poco de paz y tranquilidad.

—Se ha mudado a Florida.

—¿A qué parte? Yo me crie en Miami.

—A Vero Beach, un poco al norte de West Palm. Le lanzo indirectas a ver si me invita a pasar unos días allí. En enero comenzaré a suplicárselo.

—¿Qué lleva hecho hasta ahora? —pregunto.

—He realizado varios escaneos que uniré entre sí por medio de datos como la distancia de cada punto respecto a la superficie, medidas de línea directa de visión y análisis de trayectoria de la sangre —explica Taylor—. De ese modo obtendremos, en esencia, un modelo volumétrico tridimensional de la escena entera, que le enviaré en cuanto llegue a mi oficina.

—Eso me será muy útil.

—He escaneado la otra habitación primero, estoy a punto de terminar con esta.

—¿Le estorbo si me quedo? —pregunto.

—Estoy casi listo, pero quería asegurarme de que usted no necesitara nada más.

—¿Y el tendido de hilos?

Me interesa saber si piensa emplear la técnica de fijar hilos a las gotas y salpicaduras de sangre con el fin de determinar los puntos de convergencia. Es un método matemático para reconstruir la posición relativa entre el agresor y la víctima en el momento en que se infligieron los golpes o heridas.

—Aún no. Teniendo esto, la verdad es que no hace falta. —Da unas palmaditas al escáner con la mano enguantada. Es una afirmación opinable, pero me abstengo de discutírsela—. Patrones evidentes de salpicaduras arteriales, con un punto de origen bastante obvio. La víctima que estaba aquí, en la cocina, se encontraba de pie, las otras dos sentadas. No son escenas complicadas, pero cuesta imaginar cómo alguien pudo despachar a tres personas así. Seguramente todo ocurrió muy deprisa, ¿y aun así, nadie oyó nada?

—Cuando le seccionas la tráquea a alguien, no puede gritar, ni mucho menos hablar.

—Los dos de aquí —señala la puerta de acero abierta—, murieron sentados a su mesa, en un momento. —Chasquea los dedos enfundados en guantes azules, produciendo un sonido apagado y gomoso—. He ido con cuidado de no tocar los cuerpos ni acercarme demasiado, hasta que llegara usted. Están tal y como los hemos encontrado.

—¿A qué hora ha sido eso?

—Yo no he sido el primero, pero, según tengo entendido —Randall Taylor levanta el brazo izquierdo para consultar su reloj—, hace unas dos horas, cuando ha llegado la policía de Concord, siguiendo la pista del sobre lleno de dinero que han encontrado en el parque, que en mi opinión estaba en el cajón del escritorio de Lombardi. Cuando entre allí, verá que todo está patas arriba y que en uno de los cajones hay un comprobante del reintegro de diez de los grandes con fecha del lunes, hace dos días. Tal vez el móvil sea el robo, pero estoy de acuerdo con lo que le he oído decir hace un rato. El asesino, sea quien sea, no vino aquí a matar a todo el mundo. La cosa se salió de madre.

—Y nadie en la finca sabe qué pasó. —Es un detalle que no logro sacarme de la cabeza.

—Usted y yo estamos en la misma onda. —Selecciona un menú en la pantalla táctil para apagar el sistema—. Supongo que nadie quiere involucrarse. Todos esperan a que sea otro quien declare haber sido el que los encontró.

—¿Qué le hace decir eso?

—Mire donde mire, veo pantallas de ordenador y cámaras. —Se acerca a una toma de corriente y desconecta el cargador—. ¿De verdad nadie vio al culpable salir corriendo? ¿De verdad nadie intentó siquiera llamar aquí para ver qué estaba sucediendo, para preguntar «hola, ¿va todo bien por ahí?»? Me parece rarísimo. Luego la policía de Concord facilitó las cosas al aparecer y encontrar los cadáveres. ¿Y si no hubieran venido? ¿Quién habría llamado a emergencias?

—Sí, creo que va contra la naturaleza humana mirar hacia el otro lado cuando ves a alguien huir de la finca —comento de forma poco comprometedora.

He aprendido por las malas a ser cautelosa con mis opiniones, pues la gente tiende a difundirlas como si fueran verdades reveladas.

—Este sitio me da muy mal rollo. —Afloja unas tuercas, levanta el escáner del trípode y lo guarda en un estuche grande y forrado por dentro con gomaespuma—. Me parece demasiado silencioso y vacío, y nadie ve ni oye nada, cosa que asocio con negocios que son tapaderas y barrios donde todo el mundo es culpable de algo.

Tras cubrirme el cabello con una capucha sintética blanca y encontrar un lugar seguro donde dejar mi maletín de campo, cerca de la cocina, paso al interior, pisando con cuidado. Hay regueros, gotas y manchas de un rojo ennegrecido en electrodomésticos, armarios y en el suelo, y la muerta yace entre el frigorífico y la encimera sobre un charco estancado de sangre parduzca, más grueso por el centro y disperso por las orillas. Noto un olor a sangre en descomposición y café quemado.

Está tumbada boca arriba. Tiene las piernas rectas, los brazos doblados a la altura de la cintura, y de inmediato sé que no murió en esa posición.

La estudio con detenimiento durante un rato largo, ahuyentando pensamientos de mi mente, dejando que su cuerpo me cuente el relato que conoce.

Soy consciente del penetrante hedor de la sangre. Allí donde está seca y coagulada, es de un rojo oscuro tirando a óxido, viscosa y pegajosa, y la imagen que me sugiere no es la de una persona que se tambalea mientras se desangra hasta caer al suelo. El asesino no solo le volvió los bolsillos del revés: hizo algo más. Abro mi maletín de campo y saco un rotulador permanente. Encuentro la hoja de etiquetas y relleno una con la fecha y mis iniciales. La pego en una regla de plástico que usaré como referencia métrica, y extraigo la cámara.

La mujer es alta, mide aproximadamente un metro setenta y dos, tiene rasgos finos, los pómulos elevados, la mandíbula fuerte, lleva el pelo negro muy corto y varios *piercings* en las orejas. Los ojos, de color azul oscuro y cada vez más apagados, están casi cerrados. El iris se opacará y se nublará conforme la muerte opere sus cambios destructivos, ocasionando una rigidez fría, lo que al principio parece una resistencia fruto de la indignación. Luego, se acelera el proceso de descomposición, como si la carne se diera por vencida, presa del abatimiento.

Las heridas en el cuello son enormes, y tanto el pantalón chino azul marino como las zapatillas de piel blancas están cubiertos de salpicaduras de sangre, algunas alargadas, otras redondas, según el ángulo en que cayeran. No me sorprende que tenga las palmas de las manos ensangrentadas. Es lo que cabe esperar cuando a alguien le seccionan la carótida, y presenta un corte en el índice, a la altura de la tercera falange, que atraviesa casi toda la articulación. Imagino que se llevó las manos al cuello para intentar detener la hemorragia, aunque era imposible, y que el agresor le lanzó otra cuchillada que por poco le cercenó la punta del dedo.

Lo que no me cuadra en absoluto es que el forro polar de botones y de color verde kelly esté empapado de sangre por detrás, especialmente por la zona del cuello. En la parte de delante de la prenda no hay una sola gota procedente de las profundas heridas de la garganta. No obstante, reparo en algunas manchas, casi todas en torno a los botones, y la manga derecha está impregnada casi hasta el codo, lo que no tiene sentido si ella llevaba el forro polar puesto cuando estaba de pie y alguien la degolló.

Al estudiar el charco en coagulación que se extiende desde debajo de su espalda hasta un metro y medio de distancia, deduzco fácilmente que es aquí donde yacía mientras se desangraba. Pero en un principio no se hallaba en esta postura. Alguien la movió cuando ya había muerto. Saco fotografías para captar la posición exacta. A continuación, le levanto los brazos y examino las manos, fuertes, grandes, en el dedo corazón derecho un anillo de plata gótico con una amatista, una pulsera de cuero negro trenzado en la muñeca derecha. El *rigor mortis* empieza a manifestarse en los músculos pequeños, y la temperatura es templada tirando a fría, porque la mujer tiene muy poca grasa corporal y ha perdido casi toda la sangre.

Presenta dos incisiones en la garganta. Una arranca de la parte izquierda del cuello, por debajo de la oreja, y termina a aproximadamente ocho centímetros, atravesando la mandíbula, de modo que el blanco del hueso asoma entre el tejido rojo que comienza a secarse. Me fijo en un extraño corte ancho y superficial con los bordes escoriados y la piel desprendida en algunas partes como virutas de madera. Nunca había visto algo parecido. Es paralelo a la incisión profunda, como un sendero irregular que discurre junto a una carretera. No tengo la menor idea de con qué instrumento está hecho. Debe de tratarse de un arma de forma poco habitual, o quizá con la punta doblada.

La segunda herida le quitó la vida en el acto, una incisión paralela a un corte tan extraño, desigual y superficial como el otro. Ambos tienen su origen en el lado derecho de la garganta. Esta segunda cuchillada mortal es más profunda en el punto en que la hoja, afilada y resistente, se clavó por debajo de la parte derecha de la mandíbula antes de desplazarse horizontalmente por el cuello en un tajo limpio y contundente, seccionándole la arteria carótida, los músculos infrahioideos y la tráquea, penetrando hasta la columna vertebral. Me pongo de pie.

Recorro con la vista cada centímetro de la cocina americana, en la que hay dos encimeras de granito situadas frente a frente, una cerca de la puerta principal y la otra, flanqueando los fogones y la nevera. Descubro una caja blanca de una pastelería. Contiene dos magdalenas que parecen recién horneadas y desprenden un intenso olor a moca y chocolate. A juzgar por el logo de la caja, son de una tienda de la calle principal, en el centro de Concord. Tal vez Lombardi las compró camino de la estación del suburbano cuando iba a recoger a su visita. Me vienen a la mente los tres o cuatro envoltorios que había en un plato y la única servilleta usada en el solario. Me pregunto si una sola persona se comió tantas magdalenas. Eso es mucha azúcar.

Cerca de la caja hay una cafetera de acero inoxidable, de las que tienen un depósito en vez de una jarra. Al abrir la tapa, percibo el calor del café, que despide un olor muy amargo. El filtro dorado está lleno de posos, y echo un vistazo al indicador de la parte posterior. Quedan cuatro tazas, y me acuerdo de las dos que están sobre la mesa en un espacio en que se puede mantener una conversación privada sin que nadie espíe o escuche por casualidad.

Paseo la mirada por la sala y no veo tazas de café sobre los otros escritorios ni en el fregadero. Abro el lavavajillas; dentro no hay nada más que una cuchara. Pruebo suerte con los cajones y descubro que varios son falsos. Otros están vacíos. Uno contiene trapos de cocina doblados que parecen nuevos y sin usar, y en otro hay cuatro juegos de cubiertos plateados. Busco cuchillos afilados, pero no veo ninguno. Extraigo el compactador de basura, pero dentro ni siquiera hay una bolsa.

Encima del lavavajillas, dentro de unas vitrinas, se alzan unas pilas de platos de porcelana blanca sencilla; cuatro servicios de mesa en total, junto a unas tazas como las del solario. Me coloco a un lado del frigorífico y, evitando tocar la sangre que hay cerca del tirador y en el suelo, abro la puerta. En el borde interior también veo unas salpicaduras que han manchado la junta.

Crema para café, leche de soja, botellas de agua, con y sin gas, y un envase de poliestireno de comida para llevar. Levanto la tapa. Contiene sobras de kebab envueltas en papel parafinado. No tienen un aspecto muy fresco; tal vez sean de hace varios días. En la puerta hay condimentos y aliños para ensalada bajos en grasas, y en el congelador encuentro unos cubitos de hielo viejos y un recipiente de chili de supermercado con fecha del 10 de octubre.

Ella vino a la cocina con algún propósito, quizá para servirse un café o coger una botella de agua. Extraigo la linterna ultravioleta de mi maletín. Localizo el interruptor, enciendo las luces de la cocina y las apago enseguida, antes de ponerme en cuclillas junto al cuerpo. Apoyo mi peso sobre los talones, examino de nuevo la sangre y las heridas del cuello. Enciendo la linterna, cuya lente emite un brillo violáceo, dirijo el haz de luz negra a la cabeza y lo desplazo hacia abajo, buscando rastros materiales. Al instante, veo brillar los mismos tonos neón. Rojo sangre, verde esmeralda y morado azulado.

El forro polar que lleva resplandece antes de recuperar su color verde kelly, cuando apago la linterna ultravioleta. Son partículas del mismo residuo que he detectado esta mañana, pero solo están en el forro, lo que aumenta mis recelos sobre quién es esta persona y cómo es posible que esté vestida así. Recojo muestras con discos adhesivos. Acto seguido, me quito los guantes. Me comunico con Lucy por el móvil y oigo un televisor encendido al fondo; voces hablando en español en lo que debe de ser el canal latino vía satélite.

—¿Dónde estás? —le pregunto.

—Echando un vistazo a la cuadra. Aquí hay monitores y cámaras para vigilar a los caballos. —Está dándome a entender que si alguien estaba observando a través del sistema de videovigilancia, podría haber visto al asesino.

—¿Estás sola?

—La mujer de la limpieza está sentada aquí, viendo la tele. *Gracias por su ayuda. Hasta luego** —dice en voz muy alta—. Y ahora me voy a buscar el servidor antes de que lleguen los federales. Benton acaba de pasar en coche, así que seguramente no tardarán.

—Necesito que le lleves unas pruebas a Ernie y le digas que quiero que les eche un vistazo cuanto antes.

—¿Algo prometedor? —pregunta y, por el modo en que jadea, advierto que ha salido de la cuadra y está trotando.

—No hay nada prometedor en este asunto —comento mientras oigo el familiar rugido ronco de un coche deportivo en la zona de aparcamiento.

Cuando el motor se apaga y se hace de nuevo el silencio, me imagino a Benton apeándose de su Porsche. Caminará un poco por el lugar antes de entrar.

Los pasos de Marino suenan fuertes y espaciados, no muy rápidos, pero decididos, como si se aproximara un tren a velocidad constante. Aparece al otro lado de la encimera, con un kit de revelado de huellas dactilares.

—Se le acercó por detrás y le infligió esta herida primero —señalo la incisión en el lado izquierdo del cuello y la mandíbula.

—No he espolvoreado esta zona ni los despachos de atrás —dice—. Quería esperar a que terminaras.

Conoce el procedimiento. Hace más de veinte años que lo seguimos.

* En castellano en el original. *(N. del T.)*

—Por el momento, no he visto huellas patentes, ni marcas de sangre ni pisadas —le informo.

—El tipo tiene que haber pisado sangre. Benton acaba de llegar y está fuera, echando una ojeada.

—No he encontrado una sola señal de que el asesino haya pisado sangre. Los dos cortes en la garganta fueron asestados en sucesión rápida. Luego tal vez él se apartó y la dejó desangrándose. Al cabo de pocos minutos, ella habría perdido el conocimiento y sufrido un *shock*. —No dejo de dirigir la mirada hacia las ventanas del fondo de la sala, como si pudiera ver a través de las persianas cerradas, y pienso en la predicción de Lucy.

Ed Granby se presentará y, si lo hace, sabremos cuáles son sus intereses ocultos. Proteger a gente de dinero, ha dicho ella mientras veníamos hacia aquí en su coche.

—Normalmente, en escenas tan sangrientas, acaban por pisarla. —Marino ha encendido su linterna y enfoca con ella el suelo de manera oblicua, bañando la sangre espesa en un intenso brillo rojizo—. Es difícil evitarlo.

—No hay rastros de que la pisara ni de que haya limpiado nada. Hay un patrón de huellas parciales aquí —señalo—, pero son de ella, que pisó su propia sangre, posiblemente después de la primera cuchillada.

—El todoterreno de Haley Swanson sigue aparcado frente al bloque de viviendas sociales donde vive su tío —dice Marino—. Tiene las cuatro ruedas pinchadas. Tal vez han sido los mismos gilipollas que andaban forzando coches y haciendo el vándalo por la zona. El tío le ha contado a Machado que Swanson a menudo aparca allí su valioso Audi todoterreno, que le debió de costar unos sesenta mil dólares si lo compró nuevo. Tengo la sensación de que hacía algo más que visitar a su tío varias veces por semana. Tal vez se juntaba con algunos de esos camellos de mierda que trapichean con drogas de diseño adulteradas que matan gente.

—¿El tío no conoce el paradero de Swanson?

—Según él, no. —Marino se engancha la linterna al cinturón—. Pero Swanson se marchó a pie hacia las ocho de esta mañana, después de anunciar que tenía que coger el tren para ir a algún sitio. Supongo que eso despeja todas nuestras dudas respecto a quién era la persona a quien Lombardi ha ido a recoger a la estación de Concord.

—¿Me alcanzas dos termómetros de mi maletín? —le pido—. Podrías ayudarme a sacar fotografías. También hay una libreta. Ella estaba de pie, frente a la nevera, con la puerta abierta, cuando él la atacó por detrás.

—¿Cómo sabes lo de la nevera? —Se agacha sobre mi maletín, que está en el suelo—. Lo de que tenía la puerta abierta.

—Estas manchas de sangre. —Indico unas gotas cerca del tirador—. Esta zona estaba alineada con su cuello y barbilla si ella estaba de pie frente a la puerta abierta cuando le hicieron el corte en el lado izquierdo del cuello. La sangre salpicó el canto de la puerta, lo que habría sido imposible si hubiera estado cerrada, y se escurrió hasta la junta cuando alguien la cerró.

—¿Quién?

—No puedo decírtelo.

—¿Crees que a lo mejor ella cerró la puerta después de que él le rajara el cuello por primera vez? —Se sitúa junto a mí, cámara en mano, y me pasa los termómetros.

—Es posible. Solo sé que alguien la cerró.

La contrapuerta de la entrada se abre, y allí está Lucy. Le entrego el paquete que contiene los discos adhesivos, y ella se lo guarda en un bolsillo grande en la pernera de su traje de piloto.

—Benton está paseándose por aquí, y los otros no tardarán en llegar —le comunico.

—Me habré largado dentro de diez minutos, como máximo.

—No ha venido con ellos. Está solo. Eso es lo que quería poner de relieve —añado.

—Quería llegar antes que ellos —dice, demostrando que me ha entendido.

En un abrir y cerrar de ojos, atraviesa a toda prisa la puerta de acero en dirección a los despachos de la parte de atrás, donde hay un armario que contiene lo que busca. Pasan de las tres, y permanezco atenta por si oigo que se acercan coches. Busco a Benton y espero la llegada de los demás. No actúa como si fuera uno de ellos, y recuerdo las cosas que dijo cuando caminábamos junto a las vías de tren. Hablaba del FBI como si él no trabajara para la agencia, y ahora mismo, es así. Ha venido para esclarecer estos homicidios, mientras que Granby vendrá con intenciones muy distintas y que no me inspiran la menor confianza.

Desabrocho el botón superior del forro polar verde kelly y coloco un termómetro bajo el brazo. Dejo el segundo termómetro encima de una encimera.

—Tal vez fue un acto reflejo por haberse visto sorprendida por el agresor. —Mido la herida en el lado izquierdo del cuello—. Quizás ocurrió lo que tú has sugerido, que él se le acercó por detrás y ella se volvió en el momento en que él intentaba degollarla, con lo que el arma erró los principales vasos sanguíneos y le atravesó la mandíbula. Tal vez ella cerró la puerta del frigorífico de un empujón o al caer contra ella. Esta incisión mide nueve centímetros, y fue practicada de izquierda a derecha y de abajo arriba —explico. Marino garabatea en la libreta con los ojos entornados. Se palpa los bolsillos buscando sus gafas, como si no se acordara de dónde las tiene. Cuando las encuentra, las limpia con la camisa y se las pone—. Además, hay unas incisiones paralelas menos profundas, muy raras, con los bordes escoriados y pedazos de la piel levantados. —Le proporciono las medidas—. No tengo idea de cómo se las hizo el asesino, a menos que la cuchilla tuviera la punta doblada.

Él alza la vista de sus notas, con los ojos agrandados por las gafas.

—¿Por qué iba a utilizar un cuchillo con la hoja doblada?

—Tal vez se le dobló por algo que hizo. He visto cuchillas muy torcidas en casos de apuñalamientos en que la punta chocó contra el hueso.

—¿Han apuñalado a alguien?

—A ella no.

—Me parece que a los otros dos tampoco —declara Marino.

—Aún no los he visto.

—No tienen sangre en la espalda, ni rastros de otras heridas. Creo que les rebanó el cuello y punto.

—No hizo falta más.

—¿Ah, sí? No me digas.

—Esta segunda incisión mide trece centímetros, y empiezo a

pensar que fue infligida por delante, cuando se encontraban cara a cara. —Le enseño el corte profundo en el índice de la mano izquierda, sobre la tercera articulación—. Así. —Me pongo de pie para mostrárselo—. La primera incisión se produce cuando estoy de espaldas a él y comienzo a volverme. —Imito el movimiento.

—Odio cuando te tratas a ti misma como a un muñeco anatómico. Me da repelús —comenta Marino.

—Luego, me sujeto el lado izquierdo del cuello mientras las gotas de sangre caen verticales, perpendiculares al suelo. —Le hago la demostración—. Esas gotas son perfectamente redondas, como las que hay cerca de la puerta del frigorífico y en las puntas de sus zapatos. Ahora me encuentro de cara a mi agresor, que lanza otra cuchillada y me hace un corte en el índice de la mano izquierda. Sigo de pie, pero desplazándome en esta dirección. —Doy un paso hacia la derecha de la nevera—. Entonces estoy mirando al frente, hacia la encimera, quizás apoyándome en ella, con las manos en el cuello.

—Tal vez él la retuvo allí. —Marino contempla las curvas de sangre arterial en los armarios—. Tal vez mantuvo la mano contra su espalda hasta que ella estaba demasiado débil para huir o forcejear. Creo que a lo mejor inmovilizó a los otros dos en el suelo. Estaban desangrándose frente a sus mesas, y él les presionó la espalda con la mano para que no pudieran levantarse. Debió de ser solo cuestión de minutos. Eso explicaría por qué solo hay sangre encima y debajo de los escritorios. Lo normal sería que las víctimas intentaran ponerse de pie, pero estas no lo hicieron.

—Ya veremos cuando los examine —contesto—. Hay un patrón arterial en este armario, y una nebulización en el vidrio, de cuando ella se atragantaba con su propia sangre y tuvo que expulsarla con violencia porque le habían seccionado la tráquea. Estaba aspirando sangre. Se le acumulaba en las vías respiratorias y en los pulmones. Después resbaló hasta el suelo, como se aprecia en el patrón de los armarios que están debajo de los fogones y el fregadero —señalo unas ondas formadas por gotas rojas, crestas y valles creados por los chorros que manaban al ritmo de sus latidos. Grandes gotas de sangre seca se deslizan por la puerta de un armario dejando largas estelas, en una pauta de curvas ascendentes y descendentes, cada vez más tenues y bajas—. Quedó arrodillada —prosigo—, como indican las salpicaduras en el suelo, ocasionadas por gotas al caer sobre la sangre que ya estaba allí, y tanto las rodillas del pantalón como la parte baja de las perneras quedaron empapadas. Y este charco nos muestra que murió aquí, pero no en esta posición.

Alzo la mirada y veo que Lucy atraviesa a paso veloz el despacho principal, cargada con un servidor de torre, y abre las puertas que dan al porche empujándolas con el pie ante de salir. Marino traslada de un lado a otro la regla de plástico que utiliza como referencia métrica para sus fotografías, y yo le muestro zonas embadurnadas de sangre en el suelo que me revelan la parte más importante de la historia, mientras oigo el potente rugido del cuatro por cuatro de Lucy, que se aleja a toda velocidad.

—La sangre ya había empezado a coagularse cuando la cambiaron de posición —señalo una circunferencia roja y una mancha, un patrón distintivo en forma de renacuajo grande—. Lo que ves es una gota de sangre que estaba coagulándose cuando arrastraron algo por encima, un rato más tarde. Hay otros coágulos corridos. Allí, allí y allí.

Él comienza a fotografiarlos tras colocar la regla etiquetada junto a cada uno.

—No sé si habrás pensado lo mismo que yo —dice—. Por el modo en que tiene los brazos apoyados sobre el vientre, como si durmiera, me recuerda a Gail Shipton.

—La postura es similar.

—Alguien colocó el cuerpo en una posición apacible. Casi como si le diera lástima.

—La miró a la cara cuando le cortó el cuello por segunda vez. No le dio ninguna lástima —replico—. Creo que descubriréis que este forro polar no era suyo. —Retiro el termómetro de debajo del brazo y me fijo en el sujetador negro realzador y con relleno que lleva. Pese al contorno de pecho considerable, tiene los senos pequeños—. Veintisiete grados. —Cojo el termómetro que había dejado sobre la encimera—. Hace una temperatura de veintiuno coma seis grados aquí dentro. Lleva muerta tres horas como mínimo, seguramente casi cuatro.

—¿A qué te refieres con eso de que el forro polar no era suyo? —inquiere Marino con el ceño fruncido.

—Creo que se lo pusieron cuando ya estaba muerta. Tiene rastros de lo que parece ser el mismo material que brilla bajo la luz ultravioleta. Está por toda la tela, y el patrón de sangre no coincide con las heridas ni con la manera en que seguramente se desangró.

Desabrocho la prenda hasta abajo y coloco el cuerpo parcialmente de costado, de manera que buena parte de su peso descansa sobre el Tyvek que me cubre el muslo. Empieza a presentar *livor mortis* en la espalda, pero falta bastante para que llegue a su punto máximo. Cuando le aprieto la piel con el dedo, dejo una mancha pálida muy parecida a la que se formaría en una persona viva. Observo su musculatura bien definida. Cuando vuelvo a tenderla boca arriba, le desabrocho el pantalón y le bajo la cremallera. Debajo hay unas bragas negras. Le toco el rostro con el dedo, y un poco de maquillaje se adhiere al guante. Le pido a Marino que abra uno de los kits que he traído.

—Debería haber unas toallitas ahí dentro —le digo, y me pasa una.

Le limpio las mejillas y el labio superior a la víctima. La barba incipiente habría pasado inadvertida porque tiene la cara afeitada al ras y cubierta con capas de base de maquillaje y polvos. Sospecho que se depilaba el pecho y la parte inferior del abdomen, y cuando le bajo las bragas, la respuesta se materializa ante mí.

—Vamos, no me jodas —dice Marino, incapaz de apartar la vista.

—Un varón que tomaba hormonas femeninas y a quien el asesino le puso su propio forro polar ensangrentado.

—¿Qué coño...?

—Intercambió su ropa con la de la víctima para disfrazarse lo mejor posible, por si alguien se había fijado en él. El sospechoso fue visto corriendo por el parque hacia las once —empiezo a recordarle—. No habría actuado así si hubiera venido con la intención de matar. Acudió por otro motivo, algo salió terriblemente mal y tuvo que poner pies en polvorosa.

—Mierda. La sudadera negra con la imagen de Marilyn Monroe, la que Rooney dijo que llevaba Haley Swanson esta mañana, cuando habló con él delante de las viviendas sociales. ¡La hostia! —exclama Marino, atónito—. ¿Mató a Swanson y luego se puso su puta sudadera? Debía de estar chorreando de sangre. ¿Qué clase de lunático de mierda haría una cosa así?

—Encuentra una fotografía de Haley Swanson lo antes posible —le indico en el momento en que se abre la contrapuerta—. Tenemos que comprobar si se trata de él.

—Claro que se trata de él, joder —dice Marino, alejándose para hacer una llamada, seguramente a Machado.

Benton atraviesa la sala hacia mí, y oigo el rumor distante de otro vehículo, o quizá de más de uno, que se aproxima por el camino de acceso.

—Han llegado —dice lacónicamente.

—¿Saben que estás aquí? —pregunto cuando llega junto a nosotros y se queda mirando el cuerpo y la sangre.

—Están a punto de descubrirlo —dice Benton.

37

Pasan de las seis de la tarde y está tan oscuro como una noche sin luna cuando comienzo a recoger mi equipo.

He hecho cuanto podía hacerse, muy poca cosa en el panorama general que se presenta ante mí cuando examino una biología malograda, cuando huelo su suciedad y toco lo que parece antinatural una vez que la vida ha claudicado. Sé cómo murieron esas personas en Double S, y me enfrento a un problema mucho más grave que no puede resolverse con tomografías computarizadas o autopsias. Las víctimas me han dicho lo que tenían que decir, y ahora voy a la caza de su asesino y del alto funcionario del FBI que lo protege.

Me quito el mono, los botines y los guantes, los meto en una bolsa de color rojo chillón para residuos biosanitarios que está en el suelo, junto a la entrada, donde Benton me espera con pétrea determinación respecto a lo que pensamos hacer. Es importante que averigüe qué tipo de arma se utilizó. No creo que el asesino la encontrara en la cocina americana o en el interior de este edificio, y dudo mucho que la llevara encima cuando se presentó en Double S y mató a tres personas esta mañana.

Tengo jurisdicción sobre los cadáveres y todo posible indicio relacionado con ellos, lo que incluye cualquier clase de arma empleada. Esa es mi justificación, aunque dista mucho de ser toda la verdad sobre por qué me niego a abandonar la escena del crimen, si bien estoy a punto de simular que me marcho. Aunque ejerzo mi autoridad como jefa de medicina forense, me siento como una intrusa o una espía que conspira, maquina y hace cosas a hurtadillas. Granby y sus agentes nunca me permitirían entrar en la casa de Dominic Lombardi, por nada del mundo, por más que discuta con ellos, pero es allí adonde me dirijo.

Benton me llevará, contraviniendo de forma flagrante una orden directa, porque no actúa movido por la política, los intereses personales o la deshonestidad. Él nunca ha sido así, y está indignado por la situación en que se encuentra, que, aunque no es del todo nueva, ha empeorado hasta un extremo escandaloso. Mostrarme un respeto profesional y hacer lo que le he pedido ocasionaría su despido si aún tuviera un trabajo del que pudieran despedirlo. Granby lo ha despojado de su poder y su dignidad, y lo ha hecho delante de todos. Ha tenido el descaro de decir: «Aquí no hacen falta bolas de cristal. Tomaos un par de copas.» Después, nos ha deseado una muy feliz Navidad y un próspero Año Nuevo. Para entonces, Granby estará acabado. Me aseguraré de ello.

Examinaré todos los indicios necesarios antes de que los alteren. Haré fotografías para dejar constancia de la verdad antes de que Granby continúe distorsionándola y manipulándola a su antojo con el fin de satisfacer su ambición patológica y su necesidad de encubrir los embustes que haya dicho y los delitos que haya cometido. No se saldrá con la suya. No se lo permitiremos, y todo dependerá de la ejecución del plan. Mientras estábamos fuera del edificio, Benton y yo hemos trazado la estrategia, por lo bajo y con las voces ahogadas por el ruido del motor de una furgoneta blanca de mi oficina que está aparcada delante, un armatoste cuadrado que tiene la puerta trasera abierta y una rampa hidráulica bajada. Hemos decidido que no podemos hacer algo que más tarde nos veamos obligados a tergiversar.

Estamos de acuerdo en que, si nos pillan en una sola mentira o nos acusan de inventarnos algo, todo lo demás perderá su credibilidad. Así que documentaremos cada paso que demos y lo protegeremos todo lo posible de una manera que podamos demostrar, y Benton no tendrá que expresar con palabras un solo detalle que no deba compartir con su amante, su esposa. Yo estaba aquí porque tenía derecho. En el juzgado me preguntarán por el arma, y esperarán una respuesta por mi parte. En cuanto a la información confidencial que Lucy está enviándole a Benton por vía inalámbrica, si la veo por casualidad cuando él reciba los mensajes de texto en el móvil, mala suerte.

No hace falta que me revele detalles clasificados sobre las mafias rusa o israelí, o el blanqueo de dinero u otros delitos a gran escala que quizás incluyan asesinatos a sueldo. No será culpa mía si oigo o veo sin querer algo que explique por qué Granby se empeña en amparar a un asesino que está perdiendo el control vertiginosamente. Es casi como si lo viera, con su piel pálida, su cabello castaño y su constitución compacta, calzado con unas zapatillas minimalistas de talla cuarenta y uno que semejan pies de goma. Ya no cabe la menor duda de que el asesino es la persona que se ocultaba detrás de mi muro esta mañana, y me viene a la mente una imagen de él en la oscuridad, bajo la lluvia, con un forro polar de botones color verde kelly y con la cabeza descubierta, indiferente al frío y la humedad.

Imagino sus ojos muy abiertos, con las pupilas dilatadas, con el sistema límbico ardiendo como un incendio mientras observaba como la luz de mi habitación parpadeaba y se encendía, unos minutos después de las cuatro de la madrugada. La luz de mi baño fue la siguiente, y después se iluminó la vidriera por encima del descansillo de la escalera, mientras él contemplaba todas estas consecuencias de su acto perverso.

Imagino la intensidad de su excitación al verme salir por la puerta de atrás y oírme hablarle a mi perro viejo y asustadizo, la mujer médico que se preparaba para acudir a una escena del crimen preparada por un ser humano profundamente trastornado que se cree más poderoso y profesional que todos nosotros. Lo veo como un monstruo cruel y enloquecido, y quizá sea cierto que su delirio se exacerbó después de la masacre en Connecticut. Tal vez esto despertó su curiosidad hacia mí. Entonces me pregunto qué sintió cuando abrí la puerta y le grité como una vecina gruñona.

Dudo que se asustara. Tal vez le pareció divertido o estimuló su deseo sexual, y lo imagino corriendo ágilmente de vuelta al campus del MIT a lo largo de las vías de tren para verme llegar con Marino, ver aterrizar a Lucy y ver bajar a Benton del helicóptero. Qué aparatosidad y qué recompensa para un narcisista sádico. Tengo la certeza de que llevaba días observándome mientras premeditaba el asesinato de Gail Shipton, recabando información acerca de ella, acechándola y fantaseando sobre qué gran héroe sería cuando sembrara más terror y dramatismo, y, de paso, eliminara lo que, gracias a su mecanismo de racionalización, concebía como un problema para Double S, suponiendo que racionalice, razone o emplee la lógica en alguna medida.

Según me ha dicho Benton repetidamente en las últimas horas, el asesino no necesitaba que le pidieran que asesinara a Gail Shipton, y nadie tenía la intención de pedírselo. Este individuo crédulo y violento se encargó por iniciativa propia de alguien que, desde su punto de vista, era una espina clavada en el costado de Lombardi. Cuando esta mañana el homicida solitario llegó a Double S, sin previo aviso o porque lo habían citado, tal vez esperaba recibir elogios y alguna recompensa mientras devoraba magdalenas en el solario insonorizado. Pero las cosas no salieron como había planeado, ni para él ni para los demás, según ha conjeturado Benton no mucho antes de que Granby lo abrazara por los hombros y le recomendara con condescendencia que se fuera a casa y disfrutara el resto de su vida.

El asesino está descompensándose a ojos vistas. Es posible que esté psicótico, ha explicado Benton mientras metían los cuerpos en bolsas y se los llevaban a mi furgoneta. Lombardi fue el primer objetivo, pero su asesinato no estaba planeado. El homicidio de Caminska, su ayudante, fue un asunto personal, pero menos. Y la tercera víctima, que creemos que es Haley Swanson, simplemente se encontraba en el lugar inoportuno en el peor momento posible.

Benton se ha esforzado por recalcar a sus colegas del FBI que Swanson tomó el tren suburbano a Concord para reunirse con Lombardi porque había surgido un problema de relaciones públicas cuando menos inesperado. El asesino era un conocido de Lombardi, pero matar a Gail Shipton no entraba en los planes de Double S ni les convenía. No era necesario, y con ello no habrían conseguido más que atraer una atención no deseada y convertirse en objeto de escrutinio público, que es lo que menos le interesa a una asociación delictiva. De hecho, es muy posible que Lombardi montara en cólera al conocer la noticia.

Benton ha calificado de «gestión de crisis» lo sucedido a primera hora de esta mañana. Ha añadido que seguramente el asesino fue reprendido y criticado por su acto irreflexivo, por lo que cabe imaginar que se marchó en coche, sintiéndose menospreciado y herido en su amor propio, para luego volver a pie, con el fin de masacrar a Lombardi y a quien estuviera en su edificio. Pero Granby no ha escuchado, y no porque el asunto le dé igual. Le importa mucho, desde luego, porque es incapaz de resolver los casos sin mentir.

Está perfectamente enterado de lo que cree que nosotros ignoramos: la falsificación del ADN, la manipulación del CODIS. Tiene que estar desesperado porque sabe que el ADN recogido en los casos de aquí de Massachusetts o de cualquier otro lugar no señalará como culpable a Martin Lagos, que no está dejando rastros biológicos en ningún sitio. No es más que una serie de números en una base de datos, una mancha que él no pudo haber dejado en las braguitas de algodón de Sally Carson.

—Habrá que volver a analizar las muestras de sangre de su autopsia, practicada en Virginia, pero por el momento no debemos mencionárselo a nadie —le digo a Benton mientras reviso mi maletín de campo, realizando un inventario de último momento. Cojo sobres y envases que he etiquetado y cerrado al vacío, pruebas del asesinato salvaje de tres personas, cada una con la tráquea cortada de lado a lado como el tubo de un aspirador—. Así es como contrarrestaremos la manipulación y demostraremos que el perfil de Sally Carson fue sustituido por el de Martin Lagos —explico—. Podemos arreglar esto, pero el tiempo apremia, y ahora mismo no sabemos en qué personas confiar, pero creo que la jefa de tus laboratorios en Quantico no figura entre ellas. Temo que esté compinchada con Granby.

—Alguien lo está —dice Benton.

—Tal vez fue así como consiguió el puesto. Fue un gran salto adelante en su carrera, pasar de dirigir los laboratorios de Virginia a dirigir los nacionales. Tomó posesión del cargo el verano pasado, más o menos por las mismas fechas en que Granby se hizo cargo de la división de Boston. Unos meses y dos asesinatos después, un perfil de ADN fue corrompido en CODIS. El responsable tuvo que ser alguien que supiera alterar datos.

—La agencia lo achacará a una contaminación en el laboratorio o a un error en la introducción de los datos. —Benton está de pie junto a la puerta, con la vista fija en mí. Estamos los dos solos en el despacho principal—. Pero el asunto no llegará a tener tanta resonancia pública. La tormenta pasará discretamente.

—Eso ya lo veremos. —Continúo comprobando que no me falte ninguna de las muestras que he recogido mientras nos disponemos a salir a la oscuridad—. Sospecho que tu jefe sabía en abril quién era el asesino de Klara Hembree y que estaba muy involucrado con Double S. Quizá por eso Granby acabó aquí, para poder estar cerca de Lombardi.

—Klara Hembree es la clave para averiguarlo. En su caso, es posible que hubiera un móvil —asevera Benton—. Pero, evidentemente, hacer algo tan drástico como modificar el CODIS no habría sido necesario antes de los asesinatos de Sally Carson y Julianne Goulet.

—Porque no estaban previstos —repongo, airada—. Porque el autor de los asesinatos es peor que una bomba de relojería. Es un contagio a punto de desencadenar una epidemia. Me sorprende que nadie lo haya quitado de en medio aún.

—Tal vez sea demasiado tarde para eso. Sospecho que nos enfrentamos a algo con raíces muy profundas.

—Más profundas, imposible. —No consigo disimular la rabia.

—Deberías ponerte esto.

Benton me tiende la chaqueta, y percibo el amor que siente por mí. Lo veo en sus ojos, al igual que la sombra de repugnancia e indignación que lo hacen parecer enfermo. Es como si Granby le hubiera propinado una patada en el estómago, y a Benton le molesta que yo haya sido testigo de la conversación. Le molesta terriblemente, como si eso me hiciese tener peor opinión de él, cuando en realidad solo aumenta mi determinación y mi furia.

—Aire fresco es lo que necesito. —Quiero respirar aire limpio, de olor agradable, vigorizante, y necesito pensar con claridad—. Ahora mismo, el frío me hará bien. —No me pongo la chaqueta todavía.

La adrenalina ha desterrado la fatiga, y el hambre se me ha pasado por completo. Le mando un mensaje de texto a Bryce. Le digo que el doctor Adams debe regresar al CFC de inmediato para confirmar las identificaciones.

«Ya viene en camino», me responde antes de que termine de escribirle que estaré muy ocupada durante un rato.

«Gavin ha llamado solo unos diez millones de veces», contesta enseguida mi jefe de personal, refiriéndose a un periodista del *Boston Globe* que es muy amigo suyo y por tanto recibe un trato preferente al que ya he renunciado a poner pegas.

Gavin Connors es un buen profesional que va a conciertos y acontecimientos deportivos con Bryce y Ethan, cocina con ellos y, cuando se lo piden, cuida de *Shaw*, su gato fold escocés. Le reservo una primicia bomba a Gavin Connors, pero tendrá que esperar hasta que esté segura de cuál será y pueda filtrarla sin peligro de que rastreen la fuente. No me cabe duda de que después Barbara Fairbanks se encargará de propagar la noticia a los cuatro vientos. Causará tal sensación que el gobierno no podrá enterrarla. Le escribo a Bryce que ya nos ocuparemos de los medios cuando regrese, y que quiero saberlo todo acerca de la entrevista con la posible sustituta de Marino.

«La he pasado para otro día. ¿Te sorprende?»

«Bien pensado. No queremos visitas en el CFC ahora mismo. Que nadie entre sin mi autorización, ni siquiera el FBI», tecleo con los pulgares, de pie cerca de la cocina donde la sangre, al secarse, ha pasado de un rojo brillante a un rubí oscuro y mate, como una luz que pierde intensidad antes de apagarse.

Percibo la tensión y la ansiedad de Benton mientras aguarda a que yo acabe, revisando su móvil, comprobando sus mensajes y manteniendo una comunicación intermitente con Lucy, que se desplaza como un cohete a través del ciberespacio y las bases de datos del servidor de torre de Double S.

Dispone de muy poco tiempo, y calculo que le bastará con unas pocas horas para hacer una copia de seguridad de hasta el último byte. Cuando los del FBI lleguen al CFC y exijan que se le entregue el ordenador, no encontrarán la menor señal de que lo hemos enchufado siquiera. En caso necesario, aseguraré que a mis laboratorios se les ha acumulado el trabajo con los casos pendientes, dando a entender que aún no hemos tenido oportunidad de echarle un vistazo. A eso nos ha empujado la gente como Granby. A trabajar contra el FBI, contra los nuestros, porque ya no sabemos quiénes son.

Cuando el siguiente mensaje de Bryce llega con un tintineo, le indico que todos los casos tienen que estar despachados antes de esta noche.

«¿Quieres que te guardemos alguno?», responde como si una autopsia fuera como una rebanada de tarta o un bocadillo.

«No. Pero procura que Luke se encargue de la necropsia de la víctima identificada provisionalmente como Haley Swanson.»

«OK. Por cierto, Ernie tiene resultados. Se ha ido ya, pero puedes llamarlo a su casa. Siempre se queda despierto hasta tarde.» Como de costumbre, Bryce tiene ganas de charlar.

«Gracias.» Me vuelvo al oír unos pasos.

Un agente del FBI con un polo, pantalones caqui estilo cargo y botas militares pasa de largo, con una Glock al cinto y una carabina M4 en las manos con el cañón corto apuntando hacia abajo y la correa de nailon negra colgando sobre la cadera.

Tras detenerse unos instantes para dedicarnos una sonrisa resplandeciente y sin rastro de calidez, abre la puerta de acero que da a las habitaciones donde los otros llevan horas husmeando en los documentos, y la cierra detrás de sí.

—Deberíamos irnos. —Benton dirige la vista hacia los despachos del fondo, plenamente consciente de lo que están haciendo allí sin contar con él.

Mientras examinaba el cuerpo de Caminska, encorvado sobre su escritorio sanguinolento, he oído de pasada un comentario sobre la Brigada Euroasiática de Crimen Organizado del FBI. Sus objetivos principales son delincuentes vinculados a la antigua Unión Soviética y a Centroeuropa, y cobro conciencia de que el complejo entero es ahora una escena del crimen controlada por el FBI.

La entrada al camino de acceso está protegida con una barrera y vigilada, y pronto será imposible ir a pie a ningún sitio sin topar con agentes armados con fusiles de asalto y subfusiles. Alguien se fijará en Benton y en mí antes de que hayamos terminado. Pero tengo mi justificación: un arma del crimen inusual y mi derecho a buscarla, o a buscar un objeto similar.

—¿Qué hay de las llaves? —pregunto.

He visto a Marino entregarle un gran manojo de ellas al agente que acaba de entrar. Ha sido después de que Marino y Benton regresaran tras inspeccionar el terreno sin permiso y sin avisar a nadie. El agente ha cogido las llaves dirigiéndole una mirada inquisitiva a Marino, preguntándose de dónde las ha sacado o de qué son. Recuerdo haberlas visto ensangrentadas sobre la mesa de Lombardi, parcialmente debajo de su cuerpo casi decapitado, y que más tarde ya no estaban allí. Benton no le ha dado explicación alguna a su joven colega del FBI mientras Marino desaparecía en la oscuridad de la noche con su perro, tras mencionar en voz muy alta que iba a enseñarle a *Quincy* a llevarse bien con los caballos sin recibir coces o pisotones.

Por su forma de recalcar las palabras «coces» y «pisotones», quedaba claro que comprendía qué estaba sucediendo y qué medidas se estaban tomando. En un abrir y cerrar de ojos, Marino ha pasado de intentar avasallar a Benton a convertirse en su mayor aliado.

—No necesitamos las llaves —me dice Benton.

No le pregunto cómo piensa entrar de nuevo en los espacios privados cerrados con llave que ha explorado con Marino, las habitaciones secretas de Lombardi, su enorme garaje. Veré lo que hay dentro por mí misma en este breve lapso del que disponemos. Benton y yo debemos acabar en una hora, o poco más, pues de lo contrario nos expondremos a una interferencia que no podemos permitirnos.

—Todo saldrá bien. —Saco unos guantes y una cámara pequeña de mi maletín de campo y me los guardo en el bolsillo—. Hay pasos que pueden darse, y los estamos dando.

Benton se queda callado. No aparta la mirada de los despachos que el FBI registra laboriosamente después de indicar a los agentes del NEMLEC que despejen la escena y de ordenarle a él que se vaya a casa y no vuelva al trabajo hasta que lo llamen, cosa que, según él, jamás ocurrirá. Solo un policía de Concord se ha quedado con ellos. Me lo imagino allí dentro, sin decir gran cosa, ocioso e ignorado por todos, como un indio de madera en una tienda de tabaco, una presencia testimonial para guardar las apariencias, pues supuestamente el FBI colabora en una operación conjunta, tan conjunta como puede serlo con un hijo de puta sin escrúpulos como Ed Granby al mando.

—Vamos bien. Vamos muy por delante de ellos, Benton.

Posa los ojos en mí, inexpresivo.

—Eso no debería ser necesario —replica.

—Da igual si debería o no. Vamos por delante de ellos, y así seguiremos. —Vuelvo la vista atrás, hacia los despachos donde Granby y su equipo investigan «la madre de todos los casos», como lo ha expresado Marino después de recorrer toda la finca edificio a edificio, habitación por habitación—. Además, están tan ocupados con lo que sea que contengan los archivadores, cajones y cajas fuertes en ese almacén de atrás que aún no se han centrado en el ordenador.

—Creo que ni se han dado cuenta de que no está —dice Benton—. Todavía se preguntan qué habrá ocurrido con la grabadora de vídeo digital, si es que alguna vez hubo una.

—No conseguirán nada de nosotros. Ni un asomo de explicación. —Bajo los cierres extragrandes de mi maletín, alegrándome de que Lucy se haya llevado el servidor antes de que llegaran Granby y sus agentes.

No he aludido a las pruebas que están en mis laboratorios o en camino hacia allí, y el FBI no puede irrumpir sin más y confiscarlo todo. Existe una cosa llamada cadena de custodia que los obligará a entenderse con la policía de Concord y Cambridge. Y si ya obran en mi poder indicios materiales o rastros de ADN, tendrán que entenderse conmigo. Puedo encargarme de que sea el proceso más lento y burocrático con que se hayan topado jamás. No hay motivos para que envíen las pruebas de mis casos en

Massachusetts a los laboratorios nacionales de Quantico, salvo el falso motivo relacionado con lo que Ed Granby decida alterar, destruir o sencillamente ocultar. No le daré nada a menos que ya no lo necesite.

Mientras tanto, minuto a minuto, Lucy está sentada ante sus teclados, rodeada de pantallas planas, escarbando en busca de la verdad, y ya está ocasionándole a Granby los peores problemas que ha tenido en la vida. No me imagino a nadie que lo merezca más. Por mí puede irse al infierno, y allí acabará cuando termine con él.

—Listo —le digo a Benton.

Me dirijo a la puerta principal con mi equipo y salgo al porche, encantada de que Granby no me tome en serio. Nunca lo ha hecho, ni siquiera cuando lo fingía. Aunque hemos coincidido muchas veces, en su despacho y en el mío, en cenas y en casa, no me conoce; solo sabe de mí lo que proyecta desde su autoimagen y filtra a través de su egocentrismo. Tampoco conoce bien a Benton.

Aún no me he formado una idea de hasta qué punto ha traspasado Granby los límites, pero de una persona capaz de manipular las pruebas cabe esperar cualquier cosa, y no consigo dejar de dar vueltas a su trayectoria profesional. Vi el comunicado de prensa que anunciaba su nombramiento como agente especial al mando en Boston. Lo he oído hablar *ad nauseam* de todas las cosas importantes que ha hecho.

Cuando yo era la jefa de medicina forense de Virginia, él era asistente del agente especial al mando, o AAEM, de la oficina de Washington donde investigaba casos de corrupción pública y crímenes violentos, además de desempeñar otras elevadas funciones como tratar con la Casa Blanca. Después de eso, trabajó durante mucho tiempo como burócrata en el edificio Hoover, sede del FBI, supervisando inspecciones a las oficinas regionales e investigaciones de seguridad nacional, hasta que, el verano pasado, vino a Boston.

Recuerdo que Benton me comentó que Granby había pedido ese traslado lateral porque era natural de aquí, pero ahora estoy convencida de que había una razón distinta y mucho más aviesa. Asumió el nuevo puesto en verano, no mucho después de que Klara Hembree se marchara de Cambridge en medio de un divorcio tormentoso. Se mudó a Washington para estar cerca de su familia porque no se sentía a salvo, y Lucy ya ha descubierto que su ex marido mantiene lucrativas relaciones comerciales con Double S.

Ha encontrado contratos de compraventa de fincas costosas y comprobantes de todo tipo de pagos y movimientos de dinero entre cuentas bancarias y de inversión. Le envía resúmenes a Benton a través de mensajes de texto, casi en tiempo real. Por pura casualidad los oigo llegar y los veo, verdes y brillantes, en la pantalla de su móvil, igual que hace unos minutos.

—Estoy segura de ello: todo saldrá bien —repito en un tono animado que encubre la indignación y la ira que bullen en mi interior.

38

Metemos mi equipo y la bolsa roja con la ropa de protección sucia en el maletero del potente deportivo turbo de Benton, como si fuéramos a marcharnos.

Baja la puerta, que emite un pitido cuando la cierra con llave. Nos alejamos a pie del aparcamiento, abriéndonos paso a través de una barrera de pinos de ramas bajas, y nos apartamos del camino de acceso caminando hacia más árboles, un prado y hectáreas de césped en una dirección concreta que él ha fijado antes. Veo que alza la vista hacia unas farolas altas que despiden un resplandor amarillo, con cámaras de seguridad orientadas como periscopios para captar cualquier movimiento sobre el asfalto que evitamos mientras avanzamos con cautela por la neblinosa oscuridad hacia la casa en la que Lombardi vivía solo.

El terreno está deliberadamente planificado: desde la entrada se accede al edificio de oficinas por un tramo de aproximadamente un kilómetro y medio del sinuoso camino asfaltado. Luego, un sendero acristalado comunica ese edificio con otro más grande que, según Benton, contiene un balneario, un gimnasio y una piscina cubierta, y que a su vez está conectado por medio de otro sendero techado con un generoso alojamiento para invitados. Desde allí, otra vereda conduce hasta la casa pintada de verde oscuro con contraventanas marrón oscuro y un tejado metálico verde oscuro, rodeada de pinos y no muy fácil de avistar desde el aire. Benton describe la guarida del multimillonario muerto como «arquitectónicamente camuflada».

Las puertas que llevan a los aposentos personales de Lombardi están protegidas con cerraduras de palanca de alta seguridad a prueba de taladros, cada una con una llave imposible de duplicar, y todas las zonas del complejo, a excepción de las cuadras, los cobertizos para herramientas y el solario, están unidas entre sí por los senderos con paredes de cristal y piedra que semejan puentes cubiertos extraordinariamente largos. Mientras bordeamos el lodoso perímetro en medio de una oscuridad impenetrable y Benton me explica la disposición del sistema de seguridad, no puedo evitar pensar en un pulpo que extiende sus tentáculos sobre la finca, más allá de un horizonte ensombrecido por nubarrones, hasta otras ciudades, estados, países y continentes.

—Ya lo juzgarás por ti misma —afirma Benton—. Lo que ocurre en este lugar es algo que jamás habrías imaginado, pero eso no es prioritario ahora. Ya nos ocuparemos de ello, maldita sea. Él va a matar a alguien más. Y nadie lo está buscando.

—Nosotros sí. Pero nunca lo capturarán si no desenmascaramos a Granby primero. Creo que él sabe muy bien quién es ese tipo.

—Hay que preguntarse qué motivos tendría para protegerlo si no lo supiera —señala Benton—. No se trata solo de quitarse de encima los casos que perjudican la política y el turismo en Washington. Granby quiere achacárselos a otra persona por alguna razón, tal vez porque era lo que pretendía Lombardi. Endosarle tres asesinatos a un hombre desaparecido y seguramente muerto sería una jugada segura, a menos que el Asesino Capital volviera a matar en algún otro lugar donde no fuera posible alterar los perfiles de ADN. Y eso es lo que ha pasado, así que aquí estamos, y Granby debe de estar al borde del pánico en su fuero interno.

No lo dice como si se alegrara de ello. Benton no es severo ni vengativo, mientras que yo puedo ser las dos cosas. Me lleva del brazo para ayudarme a esquivar ramas bajas que apenas alcanzo a vislumbrar, y cuando las rozo con el hombro, me cae agua fría de lluvia encima. Me pongo la chaqueta y la abrocho hasta arriba.

—Si fuéramos por el camino de acceso, ¿quién nos vería y qué ocurriría? —Me paso los dedos por el cabello mojado.

—Las cámaras nos captarían y apareceríamos en los monitores. Los agentes tardarían dos segundos en llegar, y Granby les ordenaría que nos echaran de la propiedad de inmediato.

—¿De verdad crees eso?

—No sería agradable —asevera.

—Eso suponiendo que no estén demasiado ocupados para darse cuenta.

—Ahora mismo deben de estarlo. Cuando lleguen más refuerzos, se nos habrá acabado la suerte y el tiempo. Me sorprende que aún no estén aquí.

—¿Qué pasará cuando lleguemos a la casa? —pregunto.

—La puerta próxima al garaje cuenta con una alarma, pero está apagada. El jefe la ha desactivado hace un rato y no la ha vuelto a programar. No hay una cámara en esa entrada, seguramente porque Lombardi quería poder entrar y salir con sus conocidos, colegas, matones o mujeres sin que nadie lo viera o lo grabara.

—Entre sus colegas, tenía amigos en las altas esferas —aventuro.

—Todo parece indicarlo, sí.

—Y entre las mujeres estaba Gail Shipton.

—Quería controlarla. Dominarla. Someterla a su voluntad.

—No era solo una cuestión de sexo.

—Poder —dice Benton—. La obligaba a acostarse con él porque ella no quería. Y para ponerla en su sitio. Al principio, Carin Hegel creía que podía vencer a esa gente porque no tenía ni idea. Pensaba que todo se reducía a un pleito. Lombardi también estaba poniéndola a ella en su sitio.

—Ahora que está escondida en casa de Lucy, ya no cree que todo se reduzca a un pleito. Me pregunto a cuántos ex clientes les había hecho lo mismo Lombardi; quedarse con todo lo que tenían de forma que no pudiera probarse, y luego llegar a un acuerdo con el dinero del seguro, del que se llevaba una tajada, sin duda, la más grande. O a lo mejor simplemente cedían a sus exigencias porque creían que de lo contrario los mataría.

—Lo que hizo con Gail habría sido una transacción pequeña para él —observa Benton.

—¿Cien millones te parecen pocos?

—Fuera cual fuese el acuerdo, un pago por parte de las compañías aseguradoras, habría sido calderilla para él, pero también una diversión, ya que una reputada abogada litigante como Hegel se había atrevido a demandarlo. Como Gail era débil y estaba desesperada, él se convirtió en dueño de su persona y de la tecnología con la que ella pudiera ayudarlo. —Echa un vistazo a su teléfono cada dos minutos, cuando recibe información de Lucy—. Si no estuviera muerta, la acusarían de fraude. La echarían del MIT y su vida quedaría arruinada.

—¿Conoce Granby esa parte de la historia? ¿Sabe que ella era cómplice de Lombardi?

—No sé lo que ha averiguado por su cuenta, pero ya has oído lo que le he dicho. —La voz de Benton es fría como el acero—. Le he expuesto lo más importante y no pienso decirle una maldita palabra más. He venido a casa para pasar las fiestas, ¿recuerdas? Además, nadie sabe que estamos aquí, a menos que se hayan fijado en mi coche.

—Pues menudos investigadores serían si no se hubieran fijado.

—No se fijan en nada salvo en los documentos que están examinando con lupa —contesta Benton—. Ya deben de haber conseguido abrir la caja fuerte, y ve tú a saber qué contiene. Yo creo que millones de dólares en efectivo, oro, divisas y números de cuenta de bancos en el extranjero, y apuesto a que él estará telefoneando a la oficina central cada dos por tres, urdiendo planes y confabulaciones, resolviendo otro gran caso. Es previsible, lo tiene todo controlado y la persona que debería preocuparnos no está en el punto de mira de la agencia. Nadie busca una razón. Granby ha conseguido desviar su atención.

—Ha hecho trampa con el ADN. Ha dado por cerrado un caso que sigue sin resolver ¿y qué piensa hacer al respecto? —Caminamos entre matas de hierba que en un mes más cálido estarían cubiertas de flores silvestres—. Dará carpetazo a los casos de Washington, culpará a Martin Lagos de los homicidios y convertirá esto en una investigación aparte sobre el crimen organizado y asesinatos a sueldo —conjeturo.

—Lo que resultaría del todo ilógico, y alguien acabaría por

señalarlo. No todos en el FBI son incompetentes y corruptos —alega Benton, aunque lo que quiere decir en realidad es que le gustaría creer que nadie lo es.

—No tenemos el lujo de saber qué ocurrirá al final.

—Un sicario lleva su propia arma cuando va a hacer un trabajo —comenta—. No deja ropa en la escena del crimen, ni se disfraza con una sudadera empapada de sangre de una de sus víctimas para luego pasar corriendo entre una multitud de niños en dirección a su coche. No coge un sobre lleno de dinero y luego lo deja caer sin querer en un parque público, un sobre con manchas de sangre y la dirección del remitente. —Benton pisa con cuidado, pues ya tiene empapadas las zapatillas que le han prestado. Sopla un viento más gélido de lo que me imaginaba, y todo lo que rozamos está impregnado de agua—. Hablamos de alguien que está fuera de control y que no mató a esas personas en Double S por dinero. Quizá quería una recompensa y que le inflaran el ego dándole las gracias por haber borrado del mapa a Gail Shipton, pero los otros asesinatos fueron por motivos personales. Desde su perspectiva, se lo merecían. Tal vez no en el caso de Swanson. A lo mejor solo tuvo la mala fortuna de cruzarse en su camino.

—El asesino es alguien a quien ellos conocían y subestimaban o no hacían mucho caso. —Tengo las perneras mojadas y las manos frías—. Este tipo de gente no le abre la puerta ni le da la espalda a alguien que le inspire el más mínimo recelo.

—La ira —dice Benton—. Lombardi atacó a esta persona donde más le dolía. Lo insultó, lo humilló, y tengo la sensación de que no era la primera vez. Descubriremos que existían unos precedentes. Lo conocía, y sostengo que nadie de Double S tenía la menor intención de pedirle que asesinara a Gail, por el chanchullo en el que andaba metida, y esa no fue la razón por la que la mató, de todos modos.

—Tal vez él cree que sí. Tal vez cree que los mató a todos por ese motivo.

—Cree que sus impulsos son racionales, pero en realidad todo se reduce a lo que lo excita —asevera Benton—. Y quizás ha enloquecido porque lo que hizo era peligroso y una estupidez, y me sorprende que alguien tan despiadado como Lombardi hubiera pasado por alto todas las señales hasta el instante en que su sangre comenzó a derramarse sobre el escritorio.

—La prepotencia. Era un matón que estaba por encima de la ley y se creía intocable. O tal vez haya otra razón por la que no se sentía amenazado por él.

—Granby busca a un gánster ruso al que pueda detener, y estoy seguro de que encontrará alguno en algún sitio —dice Benton en tono sombrío.

Me viene a la mente la imagen de Ed Granby, esbelto y atildado, con los ojos pequeños y centelleantes, la nariz larga y afilada como un lápiz, el cabello peinado hacia atrás, con canas solo en las sienes. Tiene un pelo tan perfecto que estoy convencida de que se lo tiñe así, y noto que se aviva mi indignación. Me acerco a Benton, noto su cuerpo contra el mío y me tranquilizo un poco al ver que estamos más cerca de la casa, aunque aún nos faltan unos cuatrocientos metros para llegar. Todas las luces están apagadas, salvo una en la planta baja.

Compruebo los mensajes en mi móvil, y el brillo de la pantalla resulta casi cegador en esta oscuridad cargada de niebla. La luz de las farolas lejanas apenas consigue penetrarla, como si estuviéramos a bordo de un barco que se aproxima a una costa envuelta en la bruma. Ernie Koppel me ha enviado otro recordatorio de que está en casa, por si quiero hablar con él. Marco su número mientras avanzamos.

—Estoy al aire libre y hay mucho viento —me disculpo cuando contesta.

—Me imagino que sigues en Concord, y nosotros estamos cenando pegados al televisor. Hablan de ello en todos los canales de noticias.

—¿Qué tienes para mí?

—Un regalo de Navidad anticipado, un montón de cosas.

—Qué ilusión me hace.

—Una coincidencia entre las marcas y la herramienta, sí, lo que no te sorprende porque ya lo suponías. Y tienes razón respecto al caso de Maryland —añade—. La misma huella mineral que la que has levantado aquí, en el MIT, y que coincide también con la muestra que acabas de recoger en la escena de Concord.

—Los discos adhesivos que te ha llevado Lucy.

—Exacto —dice—. La misma huella mineral en el forro polar de la víctima. La halita es en esencia sal de roca, y bajo el microscopio electrónico de barrido resulta evidente que esta fue creada de forma artificial saturando agua salada y dejando que se evaporara, lo que me hace sospechar que se trata de algo fabricado para un uso comercial concreto.

—¿Alguna idea de qué uso podría ser?

—La calcita y el aragonito son habituales en el sector de la construcción. Están presentes en el cemento y la tierra, por ejemplo. Y sé que la halita se utiliza en la fabricación del vidrio y la cerámica, así como para fundir el hielo en las carreteras. Pero ¿encontrar los tres minerales juntos con la misma huella elemental que en el caso de Maryland, y básicamente en todas las muestras que he analizado, incluida la de hoy? Tal vez sea un material artístico para alfarería o esculturas, algún tipo de pigmento mineral empleado en temperas o en efectos de maquillaje. No cabe ninguna duda de que emite un brillo iridiscente bajo la luz negra.

—¿Qué me dices de las fibras?

—Tanto las hebras azules que recogiste como la tela blanca que cubría a Gail Shipton son de licra. Eso coincide con las fibras encontradas en las víctimas de Washington; tal vez sean los mismos tejidos en todos los casos, aunque procedentes de lotes distintos. Lo que me ha chocado es el ungüento descongestionante. No he conseguido determinar la marca, pero el patrón de fragmentación espectral me ha permitido identificar de forma relativamente sencilla el regalo sorpresa. Al parecer alguien quería hacer algo más que despejarse los senos nasales. MDPV —declara.

—Me tomas el pelo.

—Te aseguro que no. Los de ADN me han pasado una muestra a última hora de la tarde, la he analizado con el espectrofotómetro de infrarrojos y ese es el resultado que he obtenido, aunque no soy toxicólogo. Si no estás en contra de gastar parte de la muestra, te sugiero realizar una cromatografía de líquidos acoplada a un espectrómetro de masas en tándem solo para confirmarlo. Por cierto, el laboratorio de toxicología dice que se trata del mismo análogo de la metcatinona que se encontró en la mujer que se suicidó la semana pasada saltando de la azotea de su edificio. Es una droga de diseño muy peligrosa que alguien está vendiendo en las calles, me temo que la misma que ha causado auténticos estragos durante el último año.

—Gracias, Ernie.

—Sé que no me corresponde formular hipótesis, pero lo haré de todos modos. Creo que se trata del mismo tipo. Les hace algo raro, las envuelve en una tela elástica y luego emplea algún medio artístico, para pintar retratos de ellas cuando ya están muertas, por ejemplo, o yo qué sé. Ten cuidado, Kay.

—Los caballos de carreras y las sales de baño —le digo a Benton después de colgar—. Supongo que cuando quieres estar muy concentrado, alcanzar una fuerza sobrehumana, experimentar euforia y darles caña a tus neurotransmisores, puedes mezclar un poco de relámpago blanco con el ungüento y untártelo una y otra vez dentro de la nariz.

—Eso explicaría en parte el acto que acaba de cometer. Podría explicar muchas cosas: la paranoia creciente, el nerviosismo, la agresividad y la violencia.

—Debe de tener el organismo a mil por hora, acalorado y sudoroso, con la presión sanguínea disparada. —Pienso en el joven con la cabeza descubierta y sin chaqueta en el frío y la lluvia—. Quizás esté sufriendo un trastorno psicótico.

Lo imagino vigilándome en la oscuridad, desde detrás de mi casa, y me pregunto qué idea debía tener de mí y de Benton. ¿Quiénes somos, quiénes son sus víctimas para él?

—Lo más terrible de esa droga es que no puedes desengancharte y nunca sabes qué dosis te dan con cada paquete —explico—. Así que los efectos pueden ir desde una reacción leve hasta la demencia y el daño cerebral. Acabará por matarlo.

—No lo bastante pronto —dice Benton.

Entre los fragantes árboles de hoja perenne que huelen a cedro, nos acercamos a las ventanas iluminadas de la planta baja, alertas a las cámaras y asegurándonos de que no haya nadie alrededor. No dejo de mirar hacia atrás como una fugitiva.

No veo faros de coches ni linternas, solo la oscuridad de la noche húmeda y neblinosa, además de nuestro aliento condensado, y oigo el chapoteo de las zapatillas prestadas de Benton. Calculo que desde la entrada de la finca hasta el punto en que el camino de acceso llega a la casa de Lombardi tras rodear los edificios anexos y las oficinas hay una distancia de poco más de tres kilómetros. Avanzamos trabajosamente por un huerto aletargado y seco, y de pronto se nos presentan a la vista una pista de tenis sin red, una barbacoa y una piscina tapada con una lona para el invierno.

Hay una zona circular pavimentada con losas que sospecho que son calefactoras, y más allá, cuatro puertas pesadas de metal, que parecen persianas antihuracanes. Dentro hay coches, dice Benton: Ferraris de edición limitada, Maseratis, Lamborghinis, McLarens y un Bugatti, todos con matrícula de Miami, baratijas para los superricos y los superladrones, que, al igual que los yates, los jets privados y los áticos de lujo, sirven para blanquear dinero. Los automóviles seguramente tenían como destino el puerto de Boston, desde donde los enviarían a lugares como el sureste asiático y Oriente Medio, según sospecha Benton.

Una puerta de madera maciza da a un sendero empedrado y acristalado. Ahora que estoy cerca, veo que dentro hay un carrito de golf y montones de leña cortada. El camino comunica el edificio anexo, que es un balneario, con la casa, donde se encuentran la cocina privada y los espacios habitables, la suite principal en el primer piso y el garaje en la planta baja. Benton abre otra puerta que no ha cerrado con llave después de registrar el lugar con Marino, y entramos en la cocina particular de Lombardi, una habitación espaciosa con una chimenea profunda cerca de una mesa para el desayuno, encimeras de cinc y grandes ventanas con vista a los jardines.

Una bodega de vino resulta visible bajo una placa de vidrio en medio del suelo de madera noble. Cuando camino sobre ella, me asalta una sensación fugaz de vértigo, de miedo a caerme, que me provoca un hormigueo en el estómago. Me aparto de ella sin bajar la mirada hacia los centenares de botellas colocadas en baldas circulares de madera, los toneles de madera decorativos y una mesa para catas.

Utensilios de cocina de cobre relucientes como el oro rosa cuelgan de un estante de hierro forjado encima de una mesa de carnicero con tablero de arce sobre la que hay bolsas de plástico y comestibles desparramados, que, sin duda, ha dejado apresuradamente el chef cuando ha vuelto tarde de hacer la compra. Veo leche, quesos selectos y cortes de carne fuera de la nevera, rastros del pánico que lo ha invadido al avistar coches de policía en el camino de acceso.

Debe de haberse cruzado con mi furgoneta blanca con las palabras OFICINA FORENSE DE MASSACHUSETTS y nuestra insignia pintadas en azul en los costados. Existen pocas experiencias más desalentadoras que ver aparecer a mi personal con su equipo. Es una visión de infarto que provoca un terror visceral instantáneo, y tiendo a olvidarme del efecto nefasto que produce mi llegada a algún lugar, sobre todo cuando es inesperada, como ocurre casi siempre. Resisto el impulso de guardar los alimentos perecederos en el frigorífico. Me parece una lástima que se desperdicien. En vez de ello, los fotografío.

Me detengo unos instantes frente a la placa de vitrocerámica francesa para contemplar el juego de cuchillos de alta calidad con mangos de madera de haya verde: pelador, deshuesador, tomatero, para cortar pan y varios cuchillos de chef, anchos y estrechos, de hasta treinta centímetros de largo, además de afiladores, todos colocados en las ranuras correspondientes de dos tacos. Saco más fotografías para documentar cada rincón que examino y todo lo que toco, mientras Benton continúa leyendo los mensajes que Lucy le envía en una rápida sucesión de tonos de aviso que él ha configurado para que suenen como un irritante timbre de bicicleta, a fin de no perderse uno solo.

39

—Todos los teléfonos de aquí están basados en *software*, como un PBX. —Benton habla con mayor libertad, mostrándome lo que le acaba de mandar Lucy—. Era un buen sistema para que Lombardi controlara lo que hacía todo el mundo —agrega, pero sin la alegría o la satisfacción que yo siento conforme las cosas se aclaran—. Al parecer, hoy, a las cuatro cincuenta y cinco de la madrugada, ha recibido una llamada de un número oculto. Ninguna de las dieciséis líneas telefónicas de Double S, incluidas las de esta casa, aceptan llamadas no identificadas.

En unos cajones encuentro unas cajas de madera con cuchillos para carne y diversos utensilios, manoplas y trapos de cocina. Hay folletos de comida a domicilio de pizzerías y restaurantes chinos de la localidad, aunque dudo que accedieran a traer un pedido hasta allí.

—Así que la persona tuvo que desactivar la ocultación de su línea como un pobre diablo cualquiera, pues de lo contrario la llamada no habría entrado —prosigue Benton—. Lucy me pregunta si reconozco el número, y sí, lo reconozco. Es el móvil de Granby, y no es la primera vez que llama aquí. Según ella, el número aparece bastantes veces. La pregunta es cuándo.

Teclea su respuesta para ella. Ya no va con pies de plomo respecto a lo que me dice en voz alta. Tenemos pruebas de la participación de Granby en la trama delictiva. El ordenador de Double S está resultando ser una fuente muy valiosa, y nadie tendrá que fiarse solo de nuestra palabra. No se trata de sospechas o de indicios circunstanciales, y es imposible que nos acusen de tergiversar la cruda realidad. Los datos son irrefutables y están guardados a buen recaudo en mi oficina. El jefe de Benton no tiene la menor idea de la que se le viene encima.

—Marino llegó a mi casa hacia las cinco de la madrugada —señalo—. Para entonces ya se habían publicado en internet las noticias sobre el cuerpo encontrado en el MIT y su posible identidad. Así que todo apunta a que la llamada de Granby a Lombardi tenía que ver con eso.

Suena otro irritante tintineo de bicicleta, y Benton lee el mensaje.

—Hay muchas llamadas registradas entre los dos, concentradas sobre todo en marzo y abril, en la época en que Granby estaba trasladándose aquí, y docenas de ellas realizadas el último mes, algunas correspondientes a las fechas en que fueron hallados los cadáveres de Sally Carson y Julianne Goulet. Cielo santo. —Apoya la parte baja de la espalda contra la encimera—. Esto es un puto horror.

—Ya sabíamos que lo sería.

—¿Qué otra razón podía tener Granby para telefonearlo, salvo hablar de Gail Shipton?

—Creo que ya conoces la respuesta.

—Una respuesta simple. —Benton confirma lo que ya imaginaba—. No tenían la intención de asesinarla. Nadie le pidió a ese psicópata que la matara, Lombardi estaba furioso, pues ya había tenido problemas con esa persona, sea quien sea, pero ahora estaba metido en un lío más gordo por los vínculos directos de Gail con Double S. Fue como dejar un bar en manos de un borracho.

—No dejas tu bar en manos de un borracho a menos que no sepas que lo es o tengas una relación personal con él. —Extraigo del taco un cuchillo con una hoja de acero al carbono de veintitrés centímetros y forma curva, para deshuesar.

—Citas aquí a tu asesino solitario y a tu experto en relaciones públicas y les ofreces magdalenas, para intentar arreglar el desaguisado —dice Benton.

—Mala idea si el asesino solitario va hasta arriba de estimulantes, tiene bajo el azúcar y está a punto de estallar. —Sopeso el cuchillo con la mano enguantada, noto su equilibrio y la forma lisa y dura de su elegante mango de madera.

—Claro que el chef tendría que confirmar si falta algo de aquí. —No necesito echar una ojeada a los otros cuchillos de la cocina de Dominic Lombardi—. Cualquiera de estos serviría para infligir una herida mortal.

—Pero el asesino no utilizó ninguno de ellos —declara Benton, y sacudo la cabeza. El arma homicida es muy distinta de todos estos cuchillos. Una rareza, sea lo que sea, y mientras sigo haciendo fotos, explico que el instrumento que buscamos es corto y estrecho, de un solo filo, con un borde biselado y, posiblemente, con la punta roma y muy torcida.

—Baso esta conclusión en las incisiones superficiales, con piel levantada a lo largo de los bordes escoriados, paralelas a los cortes profundos —añado—. El patrón en el trapo que usó para limpiar el arma también nos ofrece una pista sobre su forma y parece indicar que tiene rebabas que arrancaron hilos de la tela con la que lo frotó. Por lo general, los cuchillos no tienen rebabas a menos que estén recién afilados.

Otro tintineo de timbre de bicicleta, un largo mensaje de texto de Lucy en el que comunica a Benton que la segunda esposa de Lombardi pasa buena parte de su tiempo en las islas Vírgenes, donde tiene registradas varias empresas. Lucy sospecha que son negocios fantasma, e incluyen galerías de arte, balnearios de lujo, tiendas, hoteles, compañías constructoras y promotoras.

—Negocios ideales para el blanqueo de dinero y seguramente para la fabricación de drogas —sugiere Benton—. Tal vez laboratorios, aquí o en el extranjero, de donde proceden las drogas de diseño.

Abre una puerta cerca de un aseo con un retrete, un lavabo y una repisa repleta de revistas de alta gastronomía: *Bon Appétit*, *Gourmande!*, *Yam*. Lo que lee para pasar el rato un chef francés que de pronto se ha quedado sin trabajo. Y no sería más que uno del montón si regresara a París, donde su esposa está con otra persona y sus hijos pasan de él. «*Tout est perdu. Je suis foutu*», le dijo a Benton cuando Marino y él efectuaban su recorrido clandestino.

Subimos escalones enmoquetados, cuatro en total, hasta un descansillo en el que apliques con prismas de cristal sobresalen de las paredes de falso estuco. Me imagino a Lombardi ascendiendo y haciendo una pausa para descansar o recuperar el aliento apoyando las gruesas manos de dedos rechonchos en las bruñidas barandillas de latón, con el anillo de diamantes en el meñique izquierdo y la correa de su reloj de oro macizo repiqueteando contra el metal mientras desplazaba su pesada humanidad. No debía de resultarle fácil ir de un lado a otro de este complejo ni subir hasta la planta principal, dada su corpulencia.

Benton abre otra puerta que no está cerrada con llave porque la ha dejado así, y al otro lado hay un amplio espacio abigarrado de muebles italianos antiguos de maderas exóticas, en el que la elaborada moldura del techo y el relieve decorativo de las paredes son dorados. Una lámpara de araña multicolor de dos pisos con frutas de cristal pende de un fresco que reproduce *La creación de Adán*, de Miguel Ángel, y hay un diván circular tapizado con raso dorado cerca de los pies de una cama digna de un rey. El cabecero, de más de metro y medio de altura, es de color rojo intenso y está decorado con áureas hojas de acanto.

Me fijo en un escritorio renacentista y una silla señorial florentina demasiado pequeños para el voluminoso contorno de Lombardi, y en una cómoda estilo veneciano cuyo espejo debía de reflejar su descontento y su aburrimiento ante tanta opulencia cada vez que abría un cajón. Las cortinas que cubren los ventanales que llegan hasta el techo son de terciopelo carmesí con intrincados bordados en oro y plata, y cuando aparto una de ellas hacia un lado, noto el tacto suntuoso del pesado forro de seda dorada. Contemplo su mundo de excesos, donde todo tenía un precio y seguramente no significaba nada para él, mantenido a costa de la sangre y el sufrimiento de todo aquel a quien pudiera exprimir a cambio de cualquier beneficio, ya fuera sexo, asesinatos o dinero procedente de las drogas de diseño que trastornaban y mataban a la gente.

En la brumosa penumbra de primera hora de la noche, apenas alcanzo a vislumbrar los senderos no iluminados. El edificio del balneario también está a oscuras, y, por primera vez, reparo en que la parte de atrás de las oficinas no tiene ventanas. Las farolas que bordean el serpenteante camino de acceso semejan manchas de luz amarilla, y detrás están los vacíos del prado, la laguna, y, más allá, el tejado abuhardillado de la cuadra. Se alza como una mole contra un horizonte negro, y un asomo de claridad se cuela por los resquicios de la ancha puerta corredera y los postigos de las ventanas atrancadas, y me pregunto quién estará allí, aparte de los caballos. Los empleados que no han oído ni visto nada han emprendido el éxodo, y Marino nos esperaría, pero dudo que pueda. No es más que un miembro del NEMLEC, un don nadie, y los esbirros de Granby le habrán dicho que su presencia aquí no es imprescindible y que se marche. Paseo la vista por las ventanas y puertas en busca de alguna luz y aguzo el oído, preguntándome si a nosotros nos ocurrirá lo mismo.

Me acerco a la mesilla de noche, sobre la que hay una lámpara de alabastro, una jarra y un vaso de cristal tallado, y abro el cajón. Contiene una pistola con acabado en níquel satinado, una Desert Eagle calibre .50 con suficientes balas para cargarse a toda la gente de la finca y de las granjas colindantes, y aún le sobrarían. Lombardi no se tomó la molestia de ir armado cuando fue a recoger a Haley Swanson a la estación del suburbano ni cuando se sentó frente a un conocido o contacto drogado e hipoglucémico que tal vez se creía un asesino o un héroe.

Cierro el cajón y me dirijo hacia una librería con espejos, a la derecha de la cama, con las baldas reflectantes sobre las que descansan unas fotografías enmarcadas de Lombardi en diferentes épocas de la vida que tan violentamente le han arrebatado. Un muchacho sentado en los escalones de entrada de una casa adosada en lo que parece un barrio deprimido, en los años cincuenta, a juzgar por los coches aparcados en aquella calle urbana. Tenía el cabello rubio rojizo y era mono, pero ya presentaba un aspecto hosco. Hay muchas imágenes de él con mujeres, algunas de ellas famosas, en clubes nocturnos y bares, y una donde se encuentra sentado a una mesa de hierro forjado junto a una morena que supongo que era su esposa, en medio de un exuberante jardín tropical, a la orilla de una magnífica piscina de piedra.

En otra foto de los dos, al fondo, se aprecia una suntuosa casa de campo que parece antigua y me recuerda Sicilia. También hay fotografías de la pareja con quienes tal vez sean sus tres hijos: un chico y dos chicas de unos veinte años, en un velero blanco, surcando aguas color turquesa cerca de unas montañas verde oscuro y aldeas de tejados rojos que podrían estar en las islas Jónicas. En ellas, Lombardi ya aparece más viejo y con un sobrepeso extremo. Su rostro abotagado y sus ojillos entornados reflejan infelicidad y fastidio mientras posa en la cubierta de teca en medio de una belleza y un lujo que ni en sueños se habría imaginado el muchacho que estaba sentado en los escalones de un barrio pobre, suponiendo que Lombardi se acordara de él. Pero dudo que aún piense en él o sueñe.

Cojo una fotografía que no encaja con las demás y la miro con detenimiento: un gigantesco elefante gris que hace parecer diminuto al joven que lo está bañando, con una manguera abierta en una mano y un cepillo de fregar en la otra. Muevo la foto de modo que le dé la luz de la lámpara y estudio a la figura, menuda pero de aspecto fuerte, descamisada, con un pantalón corto holgado de camuflaje, músculos marcados, cabello negro y una mirada vacía y gélida, a pesar de la sonrisa descarada que dedica a la cámara.

Noto que se me eriza el pelo cuando me fijo en su calzado, unas zapatillas minimalistas negras, como si sus piernas robustas y bronceadas estuvieran rematadas por lo que parecen unos pies de goma negros. La fotografía se tomó en una zona cubierta de hierba con cocoteros y rodeada por una cerca de malla metálica. Detrás, se ven aguas azules y profundas, una lancha motora que pasa y, más allá, unos cruceros blancos atracados en lo que reconozco como el puerto de Miami.

—¿Quién es? —le pregunto a Benton.

Se acerca, echa un vistazo, y acto seguido se aparta para dejarme espacio mientras continúo inspeccionando las cosas por mí misma.

—No lo sé —responde—, pero deberíamos tratar de averiguarlo.

—El Cirque d'Orleans tiene su sede en el sur de Florida. —Devuelvo la fotografía al estante de vidrio azogado—. A principios de este mes, se encontraba por esta zona, y el tren estuvo estacionado en Grand Junction durante varios días. Justo en medio del MIT.

—Supongo que es posible que Lombardi también fuera propietario de un circo. Sería una buena tapadera para distribuir drogas o cualquier otra cosa. Tal vez traficaba con animales exóticos. ¡Vete a saber!

Hago varias fotografías, variando el ángulo para evitar en lo posible los reflejos y los brillos, y le pregunto a Benton por la familia de Dominic Lombardi.

—Según Lucy, su segunda esposa está en las islas Vírgenes. Quizá sea la mujer que aparece en varias de estas fotos —digo—. ¿Y los hijos? ¿Ha comentado Lucy algo sobre ellos?

—La consultaré.

Benton aguarda delante de un espejo móvil de cuerpo entero con tallas de querubines músicos, de manera que lo veo de frente y por detrás, de cara hacia mí y reflejado en el cristal.

Miro un cuadro de Luca Giordano de unos herreros y, al lado, un André Derain de una mujer sentada con un fondo abstracto de rojos y verdes. Un Pierre Bonnard, un Cézanne y un Picasso están dispuestos de manera poco imaginativa en una pared, y de inmediato pregunto si podrían ser obras de expertos falsificadores.

—Apuesto a que eso es lo que le ha dicho a quien las haya visto —asegura Benton—. ¿Tú qué opinas?

—No estoy segura de si me siento como si estuviera en una galería de arte o en un vulgar palacio. Supongo que una mezcla de las dos cosas. No sé si las pinturas son de verdad o no, pero me parecen mágicas, y seguro que lo único que a él le importaba de ellas era su valor.

—El Maurice de Vlaminck que tienes delante, robado en Ginebra en los años sesenta, está valorado en unos veinte millones. —Los ojos de Benton me siguen.

—¿Y los otros?

—El Picasso formaba parte de una colección privada de Boston en los cincuenta. Saldría a subasta por unos quince millones de no ser por el pequeño detalle de que resulta complicado vender piezas de arte robadas, a menos que el comprador no tenga inconveniente, y hay unos cuantos que no lo tienen. Obras maestras como estas acaban en hogares privados. Están colgadas en yates y Boeings corporativos. Circulan por el mercado negro hasta que salen a la luz, como ocurrirá ahora con estas. Alguien muere. Alguien acaba cazado. Alguien cae en la cuenta de que lo que está viendo es auténtico. En este caso, sucederá todo lo anterior.

—Tienes muy bien aprendida esta lección.

—Cuando era niño, teníamos un Miró en la sala de estar. Lo sustituyeron por un Modigliani, después por un Renoir, y en algún momento hubo un Pissarro, un paisaje nevado con un hombre en un camino. —Se aparta del espejo para contemplar el Vlaminck, un cuadro del Sena de colores intensos e hipnóticos—. El Pissarro fue el que nos duró más, y me afectó mucho cuando regresé a casa de la universidad y había desaparecido. Solo quedaba el espacio vacío encima de la chimenea por el que habían desfilado las obras de arte. Mi padre las compraba y vendía a menudo, sin llegar a sentir apego por ellas. Para mí cada una era como un gato o un perro con el que me encariñaba, o a veces no, pero las echaba en falta a todas cuando ya no estaban, del mismo modo en que se echa de menos a un amigo, al profesor más pesado o incluso al abusón del colegio. Es difícil de explicar.

Aunque ya estaba enterada del amor de su padre por las bellas artes y la cantidad de dinero que ganaba con ellas, es la primera vez que oigo a Benton hablar del hueco encima de la chimenea y del Pissarro que tanto añora.

—Me ha llevado cinco minutos investigar estas obras. He enviado un correo electrónico a mi oficina antes de que Granby me mandara a casa. —Alza su móvil, que se ha convertido en nuestro vínculo más fiable con la verdad y la justicia—. La pequeña estatua de bronce sobre la mesilla es un Rodin. Puedes ver su firma en la base del pie izquierdo. La robaron de una colección privada en 1942, en París, y se perdió todo rastro de ella hasta ahora.

Debajo hay unos pedazos de papel y lo que parecen unos recibos. Lombardi lo usaba como pisapapeles, y el odio que no debería sentir porque en una escena del crimen hay que dejar de lado las cuestiones personales se agudiza cuando echo una ojeada a su vestidor, atestado de perchas con trajes y camisas confeccionados a mano, hileras de zapatos hechos a mano también y cientos de corbatas de seda italiana. En el baño principal hay una encimera de ojo de tigre con un lavabo chapado en oro y un juego de afeitado de marfil de mamut.

Detrás de la ducha y la bañera, ocupa toda la pared del fondo un ostentoso mural en trampantojo de Lombardi vestido con traje y corbata junto a un magnífico caballo árabe dentro de una cuadra de estilo colonial, tras el que una abertura formada por un arco de piedra enmarca lo que parece más bien un paisaje toscano que la campiña de Concord. En un gesto posesivo, su mano regordeta descansa sobre el esbelto cuello del animal, mientras un herrador con delantal y zahones de cuero, agachado, sostiene entre sus guantes de piel la pata trasera para recortar el casco. Cuando avanzo unos pasos para examinarlo más de cerca, tengo la sensación de que los ojos diminutos y fríos de Lombardi me miran fijamente en medio de su mofletudo rostro.

Hay un tornillo de banco fijado a la mesa de trabajo, sobre la que están dispuestos varios clavos, escofinas, limas para afilar y un suavizador de cuchillas, pero es lo que el herrador sujeta con fuerza en la mano derecha lo que me transporta a un lugar que nunca habría sospechado que visitaría al explorar los espacios privados de la casa de Lombardi. De pronto, me encuentro en el interior de la cuadra sin estar allí, contemplando un cuchillo con un largo mango de madera y una hoja corta en forma de escoplo, con un lado biselado, el otro plano, y la punta ganchuda, curvada sobre sí misma, para recortar los cascos sueltos y resecos.

—Cuando has estado en la cuadra con Marino, ¿se parecía a esto? —señalo el banco de trabajo en un compartimento grande con heno en el suelo y unas vigas oscuras de madera en el techo.

—No está tan limpia ni ordenada, y no tiene una puerta arqueada con vistas a unos viñedos —responde Benton con ironía—. Hay un montón de herramientas. El caballo se llama *Magnum*.

40

—Un cuchillo para pezuñas. —Toco con el dedo el utensilio pintado que el herrador del mural tiene en la mano—. La punta curva y afilada explicaría el corte escoriado y superficial que levantó la piel en algunos puntos y es paralelo a la incisión profunda practicada con el filo recto de la hoja —le describo a Benton—. El asesino podría haber ido a la cuadra porque sabía que le resultaría fácil coger la herramienta y que le serviría como arma. Cuesta mucho creer que no esté familiarizado con la finca y que nadie lo haya visto. —Deslizo el dedo por el mango marrón de madera que sujeta el herrador y por la cuchilla estrecha, corta y plateada, hasta el rizo de la punta. Noto las gruesas capas de pintura sobre el frío mármol pulido y visualizo a Lombardi en la ducha o la bañera, contemplando el mismo instrumento que algún día le seccionaría el cuello casi hasta separarle la cabeza del cuerpo—. No es lo primero que le vendría a uno a la mente, a menos que lo conociera bien. —Me imagino que empuño un cuchillo para pezuñas y lo pruebo con gelatina balística para comprobar los daños—. Si vieras uno en un banco de trabajo, tal vez no te harías una idea de lo eficaz que es, lo bastante afilado para recortar un casco, pero no lo suficiente para clavarse en él a mucha profundidad, menos afilado que una navaja de afeitar, por lo que resulta difícil de controlar si estás desquiciado o empapado en sangre. La forma en que los herradores afilan sus herramientas, para que no queden ni demasiado cortantes ni demasiado romas, es todo un arte; les permite realizar su trabajo sin hacer daño al caballo o a sí mismos.

—Una elección excéntrica que a primera vista parece ilógica. —Benton pasa detrás de la larga y profunda bañera de piedra para estudiar el mural—. Pero no veo cuchillos normales ahí, así que tal vez por eso agarró lo que agarró, y no a causa de las drogas que consume. Si ha observado cómo se cuida y se hierra a los caballos, y ha visto que los herradores acaban cansados y sudorosos, y que los animales no se están quietos, como tampoco se están quietas las personas cuando las degüellas, es posible que se hallara presente cuando alguien se cortó sin querer o mientras alguien afilaba los cuchillos. —Contempla el cuchillo para pezuñas sujeto por el tornillo de banco en la mesa de trabajo del mural—. Eso significa algo para su forma cada vez más caótica de razonar. —Se abre camino hacia los confines de la mente del asesino—. Se ve a sí mismo como un caballo, como una más de las posesiones de Lombardi que este controlaba, mantenía encerradas en un compartimento y trataba con poco respeto y con indiferencia. Tal vez esta mañana recibió una reprimenda, una azotaina verbal. Podría haber algún simbolismo, como con el ungüento descongestionante o el de las herramientas con piedras encima. El poder. Yo gano, tú pierdes. Todo gira en torno a eso, pero también es un subproducto de sus delirios.

—Lo que puedo decir con cierto grado de seguridad —contesto— es que quien hizo esto no entró simplemente en la cuadra por casualidad y, al ver una herramienta inusual con un largo mango de madera y una hoja pequeña con la punta en forma de gancho, decidió que le vendría bien para matar gente.

—Sabe de caballos, conoce esta cuadra y esta finca —asevera Benton—. Y se ha abismado tanto en sus delirios que estos afectan por completo a su vida.

—¿Por qué no han querido los empleados decir quién es? ¿Por miedo a que los encuentre y les haga daño si no lo capturan primero?

—Tal vez por lo contrario. Quizá no lo teman porque él no los teme a ellos, sobre todo si antes visitó la cuadra y se mostró simpático con ellos, y si había estado aquí en otras ocasiones.

—Ahora son cómplices de asesinato por encubrimiento.

—Si se demuestra, sí.

—Seguramente no sería un nuevo estilo de vida para ellos —concluyo mientras fotografío a Lombardi y al herrador con su cuchillo. Entonces suena de nuevo el timbre de bicicleta; otro mensaje de Lucy que llega al móvil de Benton.

—Tuvo tres hijos con la segunda esposa —me informa—: un varón, que trabaja como planificador financiero en Tel Aviv, y dos chicas, que están estudiando en París y Londres.

—Una familia encantadora, por lo visto —comento mientras tomo nota mentalmente de enviarle la fotografía del joven con el elefante a Lucy, pues tengo una corazonada sobre él, y no es muy alentadora.

A continuación, Benton y yo dejamos la casa tal como la hemos encontrado, y la noche se me antoja más desapacible y fría. Los robustos pinos entre los que caminamos parecen más mojados que antes, y es como si las ramas cargadas de agua intentaran agarrarnos cuando el viento las empuja y las agita. En el aparcamiento encontramos unos coches camuflados, y la luz inunda las persianas de todas las ventanas de ambas plantas del edificio de oficinas en el que ya no están los cadáveres, que se encuentran a buen recaudo en mis cámaras frigoríficas, una vez que les han practicado la autopsia.

Parece más tarde de lo que es, y el poderoso rugido del Porsche turbo de Benton suena más fuerte de lo que yo recordaba mientras recorremos el camino de acceso, pasamos junto a la enorme cuadra roja y nos detenemos ante la barrera, donde está aparcada una furgoneta negra del FBI con los vidrios tintados. Es un vehículo de vigilancia, y sé que si hay uno habrá más, controlando Concord y las vías de entrada y salida, así como las intersecciones de cualquier carretera que el objetivo pudiera seguir. Esto me tranquilizaría si estuvieran buscando al objetivo correcto, pero no es así.

Benton pone el Porsche en punto muerto y tira de la palanca del freno. Abre la ventanilla de su lado y espera, consciente de la mentalidad del FBI y de la importancia de no hacer movimientos bruscos o nerviosos que puedan malinterpretarse. Tal vez los agentes que están dentro de la furgoneta se han fijado en que su coche llevaba un buen rato estacionado en la finca, pero al parecer Benton no les interesa, pues permanecen en su puesto junto a la entrada del camino de acceso, ocultos en el interior de su furgoneta repleta de aparatos. Los imagino siguiendo el rastro de cada coche, camión o motocicleta que pasa por la calle, comunicándose con otros agentes que van en vehículos o a pie, esperando el momento de recurrir a maniobras de distracción o señuelos para activar lo que Benton llama una caja flotante que rodea al objetivo sin ser vista.

Benton pulsa un botón en la consola central, y mi ventana desciende con un zumbido. Escudriño la noche neblinosa y veo materializarse a un agente con uniforme táctico negro, la carabina atravesada sobre la cintura y el dedo índice preparado, encima del guardamonte. Si no sabía ya a quién pertenece este coche, habrá realizado una comprobación de la matrícula mientras aguardábamos aquí sentados. Su actitud no es hostil, pero tampoco relajada.

Su rostro severo aparece en mi ventana abierta; lleva el pelo muy corto, es joven, guapo y delgado, como todos ellos. Lucy los llama «los polis de Stepford», autómatas con una programación y un físico idénticos, y su opinión está bien fundada, ya que fue uno de ellos. Agentes federales cuya presencia, planta y fotogenia ofrecen una imagen fantástica de Estados Unidos, dice.

Es muy fácil caer en el culto al héroe y el deseo de emulación, y mi sobrina no habría podido estar más ilusionada cuando empezó a trabajar con ellos como becaria siendo aún estudiante. Ahora sostiene que no hay nada más impresionante y sexy que el FBI, hasta que topas con su falta de experiencia práctica y de mecanismos de control; hasta que te encuentras cara a cara con un Ed Granby, que responde ante Washington, creo. No me muestro más amable que el agente cuando le informo de quién soy y de que me dispongo a abandonar la escena.

No le muestro mi placa con la insignia. Quiero que me la pida. Desplaza la vista de mí a Benton, que guarda silencio y hace caso omiso de él, lo que produce el efecto deseado. La incertidumbre asoma al rostro del agente en cuanto reconoce a una autoridad impaciente que no lo teme, y de pronto aflora algo más. El agente sonríe, y percibo la agresividad con la que está a punto de poner a Benton en su sitio.

—¿Cómo le va, señor Wesley? —Apoya el brazo sobre la carabina que lleva colgada del hombro, agachándose más—. Nadie me había avisado que seguía usted aquí, pero ya me imaginaba que no dejaría un coche como este para marcharse en el de otra persona.

—No, no lo dejaría —dice Benton con una indiferencia absoluta hacia lo que insinúa el agente.

Su lujoso coche deportivo no había pasado inadvertido, y quizá sabían que aún estábamos fisgoneando en el recinto, pero no nos han concedido la menor importancia. No formamos parte de la maquinaria arrolladora, y no importamos a nadie. No representamos una amenaza, tal vez ni siquiera a los ojos de Granby. Otra agente aparece al rodear la furgoneta desde el costado que no alcanzo a ver, una mujer atractiva con uniforme y una cola de caballo que sobresale por detrás de su gorra de béisbol. Se acerca a su colega y me sonríe.

—¿Qué tal están? —pregunta como si fuera una agradable velada.

—El arma que buscan puede haber salido de la cuadra grande. —Vuelvo la mirada en dirección al establo, aunque no resulta visible desde aquí, pues está detrás de una curva del camino—. Un cuchillo que se usa para recortar los cascos de los caballos, un mango largo de madera y una hoja muy afilada con la punta en forma de gancho.

—¿El arma homicida podría estar en la cuadra? —El agente no despega la vista de nosotros.

—Cabría suponer que el asesino no se fue corriendo a la cuadra después de matar a tres personas para devolver el cuchillo —digo en un tono insulso—, pero supongo que encontrarán otros cuchillos para pezuñas y que es bastante posible que él haya estado allí antes. Eso es lo importante. Tal vez quieran transmitir esta información a su equipo de recogida de pruebas.

—¿En qué basa su teoría? —inquiere la agente, más por curiosidad que por interés.

—Las heridas en el cuello de las víctimas son compatibles con el cuchillo que he descrito y, a menos que llevara uno encima cuando llegó a la escena del crimen, lo encontró dentro de la finca. No sé qué otra cosa habría podido causar las incisiones que he visto.

—¿Está segura de que se trata de un tipo concreto de cuchillo? —pregunta ella como si le importara, aunque se nota que no.

—Sí.

—Así que no deberíamos buscar cuchillos de cocina, por ejemplo.

—Sería una pérdida de tiempo y una carga de trabajo innecesaria para los laboratorios.

—Me aseguraré de que echemos un vistazo. —El hombre retira la mano del marco de la ventanilla y se aparta del coche—. Que pasen una feliz Navidad.

Los dos separan unos caballetes hacia los lados y pasamos entre ellos, en primera marcha, luego en segunda, y Benton revoluciona el poderoso motor antes de pasar a tercera. Es su manera de decir «que os den por el culo». Es la forma más explícita en que puede expresarlo, y de pronto se me ocurre que tal vez Granby lo ha dicho primero. Quizá nos lo esté diciendo en estos instantes.

Cuando llamo a Lucy por el móvil, estoy nerviosa por lo que Ed Granby puede haber puesto en marcha. Noto una punzada de paranoia, y se me agolpan los pensamientos en la cabeza.

Es probable, si no seguro, que sepa que hemos estado aquí sin autorización durante la última media hora, y que no haya hecho nada al respecto porque actúa con un secretismo calculador. Es un político consumado, y no querría dar la impresión de que ha expulsado a la jefa forense de Massachusetts del lugar donde se cometió el homicidio triple del que se hacen eco todos los medios.

Quedaría ante la opinión pública como un ser mezquino que oculta algo. Justo como lo que es. Y aunque no habría vacilado en echar a Benton del recinto, Granby no es idiota. Conmigo sería aún más artero. No enviaría a su equipo de recogida de pruebas ni a otros agentes a registrar Double S hasta que Benton y yo nos hubiéramos ido. De pronto, mis comunicaciones electrónicas no me parecen seguras. Nada me lo parece.

—Acabamos de salir, y seré muy breve. —Es mi forma de dejar entrever a Lucy que no me atrevo a hablar abiertamente.

—Claro —responde.

—No sé cuándo llegaremos a casa, y estoy preocupada por *Sock*. —Sabe que quiero darle a entender algo más, porque Janet ha ido a buscar a mi perro hacia las cinco, cuando se ha ido Rosa, nuestra asistenta, y Lucy ya me lo ha confirmado.

—Está bien. Por cierto, Rosa ha dicho que si no piensas poner árbol, lo hará ella. Siempre y cuando Bryce no tome cartas en el asunto y lo haga antes, por supuesto.

—Ya me ocuparé yo —contesto.

—Y *Sock* no podrá volver a casa esta noche.

Me está indicando que no vuelva y que Benton tampoco debería. El asesino ya ha entrado antes en nuestro jardín, y aunque no hay manera de conocer su grado de locura, no cabe duda de que está lo bastante loco. Ahora mismo, *Sock* debe de estar durmiendo en casa de Lucy, que no está lejos de aquí. Me gustaría disponer de tiempo para hacerle una visita. Desearía llevar una vida lo bastante tranquila y segura para poder cenar, tarde pero a gusto, con mi familia y mi perro.

—¿Quién está todavía en la oficina? —pregunto.

—Bryce, los de seguridad y yo. Marino está en la calle, con Machado. Han terminado los informes y se han ido.

—¿Se ha marchado Anne a casa?

—Se ha ido con Luke a comer algo, y no sé adónde irá después, pero los dos han dicho que vendrán enseguida si los necesitas.

Abrigaba sospechas de que Anne se acostaba con el apuesto y mujeriego Luke Zenner. No me importa, pero no durará, lo que me parece bien mientras a ella no le importe tampoco.

—No será necesario —digo—, pero adviérteles que extremen precauciones. Hay motivos para temer por la estabilidad de la persona a la que busca el FBI.

—Ya me lo imagino, teniendo en cuenta que ha matado a cuatro personas en un lapso de doce horas e ignoramos por completo qué se trae entre manos.

—¿Cómo te va todo? —le pregunto por lo que está haciendo, que es examinar el servidor de Double S—. ¿Alguna consulta sobre posición o situación?

—Afirmativo. —El FBI sabe que tenemos el servidor y ya se ha puesto en contacto con el CFC—. El papeleo habitual me llevará un rato —añade. Ha conseguido ganar tiempo—. Pero todo va de fábula. —Me sigue el juego, evitando decir las cosas de forma obvia o clara.

—Cuando llegue, iré directamente a la SIP, si está preparada.

—Lista y esperándote. He cambiado el proyector averiado. Dile que suba a verme cuanto antes. —No menciona el nombre de Benton—. Tengo un motor de búsqueda muy chulo que quiero enseñarle.

Ha encontrado más información que incrimina a Ed Granby. Fuera lo que fuese lo que había calculado, seguro que esto no entraba en sus cálculos, pero algo está calculando, así que debemos tener cuidado.

Y, sobre todo, debemos ser astutos y perspicaces.

—Así lo haré —respondo.

Cuelgo y dejo el móvil sobre mi regazo, contemplando por la ventana la oscuridad de la noche. Pasamos junto a Minute Man Park, un vacío brumoso en el que se entrevén las siluetas desdibujadas de estatuas y del arqueado puente peatonal de madera por el que ha huido el asesino esta mañana. Entre las formas de los árboles, las luces lejanas de Double S parecen titilar mientras avanzamos por la calle desierta.

—Eso que estás insinuando tiene un nombre: escuchas ilegales —dice Benton.

—No recuerdo haber insinuado nada. —Caigo en la cuenta de que piensa defenderlos, y experimento una tristeza profunda e irritante que crea una barrera entre nosotros cuando se apodera de mí.

—Sé lo que dices cuando hablas así, Kay.

—Y sabrás también qué me preocupa, Benton.

Me temo que nunca se avendrá a creer lo mal que están las cosas, y me asalta la misma sensación sombría y atroz que me corroe el alma. Benton tiene idealizado el FBI al que se incorporó como agente de calle en una etapa más temprana y optimista de su vida, y en el que fue escalando puestos hasta alcanzar el punto más alto como jefe de lo que en aquel entonces era la Unidad de Ciencias de la Conducta, en Quantico.

Entiendo su dilema. Hasta Lucy lo entiende. Asumir lo que el FBI y el Departamento de Justicia del que depende son capaces de hacer hoy en día sería tan difícil para él como para mí creer que las autopsias que realizo no son más que un proyecto de ciencias cruel equiparable a la disección de una rana.

—Justificarán todo lo que puedan, ya sea vigilando en secreto a ciudadanos de a pie, periodistas o incluso a una forense. Y no es ninguna novedad, simplemente ha empeorado. —Es una realidad que reitero bastante últimamente—. Una vez que se ha abierto esa puerta, resulta mucho más fácil para gente como Granby saltarse los límites legales con impunidad.

—No hay una causa probable para que nos espíe. No quiero que te pongas paranoica.

—No te pases de decente, Benton: él no lo es. Puede pasarse por el forro las normas que le dé la gana, y ¿a nosotros qué recurso nos queda? ¿Demandar al gobierno?

—Tenemos que mantener la calma.

—Yo estoy calmada, no podría estarlo más, pero he oído hablar de casos que se han producido ahí fuera, y tú también, y por cada uno que llega a nuestro conocimiento, hay un montón de los que no nos enteramos. Lo sabes mejor que yo. Es tu maldita agencia, Benton. Sabes lo que está pasando. Si el Departamento de Justicia, el FBI, decide espiar a alguien sin orden judicial, ¿quién puede impedírselo?

—Granby no es el FBI que yo conozco. No es el FBI que conocemos tú y yo.

—El puto FBI que conocíamos, sí. Eso seguro. —No lo digo con brusquedad ni con la vehemencia que siento, pues no quiero que Benton se ponga más a la defensiva.

Me abstengo de emplear la expresión «Estado policial» que tengo en la punta de la lengua, porque lo que menos necesitamos ahora que estamos estresados y cansados es volvernos el uno contra el otro. Hemos discutido más de una vez sobre los departamentos de Defensa y de Justicia desde posturas opuestas, y en épocas de normalidad mantenemos una entente cordial.

Pero no estamos en una época de normalidad, y defenestrar a su jefe Ed Granby es una necesidad inevitable. Tiene que ser Benton quien lo haga, él lo sabe y, como es un hombre de principios, lamentará que las circunstancias lo obliguen a ello, pero el problema es que insistirá en hacerlo con discreción y dignidad. Eso no dará resultado, considerando la alimaña a la que nos enfrentamos. Lucy y yo tenemos que encontrar la manera de ayudarlo a ser un poco más taimado y menos honorable, y creo que se me está ocurriendo una.

—El FBI no es perfecto ni mucho menos, pero, joder, ¿hay algo que lo sea? —Benton no me mira mientras conduce—. Recibirá lo que se merece.

—Pienso asegurarme de ello. —Una idea empieza a cobrar forma en mi mente.

—Esta no es tu guerra. —Reduce la marcha, y el rugido gutural del motor desciende una octava cuando él desacelera conforme nos aproximamos a una intersección en medio de una espesura de árboles.

—Tu gente quiere que entreguemos el servidor de Double S. —Le transmito lo que Lucy me ha dicho con indirectas—. Y estoy dispuesta a dárselo esta noche, pero Granby tiene que firmar un comprobante. De lo contrario, haré todo lo posible por entorpecer el proceso para que tarden días en recibirlo. No creo que tomen el CFC por asalto.

—Claro que no. —Benton me mira de reojo y percibo su determinación, empañada por el profundo desencanto que lo embarga—. Lo que propones me parece una buena idea. Eso lo obligará a presentarse en persona.

El teléfono reluce sobre mis rodillas, como si aguardara a que yo dé mi siguiente paso, y ahora sé cuál será. «Testigos», pienso. Personas que no pertenezcan a los cuerpos de seguridad, pero tengan contactos poderosos, abogados que no les tengan ningún miedo a los federales y, de hecho, los consideren carne de cañón. La pareja de Lucy, por ejemplo, trabajaba para el FBI y ahora es una eminente abogada ambientalista. Luego está Carin Hegel, amiga del gobernador y el fiscal general, entre otros.

Benton gira a la izquierda por Lowell Road y cruza despacio un paso de peatones. Tras pasar por encima de la franja negra de un río, la carretera de dos carriles nos encamina de vuelta hacia el centro de la ciudad, donde enfilaremos la calle principal y luego la autopista. Poso la mano en el brazo de Benton y noto los movimientos de los pequeños músculos cuando maneja la palanca de cambios de titanio con fuelle de piel. Entonces telefoneo de nuevo a Lucy.

—Puedes informar a la gente que se ha puesto en contacto contigo de que colaboraremos con ellos de buen grado, siempre y cuando la cadena de custodia quede intacta y se sigan todos mis protocolos de un modo que me parezca satisfactorio —le digo—, lo que significa que entregaré personalmente la prueba al jefe de su división, pues de lo contrario el trámite será lento y farragoso. Podrán venir a buscarla hasta la medianoche, pues ahora me dirijo hacia allí. Cambiando de tema, quiero que lleven a *Sock* a la oficina de inmediato. —Como mi sobrina se queda callada, procesando la información, yo agrego—: Con lo asustadizo que es y habiendo un asesino suelto, he decidido que la oficina es el lugar más seguro para todos hasta que el FBI encuentre a la persona que busca o nos garantice que ya no está en la zona —digo, en atención a quien esté interviniendo la llamada.

Tal vez no haya nadie, pero pienso actuar como si lo hubiera.

—No hay problema —contesta Lucy—. Dejaré los recados a quien corresponda y podremos pasar a la siguiente fase.

—Es exactamente lo que había pensado. Creo que, en vista de las circunstancias, no tenemos otra opción.

—Me ocuparé de ello. Pediré que traigan algo de comer. —Encargará la tarea a Janet y a Carin Hegel, y dejará claro que si el FBI quiere el servidor, Ed Granby tendrá que pasarse por el CFC para que yo se lo dé en persona.

—Tengo estofado y una minestrone muy buena en el congelador. También lasaña y una salsa boloñesa que quedó muy sabrosa. —Intento pensar qué más falta—. Y recoge una lata de comida para *Sock*, sus pastillas, y una de sus camitas.

41

Estoy sola en la SIP, donde suelo hacer comentarios sardónicos y mordientes, porque recurrir a una tecnología tan compleja equivale a reconocer que nos ha fallado total y estrepitosamente.

En momentos como este, soy muy consciente de que si el mundo no tuviera defectos ni los seres humanos limitaciones, yo no necesitaría una Sala de Inmersión Progresiva equipada con mesas multitáctiles, interfaces táctiles, mapeo de proyección ni túneles de datos para descubrir qué sucesos desafortunados o tristes han desembocado en tragedias que tal vez podemos comprender mejor, pero no remediar.

Como decía mi padre cuando se moría y ya no podía levantarse de la cama o comer por sí mismo: «Si mi realidad coincidiera con mis deseos, Kay, estaría sentado en el patio de atrás, tomando el sol y pelando una naranja.» El difunto doctor Schoenberg deseaba haber podido evitar que su paciente Sakura Yamagata deseara poder volar a París con unas alas que no tenía, y la fallecida Gail Shipton deseaba superar el bloqueo que le había impuesto la vida cuando era demasiado joven, pero ninguno de ellos deseaba ser drogadicto, deshonesto, o débil, ni estar deprimido o muerto.

La gente falla, todo falla, la magia en la que creemos y por la que luchamos desde niños, de la que luego dudamos y acabamos por temer, al final se oxida, se pudre, se desvanece, se desmorona, se marchita, muere y queda reducida a polvo. Mi reacción es siempre la misma: recojo el estropicio. Es lo que hago, lo que estoy haciendo ahora, de pie frente a una gran mesa de cristal interactiva con proyectores de datos debajo que muestran imágenes digitales de documentos y fotografías que rozo con las manos desnudas para extraerlos de los archivos virtuales, hojearlos como si fueran de papel, ampliarlos o reducirlos. Estoy revisando los informes de autopsia, laboratorio e investigación de Gabriela Lagos.

Cerca, sobre una pared curva, brilla la imagen virtual de la mujer en 3D, enorme y grotesca, y yo voy y vengo entre la mesa de cristal y una más pequeña donde hay un teclado y un ratón inalámbricos. Es como si estuviera en esa habitación, con la bañera, el agua cubierta con una capa espumosa y el cuerpo abotagado, y alcanzo a ver hasta la última vena y la última arteria, verdosa y negra, bajo la piel traslúcida que se desprende, dejando al descubierto las ampollas y el enrojecimiento debidos a las quemaduras de espesor total. Desplazo las imágenes de tal manera que me da la sensación de que me paseo por el lugar, observando como si estuviera allí, como si me correspondiera a mí examinarlo y no al doctor Geist, mi ex jefe adjunto, que ahora es casi octogenario y vive cómodamente arrellanado en una residencia para la tercera edad del norte de Virginia.

Cuando lo telefoneo, se muestra bastante cordial al principio, me comenta que es una sorpresa agradable saber de mí después de tantos años y que está encantado con la jubilación, colaborando como asesor en algunos casos, bastantes menos que antes, apenas los suficientes para no perder la práctica, porque es importante mantener el cerebro joven. Adopta una actitud más condescendiente y hosca a medida que avanza la conversación, y se pone claramente agresivo cuando lo presiono para que me dé detalles sobre Gabriela Lagos, los mismos detalles sobre los que discutí con él en 1996. Pero ahora sé algo que entonces ignoraba.

El 3 de agosto, acudió a casa de la mujer a la una y once minutos del mediodía, y dictaminó enseguida que había sido un accidente, porque lo había determinado de antemano. Sabía lo que iba a encontrar y cómo iba a interpretarlo, y esa es la parte que yo no había deducido hasta esta noche.

—Recuerdo que el cuerpo yacía en la bañera, y que estaba llena de agua, tal vez hasta la mitad —me dice por teléfono. Son cerca de las diez y media, y me doy cuenta de que ha estado bebiendo—. Un ahogamiento evidente, en absoluto sospechoso. Creo recordar que tú y yo tuvimos una diferencia de opinión profesional.

—En retrospectiva, ¿está seguro de que no había nada engañoso en lo que vio? —Me pregunto si el tiempo habrá diluido sus mentiras hasta el punto de que ya no recuerda por qué las dijo, o si tal vez agradecerá la oportunidad de terminar sus días en este mundo como un hombre honrado.

Pero reacciona igual que hace años, lo que no me sorprende. Afirma recordar lo caluroso y viciado que estaba el ambiente en el interior de la casa, así como las moscas que ennegrecían las ventanas del baño, emitiendo un zumbido infernal mientras volaban chocando entre las persianas cerradas y el vidrio. El hedor era tan terrible que un policía vomitó, y a otros dos les dieron arcadas y tuvieron que salir corriendo al patio. Gabriela Lagos había bebido vodka antes de darse un baño caliente, lo que seguramente había provocado la arritmia que la dejó inconsciente, ocasionando que se ahogara, según recita el doctor Geist.

No había nada extraño en la escena; repite lo mismo que en aquel entonces, su versión de los hechos no ha cambiado porque en los últimos diecisiete años no ha sucedido nada que lo haya impulsado a replanteársela, rectificar o cubrirse la espalda. Antes de mi llamada, probablemente no había vuelto a pensar en ello, casi desde ese mismo día.

—Nadie ordenó el baño en su presencia, o quizás antes de que llegara —aventuro.

—Eso me parece inconcebible.

—¿Está absolutamente seguro?

—No me gusta lo que está insinuando.

—La puerta de la cocina que daba al exterior no estaba cerrada con llave, y usted debió de fijarse en que el aire acondicionado estaba apagado, doctor Geist. Y ella no lo habría apagado cuando aún estaba viva. Aquello ocurrió a finales de julio, y la temperatura superaba los treinta grados.

Estudio las fotografías en la mesa de datos mientras hablo con él. El termostato con el interruptor apagado. La puerta con el cerrojo descorrido y unas ventanas a través de las que se vislumbra un patio trasero boscoso que habría permitido que alguien se acercara a su casa después del atardecer sin ser visto para alterar la escena del crimen. Alguien que sabía qué buscarían los investigadores, alguien bien informado, que se sentía cómodo con las conspiraciones, las percepciones creadas y las mentiras flagrantes. Ni siquiera el doctor Geist habría sido tan atrevido para cometer semejante acto delictivo, pero quizás habría hecho la vista gorda ante algunos detalles si un funcionario del gobierno se lo hubiera pedido en aras del interés general.

—La tasa de alcohol en la sangre de cero coma cuatro seguramente se debía a la descomposición. —Abro ese informe ante mí—. No hay pruebas toxicológicas de que ella hubiera consumido alcohol.

—Si no recuerdo mal, la policía encontró una botella de vodka vacía y un cartón de zumo de naranja en el cubo de basura de la cocina. —Su tono desagradable y la arrogancia de sus argumentos son como una grabación que ya ha repetido muchas veces.

—No sabemos quién había bebido vodka. Tal vez había sido su hijo, o alguna otra persona.

—En ese entonces yo no sabía nada del hijo, ni de lo que acabarían acusándolo, sobre todo por el empeño de usted por convertir el caso en un maldito circo y promover un escándalo —me interrumpe con desconsideración, una costumbre que no es nueva en él—. A un patólogo forense no le corresponde hacer deducciones, y siempre he dicho que a usted le iría mejor si no se implicara tanto. Pensaba que ya había aprendido esa lección después de dimitir ese día que, por supuesto fue muy triste para todos nosotros.

—Sí, y no me cabe duda de que mi posición en ese caso tuvo un poquito que ver con ese triste día, y también con los años buenos que disfrutó usted sin una jefa que cuestionara sus decisiones ni promoviera escándalos hasta que se jubiló y empezó a ganarse muy bien la vida asesorando sobre casos, en su mayor parte federales. Le pido disculpas por llamarle tan tarde, pero no lo habría hecho si no se tratara de algo importante.

—Siempre le tuve respeto por considerarla una mujer trabajadora y competente —declara, y prefiero no imaginar los comentarios llenos de rencor que debía de hacer sobre mí ante quienes tenían voz en la cuestión de mi continuidad como jefa—. Pero siempre ha ido demasiado lejos. Su responsabilidad es el cuerpo, no determinar quién hizo o dejó de hacer qué ni por qué. Se supone que ni siquiera debe importarnos el resultado del proceso judicial.

Me sermonea como en los viejos tiempos y revive en mí la misma antipatía que sentí la última vez que lo vi, en una reunión, con sus andares encorvados, cuando ya estaba decidido que me marcharía de Virginia. Me saludó con su cara de halcón y sus dientes amarillos mientras me estrechaba la mano, y me aseguró que lamentaba la noticia, pero que al menos yo era lo bastante joven para volver empezar de cero, o tal vez podía dar clases en la facultad de medicina.

—Tengo una copia del expediente entero, incluidas las hojas de llamada —le digo, ahora que ha asumido una actitud abiertamente agresiva—. Y he descubierto que el FBI le llamó para tratar un asunto que debía de estar relacionado con el caso de Gabriela Lagos, pues consta en su informe y está marcado con su número de ingreso.

—Querían investigarla porque tenía una autorización de seguridad para trabajar en la Casa Blanca. Montaba exposiciones de arte, creo, y había estado casada con un embajador o algo así. Tengo que colgar.

—El asistente del agente especial al mando de la oficina de Washington, Ed Granby, le telefoneó a las diez y tres minutos de la mañana el 2 de agosto de 1996, para ser exactos.

—No tengo idea de adónde quiere ir a parar, y es muy tarde.

—El cadáver de Gabriela no fue encontrado sino hasta el día siguiente, 3 de agosto. —Sin darle tiempo para interrumpirme o cortar la comunicación, le recuerdo que se había llegado a la conclusión de que ella había muerto la madrugada del 31 de julio, y que el 3 de agosto una vecina preocupada se había fijado en los periódicos amontonados frente a su puerta y en las ventanas cubiertas de moscas, así que había llamado a la policía—. Así que tengo curiosidad por saber por qué Ed Granby quería discutir este caso con usted un día antes de que encontraran el cuerpo. —Abordo la cuestión que él no se esperaba que planteara—. ¿Cómo podía estar enterado de algo que aún no había ocurrido?

—Creo que estaban preocupados por la desaparición de los chicos.

—¿Los chicos? ¿Había más de uno?

—Lo único que recuerdo es que estaban preocupados por algo. —Alza la voz como si fuera un arma con la que pudiera golpearme.

—Sospecho que Granby charló con usted para cerciorarse de que no hubiera motivos de preocupación si se producía un hallazgo inoportuno —contesto con crudeza—. Cosa que, casualmente, sucedió al día siguiente.

—¡Le agradecería que no volviera a llamarme para hablar de esto!

—La próxima vez no seré yo quien le llame, doctor Geist.

En 3D y alta resolución, el engaño deliberado de mi ex colega no podría ser más evidente. Estoy mirando el interior del baño, con su decoración tradicional y anticuada, a través de la puerta abierta, desde fuera, como si acabara de llegar y nunca hubiera estado aquí antes. Entonces vuelvo a entrar.

La tapa negra del retrete blanco está bajada, como si alguien se hubiera sentado encima, y, delante, sobre el suelo de baldosas negras y blancas, hay una alfombrilla blanca afelpada con las huellas de unas zapatillas, de talla cuarenta y cinco o cuarenta y seis, aproximadamente. Imagino a un hombre, probablemente joven, sentado en la tapa del váter con sus grandes pies calzados con zapatillas deportivas apoyados sobre la alfombrilla mientras Gabriela se daba su baño ritual, y la imagen encaja con el diario del quinceañero Martin Lagos que Benton encontró en un disquete, algunas de cuyas páginas aparecen en la mesa de datos.

Se embadurna toda la cara con esa mierda terrosa blanca y me llama una y otra vez. «¡Martin! ¡MARTIN!» Hasta que voy y la encuentro mirándome con esos ojos que dan un miedo que te cagas, como cuando le cogen esos ataques de locura, no sé cómo describirlos, y aunque sé que no debería, entro. Me odio a mí mismo por entrar, pero si no lo hiciera se pondría a chillar, así que me acerco. ¡Cómo odio cuando pasa eso!

¡ODIO! Siento odio, aunque no quiero sentirlo. Pero es el efecto que produce sobre ti la naturaleza humana cuando estás más o menos bien y luego la gente empieza a hacer cosas que te dejan hecho polvo. Sé que ya nunca podré sacarme de la cabeza la imagen de su cara blanca, tan blanca como la de un payaso o el Joker, rodeada de llamas y vapor que huele a la mierda que me frota por todo el cuerpo cuando estoy resfriado y recuerdo que todo comenzó cuando yo tenía seis años y estaba en cama y cada vez que ella entraba me daban ganas de morirme. Es lo que pienso cada vez que entro y ella grita: «¡Martin, ven aquí! ¡Siéntate y habla con tu madre!»

Las llamas eran las de las velas votivas colocadas a lo largo del borde de la bañera después de la muerte de Gabriela, y cuesta creer que el doctor Geist pasara por alto los regueros de cera derramada, las desportilladuras y grietas que presentaban dos de ellas, las numerosas gotitas de cera que salpicaban el suelo y flotaban en el agua. Las veo con claridad en las fotografías que Lucy unió entre sí, proyectadas en la pared curva. Salta a la vista que en algún momento alguien tiró sin querer las velas, que cayeron sobre las baldosas y en la bañera, por lo que la cera líquida se endureció de forma desigual, y luego esa persona las recolocó, de manera que quedaran espaciadas uniformemente, como las demás.

Observo las grandes toallas blancas perfectamente plegadas sobre unos estantes; unos cuadros pequeños con marcos elaborados, colgados con rectitud impecable en una pared de piedra gris; una bata que pende pulcramente de un gancho cerca de la mampara de vidrio de la ducha. Sobre una toallita extendida sobre la encimera, junto al lavabo, hay un tarro de mascarilla facial de té blanco con una etiqueta de la tienda de un *spa* llamado Octopus, y, al lado, un frasco de aceite corporal de eucalipto que, sin duda, impregnaba el aire con el aroma intenso y penetrante de un ungüento descongestionante. Los artículos estaban cuidadosamente ordenados para preparar la escena, para narrar la historia que el doctor Geist quería contar, la de que Gabriela se había aplicado mascarilla y vertido aceite aromático en el agua de la bañera antes de sufrir un desafortunado episodio que había ocasionado que perdiera el conocimiento y se ahogara. Aunque mi ex jefe adjunto era listo y competente, no dejó de cometer fallos en la ejecución del plan. Gracias a Dios, es algo que le pasa a la mayoría de las personas amorales, sobre todo las que no tienen un interés personal en aquello sobre lo que mienten. A Geist le traía sin cuidado lo que le había sucedido a Gabriela Lagos. Desde su punto de vista, no tenía nada que ver con él, y, con su altivez y erudición, podía aducir argumentos para justificarse y casi creerse sus conclusiones.

Solo se preocupaba de sí mismo, seguramente había supuesto que la intención del asistente del agente especial al mando Granby era impedir que la muerte de la mujer causara revuelo, porque a sus superiores del Departamento de Justicia, la oficina del fiscal general y quién sabe qué otras altas instancias les preocupaban las posibles consecuencias políticas. Faltaban tres meses para las elecciones presidenciales, y no convenía que la sombra de una sospecha se cerniera sobre la Casa Blanca, donde Gabriela Lagos era famosa por las exposiciones que montaba y las exquisitas obras de arte que adquiría para la familia del presidente. Tanto daba. El doctor Geist habría colaborado con gusto siempre y cuando, desde su óptica personal, no ocasionara un perjuicio muy grande y él pudiera sacar algún provecho de ello.

Lo que no llegué a ver en las fotografías impresas que examiné en aquel entonces fueron las perspectivas de las dos personas que quizá se encontraban juntas en ese baño antes de que todo saliera terriblemente mal. Para eso necesitaba la SIP. Si Martin estaba sentado sobre la tapa del retrete con los descomunales pies firmemente apoyados en la alfombrilla, habría estado mirando directamente a la cara de un blanco radiante de su madre mientras ella miraba directamente a su propio reflejo en el espejo situado en la pared, junto a él. Lo menciona en su diario, un documento electrónico que Benton cree que es fiable en lo que da a entender.

Ella nos observa a los dos en un espejo, y aunque no tengo ningunas ganas, miro como nos observa, y desearía que los dos estuviésemos muertos. ¿Cómo he llegado a una situación tan jodida? Es pésima (aunque nunca ha sido muy buena)..., pero por fin se lo he dicho a Daniel, el mejor amigo que he tenido.

Me torturo pensando que tal vez no debería haberlo hecho, pero le he contado toda la puta historia desde que tengo memoria. Estábamos bebiendo cerveza en su sótano, y yo estaba hundido porque la mierda que tengo que soportar en casa afecta a mis notas y todo el mundo me odia. No sé qué coño ha pasado, en un momento estaba bien y al momento siguiente era como si chocara contra una pared. ¡PAM! Me doy cuenta de que la gente me mira y soy un bicho raro y, por fin, he comprendido que la existencia no es más que un castigo y ¿qué ilusiones tengo en la puta vida?

Al menos él no me ha dicho que estoy mal de la cabeza y opina que todo es culpa de ella, y que si sigo aguantándola no quiere volver a saber nada de mí. Dice que tengo que grabarlo porque necesita que le dé «pruebas» o no me creerá. Así que eso es lo que tengo que hacer, conectar la cámara espía y, cuando él esté convencido, le dará una lección a «la zorra». No he sentido nada cuando lo ha dicho. La ODIO, es la verdad, y si él se va me quedaré muy solo, sin amigos. Mañana iré a la tienda de electrónica para comprar una de esas cámaras espía, así que tendré que sacar dinero de la caja fuerte sin que ella se entere...

42

Desplazo las páginas del diario, deslizo los dedos índices para agrandarlas y las coloco cerca de donde está Benton, que acaba de entrar después de pasar varias horas en el laboratorio de Lucy. Se sienta en una silla de malla negra y le explico lo esencial de mi conversación con el doctor Geist. A continuación, le resumo mis conclusiones.

—No fue Martin Lagos quien dejó las huellas de zapatillas minimalistas a lo largo de las vías. No pudo haber matado a su madre, y quizá tengas razón al suponer que está muerto desde el día que desapareció y en teoría saltó del puente de la calle Cuarenta.

—Según una llamada anónima efectuada desde una cabina de teléfono —puntualiza Benton—. Eso no sucedió.

—Desde luego parecía una persona con tendencias suicidas y extremadamente vulnerable.

—Creo que lo asesinaron y que algunas personas lo saben y por eso no consideraban arriesgado robarle la identidad genética. —Repasa los introspectivos textos de Martin Lagos, desplazando las páginas sobre la mesa con el ademán indolente de quien ha leído algo muchas veces.

—¿Se te ocurre algo más conveniente? —«Ed Granby tiene que acabar entre rejas», pienso con rabia, aunque tal vez ningún castigo sería lo bastante cruel para él—. Hay una persona desaparecida y buscada por la justicia, y, gracias a la información privilegiada que posees, sabes que está muerta. El problema es que, para dar un paso como ese, tienes que figurar entre el limitado número de personas que disponen de esa información.

—Granby tenía que saberlo, ya que ordenó la modificación del perfil de ADN. Sin duda, estaba convencido de ello, o no habría corrido un riesgo como ese.

—Él está detrás de todo esto. Es el responsable de que hayan muerto al menos siete personas más. —Intento controlar mis emociones, que han pasado de una reacción visceral a un implacable deseo de venganza.

Le pregunto qué sabe del amigo llamado Daniel, y si Martin llegó a realizar esas grabaciones de vídeo secretas que menciona en su diario.

—En todo caso, nosotros no las tenemos —responde—, pero él alude a ellas varias veces, más o menos hasta una semana antes del asesinato. Sospecho que grabó los baños sexualmente provocativos de su madre y que estos enardecieron las fantasías violentas de un asesino en ciernes.

Quiero saber si disponemos de una descripción física de Daniel y si se conoce su paradero.

—Cabello y ojos negros, ignoro qué complexión tendrá ahora —dice Benton.

—Más bien delgada, si está enganchado a la MDPV.

—Medirá alrededor de metro setenta, a juzgar por sus fotos en los anuarios del instituto y la universidad.

—¿Podrías pasárselas a Lucy?

—Acabo de hacerlo.

—Moreno y de baja estatura, como el joven que bañaba al elefante. —Le recuerdo la fotografía que encontramos en el dormitorio de Lombardi.

—A ver qué puede hacer Lucy con ella. ¿Por qué dices que Martin no pudo matar a su madre? No es que dude de tu palabra, sino que necesito el máximo de indicios sólidos posible.

Le acerco una fotografía de Martin soplando quince velas en una tarta de chocolate, el 27 de julio de 1996, cuatro días antes de que desapareciera y su madre se ahogara.

—Por eso —respondo.

La imagen muestra a un chico cuyas extremidades se han desarrollado antes que el resto de su cuerpo, huesudo, de aspecto torpe y pies y manos grandes, vestido con una camiseta y un pantalón corto holgado, con orejas que sobresalen de su cabeza casi rapada, y una suciedad en el labio superior que en realidad es vello facial. Hago *zoom* en el brazo derecho, cubierto por una escayola limpia y blanca en la que solo ha escrito una persona: «Para que aprendas a no hacerme caso, tronco. ¡Ja, ja, ja!» Su amigo Daniel trazó las grandes letras con un rotulador permanente rojo, y junto a su floreada firma, hay un dibujo que me recuerda a Gumby, un personaje de animación hecho con plastilina, pero más gordo, y dando una voltereta.

—Martin no ahogó a su madre. —Estoy segura de eso—. No habría podido aferrarla por ambos tobillos con solo un brazo sano.

—Se le ve razonablemente fuerte. Después de una descarga de adrenalina, ¿no crees que habría podido hacerlo con solo un brazo?

—No lo hizo. Se utilizaron dos manos. —Alzo las mías como para sujetar algo con fuerza—. Sus contusiones lo dejaron muy claro. Él no la mató, lo que no significa que no aprobara el asesinato o que no lo presenciara desde la primera fila.

Mientras estudio la sonrisa forzada de Martin y su expresión angustiada, imagino a la persona que le tomó la foto el día de su cumpleaños. Por la manera en que mira a la cámara, es como si alguien se lo hubiera ordenado. Sospecho que fue su madre.

—¿Sabemos cómo se rompió el brazo? —pregunto.

—Sé que le gustaba ir en monopatín. No puedo decirte más sin comunicarme con su madre, cosa que preferiría no hacer ahora mismo.

—Tal vez se cayó cuando hacía *skateboarding* con su amigo Daniel. Su único amigo —añado.

—Daniel Mersa. Lo menciona a menudo en su diario, lo que ya me dio mala espina entonces, aunque no tanto como hace unas semanas, cuando me enteré de lo de los resultados de las pruebas de ADN que ahora sabemos que estaban manipulados.

—Seguramente lo interrogaron después del asesinato.

—Al principio la policía no lo localizaba —dice Benton, lo que me hace pensar en el comentario del doctor Geist acerca de «los chicos»—. Cuando por fin lo encontraron, su madre alegó la excusa de que él había ido a visitar a su hermana en Baltimore, y la hermana lo confirmó, por supuesto. Durante su entrevista con la policía, Daniel aseguró que no tenía idea de qué le había sucedido a la madre de Martin. Dijo que a su amigo no le iban bien las cosas en la escuela, que no gustaba a las chicas, estaba deprimido y empezaba a beber más de la cuenta. Hasta ahí llegó el interrogatorio de hace diecisiete años.

—Llegó hasta donde alguien quería que llegara —afirmo.

—Granby —dice Benton.

—Tengo la fuerte sospecha de que una persona relativamente competente y segura de sí misma visitó la escena del crimen antes que la policía y apagó el aire acondicionado, llenó la bañera de agua hirviendo, cambió de lugar los objetos que había en el baño y se llevó la cámara de vídeo oculta, y tal vez también el disco duro del ordenador de Martin, sin saber que había una copia de seguridad escondida en la habitación. Un chaval no habría pensado en tantos detalles, aunque tampoco fue un trabajo impecable. Eso se ve a la legua.

—A Granby se le ve venir a la legua —dice Benton.

—No sé cómo podrías demostrarlo a estas alturas.

—Probablemente, no pueda demostrar que él alteró la escena del crimen, pero no me cabe duda de que fue él, sobre todo si se nota que se trata de la obra de un aficionado.

—Por lo menos tienes la hoja de llamadas —señalo—. Telefoneó al doctor Geist para hablarle de Gabriela Lagos el día anterior, cuando nadie salvo los implicados sabía que ella estaba muerta.

—Hagamos una copia en papel de eso.

Le envío un mensaje de texto a Lucy con el número de identificación del documento y le pido que lo imprima. No le explico qué es ni el motivo, pero le indico que nos la baje. Me responde que estamos a punto de recibir una visita, y me formo una idea de por qué quiere Benton una copia en papel. Tengo la sensación de que sé cómo la utilizará, y aunque algunas personas se regodearían con ello, él no lo hará.

—Después de que asesinaran a Gabriela y antes de que su cadáver fuera encontrado, alguien alertó a Granby de que había un problema —dice Benton—. De lo contrario, no entiendo cómo podía saberlo con antelación. Solo podía ser alguien que estuviera al corriente de lo que había hecho Daniel, alguien poderoso a quien Granby quisiera ayudar.

—Por tanto, fuera quien fuese, Daniel debió de contárselo.

—Claro —asiente Benton—. Era un chico que acababa de matar a la madre de su mejor amigo, una figura destacada de Washington que coleccionaba obras de arte para la Casa Blanca. —Continúa cotejando información con su base de datos mental mientras yo hago lo mismo con la mía—. Daniel llamó a alguien porque, sin duda, necesitaba ayuda para salir impune de aquello.

—La persona que está en el centro de esta trama, el punto en el que convergen todos los caminos. —Me viene de nuevo a la mente la imagen de un pulpo—. ¿Cuántos años tenía Daniel en esa época?

—Trece.

—Me sorprende. Había supuesto que era el mayor de los dos.

—Era el elemento dominante en la relación —dice Benton—, demasiado controlador y organizado, un amante del riesgo, fanfarrón, con un ansia excesiva de estimular sus sentidos y un umbral del dolor muy alto. No experimenta el sufrimiento físico o el miedo como otras personas.

No me cuesta imaginar a Daniel presionando a Martin para que ejecutara acrobacias extremas con el monopatín que bien podrían haber resultado en la fractura del brazo y en otras heridas o humillaciones.

—Martin era dos años mayor e iba dos cursos por delante de él, pero tenía muy baja autoestima. Aunque era muy inteligente, los deportes no se le daban muy bien —comenta Benton—. Era un solitario.

—¿Hacía mucho tiempo que eran amigos?

—Al parecer, sus madres eran íntimas.

—Qué casualidad que la de Martin fuera una experta en arte que montaba exposiciones y adquiría obras maestras para la familia del presidente. —Evoco las piezas robadas que Lombardi tenía en su alcoba.

—Estamos pensando lo mismo.

Le pregunto dónde vive y a qué se dedica Daniel Mersa en la actualidad, y Benton responde que empezó a recabar información cuando Granby comunicó a la UAC que los análisis de ADN habían identificado al Asesino Capital como Martin Lagos. Benton habló con la madre de Daniel y le dijo que era fundamental saber si alguien tenía noticias de Martin, su amigo de la infancia, que podría estar en peligro, o representar una amenaza para otros.

Ella aseguró que no tenía la menor idea, pues no había sabido nada de su hijo Daniel desde que este dejó de asistir a unos cursos universitarios en Lacoste, Francia, cuando tenía veintiún años. La mujer reconoció que el chico se había metido en unos cuantos líos, había cambiado varias veces de colegio, no había terminado los estudios y ya no tenía nada que ver con ella.

—¿Crees que te dijo la verdad? —pregunto.

—Sobre eso, sí. —Benton acerca la imagen proyectada de una carpeta—. Creo que ahora mismo debe de estar preocupada de verdad.

—Por los casos del Asesino Capital.

—No se los mencioné. —Extrae documentos de la carpeta virtual y, cuando comienza a hojearlos, se oyen sonidos como de papel—. Pero me dio la sensación de que no se extrañó en absoluto cuando le hablé de Martin y la necesidad de localizarlo —prosigue—. Algo en su actitud me hizo sospechar que sabía perfectamente que no íbamos a encontrarlo porque está muerto. Pero eso no significa que Daniel no ande por ahí matando a la gente, y ella es consciente de eso. —Coloca en fila las páginas de un expediente disciplinario con membrete de la Facultad de Arte y Diseño de Savannah—. Uno de los muchos centros por los que Daniel pasó fugazmente, y su expediente académico es revelador. —Benton da unos golpecitos en el cristal con el índice, y una página se reduce. Él la amplía de nuevo—. Forzó la taquilla de otro alumno, se coló en la residencia de chicas para robar lencería de la lavandería, prendió fuego a los cubos de basura de un tutor académico, ahogó a un perro y se jactó de ello, interrumpía a los profesores en clase, cometía actos de vandalismo. Es una larga lista que incluye sus años de instituto.

—¿Alguna vez intervino la policía?

—Nunca la llamaron. Esos asuntos se resolvían en privado, porque es lo habitual en los centros educativos, pero quizás había otra razón.

—¿Qué más te contó su madre?

—Hacía todo lo posible por ayudarlo, sin escatimar gastos en asesoramiento y terapia. Cuando Daniel era niño, le diagnosticaron un trastorno del procesamiento sensorial, y deduzco de sus palabras que, en su caso, el TPS no se manifestaba como una reacción excesiva a las sensaciones, sino como una necesidad insaciable de ellas. En un principio la confundieron con síndrome del déficit de atención por su conducta de búsqueda sensorial, su incapacidad de estarse quieto y su obsesión por tocar cosas, las actividades de alto riesgo que practicaba para experimentar emociones fuertes: caminar con zancos, trepar por postes de teléfono y depósitos de agua, descolgarse por una bajante desde una ventana, luciéndose ante otros chicos, que se hacían daño al intentar imitarlo. Según ella, no podía controlarlo, por más que se esforzara.

—Parece que estaba inventando excusas para justificarlo porque se teme lo peor —comento.

—Quería que yo supiera que había sido una buena madre y le había comprado todos los juguetes terapéuticos para niños con TPS: columpios que instaló en el patio trasero, pistas de obstáculos, trepadores, camas elásticas, pelotas de gimnasia, sacos corporales elásticos. También lo supervisaba cuando hacía manualidades con material táctil, como pinturas de dedos y arcilla.

—Arcilla —repito—. Lo que ha encontrado Ernie.

—Me había pasado por la cabeza.

—Una huella mineral que podría proceder de un material artístico como la pintura o la arcilla para escultura —pienso en voz alta.

Las fibras de licra son de un material elástico, como el de un saco corporal. Desplazo la fotografía de Martin para observarla de nuevo con detenimiento. Estudio el dibujo que hizo Daniel en la escayola blanca, una caricatura semejante a un Gumby de color azul vivo, pero que también podría representar a un chico metido de la cabeza a los pies en lo que parece una bolsa para cadáveres confeccionada con una tela vistosa y fina pero resistente que puede estirarse para darle formas distintas y creativas frente al espejo o a las sombras en una pared. Los sacos corporales terapéuticos son traslúcidos, irrompibles y, si la cremallera de uno de ellos se atascara, la persona metida en él no podría escapar. Son permeables al aire, lo que no significa que sea imposible asfixiar a alguien si uno le aprieta la tela contra la cara.

Sería una buena manera de inmovilizar a una víctima, pues el tejido suave y sedoso apenas le ocasionaría lesiones. Me imagino a Gail Shipton paralizada por una pistola eléctrica y encerrada en una de esas cosas. Eso explicaría la presencia de las fibras azules de licra por todo su cuerpo, bajo las uñas y en los dientes. Y luego la veo forcejear dentro de esa prisión elástica, en el coche del asesino, arañando y quizás incluso mordiendo la tela, presa del pánico, con el corazón defectuoso golpeando con fuerza contra su pecho.

Espero que muriera enseguida antes de que él pudiera llevar a cabo la parte que faltaba del plan, que sospecho que sé en qué consistía. Es como si estuviera presenciando lo que creo que hizo el muy hijo de puta: abre y extiende sobre el asiento del coche ese objeto no muy distinto de una bolsa para cadáveres, y en cuanto ella está dentro, cierra la cremallera, asegurándole que no le hará daño si se porta bien, porque no le apetece recibir otra descarga, ¿verdad?

Lo veo conducir en la oscuridad, tal vez hablando con ella, que no opone resistencia, hasta un lugar que ha decidido de antemano y, una vez allí, tensa el tejido elástico y la asfixia. Tardaría más o menos lo mismo que en asfixiar a alguien, salvo si fuera lo bastante cruel para hacerlo despacio, tensando y aflojando, dejando que ella viniera en sí antes de tensar y aflojar de nuevo, tantas veces como quisiera, mientras el cuerpo de la víctima soportara la tortura antes de rendirse.

A continuación, la dispone en la pose deseada y la adorna para satisfacer sus enfermizas fantasías, sujetándole una bolsa de plástico al cuello con una cinta adhesiva de diseño que deja un ligero surco y una marca *post mortem* y añadiendo un lazo decorativo de cinta americana bajo la barbilla y acto seguido las braguitas de otra víctima. Todo con un sentido simbólico, una parte de su mente y su alma increíblemente retorcidas, una coreografía fruto de su perversa imaginación, de su arte maligno, una inspiración aberrante que se remonta a los inicios de su mísera estancia en este mundo, y posiblemente alimentada por los depravados vídeos caseros de Gabriela Lagos bañándose y seduciendo a su hijo.

Visualizo a Daniel Mersa arrastrando el cadáver sobre algún tipo de trineo o camilla, dejándolo expuesto junto a un lago, cerca de un campo de golf, con un brazo estirado y la muñeca doblada de un modo que recuerda bastante la posición del brazo izquierdo de Gabriela sobre la superficie del agua en la bañera, con la mano caída y el derecho flotando sobre la cintura.

Esta imagen debió de quedar grabada para siempre en la mente violenta de Daniel después de ahogarla, de observar cómo su cuerpo desnudo se quedaba quieto de golpe y luego laxo, cada vez más hundido en el agua mientras los brazos ascendían despacio, como si la mujer se relajara mientras se daba aquel baño vaporoso e intensamente fragante rodeada de velas y grandes toallas afelpadas y blancas. Tal vez grabó el asesinato, y ver una y otra vez lo que le hizo a Gabriela avivó sus impulsos criminales y agravó su locura.

—No todo el mundo supera el TPS con los años —explica Benton, y yo lo miro, intentando ahuyentar esas imágenes de mi cabeza—. Y lo peor que puede hacer alguien que padece ese trastorno es consumir drogas de diseño, estimulantes como la MDPV.

—Por otro lado, la UAC no se tomó en serio nada de lo que me cuentas sobre Daniel Mersa. —Exhausta y con la sangre helada, hago un esfuerzo de voluntad por despejar mi mente.

—Nadie me ha prestado atención porque todos se la prestan al ADN. No es el perfil de Daniel Mersa el que apareció cuando cotejaron una muestra con el CODIS. De hecho, él nunca ha figurado en esa base de datos ni ha sido detenido, y por una buena razón.

Las imágenes de mujeres agonizantes se niegan a abandonar mi pensamiento. Veo el terror y el sufrimiento mientras se asfixiaban. «¡Ja, ja, ja!», escribió Daniel Mersa con una floritura en la escayola de Martin.

—Muchas personas tienen un pasado traumático y no acaban convirtiéndose en asesinos en serie —prosigue Benton—. Y Granby me ha desacreditado ante la UAC. —Repite la deprimente historia que conozco tan bien—. No sé exactamente cómo o cuándo empezó, pero no es difícil conseguir algo así cuando a la gente le preocupa su trabajo y es competitiva.

—El padre de Daniel Mersa no aparece mencionado en ninguna parte. —Intuyo hacia dónde conducen los caminos. Todos apuntan a la misma fuente, situada en el centro de tanta crueldad.

—Banco de esperma —dice Benton—. Su madre siempre ha asegurado que no sabe quién es el padre biológico, y uno no puede por menos de preguntarse cómo podía pagarle la terapia, la universidad, los estudios en el extranjero. Veronica Mersa es una ex reina de belleza que nunca se casó y trabajó como secretaria de un congresista de Nueva Hampshire que se retiró de la política hace poco. No tenía un sueldo muy alto ni otras fuentes de ingresos, pero, al parecer, nunca ha ido corta de dinero.

—No pienso subir nada a CODIS o a ninguna otra base de datos hasta tener la certeza de que es seguro —afirmo de forma categórica—. Cotejaremos lo que haga falta en mis laboratorios, y encargaré una búsqueda de parientes en primer grado, hermanos o relaciones paterno-filiales. Si Daniel está emparentado con alguien y disponemos del ADN de dicha persona, lo averiguaremos.

—Eso lo explicaría todo —asevera Benton—. Explicaría un montón de cosas. Y tal vez Granby se habría salido con la suya si no hubieras cuestionado el dictamen de Geist de que la muerte de Gabriela Lagos fue un accidente.

—Está más que claro que no lo fue. Debería haber estado claro desde el principio.

—Muéstrame cómo sabes que el asesino utilizó ambas manos. Necesito verlo por mí mismo. Tengo que poder declararlo sin la menor sombra de duda.

Toco la mesa de cristal, donde el informe de la autopsia está al lado de las fotografías.

43

—«Historial médico: inexistente» —leo en voz alta lo que el doctor Geist escribió acerca de Gabriela Lagos en su protocolo de autopsia. Incluyó algunos datos y omitió otros—. No tiene antecedentes de ataques, desmayos, problemas cardíacos, nada, pero de repente se da un baño y muere, con treinta y siete años. Los análisis de drogas dieron negativo, y el alcohol presente en la sangre se debía a la descomposición. —Le enseño a Benton el contenido del documento de cuatro páginas, cuya imagen aparece proyectada sobre la mesa—. Presentaba espuma blanca en nariz, boca y tráquea porque no fue posible encubrir el hecho de que se había ahogado.

Benton se levanta de la silla y se adentra en la SIP, donde imágenes del baño de Gabriela y su cuerpo en descomposición lo rodean por todas partes, y veo las luces y las formas oscuras reflejadas en su rostro cuando se sienta frente a la mesa pequeña que Lucy llama la «cabina de mando». El teclado y el ratón inalámbricos le permiten reorientar lo que desee, desplazar la escena como si la recorriera. La bañera con el cadáver gira hacia la derecha y se acerca, con movimientos un poco temblorosos, hasta que él le coge el truco.

Veo la larga cabellera castaña desparramada sobre la superficie del agua turbia, y, flotando cerca, una goma elástica con un lazo negro reluciente que le mantenía el pelo recogido antes de que se ahogara. Hay manchas de la mascarilla blanca en la capa exterior de la piel que se ha desprendido, y su rostro, semejante al de una rana, es de color rojo vivo del mentón para abajo, porque así se sumergió cuando vaciaron la bañera y la volvieron a llenar con agua muy caliente del grifo. El doctor Geist omitió también ese importante detalle. No mencionó en el informe las zonas pálidas de piel en la parte superior de la cara y de las muñecas, que habían quedado por encima de la superficie, a diferencia del resto del cuerpo, que estaba escaldado y enrojecido.

—Si el agua hubiera estado casi hirviendo cuando la ahogaron —le explico a Benton—, cada centímetro de la parte superior del cuerpo y la cabeza habría presentado quemaduras de espesor total. Y ese es un dato fundamental porque implica que el agua estaba más caliente después de la muerte, lo que por sí solo, en mi opinión, demuestra que fue un homicidio.

—Nunca he entendido la espuma. —Benton hace clic con el ratón, y de pronto el rostro de Gabriela se agranda, hinchado por los gases causados por la descomposición, con los ojos desorbitados como en una expresión de terror—. Aunque la gente esté sumergida, la espuma permanece allí. ¿Por qué no se la lleva el agua? —Desplaza una flecha hasta la espuma blanca que asoma entre los prominentes labios, para señalarla.

—Parece persistente porque en realidad no está solo entre los labios —contesto—. Cuando alguien se está ahogando y jadea con violencia, se forma una espuma espesa como de jabón en los pulmones y la tráquea. Allí es donde se queda en su mayor parte, y lo que ves es solo lo que le gotea por la boca. No se va con el agua porque hay mucha cantidad, de modo que el doctor Geist no podía afirmar que ella no se había ahogado. Sabía que la evidencia no le permitiría colar esa mentira, así que su mejor opción fue dictaminar que había sido un accidente.

Me acerco a Benton y, cuando la miro de nuevo, recuerdo por qué me invadió esa sensación que me impulsó a ir en coche hasta aquella funeraria en el norte de Virginia. Aunque las contusiones apenas resultan visibles dado el estado en que se halla el cuerpo, están allí, unas zonas de color rojo oscuro, algunas ligeramente escoriadas, en la mejilla derecha y la mandíbula, la cadera derecha y en ambas manos y codos. Hay minúsculas marcas de dedos esparcidas por los tobillos y las pantorrillas, y moratones más grandes y poco definidos en las corvas.

—Hacen falta dos manos para producirle esos hematomas en los tobillos, y las manos que hicieron esto no eran grandes, como las de Martin, lo que nos lleva a otra cosa —le digo a Benton—. Esos cardenales circulares causados por las puntas de los dedos al apretar el tejido de la parte inferior de las piernas y los tobillos son pequeños. —Alzo las manos—. No mucho más grandes que las mías. Alguien le aferró con fuerza los tobillos y tiró bruscamente hacia arriba antes de enganchar la parte baja de las piernas con los brazos doblados, lo que provocó los moratones que tiene en las corvas. —Se lo indico—. Después, él sujetó las piernas contra su pecho, de modo que la parte superior del cuerpo quedó totalmente sumergida. Los cardenales en la cadera, las manos, los codos y la cara son consecuencia de los golpes que ella se dio contra las paredes de la bañera durante su forcejeo. Debió de ser una escena bastante violenta, con agua salpicando por todas partes, y velas cayendo al suelo y dentro de la bañera. Diez minutos después, todo había terminado.

—Entiendo que eso no habría sido posible si el asesino llevaba un brazo enyesado —dice Benton.

—Martin no pudo haberlo hecho, pero creo que estaba presente. Sentado sobre la tapa del retrete, con los enormes pies sobre la alfombrilla blanca, seguramente el mismo sitio en que se había sentado durante buena parte de su vida, durante cada uno de los atroces episodios en que ella lo obligaba a presenciar sus baños seductores —explico—. No puedes culparlo por quererla muerta, por querer librarse de ella, pero seguramente no contaba con lo que sentiría al ser testigo de una cosa así. —Lo imagino con los ojos muy abiertos, contemplando paralizado y horrorizado como su madre moría de una forma cruel y espantosa delante de él. En cuanto aquello comenzó, él no habría podido pararlo, aunque tal vez quiso hacerlo—. Debió de ser un espectáculo dantesco. Te aseguro que su hijo no se imaginó lo horroroso que sería.

—Dudo que lo disfrutara —conviene Benton—. Martin Lagos no era un sociópata ni un sádico. Tampoco tenía la necesidad de sobrecargar constantemente sus sentidos con experiencias estimulantes, en este caso un asesinato.

—Me pregunto qué número calza Daniel Mersa. —Y me viene a la memoria la fotografía del joven con el elefante.

Noto un cambio en el aire cuando la puerta se abre detrás de nosotros y la luz del pasillo penetra en la penumbra de la sala. Lucy entra con una hoja de papel en las manos, tan contenta como cuando está a punto de desenmascarar a alguien o pagarle con su misma moneda.

—Granby y su cuadrilla han llegado —anuncia—. Están frente al mostrador de seguridad. Les he dicho que esperen un momento, que enseguida sales. El ordenador está bien empaquetado y listo para su transporte. Lo tiene Ron. Me he encargado de tramitar y firmar la autorización, y todo está preparado para que hagas los honores de entregárselo. Todavía queda mucho que revisar, pero hemos hecho una copia de seguridad de todo y ellos no lo saben. Carin y Janet están arriba.

—Bien —respondo.

Lucy echa una ojeada a su teléfono y, cuando alza la vista, me sonríe, antes de pasarle el papel a Benton.

—¿Y bien? —le pregunta.

—En eso estaba —dice él.

—Tiene una mala noticia que en realidad es buena —me comunica Lucy con alegría.

Veo a Bryce aproximarse por el pasillo, un poco desaliñado y con la ropa algo arrugada por lo tarde que es, pero con la mirada vehemente y nerviosa que suele verse por aquí cuando nos encontramos en medio de un drama.

—Han venido los del *Globe*... —empieza a informarnos Bryce cuando atraviesa la puerta—. ¡Dios bendito! —exclama—. Pero qué mal rollo da esa mujer. ¿No podríais quitar eso de allí? —Desvía la cara de las imágenes que muestra la SIP—. Lo he dicho antes y lo repetiré: si me muero, por favor, no dejéis que llegue a tener esa pinta. Encontradme enseguida o nunca. *Sock* está arriba, en tu despacho, tumbado en su camita, y le he dado una chuche. Hay comida en la sala de personal, y Gavin está en el aparcamiento con las luces apagadas y acaba de ver acercarse un coche del FBI. Dentro de un minuto lo haré pasar como si trabajara aquí. Podrá hacer un reportaje sensacional. Quiero que lo oiga todo por sí mismo cuando exijan que les demos el ordenador y lo demás.

—Bryce, hablas demasiado —le advierto.

—Pagos de diez de los grandes al mes, supuestamente por el alquiler de espacio para oficinas en Washington. —Lucy empieza a referirme lo que Benton aún no me ha contado—. Transferencias electrónicas a un banco de Nueva York, donde se dividen en sumas distintas que se transfieren a otro banco, que las subdivide a su vez, y el proceso se repite una y otra vez. Así ha ocurrido, con la precisión de un reloj, durante los últimos diecisiete años, literalmente desde agosto de 1996, lo que ni de coña puede ser una casualidad. Tal vez nadie habría descubierto nunca que Granby era receptor de unos fondos claramente blanqueados, pero cometió un error de lo más estúpido. Un mensaje de correo electrónico. —Lucy vuelve a animarse visiblemente—. Hace unos seis meses, almorzó con un inversor que se lo comentó en un correo electrónico a Lombardi.

Me lo enseña en su móvil.

De: JP
Para: DLombardi
Asunto: «Gran Gusto»

Gracias por concertarme un almuerzo estupendo con un tipo tan engreído (su ego de capitoste del FBI no es precisamente pequeño; ¡al principio no fui consciente de lo apropiado que resultaba el nombre de mi restaurante italiano favorito!). Recomendaré que trasladen su cuenta a Boston ahora que ha aceptado el empleo allí. Una cantidad modesta en efectivo, el resto en acciones, bonos, etcétera. Conoce a alguien que podrá echarme una mano con el irritante problema que tengo con mi auditoría. Puta Hacienda. Saludos.

Avanzo con paso veloz por el pasillo curvo que conduce a la recepción, con la bata de laboratorio encima de la ropa de trabajo de campo que ya casi ni recuerdo que llevo puesta. He llegado a un nivel de cansancio que raya en un estado extracorpóreo; me siento despabilada del todo, pero como si me moviera a cámara lenta.

—Supongo que Marino y tú no podéis detenerlo en el acto —le digo a Benton.

—Lo negará todo.

—Ya te digo.

—Por la mañana, tendrá a un ejército de abogados a su disposición.

—Me da igual. Está acabado, Benton. —Me he asegurado de que Granby sufra una derrota pública.

Benton me mira, lleno de determinación respecto a lo que tiene que hacer. Aunque esto debería producirle satisfacción, no es así.

—No habrá abogado que lo salve, y ninguno de sus contactos poderosos de Washington querrá tener nada que ver con él —añado y me callo cuando llegamos a la zona de recepción.

Ron está en su garita, con la ventanilla abierta, y me quedo descolocada por un instante al ver a Granby y su séquito de agentes. Se le ve agotado, pero se muestra amable, como si fuera consciente de que se encuentra en mi terreno y estuviera muy agradecido conmigo por recibirlo. Detrás de él, a cierta distancia, los tres agentes con pantalón tipo cargo y chaqueta permanecen de pie. Me da la impresión de que Ed Granby está asustado, algo que no me esperaba.

Me pregunto si sospecha que Lucy ha examinado el servidor de Double S, e intuyo que sabe lo que está a punto de suceder. No es un ingenuo, y, sin duda, sabe lo que mi sobrina es capaz de hacer. Tanto si tiene conocimiento de la información comprometedora que ella puede haber encontrado como si no, seguro que está mentalizado para lo peor. Es lo que les ocurre a las personas con un grado de culpabilidad como el suyo. Por cada delito que se descubre, saben que se han cometido por lo menos cien más.

—Te pido disculpas por las molestias —me dice sin mirar a Benton y sin tener la menor idea de quiénes son Bryce o el joven barbudo que está a su lado y lleva una camisa de cuadros, un jersey chaleco, vaqueros y zapatillas deportivas. Lucy pasa de largo en dirección al ascensor, y oigo que la puerta se abre, deslizándose—. Obviamente, lo que tenemos entre manos ahora es una investigación importante sobre delitos económicos, y te doy las gracias por respetar, es decir, por comprender que necesitamos llevarnos el ordenador de Double S a nuestros laboratorios —agrega Granby—. Agradezco tu colaboración —titubea, nervioso, demasiado cortés y sonriente.

—Faltaría más —contesto sin sonreír y sin el menor asomo de amabilidad—. Lo tenemos listo para entregártelo. —Poso los ojos en Ron, que asiente a través de su ventanilla abierta.

—Sí, señora, esto..., jefa —dice, y aunque llevo muchas horas sin dormir, capto un esbozo de sonrisa—. Lo tengo aquí mismo, y todos los papeles están en orden.

—Por otra parte, están los homicidios. —Miro a Granby a la cara, y él se alisa con las dos manos su perfecto cabello a la altura de sus sienes perfectamente entrecanas—. Seguiremos trabajando en ellos y facilitaremos al FBI toda la información necesaria.

—Como siempre, muy agradecido. —Continúa atusándose el pelo mientras observa como Ron abre la puerta de su garita y sale empujando un carrito sobre el que está el servidor, vertical y envuelto en plástico. Como para lanzar una indirecta, Lucy lo ha recubierto con una cinta de color rojo chillón que lleva una advertencia en grandes letras negras: «PRUEBA PRECINTADA – NO MANIPULAR.»

Saco un rotulador permanente de un bolsillo de la bata y extraigo un formulario de entrega de pruebas de la funda de plástico transparente pegada al ordenador. Escribo mis iniciales y la fecha delante de todos, antes de tendérselo a Granby, siguiendo el procedimiento de rigor para poner una prueba oficialmente en manos del FBI, a fin de que realicen unos análisis que no nos hacen ni puñetera falta. Me pregunto cuándo fue la última vez que el jefe de una división recibió personalmente una prueba o se tomó la molestia de presentarse en un centro forense. No me extrañaría que Granby no hubiera visto nunca una autopsia.

—Qué sorpresa verte por aquí —le comenta a Benton—. ¿Qué haces aquí, por cierto? —pregunta, tocándose de nuevo el cabello.

—Disfruto de mi tiempo libre. Seguramente más de lo que disfrutarás tú.

Los ojos de Granby parecen empequeñecer con una agresividad indisimulada, pero enseguida sonríe otra vez.

—Yo no. Tengo demasiadas cosas que hacer.

—Creo que estás a punto de disponer de mucho tiempo, Ed.

Oigo unas pisadas enérgicas procedentes del ascensor, y un momento después aparecen Lucy, Janet y Carin Hegel. Se sitúan junto a Bryce y Gavin Connors, una multitud de testigos reunida tal como habíamos planeado.

—¿Qué es esto? —Granby fija su atención en Hegel y, como los dardos de una pistola paralizante, sus ojos parecen clavarse en ella, atravesándole la piel.

Hay muchas razones imaginables por las que él debe de conocerla. Hegel sale a menudo en las noticias sobre casos sonados, así que es casi tan famosa por aquí como una deportista profesional. Pero, lo que es más significativo, era la abogada de Gail Shipton y ha plantado cara a una empresa que resulta que ha sobornado a Granby durante años. Al recibir una mensualidad suculenta y quién sabe qué favores más, él debía de suponer que no tenía por qué preocuparse, siempre y cuando no quedara atrapado en sus propias trampas, que es justo lo que ha ocurrido. La vida de la que ha gozado está a punto de acabarse.

—Si sabes en torno a quién gira todo esto, Ed, es un buen momento para decirlo. —Benton no aparta la vista de él—. No es a Martin Lagos a quien buscamos. Sé lo que has hecho. Todos lo sabemos.

—No tengo idea de lo que me hablas, pero las insinuaciones me ofenden.

—Pretendes atribuir los casos del Asesino Capital a un chico que desapareció hace diecisiete años, basándote en un ADN equivocado, por decirlo diplomáticamente. Un error de laboratorio, alegarás, sin duda.

—¡No es el lugar ni el momento para esto! —contraataca Granby—. Ya lo discutiremos en privado.

—En privado, no —replica Carin Hegel, y caigo en la cuenta de que, a estas horas, se ha tomado unos minutos para ponerse un traje que impone. Menuda e impetuosa, con el cabello castaño corto y un rostro atractivo que no parece en absoluto amenazador hasta que abre la boca, lleva una chaqueta oscura de cachemira con un cuello llamativo y grandes botones plateados, además de un pantalón negro y unas botas—. Todo lo que diga al respecto lo dirá aquí mismo, delante de todos nosotros —afirma, en un tono más propio de una jueza que de una abogada.

—Esto tiene que ser una broma. —Pero a Granby no le hace gracia, y su nerviosismo cede el paso a un miedo palpable.

Lo veo cada vez más tenso, como un resorte a punto de saltar, y temo que arranque a correr.

—He pensado que te interesaría ver esto. —Benton le alarga la copia impresa de la hoja de llamadas—. Creo que fue hace mucho tiempo, pero tal vez recuerdes haber telefoneado al doctor Geist. Fue el forense encargado del caso de ahogamiento de Gabriela Lagos, un homicidio que quisiste que él declarara un accidente. —Granby contempla el papel que sostiene entre las manos, con la mirada fija, como si no supiera leer—. Tenemos pruebas de que la escena del crimen fue alterada —continúa Benton y, para ilustrar su afirmación, menciona el aire acondicionado apagado, el agua muy caliente en la bañera, la cera derramada, el hecho de que alguien recogió el desorden—. Y su hijo Martin tenía el brazo roto, por lo que no fue él quien la agarró por los dos tobillos para ahogarla —añade—. Puedo enseñarte las contusiones en la parte inferior de las piernas, los dos conjuntos de moratones causados por los dedos, si quieres.

Granby se ha quedado tan anonadado que no se percata de que el joven barbudo con la camisa de cuadros y el jersey chaleco toma notas frenéticamente y la preciosa chica rubia que está al lado de Lucy sujeta una grabadora digital, aunque ha tenido buen cuidado de avisar que está en marcha. Ha repetido varias veces que está grabando la conversación y que si alguna de las partes no está conforme, debe manifestarlo ahora, pues de lo contrario, su consentimiento se dará por supuesto. Granby no dice nada, pero yo sí. Le explico a Ed Granby que tanto Janet como Carin son abogadas, y por qué están aquí ahora mismo.

—Los indicios forenses relacionan los asesinatos de Gail Shipton, Haley Swanson, Dominic Lombardi y Jadwiga Caminska con los cometidos en Washington, por más que te has empeñado en negarlo —señalo, y noto que esto lo conmociona—. Disponemos de fibras y de una huella mineral, y no hemos hecho más que empezar. Además, sé de buena tinta que un perfil de ADN en el CODIS fue modificado. La muestra de la que obtuviste un perfil que luego cambiaste por el de Martin Lagos pertenecía a una mujer y procedía de una mezcla de fluidos entre los que había sangre menstrual.

—El asunto se gestionará por las vías adecuadas, que son las mías. Desde luego, no me fío de las suyas ni de nada que tenga que ver con usted, en realidad. —Carin Hegel dirige la vista hacia él y los agentes que tiene detrás—. Ya le he dejado un mensaje al fiscal general. —En ese instante es cuando Granby decide arrancar a correr.

La hoja de llamadas que tenía en la mano cae revoloteando al suelo mientras él sale disparado, tira de la puerta que da al almacén con tal violencia que esta choca contra la pared, atraviesa por la persiana abierta y llega hasta el aparcamiento, donde Marino está apeándose de su cuatro por cuatro. Cuando nos ve a los cuatro salir del edificio, hace lo mismo que en la época en que era un madero en Richmond.

—¡Hala! ¿Adónde vas con tanta prisa? —dice en voz muy alta mientras Granby se lanza a la carrera hacia su coche.

Con varias zancadas largas, Marino lo intercepta, lo agarra por la parte de atrás del cinturón y lo levanta del asfalto, de manera que solo la punta de los pies toca el suelo. Granby agita las extremidades inútilmente mientras Marino usa la mano libre para cachearlo y encuentra una pistola en una funda que el hombre lleva en el hombro bajo la chaqueta. Le entrega el arma a Benton.

—Te bajaré cuando dejes de menearte —le informa a Granby con dulzura.

—¡Quítame las putas manos de encima! —grita este, pero sus agentes no hacen el menor ademán de intervenir.

Permanecen al margen, observando la humillación de su jefe con el semblante inexpresivo, pues son lo bastante listos para saber de qué lado deben estar, y ya no es el de Granby.

—Dinos quién es y dónde está, Ed. —Benton se le acerca en el aparcamiento bien iluminado lleno de furgonetas forenses—.

No es Martin Lagos, o no estarías intentando conseguir que lo acusen de asesinato, y sospecho que no está por aquí para defenderse ni ha estado desde que desapareció. ¿Ayudaste a quitarlo de en medio, o fue su amigo Daniel Mersa quien se encargó de él?

Granby lo mira en silencio, aún de puntillas. Deja los brazos y las piernas totalmente inmóviles, como si languideciera, y Marino lo deja apoyar bien los pies en el suelo, aunque lo mantiene sujeto por la parte posterior del cinturón.

—¿Dónde está? —inquiere Benton—. ¿Quieres que asesine a alguien más? —Granby fija en él los ojos apagados—. En realidad te importa una mierda, ¿verdad? —Percibo el desencanto en la voz de Benton.

—Vete al diablo —murmura Granby, sin fuerzas.

—Tienes una oportunidad de hacer las cosas bien. —Benton dice lo que yo sé que no conmoverá en absoluto a Ed Granby.

Sé lo que es la desesperación que se torna dura y vacía, y luego fría como el espacio exterior. Sé adónde conduce y dónde acaba.

44

Cinco días después
Miami, Florida

El silbato de un tren emite un sonido melancólico, una disonancia en tono menor, al oeste de donde me encuentro.

Es un tren distinto el que oigo avanzar por una lejana línea férrea, no el convoy del circo color rojo manzana con letras doradas que se cuece bajo el brillante sol invernal de Florida en una vía desviada junto a varios aparcamientos que hasta anoche estaban repletos de vehículos de personas ávidas de las emociones y el entretenimiento que podían proporcionarles los equilibristas, acróbatas, payasos, domadores y, por supuesto, los leones, tigres, camellos y, sobre todo, los elefantes, más pequeños que los africanos, pero aun así grandes, grises y tristes.

Un sin techo llamado Jake, que duerme detrás del estadio donde está instalado el circo, nos explica a Lucy y a mí que los elefantes se bambolean al andar porque intentan tocarse entre sí, ya que se sienten solos, y cuando les dejan gozar de espacios abiertos, ladran, gruñen, retumban y barritan mientras se propinan topetazos y empujones, divirtiéndose como niños. Se portan bien con sus madres, cuidan unos de otros y pueden comunicarse con miembros de la manada desde muy lejos mediante vibraciones y olores imperceptibles para los humanos. Los elefantes son muy inteligentes y sensibles, y él los ha visto llorar.

Nuestro nuevo amigo asegura que, si les permitiéramos vivir en libertad, como vive él, nos ayudarían a encontrar agua en el desierto y a detectar socavones, terremotos, tsunamis y toda clase de peligros, incluida la gente mala, y que, si siguiéramos el ejemplo de los elefantes, sabríamos lidiar mejor con la muerte. Le he comentado que sería muy bueno que los humanos respetáramos más a la muerte y le tuviéramos menos miedo, pero no le he explicado a Jake cómo me gano la vida ni que tengo buenas razones para saber de qué hablo.

Aún no le he mencionado que mi sobrina y yo andamos merodeando por detrás del estadio, cerca del tren del circo, porque esperamos a un amigo policía y a mi esposo, del FBI, para registrar un lugar pavoroso, la guarida de un asesino, que, al igual que los elefantes, vive en un vagón de tren, con la diferencia de que los elefantes no hacen daño a nadie. Jake ignora por completo que sus dos nuevas amistades del gélido norte no están en Miami simplemente para pasar las vacaciones en familia, sino que participamos en la investigación de un homicidio relacionado con el mismo circo que no ha perdido de vista desde que nació, según él. No he dicho nada ni pienso decirlo.

Prefiero charlar sobre elefantes. Él se considera el cuidador y asegura que los estudia siempre que el circo está en la ciudad desde que quedó discapacitado, en 1985, cuando su bote de alquiler fue arrollado por un buque cisterna en plena noche, de forma que él acabó con casi todos los huesos del cuerpo rotos y tuvo que someterse a incontables operaciones. El estadio no existía en 1985, así que no sé si esta historia o las otras que cuenta son reales. Sin embargo, creo lo que dice acerca de los elefantes y el joven de sangre fría que realizaba acrobacias montado encima de ellos hasta ayer, cuando un grupo de agentes de paisano, entre los que se encontraban Benton y Marino, se lo llevaron esposado desde el tren de color rojo vivo. Esta mañana su imagen aparecía en el *Boston Globe* y en la televisión.

Debido a su escasa corpulencia, Daniel Mersa parece un niño visto por detrás hasta que se vuelve y muestra el rostro angosto, de facciones duras y ojos grises y crueles. Así describió Jake al demente autor de asesinatos-espectáculo cuyo nombre desconocía hasta que Lucy le enseñó el artículo del *Globe* en la pantalla de su móvil. Gavin Connors se portó de forma honorable y no publicó su gran exclusiva hasta que Mersa fue detenido. Es un reportaje impresionante, todo hay que decirlo, y «lo citan en todo el mundo mundial», en palabras de Bryce, que ha decidido que su amigo periodista «ganará el Pulitzer», Papá Noel le traerá a Ed Granby «un mono naranja por Navidad» y Daniel Mersa «será extraditado a Virginia para que le pongan la inyección».

—Nunca me cayó bien —farfulla Jake sacudiendo la cabeza. Hemos estado conversando desde esta mañana—. Así que se llama así, Mersa, como esa infección por estafilococos. ¿Cómo lo encontraron?

—Con ordenadores —responde Lucy como si ella no tuviera nada que ver, mientras reparte unos cafés con leche dobles—. Tienen programas que reconocen a la gente por sus rasgos faciales. Por ejemplo, se puede comparar una foto que aparece en un anuario de la universidad con otras más recientes de la misma persona que circulan por ahí porque es un artista de circo. Y luego, por supuesto, se puede confirmar su identidad con análisis de ADN y otros indicios.

—Yo no uso ordenadores. Nunca los he usado.

—No parece que necesite usted uno.

—Os digo que el pequeño hijo de puta me cayó fatal desde el primer momento que lo vi. —Jake repite lo que ya ha dicho una docena de veces, sentado en el rompeolas donde ha aparcado su vieja bicicleta—. Lo veía ahí, sujetándoles a los elefantes la pata trasera con un gancho, justo por el tendón, donde duele una barbaridad. Luego, sin ningún motivo, les pegaba así. —Palmea el aire con una mano curtida—. Les echaba el chorro de la manguera en toda la cara, con mucha presión, y se reía. —Imita esto también, blandiendo una manguera imaginaria.

—Ojalá hubiera estado yo aquí —dice Lucy.

—Me daban ganas de acercarme hasta la maldita valla —señala la zona cercada, a la orilla del agua— e ir a por él con el gancho, a ver si le gustaba que le pillaran la pierna por detrás.

—Yo le habría ayudado, pero habría usado algo más que el gancho —asegura Lucy, lo que complace mucho a Jake. Y si es posible mantener el contacto con un hombre cuyo hogar es su bicicleta y lo que lleva encima, creo que lo hará.

Mi sobrina y yo estamos aquí en este momento por muchas razones, y mientras espero a Benton, esta es la vista con la que me siento más cómoda, los vagones de tren de color rojo brillante que se suceden a lo largo de más de un kilómetro entre aparcamientos y el asfalto blanco de la calle 6 Nordeste, que forma desde tierra firme una curva que se prolonga por encima del agua hasta Watson Island y más allá. El tren rojo que tantas veces he visto en Cambridge, unos dos mil quinientos kilómetros al norte de aquí, permanece inmóvil por ahora, y los trabajadores suben y bajan por unas anchas y resistentes rampas de metal que conducen a las puertas abiertas de los vagones mientras terminan de cargar todo el material del Cirque d'Orleans.

Todos los empleados y animales exóticos se preparan para partir de Miami con rumbo a la siguiente parada, Orlando, y luego Atlanta, dirigiéndose de nuevo al norte como si nada hubiera pasado, como si no tuviera nada de raro que un experto en perfiles del FBI y un agente de policía de Cambridge ayudaran a los cuerpos de seguridad locales a recoger pruebas en el interior del octavo vagón desde el final y en el gran cuatro por cuatro negro montado sobre una plataforma del tren, que es como buena parte del personal del circo transporta sus vehículos de una ciudad a otra, ya que viven en las vías.

La detención de Daniel Mersa se produjo sin el dramatismo habitual en él, lo que parece un acto de justicia poética para un asesino ávido de atención que protagonizó hace poco un espectáculo macabro en la campiña de Massachusetts, donde les cortó el cuello a tres personas, entre ellas su padre biológico, Dominic Lombardi. No habría hecho falta la intervención de agentes del FBI de la oficina de Miami, ni de los policías del condado de Dade con ropa táctica que rodearon el vagón de Daniel Mersa. Benton y Marino se habrían bastado solos.

No estuve presente. Me enteré de los detalles más tarde, cuando Benton me llamó desde el Centro Federal de Detención, en la esquina de la calle 4 Nordeste con North Miami Avenue, a unas pocas manzanas de aquí. Me contó que Mersa estaba aturdido y desorientado, que murmuraba desvaríos sobre que no quería que lo abdujeran unos alienígenas antes del apocalipsis. Quería que lo dejaran en paz para peregrinar a la aldea de Bugarach en el Pirineo francés, conocida por su montaña invertida y sus sombreros y utensilios de madera. Su padre había muerto de pronto unos días antes de que se acabara el mundo, desangrado por los mismos alienígenas que no pueden sobrevivir en la Tierra sin robar sangre, y Daniel tenía dinero de sobra para llevar a Bugarach a quien quisiera ir allí antes de que fuera demasiado tarde.

Y Marino, mezclando la profecía maya sobre el fin del mundo con la del Rapto cristiano, le dijo: «¿Sabes qué, pedazo de mierda seca? Ya es demasiado tarde. El 21 de diciembre fue hace tres días, y a ti te han dejado atrás.» Añadió que entregaría a Daniel a los extraterrestres, que lo estaban esperando en su nave en el cielo de Miami, listos para robarle la sangre y hacerle cosas peores. O algo de este tenor.

Benton le llamó la atención a Marino por hacer comentarios así a una persona que deliraba, o al menos eso me informó por teléfono mientras Lucy y yo lidiábamos con mi madre y mi hermana Dorothy en Coral Gables, donde nos alojamos anoche. Benton y yo hablamos de forma intermitente en tanto que yo hacía lo que siempre he hecho en mi ciudad natal: cocinar y fregar, colgar los adornos navideños, asegurarme de que todo el mundo estuviera bien y dormir sola en la segunda habitación mientras Lucy ocupaba el sofá. Pronto veré a Benton. Estaremos todos juntos y poco a poco superaremos los terribles sucesos que hemos vivido, empezando por los de Connecticut y terminando por el de aquí, en la medida en que las cosas terminan.

Lucy y yo aguardamos junto al rompeolas, detrás del estadio, conocido como American Airlines Arena desde que tengo uso de memoria. Sin embargo, aún no lo habían construido cuando yo me crie aquí, y el Cirque d'Orleans montaba una enorme carpa en el mismo lugar, cerca de la vía desviada donde estacionaba el largo tren rojo.

Detrás de nosotros está el Bongos Cuban Café, con su cúpula de vidrio en forma de piña, y hacia las tres de la tarde nos hemos dado un banquete de plátanos verdes rellenos, cerdo asado y arroz con verduras mientras Jake se conformaba con un bocadillo de pescado a la parrilla. A nuestra izquierda, las aguas de un azul jaspeado de la bahía Vizcaína envuelven el puerto de Miami, donde los cruceros amarrados en fila semejan pequeñas urbes blancas, y justo enfrente de nosotros, al otro lado de una valla, se encuentra la ciudad campamento del circo, que en realidad no es una ciudad campamento, aunque la denominan de ese modo porque así la llamaban en los viejos tiempos, cuando había tiendas de campaña de verdad.

Es un terreno de unas cuatro hectáreas de hierba y cocoteros, donde los remolques y las caravanas blancas forman una especie de trazado urbano cada vez que el circo acampa aquí durante unos días antes de proseguir su camino. Jake me ha explicado que hay una zona cercada donde dejan «libres» a los elefantes, pero ahora mismo no alcanzo a verlos, y casi sin darme cuenta dirijo la mirada en esa dirección, aunque sé que ya no están.

Cuando llegamos, a primera hora de la mañana, observamos a la policía cerrar el bulevar Biscayne, frente al estadio, interrumpiendo por completo el tráfico entre las calles 6 y 8 Nordeste, para que los elefantes pudieran pasar, con su andar metódico, sujetando con la trompa la cola del de enfrente, desde la zona cercada y a través de un aparcamiento vacío hasta la 6 Nordeste, donde los condujeron despacio hacia las vías y los hicieron subir uno tras otro a los vagones.

Lucy y yo nos quedamos fascinadas al contemplar a los grandes paquidermos dar un paseo en público que a ellos les resultaba indiferente, agradable o quizá molesto. Nadie lo sabe, porque si se enviaron señales entre ellos, nosotros no las oímos ni olimos. Presas de un silencio embelesado, permanecimos a un lado de la pequeña multitud que aplaudía y gritaba con entusiasmo, y, por alguna razón, ver a aquellos enormes y pesados animales terrestres ocasionó que se me saltaran las lágrimas, que me enjugué discretamente, achacándolas al resplandor del sol subtropical que brilla bajo sobre la bahía.

Descubrí que sentía la necesidad de parpadear con frecuencia y respirar hondo mientras los observaba pasar lentamente hasta que los perdí de vista. Luego volví con paso tranquilo hasta el rompeolas, donde ahora Lucy y yo estamos sentadas con Jake, cuya agradable presencia me reconforta mientras charlamos en la brisa procedente del mar y noto el calor del sol en el cabello, así como en la camisa fina de manga larga y los pantalones que llevo. Hemos estado reviviendo animadamente un pasado que los dos recordamos bien, pues somos más o menos de la misma edad. Y aunque yo no he dormido en la calle durante gran parte de mi vida adulta, ambos nos sentimos un poco como elefantes en un mundo sobreedificado que no comprende muchas cosas.

Cuando yo era niña y el circo venía a la ciudad, los elefantes hacían un recorrido más largo y pausado por el bulevar, ante una gran muchedumbre, y el mundo entero se detenía a mirarlos, o al menos eso me parecía. Le he descrito esas cosas a Lucy porque quiero que sepa más sobre sus orígenes, aunque no los haya vivido. Antes de que mi padre estuviera demasiado enfermo, me llevaba a ver a los elefantes, y aún tengo fresca la imagen del andar acompasado con el que avanzaban pesadamente esos descomunales seres grises con pelaje pardo y desigual, ojos pequeños y arrugados y orejas redondas y caídas, sostenidos por patas que parecían columnas, cada uno con la trompa enroscada en torno al rabo del de delante, como si se hubieran dado la mano para cruzar la calle.

Hoy solo había un puñado de espectadores en el breve tramo del bulevar que estaba cerrado al tráfico, y dudo que nadie tuviera la menor idea de qué hacían allí de pie una joven de aspecto atlético y una mujer mayor y no tan atlética, calladas y presas de un pasmo teñido de emotividad. Luego, sin decir palabra, nos retiramos al rompeolas donde el sin techo al que aún no conocíamos rasgaba hojas de palmera en tiras finas como alambres con las que ha confeccionado una lagartija, un pez, un saltamontes y un pájaro. Le he dado veinte dólares por el saltamontes, y ha sido entonces cuando me he enterado de que se llama Jake; no el saltamontes, sino el hombre que lo ha creado.

Tiene bolsas de basura llenas de objetos personales guardadas en las cestas de su abollada bicicleta azul, que está apoyada contra la barandilla del rompeolas, y ahora señala a un delfín que se abalanza sobre un pez, un destello de plata bajo el agua rizada, y de pronto aparecen unas curvas grises ondulantes justo antes de que el morro de botella asome a la superficie con aspecto risueño, como si celebrara su buena fortuna por haber atrapado el pequeño pez que sujeta en la boca, echando la cabeza hacia atrás como si se dispusiera a lanzarlo como una pelota, y sonrío al contemplar aquel mamífero tan feliz.

Jake lleva muchos años observando a los delfines y a los elefantes, tantos como lleva viviendo en la calle bajo un sol de Florida que le ha castigado la piel hasta conferirle la textura del cuero viejo. Lleva el cabello rubio entrecano recogido en una cola de caballo, y tiene los nervudos brazos cubiertos de cicatrices y tatuajes. Sus ojos son casi del mismo tono de azul que las aguas poco profundas de la bahía, un azul claro y verdoso que adquiere un matiz aguamarina más intenso cuando se pone filosófico, ahonda en sus recuerdos y expone sus opiniones.

—¿Qué planes tiene para esta Navidad? —le pregunto mientras miro las últimas fotografías que Benton me ha enviado, las del vagón en el que Daniel Mersa ha vivido los últimos ocho años, durante su gira con el circo.

—No gran cosa. —Jake alarga el brazo para coger un haz de tiras de hoja de cocotero que ha puesto en una cesta de su bicicleta—. Para mí todos los días son iguales. Lo único que varía es el tiempo.

—¿Por qué no come con nosotras?

—Podría hacer un ángel, porque eso es lo que sois —asegura Jake—. Pero me aburren.

—No soy un ángel —replica Lucy, que nunca ha dicho una verdad más grande.

—¿Y por qué no una flor de hibisco?

—Mi tía cocina bastante bien —señala Lucy.

—¿Cómo que «bastante»? —pregunto sin alzar la vista de mi teléfono, colocando la mano ahuecada sobre la pantalla para que el sol no se refleje en ella.

45

El interior del vagón de tren parece el de una caravana de un solo espacio, y las fotografías que Benton me manda por mensaje muestran una cama individual, un sofá, una mesa de centro, varias lámparas, un televisor y una cocina pequeña, todo muy limpio y ordenado y sin nada que llame la atención salvo las máscaras.

—Debería celebrar la Nochebuena con nosotras —anima Lucy a Jake, que entreteje las largas, estrechas y verdes tiras de palma que, con el lado brillante hacia arriba, oscilan relucientes bajo el deslumbrante sol.

Las máscaras de cerámica están colocadas sobre soportes fijados a un estante en la parte superior de la pared, siete caras que bajo la anchura de banda espectral de la lámpara de luz negra instalada encima emiten un brillo iridiscente. Rojo sangre, verde esmeralda, morado azulado. Siete rostros de otras tantas mujeres, de las que Benton solo reconoce a cuatro, según me escribe: las víctimas de Washington y la más reciente, Gail Shipton.

«Había matado antes», reza el siguiente mensaje de Benton.

—En Coral Gables —le dice Lucy a Jake.

—Yo solía ir a la Piscina Veneciana cuando era un crío —responde él al tiempo que la flor de hibisco cobra forma entre sus ágiles dedos—. Coral Gables es tan caro que ya nadie puede permitirse vivir allí.

—¿Sabe dónde vivía mi abuela? —replica Lucy—. En un barrio cerca de la Setenta y nueve.

—La peor calle de Miami. Nunca voy allí.

—Antes no era así. Tuvimos que buscarle otra casa.

—En Coral Gables —reflexiona Jake—. Tampoco voy allí nunca. Supongo que os costó mucho dinero, pero es muy considerado por vuestra parte. Ninguna abuela debería ser víctima de la delincuencia.

—A mí me preocuparían más los delincuentes —bromea Lucy, y Jake suelta una risotada.

«Lucy podría probar el programa de reconocimiento facial con las tres máscaras que no has identificado —le escribo a Benton—. ¿Hay denuncias de mujeres desaparecidas y presuntamente asesinadas en las ciudades donde actúa el circo? En caso afirmativo, ¿podemos cotejarlas con las máscaras?»

«Las víctimas también podrían ser mujeres a las que D.L. quería quitarse de en medio —contesta Benton—. El asunto puede venir de lejos.»

D.L. es Dominic Lombardi, y la teoría es que, aunque quizá le pedía de vez en cuando a su hijo sociópata y problemático que eliminara a algún ser humano molesto para él como Klara Hembree, nunca tuvo la intención de que Daniel Mersa matara por diversión. Pero yo siempre digo que uno no siempre consigue lo que quiere. Benton cree que Daniel ayudaba a vender las drogas que tal vez fueron su perdición. Metilendioxipirovalerona, MDPV. Sales de baño que la organización criminal de Double S obtenía de laboratorios chinos y distribuía en ciudades de todo Estados Unidos, incluida Cambridge.

«Estuvo en el norte hace poco, seguramente con su coche —continúa informándome Benton—. El circo viajó a Boston a principios de diciembre y luego a Brooklyn, antes de volver al sur. Transportaba el cuatro por cuatro en una plataforma del tren, así que podía usarlo en las poblaciones en las que hacía escala el circo.»

El Suburban de Daniel Mersa tendría nueve asientos si no los hubiera quitado todos excepto los dos delanteros. Vi las imágenes ayer. Hay una separación tapizada de negro entre la parte de delante y la posterior, y detrás está su estudio, un espacio vacío con paredes de contrachapado, pintadas de negro e insonorizadas, donde asfixiaba a sus víctimas y hacía máscaras mortuorias con arcilla de secado al aire antes de colocar los cuerpos en la posición deseada, como la de Gabriela Lagos después de que la ahogara en la bañera, con un brazo extendido y la muñeca doblada. Después, envolvía los cadáveres en una larga tela blanca que recordaba una toalla grande.

La arcilla tardaba en endurecerse lo mismo que los músculos a causa del *rigor mortis*, y luego él le ponía a la última víctima las bragas de la anterior. Cuando llegaba al lugar elegido, arrastraba su morbosa carga sobre una camilla de bambú que guardaba en la parte trasera de su asesinomóvil, como lo llama Marino. Benton y él han recogido varios sacos corporales de colores, bolsas de plástico de la tienda del *spa* Octopus, la cinta adhesiva decorativa y varias pistolas eléctricas con docenas de cartuchos, así como telas acrobáticas blancas hechas también de licra. Largas y confeccionadas con un tejido especial, son el instrumento de trabajo de artistas como Daniel, que se deslizan, se columpian y se suspenden de ellas, para luego lanzarse por el aire adoptando posturas intrépidas que emocionan y asombran al público.

También se han incautado de cientos de grabaciones pornográficas violentas que obraban en poder de Daniel, entre ellas los vídeos de Gabriela Lagos bañándose mientras su hijo Martin la contempla con el brazo roto, sentado en la tapa del retrete, así como varios minutos de imágenes en que Daniel Mersa la está ahogando. A lo largo de los años, ha pasado su videoteca a DVD, y más recientemente a su iPad, y tiene toda una colección de reportajes y grabaciones sobre famosos delincuentes violentos, incluido uno sobre el que Benton había escrito.

Ya no caben dudas respecto a quién es el Asesino Capital ni a qué actos ha cometido exactamente, pero aún me desconcierta que a sus compañeros del circo no les hubiera llamado la atención el extraño reacondicionamiento de su cuatro por cuatro ni las máscaras de cerámica relucientes y de colores chillones que tenía en el vagón donde había vivido durante años. Por otro lado, el mundillo en el que se movía no era precisamente normal, y él se disfrazaba y a veces se pintaba la cara antes de salir a la pista para montar sobre un caballo de una voltereta o ejecutar un salto mortal hacia atrás desde el lomo de un elefante o realizar evoluciones peligrosas colgado de telas, cuerdas y aros o dar vueltas dentro de una rueda de hámster de tamaño humano.

—Puedo pasar a recogerle, si me dice adónde. —Lucy sigue intentando convencer a Jake de que cene con nosotros en Nochebuena—. No se divertirá mucho con la abuela, y le recomiendo que no le haga ningún caso a mi madre.

—Vaya, menudos alicientes —comento mientras dirijo la vista hacia el tren donde Benton y Marino están a punto de terminar su trabajo.

—De acuerdo —dice Jake y le tiende a Lucy la flor verde que ha tejido, lo más parecido a una flor de hibisco que puede elaborarse con tiras de hoja de cocotero—. Puedes recogerme aquí mismo a cualquier hora, siempre que la bici te quepa en el coche.

—Cabrá, pero necesito que me diga a qué hora.

—En general me guío por el sol.

—¿A qué hora será la cena de Nochebuena, tía Kay?

—Dependerá de mi madre.

—Todo depende de la abuela —murmura Lucy en un aparte, con cara de exasperación.

—Casi siempre estoy aquí, así que no me importa. —A Jake le preocupa algo que no expresa en voz alta—. Mañana es Navidad, supongo. Ni me habría acordado. Para mí lo importante es el tiempo que haga. Lo importante es tener un lugar a donde ir si llueve mucho. No me gustan los rayos.

—Ya vienen. —Me levanto del rompeolas.

—¿Los casacas rojas? —bromea Jake, aunque es como si una nube hubiera oscurecido el sol, pues su rostro se ensombrece con una melancolía que no sé cómo interpretar.

—Marino quiere costillas de cerdo. —Leo el mensaje que él acaba de mandarme—. Quiere saber adónde podemos ir. Le recomendaré Shorty's, en la carretera South Dixie. —Tecleo mi respuesta mientras hablo.

—Janet puede ir a buscarlas —dice Lucy.

—Marino querrá ir. Anuncios de cerveza de neón, ruedas de carreta, cráneos de vaca y sillas de montar por todas partes. Es el tipo de sitio que le va. Puede que si entra allí no volvamos a verlo jamás.

—Sé dónde sirven el pescado más fresco que os hayáis llevado nunca a la boca —tercia Jake, y entonces entiendo qué es lo que lo inquieta.

—Me apetece comer caracola de mar, pero solo si está recién sacada de la concha y la han puesto en agua salada fría. —Veo a Benton y Marino alejarse del tren largo y rojo, en dirección a nosotros—. Y jurel a la brasa con una sencilla marinada japonesa, solo un toque si el pescado está fresco —le digo a Jake, dictándole mi comanda.

—Solo tenéis que seguir todo recto por la calle Seis hasta el río Miami. No está ni a diez minutos de aquí.

—¿Podría guiarme? —pregunto, aunque sé orientarme por aquí.

—Claro —contesta.

Se tardan veinte minutos en llegar a la casa de mi madre en coche desde el centro, cuando el tráfico es razonable, como ahora.

Benton y Marino se reunirán con nosotros después de ir a buscar unas costillas, ensalada de repollo, mazorcas y cualquier otra cosa que Marino quiera pedir en Shorty's, un famoso restaurante de barbacoa estilo texano con una gran chimenea al fondo que tal vez fue lo único que quedó en pie cuando el local ardió hasta los cimientos a principios de los setenta. Me habían llevado varias veces al original cuando era pequeña, sobre todo en mis cumpleaños, en la época en que mi padre gozaba de buena salud y aún se ganaba la vida con su pequeña tienda de comestibles.

Avanzo por Granada Boulevard, adentrándome en Coral Gables, donde el follaje es antiguo y exuberante, hiedra que recubre las paredes color coral que se remontan a los años veinte, altos setos de palma bambú y densas barreras formadas por ciruelos de Natal, cuyas raíces gruesas y nudosas agrietan calzadas, aceras, piscinas y penetran en tuberías.

Las casas van desde pequeñas joyas hasta villas y mansiones con columnas, y es a esta pequeña y rica ciudad de unos cincuenta mil habitantes adonde veníamos de visita en esta misma época del año cuando mi padre se encontraba lo bastante bien para traernos en coche a ver los adornos navideños, que eran mucho más extravagantes que los que he visto hasta ahora. Recuerdo escenas invernales con hombres de nieve y Papás Noel de tamaño natural en trineos tirados por renos en lo alto de los tejados y tantas luces que el fulgor se divisaba a kilómetros de distancia. El coche de mi padre era un Chevrolet 1950 blanco, con protectores en el parachoques y aletas de guardabarros, y recuerdo el olor que despedía la tapicería de tela cuando se calentaba por el sol, mientras yo viajaba con la ventanilla bajada.

La casa de mi madre no estaría incluida en ningún recorrido navideño, con sus velas eléctricas en las ventanas y su maceta con un pequeño ciprés de Monterey que encontré en un supermercado de productos orgánicos. Por sí misma, no mueve un dedo por decorar o cocinar, de modo que mi hermana suele contratar a alguien para que se ocupe de estos menesteres, según la situación económica de su *hombre del día*,* como nos referimos Lucy y yo a la persona con quien esté saliendo en un momento determinado. Al menos sé que mi madre no se inmutará cuando nos presentemos con un sin techo al que hemos invitado a cenar... tal vez más de una noche. Nunca ha olvidado lo que es vivir en la pobreza, y, aunque Dorothy no guarda el menor recuerdo de esa vida, parece haber nacido para ello, como podrá comprobar quien tenga la desgracia de compartir su experiencia, cosa que no le deseo a nadie.

Giro a la izquierda por la avenida Milan, y en la esquina está la casa de mi madre, de estuco blanco, con techumbre de tejas rojas y un garaje de una plaza en el que está guardado el sedán Honda que desearía que ella no siguiera conduciendo. Veo que una persiana de lamas de madera se mueve en una ventana de la fachada, que es la forma que tiene mi madre de averiguar quién ha llegado, a pesar de que le he señalado miles de veces que si revela que está en casa de una manera tan obvia, le resultará un poco más complicado no abrir la puerta. Por supuesto, Lucy y yo nos hemos encargado de que le instalen una mirilla y un sistema de alarma con cámaras delante y detrás, pero ella nunca las usa. Prefiere

---

* En castellano en el original. *(N. del T.)*

apartar las lamas de las persianas para echar un vistazo como ha hecho durante toda su larga y dura vida.

Aparco en un camino de entrada en el que apenas cabe un coche, y Lucy, Jake y yo nos apeamos.

—¿A quién habéis traído? —La voz de mi madre la precede mientras abre la puerta solo ligeramente, fiel a otra de sus viejas costumbres—. ¡No será ese horror de hombre que todo el mundo está buscando!

—No, mamá —respondo—. Lo han pillado y está en la cárcel.

Abro la puerta del todo, y veo que mi madre lleva el mismo vestido de andar por casa que ayer, blanco y con un estampado de grandes flores de colores que hace que ella parezca más ancha y baja, su cabello menos blanco, y su piel más cetrina. Es inútil decirle nada, y nunca lo hago, a menos que se trate de una cuestión de higiene, cosa que rara vez sucede, salvo cuando tiene una mancha de comida que ella no alcanza a ver o que su olfato ya no detecta.

—¿Por qué va vestida así Lucy? —Mi madre repasa a su nieta con la mirada mientras entramos en fila con una nevera portátil llena de pescado.

—Es lo mismo que llevaba esta mañana, yaya. Pantalón corto tipo cargo y una sudadera.

—No sé para qué necesitas tantos bolsillos.

—Para robar en las tiendas, como tú me enseñaste. ¿Dónde están Janet y los perros?

—Haciendo sus cosas en el patio de atrás, y más vale que ella las recoja. ¿Tres perros? Mi casa no es lo bastante grande. Y ese *Quincy* mastica todo lo que encuentra. ¿A quién se le ocurre ponerle el nombre de esa ridícula serie a un perro?

—¿Dónde está mi madre?

—Ha ido a hacerse las uñas. O tal vez el pelo. Es difícil estar al tanto de todo lo que hace.

—Dudo que como-se-llame lo esté —comenta Lucy—. Es viejo y sigue comiendo como si estuviera gordo. No tendrá muy buena pinta cuando se ponga esa goma elástica en la tripa. Pero es rico, supongo. Ella no pensará traerlo, ¿verdad?

—Te presento a Jake. —Lo hago pasar al salón y cojo la nevera portátil que lleva.

—¿Qué tal está, señora? —Le tiende a mi madre una flor que ha hecho.

—Vaya, qué cosa más curiosa. ¿Qué es?

—Un hibisco como los que crecen delante de su casa.

—No son verdes. ¿Tengo que meterla en agua?

Llevo la nevera hasta la pequeña cocina de mi madre con suelo de terrazo y un cuadro de Jesús orando en el huerto junto al frigorífico. Dedico la media hora siguiente a lavar filetes de atún y a elaborar una marinada de salsa de soja y jengibre recién picado, vino dulce japonés, sake y aceite de canola. Tras guardar el pescado en el frigorífico, saco una botella fría de un Sancerre muy agradable y, cuando la descorcho, percibo un aroma a pomelo y flores. Me sirvo una copa y comienzo a preparar los buñuelos.

—¿Te ayudo? —Janet está en la puerta, muy rubia, con los ojos brillantes y un toque de bronceado. Tiene a sus pies a *Sock* y *Jet Ranger*, y acto seguido entra corriendo *Quincy*, que me golpetea con su cola inquieta.

—Solo hay sitio para una persona. —Le sonrío—. ¿Te apetece una copa de vino?

—Todavía no.

—Si te llevas a nuestros amiguitos de aquí, me harás un favor.

—Vamos, *Quincy*. Venga, chicos. —Silba y da unas palmadas, y los tres perros salen tras ella.

Pico la dura carne de la caracola, pimiento verde, apio y ajo mientras oigo que Lucy, Janet, mi madre y nuestro invitado, charlan en el salón como si fueran amigos desde hace muchos años. Mi madre habla en voz cada vez más alta conforme pierde el oído. Suele dejar los audífonos que le compré en la encimera del baño, junto a todas las pastas y cepillos que necesita para limpiar su dentadura postiza. Y, cuando está sola, que es casi siempre, se pone siempre el mismo vestido y le da igual si no oye bien o si lleva la dentadura.

Exprimo unos limones Meyer y encuentro la freidora en un armario. Oigo que la puerta principal se abre de nuevo, y me llega el olor a costillas de cerdo que Marino ha traído en unas grandes bolsas blancas que llevan impresos el nombre «La Barbacoa de Shorty's» y el logotipo, una caricatura de un vaquero con un enorme sombrero tejano de ala con un gran agujero de bala.

—Fuera, fuera, fuera. —Le arrebato las bolsas a Marino y lo echo de una cocina en la que no cabemos los dos—. Me parece que has comprado demasiado poco.

—Necesito una cerveza —dice, y es entonces cuando me fijo en su expresión, y luego en la de Benton, que aparece en el vano.

—Cuando tengas un momento... —me dice Benton, y enseguida comprendo que ha ocurrido algo.

Me seco las manos con un trapo de cocina y los miro. Ambos van vestidos con vaqueros, camisas de botones y unos anoraks anodinos que ocultan las pistolas que llevan. El rostro de Marino tiene una sombra de barba y está sonrosado por las largas jornadas bajo el sol, mientras que el de Benton presenta el aspecto característico de cuando algo va mal.

—¿Qué pasa?

—Me sorprende que no te hayan llamado de tu oficina —declara.

Echo una ojeada a mi móvil, y descubro que tengo un correo electrónico de Luke Zenner que me había pasado inadvertido mientras estaba comprando pescado, conduciendo y luego distraída con mi madre. Dice que todo está bajo control y que no debo preocuparme, que no procederá a realizar la autopsia hasta esta noche, cuando llegue el jefe forense de las Fuerzas Armadas, el general Briggs, que volará desde la base de la Fuerza Aérea de Dover para echar una mano y ejercer de testigo, y vaya putada que pase algo así en Nochebuena. Se ocuparán de ello y, con un poco de suerte, todos podrán tomarse el día libre mañana. Para terminar, Luke me desea unas felices fiestas.

—De todos modos, ha sido mejor que estuvieras fuera de la ciudad —me informa Benton, y acto seguido me explica lo poco que sabe, aunque en realidad no hay mucho que saber. Rara vez lo hay cuando alguien toma la decisión de quitarse la vida y hacerlo de forma sencilla.

Ed Granby ha esperado a que su esposa se marchara a su clase de *spinning* hacia las cuatro de la tarde, ha cerrado con llave todas las puertas de su casa de Brookline y ha echado el cerrojo de seguridad que solo se abre desde el interior para que ella no pudiera volver a entrar y fuera la primera en encontrarlo. A continuación, ha enviado un mensaje de correo electrónico al asistente del agente especial al mando, un buen amigo, para pedirle que fuera en coche a su casa de inmediato y rompiera una ventana del sótano para entrar.

El mensaje de Granby ha sido reenviado a Benton, que me lo muestra en la cocina de mi madre mientras se calienta el aceite de la freidora.

«Gracias, colega —escribió Granby—. Estoy acabado.»

Bajó al sótano, pasó una soga por encima de la barra de ejercicios de una máquina de poleas, se envolvió el cuello con una toalla, se sentó en el suelo y se ahorcó.

—Vamos. —Apago la freidora, cojo la botella de Sancerre y dos copas, y Benton y yo salimos de la cocina, pasamos de largo a todos los que están en el salón, y el pequeño árbol en torno al que se apilan los regalos fruto de mis compras compulsivas.

Acaba de llegar mi hermana Dorothy, que lleva unos ajustados pantalones de diseño de imitación piel de cocodrilo, una malla escotada y varias capas de maquillaje que le confieren justo el aspecto que ella quiere evitar: envejecido, fofo, con unos pechos operados descomunales, rígidos y redondos como pelotas de goma.

—¿Me pones una copa? —Posa los ojos en el vino y sacudo la cabeza, como diciendo que no es buen momento—. Vaya, usted perdone, supongo que tendré que servirme yo misma.

—Hemos venido hasta aquí solo para atenderte —dice Lucy.

—Deberías. Por algo soy tu madre.

Lucy no le sigue el juego como haría normalmente, y nos sigue con la mirada a Benton y a mí.

Cuando abro la puerta de atrás, noto el agradable ambiente del final de la tarde y veo las largas sombras en el reducido patio de mi madre, que no es el mismo de mi infancia, detalle que siempre tengo que recordar cuando vengo y no reconozco nada, ni las plantas, ni la casa ni los muebles, todo nuevo, reformado y sin alma.

Siento la hierba espesa y mullida bajo los pies, y el aire fresco sopla a través de los viejos pomelos y naranjos, aún cargados de fruta. Nos sentamos en unas sillas tejidas, cerca del jardín de piedras, con sus palmeras y estatuillas —un ángel, la Virgen, un cordero—, entre girasoles y lágrimas de Cupido.

—Así que esto es lo que ha decidido hacerle a su familia antes de Nochebuena. —Sirvo el vino y le paso una copa—. Él no me da ninguna pena, ellos sí.

Me reclino, cierro los ojos y, por un instante, me viene a la memoria el limero que mi madre tenía en el patio trasero cuando yo era niña. El cancro cítrico acabó con él. No era la misma zona de la ciudad ni el mismo patio, y Benton extiende el brazo y entrelaza los dedos con los míos. El sol arde con un naranja encendido sobre el tejado bajo y plano de unos vecinos. Permanecemos callados. No hay nada que decir, y nada de lo sucedido es una sorpresa, así que bebemos en silencio, tomados de la mano.

Cuando ya casi no queda vino y el patio está en sombra, pues el sol ha descendido hasta donde no alcanzamos a verlo, Benton me confiesa que sabía que Granby iba a suicidarse.

—Yo pensé en esa posibilidad —respondo.

—Lo supe cuando Marino lo levantó del suelo sujetándolo por la parte de atrás del cinturón —dice—. Vi en los ojos de Granby que algo importante había desaparecido para no volver jamás.

—Allí no había nada que debiera volver.

—Pero lo vi y no hice nada.

—¿Qué habrías hecho? —Contemplo su perfil de rasgos afilados en la penumbra.

—Nada —decide.

Nos levantamos para entrar porque empieza a refrescar, y si bebo más, no podré manejar de forma segura la freidora, la parrilla ni ninguna otra cosa.

Benton me abraza por los hombros, yo lo abrazo por la cintura, y la espesa hierba emite crujidos suaves cuando caminamos sobre ella.

En esta época del año los pomelos son enormes y de un amarillo pálido, y las naranjas, grandes y rugosas. El viento mece los árboles mientras avanzamos por un jardín cuyo mantenimiento pago, aunque rara vez lo disfruto.

—Incitemos a Dorothy a hablar de sí misma para no tener que hablar nosotros —propongo mientras subimos los tres escalones hacia la puerta.

—Eso será lo más fácil del mundo —dice Benton.